ro
ro
ro

Lone Theils war jahrelang London-Korrespondentin für die angesehene dänische Tageszeitung Politiken sowie fürs Fernsehen. Ihr Debütroman und Auftakt der Reihe um Nora Sand erschien in 16 Ländern und wird für das Fernsehen verfilmt. Neben ihrer journalistischen Tätigkeit zwischen Dänemark und England teilt die Autorin mit ihrer Protagonistin auch die Leidenschaft fürs Kickboxen.

Karoline Hippe, aufgewachsen an der Ostseeküste, studierte in Leipzig und Berlin und lebt zurzeit in Oslo. Dort trinkt sie grünen Tee im Hinterzimmer eines kleinen Buchladens und übersetzt aus dem Norwegischen, Dänischen und Englischen.

«Eine Heldin, der man gern wieder begegnen will.»
Berlinske

«Die Erzählweise zeigt, dass die Autorin eine versierte Journalistin ist, die ihr Handwerk versteht.» Alt for Damerne

Lone Theils

Falsche Gesichter

Kriminalroman

Aus dem Dänischen von Karoline Hippe

ROWOHLT TASCHENBUCH VERLAG

Die Originalausgabe erschien 2019 unter dem Titel
«Stilleleg» im Verlag Lindhardt og Ringhof, Kopenhagen.

Deutsche Erstausgabe
Veröffentlicht im Rowohlt Taschenbuch Verlag,
Hamburg, März 2021

Redaktion Justus Carl

Covergestaltung Hauptmann & Kompanie Werbeagentur, Zürich
Coverabbildung Mark Owen/Trevillion Images
Satz aus der Sirba
bei Pinkuin Satz und Datentechnik, Berlin
Druck und Bindung CPI books GmbH, Leck, Germany
ISBN 978-3-499-00003-4

Die Rowohlt Verlage haben sich zu einer nachhaltigen Buchproduktion verpflichtet. Gemeinsam mit unseren Partnern und Lieferanten setzen wir uns für eine klimaneutrale Buchproduktion ein, die den Erwerb von Klimazertifikaten zur Kompensation des CO_2-Ausstoßes einschließt.
www.klimaneutralerverlag.de

FSC
www.fsc.org
MIX
Papier aus verantwortungsvollen Quellen
FSC® C083411

Kapitel 1

Der Wasserbüffel mampfte ein Büschel saftiges Gras, während er Nora anstarrte, wie jeden Morgen, wenn sie sich auf den Weg zu dem überdachten Dschungelsportplatz am Rande von Thong Sala zu ihrer ersten Trainingssession des Tages machte, solange die Temperaturen noch halbwegs erträglich waren.

Sie machte einen Bogen um den halbzahmen Hund, der zum Inventar von Diamond Muay Thai gehörte und während seines Morgenschlummers nicht einmal mehr den Kopf hob, als sie auf die ziemlich abgewetzte Unterlage trat. Sie legte die Boxhandschuhe und Schienbeinschützer auf den Rand des Boxrings und stellte ihre Anderthalbliterflasche Wasser daneben.

Die Müdigkeit und der Muskelkater vom Vortag saßen ihr immer noch in den Knochen. Sie nickte zwei Typen zu, die bereits mit ihren selbstgemachten Springseilen zugange waren. Mon bestand auf einer Viertelstunde Seilspringen, bevor er die Assistenztrainer überhaupt erst auf den kunterbunten Haufen von Touristen losließ, die mit der Fähre von Koh Samui gekommen waren, um ein wenig von der Weisheit des ehemaligen thailändischen Meisters in Muay Thai zu empfangen.

Einige von ihnen waren semiprofessionelle Boxer und wollten sich auf einen größeren Kampf vorbereiten. Dann gab es noch die amerikanischen Touristen, die ein Sabbatjahr in Asien verbrachten und in neugekauften rosafarbenen Seidenshorts herumsprangen und sich nicht besonders für Mons Lektionen über den spirituellen Aspekt von Muay Thai zu interessieren schienen.

Nora grüßte Joe aus Toppingham. Sie hatten sich bei ihrer ersten Trainingssession kennengelernt und waren einander für das erste Sparring zugeteilt worden. In den Pausen hatten sie völlig außer Atem Smalltalk betrieben, oft darüber, wie anstrengend es war, in dieser schwülen Hitze zu trainieren. Joe hatte erzählt, dass er sich für drei Monate von seinem Job bei *The Mercury* im südlichen Yorkshire hatte beurlauben lassen, und gemeinsam hatten sie sich darüber amüsiert, dass es zwei Journalisten auf eine Insel im thailändischen Golf verschlagen hatte, wo sie aufeinander einprügelten. Er war ein hochgewachsener Blondschopf Mitte dreißig mit zähen Muskeln und einem steten Lächeln auf den Lippen. Auf dem Arm hatte er sich Schriftzeichen in Thai tätowieren lassen und gestand freimütig, von deren Bedeutung absolut keine Ahnung zu haben.

Wann immer sie vor den großen Spiegeln trainierten, die an den Seiten des großen Blechdachs herunterhingen, konnte Nora keine Ähnlichkeit mehr zu der bleichen und besorgten Journalistin feststellen, die sich dazu entschlossen hatte, den Stecker zu ziehen und London für drei Wochen den Rücken zu kehren, um herauszufinden, was sie mit ihrem Leben und ihrer Karriere bei *Globalt* anfangen sollte. Das braune Haar hatte sie zu einem Pferdeschwanz zusammengebunden, damit es sie beim Training nicht störte. Es wirkte immer eine Spur dunkler, wenn es von Schweiß durchtränkt war. Die blauen Augen glänzten aus einem ungeschminkten Gesicht, das nach dem Seilspringen vor lauter Anstrengung rot angelaufen war. Nüchtern stellte sie fest, dass das vielleicht ein guter Look für kalifornische Bodybuilder mit vor Schweiß glänzenden Körpern sein mochte, eine dänische London-Korrespondentin jedoch nicht von ihrer besten Seite zeigte. Im Gegenzug bemerkte sie, wie ihre Oberarme immer fester wurden und dass in jedem ihrer Tritte Kraft saß, als sie an den ausgedienten Autoreifen trainierte, die an Eisenketten befestigt von den Decken hingen und zu primitiven Boxsäcken zusammengebunden worden waren.

Es war Noras zweite Woche in Thailand, und im Stillen war sie dankbar, die Phase überstanden zu haben, in der sich ihr Körper wie ein großer, pulsierender Behälter voller Milchsäure angefühlt hatte, wenn sie vom Training nach Hause ging. Jetzt war sie lediglich erschöpft, wenn die zwei Stunden um waren und die Sportsachen an ihrer Haut klebten. Bereit, in den kleinen Bungalow zurückzukehren, den sie gemietet hatte, und ins Meer zu springen, um den Schweiß abzuspülen.

«Meine Freundin will dich gern kennenlernen», sagte Joe, als sie sich nach dem Training dehnten.

«Okay? Ist sie gar nicht in Toppingham?»

«Nein, sie ist hier in einem Yoga-Retreat. Sie ist auch Journalistin.»

Nora wog ab.

Einerseits hatte sie keine Lust, über die Arbeit und die britische Presse und all das zu reden, was zu der Welt gehörte, der sie gerade zu entkommen versuchte. Allein Joes Anwesenheit, der ein für ihre Ohren so gewohntes britisches Englisch sprach, weckte Erinnerungen, vor denen sie zunächst nach Bangkok, dann mit einem Lokalflieger nach Koh Samui und schließlich nach einer einstündigen Fährfahrt auf eine kleine Insel geflohen war. Aus demselben Grund hatte sie bisher einen großen Bogen um den britischen Pub gemacht, der direkt neben der Muay-Thai-Schule lag. Der Pub war mit falschem Fachwerk ausgestattet, mit dunklem Holzfußboden und einer Ausstrahlung, die eher an eine schäbige Filmkulisse erinnerte.

Nora konnte sich beim besten Willen nicht vorstellen, dass es eine gute Idee wäre, diesen Laden zu betreten, sich eine Portion Fish & Chips und einen halben Liter Bier zu bestellen, wenn sie doch ebenso gut in die Stadt gehen und für einen Bruchteil des Preises grünen Papayasalat mit über Kohle gegrilltem Thai-Hühnchen essen konnte. Aber Joe schien das anders zu sehen.

«Wir können uns doch heute Abend auf ein Bier im *Mason's Arms* treffen?», schlug er vor.

Nora nickte, und auf dem kurzen Weg zu ihrem Bungalow verfluchte sie sich für ihre Höflichkeit.

Der Wasserbüffel stand immer noch am selben Fleck und warf ihr einen enttäuschten Blick zu.

■

Nora betrat den Pub als Erste. Sie hatte auf der kleinen Veranda vor ihrem Bungalow gesessen und den Sonnenuntergang genossen, eine Orgie in Gold, Rosa und Blutorangenrot, doch wie immer hatten ihr die blutrünstigen Moskitos mit gezielten Angriffen auf ihre nackten Beine den Augenblick verdorben, also war sie reingegangen und hatte sich mit einem so heftigen Mückenschutzmittel eingesprüht, dass es auf der Haut geradezu brannte. Nun saß sie an einem der dunkel lackierten Tische und wartete auf Joe und seine Freundin.

Außer Nora war nur ein Trio von rotgesichtigen Briten zu Gast, die aussahen, als hätten sie in ihrer ersten Woche in Thailand die einschneidende Erfahrung gemacht, was mit der Haut passiert, wenn man sich ohne UV-Schutz zu lange in der Sonne aufhält. An der Wand über der halbleeren Bar war ein Fernseher angebracht, auf dem Sky lief. Abwechselnd wurden Clips von Tennisturnieren und eine lange Parade von Fußballspielen gezeigt. Nora spähte zur Tür und hoffte, dass es nur ein schnelles Bier werden würde.

Auf einmal änderte sich das Bild auf dem Fernsehgerät, ein besorgter Nachrichtensprecher wurde eingeblendet, und das gelbe Banner an der unteren Seite des Bildschirms blinkte mit *Breaking News: Britischer Polizist enthauptet. Verdacht auf Terroranschlag.*

«Hey!», rief sie dem Barkeeper zu.

Mit einem mürrischen Gesichtsausdruck kam er aus der Küche.

«Ja?»

«Könnten Sie das bitte laut machen?», fragte sie und zeigte auf den Bildschirm.

Er nahm eine Fernbedienung unter dem Tresen hervor und stellte den Ton an.

Nora wusste, dass sie in diesem Moment im Begriff war, ihren mühsam erkämpften Seelenfrieden einzubüßen. Dass die Tage nun gezählt waren, in denen sie bewusst nicht ins Internet gegangen war, bewusst ihr Telefon ausgestellt hatte, um gemeinsam mit Mon und seinem Training nach einer Art innerem Frieden zu streben. Das unruhige Gefühl, das ihren Körper stets durchströmte, sobald sie eine Story witterte, machte sich bemerkbar.

«Ich muss Sie darauf hinweisen, dass die folgenden Aufnahmen sehr verstörend sind», warnte der Nachrichtensprecher.

Die Bildqualität war miserabel, und das kurze Video sah aus, als wäre es direkt in der Vorhölle aufgenommen worden. Ein Mann mit Sturmhaube und Militäruniform stand im Vordergrund vor einem schwarzen Wandteppich. In der einen Hand hielt er etwas, das einem altmodischen Krummsäbel ähnelte. Den anderen Arm hielt er ausgestreckt, und obwohl Sky das Foto aus Rücksicht auf zartbesaitetere Zuschauer verpixelt hatte, bestand kein Zweifel daran, dass er mit der anderen Hand einen abgesäbelten Kopf ins Bild hielt. Schweigend. Triumphierend.

IS-Terror in Großbritannien war am unteren Rand des Bildschirms zu lesen.

Der Sprecher erklärte, dass diese erschreckenden Bilder aus einem Video stammten, das am Montagabend bei YouTube hochgeladen und anschließend wieder gelöscht worden war. Nora nahm zur Kenntnis, dass die Polizei auch einen Tag nach dem Auftauchen des Videos weder die Leiche des Beamten gefunden noch einen Hinweis auf den Tatort hatte.

Es wurde zu einem Außenkorrespondenten geschaltet, der vor einem roten Backsteingebäude stand.

«Bei dem Opfer handelt es sich um einen fünfundvierzigjährigen Polizeibeamten, aus Rücksicht auf die Angehörigen können wir zunächst jedoch keine Angaben zur Person machen. Der Mann wurde zuletzt am vergangenen Freitagnachmittag gesehen, die Polizei sucht weiterhin nach der Leiche», fasste der Reporter zusammen.

Ein weiterer Ausschnitt des Videos, in dem der Polizist noch am Leben war, flimmerte über den Bildschirm. Hinter der notdürftigen Verpixelung konnte man erkennen, dass ihm die Augen verbunden worden waren. Er kniete in einem abgenutzten Trenchcoat vor der Kamera, die sein Peiniger auf ihn richtete, und er flehte um sein Leben. Mehrmals fragte er:

«Warum? Was habe ich getan?»

Der Mann antwortete nicht. Er befestigte die Kamera an einem Stativ und ging mit dem Rücken zur Linse auf sein Opfer zu. Die Sturmhaube verdeckte alles. Seine Haarfarbe, sein Gesicht und jede Gefühlsregung, die sich womöglich darin verbarg. Dann erhob der Vermummte den Krummsäbel.

Nora hatte schon früher über Terrorangriffe berichtet, doch das hier war etwas ganz Neues. Eine kaltblütige, zynische Hinrichtung, festgehalten mit einer Videokamera. Zum ersten Mal seit ihrer Abreise nach Bangkok kramte sie in ihrer Tasche nach ihrem Telefon. Ihre Hand schloss sich gerade um das Gerät, als die Tür zum Pub aufging und Joe mit seiner Freundin im Schlepptau eintrat. Die junge Frau kam auf Nora zu, während Joe an die Bar trat.

«Willst du auch ein Lager?», rief er in Noras Richtung.

Sie nickte.

«Cathy», stellte die Freundin sich vor und reichte Nora ihre hennatätowierte Hand.

«Nora», erwiderte sie und wandte den Blick widerwillig vom Bildschirm ab.

«Was läuft gerade?», erkundigte sich Cathy.

«Zu Hause in Großbritannien wurde ein Polizist vom IS hingerichtet.»

«Bei uns zu Hause? Wo?»

Nora nickte und versuchte mitzubekommen, wovon der Reporter gerade berichtete.

Joe kam zu ihnen und ließ die Biergläser auf den Tisch knallen, als er den Reporter vor dem Polizeipräsidium stehen sah.

«Was ist denn passiert?»

Nora deutete auf das gelbe Banner, das am unteren Rand des Bildschirms lief.

«Ein Polizist wurde vom IS ermordet. Viel mehr wissen sie noch nicht.»

«Die stehen ja vor dem Polizeirevier in Toppingham! Mein Bruder arbeitet dort», rief Joe und zog sein Handy aus der Hosentasche.

Cathy schlug sich die Hand vor den Mund.

«Oh Gott! Hoffentlich ist ihm nichts passiert!»

Joe antwortete nicht. Mit dem Handy am Ohr ging er auf die Tür zu. Nora konnte hören, dass sein Anruf im selben Augenblick entgegengenommen wurde, in dem er in die schwüle Hitze hinaustrat und die Tür hinter ihm zufiel. Nach ein paar Minuten, in denen Sky einen sinnlosen Wetterbericht sendete, kam er zurück. Verschwitzt und blass.

«Meinem Bruder ist nichts passiert, aber er ist fertig mit den Nerven. Er meinte, bei dem Opfer in dem Video handele es sich um Ed Crow», sagte er an Cathy gewandt.

«Wow», rief sie und nahm einen großen Schluck von ihrem Bier.

Nora sah vom einen zur anderen.

«Kennt ihr ihn etwa?»

Joe nickte und starrte auf den Tisch.

«Wer ist es?», fragte Nora besorgt.

«Er war der Chef meines Bruders. Aber er war mehr als das. Sie waren Freunde, seit ich ein kleiner Junge war. Sie haben zusammen bei der Polizei angefangen, er war der Trauzeuge meines Bruders. Chris steht unter Schock.»

Noch bevor Joe mehr sagen konnte, klingelte sein Telefon, und er ging wieder vor die Tür.

Cathy starrte auf den Bildschirm, auf dem erneut der Ausschnitt mit dem verpixelten abgetrennten Kopf gezeigt wurde.

Ihre sonnengebräunte Haut wirkte plötzlich ganz blass im Kontrast zu ihrem knallbunten Batik-Gewand.

«Wie grauenvoll. Nicht einmal Crow hat so etwas verdient.»

«Was meinst du damit?»

Cathy zuckte mit den Schultern.

«Joe sieht das vielleicht anders, der Typ ist immerhin ein Freund seines Bruders. Beziehungsweise war», berichtigte sie sich selbst. «Aber er war ein durchtriebenes Schwein. Korrupt bis zum Gehtnichtmehr.»

«Warum glaubst du, dass der IS sich ausgerechnet ihn herausgepickt hat?»

Cathy überlegte einen Augenblick.

«Die waren wahrscheinlich einfach nur schneller als alle anderen.»

«Inwiefern?»

«Der Mann hatte Hunderte von Feinden. Das weiß ich, weil ich in den letzten drei Jahren mitverantwortlich für die Berichterstattungen aus Toppingham war. Glaub mir, Crow hatte nicht gerade viele Freunde in der Stadt.»

«Warum nicht?»

Bevor Cathy darauf antworten konnte, kam Joe zurück. Er war immer noch weiß wie ein Laken.

«Ich habe gerade mit meiner Mutter gesprochen. Chris scheint das alles mehr mitzunehmen, als er zugibt. Sie will, dass ich nach Hause komme», erklärte er und sah Nora an.

«Ich muss zurück ins Hotel und versuchen, unsere Tickets irgendwie umzubuchen. Tut mir leid, dass ich dich jetzt so sitzenlasse.»

Nora nickte.

«Keine Sorge, ist doch verständlich.»

Cathy gab ihr eine flüchtige Umarmung, bevor sie aufstand.

«Hätte mich gefreut, dich richtig kennenzulernen. Hoffe, wir sehen uns irgendwann noch mal wieder.»

«Vielleicht eher, als du denkst», erwiderte Nora.

Noch bevor Cathy und Joe ihren gemieteten Motorroller starteten, hatte Nora ihr Handy gezückt, es angeschaltet und gab nun das Passwort des Pub-WLANs in das kleine Feld ein. Ihr Finger zögerte nur einen winzigen Augenblick. Dann nahm sie Abschied von ihrem Seelenfrieden und drückte auf *Verbinden*.

Sie hatte vierzehn unbeantwortete Anrufe. Einer war von Andreas, der andere von ihrem Vater. Die anderen zwölf waren von Krebs, ihrem unverbesserlichen Chef bei *Globalt*, der der festen Überzeugung war, seine London-Korrespondentin müsse für ihn entsprechend den Öffnungszeiten eines 24-Stunden-Kiosks ansprechbar sein.

Das Problem war nur, dass Nora nicht einmal mit Sicherheit sagen konnte, ob sie überhaupt noch London-Korrespondentin war. Die Zeitschrift stand unter finanziellem Druck, hatte jedoch Aussichten auf eine Förderung durch einen Kapitalfonds, der unter Aufsicht des russischen Oligarchen Anton Bugakov stand. Leider war Bugakov nicht besonders gut auf Nora zu sprechen, nachdem sie aufgedeckt hatte, dass Bugakovs Exfrau ihren gemeinsamen Sohn nach Dänemark entführt hatte. Weshalb er nun ausgerechnet Nora Vorwürfe machte, wusste wohl nur er selbst. Keiner sprach es direkt aus, aber Nora war sich sicher, dass Bugakovs Investition – für den Russen nur Peanuts – seine Methode war, sich an ihr zu rächen. Als Krebs dann verlauten ließ, Bugakov wolle sie aus London weghaben, schienen sich ihre schlimmsten Befürchtungen zu bewahrheiten.

Bei ihrem letzten Gespräch mit Krebs hatte der Chef vorgeschlagen, sie für eine Zeitlang nach Dänemark zurückzuholen. Bugakov wurde namentlich nicht erwähnt, aber seine Anwesenheit waberte über dem Gespräch wie der Smog über Jekaterinburgs Industriegebiet. Ungreifbar und in großen Mengen giftig.

Nora hatte um Bedenkzeit gebeten, und Krebs hatte widerstrebend eingewilligt, als er wohl oder übel einsehen musste, dass er Nora vor eine beinahe unmögliche Wahl gestellt hatte: Entweder würde sie ihr Leben in London aufgeben müssen oder riskieren, ihren Job zu verlieren. Nach drei schlaflosen Nächten hatte Nora ein Flugticket nach Thailand bestellt und sich in Mons Muay-Thai-Schule auf der Insel Koh Pha Ngan angemeldet.

Nora öffnete ihr Mail-Postfach. Nun war es endgültig vorbei mit dem Frieden. Dort warteten mehr als dreihundert ungelesene E-Mails auf sie.

Absichtlich übersprang sie die Nachrichten von Krebs. Die mussten noch ein bisschen warten. Sie entdeckte eine Mail von Andreas, ihrem alten Schulkameraden, der plötzlich in London aufgetaucht war. Nora hatte sich Hals über Kopf in den Polizisten mit den braunen Augen verliebt, sein Lächeln ließ sie dahinschmelzen wie ein Eisschloss in der Sonne.

Aber das Glück mit Andreas war nur von kurzer Dauer gewesen. Er hatte seine ehemalige Freundin Birgitte geschwängert, noch bevor er Nora traf, und nun wohnte er gemeinsam mit ihr und der kleinen Viola in Dänemark. Nora hatte versucht loszulassen, doch weder der dunkelhaarige Verleger Tom Craven mit einem Selbstbewusstsein so groß wie Wales noch die täglichen fünfhundert Tritte gegen abgewetzte Autoreifen unter Mons Anweisungen hatten den Andreas-Schmerz in ihrem Körper lindern können.

Irgendwie war es ein Trost, dass auch er sie noch nicht ganz aus seinem Herzen verbannt zu haben schien.

Seine Mail war kurz.

Kannst du nicht zurückrufen? Viola ist sehr krank, und ich brauche jetzt eine Freundin. A.

Nora checkte das Datum. Die Nachricht war fünf Tage alt. Laut ihrer Handyuhr war es in Thong Sala kurz nach 21 Uhr, also später Nachmittag in Kopenhagen. Sie entschied sich für eine vorsichtige Mail. Sie traute sich nicht anzurufen, wenn Birgitte vielleicht gerade neben ihm stand.

Sehe deine Nachricht erst jetzt. Geht es ihr gut?

Während sie auf eine Antwort wartete, ging sie die anderen Mails durch und fand eine von ihrem Vater, der trotz – oder vielleicht gerade wegen – seines akademischen Hintergrunds in seinen E-Mails nie einen natürlichen Ton fand. Er bevorzugte in Leder gebundene historische Bücher, die sich auf meterlangen Regalbrettern in seinen Büros an der Universität und zu Hause aufreihten.

Liebe Leonora Christine,
ich hoffe, du genießt deine Reise. Hier daheim ist alles in Ordnung, Nachbars Bessie hat Welpen bekommen. Ich überlege, mir einen davon anzuschaffen. Elvira ist der Meinung, es täte mir gut, jeden Tag einen langen Spaziergang zu machen. Nun ja, wann wirst du zurückkommen? Wir feiern Davids Geburtstag am 10. Du weißt ja, wie er ist, wenn nicht alles wie gewohnt abläuft.
Herzliche Grüße, dein Vater.

Während sie überlegte, wie sie ihrem Vater antworten und ihm versichern konnte, auch dieses Jahr vorbeizukommen und zum Familienfrieden beizutragen, klingelte ihr Telefon.

«Sand hier», sagte sie.

«Das wurde aber auch Zeit», meldete sich Krebs mit leicht genervter Stimme.

Sie antwortete nicht, sondern versuchte stattdessen, im Kopf auszurechnen, was es wohl kostete, einen Mobilanruf aus Kopenhagen entgegenzunehmen.

«Tja, ich hoffe, du hattest schöne Ferien», fuhr er unbeirrt fort.

Nora brummte etwas vor sich hin, was als Zustimmung gedeutet werden konnte. Was Krebs auch genau so verstand.

«Gut so. Aber jetzt reicht's auch wieder mit dem Nichtstun. Zu Hause wartet Arbeit auf dich.»

«Wo zu Hause?», fragte sie, und das Herz schlug ihr bis zum Hals.

Sollte er ihr irgendeinen beliebigen Platz in der Inlandsredaktion zugeteilt haben, ohne sie überhaupt erst zu fragen, wäre das vollständig unakzeptabel, dachte sie entschlossen. Ein Fall für den Betriebsrat, der anscheinend Dan hieß, den Nora aber nur ein einziges Mal bei der Weihnachtsfeier vor drei Jahren getroffen und dann nie wieder von ihm gehört hatte.

«In Toppingham natürlich! Die laufen echt Amok da drüben. IS-Angriff auf die Polizei. In Europa bewegen wir uns gerade in eine neue Phase, was Terrorismus betrifft. Es ist wichtig, dass du vor Ort bist, Sand. Niemand anderes aus der Redaktion kann auch nur ansatzweise so gut über den Fall berichten wie du.»

Nora wusste, dass er recht hatte, aber sie dachte gar nicht daran, ihm diesen Sieg zu gönnen.

«Ich würde erst einmal gerne wissen, was genau mein aktueller Status bei euch ist, bevor ich alles stehen- und liegenlasse, und ...»

«Warte mal kurz», unterbrach Krebs sie, und sie konnte ihn durch das Büro rufen hören.

«Anette? Bist du auf dem Weg nach Hause?»

Nora hörte eine genuschelte Antwort.

«Kannst du nicht noch fünf Minuten länger bleiben?»

Weiteres Nuscheln.

«Wir müssen schnell ein Flugticket für Sand buchen. Sie ist in Thailand, und wir brauchen sie in Toppingham. Am besten gestern.»

Nach einer kurzen Pause:

«Danke!»

Und dann war Krebs wieder am Hörer.

«So, Anette mailt dir deine Tickets. Wir hören uns, wenn du in England bist.»

«Aber, ich würde gerne noch einmal betonen, dass ...»

Doch Krebs hatte schon längst aufgelegt, und Nora blieb keine andere Wahl, als zu warten, bis sie wieder in Europa war, bevor sie sich bei ihm beschweren konnte.

■

Am nächsten Morgen um kurz nach fünf hupte Mon vor Noras Bungalow. Sie warf ihren grünen Koffer auf die Ladefläche seines roten Pick-ups und setzte sich neben ihn ins Fahrerhäuschen. Sogar zu so früher Stunde bewegte er sich mit einer natürlichen Ruhe und Anmut, was ihm den Kampfnamen Stehende Welle verschafft hatte. Vom ersten Augenblick an hatte er Nora an die grazile Leichtigkeit eines Seepferdchens erinnert. Selbst wenn sie bis ans Ende ihres Lebens trainierte, würde sie gerade diese beständige Ruhe nie erlernen.

Mon hatte sie den gesamten ersten Tag genau beobachtet. Nach dem Training war er besonnen, aber entschieden auf sie zugekommen und hatte ihre Haltung verbessert.

«Dein Problem ist, dass du schon so dastehst, als wärst du jederzeit bereit für den Kampf. Sehr aggressiv», hatte er gesagt.

Verblüfft hatte Nora ihn angeschaut.

«Ja, aber das soll ich doch auch. Muay Thai ist ein Kampfsport.»

Mon lächelte sanft.

«Nein. Ganz und gar nicht. Das ist wohl das Wichtigste, was ich dir hier beibringen kann», hatte er erwidert.

In dem Moment, in dem sie auf die Hauptstraße Richtung Fährhafen einbogen, ergoss sich über ihnen einer dieser epischen Wolkenbrüche, der Nora das Gefühl gab, direkt unter einem riesigen Wasserfall hindurchzufahren. Mon ließ sich nichts anmerken, während der Regen auf die schlanken Palmen niederprasselte, und lenkte den Wagen behände um die großen Pfützen herum, die sich auf der Straße bildeten.

Sie hielten an der Hafenmauer und blieben noch eine Weile im Pick-up sitzen, während sie darauf warteten, dass die Fähre in den Hafen einfuhr und die Passagiere an Bord gehen konnten.

«Was ist eigentlich dein Job, dass du so Hals über Kopf nach Hause aufbrechen musst?», fragte Mon, den Blick auf die türkisen Fischerboote gerichtet, die im Regen auf den Wellen wogten.

«Ich bin Journalistin. Ich verdiene mein Geld mit Schreiben. Ich schreibe jeden Tag.»

Er sah sie an, in seinem Blick so etwas wie Respekt.

«Das muss schwer sein?»

Nora zuckte mit den Schultern.

«Eigentlich nicht. Was du machst, ist schwer. Schreiben ist das Einfachste auf der Welt.»

«Nicht für mich», entgegnete Mon.

Sie sahen sich an und mussten beide grinsen. Nora holte tief Luft und stieg hinaus in den Regen. Mon nahm ihren Koffer von der Ladefläche. Nach nur zehn Sekunden waren beide klitschnass.

«Gute Reise, Nora Sand, die Schreibende», sagte er mit ernstem Ton.

«Danke, Stehende Welle», sagte Nora.

Dann ging sie an Bord und setzte sich unter Deck der Fähre mit Kurs auf Koh Samui, von wo aus die Reise weiter nach Bangkok, London und schließlich Toppingham gehen würde.

Die Ferien waren vorbei.

Kapitel 2

Das Naturgesetz, dass es sich beim April um einen Frühlingsmonat handelte, schien nicht bis nach Yorkshire vorgedrungen zu sein. Als Nora am frühen Nachmittag am Bahnhof ausstieg, peitschte ihr ein kalter Regen ins Gesicht, als wolle er ihr weismachen, ihre Zeit bei Mon und seinem Wasserbüffel seien das Erlebnis einer anderen gewesen. Stattdessen kam es Nora so vor, als sei sie geradewegs in die erste Zeile ihres Lieblingsgedichts *The Waste Land* spaziert, in dem der April als der schlimmste aller Monate dargestellt wurde. Nora erinnerte sich nur zu gut daran, welch starken Eindruck T. S. Eliots Gedicht als Teenager auf sie gemacht hatte – sie war geradewegs in ein Universum eingetaucht, in dem die hoffnungslose Sehnsucht, die ihr wie ein dunkler Schatten folgte, in Worte gefasst wurde. Sie schüttelte diesen Gedanken ab und nahm sich ein Taxi zum The Standard, dem Hotel, in dem sie ein Zimmer gebucht hatte.

Das Zimmer im zweiten Stock war mit einem Teppich ausgelegt, der sie an Stanley Kubricks *Shining* erinnerte. Das Muster aus großen Rechtecken war im Laufe der Jahre zu einer traurigen Version der fröhlichen Grundfarben verblasst, die einst das ursprüngliche Design ausgemacht hatten.

Das Fenster ging zum Park hinaus, wo zwei Schulmädchen auf einer Bank saßen und Kette rauchten. Der Regen hatte nachgelassen, und Nora vermutete, dass sie wohl aus dem pompösen Kalksteingebäude direkt hinter dem Park ausgerissen waren. Der Schriftzug am Eingangsbereich verkündete, dass es sich um die Mädchenschule St. Helena handelte. Eines der beiden Mädchen stand auf und zerstörte Noras Illusion, es handele sich um zwei Schulschwänzerinnen, indem sie ein Baby aus einem Kinderwagen hob, der Nora erst jetzt auffiel.

Nora stellte ihren Laptop auf den schmalen Tisch am Fenster und versuchte, sich mit dem Gedanken zu abzufinden, dass sie nun nicht mehr in Thailand war. Als sie heute Morgen in ihrer Wohnung in Belsize Park angekommen war, hatte sie einfach nur Lust gehabt, sich nach den vielen Stunden im Flugzeug in ihr eigenes Bett zu legen und sich auszustrecken. Es hatte sie mehr als die durchschnittliche Willensstärke gekostet, stattdessen ihre Post zusammenzuklauben, die verkümmerten Wüsten-Sukkulenten zu gießen und eine kleine Reisetasche mit warmen Klamotten und dem letzten in ihrer Wohnung vorhandenen Stapel sauberer Unterwäsche zu packen. Den Computer hatte sie mit einem Stapel halbvoller Notizblöcke in ihre Handtasche geschoben.

Am Bahnhof King's Cross hatte sie die tagesaktuellen Zeitungen gekauft und einen Kaffee, bestehend aus so vielen Espresso-Shots, wie sich in einen einzelnen Becher pressen ließen. Erst als sie den Becher halb leergetrunken hatte, konnte sie die Energie aufbringen, sich bei *Globalt* zum Einsatz zu melden – sehr zu Krebs' ungeteilter Freude.

Andreas hatte nicht auf ihre Mail geantwortet, und sie hatte fest vorgehabt, sich aus dem Zug noch einmal bei ihm zu melden, doch sobald sie auf ihrem Platz saß, war sie in einen tiefen Schlaf gefallen, der nur von einem Kontrolleur gestört worden war, der keinerlei Verständnis dafür aufgebracht hatte, dass einer seiner Passagiere immer noch in thailändischer Zeit lebte. In Sheffield hatte er sie aus dem Zug gejagt, damit sie ihre Verbindung nach Toppingham nicht verpasste.

Müdigkeit und Jetlag steckten ihr immer noch in den Knochen, und sie war dankbar, dass es sich in Großbritannien nicht nur schickte, sondern auch ein Menschenrecht zu sein schien, sich stets eine Tasse Tee kochen zu können, selbst in den heruntergekommensten Hotelzimmern.

Im Internet öffnete sie die Seite des *Mercury*. Nora hatte sich in aller Eile weder Joes noch Cathys Nummer besorgen können, aber immerhin wusste sie, wo die beiden arbeiteten, und das war schon mal ein Anfang.

Joes Handynummer stand unter seinem Autorenfoto auf der Homepage der Zeitung, neben der Aufforderung, dass alle, die ihm eine gute Story aus Toppingham und Umgebung liefern konnten, ihn jederzeit direkt anrufen oder anschreiben sollten. Alles sei von Interesse! Jeder Hinweis würde mit äußerster Diskretion behandelt, versprach er.

«Joe Foster», meldete er sich. Zunächst klang er überrascht und relativ beschäftigt, doch als Nora ihm erzählte, sie sei ebenfalls in Toppingham, taute er auf.

«Ich muss gerade noch einen Artikel fertig schreiben – sehen wir uns in ein paar Stunden auf ein Feierabendbier?», schlug er vor und gab ihr den Namen eines Pubs durch, der nur fünf Minuten von Noras Hotel entfernt lag.

Nach dem Gespräch mit Joe suchte sie die Nummer eines ihrer Informanten heraus, den sie schon einige Male im Zusammenhang mit dem IS kontaktiert hatte. Victor Grunch hatte in der Vergangenheit für den britischen Geheimdienst gearbeitet und war auf Dschihadisten spezialisiert, aber das war bereits einige Jahre her. Inzwischen leitete er seine eigene Security-Firma und verdiente sein Geld mit privaten Unternehmen aus aller Welt, die er in Sicherheitsfragen beriet. Jeden Anruf einer Journalistin nahm er zum Anlass, Reklame für Grunch Security Solutions zu machen, und er erinnerte Nora stets daran, den Namen seiner Firma zu erwähnen, wenn sie ihn in *Globalt* zitierte. Nora ließ sich darauf ein, weil dieser Mann wirklich wusste, wovon er sprach. Sie hatte ihn auf einer Konferenz über IS-Rückkehrer kennengelernt, auf der er als einer der Hauptredner auftrat. Im Gegensatz zu den meisten Experten der Geheimdienste war Grunch kein Mann blumiger Formulierungen und halber Sätze. Seine Stellungnahmen waren ebenso eindeutig wie die breiten roten Hosenträger, die zu seinem Markenzeichen geworden waren.

Als er Noras Anruf entgegennahm, hörte sie sofort, dass er schwer beschäftigt war.

«Grunch, mit wem spreche ich?»

Nora stellte sich vor.

«Mja, ich erinnere mich. Ich sitze gerade im Auto, Sie haben fünf Minuten», forderte er sie heraus.

«IS in Toppingham? Wie hat man das zu verstehen?»

«Zwei Möglichkeiten: Entweder ein Rückkehrer aus Syrien. Oder einer der anderen.»

«Einer der anderen?»

«Ja, einer von denen, die nicht ausreisen durften. Die können genauso gefährlich sein.»

«Wie das?»

«Junge Menschen, die übers Internet radikalisiert werden. Während ihre Eltern sie in Sicherheit wähnen, weil sie ihre Kinder von Gangs und radikalen Imamen fernhalten, sitzen sie in ihren Kinderzimmern und sehen sich Videos des Daesh an, in denen er den heiligen Krieg glorifiziert und zeigt, wie der IS den Syrern zur Seite steht, die der Gewalt und Folter von Baschar al-Assads Truppen ausgesetzt sind. Heilige Krieger, die Essen und Süßigkeiten an Waisenkinder verteilen.»

«Aber zu welchem Grad kann man sich denn wirklich von Videos im Internet beeinflussen lassen? Und warum bemerken die Eltern nichts davon?»

«Sie wären überrascht, wenn Sie wüssten, wie schnell so etwas geht und wie dicht man mit der richtigen Form von Propaganda an die Leute herankommt. Wenn irgendwelche Talentscouts diese Jugendlichen erst einmal in ihre Klauen kriegen, ist die Schlacht oft schon verloren. Diese Menschen sind darauf spezialisiert, Menschen von ihrer Umgebung zu isolieren. Dann geben sie ihnen das Gefühl, wichtig zu sein, und dieses Gefühl wird durch die Verschwörung noch verstärkt: Du bist unser Auserwählter. Du darfst nicht mit anderen über deinen heiligen Auftrag für Allah sprechen. Der London-Angriff vor drei Jahren – wissen Sie noch?»

Nora erinnerte sich nur zu gut an den schrecklichen Abend, an dem ein Lastwagen in eine Menschenmenge gefahren war, auf einer von Londons vielen Brücken.

«Hinter der Tat steckte ein einundzwanzigjähriger Bursche. Im Jahr zuvor plante er, nach Raqqa zu gehen und von dort aus in den Heiligen Krieg zu ziehen. Aber seine jüngere Schwester schöpfte Verdacht und sprach mit einem Imam, der schlau genug war, die Polizei in Leicester, der Heimatstadt des jungen Mannes, einzuschalten. An der Grenze wurde ihm die Ausreise verweigert. Danach hat er sich den Behörden zufolge unauffällig verhalten. Jedenfalls so lange, dass es niemand verdächtig fand, als er nach

London zog. Dort rächte er sich an der Gesellschaft, die ihn daran gehindert hatte, in den Heiligen Krieg zu ziehen.»

«Ihrer Erfahrung nach handelt es sich bei demjenigen, der für den Mord an dem Beamten verantwortlich ist, also um einen Rückkehrer oder jemanden, der gegen seinen Willen im Land bleiben musste?»

Es entstand eine Pause, aber Nora konnte das Ticken der Blinklichter in Grunchs Auto hören. Dann wurde es still, der Motor erstarb.

«Ich bin jetzt da», sagte er.

«Nur ganz schnell!»

«Ich habe das Video nicht gesehen, Sand. Es ist in seiner ganzen Länge nicht für die Öffentlichkeit zugänglich. Doch wenn ich es mir ansehe, und da werde ich aufgrund meiner Arbeit leider nicht drum herumkommen, werde ich auf verschiedene Dinge achten: Was ist im Hintergrund zu sehen? Wie lautet die Botschaft, die dem Video zugrunde liegt? Wer spricht und wie ist der genaue Wortlaut? Handelt es sich um eine professionelle Hinrichtung, ausgeführt von jemandem, der so etwas schon einmal getan hat? Wie bewegt sich der Täter? Man sieht es Menschen fast immer an, ob sie eine militärische Ausbildung genossen haben. Aber wenn Sie meine Meinung aus dem Stegreif hören wollen, dann glaube ich tatsächlich nicht, dass der IS mit der Tat in Verbindung steht. Das ergibt strategisch gesehen keinen Sinn. Okay? Ich muss jetzt weiter», sagte Grunch und legte auf.

Nora öffnete das Fenster auf Kipp, schob den Flachbildfernseher zur Seite, um Platz für ihren Laptop zu machen, setzte sich und tippte ihre Notizen ab. Danach begann sie ihre Recherchen zu den Syrienkriegern. In einem vor anderthalb Jahren von einem Thinktank verfassten Bericht wurde geschätzt, dass bis zu vierhundert

Krieger versuchen würden, in ihre Heimat Großbritannien zurückzukehren, sollte es zu einem Zusammenbruch des IS kommen.

Die Briten standen nicht allein vor diesem Problem, stellte Nora fest. Ungefähr zweitausend Krieger könnten laut des Berichts nach ihrem Aufenthalt in Syrien oder dem Irak nach Europa zurückkehren wollen. Ein Gutachten für Dänemark schätzte die Zahl der eventuellen Rückkehrer auf einhundertfünfzig.

Der Bericht kam zu dem Schluss, dass es im Großen und Ganzen unmöglich sein würde, zwischen eingefleischten Dschihadisten und jungen naiven Mitläufern unterscheiden zu können, die sich von Versprechen auf ein paradiesisches Kalifat und höchste Ehre hatten anlocken lassen, stattdessen allerdings nur sinnlose Brutalität vorgefunden hatten und nun nichts weiter wollten, als in ihr normales Leben im Westen zurückzukehren.

Einige Experten waren der Ansicht, man könne die jungen Menschen rehabilitieren, andere sahen darin ein sinnloses Unterfangen. Ein französischer Minister hatte zum Ausdruck gebracht, aus seiner Sicht sei es das Beste, wenn diejenigen, «die sich für einen Kampf an der Seite der Islamisten in Syrien entschieden haben, auch in Syrien sterben», und ein Sprecher des US-Militärs hatte gegenüber einer amerikanischen Zeitung bestätigt, dass es gegen Mitglieder des IS einen Schießbefehl gab, egal ob sich EU-Bürger unter ihnen befänden oder nicht.

Die britische Regierung hatte bereits begonnen, IS-Anhängern ihre Staatsbürgerschaft zu entziehen und damit auch die Möglichkeit, wieder nach Hause zurückzukehren. Wie vielen es gelungen war, vorher in Großbritannien einzureisen, war aus dem Bericht nicht ersichtlich.

Nora rief bei den Organisatoren des Thinktanks an, um sie um einen aktuelleren Status zu bitten, doch dort sprang nur der Anrufbeantworter an. Also suchte sie nach islamischen Gemeinden in Toppingham. Vielleicht konnte ihr dort jemand Auskunft darüber geben, weshalb der IS in diesem Ort einen Anschlag verüben sollte statt beispielsweise in London. Vielleicht hatte die Hauptstadtpolizei ganz andere Sicherheitsvorkehrungen getroffen als eine kleine Stadt im Süden von Yorkshire mit nur einer viertel Million Einwohner. Aber warum ausgerechnet hier? Warum nicht in Sheffield, Manchester, Birmingham oder Brighton? Nora nahm an, dass der Täter, egal ob er nun in Syrien gewesen war oder nicht, einen Bezug zu dem Ort haben musste.

Sie rief bei der islamischen Gemeinde an, die allem Anschein nach die größte in Toppingham war, und wurde mit einem Mann verbunden, der sich als Abu Wahid vorstellte. Als er hörte, dass Nora Journalistin war, klang er plötzlich so, als läse er die Antworten auf Noras Fragen von einem Stück Papier ab.

«Wir verurteilen jegliche Form von Gewalt. Der Islam ist eine friedliche Religion. Aus dieser Stadt ist uns niemand bekannt, der zu einer derartigen Tat in der Lage wäre», ratterte er herunter. «Wir distanzieren uns von dieser Tat, die im Widerspruch zu den Lehren des Propheten Mohammed steht.»

Nora versuchte mehrmals, seinen Redeschwall zu unterbrechen, doch der Mann war routiniert und hatte es offenbar nicht nötig, zwischen den Sätzen Luft zu holen. Schließlich konnte sie das Wort ergreifen:

«Darf ich morgen zu einem Gespräch vorbeikommen?»

«Ich wüsste nicht, zu welchem Zweck», erwiderte Abu Wahid.

«Ich würde gern erfahren, was Ihre Sicht auf die Tragödie ist.»

«Das sagen sie alle, doch wenn wir uns dann auf ein Gespräch einlassen, interessiert es eigentlich niemanden, was wir wirklich meinen», sagte Abu Wahid mit müder Stimme.

«Aber mich interessiert es», versicherte Nora ihm.

«Warum sollten Sie anders sein als andere Journalisten?»

«Weil ich mich tatsächlich gern mit Ihnen treffen und mit Ihnen sprechen möchte?»

Abu Wahid seufzte.

«Ich sehe nicht, welchen Sinn ein solches Gespräch haben sollte», sagte er und legte auf.

Nora beschloss, nicht so leicht aufzugeben. Vielleicht fiel es ihm weniger leicht, sie abzuwimmeln, wenn sie persönlich vor ihm stand. Vielleicht traf sie auch auf einen anderen Mitarbeiter, der sich dazu bereit erklärte, mit ihr zu sprechen.

Verstohlen blickte sie hinüber zum Bett. Die Kissen sahen ungewöhnlich weich aus, und sie spürte, wie eine neue Welle der Müdigkeit sie überkam. Doch sie wusste, dass ihr nichts anderes übrigblieb, als die Zähne zusammenzubeißen und den Gedanken an Schlaf zu verdrängen, andernfalls würde sie später die Konsequenzen zu spüren bekommen. Stattdessen schaltete sie den Wasserkocher an, bereitete sich eine Tasse Kaffee mit zwei Tütchen Pulverkaffee zu und schenkte sich H-Milch aus einem Plastikbehälter dazu, der aussah, als gehöre er zum Inventar eines Puppenhauses.

Draußen wurde es langsam dunkel, und der Regen war inzwischen so heftig, als wollten sich die Tropfen in die Erde bohren. Nora dachte sehnsüchtig an ihren Regenschirm, den sie in ihrer Londoner Wohnung zurückgelassen hatte. Während sie den Kaffee trank, fiel ihr Blick auf ein Taxi, das mit ausgeschalteten Scheinwerfern am Rande des Parks anhielt. Die Frauen mit dem Kinderwagen waren längst verschwunden, aber Nora konnte sehen, dass sich in der Dämmerung zwischen den Bäumen etwas regte. Sie fragte sich, wie verzweifelt man sein musste, um sich bei diesem Wetter im Freien aufzuhalten. Es war unmöglich, durch die Zweige der Bäume etwas zu erkennen, vielleicht war der Taxifahrer einfach nur dem Ruf der Natur gefolgt. Nora holte tief Luft und schickte Andreas eine SMS.

Passt es dir gerade?

Nur wenige Sekunden später klingelte das Telefon.

«Hi», sagte er.

Seine Stimme war rau und müde, und nur an diesem einsilbigen Wort erkannte Nora, dass er erschöpfter war als je zuvor in seinem Leben. Sie hatte sich eingeredet, nur als Freundin anzurufen, doch dieses kleine Wort bohrte sich durch ihr Verteidigungsbollwerk, das vor lauter Müdigkeit kaum noch standhielt, und versetzte ihr einen Stich ins Herz.

«Was ist denn los, Andreas?»

«Viola ist im Krankenhaus. Sie machen alle möglichen Tests, finden aber einfach nicht heraus, was ihr fehlt. Sie hatte hohes Fieber, und ihr Herzton ist nicht stabil.» Andreas holte tief Luft.

«Oh, das ist ja furchtbar.»

«Sie sagen, dass sie im Moment außer Lebensgefahr ist, aber es war knapp.»

Seine Stimme brach.

«Wo bist du jetzt?», fragte Nora.

«Ich bin gerade auf dem Weg zur Apotheke. Ich musste einfach mal raus. Birgitte ist in der Wohnung mit Viola und meiner Mutter.»

«Oh, Andreas. Das tut mir so leid. Wie geht es Birgitte? Das muss ja grauenhaft für sie sein.»

«Sie verkraftet das besser als ich», erwiderte Andreas.

Nora hörte das Aufgleiten einer automatischen Schiebetür und eine schnarrende Lautsprecheransage im Hintergrund.

«Ich muss los. Schön, dass du dich nach mir erkundigt hast. Ich weiß nicht, warum, aber ich hatte einfach das Bedürfnis, dir davon zu erzählen.»

«Andreas, du kannst mich jederzeit anrufen.»

«Danke. Tschüs.»

Nora hatte kaum bemerkt, dass sie sich während des Gespräches aufs Bett gesetzt hatte, und jetzt ließ sie sich rücklings in die Matratze sinken, schloss die Augen und spürte, wie der Schlaf sie übermannte, sich wie eine weiche Bettdecke über sie legte, die man einfach nur über den Kopf ziehen musste, und schon konnte man alles vergessen: geköpfte Polizisten, IS-Krieger und Andreas, der in Kopenhagen kurz davor war, in Tränen auszubrechen. Ihre Lider fielen automatisch zu, und gerade als sie in die Dunkelheit eingetreten war, katapultierte ihr Telefon sie zurück ins Hier und Jetzt. Es war Tom. Nora ließ es klingeln, und dreißig Sekunden später erhielt sie eine Benachrichtigung von ihrem Anrufbeantworter. Sie ließ die Nachricht Nachricht sein. Sie hatte keine Lust, darüber nachzudenken, welchen Platz der dunkelhaarige Verleger aus Soho in ihrem Leben gerade einnahm. Darum würde sie sich kümmern, wenn sie wieder in London war. Sie zwang sich aus dem Bett und nahm eine dampfend heiße Dusche.

■

Eine Dreiviertelstunde später stand sie an der Bar des *Maiden's Head*, einem Pub, der genau so aussah, wie man ihn sich vorstellte. Über mehrere Jahrzehnte hatte er in einer Stadt floriert, die einst der ganze Stolz der Eisenindustrie gewesen war, sich nun jedoch mit einer Arbeitslosenquote herumschlug, deren Kurve sich stets in die falsche Richtung entwickelte. Das einzige Indiz für den Fakt, dass man sich in diesem Pub nicht mehr im Jahr 1975 befand, war der Flachbildfernseher, auf dem ein Cricketmatch von einem Ort übertragen wurde, wo das Wetter wesentlich besser war als in Toppingham.

Nora warf einen Blick auf den großen Kanister mit Billigcola hinter dem Tresen, bestellte dann jedoch ein großes Bier bei der lächelnden Barkeeperin mit dem silberglänzenden Lidschatten und den falschen Wimpern. Während Nora einen Fünf-Pfund-Schein aus ihrer Geldbörse fischte, tauchte Joe hinter ihr auf und tippte ihr an die Schulter.

«Hi Nora, schön, dich zu sehen. Wir sitzen hier drüben», sagte er und zeigte auf einen Tisch im hinteren Teil des Pubs direkt neben dem blinkenden Flipperautomaten. An dem Tisch saßen drei weitere Männer, die Joe ihr nacheinander flüchtig vorstellte.

«Matt aus der Sportredaktion, wenn er denn mal Bock hat zu arbeiten. Greg, den das Unglück ereilt hat, einen Schreibtisch mit mir zu teilen. Und der große Kerl mit dem Schnauzbart ist mein Bruder Chris. Nora ist Kickboxerin aus Dänemark. Hab sie in Thailand getroffen.»

Nora nickte ihnen allen zu und setzte sich mit ihrem Bier in der Hand Chris gegenüber. Die beiden anderen Journalisten waren in eine Diskussion vertieft, in der es, soweit Nora verstehen konnte, darum ging, inwiefern die aktuellen sexuellen Eskapaden eines Nationalspielers als Konsequenz eine Sperre nach sich ziehen sollten oder ob sein Talent auf dem Platz so herausragend war, dass man ihm alles verzeihen musste. Es dauerte nicht lange, bis Joe in die Diskussion einstieg.

Chris trank in großen Schlucken von seinem Bier und verfolgte das Cricketspiel, während er zwischendurch immer wieder zu Nora äugte. Er machte keine Anstalten, ein Gespräch zu beginnen, also beschloss Nora, den ersten Schritt zu tun.

«Joe hat mir erzählt, dass du bei der Polizei bist?»

Ein Nicken.

«Und du kanntest Crow richtig gut?»

Ein weiteres bestätigendes Nicken.

«Was, glaubst du, ist mit ihm passiert?»

Chris kniff die Augen zusammen.

«Hast du die Nachrichten nicht gesehen, oder was?»

Nora wand sich auf ihrem Sitz.

«Doch. Ich meinte nur …»

«Er war mein Freund. Ich bin heute den ganzen Tag bei seiner Frau gewesen … bei seiner Witwe, Mary. Ihr Sohn ist vier Jahre alt, und er nennt mich Onkel Chris. Wie soll ich dem Jungen jemals erklären können, was seinem Vater widerfahren ist?», sagte er, den Blick starr auf den Bildschirm gerichtet.

Nora berührte ihn sanft am Arm und bewegte ihn dazu, sie anzusehen. Sie wartete, bis er ihr in die Augen blickte.

«Es ist schrecklich, das verstehe ich nur zu gut. Aber was ich meinte, war: Seid ihr euch ganz sicher, dass das Video keine Inszenierung ist? Bisher wurde seine Leiche nicht gefunden. Kann es sein, dass er einfach nur entführt wurde und das Video die Leute in Angst und Schrecken versetzen soll?»

Chris schüttelte den Kopf und legte sich nervös die Hand vor den Mund, als wollte er versuchen, die folgenden Worte zurückzuhalten.

«Ich habe das Video gesehen. In seiner vollen Länge. Es besteht absolut kein Zweifel, dass Ed tot ist. Glaub mir.»

«Wie kommt es, dass du es gesehen hast?»

«Ich hatte in dieser Nacht Dienst, die Aufnahme wurde uns aufs Revier geschickt. In einer Rundmail an alle, mit dem Betreff *Er bekam, was er verdiente*. Wir bekamen schnell den Befehl, das Video zu löschen, was ich auch getan habe, aber ich konnte es vorher noch ansehen.»

Chris leerte sein Glas in einem Zug und starrte dann auf seine Hände, als sähe er sie zum ersten Mal.

«Du bist auch Journalistin, nicht wahr?»

Nora nickte

«Ja. Tut mir leid, falls Joe das nicht erwähnt hat.»

«Ist das hier für eine Reportage?»

«Ja. Aber ich weiß noch nicht, was für eine Reportage es wird.»

Chris musterte sie misstrauisch. Nora hob sein leeres Glas, das er gerade erst vor sich abgestellt hatte.

«Noch eins?»

Er nickte und wandte sich wieder dem Cricketmatch zu. Draußen war es inzwischen dunkel geworden, und die Gäste, die nur ein einfaches Feierabendbier trinken wollten, wurden von denjenigen abgelöst, die den Rest des Abends hier verbringen würden.

Als Nora mit einem Tablett zurückkam, auf das die Barkeeperin mit den silberglitzernden Augen fünf mit geübter Hand gezapfte Gläser Iron & Steel gestellt hatte, sah Chris besänftigt aus. Er nahm sein Glas und prostete den anderen am Tisch zu. Das Gespräch zwischen Joe und seinen Kollegen hatte sich nun den Vor- und Nachteilen des derzeitigen Nationaltrainers zugewandt und wie er im Verhältnis zu seinem Vorgänger abschnitt, über dessen Untauglichkeit sie sich schnell einig waren. Die Herausforderung bestand darin, Sterling zu zähmen, hörte Nora sie fachsimpeln, bevor sie ihre Aufmerksamkeit wieder auf Chris richtete.

«Und du bist dir wirklich völlig sicher, dass es sich bei dem Opfer in dem Video um Ed Crow handelt?»

«Ja. Wir waren befreundet, seit wir mit unseren ersten frisierten Mopeds durch die Gegend gefahren sind und heimlich das

Dosenbier seines Vaters getrunken haben. Ich würde seine Stimme immer und überall wiedererkennen.»

«Also war es Eds Stimme in dem Video?»

Chris musste schlucken.

«Ja. Er hat um sein Leben gefleht. Von seinem Sohn und seiner Frau gesprochen, die er über alles geliebt hat. Den Typ mit dem Krummsäbel schien das nicht im Geringsten zu berühren. Der war eiskalt.»

«Ein Profi?»

Chris zuckte mit den Schultern.

«Ich habe das Video als einer der Ersten gesehen. Es war Montagabend, und ich habe gerade zufällig meine Mails gecheckt. Danach saß ich einfach nur da und habe vor mich hin gestarrt. Ich konnte nicht fassen, was ich da gerade gesehen hatte.»

Seine Stimme brach. Dann nahm er einen Schluck von seinem Bier.

«Kannst du den Täter beschreiben?»

Chris zuckte mit den Schultern.

«Er trug eine Art Militäruniform. Sturmhaube. Man konnte seine Augen nicht richtig erkennen. Das war eigentlich auch in dem Clip zu sehen, der in den Nachrichten gesendet wurde.»

«Und der Hintergrund?»

«Weiße Wände. Eine nackte Glühbirne an der Decke. Nichts Auffälliges. Vielleicht ein Lagerraum oder eine Garage. Das hätte überall sein können.»

«Hing eine IS-Flagge im Hintergrund?»

«Ich habe keine gesehen. Nur eine schwarze Decke, weiße Wände und grelles Licht.»

Nora wartete darauf, dass er weitersprach, und nahm einen Schluck von ihrem Bier. Sie wusste, da würde noch etwas kommen.

«Dann hat der Typ ihm einfach die Kehle durchgeschnitten. Als würde er eine Ziege schächten.»

Unterbewusst fasste Chris sich an den eigenen Hals.

Nora spürte, wie die Müdigkeit und das zweite Bier auf leeren Magen ihr langsam zusetzten. Doch Chris war noch lange nicht fertig.

«Ed hat die Augen aufgerissen und geröchelt. Und dann wurde es still. Das Blut spritzte in alle Richtungen. So richtig in Strömen. Bis nichts mehr kam. Dann hat dieser Typ Eds Kopf komplett vom Hals abgetrennt. Das dauert länger, als man denkt. Luftröhre, Knorpel und Halswirbel mit einem Krummsäbel durchzuschneiden, ist harte Arbeit, selbst wenn die Klinge scharf ist. Ich konnte nicht genau erkennen, was er tat, weil die Kamera auf einem Stativ stand. Er hat sie nicht bewegt, als er sich an Ed zu schaffen machte. Aber es war zu hören, dass es schwere Arbeit war», sagte er tonlos.

Nach einem kurzen Atemzug setzte er erneut an, er war wie in Trance.

«Ich weiß nicht, warum ich das Video nicht weggeklickt habe. Warum ich nicht wegschauen konnte, den Ton ausstellen oder einfach aufstehen und gehen. Es war unmöglich.»

Nora wollte ihn bitten aufzuhören, aber er war in seinen Schilderungen schon zu weit vorangeschritten, als dass man ihn noch aufhalten konnte. Jetzt steuerten sie geradewegs auf das bittere Ende zu.

«Zum Schluss hielt er Eds Kopf in der Hand. Er hob ihn an den Haaren in die Höhe. Seine Augen konnte man nicht sehen, sie waren zusammengekniffen. Doch sein Mund war ganz verzerrt, als würde er nie wieder aufhören zu schreien.»

Chris hielt inne.

«War es das, was du hören wolltest? Ist da was für deine Reportage dabei?», fragte er bitter.

Bevor Nora antworten konnte, klingelte Joes Handy.

Nora sah, wie Joe ganz blass wurde und aufstand, um nach draußen zu gehen, wo es etwas ruhiger war.

«Ist die Polizei schon da?», hörte sie ihn beim Rausgehen noch fragen.

Kurz darauf drückte er das Gespräch weg und suchte stattdessen Noras Blick durch die Scheibe der Tür.

«Haben sie ihn gefunden?», fragte sie ihn, als er wieder hereinkam.

«Es sieht ganz danach aus. Ich fahre hin.»

«Ich komme mit», bestimmte Nora.

Sie zog sich ihren Pullover über und ging hinaus auf die Straße, um ein Taxi zu rufen, während Joe sich von seinem Bruder verabschiedete. Dann setzte er sich auf den Beifahrersitz und gab dem Fahrer eine Adresse in der Mulberry Road durch.

«Wer hat dich angerufen?», fragte Nora.

«Tommy.»

«Wer ist das?»

«Wir haben zusammen Fußball gespielt. Ich habe ihm ein paarmal vor den großen Jungs den Arsch gerettet. Jetzt wohnt er in einer der weniger schönen Gegenden der Stadt und versorgt mich immer wieder mit Tipps. Er hat mir gerade erzählt, dass vor einer Garagenanlage einiges los ist. Angeblich haben sie eine Leiche gefunden, bei der es sich um Ed handeln könnte.»

■

Zehn Minuten später bogen sie in die Mulberry Road ein. Das Blaulicht eines geparkten Einsatzwagens flimmerte aus der Entfernung und signalisierte den Bewohnern der umliegenden Wohnblocks, dass bei den heruntergekommenen Garagen etwas Ungewöhnliches vorgefallen sein musste.

Nora schüttelte sich vor der nassen Kälte, die wie eiskalte Nadeln in ihre Wangen pikste, während Joe den Taxifahrer bezahlte.

Der Garagenkomplex war von einem Eisengitter umzäunt und bestand aus vier langen roten Backsteinbaracken. Nora zählte zwölf rostige Rolltore pro Baracke. Die gesamte Gegend erinnerte an einen Vorort von Tschernobyl. Verlassen und ungepflegt, ebenso wie das Schild, das verkündete, dass es sich um Osbornes Garagenvermietung handelte.

Ein uniformierter Beamter saß im Einsatzwagen und gab konzentriert mit seinem Funkgerät eine Meldung durch, während sein Kollege im Wind mit dem blau-weißen Absperrband kämpfte, das der Welt erklären sollte, dass der Zutritt zu den Garagen vorerst verboten war. Hinter ihm sah Nora ein halbgeöffnetes Rolltor.

«Warum sind keine Rechtsmediziner und Kriminalbeamten vor Ort?», fragte sie.

Joe zuckte mit den Schultern.

«Die sind wohl unterwegs, denke ich, aber es wird wohl einen Augenblick gedauert haben, an einem Freitagabend, wenn alle Bier trinken sind, genügend Leute zusammenzutrommeln. Einige wurden bestimmt aus Sheffield beordert. Wenn sie denn überhaupt selbst fahren können», erklärte er.

Nora ging in Richtung der Garage. Sie warf Joe einen Blick über die Schulter zu.

«Kommst du?»

Er zögerte einen Augenblick. Dann folgte er ihr.

Der uniformierte Polizist sah auf, als sie näher traten, sagte jedoch nichts.

Joe nickte ihm zu.

«Ist es Crow?», fragte er.

Ein kurzes Nicken.

«Ist es in Ordnung, wenn wir uns kurz umsehen, Collins?», fragte er.

Collins überlegte ein paar Sekunden.

«Ihr habt zwei Minuten, dann müsst ihr euch vom Acker machen. Ihr dürft die Garage nicht betreten und nichts anfassen. Und du schuldest mir was», sagte er säuerlich.

Nora hatte bereits einen rotbraunen Fleck entdeckt, der sich nach und nach mit Regenwasser vermischte und sich wie eine rostfarbene Pfütze auf dem Asphalt ausbreitete.

Der Regen milderte den Gestank von Tod, aber er war unverkennbar. Süßlich und übelkeiterregend, wie Nora ihn zum letzten Mal bei einem Erdbebenbericht wahrgenommen hatte, bei dem sie den Hilfstrupps mehrere Wochen lang geholfen hatte, Opfer aus eingestürzten Häusern zu bergen.

Sie ging in die Hocke, um einen besseren Blick in die Garage zu erhaschen, aber die Dunkelheit machte es unmöglich, irgendetwas zu erkennen.

An der Tür klebte der Rest eines völlig unpassenden knallgelben Aufklebers mit einer halb abgerissenen Palme und den Buchstaben SUNSH.

«Wer hat ihn gefunden?», fragte sie Collins, während sie versuchte, die Taschenlampenfunktion ihres Handys einzuschalten.

«Keine Ahnung. Irgendein Garagenmieter, nehme ich an. Der Anrufer blieb anonym, aber er beschrieb einen merkwürdigen Geruch und bestand darauf, dass wir uns die Sache genauer ansehen sollten. Wir waren gerade in der Nähe, als die Zentrale uns herschickte.»

Joe hatte in der Zwischenzeit eine Taschenlampe aus seiner Jacke gezogen. Sie warf einen schwachen, suchenden Strahl gelben Lichts in die Garage und streifte einen Tisch, einen Stuhl und das dünne schwarze Metallbein eines Kamerastativs ohne Kamera. Auf dem Boden lag ein Bündel von der Größe des Körpers eines erwachsenen Mannes. Bedeckt von einem blutdurchtränkten Trenchcoat. Dann fiel der Lichtkegel auf den Tisch, der in der Mitte des Raums zu stehen schien. Auf dem Tisch lag Ed Crows Kopf. Seine Augen waren zusammengekniffen, die Haut hatte eine weißgelbe Farbe angenommen.

«Wie hat ...», begann Nora, bevor sie einen eisernen Griff an ihrer Schulter spürte.

Kapitel 3

«Wer zur Hölle sind Sie, und was haben Sie hier verloren?»

Nora stand auf und blickte in die Augen einer rothaarigen Frau, der die Wut ins Gesicht geschrieben stand. Sie wartete Noras Antwort gar nicht erst ab, sondern wandte sich direkt an Joe.

«Und Sie Foster, Sie sollten es wirklich besser wissen. Verschwinden Sie. Sofort.»

Auf dem Parkplatz entdeckten sie einen in die Jahre gekommenen Kastenwagen, der quer über drei Parklücken stand. Daneben war ein Team aus drei Männern und einer Frau dabei, sich Schutzanzüge aus Papier überzustreifen, was allen Schaulustigen zu verstehen gab, dass jede Hoffnung auf Überlebende sinnlos war und es ab jetzt nur noch um die Suche nach kriminaltechnischen Spuren ging. Die Zeit der Plastiktüten, Pinzetten und Reagenzgläser war angebrochen.

«Wer war das?», fragte Nora.

«Veronica Payton. Sie ist eine unserer toughesten Ermittlerinnen.»

«Ja, das kann ich mir vorstellen. Dass sie tough ist. Bekommt Collins jetzt Probleme?»

Joe schüttelte den Kopf.

«Vielleicht ein wenig.»

Während Nora und Joe im Regen standen, machte sich das KTU-Team an die Arbeit und stellte Scheinwerfer an der Garage auf. Ein BBC-Übertragungswagen rollte auf den Parkplatz. Kurz darauf stießen die Kollegen von Sky News dazu. Kleine Zelte wurden aufgestellt, um den Kameramännern und Journalisten Schutz vorm Regen zu bieten. Die Reporter machten sich bereit, live auf Sendung zu gehen, ohne richtig zu wissen, worüber sie überhaupt sprechen sollten.

«Erzähl mir mehr über Payton», bat Nora.

«Sie war von Anfang an mit dem Fall betraut. Mein Bruder hasst sie und alles, wofür sie steht.»

«Und das wäre?»

«Ach, du weißt schon. Sie ist ziemlich neu. Eine von diesen politisch korrekten Typen, die glauben, innerhalb von drei Wochen das gesamte Polizeiwesen umkrempeln zu können. Unter den gegebenen Umständen wird sie wohl bald von dem Fall abgezogen.»

Collins kam auf sie zu und zeigte in Richtung der Mulberry Road.

«Die Chefin betont, wenn ich es mal umschreibe, dass sie es sehr begrüßen würde, wenn ihr jetzt das Gelände verlasst», sagte er.

«Warum glaubst du, dass ihr der Fall entzogen wird?», fragte Nora.

«Es gibt Gerüchte, dass die Ministerin darauf besteht, eine Spezialeinheit aus London zu schicken. Payton findet das scheiße, aber offenbar steht der Entschluss nicht zur Debatte. Befehl von ganz oben», erklärte Joe.

Collins schüttelte den Kopf, als wäre allein der Gedanke, die

Londoner Ermittler auf heiliger Toppingham-Erde zu sehen, unerträglich.

«Wissen Sie, wer aus London kommen wird?», fragte Nora.

«Keine Ahnung. Ist mir eigentlich auch egal. Wir werden das Schwein, das hierfür verantwortlich ist, schon kriegen, ohne dass sich die Typen aus dem Süden einmischen», erwiderte Collins.

Bevor Nora weiter nachhaken konnte, unterbrach Collins das Gespräch und ging quer über den Parkplatz auf einen Fotografen in dunkler Regenjacke zu, der mit seinem riesigen Teleobjektiv wie aus dem Nichts aufgetaucht war.

«Hey, Sie! Verschwinden Sie hier!»

Nora konnte nicht hören, was der Fotograf erwiderte, sah ihn jedoch mit seinem gelben Presseausweis wedeln. Zwischen den beiden Männern entwickelte sich ein kleiner Tanz, als der Fotograf versuchte, an dem Polizeibeamten vorbeizukommen. Der Beamte versperrte ihm mit verschränkten Armen den Weg. Es sah aus wie eine einstudierte Choreographie.

Joe schüttelte den Kopf.

«Das ist Keith Snyder, freiberuflicher Fotograf für die *Sun*, die *Mail* und alle anderen, die ihn bezahlen. Wenn du hier oben nach einem Fotografen suchst, würde ich dir raten, dich an jemand anderen zu wenden. Er hat einfach zu viele Feinde. Und von meiner Tante, die ihm gegenüberwohnt, weiß ich, dass er seine Frau schlägt. Ein richtiges Arschloch.»

Nora nahm sich vor, am nächsten Morgen Krebs anzurufen und ihn zu fragen, ob das Budget ein Honorar für Pete hergab. Ihn dabeizuhaben, wäre großartig.

Aber sie wusste auch, dass es um die Finanzen von *Globalt* immer schlechter stand. Was einst eine einleuchtend professionelle Arbeitsmethode gewesen war, wurde nun von vielen Redakteuren als unnötiger Luxus angesehen, den man sich sparen oder gönnen konnte, je nachdem, was das Budget gerade hergab.

Joe griff Noras Arm.

«Komm, lass uns gehen. Mehr kriegen wir jetzt auch nicht raus, und ich muss zu Hause noch einen Artikel für die Online-Seite schreiben.»

Nora folgte ihm zurück zur Hauptstraße.

Joe zögerte.

«Ich kann von hier aus zu Fuß gehen. Soll ich dir ein Taxi rufen?»

Nora tippte die Adresse des Hotels in die Karte auf ihrem Handy ein. Es war ein Fußweg von acht Minuten.

«Quatsch. Ich geh zu Fuß. Ich bin sowieso schon völlig durchnässt.»

Joe ließ seinen Blick über die verlassene Hauptstraße schweifen.

«Bist du dir sicher?»

«Ja, klar. In weniger als zehn Minuten bin ich im Hotel.»

Joe überlegte einen Augenblick, doch schließlich übertrumpfte die Deadline seine Ritterlichkeit.

«Okay. Ich weiß ja, dass du Kickboxerin bist», sagte er mit einem Grinsen und schlug den Kragen seiner Jacke hoch, bevor er sich umdrehte und in die entgegengesetzte Richtung ging.

Nora überquerte die Straße und kam an einem Kiosk vorbei, der rund um die Uhr geöffnet war. Die Inhaber hatten es vor dem Regen nicht geschafft, die Auslage mit dem verschrumpelten Gemüse nach drinnen zu stellen. Okra, Auberginen und rote Zwiebeln schwammen in roten Plastikschüsselchen herum. Nora blieb kurz stehen und blickte auf eines der Fenster, das mit allem Möglichen zugekleistert war, von Angeboten für «Spezial-Massagen» bis hin zu Visitenkarten von Taxifahrern und Aushängen von Leuten, die nach Arbeit, Gärtnern oder Mitbewohnern suchten.

Sie verließ die Hauptstraße und bog in ein ruhiges Villenviertel ein. Nur wenige Menschen waren unterwegs. Die einzigen Geräusche kamen von ein paar weit entfernten Autos und dem andauernden Rauschen des Regenwassers, das in die Gullys lief.

Sie warf einen prüfenden Blick auf die Karte ihres Handys und stellte genervt fest, dass sie in die falsche Richtung gelaufen war. Jetzt war sie zwölf Minuten vom Hotel entfernt. Die App schlug vor, eine Abkürzung quer durch ein anliegendes Hochhausviertel zu nehmen. Einen Augenblick lang überlegte sie, außen herumzugehen. Zwischen den Hochhäusern schien es ungewöhnlich dunkel, und mit bloßem Auge konnte sie erkennen, dass einige Straßenlaternen kaputt waren.

Doch dann biss sie die Zähne zusammen und trat in die Finsternis.

Zwischen den Wohnblocks schien der Regen nachgelassen zu haben, und für einen Moment glaubte Nora, ein paar Schritte zwischen den Betonwänden widerhallen zu hören. Rasch drehte sie sich um, aber im Dunkel hinter ihr war das Wohnviertel wie ausgestorben, die menschenleeren Wege gesäumt von eingeschlagenen Straßenlaternen.

Sie lauschte, doch sie hörte nur das leise Trommeln des Regens und das schwache Rauschen des Verkehrs von der Hauptstraße, auf die sie zulief.

Erneut checkte sie die Karte. In sieben Minuten würde sie in der Rezeption ihres Hotels im Trockenen stehen. Sie beschleunigte ihren Schritt und ging in Gedanken die Regeln durch, die sie in einem Artikel über Selbstverteidigung gelesen hatte.

Angreifer suchten sich immer Opfer aus, die schon von vornherein schwach aussahen. Gehe in der Mitte der Straße. Gehe aufrecht und selbstbewusst. Sieh den Leuten nicht direkt in die Augen, aber senke den Blick auch nicht auf den Boden.

Zwei junge Kerle kamen auf ausgedienten Mountainbikes auf sie zugerast. Sie bremsten scharf ab, und Nora zuckte zusammen. Die beiden grinsten und fuhren weiter.

«Bitch!», rief ihr einer der beiden nach, sie ignorierte es. Dann bogen sie um die nächste Kurve und ließen Nora allein auf dem dunklen Weg. Allein mit dem Gefühl, dass jemand jede ihrer Bewegungen verfolgte. Nur eine leichte Regung in ihrem Unterbewusstsein, ein Flüstern im Regen.

Sie ließ sich nicht davon beirren. Es waren wohl nur die Bewohner der Hochhäuser, die von ihren Fenstern aus eine Person beobachteten, die sie noch nie zuvor in ihrem Viertel gesehen hatten. Trotzdem ging sie schneller und kam an einem Block vorbei, in dem offensichtlich eine Party gefeiert wurde. Die Fenster im ersten Stock standen offen, und der für Hip-Hop so typische penetrante Bass wummerte durch die Wohnsiedlung, vermischt mit Rufen und Gelächter von drinnen.

Nora sah auf und konnte das Neonschild des Hotels jenseits der Wohnsiedlung erkennen. Sie musste lediglich einen offenen Platz überqueren und dann einem von Büschen und Bäumen umwachsenen Zaun folgen. Die kleine Grünanlage, in der Leute ihre Hunde Gassi führen konnten, war das letzte Hindernis, bevor sie sich unter die warme Dusche stellen und danach in die kreideweißen Laken kriechen konnte.

Als sie die Baumreihe am Rand des kleinen Hundeparks erreichte, hörte sie erneut Schritte hinter sich.

Mit einem raschen Blick über die Schulter nahm sie eine große Gestalt mit breitem Kreuz wahr. Sie überlegte, langsamer zu gehen und die Person überholen zu lassen. Wenn es sich nur um einen Anwohner handelte, der seinen Hund ausführte, zog sie es vor, wenn er vor ihr ging, damit sie ihn im Blick behalten konnte. Aber als Nora ihr Tempo drosselte, verlangsamte auch er seine Schritte. Zwischen dem nachlassenden Tropfen des Regens hörte sie schwere Atemzüge. Plötzlich war sie sich sicher, dass es sich um einen dieser perversen Idioten handeln musste, die auf der Lauer lagen und darauf warteten, dass eine nichtsahnende Frau vorbeikam, die das Opfer seiner sexuellen Gewaltphantasien werden konnte. Wenn er davon ausging, dass Nora Sand sich so etwas gefallen ließ, hatte er sich allerdings gehörig geschnitten.

«Hallo? Haben Sie mal einen Moment?»

Er hatte eine rasselnde, unangenehme Stimme, die nicht gerade dazu einlud, mit ihm ins Plaudern zu kommen.

Nora antwortete nicht.

Mit einem raschen Blick maß sie den Abstand bis zu der Pforte, die zurück auf die beleuchtete und einigermaßen befahrene Hauptstraße führte. Es waren nicht mehr als einhundert Meter. Ein schneller Sprint. Ohne sich etwas anmerken zu lassen, spannte sie ihre Muskeln an und beschleunigte ihren Gang. Sie konnte den keuchenden Atem des Mannes hören, der ihr auf den Fersen blieb. Dann sprintete sie los und hoffte, das Überraschungsmoment würde ihn zum Aufgeben zwingen. Auf den ersten zwanzig Metern klappte das hervorragend.

Die Bäume flogen in der Dunkelheit an ihr vorbei, und die Pforte war nur noch ein kurzes Stück von ihr entfernt. In Gedanken sperrte sie bereits die Tür zu ihrem Hotelzimmer auf, als sie die letzten Meter auf die hohe Eisenpforte zustürmte und die Klinke herunterdrückte. Doch sie ließ sich nicht öffnen.

Dann spürte sie einen festen Griff um ihren Oberarm.

Kapitel 4

«Warten Sie», stöhnte die Stimme.

Mit einer raschen Bewegung drehte sie sich um und rammte ihrem Verfolger instinktiv den Ellenbogen in die Brust. Er machte einen Schritt zurück und griff sich ans Herz, keuchte und hustete.

«Bleiben Sie doch mal stehen, verdammt.»

Nora wandte sich mit dem Rücken zur Pforte und ging in Verteidigungsposition. Die Fäuste hielt sie schützend vors Gesicht, den Körper positionierte sie leicht seitlich, die Füße so, dass sie die bestmögliche Balance erhielt. Auf diese Weise würde sie den Mann mit ein paar gut ausgeführten Tritten auf Abstand halten, falls es zum Äußersten kam. Adrenalin strömte durch ihren Körper.

«Bleiben Sie mir vom Hals!», fauchte sie.

Er stand noch etwas zu nahe, um ihn mit einem guten Roundhouse-Kick zu treffen, aber sie hatte genügend Platz, um ihm ihr Knie in den Schritt zu rammen, sollte er ihr auf die Pelle rücken.

Der Mann schnappte immer noch nach Luft. Nora nutzte den Augenblick, um hinter ihrem Rücken an der Pforte herumzufummeln. Das Tor war verrostet, und die Klinke ließ sich nicht ganz durchdrücken. Sie hörte, wie der Kerl an seiner Tasche nestelte, und im selben Augenblick fuhr ein Auto auf der Hauptstraße vorbei. Die Lichtkegel der Scheinwerfer streiften sein Gesicht. Er zog etwas aus seiner Tasche und hielt es ihr entgegen. Im Licht der Scheinwerfer erkannte sie dasselbe rötliche Gesicht, das sie bei den Garagen gesehen hatte. Es war derselbe Presseausweis, den der Fotograf Collins entgegengehalten hatte, als der ihm den Weg versperrte. Der Kerl war so schlecht in Form, dass es beinahe so klang, als wäre er einem Herzinfarkt nahe, doch endlich bekam er seinen Atem unter Kontrolle und konnte sprechen.

«Keith Snyder. Stets zu Diensten.»

Nora ließ ihre Deckung ein wenig sinken.

«Warum verfolgen Sie mich?»

«Ich habe Sie am Tatort gesehen, und Sie wirken auf mich wie eine Journalistin. Für wen arbeiten Sie?»

«*Globalt*. Dänische Zeitschrift», antwortete sie mechanisch.

«Also, ich wollte doch nur fragen, ob Sie Fotos vom Tatort gebrauchen können. Sie bekommen sie ganz exklusiv. Ich kann gerade wirklich einen Auftrag gebrauchen.»

«Warum haben Sie das nicht gleich gesagt und sind mir stattdessen im Dunkeln hinterhergerannt? Finden Sie, das hier ist ein guter Ort für ein professionelles Gespräch?», sagte Nora genervt und zeigte auf den kleinen Hundepark.

«Na ja, Sie sind so schnell gegangen, und ich war ganz aus der Puste, deshalb konnte ich Ihnen nicht hinterherrufen. Daher habe ich einfach gehofft, Sie würden irgendwann stehen bleiben, damit ich mit Ihnen sprechen kann», sagte Snyder und nahm seine Kamera aus der Tasche. Er versuchte gleichzeitig, sie vor dem Regen zu schützen und Nora auf dem kleinen Display sieben oder acht Schnappschüsse zu zeigen, die er mit seinem Teleobjektiv geschossen hatte, bevor er verjagt worden war.

Er roch so stark nach Alkohol, dass die Härchen in Noras Nase jedes Mal, wenn er in ihrer Nähe ausatmete, zu versengen drohten.

Nora erkannte die beiden Kriminaltechniker in den weißen Anzügen im Vordergrund eines Fotos. Am Rand einer anderen, körnigeren Aufnahme war eine Person zu sehen, die mit dem Rücken zur Kamera in der Garagentür stand. Nur eine Schulter und ein roter Haarschopf, der unter einem Hut hervorlugte. Das Garagentor daneben stand immer noch nur zur Hälfte offen.

«Was sagen Sie? Wollen Sie meine Fotos haben?»

Nora schüttelte den Kopf.

«Dazu kann ich hier und jetzt nichts sagen. Ich muss mit meinem Chef sprechen.»

«Das ist international exklusives Material, zum Teufel. Kein anderer Fotograf war am Tatort. Das hier sind die allerersten Bilder, die müssen doch ihr Geld wert sein», schnauzte Keith.

«Das ist nicht die Art von Zeitschrift, für die ich arbeite», erwiderte Nora steif.

Dann wandte sie sich um und konnte die Klinke der Pforte mit einem Ruck endlich ganz herunterdrücken. Snyder versuchte, sie am Kragen ihres Pullovers zu packen, aber Nora machte sich ohne Probleme von ihm los, überquerte die Straße und ging in Richtung des Hotels davon.

«Schlampe!» war das Letzte, was sie hörte, bevor die automatischen Schiebetüren aufgingen und sie in der Hotellobby stand.

Der Rezeptionist reichte ihr die Schlüssel, ohne eine Miene zu verziehen, obwohl Wasser von Noras Kleidung auf den Teppich tropfte.

«Ist das Restaurant noch geöffnet?», fragte sie, ohne sich große Hoffnungen zu machen.

Schwermütig schüttelte er den Kopf.

«Tut mir leid, die Küche ist bereits geschlossen. Aber ich kann Ihnen ein Sandwich aufs Zimmer schicken lassen, wenn Ihnen das recht ist?»

Das war ihr sehr recht. Nora trottete hinauf in ihr Zimmer, streifte sich die nassen Klamotten vom Leib und hängte sie zum Trocknen über einen Stuhl, den sie dicht vor die Heizung schob. Dann nahm sie die zweite Dusche des Tages, um ihren Körper wieder aufzuwärmen. Sie wickelte sich ein Handtuch um die Haare, zog ein altes T-Shirt an und öffnete die Tür einen Spaltbreit, als ein peinlich berührter Teenager ihr das Tablett mit einem kühlschrankkalten Sandwich und einer Flasche lauwarmem Mineralwasser reichte.

Sie ließ das Essen stehen, während sie einen kurzen Artikel für die Online-Redaktion schrieb, in dem sie über den Fund in Osbornes Garagenkomplex berichtete und den die Frühschicht morgen publizieren konnte. Nachdem sie den Text abgeschickt hatte, nahm sie ihren Laptop mit ins Bett und stellte den Teller auf den Nachttisch. Sie hatte gerade erst einen Bissen von dem Sandwich genommen, als der Schlaf sie übermannte wie ein plötzlicher Stromausfall.

■

Mit einem Satz fuhr Nora aus dem Schlaf und checkte die Uhrzeit auf ihrem Handy. Es war Viertel nach fünf, und Nora war hellwach. Der Laptop war auf die leere Seite des Doppelbetts gerutscht, und im Fernsehen wurden die Statistiken eines amerikanischen Basketballmatches gezeigt. Im dunkelblauen Licht des Bildschirms tastete sie nach der Fernbedienung und schaltete die Spekulationen um die letzten Spielerwechsel bei den San Antonio Spurs ab.

Erst zwang sie sich dazu, die Augen wieder zu schließen und an rein gar nichts zu denken. Schlaf einfach. Aber die Gedanken rasten durch ihren Kopf und nagten an ihrem Seelenfrieden. Gedanken an ihre Anstellung bei *Globalt*, die noch immer nicht geklärt war, an Andreas, den sie noch nie so verzweifelt erlebt hatte, und an diesen Mann, der ihr im Dunkeln nachgestellt hatte.

Nach einer halben Stunde stieg die kühle Morgensonne hinter dem großen Schulgebäude auf der anderen Seite des Parks nach oben. Zunächst war sie verschleiert von einem morgengrauen Schatten, dann kletterte sie einen stahlfarbenen Himmel empor, der jedem, der es wagte, seinen Blick nach oben zu richten, versicherte, dass auch dieser Tag wieder mit Regen aufwarten würde, während die Sonne andernorts mit wichtigeren Aufgaben beschäftigt war. Nora stand auf und kochte sich eine Tasse Tee. Auf dem Weg ins Bad sah sie aus dem Fenster in den Park hinab. Ihr Blick fiel auf ein junges Mädchen, das auf einer Bank saß. Sie war nicht älter als zwölf oder dreizehn. Was machte sie dort, so früh am Morgen?

Das Mädchen saß ganz allein da und starrte auf seine Füße. Als würde es Noras Blick auf sich spüren, hob es den Kopf. Bevor Nora einen Schritt vom Fenster wegtreten konnte, streckte das Mädchen ihr den Mittelfinger entgegen. Dann stand es auf und ging auf ein Taxi zu, das am Rande des Parks wartete. Nora sah dem Wagen nach, wie er mit dem Mädchen auf dem Beifahrersitz davonfuhr.

Kapitel 5

Nora war die Erste, die sich kurz nach sieben im Hotelrestaurant an einen Tisch setzte. Eine etwa fünfzwanzigjährige Kellnerin mit einem blonden Pferdeschwanz bot ihr Kaffee und Tee an.

«Sind Sie geschäftlich oder privat hier?», wollte sie wissen.

Nora konnte sich nicht vorstellen, wer an so einem nassen, grauen Samstagmorgen im April noch vor acht Uhr zum Spaß hier sitzen sollte, aber sie erwiderte das Lächeln.

«Irgendwie beides. Was kann man sich denn hier in Toppingham ansehen?»

Die Frau überlegte kurz, als hätte ihr noch nie jemand diese Frage gestellt.

«Tja. Es gäbe das Museum der Eisenindustrie, aber dafür muss man schon ein Stück rausfahren.»

«Wie weit ist es weg?»

«Eine halbe Stunde mit dem Auto.»

«Okay. Was kann man hier sonst unternehmen?»

«Vielleicht zum Sunset Shoppingcenter fahren? Dort sind immer viele Leute», sagte sie.

«Wohin gehen die Leute, die hier in der Stadt wohnen?»

Die Frau lächelte schief.

«Ganz ehrlich? Die meisten fahren nach Sheffield. Hier ist nicht viel los, vor allem nicht für junge Leute», antwortete sie und ließ Nora mit einer Kanne Tee und den beiden Scheiben Toast zurück, die sie ihr auf einer Metalletagere serviert hatte.

An der Rezeption lag die Morgenausgabe des *Mercury*, und Nora war nicht verwundert, dass Joes Reportage es auf die Titelseite geschafft hatte: *Leiche von Kriminalkommissar Crow in der Nacht gefunden. Polizei tappt bei Ermittlungen im bestialischen Mordfall noch im Dunkeln. Innenministerin: Wir werden hart gegen den IS vorgehen*. Rasch überflog Nora den Artikel. Alle Fakten, die er beinhaltete, waren ihr bereits bekannt. Eine kurze Zusammenfassung von Crows Werdegang. Geboren und aufgewachsen in Toppingham, als Zwanzigjähriger zur Polizei gekommen, hatte sich kontinuierlich nach oben gearbeitet, ohne viel Aufhebens von sich zu machen. Keine Skandale, keine spektakulären Vorfälle. Ein durchschnittlicher Polizeibeamter, dessen Arbeit zu seinem Wesen passte und der beinahe automatisch die Karriereleiter nach oben kletterte, zuletzt bis ins Sittendezernat.

Joe hatte einige O-Töne von Crows engsten Kollegen zusammengetragen, deren nichtssagende Beschreibungen eines Mannes, mit dem sie beinahe jeden Tag verbracht haben mussten, ins Auge sprangen. *Ein guter Kollege. Ein lieber Familienvater. Ein Mann, auf den man sich verlassen konnte*.

Hier gibt's nichts zu sehen. Einfach weitergehen, dachte Nora und war der festen Überzeugung, dass es noch mehr über den Mann zu erfahren gab, den Cathy im Pub in Koh Pha Ngan instinktiv als Schwein bezeichnet hatte.

Zurück in ihrem Zimmer schaltete sie erneut die Nachrichten ein und sah eine sichtlich betroffene Innenministerin im Vorgarten ihres Hauses stehen und der BBC ein Interview geben. Ihre Wut war von der typisch britischen Art, die in ihrer beherrschten und ausgesucht höflichen Distanz schon wieder furchterregend war.

«Ich möchte betonen, dass wir bisher immer noch nicht wissen, was Kommissar Crow widerfahren ist, es gilt also, die Polizei bei ihren Ermittlungen nicht zu stören.»

Gut. Das musste sie sagen. Aber da würde noch was kommen. So lief es immer in der Politik, das wusste Nora nur zu gut.

«Allerdings muss ich hinzufügen, dass kein Zweifel daran besteht, dass der IS und Syrienheimkehrer, bei denen es sich um ausgebildete Terroristen und potenzielle Mörder handelt, ein schwerwiegendes Problem darstellen, das unsere Regierung sehr ernst nimmt», fügte die Ministerin hinzu und sah über den Rand ihrer Brille direkt in die Kamera, als würde sie mit ihrem Blick jeden noch so gefährlichen Verbrecher einschüchtern wollen.

«Aus diesem Grund haben wir bereits jetzt eine Sonderkommission gebildet, die in Zusammenarbeit mit dem örtlichen Ermittlerteam diesen Aspekt näher untersuchen und schlussendlich einen Handlungsplan für Bekämpfung des Terrorismus in Toppingham und auch landesweit entwickeln wird.»

Nora wäre gelinde gesagt genervt gewesen, hätte sie in Veronica Paytons Schuhen gesteckt. Die Ministerin zog sie quasi gerade vor laufender Kamera von ihrem Fall ab, in dem es um die Ermittlungen zu dem Tod eines ihrer Kollegen ging, und zusätzlich übte sie enormen politischen Druck auf die Polizeiarbeit aus.

Der BBC-Journalist, der nicht im Bild zu sehen war, versuchte es mit einer kritischen Frage:

«Ist es nicht ein bisschen früh, die Tat einer Organisation zuzuschreiben, bevor die Ermittlungen überhaupt richtig in Gang gekommen sind?»

Die Ministerin war von ihrem Berater gut gebrieft worden und antwortete strategisch auf eine komplett andere Frage:

«Ich möchte erneut betonen: Wenn man den Wunsch hegt, ein Teil dieses Landes zu sein und die Freiheiten der britischen Bürger genießen will, muss man sich an die Spielregeln halten. Jeder Einzelne, der unsere Demokratie ausnutzt, wird auf heftige Gegenwehr stoßen. Extrem heftige Gegenwehr. Wir werden den IS ausrotten wie Ungeziefer. Vielen Dank», sagte sie mit einem bestimmten Kopfnicken, ging zurück in ihr Haus und stand für weitere Fragen nicht mehr zur Verfügung.

Nora tippte einen schnellen Artikel über das Statement der britischen Innenministerin für die Online-Präsenz von *Globalt* und versuchte anschließend, Kontakt zum Polizeirevier in Toppingham aufzunehmen, in der Hoffnung, Informationen zum aktuellen Stand der Ermittlungen zu erhalten. Doch sie geriet nur an einen Telefonisten, der ihr müde mitteilte, dass für zwölf Uhr eine Pressekonferenz angesetzt war und es bis dahin keine weiteren Äußerungen von Seiten der Polizei geben würde.

Zwei Minuten nachdem Nora ihren Artikel abgeschickt hatte, rief der Chef vom Dienst an.

«Johnhier. Kannst du den Bezug zum IS noch ein bisschen klarer darstellen? Hat die Ministerin Morde erwähnt, die mit dem Fall in Zusammenhang stehen könnten? Wurde vor ein paar Jahren nicht ein Sanitäter umgebracht?»

Nora seufzte innerlich. *Johnhier*, wie sie ihn nannte, war inoffizieller dänischer Meister darin, Artikel so aufreißerisch umzuschreiben, dass sie für die maximale Anzahl an Klicks sorgten. Fast immer musste man mit ihm verhandeln.

«Ich finde nicht, dass der jetzige Stand das hergibt. Wir wissen ja nicht einmal, ob der IS überhaupt hinter der Tat steckt.»

Johnhier tippte irgendetwas auf seiner Computertastatur.

«Hier bei der Nachrichtenagentur AP steht, dass der IS sich zu der Tat bekannt hat», entgegnete er.

«Die bekennen sich doch immer dazu, wenn irgendetwas passiert, das Menschenleben kostet. Angeblich waren sie ja auch für das Zugunglück in Spanien vor drei Monaten verantwortlich, bis sich herausstellte, dass es sich um einen technischen Fehler im Gleisbett gehandelt hat.»

«Hm, ja schon. Aber trotzdem.» Johnhier blieb hartnäckig.

«Ist es nicht besser, wenn ich später eine detailliertere Reportage nachreiche? Das hier ist ja erst einmal nur die Eilmeldung, die jeder bringt. Lass uns lieber abwarten, wie sich der Fall entwickelt.»

Widerstrebend gab er nach.

«Okay. Aber nur weil die Berichterstattung über das Fußballspiel unsere Seite heute Nachmittag dominieren wird.»

Sie beendete das Telefonat, schaltete den Computer aus und zog sich etwas über. Der Regen, der den ganzen Morgen über wie ein unheilbringender Fluch über ihnen hing, hatte seine Drohungen bisher nicht wahrgemacht.

Nun war es an der Zeit zu hören, was Imam Abu Wahid eigentlich zu sagen hatte, wenn er seine Antwort nicht gerade von einem Manuskript ablas.

Kapitel 6

Das muslimische Gemeindezentrum lag versteckt hinter einem schwarzen Eisengitter, um unwillkommene Gäste auf Abstand zu halten. Wie in Tausendundeiner Nacht erhoben sich glitzernde Kuppeln und ein langes Minarett in den Himmel, und doch war das Gebäude von einem unfehlbaren Toppinghamer Stil geprägt mit seiner roten Backsteinfassade, den Netzgardinen vor den Fenstern und dem Kies in der Einfahrt. Das Gelände sah verlassen aus, aber Nora entdeckte eine Sprechanlage an dem eisernen Tor und drückte den oberen Knopf, neben dem ein schwarzes Klebeetikett den Sitz des Gemeindebüros ankündigte.

Es knackte in der Sprechanlage, und Nora hörte einen Mann am anderen Ende husten. Dann folgte ein:

«Ja bitte, wer ist da?»

Nora stellte sich vor.

«Stellen Sie sich vor die Kamera», befahl die Stimme.

Nora ging auf die schwarze gewölbte Abdeckung über einer Fisheye-Kamera zu, die am Eisentor angebracht war.

Kurz darauf trat ein junger Kerl in einer kreideweißen Dishdasha aus dem Seiteneingang des Gebäudes und ging auf Nora zu.

Sie schätzte ihn auf zirka fünfzehn, er hatte einen leichten Flaum auf der Oberlippe, unreine Haut, und sein Adamsapfel hüpfte über dem Kragen des weißen Gewandes auf und ab.

«Mit wem wollen Sie sprechen?», fragte er.

«Abu Wahid. Wir hatten gestern telefoniert», sagte Nora. Ganz gelogen war das ja nicht.

Der junge Mann schien das nicht in Frage zu stellen und schloss das Tor mit einem klobigen Eisenschlüssel auf.

«Folgen Sie mir», sagte er und führte Nora über den Hof zu der Tür, die zum Büro des Imams führte.

Abu Wahid hatte einen üppigen, gepflegten Vollbart, in dem ein Paar fülliger Lippen saß, die sich zu einem fragenden Lächeln formten, als der Junge Nora ins Büro geleitete. Hinter ihm bogen sich die Regalbretter unter Büchern und Zeitschriften.

«Guten Tag. Waren wir verabredet?», fragte er.

Nora erklärte ihr Anliegen. Abu Wahid strich sich über den Bart und seufzte.

«Okay. Ich habe ein paar Minuten, dann muss ich in eine wichtige Besprechung. Weswegen haben Sie den ganzen Weg hierher auf sich genommen?»

Er räumte einen Stapel Dokumente von einem Sessel und bot Nora an, Platz zu nehmen. Der Junge hatte das Zimmer verlassen, kam kurz darauf jedoch mit einem runden Tablett wieder, auf dem kleine Gläser mit süß duftendem Pfefferminztee standen. Nora bedankte sich, der Junge senkte den Blick. Während er den Tee servierte, hielten Nora und Abu Wahid Smalltalk. Wahid war seit dreiundzwanzig Jahren Imam und Leiter des Zentrums, seine Gemeinde war im Laufe der Jahre ständig gewachsen, wie er stolz erklärte.

«Und handelt es sich um eine sehr fromme Gemeinde?», hakte Nora nach.

«Fromm, aber nicht extremistisch, wenn Sie darauf hinauswollen.»

«Abu Wahid. Ich bin hergekommen, um mit Ihnen über mögliche IS-Krieger in Toppingham zu sprechen. Rückkehrer aus Syrien. Die eventuell etwas mit dem Tod von Crow zu tun haben könnten.»

Allein schon bei der Erwähnung des IS fuhr ein Zucken über Abu Wahids Gesicht, eine Mischung aus Schmerz, Verachtung und Kummer.

«In meiner Gemeinde gibt es keine Extremisten», sagte er vehement.

«Sind Sie sich da sicher?»

«Die Polizei ist bereits hier gewesen und hat eine Menge Fragen gestellt. Ich kann Ihnen nur dieselben Antworten geben: In meiner Gemeinde gibt es niemanden, der sein Kind an den IS verloren hat, Mashallah.»

«Niemanden?»

«Nein. Niemanden in meiner Gemeinde», wiederholte Abu Wahid und blickte ihr fest in die Augen.

«Aber Sie kennen andere, die nicht Mitglied Ihrer Gemeinde sind?»

Er schwieg, und Nora dachte zunächst, er hätte die Frage nicht gehört, also stellte sie sie noch mal.

Abu Wahid nahm einen Schluck von seinem Tee und sah aus dem Fenster. Dieses Mal war Nora sicher, dass er sie verstanden hatte.

«Sie wollen nicht darauf antworten?»

Nach einer Pause sprach er schließlich.

«Ich bin Imam und trage Allah gegenüber eine Verantwortung. Deshalb kann ich nicht lügen.»

«Sie kennen also jemanden?»

«Würde ich jemanden kennen, könnte ich Ihnen nicht davon erzählen. Aber ich versichere Ihnen, dass all die Ungeheuerlichkeiten, die in dieser Stadt vorgefallen sind, von niemandem aus meiner Gemeinde begangen worden sind.»

«Wie können Sie sich da so sicher sein?»

Abu Wahid sah sie an, sein Blick immer noch durchdringend.

«Ich kenne die Leute in dieser Stadt. Niemand hier käme auf die Idee, einen Polizisten zu köpfen.»

«Also war es jemand von außerhalb?»

«Mir ist niemand Fremdes in der Stadt aufgefallen», sagte er, und Nora glaubte ihm.

«Wer könnte mehr darüber wissen?»

Abu Wahid zuckte mit den Schultern.

Nora versuchte es mit einer anderen Richtung.

«Erzählen Sie mir, wie es ist, hier in Toppingham Muslim zu sein», bat sie.

Erneut machte Wahid eine ratlose Geste.

«Ich glaube nicht, dass es besser oder schlechter als in anderen britischen Städten ist», sagte er.

«Was meinen Sie damit?»

«Tja. Wir tendieren eher dazu, unter uns zu bleiben. Unsere Familien wohnen in denselben Stadtvierteln, wir heiraten in andere muslimische Familien ein, oder wir holen unsere Ehegatten aus unseren Heimatländern nach. Die meisten Eltern sind mit Schwierigkeiten konfrontiert, wenn ihre Kinder ins Jugendalter kommen. Sie wollen trinken, mit ihren Freunden ausgehen und feiern. Viele Eltern suchen mich auf und fragen um Rat, was sie mit ihren ungehorsamen Söhnen und Töchtern anstellen sollen», erklärte Abu Wahid.

«Und was raten Sie ihnen?»

«Ich bitte sie darum, ihre Kinder zu mir zu schicken. Dann versuche ich, sie mit Allahs Willen auf den richtigen Weg zu führen.»

«Und das funktioniert?»

Abu Wahid nickte ernst.

«Bei einigen funktioniert das, ja. Wer sich selbst helfen will, bekommt Allahs Unterstützung.»

«Was ist mit den anderen?»

Abu Wahid sprach nun wieder in seinen blumigen Wendungen.

«Anderen fällt es schwerer, den richtigen Pfad zu Allah zu finden. Sie brauchen Hilfe, doch wenn sie schließlich mit ganzem Herzen dabei sind, erfahren sie Allahs Liebe.»

«Hilfe? Inwiefern?»

Bevor Abu Wahid darauf antworten konnte, ging die Tür auf, und der Junge betrat das Zimmer.

«Babar Hussein ist hier. Er sitzt im Wartezimmer.»

«Danke, mein Junge», sagte Wahid, erhob sich von seinem Schreibtisch und bat Nora aus seinem Büro.

Sie erhaschte einen Blick auf einen stark übergewichtigen Mann, der sich im Nebenzimmer auf einem Sofa niedergelassen hatte, bevor Abu Wahid die Tür zum Hof öffnete. Draußen regnete es heftig. Wenn solches Wetter herrschte, vermisste Nora ihre Großmutter besonders, die stets gesagt hatte, es ‹regne Schusterjungen›.

«Ich kann ihnen leider keinen Regenschirm anbieten», sagte der Imam, und es schien ihm aufrichtig leidzutun. «Aber ein Taxi kann ich Ihnen besorgen.»

Nora nahm das Angebot an. Streng genommen würde sie es zu Fuß bis zum Polizeipräsidium schaffen, bevor die Pressekonferenz begann, aber dann wäre sie so klitschnass, dass die Frage naheläge, ob sie wirklich zu Fuß gegangen oder den ganzen Weg geschwommen war.

Nora hatte erwartet, dass der Imam ihr einen Wagen rufen würde, stattdessen wandte sich Abu Wahid an den Mann im Wartezimmer. Der Raum war spärlich eingerichtet, abgesehen von dem dunkelbraunen Sofa und einem Wasserspender hing nur eine gerahmte Fotografie der Moschee in Medina an der Wand.

«Willkommen, Babar Hussein. Diese junge Dame bräuchte eine Fahrgelegenheit zurück ins Stadtzentrum. Könnten Sie sich darum kümmern?»

Der Mann nickte und erhob sich schwerfällig aus dem niedrigen Sofa.

«Geben Sie mir zwei Minuten», sagte er und warf Nora einen raschen Blick zu.

«Babar Hussein betreibt ein Taxiunternehmen mit zweien seiner Söhne», erklärte Abu Wahid.

Es dauerte knappe vier Minuten, bis ein dunkelgrauer Ford Mondeo auf den Hof rollte. Nora schlug den Kragen hoch und lief durch den strömenden Regen auf das Auto zu, setzte sich tropfnass auf den Rücksitz und teilte dem Fahrer die Adresse des Polizeipräsidiums mit.

Er war von der neugierigen Sorte.

«Was macht eine so hübsche junge Frau hier ganz allein? Was haben Sie mit unserem Imam besprochen?», fragte er.

Nora murmelte irgendetwas Unverständliches, während sie sich das Gesicht mit einer Serviette trocken rieb, die sie in ihrer Tasche gefunden hatte. Sie reckte sich, um sich im Rückspiegel zu betrachten, und musste feststellen, dass ihre Mascara ganz verschmiert war und sie einem Panda im Banksy-Stil ähnelte. Sie versuchte, die schlimmsten Trauerränder mit der Serviette wegzuwischen, machte es aber nur noch schlimmer. Der Fahrer beobachtete ihre Anstrengungen durch den Rückspiegel so eindringlich, dass er beinahe mit dem Bordstein kollidiert wäre und in letzter Sekunde auf die Bremse trat. Nora flog mit einem Ruck nach vorn.

«Hey! Wären Sie so gut und würden nach vorne gucken?», sagte sie aufgebracht.

Der Fahrer schnalzte verärgert mit den Lippen, hielt aber einige Minuten lang den Mund, bevor er von vorn anfing.

«Sie sollten weniger Make-up benutzen. Was hält Ihr Mann eigentlich davon, dass Sie sich so stark schminken und bei fremden Männern im Auto mitfahren? Lässt er das einfach zu?»

Nora starrte ihn verblüfft an.

«Wie bitte?»

«Lässt Ihr Mann es einfach so zu, dass Sie mit fremden Männern durch die Gegend fahren?»

«Ich bin nicht verheiratet», sagte sie automatisch.

Was für ein Idiot. Nora überlegte, an Ort und Stelle aus dem Taxi zu steigen, aber sie fuhren gerade mit hoher Geschwindigkeit auf eine Umgehungsstraße, und Nora hatte keine Ahnung, wo genau sie sich befanden.

«Ich fahre nicht mit fremden Männern durch die Gegend. Ich lasse mich von einem Taxi fahren. Sie bieten einen Service an, für den ich bezahle. Und ich habe keine Lust, mich mit Ihnen zu unterhalten. Bitte fahren Sie mich einfach zum Polizeipräsidium», sagte sie verbissen.

Endlich hielt der Fahrer den Mund und saß schmollend auf seinem mit Holzperlen überzogenen Sitz. Lieber ertrug Nora den Lärm aus dem Radio, als noch ein weiteres Wort mit diesem Kerl zu wechseln, und sie atmete erleichtert auf, als der Wagen endlich vor dem flachen roten Backsteingebäude hielt, das man für ein Motel hätte halten können, wäre da nicht das riesige Schild, auf dem die Buchstaben *South Yorkshire Police* prangten.

Sie stieg aus dem Wagen und reichte dem Fahrer die zehn Pfund, um die er bat, was Nora als unakzeptablen Wucher empfand. Aber er hatte kein Taxameter, und sie wollte einfach nur weg.

«Ich hätte gern eine Quittung», sagte sie steif.

Mit einem Lächeln reichte er sie ihr durch das offene Fenster.

«Hey. Sie sind ein hübsches Ding. Rufen Sie mich einfach an, wenn Sie wieder ein Taxi brauchen, okay?»

«An Ihrer Stelle würde ich mir keine Hoffnungen machen», sagte sie und zog ihm die Quittung aus der Hand.

Er kurbelte das Fenster hoch und preschte im Regen davon. Nora konnte schwören, dass er mit Absicht durch die tiefe Pfütze gefahren war, sodass ihre Hose nass gespritzt wurde. Wutentbrannt sah sie ihm nach, doch dann blieb ihr Blick an dem Logo auf der Heckklappe des Autos hängen. Zwei grüne Palmen vor einem gelben Hintergrund und die Aufschrift *Sunshine Minicabs*. Es war dasselbe Logo, das sie bei den Garagen gesehen hatte.

Kapitel 7

Im Empfangsbereich des Polizeipräsidiums lagen Broschüren aus, die die Besucher mit Informationen zu Hausratsversicherungen bis zu Passanträgen berieten. Die zehn aneinandergereihten Metallstühle im Wartebereich waren leer, weshalb die Empfangsdame sich besonders viel Zeit nahm, die beiden großen Pflanzen zu gießen, die auf dem synthetischen Teppichboden standen.

Sie warf Nora einen freundlichen Blick zu.

«Wie darf ich Ihnen behilflich sein?»

«Ich bin wegen der Pressekonferenz hier.»

«Ah – da sind Sie etwas zu früh, und die Konferenz findet drüben statt – auf der anderen Straßenseite», sagte die Rezeptionistin und zeigte in Richtung Rathaus.

Das erklärte, warum es eine halbe Stunde vor Beginn der Konferenz noch so still war und niemand etwas vorbereitete.

Nora ließ sich auf einen der Stühle sinken.

«Arbeiten Sie schon lang hier?»

Die Rezeptionistin goss den letzten Rest Wasser in einen Topf mit Kräutern und stellte die Gießkanne hinter ihrem Empfangstresen ab.

«Nun ja, inzwischen sind es dreizehn Jahre.»

«Gefällt Ihnen die Arbeit?»

«An den meisten Tagen schon. An anderen Tagen, wie zum Beispiel vergangenes Wochenende, ist es schrecklich. Da wäre ich lieber bei meiner Familie.»

Nora nickte.

«Ah, das verstehe ich nur zu gut. Mir bleibt auch oft nichts anderes übrig, als am Wochenende zu arbeiten.»

«Haben Sie Familie?»

«Ja», antwortete Nora. Das entsprach durchaus der Wahrheit, auch wenn die Rezeptionistin sicherlich eine andere Familie vor Augen hatte als Noras Vater, Bruder und ihre Mutter, die die Familie verlassen und sich in Devon niedergelassen hatte.

«Am schlimmsten ist es, wenn sie noch klein sind», sagte die Rezeptionistin traurig.

Nora nickte erneut und nahm ein Pfefferminzbonbon entgegen, das die Frau ihr anbot. Hinter ihr hing ein Whiteboard an der Wand, worauf zu lesen war, wer heute Dienst hatte. Außer Payton standen dort die Namen Prescott, Williams und Khan.

«Das ist wahr», stimmte Nora zu und machte eine kurze Pause, bevor sie das Thema wechselte.

«Kannten Sie Kommissar Crow gut?»

Die Körperhaltung der Frau änderte sich merkbar. Ihre Muskeln spannten sich an.

«Ja», sagte sie tonlos.

«War er ein netter Kollege?»

Die Rezeptionistin starrte das Telefon auf ihrem Schreibtisch an, als könne sie es mit ihren Blicken dazu beschwören, genau jetzt zu klingeln, um das Gespräch damit zu unterbrechen.

«Wie man's nimmt.»

«Was heißt das?»

«Ich glaube nicht, dass ich darüber sprechen sollte. Es ist wahrscheinlich besser, wenn ich keine Gespräche mit der Presse führe. Sie können sich an unseren Pressevertreter wenden, in Ordnung?»

Nora sah ein, dass hier nicht mehr zu holen war, und verabschiedete sich höflich von der Dame, die sich etwas verspätet als Dolores vorstellte, als Nora ihr zum Abschied die Hand reichte und ihren eigenen Namen nannte.

Sobald sie das Präsidium verlassen hatte, zückte Nora ihren Notizblock und notierte die drei Namen: Prescott, Williams und Khan. Einer dieser drei musste ihr erzählen können, was Crow für ein Mensch war. Und welche Feinde er hatte. Egal ob es sich um einen zurückgekehrten IS-Krieger handelte oder nicht, es musste wohl einen triftigen Grund gegeben haben, dass ausgerechnet Crow als Opfer ausgewählt worden war, und Nora hatte nicht vor nachzugeben, bevor sie genau diesen Grund erfahren hatte.

Kapitel 8

Die Pressekonferenz fand im großen Festsaal des Rathauses statt. Ein Podium war errichtet worden, darauf stand ein langer Tisch mit drei Mikrofonen, dahinter prangte ein Plakat mit dem blauen Logo der Polizei, auf das die vielen Filmkameras gerichtet waren, die inzwischen im Festsaal Position bezogen hatten. Die schicke alte Holzvertäfelung und die Gemälde, die die wichtigsten Männer der Stadt abbildeten, wirkten wie Kulissen im grellen Licht der Scheinwerfer, die die Fernsehteams installierten und damit die Bühne ausleuchteten. Über den polierten Holzboden verliefen unzählige Kabel.

Die vielen Kristalle des Kronleuchters glitzerten im Licht der Scheinwerfer, doch abgesehen davon hatte der Ort nicht viel von einem Festsaal. Er füllte sich rasch mit britischen und internationalen Journalisten, die damit beschäftigt waren, Theorien darüber auszutauschen, was tatsächlich passiert war. Nora bemerkte eine kleine Gruppe, die sich um einen Journalisten gebildet hatte, mit dem Nora selbst nie persönlich gesprochen hatte. Doch sie wusste von anderen Treffen, dass es sich um den Vertreter des *Express* handelte. Nora trat ein paar Schritte näher, um zu hören, worüber er sprach.

«Ich habe heute Vormittag mit der Witwe gesprochen. Noch ist es nicht offiziell ...», schnappte sie auf.

Sie grüßte eine Kollegin von der *Times* und setzte sich neben Tobias, der für ein deutsches Blatt arbeitete. Sie hatte ihn zuletzt auf einer Reportagereise zu den Auswirkungen der Finanzkrise auf Irland getroffen. Während die Gruppe der Auslandskorrespondenten in einem Minibus von einem trostlosen Gewerbegebiet zum nächsten kutschiert worden war, hatten Nora und Tobias herausgefunden, dass sie denselben Humor teilten und nur eine Viertelstunde voneinander entfernt wohnten. Das Ganze war einige Monate her, seitdem hatten sie sich öfter zum Mittagessen getroffen und sich mit Galgenhumor über ihre Erfahrungen als Zugezogene in London ausgetauscht.

Tobias sah von seinen Notizen auf und grinste.

«Wie geht's? Du siehst so sonnengebräunt aus. Gar nicht so einfach auf diesen Breitengraden. Was ist dein Geheimnis?»

«Das kann ich leider nicht preisgeben. Wenn ich das täte, müsste ich dich umbringen», sagte sie mit todernster Miene. Tobias winkte einer holländischen Kollegin zu.

«Bist du auch wegen des IS-Verdachts hier?», fragte Nora.

Tobias nickte.

«Ja. Wenn die nicht für die Tat verantwortlich sind, dann handelt es sich wohl bloß um einen Polizisten, der ermordet worden ist.»

«Irgendwas stimmt an der ganzen Sache nicht», sagte Nora.

«Inwiefern?»

Nora zuckte mit den Schultern.

«Das passt alles nicht zum IS. Ich bezweifle, dass Crow ein zufällig ausgewähltes Opfer gewesen ist. Er war ein hochrangiger Polizeibeamter, der hier im Ort Feinde gehabt haben kann. Das alles wirkt eher wie eine Beziehungstat», sagte sie.

«Ja, da steckt ein bisschen mehr dahinter, als einfach nur einen Lastwagen in eine Gruppe ahnungsloser Menschen zu steuern. Aber hören wir doch mal, was die Polizei selbst dazu sagt», erwiderte Tobias und zeigte in Richtung des Podiums, auf dem Veronica Payton gerade neben einem grauhaarigen und freundlich aussehendem Kollegen Platz nahm, der laut des hastig aufgestellten Namensschildchens Welsh hieß.

Payton trug ihre komplette Uniform, und das rote Haar, auf das Nora am Abend zuvor einen kurzen Blick erhascht hatte, war zu einem strengen französischen Zopf geflochten. Sie war dezent geschminkt, doch es sah eher so aus, als sei das der Konvention geschuldet, und lag nicht etwa daran, weil sie mit ihrem Aussehen kokettieren wollte. Nora schätzte sie auf Mitte dreißig. Beeindruckende Karriere, trotz allem. Und nun stand sie an der Spitze eines Ermittlerteams, für dessen Arbeit sich nicht nur die Presse, sondern auch die Ministerin interessierte. Einer dieser Fälle, für die es keine Zwischenlösungen gab. Entweder man triumphierte, und das relativ zeitnah. Oder man war für ein Fiasko verantwortlich, worunter die Karriere so sehr leiden würde, dass sie sich davon nie wieder erholte. Sie würde in einem Büro in Croydon beim Stempeln von Führerscheinanträgen verkümmern. Der Mord an Crow war zu einem Politikum geworden, und die Mitarbeiter der Ministerin würden Payton bei jedem Schritt über die Schulter gucken.

Payton und Welsh setzten sich und warteten ein paar Minuten, während die Fotografen ihre Bilder schossen. Als das Blitzlichtgewitter langsam nachließ, räusperte sich Payton und kam direkt zur Sache.

«Wenn ich um etwas Ruhe bitten dürfte? Ich würde gerne eine Mitteilung machen.»

Stille senkte sich allmählich über den Festsaal, als den Fotografen und Journalisten langsam bewusst wurde, dass es jetzt losging. Payton ließ ihren Blick über die Menge schweifen.

«Wir können bestätigen, dass es sich bei der Leiche, die wir gestern Abend gegen 21:15 Uhr auf dem Gelände einer örtlichen Garagenvermietung in der Nähe der Mulberry Road gefunden haben, um den vermissten Edward Crow handelt. Seine Angehörigen sind informiert, und wir nehmen die Ermittlungen zu dem Fall auf. Wir werden herausfinden, was Edward Crow seit seinem Verschwinden widerfahren ist. Zum jetzigen Zeitpunkt können wir allerdings noch keine konkreten Angaben zu den Tätern machen, wissen jedoch mit hundertprozentiger Sicherheit, dass es sich um einen Mord handelt.»

Die Journalisten kritzelten eifrig auf ihren Notizblöcken, während Payton die bisher bekannten Details zum Fall zusammenfasste.

«Crow wurde zuletzt am vergangenen Freitag, am späten Nachmittag, auf dem Polizeirevier gesehen und verließ die Arbeit nach Schichtende in seinem Wagen, einem mattschwarzen Jaguar XJ. Das Auto stand Montagmorgen auf dem Parkplatz vor dem Sunset Shoppingcenter. Wir haben derzeit noch nicht ermitteln können, wen er getroffen hat, ob er freiwillig mitging oder ob es sich um eine reguläre Entführung handelte.»

Bevor jemand Fragen stellen konnte, ergriff ihr Kollege Welsh das Wort und las von einem Blatt Papier ab:

«Im Zusammenhang mit dem Fall benötigen wir die Hilfe der Bevölkerung. Zuallererst nehmen wir alle Hinweise von Zeugen entgegen, die Polizeikommissar Crow am vergangenen Freitag nach 16:30 Uhr gesehen haben, also nachdem er das Präsidium verlassen hat. Wir haben bisher noch keinerlei Informationen darüber, was im Zeitraum bis letzte Nacht passiert sein könnte. Kontaktieren Sie uns umgehend, wenn Sie Ed Crow gesehen haben sollten. Selbst das kleinste Detail kann entscheidend sein», sagte Welsh mit ernstem Tonfall und hielt ein Foto von Crow in die Kameras. Außerdem las er die Nummer einer Hotline vor, bei der man sich melden konnte.

«Unsere Leitungen sind ab jetzt für Sie frei. Rufen Sie im Zweifelsfall lieber einmal zu viel an als zu wenig», fügte er hinzu.

Noch bevor er seinen Satz beendet hatte, fielen ihm die Journalisten mit Fragen ins Wort.

«Wie ist er gestorben? Ist er wirklich enthauptet worden?», wollte der Journalist vom *Express* wissen.

Payton nickte mit ernster Miene.

«Das muss ich leider bestätigen.»

«Musste er leiden?»

Paytons zuckende Mundwinkel verrieten, wie geschmacklos sie diese Frage fand, aber ausgebildet im Umgang mit gierigen Journalisten, die nach dem geringsten Fehltritt suchten, gab sie sich Mühe, mit neutraler Stimme zu antworten.

«Wir haben noch keinen Überblick über den Tathergang, der zu Edward Crows Tod führte. Aber wenn Sie konkret nach der Enthauptung fragen, die über die sozialen Medien verbreitet wurde, kann ich bestätigen, dass die im Video ausgeführte Tat den unmittelbaren Tod des Opfers herbeiführte und dass es so schnell ging, wie ebenfalls auf dem Video zu sehen, von dem leider auch Fotos in verschiedenen Medien aufgetaucht sind. Unter anderem in Ihrer Zeitung», sagte sie und sah sich im Saal nach Journalistinnen um, die vernünftigere Fragen stellten.

Ein junger Mann in der ersten Reihe meldete sich und stellte sich als «Luke vom *Guardian*» vor.

«Was das Video betrifft: Gibt es eine digitale Spur? Hat die Polizei bereits eine Ahnung, wer das Video produziert haben könnte oder von welcher IP-Adresse es gesendet wurde?»

Payton schüttelte den Kopf.

«Diese Aufgabe haben wir unseren Experten übergeben, die mit Hochdruck an der Sache arbeiten. Mehr kann ich zum jetzigen Zeitpunkt nicht sagen.»

«Wie haben Sie die Leiche gefunden?»

«Die Zentrale hat einen anonymen Tipp erhalten. Ein Streifenwagen ist zu dem vermeintlichen Fundort gefahren, um den Hinweis zu überprüfen. Daraufhin wurde Verstärkung angefordert.»

Nora bemerkte, wie Payton immerzu in die formelle Polizeisprache zurückfiel, sobald sie auf eine Frage nicht näher eingehen wollte.

«Gibt es Überwachungsvideos, auf dem der oder die Täter zu erkennen sind?», hakte Luke vom *Guardian* nach.

«Kein Kommentar zum aktuellen Zeitpunkt. Nun müssen auch ein paar der anderen Anwesenden zu Wort kommen. Weitere Fragen?»

Joe, der mit seinen Kollegen in einer der vordersten Reihen saß, meldete sich.

«Laut AP hat sich der IS zu der Tat bekannt. Ist das eine Spur, die Sie bei Ihren Ermittlungen verfolgen, und können Sie eventuell schon mit Sicherheit sagen, dass es sich bei der Tat um einen Terrorakt handelt, ausgeführt vom IS oder einer anderen Organisation?»

Payton sah sich suchend um und entdeckte schließlich Joe, der links vorm Podium saß.

«Wie bereits erwähnt halten wir uns alle Optionen offen. Wir sind in einer frühen Phase der Ermittlungen, und selbstverständlich werden wir das Video genauestens untersuchen und nehmen die Sache sehr, sehr ernst», erwiderte sie.

«Also könnte es sich um einen Terrorakt handeln?», hakte ein anderer Journalist nach.

«Wie bereits gesagt: Wir stehen erst am Anfang der Ermittlungen und werden keine wilden Spekulationen an die Öffentlichkeit bringen. Wir sind mit der Untersuchung eines Mordfalls beschäftigt, und zum jetzigen Zeitpunkt hat es einfach keinen Sinn, sich auf eine Täterschaft festzulegen.»

«Der Mann wurde doch für ein Propagandavideo enthauptet! Seid ihr bei der Polizei inzwischen so politisch korrekt, dass ihr euch nicht mal mehr traut, Terror beim Namen zu nennen?», empörte sich eine Journalistin. Nora spähte zu ihr hinüber und erkannte eine politische Kolumnistin, die wöchentlich für eine der britischen Boulevardzeitungen schrieb.

«Wie gesagt. Es ist eine Spur, der wir nachgehen und die wir sehr ernst nehmen. Natürlich schließen wir einen Terrorakt nicht aus. Wir werden mögliche Verbindungen zu Terrororganisationen, sowohl hier im Land als auch international, selbstverständlich beleuchten», entgegnete Payton und klang hörbar angespannter als zu Beginn der Pressekonferenz.

«Aber haben Sie dazu überhaupt die nötige Kompetenz?»

Die Frage kam wieder von Joe.

Payton sah inzwischen geradezu gereizt aus.

«Wir arbeiten mit ... ähm ... anderen Instanzen zusammen und haben die volle Unterstützung der Regierung», antwortete sie.

«Welche Instanzen?», fragte Luke vom *Guardian*.

Payton unterbrach ihn, ohne auf seine Frage einzugehen.

«Noch weitere Fragen?», sagte sie und zeigte willkürlich in Noras Richtung, die ihre Hand gehoben hatte.

«Werden Sie untersuchen, warum ausgerechnet Kommissar Crow Opfer dieser Tat wurde? Gibt es ein persönliches Motiv?»

Payton zuckte mit den Schultern.

«Es ist noch zu früh, etwas dazu zu sagen.»

Dann wandte sie sich an ihren Kollegen und gab ihm ein Zeichen, dass er jetzt das Wort hatte.

Welsh hielt erneut das Foto von Crow hoch.

«Danke. Ich will nochmals betonen, dass wir auf jegliche Hilfe aus der Öffentlichkeit angewiesen sind. Sollten Sie Edward Crow seit letztem Freitag zu irgendeinem Zeitpunkt gesehen haben, kontaktieren Sie uns bitte unter dieser Nummer. Auch wenn es sich nur um einen kurzen Augenblick gehandelt hat, würden wir gerne von Ihnen hören. Möglicherweise sind Ihre Informationen unbedeutend, aber denken Sie daran, dass dies möglicherweise ein wichtiger Teil eines Puzzles ist, das die Polizei nur mit Ihrer Hilfe lösen kann. Edward Crow fuhr einen mattschwarzen Jaguar XJ, ein Modell von 2015. Aufgrund eines technischen Fehlers konnte nicht genau festgestellt werden, wie lange er vor dem Shoppingcenter geparkt hat und ob Polizeikommissar Crow das Auto dort selbst abgestellt hat. Daher möchten wir jeden bitten, der sich am letzten Freitagnachmittag und -abend im Sunset Shoppingcenter aufgehalten hat und sich an einen mattschwarzen Jaguar erinnern kann, der an der Ecke vorm Eingang von Marks & Spencer stand, uns zu kontaktieren», sagte Welsh und hielt ein weiteres Foto vor die Kameras, auf denen der besagte Jaguar zu sehen war.

«Ich muss schon sagen», murmelte Tobias, «ein Jaguar XJ? Die müssen ihre Beamten hier in Toppingham ja ziemlich gut bezahlen.»

«Sieht teuer aus», gab Nora zu, die sich für Autos nicht sonderlich interessierte, solange sie ihren Zweck als Transportmittel erfüllten. Abgesehen natürlich von Petes Fotomobil, das einen ganz besonderen Platz in ihrem Herzen einnahm.

«Jepp. Hab schon immer davon geträumt, so einen zu fahren. Als ich aus Hamburg hergezogen bin, habe ich mir mal die Preise angeguckt. Das billigste Modell kostet etwas mehr als 60 000 Pfund, aber wenn man eine Sonderausstattung und etwas mehr Stil haben will, dann ist man schon schnell bei 80K.»

«Das ist viel.»

«Jepp. Ich konnte es mir nicht leisten.» Tobias grinste.

«Wie viel verdient so ein Kommissar denn im Jahr?», fragte Nora.

Tobias war ihr bereits einen Schritt voraus und konsultierte sein iPad.

«Hmm. Nach zehn Jahren Dienst durchschnittlich 33 000 Pfund pro Jahr. Dann gibt's natürlich noch Überstunden und andere Zuschüsse.»

«Klingt nicht nach einem Jaguar-Lohn.»

«Nope. Vielleicht hat er eine reiche Frau?», überlegte Tobias.

Payton war gerade dabei, sich von ihrem Stuhl zu erheben.

«Vielen Dank für Ihre Aufmerksamkeit. Wir machen uns an die Arbeit», sagte sie und verschwand hinter dem Podium, wo eine Gruppe ernst dreinblickender Männer in Anzügen auf sie wartete.

Nora beobachtete die Gruppe, soweit es im grellen Licht der Kamerascheinwerfer möglich war. Nach ihrem Äußeren zu urteilen, war es klar, um wen es sich handelte: Verstärkung aus London. Männer vom MI5 und Scotland Yard, die einen Großteil ihrer Zeit damit verbrachten, in Großbritannien ansässige Terrorgruppen im Auge zu behalten, und sie im besten Fall daran hinderten, ihre Pläne umzusetzen. Während der Pressekonferenz hatten sie sich im Hintergrund gehalten und das Spektakel aus dem schattigen Bereich jenseits des Podiums verfolgt.

Erst als sie das Rathaus verließen und die Straße überquerten, konnte Nora aus dem Fenster einen genauen Blick auf sie erhaschen.

Einer von ihnen stach mit seiner vertrauten Gestalt und dem leicht geduckten Gang heraus. Millhouse war in der Stadt.

Kapitel 9

Nora hatte Millhouse damals bei ihren Recherchen zum Fall Bill Hix getroffen und ihn wegen seines Fachwissens über Serienmörder als nützliche Quelle akquiriert. Dadurch war auch der Kontakt zu Millhouse' intelligentem, aber manchmal auch nervigem und arrogantem Chef Spencer zustande gekommen, der es vorzog, hinter den Kulissen von Scotland Yard zu bleiben. Vor allem außerhalb der Reichweite von Journalisten. Nur ein paar wenige Male war es ihr gelungen, Spencer ans Telefon zu bekommen.

Doch bei Millhouse hatte sie irgendwie ein paar Sympathiepunkte gesammelt, und Nora bemühte sich, dies nicht auszunutzen. Wenn Millhouse höflich und nicht allzu oft gefragt wurde, war er gelegentlich so freundlich, ihr ein oder zwei Tipps zu geben. Alles im Rahmen dessen, was die Ermittlungen erlaubten, versteht sich.

Nora und Tobias suchten sich ein Café und aßen ein schnelles Mittagessen, bevor Nora ins Hotelzimmer zurückkehrte und ihre Notizen von der Pressekonferenz durchging. Sie gaben noch nicht so viel her, als dass Nora einen ganzen Artikel daraus zusammenschreiben konnte, ein paar interessante Fragen waren noch offen. Eine der dringlichsten war, wer Ed Crow wirklich war und ob es einen Zusammenhang zwischen den Tatsachen gab, dass er in einem teuren Auto herumfuhr und seinen Kopf verloren hatte.

Die Unsicherheit über ihre Position bei *Globalt* rumorte immer noch in Noras Hinterkopf. Von einer plötzlichen Neugierde getrieben, googelte sie Anton Bugakov. Sofort wurde ihr klar, warum Krebs bisher kein Wort über den weiteren Verlauf ihrer Karriere verloren hatte.

Russischer Oligarch seit drei Wochen vermisst, meldete der *Daily Telegraph*.

Nora rechnete aus, dass dies zum selben Zeitpunkt gewesen sein musste, als sie die Fähre nach Koh Pha Ngan genommen und den Entschluss gefasst hatte, ihr Handy auszuschalten, um endlich zur Ruhe zu kommen.

Informanten aus Bugakovs näherem Bekanntenkreis erzählten der britischen Zeitung, dass er zuletzt in Moskau gesehen worden sei, wo er an einer Reihe von Sitzungen mit verschiedenen Investoren teilgenommen hatte. Einer seiner Geschäftspartner hatte Alarm geschlagen, als er nicht zu einem Treffen erschienen war. Seitdem gab es kein Lebenszeichen mehr von ihm. Auch seine beiden Leibwächter waren wie vom Erdboden verschluckt.

Noras Handy auf dem Schreibtisch piepte, als eine SMS eintrudelte.

Hey, bist du zu Hause? Bin jetzt in Heathrow.

Es war Pete, der australische Fotograf und Noras engster Freund in London. Er lebte nur zehn Minuten zu Fuß von Noras Wohnung in Belsize Park entfernt, und wenn beide im Land waren und Zeit hatten, aßen sie einmal pro Woche zusammen. Sie waren so oft zusammen gereist, dass sie manchmal dachte, sie hätte bereits mehr

Zeit in Petes Gesellschaft verbracht, als sie jemals mit einem festen Partner verbringen würde.

Wo hast du dich denn wieder herumgetrieben?, schrieb sie mit einem schiefen Grinsen zurück.

Istanbul, für das Reisemagazin der Times, antwortete er.

Ich bin in Toppingham. Pittoresk ist es hier. Einmalige 1970er Architektur, Umgehungsstraßen mit malerischen Müllcontainern. Das Hotel riecht nach Schimmel. Aber was macht man nicht alles für eine gute Story, schrieb sie, nur halb im Spaß.

Soll ich rumkommen?

Weiß nicht, wie lange ich bleibe, und ich muss wohl erst Krebs fragen, ob er sich einen Fotografen leisten will.

Plötzlich vermisste Nora es, in ihrer Küche in Belsize Park herumzuexperimentieren, ihr Werk mehrere Stunden auf dem Herd köcheln zu lassen, bis die Wohnung sich mit dem Duft von selbstzubereitetem Essen füllte. Sie war von thailändischem Street Food nahtlos zu britischem Hotelessen übergegangen, und sie sehnte sich nach der Ruhe, die sich in ihr ausbreitete, wenn ihre Hände mit Hacken, Schneiden und Häckseln beschäftigt waren.

Als sie den Chat mit Pete beendet hatte, beschloss sie, Krebs eine kurze SMS zu schicken, obwohl Samstag war. Er konnte schließlich selbst entscheiden, ob er zwischen Ausflügen auf den Golfplatz und langen Radtouren die Muße hatte zu reagieren.

Ein Fotograf wäre gut. Darf ich Pete anheuern? schrieb sie.

Nein. Haben kein Geld. Such dir jemanden vor Ort, wenn es unbedingt sein muss, antwortete er nach dreißig Sekunden.

Sie seufzte schwer, zog sich etwas über, konsultierte das GPS auf ihrem Handy und machte sich auf den Weg zu Osbornes Garagenvermietung.

Bei Tageslicht wirkte der Ort noch trostloser als am Abend zuvor. Der Asphalt war rissig wie schlecht gepflegte Raku-Keramik, und das Schild, das für billige Lagerplätze warb, war verblasst und steinalt – die Telefonnummer darauf stammte noch aus Zeiten, in denen Toppingham keine eigene Vorwahl gehabt hatte.

Nora spähte zu den Wohnblöcken hinüber, wo ein kleines Mädchen auf einem pinkfarbenen Fahrrad mit Stützrädern und in einem Mantel, der für das kühle Aprilwetter zu dünn schien, hin und her radelte. Nora hielt nach einer Mutter oder einem Vater Ausschau, aber das Mädchen schien nur in der Gesellschaft eines älteren Jungen zu sein, der ein wenig abseits von ihr ging und mit einem Stock in die Luft schlug. Sie hoffte, dass er der große Bruder des Mädchens war.

Die Garagenanlage war von einem rostigen Eisengitter umgeben, das in der Theorie dafür sorgte, dass bei Nacht und Nebel keine unerwünschten Gäste in die Garagen eindringen konnten. Wenn jemand mit einem zu Tode verängstigten Polizeikommissar im Schlepptau zu Osbornes Garagenvermietung gekommen war, dann bestimmt nicht den offiziellen Weg durch das Eisentor, vermutete Nora.

Sie umrundete das Grundstück, um nach anderen Möglichkeiten Ausschau zu halten. In der hintersten Ecke entdeckte sie ein Loch unter dem Zaun, das jedoch so klein war, dass höchstens eine schlanke Person sich durchschieben konnte. Jedenfalls war es nicht groß genug für einen Polizeikommissar mit einem Messer an der Kehle oder einer Waffe im Rücken. Er musste in einem Kofferraum oder einem Transporter hergebracht worden sein, wie Nora vermutete. Was bedeutete, dass es ein Auto geben musste. Und ein Nummernschild.

Die KTU hatte die Untersuchung der Garage noch nicht vollständig abgeschlossen, und vor den Anlagen warteten einige bibbernde Journalisten und Kameraleute darauf, ein paar Sätze an ihre Kollegen in den beheizten Fernsehstudios weiterzugeben.

«Ja, Janet. Die Polizei hinter mir arbeitet immer noch unter Hochdruck daran, die letzten grauenvollen Minuten in Kommissar Crows Leben zu rekonstruieren, die sich vermutlich in dieser Garage abgespielt haben», sprach ein mit einem Baumwollmantel bekleideter Journalist in die Kamera.

Kurz darauf wandte er sich an den Kameramann.

«War das zu viel des Guten? Sollte ich das *grauenvoll* lieber weglassen? Und stattdessen *rätselhaft* sagen?»

Der Kameramann, der so aussah, als könnte ihn nichts mehr schockieren und als hätte er schon Live-Übertragungen gemacht, als der Journalist noch in den Windeln steckte, reckte den Daumen in die Luft.

«Alles okay, Tony. Hab's schon im Kasten.»

Nora ging zum Haupteingang der Garagenanlage. Neben dem großen elektrischen Tor, das zu den Garagen führte, befand sich ein Bürogebäude. Gestern hatte es offen gestanden, vermutlich damit Polizeiautos und später der Krankenwagen, der die Leiche abtransportiert hatte, ungehindert ein und aus fahren konnten.

Jetzt war es verschlossen, und ein blau-weißes Plastikband wies darauf hin, dass es sich um einen Tatort handelte, dessen Zugang jedem untersagt war, der keinen Dienstausweis der Polizei bei sich trug.

Sie schritt auf das Bürogebäude zu. Ein Schild verkündete, dass es jeden Tag von 8 bis 20 Uhr und sonntags von 10 bis 18 Uhr geöffnet war. Sie zog die Tür auf und betrat einen Raum, der von einem hellen Empfangstresen in zwei Abschnitte geteilt wurde. Hinter dem Tresen standen zwei Schreibtische und eine Reihe von Regalen mit dicken Ordnern. An einem der beiden Schreibtische saß eine Frau mit blonden Locken und blätterte vorsichtig in einer Zeitschrift, die einen vollständigen Fotobericht über die neuen Strickpullover des kleinen Prinzen George enthielt. Neben der Frau lag eine Tüte Malteser. Sie hatte sich gerade eine Schokoladenkugel in den Mund gesteckt, als sie Nora erblickte und einen kleinen Satz machte.

«Tut mir leid, Süße. Heute kein Zugang zu den Garagen», sagte sie mit vollem Mund und versuchte, schneller zu kauen.

«Nein, das kann ich sehen. Was ist denn hier los?», fragte Nora in der Hoffnung, ein paar Informationen aus der Frau herauszubekommen.

«Dieser Polizist, der letzten Freitag verschwunden ist. Der mit dem Video. Anscheinend hat er in einer der Garagen gelegen», sagte die Frau und schauderte.

«Um Himmels willen, wie schrecklich! Liegt er da etwa immer noch?»

Die Frau schüttelte den Kopf.

«Nein, sie haben ihn gestern Nacht mitgenommen. Zum Glück. Da blieb mir der Anblick erspart.»

«Wer hatte die Garage denn zu dem Zeitpunkt gemietet? Doch wohl nicht der Mann selbst?»

«Das hat mich die Polizei auch schon gefragt. Aber das ist ja gerade das Eigenartige: Der Mieter war irgendein Mr. Bennett. Ich glaube nicht, dass wir den jemals zu Gesicht bekommen haben. Er hat die Garage vor fünf Jahren angemietet und für zehn Jahre im Voraus bezahlt. Beim Vertragsabschluss hat er eine Adresse in Kuala Lumpur angegeben. Ein Postfach. Aber es gab nie einen Grund, Kontakt mit ihm aufzunehmen, und er hat auch uns nie kontaktiert.»

«Was, glauben Sie, hat er dort in der Garage gelagert?»

Die Frau zuckte mit den Schultern.

«Wer weiß? Ein Auto wahrscheinlich, wie die meisten. Wir können ja nicht einfach so in den Garagen unserer Kunden herumschnüffeln. Das ist ja der Sinn der Sache. Die Leute mieten sie, bekommen die Schlüssel ausgehändigt, und wir bekommen die Schlüssel erst zurück, wenn das Mietverhältnis endet und die Garagen geleert wurden. Bei allem, was sonst passiert, mischen wir uns nicht ein.»

«Was passiert in einem Notfall?»

«Was meinen Sie mit Notfall? Wir hatten in den vier Jahren, in denen ich hier arbeite, keinen einzigen Notfall.»

«Aber wenn nun jemand seine Miete nicht bezahlt? Oder wenn ein Brand ausbricht oder Ähnliches? Wenn aus einer der Garagen ein merkwürdiger Geruch kommt. Oder Schädlinge auftauchen?»

«Schädlinge?»

Nora zuckte mit den Schultern.

«Könnte doch passieren.»

«Hm. Tja. Der alte Osborne hat wohl irgendwo einen Universalschlüssel rumliegen. Aber sagen Sie, warum interessieren Sie sich so dafür? Sind Sie auch von der Polizei?», fragte sie misstrauisch.

Nora gab zu, dass sie von der Presse war.

Die Frau war hin- und hergerissen zwischen der Empörung, dass Nora sich nicht eher als Journalistin zu erkennen gegeben hatte, und dem schmeichelhaften Gefühl, interviewt zu werden.

«Wird das, was ich jetzt sage, in der Zeitung gedruckt?», fragte sie verdattert.

«Wenn Sie mir Ihr Okay geben», erwiderte Nora.

«Was bedeutet das?»

«Ich kann Ihre Aussagen in meinem Artikel verwenden, aber

nur wenn Sie einverstanden sind. Wir können uns aber auch erst einmal unterhalten und dann später schauen, ob Sie namentlich genannt werden wollen oder nicht.»

Die Frau fuhr sich durchs Haar.

«Werde ich auch fotografiert? Mein Name ist Joan. Joan Crouch», sagte sie und buchstabierte ihren Nachnamen für Nora, die pflichtbewusst ihr Notizbuch aus der Tasche zog und ihn aufschrieb.

«Nein, ein Fotograf kommt erst einmal nicht.»

«Okay, aber mehr kann ich Ihnen eigentlich auch nicht erzählen. Mr. Osborne ist ja hier verantwortlich. Ich arbeite nur halbtags und an den Wochenenden.»

«Können Sie mir Mr. Bennetts Adresse geben?»

«Ich glaube nicht, dass ich das darf. Die Sicherheit unserer Kunden hat bei uns oberste Priorität.»

«Okay. Aber könnten Sie mir verraten, wer die Garage nebenan gemietet hat? Vielleicht kann diese Person mir weiterhelfen.»

Wieder schüttelte Joan den Kopf.

«Ich weiß nicht, ob ich das einfach so ausplaudern darf.»

«Aber es ist jemand von hier?»

Joan nickte.

«Jemand, der oft herkommt?»

Noch ein Nicken.

Hinter Joan befand sich ein in vier Felder unterteilter Bildschirm, auf dem abwechselnd Schwarzweißbilder mehrerer Überwachungskameras angezeigt wurden. Eine Kameraeinstellung zeigte die unmittelbare Umgebung vor dem Eingangstor. Ein weißer Zeitcode lief am unteren Rand jedes Bildes im Sekundentakt mit. Die Aufzeichnungen waren live.

«Was ist mit diesen Kameraaufzeichnungen? Ist darauf etwas

zu erkennen? Die müssen doch aufgenommen haben, dass jemand mit dem Opfer durch das Tor gekommen ist?»

Joan druckste herum.

«Ich habe nichts gesehen.»

«Aber Sie haben der Polizei die Überwachungsbänder doch sicher ausgehändigt?», hakte Nora in der Hoffnung nach, dass Payton falschlag, als sie auf der Pressekonferenz sagte, es gebe keine Überwachungsvideos vom Tatabend.

«Nein.»

«Was meinen Sie mit Nein?»

Joan seufzte und steckte sich eine weitere Malteserkugel in den Mund, als wolle sie sich stärken.

«Die Kameras sind installiert, damit die Kunden sich sicher fühlen. Mr. Osborne weiß, dass die Kunden es von uns verlangen, ihre Sicherheit ernst zu nehmen und sie vor Einbrüchen zu schützen. Aber ... ähm ...»

«Aber was?»

Joan senkte die Stimme.

«Die Kameras speichern die Aufzeichnungen nicht. Das dürfen Sie aber nicht in Ihrem Artikel schreiben, okay? Mr. Osborne schneidet mir die Kehle durch, wenn das rauskommt», flüsterte sie und wurde rot, als ihr auffiel, wie unpassend diese Aussage war.

«Hatten Sie Dienst, als die Polizei am Freitagabend hier angerückt ist?»

Wieder schüttelte Joan den Kopf.

«Nein. Ich habe nur bis zum frühen Abend gearbeitet. Die Polizei kam erst, nachdem ich Feierabend gemacht hatte. Es war ein normaler ruhiger Abend. Nichts Außergewöhnliches. Wir haben ein Protokoll, und der Letzte, der vor dem Polizeieinsatz kam, war Mr. Ahmed in Nummer 15. Er war um 17 Uhr hier. Den Rest meiner Schicht habe ich die Jeremy Kyle Show geschaut. Osborne macht es nichts aus, dass wir bei der Arbeit fernsehen, solange keine Kunden kommen.»

«Nummer 15. Ist das nicht direkt neben der Garage, die die Polizei gerade untersucht?»

«Ja, doch», erwiderte Joan und wurde wieder rot.

«Wissen Sie, wie Mr. Ahmed mit Vornamen heißt?»

«Nein. Er hat sich nur mit Ahmed vorgestellt. Er hat einen amerikanischen Wagen, an dem er in der Garage arbeitet. Er ist immer sehr freundlich. Bevor er nach Hause geht, bleibt er meistens noch für einen Moment für ein kleines Pläuschchen.»

«Ist er auch gestern auf ein Pläuschchen geblieben?»

«Nee. Jetzt, wo Sie es sagen, ist er regelrecht davongelaufen, er wirkte sehr gestresst. Glauben Sie etwa, er hat etwas mit der Sache zu tun?», fragte Joan mit einem Schaudern. Dann, wie um sich selbst zu korrigieren: «Nein, das ist unmöglich. Er ist so ein lieber Mensch.»

«Wissen Sie mehr über Mr. Ahmed, vielleicht wo er wohnt oder wo er arbeitet?»

Joan überlegte.

«Ich glaube, er ist Taxifahrer. Er kommt oft in einem Taxi, das er dann hier parkt.»

«Erinnern Sie sich an das Unternehmen?»

«Nein. Aber hier in der Stadt gibt es nur drei: A1, Prime Cars und Sunshine Minicabs.»

Nora fiel der Aufkleber wieder ein, den sie an der Garagentür entdeckt hatte. Sunshine Minicabs. Bingo.

Sie verabschiedete sich freundlich von Joan und versprach, sich bei ihr zu melden, falls sie Joan in ihrem Artikel zitieren würde.

«Das mit den Kameras dürfen Sie aber nicht schreiben, okay?», war ihre letzte Bitte, bevor Nora aus der Tür verschwand.

Als sie wieder auf der Straße stand, suchte sie die Nummer von Sunshine Minicabs heraus und bestellte sich einen Wagen.

«Gerne. Soll's sofort sein?», fragte eine freundliche Frauenstimme am anderen Ende der Leitung.

«Ich würde gern mit Ahmed fahren.»

«Einen Moment bitte.»

Nach einer halben Minute kam die Frau zurück an den Apparat.

«Er hat erst in einer Stunde Dienstbeginn.»

«Okay, schicken Sie ihn dann bitte an folgende Adresse», sagte Nora und gab die Daten des Hotels durch.

Dann ging sie zurück zum Hotel und verfluchte ihren Jetlag. Der machte sich nicht nur bemerkbar, weil sie alle zwei Minuten gähnen musste, sondern auch weil ihr Blick ein wenig verschleiert war, und sie wagte es nicht, in ihr Zimmer zu gehen, aus Angst, wieder ins Bett zu fallen.

An der Rezeption bat sie um eine Tasse Kaffee und setzte sich in einen der tiefen Sessel mit Blick auf den Parkplatz vor dem Hotel. Der Kaffee schmeckte bitter, leicht verbrannt, und er war lauwarm, als hätte er zu viele Stunden in einer Thermoskanne gestanden. Aber sie trank ihn dankbar, benötigte all das Koffein, das sie bekommen konnte.

Sieben Minuten nach fünf stand ein dunkelgrauer Ford mit dem gelben Sunshine-Logo vor dem Hotel. Nora ging hinaus. Der Fahrer ließ die Scheibe herunter.

«Miss Sand?»

Ahmed schien Mitte dreißig zu sein, und er trug einen buschigen, aber gepflegten Schnauzbart. Seine braunen Augen sahen sie mit aufmerksamem Blick an.

Das Taxi war schmuddelig, und der grüne Wunderbaum, der am Rückspiegel baumelte, war kein wirksamer Schutz gegen die stickige Luft im Wagen.

Unter dem Vordersitz lag ein zerknüllter Kaffeebecher von McDonald's, und die Fußmatte hatte wirklich einen Staubsauger nötig – Nora konnte es unter ihren Schuhen knirschen hören.

«Sind Sie stolz auf Ihr Auto?», fragte sie ironisch.

«Nicht mein Auto», sagte Ahmed und schielte zu ihr hinüber.

Er startete den Wagen und fuhr von der Einfahrt auf die Hauptstraße.

«Wohin soll's gehen?»

Nora ärgerte sich über sich selbst, weil sie sich keine gute Story zurechtgelegt hatte.

«Ähm, einfach eine Runde durch die Gegend. Was sollte man hier in Toppingham gesehen haben?»

Ahmed sah sie fragend an.

«Ich versteh nicht ganz. In der Zentrale wurde mir gesagt, Sie hätten ausdrücklich nach mir gefragt. Ich dachte, Sie wären eine Stammkundin. Aber ich kann mich nicht an Sie erinnern, und jetzt wollen Sie noch nie in Toppingham gewesen sein?»

«Tut mir leid, ich bin ein bisschen durcheinander. Und müde. Könnten Sie mich bitte zum Shoppingcenter fahren?», bat sie, ohne direkt auf seine Frage zu antworten.

«Okay. Sie sind die Kundin», sagte Ahmed und betätigte den Blinker.

Schweigend fuhren Sie eine Weile durch die Stadt, bis Nora beschloss, mit offenen Karten zu spielen.

«Es gibt einen Grund, warum ich nach Ihnen gefragt habe, als ich das Taxi bestellt habe.»

«Da bin ich aber gespannt», erwiderte Ahmed mit einem nervösen Grinsen.

«Osbornes Garagenvermietung. Sie haben die Polizei angerufen, oder?»

Ahmed wurde ganz bleich und starrte geradeaus auf die Straße.

«Wovon reden Sie?», sagte er.

«Ich weiß, dass Sie es waren.»

«Ich habe keine Ahnung, wovon Sie sprechen.»

«Okay, dann eben zum Mitschreiben: Sie mieten die Garage neben dem Fundort von Ed Crows Leiche.»

Ahmed antwortete nicht, aber Nora konnte sehen, wie seine Hände sich um das Lenkrad klammerten.

«Sie sind gestern Abend an Ihrer Garage gewesen, stimmt's?»

Stille.

«Sie kommen an Ihrer Garage vorbei, Sie tun, was Sie immer tun, basteln an Ihrem Auto herum, oder was auch immer Sie dort machen. Aber irgendetwas ist anders als sonst. In der Nachbargarage ist etwas passiert. Nebenan bei Mr. Bennett.»

Ahmed schielte zu Nora hinüber. Sein Versuch, eine neutrale Miene aufzusetzen, war so erbärmlich, dass er Nora beinahe leidtat.

«Sie ahnen, dass nebenan irgendetwas nicht mit rechten Dingen zugeht. Sie rufen die Polizei, machen sich dann aber auf und davon, weil Sie mit alldem nichts zu tun haben wollen. Wie mache ich mich, bin ich auf der richtigen Spur?»

Ahmed sah geradezu verzweifelt aus.

«Irgendwann holt Sie das schlechte Gewissen ein, weil Sie sich nicht früher gekümmert haben. Korrekt?»

Keine Antwort.

«Was war der Grund, warum Sie plötzlich die Polizei gerufen haben, Ahmed? War es der Gestank?»

Er nickte.

«Ich war beim Militär, bevor wir geflohen sind. Ich kenne diesen Geruch.»

«Also haben Sie die Polizei gerufen.»

Er starrte aus dem Fenster.

«Nicht sofort. Ich musste zur Arbeit. Es war immerhin Freitagabend, und ich hatte einige Touren zu fahren, aber ich konnte den Geruch einfach nicht vergessen. Irgendwann habe ich an einer Telefonzelle angehalten und den anonymen Anruf getätigt.»

«Warum haben Sie nicht angerufen, als Ihnen das erste Mal etwas komisch vorkam?»

«Ich wollte nicht in irgendetwas reingezogen werden.»

«Aber was soll denn daran falsch sein, als gewöhnlicher, besorgter Bürger der Polizei zu melden, dass in der Garage nebenan komische Sachen passieren?», drängte Nora ihn.

Ahmed antwortete nicht.

«Wussten Sie etwa, was dadrinnen vor sich ging?»

Erschrocken starrte er sie an.

«Nein, nein, nein. Auf keinen Fall. Es war nur so ... letzten Freitag. Vielleicht habe ich da etwas gehört. Aber ich habe nichts unternommen. Ich hätte ...»

«Was haben Sie gehört, Ahmed?»

«Vielleicht einen Schrei. Aber ich bin mir nicht sicher», murmelte er.

«Und Sie haben nicht nachgesehen? Sind Sie in die andere Garage gegangen, um zu schauen, woher der Lärm kam?»

Er schüttelte den Kopf.

«Haben Sie nicht einmal unter dem Tor durchgeguckt?»

Ohne Vorwarnung trat Ahmed auf die Bremse und lenkte den Wagen an den Straßenrand. Bevor Nora verstand, was vor sich ging, hatte er die Tür geöffnet und übergab sich in den Straßengraben.

Sie ließ ihn sich erholen, während sie ihre Tasche nach einem Päckchen Feuchttücher durchsuchte, das sie ihm reichte.

«Alles in Ordnung?»

Mit gequältem Blick starrte er sie an. Seine Hände zitterten leicht, als er das Päckchen entgegennahm und sich den Mund abwischte. Eine zweite Serviette trocknete die kalten Schweißperlen auf seiner Stirn. Mit einer dritten putzte er sich die Nase, bevor er zurück ins Auto stieg, eine Packung Tic Tacs aus seiner Tasche holte und sich ein paar in den Mund steckte, bevor er Nora die Schachtel anbot.

«Sie haben nachgeschaut?», fragte Nora und nahm ein paar Minzbonbons.

Wieder schüttelte er den Kopf.

«Ich habe das Video auf YouTube gesehen, bevor es wieder gelöscht wurde.»

«Kannten Sie Kommissar Crow?»

Er antwortete nicht, aber Nora sah, wie seine Hände das Lenkrad kneteten, als sie den Namen des Opfers erwähnte.

«Sind Sie von der Polizei?», fragte er schließlich.

«Nein. Ich bin eine Journalistin aus Dänemark.»

Einen Moment lang saß er einfach nur da und schien diese Information zu verdauen.

«Crow war ein Arschloch. Korrupt wie der Teufel höchstpersönlich.»

«Inwiefern?»

«Wenn ich mit Ihnen rede, versprechen Sie mir dann, meinen Namen nicht an die Polizei zu geben?»

Nora überlegte kurz.

«Okay. Aber wenn wir realistisch sind, sollten Sie sich darauf gefasst machen, dass sie sich früher oder später bei Ihnen melden werden. Es liegt nahe, dass sie die angrenzenden Garagen ebenfalls untersuchen, und ich wundere mich tatsächlich, dass sie Sie bisher noch nicht kontaktiert haben. Aber erzählen Sie mir, was Sie von Crow wissen. Hatte er viele Feinde?»

Ahmed nickte.

«Crow war ein Blutsauger. Er hat mehrere Leute, die ich kenne, um Geld erpresst. Schweigegeld, sozusagen. Oder um die Polizei fernzuhalten.»

«Wovon fernzuhalten?»

Ahmed presste die Lippen zusammen.

«Glauben Sie, die Polizei wird mich finden? Ich hatte mein Telefon bis vor einer Stunde aus. Musste nachdenken. Ich weiß nicht, was ich jetzt machen soll», erklärte er.

«Vielleicht sollten Sie freiwillig zur Polizei gehen. Das kommt immer besser.»

«Sie verstehen das nicht», widersprach er.

«Dann erklären Sie es mir.»

Ahmed starrte geradeaus, die Autos donnerten an ihnen vorbei. Der Regen hatte wieder eingesetzt, und die Scheiben beschlugen von innen, während außen winzige silberne Regentropfen auf ihnen perlten, und es war unmöglich, hinein- oder hinauszusehen.

«Wann haben Sie den Lärm aus der Nachbargarage gehört?»

Ahmed überlegte.

«Erst abends. Ich hatte gerade überlegt, ob ich zusammenpacken und nach Hause gehen sollte, als ich ein seltsames Geräusch hörte, wie ein Schrei, der aber irgendwie gedämpft klang. Ich versuchte mir selbst einzureden, dass es sicher nur ein paar Kinder waren, die draußen auf der Wiese gespielt haben», sagte er.

«Also nicht lange nachdem Crow das letzte Mal lebend gesehen wurde», stellte Nora fest.

«Ich war gerade dabei, meine Jacke anzuziehen, als ich einen ziemlichen Krach durch die Wand hörte. Ich kann nicht genau sagen, was es war. Vielleicht etwas Schweres, das herumgeschoben wurde. Vielleicht eine Prügelei. Und dann ein merkwürdiges, ersticktes Geräusch.»

«Hat der Lärm lange angedauert?»

«Nein ... ich glaube nicht. Darauf habe ich nicht geachtet. War mit meinen eigenen Sachen beschäftigt. Erst einmal war ich nur überrascht, dass von nebenan überhaupt Geräusche kamen. Ich hatte in der gesamten Zeit, die ich diese Garage gemietet hatte, noch nie etwas gehört.»

«Was haben Sie dann gemacht?»

Ahmed zögerte kurz, er überlegte, wie er sich formulieren sollte.

«Meine Mutter hat angerufen und mich gebeten, ein paar Sachen für sie einzukaufen und mit nach Hause zu bringen, also habe ich mich beeilt und abgeschlossen. Dann wollte ich nur schnell nachsehen, ob nebenan alles in Ordnung ist, und mich meinem Nachbarn vorstellen, den ich ja noch nie getroffen hatte. Aber sein Garagentor war komplett verschlossen.»

«Wie fanden Sie das?»

«Ich habe überlegt, ob ich anklopfen sollte. Aber die Leute haben ein Recht auf Privatsphäre. Deshalb mietet man ja eine Garage. Also bin ich einfach nach Hause gefahren.»

«Und dann sind Sie eine ganze Woche lang nicht mehr da gewesen?»

«Nein. Ich bin meistens nur freitags in meiner Garage.»

«Und erst gestern Abend ist Ihnen aufgefallen, dass etwas nicht stimmte?»

Wieder zögerte Ahmed.

«Ich habe mir nichts dabei gedacht. War mit meinem Kram beschäftigt. Erst als ich zum Rauchen rausgegangen bin, habe ich den Gestank bemerkt.»

Nora ging zunächst einmal nicht darauf ein, während Ahmed das Fenster herunterließ und sich eine Zigarette ansteckte.

«Was machen Sie eigentlich jeden Freitag in Ihrer Garage? Reparieren Sie ein Auto?», fragte sie schließlich, als die Glut an der Zigarettenspitze aufleuchtete.

Er seufzte.

«Hören Sie. Ich bin zweiunddreißig Jahre alt und wohne noch bei meinen Eltern, zusammen mit zwei meiner Brüder. Ab und zu brauche ich einfach ein bisschen Privatsphäre.»

«An Ihrer Stelle würde ich mich nicht darauf verlassen, dass es noch lange so privat bleibt. Wenn es schon mir gelingt, Sie so schnell zu finden, dann lässt die Polizei sicher nicht lange auf sich warten.»

Ahmed wurde, wenn möglich, noch blasser.

«Ich glaube wirklich, es wäre besser, wenn Sie sich direkt bei der Polizei melden», wiederholte Nora.

«Ja, aber jetzt kann ich meine Sachen dort nicht mehr wegschaffen. Da sind überall Polizisten. Und Kameras. Ich bin heute Morgen kurz vorbeigefahren. Was, wenn meine Familie etwas mitbekommt?», jammerte Ahmed.

«Was haben Sie denn da gelagert? Pornos?»

«Ich habe doch schon gesagt, dass das privat ist. Warum wollen Sie das nicht verstehen?»

Dann riss er sich zusammen, richtete sich auf, startete den Wagen und fädelte sich wieder in den Verkehr ein.

«Wollen Sie immer noch zum Shoppingcenter? Wir wären in fünf Minuten da.»

«Ja, warum nicht. Wenn wir schon mal hier sind.»

Ohne ein weiteres Wort chauffierte er sie bis zum Einkaufszentrum, das aussah wie eine Fabrikhalle, deren Schwerpunkt eher auf Funktionalität als auf Ästhetik lag. Eine quadratische Kiste mit Geschäften auf zwei Etagen, vor der endlose Reihen von Autos parkten.

«Können Sie mich zu dem Eingang fahren, an dem man direkt zu Marks & Spencer kommt?»

Ahmed tat ihr den Gefallen. Als sie ankamen, bat Nora ihn, ein paar Minuten zu warten, und ging quer über den Parkplatz zu der Ecke, an der Crows Jaguar laut den Informationen der Polizei zurückgelassen worden war. Sie sah sich um. Soweit sie erkennen konnte, waren nirgends Überwachungskameras angebracht. Aber irgendeine Kamera musste es doch geben – zumindest an der Auffahrt zum Parkplatz.

Als Nora zu Ahmeds Taxi zurückkehrte, saß ein schmollendes blondes Mädchen von ungefähr fünfzehn Jahren auf dem Vordersitz. Sie war stark geschminkt, trug einen Minirock und hatte die Füße auf das Armaturenbrett gelegt. Die langen, lila-pink gestreiften Strümpfe an ihren Beinen ließen sie wie einen japanischen Teenager mit Hello-Kitty-Fetisch aussehen.

Das Mädchen machte keine Anstalten aufzustehen, als Nora näher ans Auto trat. Stattdessen starrte es Nora gleichgültig an und blies langsam eine pinke Kaugummiblase, die sie immer größer werden ließ. Die Blase platzte, und das Mädchen zog die Kaugummifetzen wieder in den Mund und begann von vorn.

Nora wandte sich an Ahmed.

«Okay. Können wir dann zurück zum Hotel?»

Ahmed deutete mit einem Kopfnicken auf das Mädchen.

«Das ist Amy. Sie will zurück in die Stadt. Kann sie mitfahren? Sie bekommen die Fahrt zum halben Preis.»

Nora zuckte mit den Achseln und setzte sich auf den Rücksitz. Die stille Anwesenheit des Mädchens setzte ihrem Interview mit Ahmed ein Ende, und Nora hatte den leisen Verdacht, dass ihm das gerade recht kam.

Amy würdigte Noras Anwesenheit im Auto keines Blickes. Sie nahm einen Lippenbalsam und einen Schminkspiegel aus ihrer silberglänzenden Handtasche und trug den Balsam mit einer Seelenruhe auf den Lippen auf, während sie ihr Spiegelbild betrachtete.

Nora beobachtete sie schweigend, bis sich ihre Blicke im Spiegel begegneten. Darauf klappte das Mädchen den Spiegel zusammen und begann, ihre Nägel zu begutachten.

Als Ahmeds Taxi vor dem Hotel hielt, hatte das Mädchen angefangen, sich mit einer kleinen weißen Plastikbürste die Haare zu kämmen. Sie sah nicht einmal auf, als Nora ausstieg und Ahmed das Geld reichte.

«Denken Sie dran, was ich Ihnen gesagt habe. Es ist immer besser, sich selbst zu melden, anstatt gefunden zu werden», sagte Nora.

Ahmed steckte das Geld in eine schwarze Geldbörse und lächelte steif.

«Ich werd drüber nachdenken.»

Dann verschwand das Auto im strömenden Regen, und Nora rannte so schnell unter die Hotelmarkise, dass sie fast mit einem

Mann und seinem schwarzen Rollkoffer zusammengestoßen wäre. Er wich vor ihr zurück, dann begrüßte er sie mit einem beherrschten Kopfnicken. Millhouse.

Kapitel 10

Sie hatten sich an der Rezeption verabredet, um gemeinsam essen zu gehen.

Millhouse kam fünfundzwanzig Minuten zu spät, und Nora vertrieb sich die Wartezeit mit der *Sunday Times* auf einem der nachtblauen Veloursofas in der Lobby. Die Zeitung brachte eine mehrere Seiten lange Reportage über den Mord an Kriminalkommissar Crow in Toppingham, doch Noras Interesse fiel auf einen Hintergrundartikel des Nahost-Korrespondenten über Bestrafungen im Islam und deren historische und politische Bedeutung. Der Auftakt des Artikels war ein Bericht über eine Enthauptung in Saudi-Arabien, die der Verfasser vor einigen Jahren mit eigenen Augen mit ansehen musste. Widerwillig las sie weiter.

«Die Sonne steht hoch über dem Deera-Platz in Riad, als der Henker erscheint. Der Ort, der im Volksmund unter dem Namen Chop-Chop-Square bekannt ist, wird zum wiederholten Male Schauplatz ...»

«Aha, hier sitzt du also.»

Nora fuhr zusammen. Soeben war sie noch mitten auf dem Chop-Chop-Square im Angesicht der glitzernden Klinge des

Krummsäbels gewesen. Nun hatte sich Millhouse vor ihr aufgebaut.

«Wollen wir?»

Nora nickte.

«Döner?»

«Klar, warum nicht.»

Gemeinsam verließen sie das Hotel und bogen in Richtung des Stadtzentrums ab. Nach fünf Minuten kamen sie an einer Reihe Geschäfte vorbei, die zusammengepfercht hinter einem Parkstreifen lagen. Ein Eisenwarenladen, eine kleine Postfiliale und ein Reisebüro mit Palmen im Fenster, die ihre Wedel hängen ließen. Am Ende der Reihe befanden sich ein 24-Stunden-Kiosk und ein Imbiss, der sich ohne falsche Bescheidenheit in großen gelben Buchstaben zum Kebab King erklärte.

«Das muss wohl der Lieferdienst vom Buckingham Palace sein», bemerkte Nora trocken und entlockte Millhouse damit ein Grinsen.

Sobald er die Tür öffnete, schlug ihnen der typische Geruch eines Dönerladens entgegen. Der Duft von gegrilltem Lamm und gewürztem Hühnchen, vermischt mit dem Gestank nach altem Frittierfett, das vor mindestens einer Woche hätte ausgetauscht werden sollen, und eine unverkennbare Currynote. Wie immer empfand Nora tiefes Misstrauen gegenüber Lokalen, die eine zu breite Auswahl an Speisen auf ihrer Karte feilboten. Der Kebabkönig servierte nicht nur sein Signaturgericht, sondern mindestens fünf Variationen von Curry, Pizza, Knoblauchbrot sowie Fish & Chips.

Egal wie empfindlich ihre Geschmacksnerven auch waren, die Auswahl schien weder Millhouse noch die Bürger Toppinghams zu stören. Der Laden war gut besucht, und die vier laminierten

Tische mit weißen Plastikstühlen waren von Leuten besetzt, die sich ihrem Abendessen widmeten. Andere orderten Gerichte zum Mitnehmen und verließen den Laden mit prallgefüllten Plastiktüten. Verpflegung für ihre wöchentliche Dosis Fußball, Krimiserien oder romantische Komödien auf dem heimischen Sofa.

Eine vierköpfige Familie gab einen der Tische frei, und Millhouse besetzte zwei Stühle.

«Ein Dürüm mit Pommes frites und Currysauce», bestellte er bei Nora, die sich für beide in die Schlange einreihte.

«Curry und Fritten zum Döner? Ich dachte, du hättest mehr Stil», sagte Nora mit halb aufgesetztem Ekel.

Millhouse grinste etwas beschämt.

«Solltest du mal probieren. Ein ganz essenzielles britisches Kulturerlebnis. Du hast nicht richtig gelebt, bevor du da mal reingebissen hast.»

«Ganz ehrlich – es hat vier Jahre gedauert, bevor ich überhaupt Fish & Chips probiert habe. Das habe ich immer noch nicht ganz verarbeitet.»

«Du ahnst ja nicht, was du verpasst», entgegnete Millhouse.

Sie waren gerade mitten beim Essen, als ein Mädchen in den Dönerladen stolperte. Sie trug keine Jacke, nur ein eng anliegendes burgunderfarbenes Sweatshirt und eine dunkle, weite Adidas-Hose aus glänzendem Material. Sie schien keinen Tag älter als vierzehn zu sein, und innerhalb von Sekunden wurde deutlich, dass sie ziemlich betrunken war. Sie torkelte in den Laden und war von einer heftigen Alkoholwolke umgeben. Nora vermutete, dass das Mädchen zu tief in die Flasche geschaut hatte, die sie noch in der Hand hielt.

Der Verkäufer hinter dem Tresen sah das Mädchen zwischen all den anderen Gästen, die auf ihr Essen warten, nicht sofort. Er wickelte Fladenbrote in Silberpapier, schüttete Pommes frites in kleine Pappkartons und verpackte sie in Plastiktüten. Doch als die Leute vor dem betrunkenen Mädchen zurückwichen, wankte sie geradewegs auf den Tresen zu. Der Angestellte sah auf und erblasste.

«Laura», sagte er.

Das Mädchen zischte, ihr Gesicht war geschwollen von Tränen, Rotz und Wut, als sie den Mann anfuhr.

«Du dummes Schwein! Du hast Mel umgebracht!»

Der Mann warf seinen Kunden ein entschuldigendes Lächeln zu. Die meisten schüttelten den Kopf und wichen noch weiter zurück.

«Tut mir leid. Ich weiß nicht, wovon sie spricht.»

Laura schwankte und musste sich an der Glastheke abstützen.

«Du bist ein verdammtes Schwein, Omar. Du bist schuld!», fauchte sie.

«Ich muss dich bitten, den Laden zu verlassen. Ich habe Kundschaft», erwiderte Omar.

Das Mädchen knallte die Flasche so hart auf den Tresen, dass sie zerbrach. Glassplitter regneten auf den Boden und über die Theke, bis zu den Metallbehältern, die mit Salat und Zwiebeln befüllt waren. Das Mädchen sank auf dem Boden zusammen und ließ Tränen und Rotz freien Lauf. Auf ihren Wangen zerfloss die Wimperntusche zu schwarzen Linien.

Omar griff nach dem Telefon, es war offensichtlich, dass er die Polizei verständigte.

«Die Verrückte ist wieder da. Ja, jetzt.»

Er legte schnell wieder auf und versuchte, die Kunden zu besänftigen, die noch nicht aus dem Laden geflohen waren, aber Angst hatten, in dieses Drama mit hineingezogen zu werden oder Glassplitter in ihrem Essen zu finden.

«Entschuldigen Sie bitte. Haben Sie bitte ein wenig Geduld, bis wir die Situation wieder im Griff haben. Bitte kommen Sie in ein paar Minuten zurück, wenn ich hier Ordnung gemacht habe», sagte er.

Ein Mann, der wie ein gewöhnlicher Familienvater aussah, blickte angewidert zu dem Mädchen auf dem Boden, bevor er sich an Omar wandte.

«Scheißgöre. Wo sind denn ihre Eltern?», sagte er, klemmte sich seine Tüte unter den Arm und ging hinaus zu seinem Border Collie, den er vor dem Laden festgemacht hatte.

Omar zuckte mit den Schultern und begann, die Glasscherben vom Tresen in einen Plastikeimer zu fegen.

Nora ging vor dem Mädchen in die Hocke.

«Hey, Laura. Geht's dir gut?», fragte sie.

Laura weinte und streckte Nora ihren Arm entgegen, wie ein kleines Kind, das noch keine Sprache entwickelt hat, um zu erklären, was im fehlt. Sie hatte sich an der Flasche geschnitten. Soweit Nora sehen konnte, war der Schnitt nicht tief, aber das Blut lief über Lauras Unterarm und tropfte auf den Boden. Schnell zog Nora eine Handvoll Servietten aus einem Halter auf dem Tisch und hielt sie gegen die Wunde.

Millhouse hatte inzwischen den letzten Kunden hinausbegleitet und die Tür hinter sich verschlossen, damit sich die Situation beruhigen konnte. Lauras Kopf fiel ihr auf die Brust. Nora konnte sie etwas flüstern hören, verstand sie jedoch nicht.

«Laura – wie viel hast du getrunken?»

Keine Antwort.

Noras Blick flog über die restlichen Scherben der Flasche, die auf dem Boden verstreut lagen. 320 Milliliter Glen's Vodka. Wenn Laura nur die halbe Flasche getrunken hatte, war sie nicht weit von einer Alkoholvergiftung entfernt.

«Laura, sieh mich an. Du musst mich ansehen, kriegst du das hin?»

Laura hob kurz den Kopf, doch ihre Augen konnten den Blick nicht fokussieren. Dann fiel ihr der Kopf wieder auf die Brust.

Nora wandte sich zu Millhouse um.

«Wir müssen einen Krankenwagen rufen. Ich trau mir nicht zu, das zu übernehmen.»

Millhouse hielt sein Handy hoch.

«Schon passiert.»

Er holte eine Flasche Mineralwasser aus einem großen Kühlschrank hinter dem Tresen und reichte sie Nora.

«Hier. Guck mal, ob sie was davon runterkriegt.»

Nora schraubte die Flasche auf und hielt sie an Lauras Lippen.

«Komm, Laura, das ist nur Wasser.»

Laura drehte sich weg.

«Ich will Mel zurück», wimmerte sie.

«Wer ist Mel?», fragte Nora.

Laura trank jetzt doch einen Schluck von dem Wasser. Tränen liefen ihr über die verschmierten Wangen.

Omar räumte auf, und an der Art, wie er die Schranktüren zuschlug, konnte Nora hören, dass er einem Wutanfall nahe war.

«Jemand muss für das Wasser bezahlen. Und für den Schaden», sagte er verbissen.

Nora und Millhouse ignorierten ihn.

Nora wandte sich wieder an das Mädchen.

«Laura. Wie heißt du weiter? Soll ich deine Mutter anrufen?»

Laura sah sie mit verweinten Augen an.

«Hab keine.»

«Keine was?»

«Keine Mutter. Ich wohn in Marshden.»

Nora sah sie verständnislos an, aber Laura war nicht in der Lage, näher zu erklären, was sie damit meinte.

Dann klopfte es. Zwei Streifenpolizisten standen in ihren leuchtend gelben Westen vor der Tür. Millhouse öffnete ihnen. Bevor sie Laura auch nur eines Blickes würdigten, schritten die beiden quer durch den Raum, um das Mädchen herum, und begrüßten Omar herzlich.

«Die Verrückte wieder, Omar?», sagte einer der beiden Beamten und sah zu dem Mädchen, als wäre sie eine Kakerlake, die er in seinen Fritten gefunden hatte.

Omar stöhnte und spielte die Rolle des hart mitgenommenen Ladenbesitzers sehr gut.

«Ich versteh diese jungen Mädchen nicht. Man will ihnen nur helfen, und das hier soll der Dank sein?», sagte er wütend.

Der andere Beamte schob die Hände in die Hosentaschen und drehte sich nun zu Laura um. Er war sehr muskulös und hatte einen Bürstenschnitt, sodass er, wenn er völlig still stand, wie ein übergroßer Action-Man aussah. Aber er stand nicht still. Stattdessen ging er auf das menschliche Häufchen Elend zu, das zusammengekauert auf dem Boden lag.

«Laura. Du schon wieder», sagte er.

«Sie ist total Amok gelaufen», erklärte Omar.

«Willst du Anzeige erstatten?»

Omar nickte.

«Selbstverständlich. Das ist ja Sachbeschädigung meines Eigentums. Ich muss doch an meine Versicherung denken.»

Action-Man holte ein iPad-ähnliches Gerät hervor und begann, ein digitales Formular auszufüllen.

Sein Partner machte kurzen Prozess.

«Wir nehmen sie gleich mit. Ich werde in Marshden Bescheid geben, dass sie bei uns ist, obwohl es denen sicher scheißegal ist, wo sie sich an einem Samstagabend herumtreibt. Ist immerhin nicht das erste Mal», sagte er entnervt.

Es war, als würde er Nora erst jetzt bemerken, die immer noch vor Laura in der Hocke saß.

«Danke für Ihre Hilfe, Sie können dann gehen. Wir übernehmen ab hier», sagte er im Befehlston.

Nora sah zu ihm auf.

«Wir haben einen Krankenwagen gerufen. Ich finde, wir sollten warten, bis er hier ist», entgegnete sie.

Der Polizist errötete vor Gereiztheit.

«Dazu besteht nun wirklich kein Grund. Das Mädchen ist offensichtlich sternhagelvoll. Sie muss einfach nur ihren Rausch ausschlafen», sagte er.

Nora sah ihn an.

«Sie ist nicht einmal annähernd volljährig» war das Einzige, was ihr über die Lippen kam.

«Sie ist ... ein Problemkind. Wir nehmen sie mit und fahren sie nach Hause, nachdem wir unseren Bericht geschrieben haben», sagte er bestimmt.

Millhouse räusperte sich im Hintergrund.

«Der Krankenwagen wird jeden Moment hier sein. Sicherheitshalber sollte sie von einem Arzt untersucht werden.»

Action-Man drehte sich um, mit jeder Sekunde gereizter.

«Sir, wie ich der jungen Frau gerade schon erklärt habe, kümmert sich die Polizei um das Mädchen. Danke für Ihre Hilfe. Preisverdächtig. Aber es gibt keinen Grund, dass Sie sich noch weiter in diese Angelegenheit einmischen», sagte er, und seine Stimme wurde immer lauter.

«Ich bestehe ebenso wie Sie auf meiner Meinung», sagte Millhouse in ruhigem Ton.

Action-Mans Partner kam dazu.

«Sir, kennen Sie dieses Mädchen?»

Millhouse schüttelte den Kopf.

«Nein. Ich bin nur ein besorgter Bürger.»

«Das verstehen wir natürlich. Aber jetzt ist die Show vorbei. Gehen Sie nach Hause und erzählen Sie Ihrer Frau, was für ein echter Superheld und Sherlock Holmes Sie heute gewesen sind und dass Sie der Polizei bei der Arbeit geholfen haben», sagte er herablassend.

Bevor Millhouse antworten konnte, hielt der Krankenwagen vor dem Laden. Ein Notarzt betrat das Lokal und kniete sich sofort vor Laura nieder.

«Wie viel hat sie getrunken?», fragte er an Nora gewandt.

Sie zuckte mit den Schultern.

«Kann ich nicht genau sagen. Aber sie ist mit einer Flasche Wodka hier reingekommen. Die Flasche ist kaputt, und ich habe nicht darauf geachtet, wie viel noch drin war.»

Der Notarzt schlug Laura ein paarmal vorsichtig ins Gesicht.

«Hallo?»

«Ich habe versucht, sie wach zu halten. Sie heißt Laura», warf Nora ein.

«Laura? Hallo? Schau mich an», rief der Notarzt und leuchtete ihr mit einer kleinen Taschenlampe in die Augen.

Laura kam zu Bewusstsein und sah direkt zu Nora.

«Es ist Omars Schuld, dass Mel tot ist. Ich weiß es.»

«Wer ist tot?»

«Mel.»

Der Arzt stand auf und gab den Sanitätern beim Krankenwagen ein Zeichen.

«Okay, wir nehmen sie mit und behalten sie über Nacht im Krankenhaus. Wissen Sie, ob sie sich am Kopf gestoßen hat?»

«Nicht soweit ich weiß», sagte Nora.

Die beiden Rettungssanitäter kamen mit einer Rettungstrage in den Laden und hievten Laura darauf. Sie schloss die Augen und wimmerte.

Der Arzt wandte sich an die beiden Beamten.

«Wisst ihr, wer das Mädchen ist?»

Action-Man antwortete.

«Laura ... Bowman oder Bower, soweit ich weiß», sagte er gleichgültig.

«Kontaktiert ihr die Familie?»

Action-Man setzte ein schiefes Grinsen auf.

«Das könnte schwer werden. Keiner weiß, wer der Vater ist, und die Mutter ist vor drei Jahren an einer Überdosis gestorben.»

«Marshden?», erkundigte sich der Arzt.

«Jepp», antwortete der andere Polizist.

Der Krankenwagen fuhr davon. Nora hatte jeglichen Appetit verloren und wollte sich keine Sekunde länger im Kebab King aufhalten.

Auf dem Boden, wo Laura gehockt hatte, lag noch immer eine kleine rosafarbene Umhängetasche mit Hello-Kitty-Logo. Der Riemen war gerissen und mit einem Stück Pflaster repariert worden. Nora hob die Tasche auf und öffnete sie. Sie fand fünf Pfund und einen Lippenbalsam. Nora wären beinahe die Tränen gekommen.

Sie nahm die Tasche mit und ging Richtung Ausgang. Millhouse folgte ihr, doch bevor sie den Dönerladen verlassen konnten, versperrte Action-Man ihnen den Weg. Jetzt hatten es die beiden Beamten plötzlich nicht mehr so eilig, Nora und Millhouse aus dem Weg zu scheuchen.

«Erst wollen Sie unbedingt hierbleiben, und jetzt können Sie nicht schnell genug abhauen, oder was? Wir müssen Ihre Personalien aufnehmen, damit wir Sie im Hinblick auf das kommende Strafverfahren befragen können. Sie sind unsere wichtigsten Zeugen», sagte er.

«Zeugen wovon?»

«Schwerwiegender Vandalismus», sagte er mit einem schiefen Grinsen, das Nora verriet, dass er jetzt ziemlich dick auftrug.

Dann deutete er mit einem Kopfnicken in Millhouse' Richtung.

«Und Sie», bellte er. «Setzen Sie sich bitte, bis Ihnen gewährt wird, das Lokal zu verlassen. Das kann ein bis zwei Stunden dauern. So ist das, wenn man der Polizei unbedingt helfen will. Noch eine dramatische Geschichte, mit der Sie sich rühmen können.»

Beherrscht setzte Millhouse sich an einen der Tische, ohne eine Bemerkung zu machen. Omar stellte den beiden Polizisten je eine kalte Cola hin.

«Danke, dass ihr gekommen seid und mich gerettet habt. Mal wieder», sagte er lächelnd.

Der ältere der beiden erwiderte Omars Lächeln, und Nora konnte aus nächster Nähe auf seinem Namensschild lesen, dass er Malone hieß. Action-Man zeigte auf den Tisch, an dem Millhouse bereits wartete.

«Setzen Sie sich», befahl er, und sie tat wie ihr geheißen.

Der Beamte zückte seinen Notizblock und wandte sich zuerst an

Nora. Sie musste ihren Namen, Adresse und Telefonnummer angeben und erklären, dass sie als Journalistin für einen Auftrag hier in der Stadt war, als er sich darüber wunderte, warum eine Frau mit einer Adresse in London an einem Samstagabend in einem Dönerladen in Toppingham saß.

«Sie beide kennen sich?», fragte er beiläufig und deutete mit einem Kopfnicken auf Millhouse.

«Ja, wir wollten zusammen essen.»

«Dann sind Sie auch Journalist?», fragte Action-Man mit verächtlichem Ton.

«Nee», sagte Millhouse ruhig.

Action-Man fragte auch ihn nach seinem Namen und seiner Adresse. Nora hatte bisher nicht gewusst, dass Millhouse Stuart mit Vornamen hieß und ganz in ihrer Nähe in Primrose Hill lebte.

«Und was bringt Sie nach Toppingham?», fragte Action-Man.

«Arbeit», antwortete Millhouse knapp.

Der Beamte seufzte demonstrativ, als hätte er es in seiner langen Karriere im Dienst des Gesetzes noch nie mit einem schwierigeren Fall als Millhouse zu tun gehabt.

«Beruf?»

«Ist es nicht einfacher, wenn ich Ihnen meinen Ausweis zeige? Dann haben Sie gleich alle relevanten Informationen», schlug Millhouse vor, immer noch unnatürlich vergnügt.

Ohne auf eine Antwort zu warten, steckte er seine Hand in die Jacke, holte eine laminierte Karte aus seiner Innentasche und reichte sie dem Beamten. Nora beobachtete, wie ihm innerhalb der zehn Sekunden, die er brauchte, um sich durch die Worte *Scotland Yard Special Unit* zu buchstabieren, das Gesicht einfror.

«Bitte um Entschuldigung, Sir», sagte Action-Man.

Sein Partner, der eben noch mit Omar geplaudert hatte, horchte auf.

«Was ist denn los?»

Action-Man zeigte auf Millhouse.

«Er war vorhin bei dem Meeting. Einer von denen aus London, die rausfinden sollen, was mit dem Boss passiert ist», sagte er, nun mit Ehrfurcht in der Stimme.

Malone sah so aus, als wolle er am liebsten die Hacken zusammenschlagen und salutieren.

«Millhouse, Sir. Entschuldigen Sie bitte, dass Sie während Ihres Auftrags von derartigen Vorkommnissen gestört wurden. Wir werden die Sache natürlich in den Griff bekommen. Und Ihre Zeit nicht weiter beanspruchen», sagte er untertänig.

«Oder die meiner Begleitung», fügte Millhouse hinzu.

«Natürlich nicht», sagte Malone und gab Action-Man ein Zeichen, der bereits dabei war, die Tür wieder aufzuschließen.

Klingelnd fiel die Tür hinter ihnen ins Schloss, während Omar ihnen seine einstudierte Verabschiedung nachrief.

«Bis zum nächsten Mal!»

Nora wartete, bis sie ein paar Minuten vom Dönerladen entfernt waren.

«Was zur Hölle war denn dadrin los?»

Millhouse schüttelte den Kopf.

«Ich bin mir nicht ganz sicher, aber du kannst dich darauf verlassen, dass ich das später überprüfen werde. Ich erinnere mich gut an den Kerl, dieses Riesenbrot. Er hat an der Besprechung teilgenommen, zu der ich als Berater hinzugezogen wurde. Aufbrausender Typ. Hat Crow geradezu vergöttert. Er sprach fast wie ein Bruder über ihn und schien ehrlich gesagt verdammt scharf darauf zu sein, sich zu rächen.»

«An wem?»

«Das war mir nicht so ganz klar. Außerdem darf ich dir nichts über interne Treffen erzählen. Das verstehst du doch, oder?»

«Ja, das ist mir bewusst. Was wird denn jetzt aus dem Mädchen?»

«Sie werden sie wohl über Nacht im Krankenhaus behalten, aber wenn sie nur im Vollrausch außer Kontrolle geraten ist, wird sie sicherlich morgen schon wieder nach Hause geschickt.»

«Aber sie war doch, was, dreizehn, vierzehn Jahre alt? Ganz bestimmt keine achtzehn!», sagte Nora empört.

Millhouse warf ihr einen Blick aus dem Augenwinkel zu.

«Wir sind hier in Großbritannien. Hier ist es schon gar keine große Sensation mehr, wenn ein Teenager mal zu tief in die Flasche guckt. Das passiert in Dänemark doch sicherlich auch im großen Stil, oder nicht?»

Nora war das kleine Logo auf dem burgunderfarbenen Pullover aufgefallen, als sie versucht hatte, die Blutung an Lauras Hand zu stoppen. Es ähnelte dem Schild an dem grauen Schulgebäude hinter dem Park in der Nähe ihres Hotel. Das hieß, dass sie wenigstens zur Schule ging.

«Aber irgendwer wird das Mädchen doch im Auge behalten?»

Millhouse zuckte mit den Achseln.

«Ich habe sie von Marshden sprechen hören. Ich gehe mal davon aus, dass es irgendeine Institution ist, in der sie wohnt», sagte er und bog in Richtung Hotel ab.

Kapitel 11

Nora hatte vor, Andreas auf WhatsApp zu erwischen, aber sobald sie die Tür zu ihrem Hotelzimmer hinter sich schloss, rollte die Müdigkeit wie ein Güterzug auf sie zu.

Als sie am nächsten Morgen um fünf Uhr aufwachte, stand sie lange am Fenster, sah zu den grauen Schulgebäuden hinüber und versuchte, ihre Gedanken zu sortieren: Ein Polizeikommissar war ermordet worden, ein Mann, von dem die Polizei in höchsten Tönen sprach, was niemanden überraschte, der jedoch laut anderen Leuten einen doch eher etwas schlechteren Ruf hatte. Dieser Kommissar hatte ein Auto besessen, das er sich nicht wirklich hätte leisten können. Es sei denn, er hatte eine reiche Frau.

Crows Enthauptung war wie in einem schlechten IS- oder al-Qaida-Propagandavideo gefilmt worden. Aber noch nie hatte eine Terrorgruppe einen Anschlag in der britischen Provinz gegen einen Polizeikommissar verübt. Es musste eine Erklärung dafür geben, warum Crow seinen Kopf hatte hinhalten müssen.

Und dann war da noch die Szene, die sich gestern Abend abgespielt hatte. Laura, die Omar des Mordes bezichtigt hatte. An Mel. War das nur das Gerede einer Betrunkenen?

Sie beschloss, Krebs vorzuschlagen, eine Art Porträt über Toppingham zu schreiben, einen Artikel über die verlorenen britischen Jugendlichen, die vielleicht schon als Fünfzehnjährige ohne rosige Zukunftsaussichten dastanden. Die Statistiken sprachen eine klare Sprache. Von allen europäischen Ländern konnte Großbritannien mit Abstand den größten Anteil an Schwangerschaften Minderjähriger verzeichnen.

Nora hatte nie diesen einen Forschungsbericht vergessen, der versuchte, das Phänomen zu erklären. Die beiden Forscher hatten sich nicht nur mit Zahlen und Statistiken befasst, sondern sich auch die Zeit genommen, mit den Müttern im Teenageralter zu sprechen. Die Schwangerschaften lagen nicht darin begründet, dass die britischen Teenager nicht verstanden hätten, wie Verhütung funktionierte. Sie waren genauso aufgeklärt wie junge Leute in Deutschland oder Finnland. Und dank der Vorzüge des Internets und des Zugangs zu kostenlosen Pornos wussten sie schon vor ihrem ersten Mal viel mehr über Sex, als die Generation ihrer Eltern über Jahrzehnte angesammelt hatte. Warum sie denn nun schwanger wurden, wollten die Forscher von den Mädchen wissen. Und es waren die mehr oder weniger identischen Antworten, die Nora erstaunt hatten. «Ich wollte jemanden lieben. Jemanden, der mich auch liebt, ohne Bedingungen zu stellen», war eine typische Antwort. «Ich wollte von zu Hause weg und wusste, dass ich als Mutter eine eigene Wohnung bekommen konnte», war eine weitere häufige Erklärung.

Allesamt Versuche, eine hoffnungslose Situation zu verbessern und von zerrütteten Familien wegzukommen, in denen es keine Liebe mehr gab. Oft endete es damit, dass diese Teenager eine Familie gründeten, die derjenigen ähnelte, vor der sie geflohen waren.

Sie ließ ihre Gedanken zu dem Thema ruhen und ging nach unten zum Frühstück, nahm sich die Sonntagszeitungen und ein Croissant, das sich als so trocken herausstellte, dass sie es in ihren Nescafé tauchen musste.

Dann schrieb sie eine vorsichtige Nachricht an Andreas.

Gibt es etwas Neues zu Viola?

Das war eine ganz neutrale SMS, und selbst wenn Birgitte gegen alle Datenschutzbestimmungen verstieß und Andreas' Handy ausspionierte, würde sie erkennen, dass Nora keine Gefahr darstellte. Dass sie nur nach dem kranken Kind fragte, also lediglich für einen Freund da war. Andererseits: Allein die Befürchtung, Birgitte könnte Nachrichten lesen, die nicht für sie bestimmt waren, beziehungsweise dass es Nora nicht überraschen würde, zeigte deutlich, wozu die eifersüchtige SEK-Beamtin in der Lage war, um Andreas an sich zu fesseln.

Birgitte war mit Andreas verlobt gewesen, als er in London plötzlich wieder in Noras Leben getreten war. Seine Arbeit hatte ihn auf einen Anti-Terror-Kurs in die britische Hauptstadt geschickt. Und aus heiterem Himmel, ohne dass Nora sich in irgendeiner Weise diese Suppe hatte einbrocken wollen, hatte die Romanze, zu der es zu Schulzeiten nie gekommen war, ihren Lauf genommen. Was für alle ziemlich unbequem wurde.

Andreas hatte schließlich mit Birgitte Schluss gemacht und sich für Nora entschieden. Was er jedoch nicht wusste: Birgitte war bereits schwanger und hatte nicht vor, ihren Freund kampflos aufzugeben. Sie war nicht davor zurückgeschreckt, sich in Noras E-Mails zu hacken, Nachrichten von Andreas zu löschen und sicherzustellen, dass Nora ihn auf ihrem Handy nicht mehr erreichen konnte.

Diesen Kampf hatte Birgitte schließlich gewonnen. Vor allem, erinnerte sich Nora, weil sie selbst nicht auf dem Schlachtfeld aufgetaucht war. Sie hatte sich aus dem wunderbaren Familienidyll zurückgezogen, das Birgitte sich mit Andreas und der kleinen und ständig kranken Viola im schicken Frederiksberg eingerichtet hatte. Das Ergebnis war, dass jetzt niemand mehr glücklich war.

Nora sprang unter die Dusche, dann zog sie sich an. Als sie erneut auf ihr Telefon schaute, hatte sie zwei WhatsApp-Nachrichten erhalten. Eine von Andreas und eine von Tom. Sie öffnete zuerst die Nachricht von Andreas.

Kannst du uns nicht in Ruhe lassen? Viola kämpft um ihr Leben, und du schickst immer wieder Nachrichten an meinen Freund. Den Vater meines Kindes. Hast du kein Gewissen?

Wie erwartet. Andreas' Privatleben war ab dem Moment abgemeldet gewesen, in dem er in die große Wohnung in Frederiksberg gezogen war. Das war die neue Realität. Was hatte Nora erwartet? Sie würde Andreas in Ruhe lassen. Sie beide in Ruhe lassen, damit er die Familie aufbauen konnte, die er so verdammt gern am Leben erhalten wollte. Ob nun Liebe im Spiel war oder nicht.

Sie öffnete Toms Nachricht.

Bist du in Toppingham? Meine, dich eben kurz in den News aufflackern gesehen zu haben?

Jepp, bestätigte sie seine Nachfrage.

Gut siehst du aus. Wann bist du wieder zurück in London?

Weiß ich noch nicht. Kommt drauf an, was sich hier noch ergibt.

Tut es das nicht immer? Aber du weißt, dass sich bei mir auch einiges ergeben kann, oder?

Was machst du gerade? Bist du im Büro?, fragte sie, um das Thema zu wechseln.

Nee. Arbeite heute von zu Hause. Sitze gerade mit einer Tasse Es-

presso im Bett und lese ein Manuskript, das so schlecht ist, dass wir es tatsächlich veröffentlichen müssen.

Worum geht's?

Ach. Dazu darf ich leider nichts sagen. Geschäftsgeheimnisse und so. Aber du kannst nach London kommen und dich neben mich legen. Wenn du nett fragst, könnte es sein, dass ich dich über meine Schulter mitlesen lasse.

Bevor Nora darauf antworten konnte, rief Krebs an.

«Was hast du für mich?»

Nora erklärte, dass es seit gestern nichts Neues gab.

«Aber dann kannst du doch jetzt einfach zurück nach London fahren, oder? Es macht wohl nicht so viel Sinn, in Toppingham in einem Hotel zu übernachten, wenn vor Ort nichts passiert. Es ist nicht gerade kostenlos, und ich bin sicher, dass sowohl die Wirtschafts- als auch die Kulturredakteure dich lieber wieder an deinem Schreibtisch sähen. Ponte hat neulich eine große Ausstellungseröffnung im Tate Modern erwähnt. Irgendwas mit religiöser Kunst», sagte Krebs.

«Kannst du mir nicht noch ein paar Tage geben? Ich kann euch noch eine andere Reportage von hier schicken», bat Nora und erzählte ihm von ihrer Idee, ein Porträt über die entwurzelten Teenager dieser Stadt zu schreiben.

«Ich bin immerhin schon hier oben, und es macht doch Sinn, das Beste aus der Sache rauszuholen. Auch ökonomisch», drängelte sie.

«Aber es kann dauern, bevor man einen richtigen Einblick in ein Milieu bekommt, Sand», erwiderte Krebs mit deutlicher Skepsis.

«Ja, schon. Aber ich bin mir fast sicher, dass ich da an etwas dran bin», sagte Nora und betete, dass sie damit nicht zu viel versprach.

«Hm. Aber was ist mit dem Mord? Das ist immer noch unser Hauptfokus. Kannst du dich darauf konzentrieren?»

«Ich werde versuchen, Veronica Payton zu interviewen», schlug Nora vor.

«Okay. Wenn du das heute oder morgen hinkriegst, wäre das großartig. Was denkst du, worüber sie sprechen kann?»

«Keine Ahnung. Es ist Verstärkung aus London angerückt, und ich gehe davon aus, dass sie sich zunächst die Sache mit dem IS genauer anschauen werden, aber bisher gibt es nichts, was sie als Täter bestätigt oder widerruft. Es gleicht zumindest keinem Fall, den wir bisher gesehen haben.»

«Aber genau das tun doch Terroristen. Sie entwickeln ständig neue Strategien. Wenn sie erfolgreich sind, liegt es oft daran, dass sie eine neue Methode entwickelt haben», entgegnete Krebs.

«Ja. Ich werde versuchen, etwas aus Payton herauszubekommen. Und was ist jetzt mit der Reportage über die Teenager? Wann soll ich darüber etwas schicken?»

Krebs überlegte einen Moment.

«Ich glaube, das eilt nicht. Schreib ruhig was darüber, wenn du schon mal da bist. Aber ich glaube eher, das ist eine Story fürs Sommerloch, wenn es sonst nichts Spannendes zu berichten gibt. So brisant ist das Thema ja nicht.»

«Aber wir bräuchten schon einen Fotografen, oder?», drängte Nora.

«Wie gesagt: Wenn du einen Fotografen willst, such dir jemanden vor Ort», sagte Krebs bestimmt.

Nora lief bei dem Gedanken an Keith Snyder, der ihr seine Dienste angeboten hatte, ein kalter Schauder über den Rücken.

«Aber du weißt doch, wie gut Pete ist. Die Reportage wird besser, wenn er mit von der Partie ist», probierte sie es weiter.

«Such dir jemanden vor Ort und sei froh, dass du überhaupt einen Fotografen dabeihaben kannst. Wenn du niemand Anständigen findest, nehmen wir Bilder aus dem Archiv», sagte er und legte auf, bevor Nora widersprechen konnte.

Also versuchte Nora, Payton zu erreichen. Das war leichter gesagt als getan. Sie geriet nur an eine Pressesprecherin, deren Hauptanliegen es verständlicherweise war, Payton davor zu bewahren, ihre kostbare Zeit mit Journalisten zu verschwenden, anstatt in einem Mordfall zu ermitteln.

«Sie kann gerade nicht telefonieren. Nein, es ist keine gute Idee, eine Nachricht zu hinterlassen. Nein, wir können ihre E-Mail-Adresse nicht an Journalisten weitergeben. Alle Fragen laufen über die Pressestelle. Nein, wir machen keine Ausnahmen», erklärte ihr eine monotone Stimme, und Nora war sich sicher, dass sie an diesem Tag nicht die Erste war, die mit demselben Anliegen angerufen hatte.

«Wird es denn zu einem näheren Zeitpunkt wenigstens ein Briefing für die Presse geben?», fragte sie schließlich verzweifelt.

«Ja. Die Informationen finden Sie auf unserem Twitterkonto. Heute Nachmittag um 15 Uhr», antwortete die Frau überrascht, als wäre es eine Selbstverständlichkeit, dass die Polizei in Toppingham über dieses Medium mit der Presse kommunizierte.

Nora beendete das Gespräch und versuchte im Anschluss, im Krankenhaus anzurufen, aber auch hier war ihr kein Glück vergönnt. Sobald sie nach Laura fragte, erkundigte sich die Frau am Telefon verständlicherweise nach einem Nachnamen, bevor sie Nora in die entsprechende Abteilung durchstellen konnte. Nora versuchte es mit Bower, aber unter diesem Namen war keine Patientin registriert. Nora erklärte, dass sie geholfen hatte, das

Mädchen am Abend zuvor ins Krankenhaus zu bringen, und nur wissen wollte, ob es ihr gutging.

«Ich kann dazu leider keine Auskünfte geben, es sei denn, Sie sind mit dem Mädchen verwandt», sagte die Bereitschaftsschwester mitfühlend.

Nachdem sie aufgelegt hatte, googelte Nora *Marshden* und *Toppingham*.

Auf der Website der Institution wurde angegeben, dass es sich um einen sogenannten «sicheren» Ort handelte, der bis zu acht Kindern im Alter von dreizehn bis siebzehn ein Obdach gewährte. Eine Reihe von Bildern liefen in einer Schleife über den Bildschirm, Fotos von einem Basketballplatz, einem Wohnzimmer mit knalltürkisen Sofas und von einem Raum mit einem schmalen Bett und Plakaten von Popmusikern an der Wand. Auf keinem der Bilder waren Kinder zu sehen.

Nora schrieb sich die Adresse auf und gab sie in die Karte auf ihrem Handy ein. Das Marshden Secure Children's Home war fünfzehn Gehminuten vom Hotel entfernt, und Nora entschied, dass es am schlausten war, persönlich vorzusprechen. Das Risiko, am Telefon abgewimmelt zu werden, war zu groß. Selbst wenn man sie an der Tür aufhalten würde, hätte sie auf jeden Fall die Möglichkeit, sich einen Eindruck davon zu verschaffen, an was für einem Ort Laura lebte.

Es hatte aufgeklart, und die bloße Tatsache, dass die Sonne blassgelbe Lichtstreifen zwischen die Häuser warf, ließ Toppingham einladender aussehen.

Marshden lag am Ende einer Sackgasse und schmiegte sich an einen kleinen Waldrand, an dem sich Müll und leere Flaschen türmten. Nicht gerade der perfekte Ort für einen Waldspaziergang. Nora erkannte den Basketballplatz von der Website wieder, aber das Foto hatte nicht gezeigt, dass das gesamte Gelände von einem zwei Meter hohen Eisengitter umgeben war. In der Mitte des Gitters befand sich ein Tor, das mit einem Code geöffnet werden musste. Nora suchte nach einer Art Klingel und fand schließlich einen flachen grauen Knopf. Als sie ihn betätigte, ertönte ein unangenehmes Surren wie das einer wütenden Biene, die unter einem Glas gefangen war.

«Ja, bitte?», antwortete eine Frauenstimme.

«Sand», sagte Nora.

Zu ihrer großen Überraschung ertönte sofort ein leises Summen, bevor das Tor aufging. Nora trat ein, überquerte den kleinen Sportplatz und ging auf das niedrige L-förmige, weiße Gebäude mit Flachdach, roten Türen und Fensterrahmen zu. Auf einer Seite des Hofes standen ein paar Hochbeete mit Narzissen und gelben Tulpen, und hinter einem Giebel konnte Nora einen Hühnerstall erkennen, aus dem sie es gackern hörte.

Eine Frau Mitte fünfzig mit einem grauen Pagenschnitt, der ihr Gesicht wie ein Heiligenschein umrahmte, kam von der Rückseite des Hauses auf Nora zu. Ihr scharfer Blick hinter dem roten Brillengestell lud nicht zur Diskussion ein. Sie trug Gummistiefel und eine Jeansjacke und sah Nora fragend an, als sie ein Paar große Arbeitshandschuhe auszog.

«Sind Sie die Klempnerin?», fragte sie.

«Nein, ich heiße Nora Sand, ich ...»

«Ich dachte, Sie wären die Klempnerin.»

«Nein, tut mir leid. Ich bin wegen Laura hier», erwiderte Nora.

Die Frau musterte Nora.

«Für Laura ist heute kein Besuch angemeldet.»

«Ich wollte nur sehen, ob es ihr gutgeht. Nach dem, was gestern passiert ist.»

Die Frau runzelte die Stirn.

«Ich habe Sie noch nie hier gesehen, kommen Sie vom Amt? Sie melden sich doch sonst immer vorher per Mail.»

Nora schüttelte den Kopf.

«Nein, ich war nur gestern Abend bei Laura, als ... als es ihr nicht so gutging. Wir haben einen Krankenwagen für sie gerufen.»

Die Frau kratzte sich im Nacken und sah aus, als dächte sie nach.

«Wie hießen Sie gleich?»

«Sand. Nora Sand.»

«Und Sie kennen Laura?»

Nora zögerte.

«Nicht richtig. Ich war gestern nur zufällig am selben Ort wie sie.»

Die Frau nickte, trat einen Schritt näher und streckte Nora die Hand entgegen. Sie war breit und kräftig wie die eines Handwerkers. Und ihr Händedruck war ebenso fest wie ihr Blick.

«Beatrice Flynn. Was genau wollen Sie von Laura?»

Nora zeigte Mrs. Flynn die kleine rosafarbene Handtasche, die sie aus dem Kebab King mitgenommen hatte.

«Ich wollte nur sehen, wie es ihr geht. Und ihr diese Tasche zurückgeben.»

Mrs. Flynns Blick verengte sich.

«Sie ist in ihrem Zimmer. Sie hat sich gestern volllaufen lassen und ist abgehauen. Deshalb darf sie eigentlich keinen Besuch empfangen, nicht bevor sie gelernt hat, sich zu benehmen.»

Nora nickte.

«Warum ist sie denn weggelaufen?»

Mrs. Flynn zuckte mit den Schultern.

«Das ist bei weitem nicht das erste Mal, dass sie abgehauen ist.»

«Warum wohnt sie überhaupt hier?»

«Das darf ich Ihnen natürlich nicht sagen», antwortete Mrs. Flynn und schüttelte den Kopf.

«Darf ich wenigstens erfahren, ob es ihr gerade gutgeht?»

Wieder zuckte Mrs. Flynn mit den Schultern.

«Meinetwegen. Wenn Laura das möchte. Sie können im Gemeinschaftsraum warten. Aber sie bestimmt selbst, ob sie mit Ihnen sprechen will oder nicht.»

Nora folgte Mrs. Flynn ins Haus, wo jemand versucht hatte, die Strenge der Institution aufzulockern. Im Gemeinschaftsraum hingen laminierte Plakate, auf denen Welpen und ein kleines Mädchen abgebildet waren, das mit treuen Kulleraugen und einem Teddybären in der Hand zu einem Halbmond aufblickte.

«Tee?», rief Mrs. Flynn aus der Küche.

Nora bejahte, und kurz darauf kam Mrs. Flynn mit zwei dampfenden Tassen zurück in den Gemeinschaftsraum.

«Wo sind die anderen Kinder?», fragte Nora.

«Sie machen heute einen Ausflug zum Strand. Laura sollte natürlich auch dabei sein, aber sie hat jetzt Stubenarrest.»

«Wo geht sie zur Schule?»

«Mädchenschule St. Helena. Die nehmen eine Handvoll der schwierigeren Schülerinnen bei sich auf, gegen eine höhere Subventionierung der Kommune», erklärte sie.

«Und Laura ist schwierig?»

«Sie haben sie doch getroffen», erwiderte Mrs. Flynn in neutralem Ton.

«Wann ist sie nach Hause gekommen?»

«Wir haben sie heute Morgen aus dem Krankenhaus abgeholt. Die Polizei hat uns darüber informiert, was passiert ist.»

Nora stand auf und sah aus dem Fenster. Vom Wohnzimmer aus wurde klar, dass man nicht kommen und gehen konnte, wie man wollte, es sei denn, man konnte über einen zwei Meter hohen Zaun klettern. Entweder war Laura eine phänomenale Kletterin, oder jemand hatte ihr geholfen.

«Es sieht nicht so aus, als würde man sich freiwillig dafür entscheiden, ob man hierbleibt oder nicht», stellte Nora fest.

«Marshden ist eine sogenannte gemischte Einrichtung. Wissen Sie, was das bedeutet?»

«Nicht wirklich.»

«Hier leben zwei Arten von Kindern: diejenigen, die ein Zuhause brauchen, weil sie aus verschiedenen Gründen nicht bei ihren Eltern sein können. Und dann gibt es diejenigen, die hier sind, weil sie zu jung sind, um ins Gefängnis zu gehen, oder weil die Behörden ihnen eine letzte Chance geben wollen», erklärte Mrs. Flynn.

«Und Laura? Zu welcher Gruppe gehört sie?»

«Das fällt unter meine Verschwiegenheitsklausel.»

«Wie viele Kinder leben hier?»

«Acht. Wir sind voll belegt. Das sind wir eigentlich immer. Es gibt eine Warteliste, um hier einen Platz zu bekommen, und wir könnten fünf Heime füllen. Aber dafür gibt es kein Geld. Da ist es einfacher, die Kinder in den Knast zu sperren. Und billiger. Jedenfalls hier und jetzt.»

Mrs. Flynn trank ihren Tee aus.

«So, dann gehe ich mal rein und sage Bescheid, dass Sie hier sind. Dann werden wir ja sehen.»

Nora macht es sich auf dem türkisfarbenen Sofa bequem und sah sich im Wohnzimmer um, dessen Wände und Mobiliar verschrammt und abgenutzt, aber sauber waren.

Die Tür öffnete sich, und kurz darauf betrat Laura den Raum. Ihre Füße schlurften über den Boden, und nach einem flüchtigen Blick auf Nora starrte sie wieder nach unten. Sie trug eine weiche graue Jogginghose und ein verwaschenes weißes T-Shirt mit einem Mickey-Mouse-Motiv, das sie wie ein kleines Mädchen aussehen ließ. Um einen Unterarm war ein Verband gewickelt, unter dem man ein Stück Pflaster sehen konnte, an dem sie nervös herumpulte.

«Hi, Laura», sagte Nora leise.

Mrs. Flynn beobachtete das Mädchen.

«Alles okay, Laura?», fragte sie.

Ein kurzes Nicken.

«Gut. Dann geh ich wieder raus in den Garten. Ich bin hinten bei den Hühnern, wenn etwas sein sollte. Pat kommt in einer Stunde, in Ordnung?»

Laura ließ sich auf das Sofa fallen. Sie richtete ihren Blick auf einen Punkt an der Wand direkt über Noras linker Schulter.

«Was wollen Sie?», fragte sie.

Nora reichte Laura die rosafarbene Umhängetasche.

«Die hier hast du vergessen. Und ich wollte nur mal sehen, ob es dir gutgeht, nach dem, was gestern los war.»

Es folgte eine lange Pause.

«Mir geht's gut.»

«Schön», sagte Nora.

«Im Ernst, was wollen Sie hier?»

«Nun, es sah schon ziemlich heftig aus, was beim Kebab King passiert ist.»

«Na und?»

«Ich habe mir Sorgen gemacht und wollte nur sichergehen, dass du die Nacht überstanden hast. Ist das so verwunderlich?»

«Was geht's Sie an? Sie sind nicht meine Mutter.»

«Nee. Nicht mal annähernd», sagte Nora und wartete ab, ob der Zorn, der in Lauras schlankem Körper steckte, nachließ.

«Und was wollen Sie jetzt noch?»

«Warum hast du eingewilligt, mich zu treffen?», entgegnete Nora.

Laura stöhnte und warf Nora dann einen unsicheren Blick zu. Abwartend.

«Haben Sie Kippen?», fragte sie schließlich.

«Nope. Ich rauche nicht.»

Eine Weile saßen sie einfach so da, bis Nora einsehen musste, dass Laura wahrscheinlich nicht entgegenkommender sein würde, sondern sich, ganz im Gegenteil, ordentlich zu langweilen schien.

«Laura, ich muss die ganze Zeit daran denken, was du gestern zu mir gesagt hast. Dass ...»

«Ich erinnere mich an nichts. Ich war superdicht.»

«Nun, lass es mich wiederholen. Du hast gesagt, dass ...»

«Ich sag doch, dass ich mich an nichts erinnern kann. Ich war total besoffen. Ich weiß nicht, was ich gelabert habe. Das mit Omar war nur irgendein Scheiß, den ich von mir gegeben habe, weil ...»

Nora versuchte, sie mit ihrem Blick festzunageln.

«Also erinnerst du dich doch?»

Laura schien die Antwort auf diese Frage für sich behalten zu wollen. Aber Nora war nicht bereit lockerzulassen.

«Du hast gesagt, Omar hätte jemanden getötet. Ist das wahr?»

Laura schüttelte den Kopf.

«Wer ist Mel?»

«Ich war besoffen. Und hab nur Scheiße gelabert. Ich hab mir sicherlich nur irgendeinen Quatsch ausgedacht.»

«Nach Quatsch hat sich das nicht angehört», sagte Nora leise.

«Es war einfach nur gelogen.»

«Aber was ist, wenn ich dir glaube?»

Überrascht sah Laura auf und musterte Noras Gesicht, so als nähme sie sie zum ersten Mal richtig wahr.

«Wer sind Sie?»

«Entschuldige, ich habe mich gar nicht richtig vorgestellt. Ich heiße Nora Sand und bin Journalistin.»

«Journalistin?»

«Ja.»

«Eine verfickte Journalistin?»

Nora nickte. «Es gibt wohl einige Menschen, die es so nennen würden, ja», räumte sie ein.

In der nächsten Sekunde war es, als hätte ein ganz anderer Mensch Lauras Körper eingenommen. Wo eben noch ein schlaffes Kuscheltier auf der Couch gefläzt hatte, sprang jetzt eine kleine Kriegerin mit harten Zügen vor Nora auf und stellte sich ihr mit ausgestrecktem Zeigefinger entgegen.

«Hauen Sie ab. Sofort. Ich bin noch keine achtzehn, Sie dürfen überhaupt nicht mit mir sprechen!»

«Ich glaube, du hast mich falsch verstanden.»

«Hauen Sie ab!»

Bevor Nora antworten konnte, hatte Laura sich auf dem Absatz umgedreht. Nora konnte sich gerade noch zusammenreißen, das Mädchen nicht am Arm zu packen, stattdessen hob sie ihre Stimme.

«Laura, hör mir bitte zu.»

«Sie sind Journalistin. Als würde ich Ihnen vertrauen. Einen Scheiß werd ich. Sie denken nur dran, was Sie in Ihrer Story veröffentlichen können, damit Sie mit mir eine Menge Geld verdienen.»

«Jetzt hör mir zu, Laura. So läuft das nicht ab.»

«Und dann hauen Sie einfach ab, und ich habe wieder Omar am Hals.»

«Wen soll er umgebracht haben?»

«Lassen Sie mich in Ruhe, verdammte Scheiße!»

Sie rannte hinaus auf einen kurzen Korridor, riss die zweite Tür auf der rechten Seite auf, lief in das Zimmer und schlug die Tür so fest hinter sich zu, dass das kleine Mädchen, das zum Vollmond aufblickte, in ihrem Glasrahmen zitterte.

Nora blieb einige Sekunden wie angewurzelt stehen. Dann holte sie eine Visitenkarte und einen Stift aus ihrer Tasche.

«Ruf mich an. Ich glaube dir wirklich. Aber wenn ich dir helfen soll, muss ich mehr wissen.»

Nora schob die Visitenkarte durch den Spalt unter der Tür hindurch. Als sie sich bückte, erklang der dröhnende Bass von laut aufgedrehter Musik. Vermischt mit einem Schluchzen. Sie klopfte an.

«Hauen Sie ab! Hauen Sie einfach ab!», schrie Laura.

Und genau das tat Nora. Sie ging hinaus in den Garten, wo Mrs. Flynn gerade ein Loch im Hühnerstall mit Draht reparierte.

«Ich bin schon wieder weg», sagte Nora.

«Sie hatte wohl keinen so guten Tag?», vermutete Mrs. Flynn.

Nora schüttelte den Kopf.

«Nein.»

«Das sind wohl die Hormone», meinte Mrs. Flynn.

Nora sah sie fragend an, aber Mrs. Flynn begegnete ihrem Blick nicht, sondern widmete ihre volle Aufmerksamkeit dem Hühnerstalldraht. Nora drehte sich um und verließ den Hof durch das Tor, durch das sie gekommen war.

■

Die Frühlingssonne war gekommen, um zu bleiben, und anstatt direkt auf ihr Zimmer zu gehen, spazierte Nora am Hotel vorbei, hinüber zur Mädchenschule St. Helena. Auf dem Sportplatz vor der Schule machte ein Mädchen-Team gerade Intervalltraining, während eine stämmige Frau in einer offenen Daunenjacke die Übungen mit dem schrillen Pfiff ihrer Trillerpfeife dirigierte.

«Lauft!», brüllte sie, und die Mädchen joggten von der einen Seite des Sportplatzes zur anderen und wieder zurück.

«Komm schon, Catherine. Das kannst du besser», rief die Lehrerin.

Nora ging auf sie zu. Unter der Daunenjacke war sie wie eine Nonne gekleidet. Sie hob die Hand, sodass Nora verstand, dass sie warten sollte. Dann hob die Frau die Pfeife erneut an die Lippen.

«Eine Minute Pause, dann wird gesprintet», rief sie quer über den Platz.

Dann drehte sie sich zu Nora um und warf ihr über den Rand ihrer Brille hinweg einen strengen Blick zu. Ihr Gesicht war wettergegerbt, und ein paar dunkle Strähnen zogen sich durch das lange graue Haar.

«Kann ich Ihnen irgendwie helfen?»

«Ja, ich würde gerne wissen, wer Lauras Klassenlehrerin ist.»

Die Nonne sah sie an.

«Welche Laura?»

«Laura musste gestern ins Krankenhaus. Ich komme gerade vom Jugendheim Marshden», erklärte Nora, wohl wissend, dass ihr Anliegen um einiges offizieller klang, als es eigentlich war.

«Ah, Bowden. Fragen Sie nach der Schulleiterin, Eileen Webster», sagte die Lehrerin und zeigte in Richtung des Hauptgebäudes.

«Ist sie heute im Büro? An einem Sonntag?», fragte Nora überrascht.

Die Sportlehrerin sah auf ihre Armbanduhr.

«Ja, sie müsste gerade vom Gottesdienst zurückgekommen sein. Miss Webster wohnt im Schulgebäude. Ihre Wohnung liegt rechts neben dem Haupteingang. Die dunkelgrüne Tür», sagte sie und steckte sich die Pfeife wieder zwischen die Lippen.

Die riesige Tür, die in das Hauptgebäude führte, war schwer zu öffnen, aber unverschlossen. Nora betrat eine beeindruckende Eingangshalle. Unter der hohen Decke hingen ein Paar Wasserspeier, die auf die dunklen Holzvertäfelungen und den abgescheuerten Boden hinunterspähten, über den im Laufe der Zeit Tausende von Kinderfüßen getrippelt sein mussten. Ein Schwarzes Brett auf der Innenseite der Tür erinnerte an Tanzstunden für den Frühlingsball, bot Computerkurse an und rief zur Suche nach einem verschwundenen Kätzchen auf. Es war wohl das modernste Attribut in dieser Halle. Neben den Aushängen befand sich eine Vitrine mit einer Serie von sieben Klassenfotos und einem größeren Bild vom Lehrpersonal.

Der Flur war leer, bis auf eine Frau, die den Boden putzte. Hinter ihr entdeckte Nora eine offene Tür, die in einen riesigen Speisesaal mit langen Tischen aus dunklem Holz und einem Kronleuchter aus massivem Messing führte.

Nora sprach die Frau an, als diese gerade ihren Mopp auswrang.

«Eileen Webster?»

Die Frau zeigte schweigend hinter sich, und Nora ging einen langen Korridor entlang, der zu einem kleinen Innenhof führte. Hier entdeckte Nora die dunkelgrüne Tür mit einer matten Scheibe, genau wie die Sportlehrerin sie beschrieben hatte.

Orgelmusik dröhnte aus der Wohnung, als Nora an die Tür klopfte. Nach einem kurzen Moment wurde die Musik leiser gedreht, daraufhin waren Schritte hören. Die Tür wurde geöffnet, und eine Frau von ungefähr fünfundfünfzig Jahren stand Nora mit einem freundlichen, aber fragenden Gesichtsausdruck gegenüber. Sie trug ein schwarzes Kleid aus dickem Stoff und ein großes Kreuz um den Hals. Sie hatte einen kurzen, praktischen Haarschnitt, und ihr Händedruck war fest, als Nora sich erneut mit den Worten vorstellte, gerade von Marshden zu kommen.

«Eileen Webster», stellte sich die Direktorin vor und trat einen Schritt zur Seite, um Nora in die Wohnung zu bitten.

«Kommen Sie rein. Ich habe gerade eine Kanne Tee gekocht.»

Nora betrat das Wohnzimmer, das nach Möbelwachs, Lavendel und Earl Grey duftete. Der Raum wurde von zwei Ohrensesseln dominiert, die vor einem seegrünen Veloursofa standen. Es gab keinen Fernseher, dafür aber ein großes DAB-Radio, das als einziger Gegenstand aus diesem Jahrhundert herausstach. Auf einem kleinen runden Tisch standen eine Teekanne, eine einzelne Tasse und zwei Stück Shortbread. Allein der Anblick ließ Noras Magen laut knurren, und zu ihrer Freude sah sie, dass Eileen Webster nicht nur mit einer zusätzlichen Tasse zurück ins Wohnzimmer kam, sondern auch eine volle Shortbread-Dose in der anderen Hand trug.

«Nehmen Sie Zucker und Milch?»

«Milch, danke», antwortete Nora höflich. Als die Schuldirektorin zurück in die Küche ging, drehte Nora das aufgeschlagene Buch, das auf der Armlehne eines Stuhls lag, um die Vorderseite zu sehen. Es war ein religiöses Buch des italienischen Theologen Thomas von Aquin. Gerade als sie das Buch wieder zurücklegte, hörte sie ein klagendes Jammern, und eine graue Katze stolzierte in den Raum und begann sich an Nora zu reiben.

«Ah, Sie haben mit Moses Bekanntschaft geschlossen. Ich habe ihm den Namen gegeben, weil ich ihn vor dem Internat in einem

Korb gefunden habe.» Die Direktorin lächelte und reichte Nora die Dose mit den Keksen.

«Marshden, sagten Sie?»

«Ja. Es geht um Laura», sagte Nora.

Ein kleines Stirnrunzeln erschien zwischen Eileen Websters Augenbrauen, sobald Nora den Namen des Mädchens erwähnt hatte, und eine Hand begann automatisch an dem Kreuzanhänger zu nesteln, den sie um den Hals trug.

«Laura Bowden?»

Nora nickte.

«Ich mache mir Sorgen um sie.»

Eileen Webster sah aus dem Fenster, als wollte sie ihre Gedanken sortieren.

«Ich bete jeden Tag für Laura. Es ist eine schwere Zeit für sie», sagte sie nach einer kurzen Pause.

«Diesen Eindruck hatte ich auch», sagte Nora und trank einen Schluck Tee. Er hatte so lange gezogen, dass er ganz schwarz geworden war und schon beinahe bitter schmeckte, aber die Milch glich das wieder aus.

Sie berichtete, was am Tag zuvor im Dönerladen passiert war, während die Schulleiterin mit gequältem Gesichtsausdruck den Kopf schüttelte.

«Hat Laura hier an der Schule eine Vertrauensperson, die sich ein bisschen um sie kümmert?», fragte Nora schließlich.

«Ja. Das bin ich. Aber ich komme nicht mehr richtig an sie heran», sagte Eileen Webster verzweifelt und stellte ihre Tasse klappernd auf die Untertasse. Die nachfolgende Stille wurde nur von der Orgelmusik unterbrochen, die allerdings so leise im Hintergrund spielte, dass sie wie ein trauriges Murmeln klang.

«Wie lange geht Laura schon hier zur Schule?», fragte Nora.

«Das müssen wohl inzwischen drei Jahre sein, oder?», fragte Eileen Webster sich selbst.

Nora nahm ein Notizbuch und fand nach kurzem Suchen einen Stift, der sich am Boden der Tasche versteckt hatte.

«Können Sie mir bitte mehr über Laura und ihre jetzige Situation erzählen?»

Eileen Webster trank einen Schluck von ihrem Tee, bevor sie begann.

«Laura wurde hierher versetzt, als sie nach dem Tod ihrer Mutter in das Jugendheim kam. Die Mutter starb an einer Überdosis, und es war nie eine andere Familie im Gespräch. Glauben Sie mir, sie haben gesucht. Aber es gab niemanden, der Laura nehmen konnte oder wollte. Also zog sie nach Marshden. Ihre Sozialarbeiterin dachte, sie würde von einem Schulwechsel profitieren. Daher haben wir sie aufgenommen.»

«Und war dem so, hat sie davon profitiert?»

Eileen Webster schien aufrichtig über ihre Antwort nachzudenken.

«Anfangs ja. Sie hatte hier eine wirklich gute Klassenlehrerin, Miss Johnson. Es war, als hätte Laura nur auf eine Gelegenheit gewartet, etwas zu lernen. Ihre Mutter hatte nicht immer dafür gesorgt, dass sie zur Schule ging, daher gab es große Wissenslücken, und es fiel ihr zunächst schwer mitzuhalten. Sie war es nicht gewohnt stillzusitzen. Aber sie war schlau, und Miss Johnson nahm sich die Zeit, Laura beizubringen, wie man zur Schule geht, und sie gab ihr zusätzlichen Unterricht. Laura wurde zu einer guten Schülerin. Nicht gerade Klassenbeste, aber definitiv nicht die Schlechteste. Ihre Entwicklung war wirklich etwas, auf das wir alle hier in der Schule stolz waren», erzählte Eileen Webster mit einem traurigen Lächeln.

Nora sah das verzweifelte Mädchen vor sich, das sie gestern im Dönerladen getroffen hatte.

«Aber was ist dann passiert?»

«Tja. Miss Johnson hat geheiratet und ist nach Cardiff gezogen. Kurz vor den Sommerferien im letzten Jahr, und Laura hat es nicht gut aufgenommen.»

«Das muss sich für Laura wie ein Verrat angefühlt haben, egal wie verständlich Miss Johnsons Entscheidung auch war», warf Nora ein.

Die Direktorin nickte.

«Miss Johnson hat sich die Zeit genommen, um Laura am letzten Tag vor den Ferien von ihrem Weggang zu erzählen. Laura ist einfach aus dem Klassenzimmer gelaufen. Wir haben sie an diesem Tag nicht wieder gesehen. Als sie nach den Ferien zurückkam, war sie völlig verändert.»

«Inwiefern?»

Moses sprang auf Noras Schoß und zwang sie, das Notizbuch beiseitezulegen.

«Sie hatte angefangen zu rauchen und zu trinken. Hat nicht mehr wirklich mit den anderen Mädchen gesprochen. Hat sich zurückgezogen. Ständig geschwänzt. Das tut sie auch immer noch. Wir haben so viele Gespräche geführt, doch weder ich noch eine der anderen Lehrerinnen kommen an sie heran. Sie behauptet immer wieder, dass es ihr gutgehe.»

«Aber das stimmt ja offensichtlich nicht.»

«Ja. Ich fürchte, wir haben völlig die Kontrolle über Laura verloren. Sie tut, was ihr passt, und es scheint nicht so, als würde jemand in Marshden ihr Einhalt gebieten», sagte Eileen Webster und starrte Nora vorwurfsvoll an.

Nora ignorierte das, ohne den Irrtum aufzudecken.

«Hat Laura irgendwelche Freunde?»

Moses sprang von Noras Schoß zurück zu seinem Frauchen, und Nora rieb sich den Oberschenkel an der Stelle, wo die Krallen der Katze durch den Stoff gedrungen waren. Sie verstand nie, warum Katzen immer zu ihr kamen, obwohl sie am liebsten von ihnen verschont blieb.

«Da war ja Mel. Es wurde immer schlimmer, nachdem …» Sie hielt inne, als hätte sie weder Kraft noch Lust, den Satz zu Ende zu sprechen.

«Nachdem?»

Eileen Webster schürzte die Lippen.

«Ich sehe keinen Grund, diese Wunden wieder aufzureißen. In Marshden wissen sie doch Bescheid. Auch wenn Sie neu sind, müssen Ihre Kollegen Sie mit dem Vorfall vertraut gemacht haben.»

«Eigentlich arbeite ich nicht in Marshden. Ich bin nur hier, weil ich mir Sorgen um Laura mache», gab Nora schließlich zu.

Überrascht sah Eileen Webster sie an.

«Wenn Sie nicht in Marshden arbeiten, wer sind Sie dann?»

Nora erklärte, dass sie Journalistin war, und sah, wie die Farbe aus Eileen Websters Wangen wich.

«Um Gottes willen! Was habe ich nur gesagt?» Erschrocken schlug sie sich beide Hände vor den Mund.

«Nichts», versicherte Nora. «Ich bin vor allem gekommen, weil ich mir Sorgen um das Mädchen mache. Aber da wir schon beim Thema sind …»

Weiter kam sie nicht, ehe sich Eileen Webster aus ihrem Sessel erhob und Moses von ihrem Schoß fiel, jedoch mit allen vieren auf dem Boden landete und ein beleidigtes Miauen von sich gab.

«Ich kann nicht mit Ihnen sprechen. Ich darf irgendwelchen

Journalistinnen nichts über meine Mädchen erzählen. Ich hoffe, Sie können das verstehen.»

«Ja, aber wie gesagt ...»

Eileen war bereits in den Flur gegangen und hielt die Tür weit auf.

«Ich muss Sie leider bitten zu gehen. Wie war Ihr Name doch gleich?»

«Nora Sand.»

«Und für wen arbeiten Sie?»

Nora erzählte von *Globalt* aus Dänemark und dass sie in der Stadt sei, um über den Fall des ermordeten Kriminalkommissars Crow zu berichten. Sie sah, dass Eileen Webster bei dieser letzten Information stutzte.

«Kannten Sie Crow?»

Eileen Webster errötete.

«Nicht gut. Aber ich war schon mehrmals mit ihm in Kontakt. Wenn eines der Mädchen weggelaufen war oder Ähnliches.»

«Was war er für ein Mensch?», fragte Nora unvermittelt.

Wieder folgte eine Pause, während Eileen Webster zu überlegen schien, ob sie mit der Beantwortung dieser Frage gegen ihre Verschwiegenheitsklausel verstieß.

«Ich habe Widersprüchliches über ihn gehört», drängte Nora sie zu einem Statement.

Eileen Webster sah ihr nun direkt in die Augen.

«Er war nicht schlimmer als andere.»

«Was soll das heißen?»

«Es ist besser, wenn Sie jetzt gehen.»

Die Tür fiel mit einem so lauten Knallen hinter ihr ins Schloss, dass es zwischen den alten Steinmauern widerhallte. Kurz darauf hörte Nora, wie die Orgelmusik wieder aufgedreht wurde.

Eileen Webster war ein komischer Kauz. Eine Schulleiterin, die einerseits so wirkte, als würde sie sich aufrichtig um ihre Schüler kümmern und als hätte sie versucht, Laura zu retten. Auf der anderen Seite schien sie merkwürdig unberührt von der Tatsache, dass das junge Mädchen eindeutig in großen Schwierigkeiten steckte. Als hätte sie einfach aufgegeben.

Nora hing ihren Gedanken nach, als sie über den Sportplatz ging und eine Abkürzung durch den kleinen Park nahm, den sie von ihrem Hotelzimmer aus sehen konnte. Wer war Mel, was war ihre Geschichte? Und welche Rolle spielte Omar aus dem Kebab King? War der kleine Mann hinter der Theke wirklich ein Mörder?

Als sie in ihr Hotelzimmer zurückkehrte, schaltete sie die Sonntagsnachrichten ein, in denen der aktuelle Stand aus Toppingham zusammengefasst wurde. Ihre Müdigkeit machte sich wieder bemerkbar, während ein männlicher Sprecher die Fakten aufzählte, die Nora bereits kannte. Hinter ihm füllte ein Standbild aus dem Mordvideo den gesamten hinteren Bildschirm des Studios aus. Es zeigte den Täter in der militärähnlichen Uniform und der Sturmhaube. Durch die ovalen Öffnungen blickten dem Zuschauer durchdringende Augen mit kräftigen dunklen Augenbrauen entgegen. Der Blick aus den kohlschwarzen Pupillen war scharf und unpersönlich, ein Blick, an dem man sich stechen konnte. Die untere Schneide des gebogenen Säbels leuchtete weiß und ging über den Rand des Bildes hinaus. Die Hand des Mannes lag locker um den Griff des Säbels. Nora konnte schlecht einschätzen, ob es daran lag, dass er ein blutiger Amateur war, der es nicht gewohnt war, einen Säbel zu halten, oder im Gegenteil ein Zeichen dafür war, dass er in einem IS-Lager ausgebildet worden war. Schnell machte sie mit ihrem Handy ein Foto und vergrößerte das Bild, bevor sie es an den IS-Experten Victor Grunch schickte, verbunden mit der Frage: *IS oder Amateur? Hält er den Säbel nicht merkwürdig*?

Sie studierte das Foto eindringlich, als ihr plötzlich ein Detail auffiel. Sie zoomte das Bild heran und sah ein Paar verschmierter dunkler Flecken aus dem Ärmel des Täters hervorlugen. Es schien eine Tätowierung zu sein. Sie kniff die Augen zusammen. Es konnte der untere Teil eines Buchstabens mit zwei Füßen sein. Ein H oder K oder A. Vielleicht ein A für Allah? Es erinnerte sie an etwas, das sie schon einmal gesehen hatte, aber sie konnte es nicht zuordnen.

Sie schlief in Klamotten ein, und als sie um vier Uhr morgens aufwachte, schlug ihr das Herz bis zum Hals.

Kapitel 12

Zuerst dachte sie, es sei der Hunger gewesen, der sie aus dem Schlaf gerissen hatte. Doch kurz nachdem sie die Augen aufschlagen hatte, wurde ihr klar, dass es der Lärm gewesen sein musste. Der Lärm der Sirenen und die blauen, blinkenden Lichter, die wilde Muster durch die Fenster an die weiße Decke warfen.

Sie trat ans Fenster. Vor der Schule standen drei Polizeiautos und ein Krankenwagen mit blinkendem Blaulicht. Soweit sie im flackernden Schein sehen konnte, war auf der großen Treppe vor dem Gebäude einiges los. Schnell warf sie sich ihre Jacke über, schlug die Tür hinter sich zu und überquerte den kalten und feuchten Rasen. Als sie näher kam, konnte sie das Rauschen des Polizeifunks hören. Die Sanitäter standen untätig neben dem geparkten Krankenwagen, als warteten sie auf etwas.

Es waren noch keine anderen Journalisten vor Ort. Was auch immer hier vorgefallen war, es war anscheinend gerade erst passiert. Zögernd trat Nora näher an eines der Polizeiautos. Vor dem Wagen stand eine unverkennbar fassungslose Frau, die vor Kälte zitterte. Es war die Sportlehrerin von heute Nachmittag. Ihre Autorität war wie weggeblasen. Über ihrem langen Nachthemd trug sie eine Uniformjacke, die ihr jemand geliehen haben musste, und die gelben Reflektorstreifen ließen sie wie ein verängstigtes, exotisches Tier aussehen.

«Ich versteh das nicht. Ich versteh das alles nicht», sagte sie.

Ein Beamter legte ihr den Arm um die Schultern.

«Kommen Sie. Wir bringen Sie ins Warme. Das geht ja nicht, dass Sie hier draußen in der Kälte stehen. Sonst holen Sie sich noch eine Lungenentzündung», sagte er mild.

Doch die Sportlehrerin schien sich von seinen pädagogisch besänftigenden Versuchen nicht beirren zu lassen.

«Kommen Sie», versuchte er es erneut, während sein Partner im Streifenwagen etwas über Funk durchgab.

Niemand nahm Notiz von Nora, die am Rande der Grünfläche stehen geblieben war. Die Aufmerksamkeit aller war auf etwas in der Schule gerichtet.

Ein dunkelgrauer Vauxhall bog in die Auffahrt ein und bremste so abrupt, dass er tiefe Spuren in den Kies zog. Veronica Payton stieg aus und verschaffte sich einen Überblick über das Geschehen, bevor sie auf die Sportlehrerin zeigte.

«Bringt sie rein, und zwar sofort, Billingham.»

Dann wandte sie sich an Nora.

«Wer sind Sie, und was haben Sie hier zu suchen?»

Nora zückte ihren Presseausweis.

«Wir können zurzeit keine Kommentare abgeben und bitten Sie, sich fernzuhalten», sagte sie und wandte sich dann wieder an den Streifenpolizisten.

«Haben Sie gehört, Billingham? Niemand betritt das Gelände, ist das klar?»

«Jawohl, Chefin», antwortete er.

Aber Payton ging bereits mit zügigen Schritten die Treppe hinauf. Ein Beamter hielt ihr die große Holztür auf, ohne dass sie ihn eines Blickes würdigte.

Ein weiteres Auto fuhr vor und parkte hinter Paytons. Zwei Kriminaltechniker stiegen aus, und Nora sah ihnen dabei zu, wie sie ihre weißen Einweganzüge überzogen. Dann öffneten sie die Heckklappe und holten ihre Spurensicherungskoffer hervor.

«Was haben wir?», fragte einer der beiden an Billingham gewandt.

«Leiche. Weiblich. Mausetot», antwortete er.

«Ach was, Sherlock. Hab mich schon gefragt, warum Sie ausgerechnet uns angerufen haben», erwiderte der KTUler trocken.

Sie folgten Payton, und auch Nora versuchte, sich näher an das Gebäude zu schleichen. Billingham führte die Sportlehrerin ebenfalls behutsam zurück zum Schulgebäude, während sein Partner noch immer im Auto beschäftigt war und nun etwas in ein Tablet tippte.

«Kommen Sie. Wir bringen Sie besser nach drinnen. Es ist wirklich zu kalt», wiederholte er.

Billingham legte seinen Arm um die Sportlehrerin. Sie folgte ihm wie in Trance.

Während Billingham beschäftigt war, lief Nora im Schutz der Dunkelheit um das Gebäude herum und entfernte sich von den flackernden Blaulichtern. Anscheinend hatte niemand daran gedacht, sie auszuschalten, obwohl keine Gefahr mehr im Verzug war.

Die Fenster des alten Gebäudes saßen weit oben, und Nora musste sich auf Zehenspitzen stellen, um einen Blick durch die in Blei gefassten Scheiben zu erhaschen. Sämtliche Lichter im Schulgebäude waren erloschen, doch als Nora auf die Rückseite des Gebäudes kam, sah sie, wie sich gelbe Quadrate auf dem Rasen abzeichneten, die verrieten, dass der große Speisesaal komplett erleuchtet war.

Vorsichtig schlich sie über den Rasen, weiter über eine Terrasse und bis an eines der nächsten Fenster. Es war ebenfalls zu hoch, als dass Nora etwas sehen konnte, doch dann entdeckte sie zwei schmiedeeiserne Gartenstühle in einer Ecke der Terrasse. Lautlos stellte sie einen der Stühle unter das Fenster. Blitze zuckten durch die Scheiben – die Kriminaltechniker mussten den Speisesaal erreicht haben.

Nora drückte ihre Nase gegen die Scheibe und war wie schon am Tag zuvor von der schieren Größe des Raums beeindruckt. In ihm standen dunkle lange Tische in Reihen nebeneinander, Wappen und düstere Porträts hingen an den Wänden, und ein blankpolierter Hochtisch schien für das Lehrpersonal vorgesehen zu sein. Der Anblick erinnerte Nora an die Kulisse der Harry-Potter-Filme. Doch im Speisesaal spielte sich eine Szene ab, die in einem Familienfilm niemals gezeigt worden wäre. An dem großen Messingleuchter, der in der Mitte des Raumes prangte, hing die Leiche einer Frau. Ihre Füße zeigten Richtung Boden, und der graue Umhang um ihren Rücken ließ sie wie einen großen toten Vogel aussehen.

Einer der Kriminaltechniker stand mit einem Maßband auf einer Leiter und war dabei, den Abstand zwischen den Füßen der Frau und dem Boden zu bestimmen.

Mit bloßem Auge sah es aus wie Selbstmord. Und zwar einer von der spektakulären Sorte. Doch dann richtete Nora ihre Aufmerksamkeit auf den anderen KTUler, der sich über einen der Tische beugte und etwas fotografierte. Zunächst verdeckte er sein Motiv, trat dann aber einen Schritt zurück, sodass Nora sehen konnte, womit er gerade beschäftigt gewesen war: Zwei abgetrennte Hände lagen vor ihm auf dem Tisch.

Die Leiche hing mit dem Rücken zum Fenster, doch Nora konnte graue Haare unter der Kapuze des Umhangs erahnen. Der KTUler stellte eine Trittleiter auf und kletterte mit der Kamera in der Hand vorsichtig nach oben, um eine Nahaufnahme des Stricks um den Hals der Frau zu machen. Er berührte den Leichnam, sodass er sich drehte, und Nora starrte direkt in Eileen Websters weit aufgerissene Augen.

Nur unter äußerster Anstrengung gelang es Nora, die Fassung bewahren. Sie wandte ihren Blick von der Leiche am Kronleuchter ab. Der Umhang und der Einfall des Lichts hatten zunächst verdeckt, dass Eileen Webster die Hände abgetrennt worden waren, aber jetzt entdeckte Nora auch das Blut auf dem Boden. Aller Wahrscheinlichkeit nach war das hier kein Selbstmord.

Noras Blick wanderte von der Leiche durch den Raum, und sie war so sehr damit beschäftigt, den Rest des Tatorts zu studieren, dass sie das Geräusch erst viel zu spät hörte. Sie wollte sich gerade umdrehen, doch da war es schon zu spät. Jemand packte sie am Kragen, nahm sie in den Schwitzkasten und drehte ihr die Arme auf den Rücken. Mit aller Gewalt versuchte sie, sich zu befreien, aber der Kerl war so groß wie ein Stier, und obwohl er vor Anstrengung schnaufte, lockerte sich sein Griff keinen Zentimeter. Nora trat um sich, in dem Versuch, sein Schienbein zu treffen, aber sie hatte nicht genug Spielraum.

«Lassen Sie mich los», keuchte sie.

Statt einer Antwort drückte der Mann so fest zu, dass sie kaum noch Luft bekam. Plötzlich wurde eine Taschenlampe eingeschaltet, und sie kniff die Augen zusammen, als das grelle Licht auf ihr Gesicht fiel.

«Du kannst sie loslassen. Sie hat nichts mit der Sache zu tun», sagte eine müde Stimme.

Millhouse.

«Sind Sie sicher?», erwiderte der Stier.

«Ja. Sie ist Journalistin. Eine von der besonders neugierigen Sorte. Aber wir können getrost ausschließen, dass sie etwas mit dem Fall zu tun hat.»

«Okay», sagte der Stier und ließ locker. Es war Billinghams Partner, der offensichtlich nicht mehr mit seinem iPad oder dem Funkgerät beschäftigt war.

Nora schnappte nach Luft.

«Danke», sagte sie an Millhouse gewandt, allerdings war er nicht in der Stimmung für derartige Höflichkeiten.

«Ganz im Ernst, Sand. Was soll das?»

Ohne auf eine Antwort zu warten, fuhr er sie weiter an:

«Dir ist bewusst, dass wir hier mit den Ermittlungen in einem Mordfall beschäftigt sind? Und dir ist wohl auch klar, dass du vermutlich über Spuren gelatscht bist, die der Täter am Tatort zurückgelassen haben könnte? Seit wann benimmst du dich wie eine Amateurin?»

Nora richtete sich auf und strich ihre Jacke glatt.

«Tut mir sehr leid, aber woher hätte ich denn wissen sollen, dass es sich um einen Mordfall handelt? Ich habe nur gesehen, dass die Polizei hier ist, mehr nicht.»

«Benutz mal dein Hirn, Sand. Zwei Streifenwagen und ein Rettungswagen vor einem Schulgebäude, nachts um vier? Sieht das etwa nach Ruhestörung aus? Oder glaubst du, die wurden gerufen, weil jemand die Klassenarbeiten gestohlen hat?»

Obwohl sie ihm den Rücken zugekehrt hatte, spürte sie, wie der Stier ihren Anschiss genoss. Sie musste einsehen, dass sie im

Moment nicht viel gegen Millhouse' schlechte Laune ausrichten konnte, außer sich zu entschuldigen und aus seinem Blickfeld zu verschwinden, bis er sich wieder beruhigt hatte.

«Entschuldige. Ich geh jetzt nach Hause. Okay?»

«Halt, nicht so schnell», widersprach Millhouse.

Überrascht sah sie ihn an.

«Du gehst nach vorn und wartest, bis einer von der Kriminaltechnik zu dir kommt. Sie müssen deine Schuhabdrücke abgleichen, damit wir eventuelle Spuren von den Ermittlungen ausschließen können. Aber glaub bloß nicht, dass du oberste Priorität hast», sagte er sauer.

Eine Dreiviertelstunde musste Nora auf dem Rücksitz des Streifenwagens warten, bis ein KTUler, der sich als Boyle vorstellte, aus dem Schulgebäude kam und nach ihren Turnschuhen fragte.

Sie streifte die Schuhe ab, die der Mann mit ernster Miene entgegennahm und in eine große weiße Papiertüte steckte.

«Wenn wir einen Zusammenhang mit der Tat ausschließen können, kriegen Sie die Schuhe vermutlich nächste Woche wieder zurück», sagte er.

«Und wie soll ich bitte ohne Schuhe nach Hause kommen?»

Der KTUler ging zu seinem Auto und legte die Papiertüte behutsam in den Kofferraum.

«Wie Sie ohne Schuhe nach Hause kommen? Ich muss zugeben, dass dieses Problem es zum jetzigen Zeitpunkt nicht unter die Top 100 der wichtigsten Dinge schafft, über die ich mir gerade den Kopf zerbrechen muss», sagte er.

Nora stöhnte und wandte sich an den Stier, der die letzten fünfundvierzig Minuten stumm auf dem Fahrersitz gesessen und sie im Auge behalten hatte.

«Kann ich jetzt gehen?»

Er antwortete nicht, sondern wandte sich an Boyle.

«Seid ihr fertig mit ihr?»

Boyle streckte einen latexbehandschuhten Daumen nach oben.

«Jepp.»

Der Stier hob die Arme.

«Sie dürfen gehen. Auf Strümpfen.»

Die Entfernung zwischen der Schule und dem Hotel betrug nur wenige Meter, aber das reichte schon, ihre Füße völlig zu durchnässen und tiefzukühlen.

Die Sonne war noch nicht aufgegangen, doch das Schwarz der Nacht ging langsam in ein schwaches Morgengrauen über, als sie die Rezeption betrat und nasse Fußspuren auf dem gemusterten Teppich hinterließ.

«Was ist passiert?», fragte der Rezeptionist.

«Lange Geschichte», antwortete Nora und ging auf ihr Zimmer.

■

Irgendwie hatte sie es geschafft, wieder einzuschlafen, und war erst am Vormittag wieder aufgewacht. Ihr Haar klebte an der Wange, und aus dem Badezimmerspiegel starrte ihr ein befremdliches Gesicht entgegen, als hätte jemand die echte Nora Sand nach Thailand zurückgeschickt und ein schlechtes Double eingesetzt.

Unter der Dusche beschloss sie, zum Einkaufszentrum zu fahren und sich dort neue Schuhe zu besorgen. Als sie sich die Haare föhnte, klingelte das Telefon.

«Hi», meldete sich Andreas mit belegter Stimme.

«Hey! Wie geht es dir?»

«Nicht so gut.»

«Gibt es etwas Neues zu Viola?»

Andreas räusperte sich.

«Wir durften sie jetzt wieder mit nach Hause nehmen. Aber ich verstehe immer noch nicht, was ihr gefehlt hat oder immer noch fehlt», berichtigte er sich selbst.

«Und die Ärzte haben keine Ahnung?»

«Ich glaube nicht.»

«Aber was haben sie euch denn gesagt? Ist es ein Herzfehler, oder was? Muss sie operiert werden?»

Andreas seufzte entmutigt.

«Ich bekomme keine klare Antwort aus ihnen heraus.»

«Du musst ihnen die Pistole auf die Brust setzen. Birgitte muss das doch auch alles total zusetzen. Ihr müsst gemeinsam dafür kämpfen.»

Nora spürte, dass Andreas verhalten war.

«Was ist los?»

«Ich fühle mich irgendwie ein bisschen überflüssig. Jedes Mal, wenn wir mit Ärzten oder Krankenschwestern sprechen, fühle ich mich von ihr völlig übergangen.»

«Hm. Ist es nicht natürlich, dass eine Mutter zu Tode besorgt ist und in volle Kampfbereitschaft geht, wenn ihr Baby krank wird?»

«Doch. Stimmt schon.»

«Solltest du nicht mal mit Birgitte reden? Erinnere sie vielleicht daran, dass du als Vater auch an den Gesprächen mit dem Krankenhaus beteiligt sein möchtest.»

«Ja, das sollte ich vielleicht», gab Andreas zu.

Er klang erschöpft, und jedes Mal, wenn Nora diese Verletzlichkeit in seiner Stimme hörte, spürte sie die Sehnsucht nach ihm besonders stark. In einem Teil ihres Herzens gehörten sie und Andreas immer noch zusammen.

Sie ging zum Fenster und sah zur Schule hinüber. Ein Streifenwagen hielt in der Einfahrt.

«Ihr müsst das unbedingt klären», sagte sie.

Andreas seufzte.

«Ich weiß. Ich glaube, ich habe es bisher immer verdrängt, weil ich mir so große Sorgen um Viola mache. Es fühlt sich an, als hätte ich seit einer Woche nicht mehr geschlafen. Vielleicht liegt es nur daran, dass sich das alles irgendwie nicht richtig anfühlt, ohne ...»

Nora spürte, wie sich ihr der Hals zuschnürte.

«Du, ich muss auflegen. Ich habe eine Deadline. Pass auf dich auf, und vergiss nicht zu schlafen, okay?»

Sie drückte das Gespräch weg und blieb einen Augenblick am Fenster stehen, während sie versuchte, die Gefühle für Andreas wieder wegzusperren. Während sie so dastand, rollten zwei Übertragungswagen mit Satellitenantennen auf dem Dach die Auffahrt hinauf. Der erste von Sky und der zweite von der BBC. Die Spiele waren eröffnet.

Sie beobachtete, wie die Teams ihr Equipment aufbauten, an Kabeln zogen, die Kamerastative kalibrierten und sich auf Live-Übertragungen vorbereiteten. Es war nur eine Frage von Minuten, bis die erste Sendung begann; und sobald im landesweiten Fernsehen ausgestrahlt wurde, was in der Nacht vorgefallen war, würde es dort in null Komma nichts vor Journalisten nur so wimmeln. Ein Albtraum für Boyle und sein Team.

Nora schaltete den Fernseher ein und wechselte zu einem der Nachrichtensender. Vier Minuten später erschien eine Frau in einer leuchtend roten Jacke auf dem Bildschirm, das graue Kalksteingebäude im Hintergrund.

«Hier hinter mir wurde Schulleiterin Eileen Webster heute Nacht tot aufgefunden. Die Polizei hat noch keine Details über ihren Tod bekanntgegeben, aber gegenüber Sky News bestätigt, dass die Direktorin der St.-Helena-Mädchenschule unter verdächtigen Umständen ums Leben gekommen ist.»

Die rot gekleidete Journalistin zeigte auf das Gebäude, als wären die Zuschauer nicht in der Lage, es selbst wahrzunehmen. «Eileen Webster lebte hier in der Schule allein in einer Dienstwohnung. Sie wurde letzte Nacht von einer Kollegin gefunden, die ebenfalls auf dem Schulgelände wohnt», berichtete sie.

Sie gab zurück an einen Studiomoderator, der sein Gesicht in ernste Falten gelegt hatte.

«Dies ist das zweite Mal in kürzester Zeit, dass die Gemeinde Toppingham unter dramatischen Umständen eine herausragende Persönlichkeit verliert. Zuerst Kommissar Crow ...», ein Bild von Crow in Paradeuniform wurde eingeblendet, «... und nun eine Schulleiterin. Gibt es eine Verbindung zwischen den beiden Fällen? Jenny?»

Die Frau in der roten Jacke ergriff das Wort. «Auch hierzu sind uns leider nur wenige Details bekannt, Sean. Wir wissen von der Polizei, dass dieselbe Kommissarin in dem Fall ermittelt, nämlich Veronica Payton, und dies könnte darauf hindeuten, dass möglicherweise eine Verbindung zwischen beiden Fällen besteht, Sean.»

Nora fand es ätzend, wie Studiomoderatoren und Außenreporter sich ständig mit Vornamen ansprechen mussten, wie um den Zuschauern vorzugaukeln, dass sie alle privat miteinander befreundet waren und sich ungemein amüsierten, wenn sie nicht gerade über Mord und Krieg berichteten. Sie wusste von mehreren ihrer britischen und internationalen Kollegen, dass dieses Image oft nicht einmal ansatzweise der Wahrheit entsprach. In kaum einer Branche wurde Konkurrenz so groß geschrieben wie in der Presse, und die Leute taten fast alles dafür, um Sendezeit zu bekommen. Wie Gordon, einer ihrer britischen Kollegen, einmal gesagt hatte, als er seinen Job als Tagesredakteur bei einem Nachrichtensender kündigte und einen weitaus entspannteren Job als stellvertretender Leiter einer Beilage für eine Sonntagszeitung annahm:

«In dieser Branche gibt es pro Tag mehr Dolchstöße als in einer Favela in Rio de Janeiro in einem schlechten Monat.»

Sie schaltete um und sah nun, wie der Konkurrent, ein ungefähr dreißigjähriger Reporter, den Zuschauern erklärte, dass die Polizei im Laufe des Tages wohl weitere Informationen veröffentlichen würde. Sie ließ ihn im Hintergrund weiterplappern, während sie nachschaute, was bereits online zu finden war.

Eine der großen Boulevardzeitungen hatte schon schweres Geschütz aufgefahren.

Zweiter schockierender IS-Mord in einer Woche!, schrien einem die schwarzen Großbuchstaben auf gelbem Untergrund entgegen.

In dem Artikel zitierte der Journalist eine «Quelle in der Polizei». Demnach seien der Frau aller Wahrscheinlichkeit nach die Hände abgeschnitten worden, «während die kaltblütigen Mörder die wehrlose Frau hinrichteten, die ihr Leben der Erziehung junger, verletzlicher Frauen gewidmet hatte».

Neben dem Artikel hatte einer der Starkolumnisten der Zeitung bereits einen erzürnten Kommentar abgeliefert, in dem alle Register gezogen wurden: *Die Schrecken von Raqqa*, lautete die Schlagzeile.

«Enthauptung und abgeschlagene Hände sind unter Islamisten bekannte Bestrafungsmethoden. Was kommt als Nächstes? Kreuzigung und Steinigung?», schrieb der Verfasser, der ansonsten nur lobende Worte über Eileen Webster verlor, «die so viel für die Bildung junger Mädchen getan hat».

«Es ist eine erbärmliche islamistische Tat, sich an einer Frau zu vergreifen, die ihr Leben dem Unterrichten junger Mädchen gewidmet hatte. Ein weiterer Beleg für die Kultur dieser frauenverachtenden Gesellschaften, in denen Mädchen weder Raum noch Gelegenheit geboten wird, eine Ausbildung zu genießen.»

Soweit Nora sich erinnerte, hatte derselbe Journalist vor wenigen Wochen einen leidenschaftlichen Aufruf dazu verfasst, Frauen zurück an den Herd zu schicken, unabhängig davon, ob sie eine berufliche Ausbildung hatten oder nicht.

Verstimmt schaltete sie den Computer aus und zog das letzte Paar saubere trockene Socken an. Die Frage war nur, wie sie ohne Schuhe ins Einkaufszentrum kam. Sie ärgerte sich, kein Paar zusätzlicher Schuhe mitgebracht zu haben. Es blieb ihr nichts anderes übrig, als wieder mal ein Taxi zu bestellen. Nach reiflicher Überlegung entschied sie sich, Sunshine Cabs anzurufen. Sie war gespannt, wer wohl diesmal vorfuhr.

Als sie die Tür zum Flur öffnete, fiel eine weiße Plastiktüte, die außen an der Tür gelehnt hatte, in den Raum. Nora öffnete sie und fand darin zwei blaue Schuhüberzieher, wie sie Kriminaltechniker an Tatorten verwendeten, und dazu eine kleine Notiz:

Du schuldest mir was. Millhouse.

Sie musste grinsen, zog die idiotisch aussehenden Plastiksocken über ihre Füße, schlurfte durch die Lobby und wartete auf das Taxi. Diesmal waren es weder der aufdringliche Idiot noch Ahmed.

Auf der Fahrt zum Einkaufszentrum fragte sich Nora, ob die Polizei bereits die Garagen neben dem Tatort von Crows Mord untersucht hatte und ob Ahmed aufs Präsidium gebeten worden war, um zu erklären, was er in seiner geheimen Höhle versteckt hielt.

Der Fahrer fuhr sie schweigend zum Einkaufszentrum und setzte sie an dem Eingang ab, an dem auch Crows Jaguar geparkt hatte. Nora bezahlte und bat ihn, in einer Stunde zurückzukommen und sie abzuholen.

Sie ging in ein Sportgeschäft und hielt nach genau dem schwarzen Turnschuhmodell Ausschau, das gerade in irgendeinem Labor in einer Tüte lag. Ein Angestellter, der wahrscheinlich keinen Tag älter als fünfzehn war, teilte ihr jedoch mit, dass dieses Modell nicht mehr produziert wurde und daher nicht Teil der Frühjahrskollektion war. Na toll! Genervt machte Nora sich auf die Suche nach einem ähnlichen Modell. Als sie auf einem Schemel saß und darauf wartete, dass der Angestellte ihr die richtige Größe aus dem Lager holte, ertönte der Glockenschlag von Big Ben in ihrer Tasche. Krebs.

«Ich wollte mal hören, was du für uns hast, bevor wir morgen ins Meeting gehen», sagte er.

Der Verkäufer kam zurück.

«Bitte schön. Diese hier in Größe 39. Ich habe auch noch ein rosafarbenes Paar mitgebracht. Die stehen gerade nicht im Regal, aber sie sind im Sonderangebot», sagte er laut.

«Sag mal, Sand, wo bist du denn gerade?»

«Im Sunset Shoppingcenter, ein Stück außerhalb vor Toppingham.»

«Mitten in diesem blutigen Drama gehst du shoppen?», sagte er ungläubig.

«Lange Geschichte. Aber ich brauche neue Schuhe», antwortete sie scharf.

Dieses Gespräch verlief überhaupt nicht so, wie sie gehofft hatte. Krebs hatte einen seiner aufbrausenden Tage, das konnte sie an seinem Tonfall hören. Das kam zwar nicht oft vor, aber wenn, dann wurde es ungemütlich, und das Beste war, ihm keine Angriffsfläche zu bieten.

«Okay, lass uns zur Sache kommen, dann kannst du weitershoppen. Was wirst du uns kommende Woche liefern? Ist es ein IS-Heimkehrer, der sein Unwesen in Toppingham treibt, oder was?»

«Das weiß niemand. Ich finde nicht, dass es nach Terrorakten aussieht.»

«Was soll das heißen?»

«Überleg doch mal, die Auswahl der Opfer. Ein Polizeikommissar und eine Schuldirektorin. Warum nicht ein Politiker? Das würde doch ein viel stärkeres Signal senden. Oder warum gehen sie nicht gegen unschuldige Kinder vor? Wenn es wirklich IS-Krieger waren, die in Toppingham Terror verbreiten wollten, warum greifen sie nicht dort an, wo es am meisten schadet, sondern konzentrieren sich stattdessen auf Einzelpersonen? Ich finde, es sieht nach Beziehungstaten aus. Ich habe das Gefühl, dass es eine Verbindung zwischen den beiden Opfern gibt, aber Terrorismus ist es nicht», sagte Nora.

«Aber wir brauchen mehr als das. Wir können schließlich keine Artikel bringen, die auf deinem Bauchgefühl beruhen», erwiderte Krebs.

«Nein. Das ist mir schon klar. Aber ich muss noch mehr Informationen einholen, bevor ich irgendwelche Rückschlüsse ziehen kann.»

«Hm. Du verfolgst die britischen Medien, oder? Also, du liest noch Zeitungen und so weiter?»

Er wartete nicht auf eine Antwort, bevor er weitersprach. Sie hasste es, wenn er diese Laune hatte.

«Falls dem nicht so ist, kann ich dir mitteilen, dass es eine Reihe prominenter dänischer Politiker gibt, die bestens informiert sind.

Sie verfolgen die Entwicklungen in Großbritannien live, und der Justizminister hat angekündigt, ein Gesetzespaket auf den Weg zu bringen, um Dänemark vor dem Terror ehemaliger syrischer Krieger zu schützen. Es würde *Globalt* gut zu Gesicht stehen, wenn wir ein bisschen mehr über den Fall berichten könnten. Jetzt, wo wir eine Korrespondentin vor Ort haben, richtig?»

Nora holte tief Luft.

«Doch. Ich lese die Zeitungen. Aber ich bin trotzdem der Meinung, dass sie viel zu voreilige Schlüsse ziehen. Alle reden davon, dass der IS hinter den Taten steckt, aber wo sind die Terroristen? Warum können weder die Polizei noch der MI5 sie finden? Ich weiß noch zu wenig, um etwas Wasserdichtes schreiben zu können.»

«Aber es könnten durchaus IS-Kämpfer sein, oder nicht? Jemand, der in Toppingham aufgewachsen ist und jetzt zurückgekommen ist, um alte Rechnungen zu begleichen?», schlug Krebs vor.

«Natürlich ist das eine Option. Ich würde gerne bleiben und untersuchen, ob es eine Verbindung zwischen Eileen Webster und Ed Crow gibt. Ich bin mir ziemlich sicher, dass das der Fall ist. Gestern, bei meinem Gespräch mit Eileen, hat sie komisch reagiert, als ich Crow erwähnt habe, und ...»

Krebs unterbrach sie.

«Du hast das Opfer gestern interviewt?»

«Ja, aber ... es ging um ... etwas anderes.»

«Das ist mir doch egal. Du schreibst uns folgende Story: *Mein Treffen mit der ermordeten Schuldirektorin*. Bis heute Nachmittag.»

«Aber –»

«Gut. Abgemacht», sagte Krebs und legte auf.

Wieder war er nicht darauf zu sprechen gekommen, wie es um Noras Anstellung in der Redaktion stand. Sie wunderte sich auch, dass er Bugakovs Verschwinden in Moskau nicht angesprochen hatte.

Der Verkäufer war zum anderen Ende des Ladens gegangen, um einem Mann und dessen Sohn bei der Auswahl eines Fußballtrikots zu helfen, und Nora schob die rosa Schuhe beiseite. Sie hatten Glitzer an den Schnürsenkeln und kleine silberne Sterne an der Seite. Selten hatte sie etwas Hässlicheres gesehen.

Sie zog die schwarzen Schuhe an und ging mit der leeren Schachtel zum Verkäufer, damit er sie abkassieren konnte.

«Das macht einhundertfünfzehn Pfund.»

«Was? Warum kosten die sechzig Pfund mehr als die rosafarbenen Schuhe?»

Der Verkäufer klopfte auf die Schachtel.

«Das ist ein Sondermodell.»

«Ist es etwas Besonderes, dass diese Schuhe keine Silbersternchen haben? Sind alle Ihre Kunden vier Jahre alt?»

Er zuckte mit den Schultern.

«Mit Karte?»

Stöhnend bezahlte sie. Sie war eine toughe Journalistin und Kickboxerin. Niemals würde sie mit rosafarbenen Turnschuhen herumlaufen. Nie im Leben.

■

Sie hatte noch Zeit, bis der Taxifahrer wieder zurückkam und sie abholte, also machte Nora sich auf die Suche nach einem Geschäft, das Kaffeebohnen verkaufte. Im Shoppingcenter reihten sich die typischen Ladenketten wie in jeder beliebigen britischen Stadt aneinander, in der sowohl Shoppingcenter als auch Haupteinkaufsmeilen aus denselben Baukästen zusammengesetzt schienen:

Next, GAP, H&M, Argos, W. H. Smith und weitere solcher Läden. Nora betrat eine Filiale von Marks & Spencer, wo sie lange Zeit vor dem Regal mit Kaffee stand, bevor sie blind eine Tüte brasilianischen Sul de Minas aus dem Regal griff. Für Millhouse war das gut genug. Es war der Gedanke, der zählte.

Als sie auf den Ausgang zusteuerte, fiel ihr eine Gruppe von Mädchen auf, die aus einem Superdrug-Store kamen, jede von ihnen mit einer eigenen kleinen Einkaufstüte in der Hand. Nora erkannte Lauras Profil und versuchte mit Blicken, ihre Aufmerksamkeit auf sich zu ziehen. Aber Laura und ihr Gefolge beachteten sie nicht. Nora folgte den Teenagern bis zu einem Café, wo sie heißen Kakao mit Marshmallows und Milchschaum in großen Pappbechern bestellten.

Laura zog eine kleine Flasche silbernen Glitzernagellack aus ihrer Tasche und begann, die Nägel eines der anderen Mädchen damit zu lackieren, das Nora jetzt auch erkannte: Amy, die sich in Ahmeds Taxi schmollend durch die Gegend hatte fahren lassen.

Alle Mädchen besaßen ein iPhone, und sie schossen Selfies mit lachenden oder zu Grimassen verzogenen Gesichtern. Ein dunkelhaariges Mädchen, deren langer Zopf auf ihren Rücken fiel, trug einen burgunderfarbenen Kapuzenpullover mit der Aufschrift St. Helena. Sie nahm einen kleinen Spiegel aus ihrer Tasche und begann, Wimperntusche aufzutragen, während das letzte Mädchen der Gruppe an einer Packung Lippenbalsam in der Form einer großen Erdbeere herumfummelte.

Nora hatte bereits kehrtgemacht, um zu gehen, als sie aus dem Augenwinkel einen Mann entdeckte. Er kam um die Ecke und hielt mit eiligen Schritten auf die Gruppe der Mädchen zu. Laura sah von ihrem Telefon auf und erblasste.

Der Mann redete auf sie ein, aber Nora konnte nicht hören, was er sagte, sie sah nur die Reaktion der anderen Mädchen, die auf den Tisch starrten, als säßen sie gemeinsam beim Schulleiter, um sich einen Anschiss abzuholen. Nur Amy sah den Mann direkt an, jedoch mit dem unterwürfigen Blick einer Hündin, die geschlagen worden war.

Dann steckte Laura den Nagellack zurück in ihre Tasche und stand widerwillig auf. Ihre drei Freundinnen blieben sitzen und vermieden es tunlichst, Laura oder den Mann anzusehen. Sobald Laura den Cafébereich verlassen hatte, packte der Mann sie fest am Oberarm und zog sie mit sich in die Richtung, aus der er gekommen war. Als er sich noch ein letztes Mal umdrehte, erkannte Nora ihn sofort. Es war Ahmed, und sein Gesicht war verzerrt vor Wut.

Kapitel 13

Laura folgte ihm willenlos und mit der trotzenden Körpersprache einer Jugendlichen. Schlurfende Schritte und gesenkter Blick. Aber Laura war kein launischer Teenager, der wegen dreckigen Geschirrs, Hausaufgaben oder Hausarrest nach Hause geholt wurde. Irgendwas an dieser Situation war faul.

Nora schlenderte betont gelassen zu den Mädchen hinüber, um sie nicht zu erschrecken. Sie stellte sich zu ihnen an den Tisch, wo die drei schweigend saßen und auf ihre Telefone starrten. Nora konnte mit einem halben Auge sehen, dass Amy, die jetzt nur an einer Hand Nagellack trug, Candy Crush spielte. Lauras Kakao stand immer noch auf dem Tisch und erinnerte daran, was gerade passiert war. Die kleinen Marshmallowstücke hatten sich an der Oberfläche zu einem festen Klumpen verklebt. Obwohl die Mädchen Nora bemerkt haben mussten, fühlte sich keine von ihnen verpflichtet, auf eine Fremde zu reagieren, die so nah an ihrem Tisch stand.

Nora räusperte sich.

«Sagt mal, dieser Mann, der gerade mit Laura weggegangen ist – war das jemand von Marshden?»

Das Mädchen mit dem Lippenbalsam sah sie überrascht an. Sie trug kürzeres Haar als die beiden anderen, es war rot – Nora meinte sich zu erinnern, dass man diesen Ton erdbeerblond nannte –, und eine Prise Sommersprossen tanzte auf ihrem Nasenrücken und den Wangenknochen.

Keines der Mädchen antwortete.

«Ist das jemand vom Heim? Ein Freund von Laura?»

Immer noch keine Antwort.

«Kann ich davon ausgehen, dass Laura freiwillig mit ihm mitgegangen ist?»

Das Mädchen in dem burgunderfarbenen St.-Helena-Pullover schnaubte, sah aber nicht von ihrem Handy auf, auf dem sie offenbar ein intensives Gespräch über WhatsApp führte. Nora konnte ständige Pieptöne hören, wann immer eine neue Nachricht auf dem Bildschirm aufploppte.

Nora ließ sich nicht beirren. Die Mädchen ignorierten sie, und es schien sich ein Kampf zwischen ihnen zu entwickeln, wer den stärkeren Willen hatte. Am Ende ergriff Nora wieder das Wort.

«Ich frage, weil ich mir Sorgen um Laura mache. Dieser Kerl sah ziemlich wütend aus», sagte sie.

Das Mädchen mit den roten Haaren sah wieder von ihrem Handy auf. Ihre Augen waren wässrig grau, fast die gleiche Farbe wie der Himmel.

«Sind Sie vom Amt?»

Nora schüttelte den Kopf.

«Nein.»

«Was geht es Sie dann an, mit wem Laura rumhängt?», warf Amy ein.

Sie sah nicht von ihrem Handyspiel auf, doch ihr schnippischer Ton war nicht misszuverstehen.

«Ich kenne ... ich habe Laura vor kurzem kennengelernt, und ich hatte nicht das Gefühl, dass sie freiwillig mit diesem Mann mitgegangen ist.»

«Und wenn es so wäre? Ist ja nicht so, dass sie eine Wahl hätte, oder?», konterte die Rothaarige.

«Also ist sie nicht freiwillig mit ihm mitgegangen?»

«Als ob das jemanden kümmern würde», antwortete die Rothaarige in einem Ton, der mehr als nur andeutete, für wie schwer von Begriff sie Nora hielt.

Amy sah auf.

«Halt die Klappe, Alex.»

Sie wandten sich wieder ihren Bildschirmen zu, und Nora gab auf.

Sie trat hinaus auf den Parkplatz, auf dem das Taxi wie vereinbart auf sie wartete. Sie stieg ein und gab dem Fahrer die Adresse des Hotels. Er lenkte den Wagen zurück auf die Hauptstraße.

«Arbeiten Sie schon lange für Sunshine?», fragte sie.

«Seit drei Jahren», antwortete der Mann knapp.

Sie schaute auf seinen Dienstausweis, der direkt unter der Lüftung im Armaturenbrett steckte. Das Passfoto zeigte einen jüngeren und optimistischeren Mann als den, der hinter dem Lenkrad saß.

«Tanvir, sind Sie das?»

«Ja.»

Der Mann war offensichtlich nicht so scharf darauf, Smalltalk zu führen, aber Nora ließ nicht locker.

«Ist Sunshine ein guter Arbeitgeber?»

«Warum wollen Sie das wissen? Wollen Sie etwa Taxifahrerin werden?»

«Nee. Einfach nur so.»

Schweigend fuhren sie weiter, unterbrochen nur von einer murmelnden Stimme aus dem Radio, die etwas durchgab, das nach Cricketergebnissen klang.

«Kennen Sie Ahmed?»

Tanvir nickte.

«Alle kennen Ahmed. Er ist der Sohn vom Chef. Er leitet die Firma zusammen mit seinem Bruder, wenn ihr Vater mal unterwegs ist.»

«Wie ist er so?»

«Er ist ein guter Chef. Warum fragen Sie?», fragte er beunruhigt.

«Ach, nur so. Vergessen Sie's», erwiderte Nora und ließ sich zum Hotel fahren.

Zurück auf ihrem Zimmer, setzte sie sich an den Artikel über den Mord an Eileen Webster und kombinierte Fakten mit ihren eigenen Eindrücken von der Frau. Aber die Worte wollten einfach nicht richtig kommen. Nicht zuletzt weil Nora nicht darauf eingehen wollte, warum sie sich tatsächlich an die Schulleiterin gewandt hatte. Das zu erklären war zu umständlich.

Sie stand von dem ramponierten Tisch auf, stellte sich ans Fenster und sah zu St. Helena hinüber. Die Schule lag wie ein grauer Koloss auf dem grünen Rasen. In Zukunft würde es unzähligen Kindern bei dem Gedanken an den grausamen Mord, der im Speisesaal der Schule begangen worden war, kalt den Rücken herunterlaufen. Ob die Schule wohl geschlossen blieb, solange die Polizei den Tatort untersuchte?

Nora ließ den Laptop aufgeklappt, warf sich ihre Jacke über und ging hinüber zur Schule. Sie wollte sehen, ob sie Schülerinnen oder Lehrer antraf, die ein paar bedeutungsvolle Worte über

Eileen Webster sagen konnten. Etwas, das ihrem Artikel Leben einhauchen würde.

Sobald sie den Rasen überquerte, fiel ihr auf, dass es offensichtlich kein normaler Schultag war. Ein Schild in der Einfahrt kündigte mit Bedauern an, dass die Schule aufgrund tragischer Umstände geschlossen war und erst am Donnerstag wieder öffnen würde. Informationen über die Beerdigung von Miss Webster würden auf der Website der Schule veröffentlicht. Nora notierte sich Datum und Uhrzeit und sah sich um. Die gestreiften Plastikbänder flatterten im Wind, der kleine Schulhof war menschenleer. Ein dunkler Kombi parkte quer vor der Tür, und Nora vermutete, dass er zur Spurensicherung gehörte.

Sie folgte dem kleinen gefliesten Weg um das Gebäude, doch bevor sie die Fenster zum Speisesaal erreichte, kam sie an einer kleinen Bank vorbei, die sie in der Nacht zuvor im Dunkeln übersehen hatte. Nora fuhr zusammen, als sie einen Menschen auf der Bank sitzen sah. Als sich die plumpe Gestalt zu Nora umdrehte, erkannte sie die Sportlehrerin. Ihre Augen waren von Tränen gerötet, die sie mit einem fast durchnässten Taschentuch von ihren Wangen abtupfte.

«Sie sind es!», stellte Nora überrascht fest und setzte sich behutsam neben die Sportlehrerin, ohne sie um Erlaubnis zu fragen.

Für einen Moment saßen sie einfach nur da, ohne etwas zu sagen. Hier und da schluchzte die Frau.

«Sie waren eine der Letzten, die mit Eileen gesprochen haben», sagte sie schließlich.

Nora nickte.

«Welchen Eindruck hat sie auf Sie gemacht?»

Nora überlegte.

«Ich ... ich kannte sie ja gar nicht, deswegen weiß ich nicht, wie sie normalerweise war. Aber sie wirkte ganz ruhig. Gar nicht aufgebracht.»

«Sie war nicht besorgt?», fragte die Sportlehrerin.

«Doch. Also, sie schien sich Sorgen um Laura zu machen. Aber sie wirkte irgendwie auch resigniert», erklärte Nora. «Ich heiße übrigens Nora Sand.»

Die Frau schien für einen kurzen Moment darüber nachzudenken, Nora die Hand zu schütteln, entschied sich jedoch dagegen und nickte stattdessen.

«Ellen York.»

«Haben Sie lange mit Eileen Webster zusammengearbeitet?»

Ellen York nickte, und wieder flossen die Tränen. Sie versuchte zu sprechen, musste aber einige Male ansetzen, bevor sie ihre Stimme kontrollieren konnte.

«Sie war die Liebe meines Lebens.»

Nora versuchte ihre Überraschung zu verbergen und tätschelte stattdessen Ellen Yorks Hand.

«Das muss hart sein.»

«Das letzte Mal habe ich sie gestern früh gesehen, wir waren oben und haben uns gestritten. Ich wollte, dass wir aufhören, herumzuschleichen und zu verstecken, wer wir sind. Aber Eileen bestand auf Diskretion. Niemand sollte von uns erfahren. Ich durfte nicht einmal meiner Familie von uns erzählen. Sie hatte solche Angst, jemand könnte es herausfinden und dass sie dann ihren Job verlieren würde.»

«War das eine reelle Gefahr?»

Ellen York zuckte mit den Schultern.

«Bestimmt. Das ist eine katholische Mädchenschule. Nicht der beste Arbeitsplatz für eine lesbische Schulleiterin, wenn es nach dem Schulträger geht. Aber Eileen hat auch nie gefragt. Sie hat ihr Privatleben sehr für sich behalten.»

«Es muss schwer gewesen sein, wenn Sie beide hier im Schulgebäude gewohnt haben?»

Ellen York wollte ein höhnisches Schnauben von sich geben, aber es wurde zu einem Schluchzen.

«Es war kaum möglich. Sie konnte sich selten wirklich entspannen, wenn wir zusammen waren. Nur wenn wir ab und zu gemeinsam verreist sind, aber für solche Reisen hatten wir nicht oft Zeit. Irgendjemand musste auch während der Ferien hier sein, und meist fiel diese Aufgabe Eileen zu.»

«Das war sicher eine Herausforderung für Ihre Beziehung», sagte Nora.

«Für mich war es wahrscheinlich am schwierigsten. Eileen war viel besser darin, sich mit der Situation abzufinden und die Momente zu nutzen, die sich uns boten. Aber für mich war es schmerzhafter. Ich wünschte, ich wäre zu Pfingsten mit ihr verreist. Ich hätte mir bei Freunden in Palma eine Wohnung ausleihen können. Doch Eileen wollte mich nicht begleiten. Deshalb haben wir uns gestritten.»

Nora versuchte, sie zu trösten.

«Ich glaube wirklich nicht, dass sie deshalb noch aufgebracht war. Als ich sie am Nachmittag besucht habe, wirkte sie ganz ruhig, las und hörte Orgelmusik.»

Ellen York erwiderte ihren Blick, halb erleichtert, halb skeptisch.

«Das kann sein. Sie hat niemals gezeigt, was sie wirklich fühlte. Sie war … sehr privat. Ich wünschte nur, ich hätte noch einmal die Möglichkeit gehabt, mit ihr zu sprechen, damit dieser Streit nicht das letzte Gespräch zwischen uns gewesen wäre.»

Nora fiel wieder ein, wie Eileen Webster sie nahezu aus ihrer Wohnung gescheucht hatte.

«Der einzige Zeitpunkt, an dem sie ein wenig außer Fassung geriet, war, als ich Kommissar Crow erwähnt habe.»

Ellen Yorks Gesicht verzog sich zu einer angewiderten Grimasse, doch sie schwieg.

«Sie konnten ihn also auch nicht leiden. Das sehe ich Ihnen an», stellte Nora fest.

«Man soll ja nicht schlecht von den Toten sprechen, aber Gott muss erfahren, dass er ein trauriges Beispiel für einen Polizisten war.»

«Inwiefern? War er nicht gut darin, Verbrechen aufzuklären?»

Ellen York schüttelte den Kopf.

«Ich habe nicht die geringste Ahnung. Ich habe ihn nie bei der Arbeit gesehen. Aber er war ein abscheulicher Mann.»

«Warum das?»

Ellen York sah Nora überrascht an.

«Wie lange sind Sie denn schon in Toppingham, dass Sie noch nichts über Crow gehört haben?»

«Noch nicht lange.»

«Vor einem Jahr wurde mir meine Tasche gestohlen. Das war einfach nur ein blöder Vorfall. Ich hatte gerade auf den Bus gewartet und wollte nachsehen, wie spät es war, als zwei junge Männer auf einem Motorroller den Bürgersteig hinauffuhren und direkt auf mich zukamen. Ich machte einen Schritt zur Seite, doch der Typ, der hinten saß, schnappte sich meine Tasche. Sie waren auf und davon, bevor ich zu mir kam und ihnen nachschreien konnte.»

«Wurde Ihnen viel gestohlen?», fragte Nora und fragte sich zugleich, worauf Ellen York mit dieser Geschichte hinauswollte.

«Nicht wirklich. Mein Handy hatte ich zufällig in der Rocktasche, und in meinem Portemonnaie waren weniger als zwanzig Pfund, meine Visa-Karte und einige persönliche Gegenstände. Wegen der Visa-Karte musste ich zur Polizei gehen. Das verlangt die Versicherung, verstehen Sie?»

Nora nickte.

«Ich habe eine neue Visa-Karte bestellt, und damit war die Sache abgehakt. Dachte ich zumindest. Aber ein paar Tage später klopfte Crow an meine Tür. Sie hatten meine Tasche in einem Mülleimer am Bahnhof gefunden, und er wollte sie mir persönlich vorbeibringen.»

«Das war doch eine nette Geste, oder?»

«Das habe ich auch erst gedacht. Aber er benahm sich seltsam. Unangemessen. Ich habe kein besseres Wort dafür. Als ob er sich prächtig amüsierte. Er sagte: Passen Sie nächstes Mal ein bisschen besser auf. Als ich die Tasche überprüfte, fehlte etwas. Etwas Persönliches.»

«Etwas Persönliches?»

Ellen York seufzte.

«Tja. Jetzt ist es wohl egal. Es war ein Liebesbrief von Eileen. Ein wunderbarer Brief, den ich immer im Innenfutter meiner Tasche mit mir herumgetragen habe. Auf dem Umschlag stand mein vollständiger Name, also bestand kein Zweifel. Ich weiß, es klingt albern, aber dieser Brief war eine Art Talisman für mich. Wann immer ich völlig niedergeschlagen war, weil wir unsere Beziehung geheim halten mussten und ich ihr gegenübersitzen und so tun sollte, als ob ich nicht vor Sehnsucht vergehen würde, konnte ich mich wenigstens wegschleichen und den Brief lesen. Er hat mich getröstet. Er bestätigte, dass meine Gefühle erwidert wurden.»

«Und der Brief war verschwunden?»

Ellen York nickte.

«Aber konnte er nicht einfach herausgefallen sein? Oder hatten die Diebe den Brief vielleicht mitgenommen?», schlug Nora vor.

«Theoretisch schon. Wäre Crow nicht direkt zu Eileen gegangen, nachdem er bei mir gewesen war. Er zeigte ihr den Brief und sagte, er wisse, dass er von ihr stamme, obwohl sie nur mit *Deine E.* unterschrieben hatte.»

«Warum hat er das getan?», fragte Nora verwundert.

«Was glauben Sie denn? Um Eileen zu erpressen natürlich.»

Nora dachte zurück an Eileen Websters bescheidene Lehrerresidenz. Abgesehen von dem modernen DAB-Radio fanden sich nur abgenutzte Möbel und keinerlei Anzeichen von Wohlstand.

«Er wollte Geld?»

Ellen York warf Nora einen Seitenblick zu.

«Sie sind wirklich noch nicht lange in Toppingham, was?»

«Nein.»

«Crow gefiel es, Menschen zu erpressen. Früher oder später würden sie ihm auf irgendeine Weise nützlich sein. Er sah es so: Wenn die Leute ihm etwas schuldig waren, hatte er eine gewisse Machtposition in der Stadt. Und er konnte mitbestimmen, wie die Dinge liefen.»

«Wie hätte Eileen ihm denn helfen können?»

«Indem sie ihren Mund hielt», antwortete Ellen York bitter.

«Worüber?»

Bevor Nora eine Antwort erhielt, bog ein Polizist um die Ecke und blieb wie angewurzelt stehen, als er die beiden Frauen erblickte.

«Sie können jetzt nicht hier sein. Wir untersuchen gerade das Gelände auf dieser Seite des Gebäudes», schnarrte er sie an.

Ellen York erhob sich mit einem Seufzen von der Bank.

«In Ordnung, ich wollte ohnehin nach Hause gehen.»

Auch Nora stand auf.

«Hätten Sie gern Gesellschaft?»

Ellen York schüttelte den Kopf.

«Nein. Entschuldigung, ich habe Sie mit meiner Geschichte völlig überfahren. Ich bin nicht ganz ich selbst, und es gibt nicht wirklich jemanden, mit dem ich sprechen kann. Über Eileen. Jetzt wird ihre Familie nie herausfinden, wie viel wir einander bedeutet haben», sagte sie mit trauriger Stimme.

Sie gingen an dem dunklen geparkten Wagen vorbei und auf die Einfahrt des Schulgeländes zu.

«Weshalb sollte Eileen den Mund halten? Warum wollte Crow ihr einen Maulkorb anlegen?»

Aber Ellen York war nicht länger in Stimmung, sich Nora anzuvertrauen, und schüttelte bloß den Kopf.

«Darüber möchte ich nicht sprechen. Ich ertrage dieses Drama gerade nicht.»

«Aber jetzt kann Crow Ihnen nichts mehr anhaben. Und vielleicht gibt es ja eine Verbindung zwischen seinem und Eileens Tod.»

Ellen York schüttelte nur wieder den Kopf und zog die Jacke enger um den frierenden Körper.

«Nein. Ich möchte jetzt bitte meine Ruhe.»

«Aber Sie wissen, worüber Eileen schweigen sollte?»

Ellen York beschleunigte ihren Schritt und wandte sich von Nora ab, als sie an der Straße angekommen waren. Dann drehte sie sich noch einmal um und sagte so leise, dass sich Nora nicht sicher war, ob sie es richtig verstanden hatte:

«Sprechen Sie mit Pater Kavanagh. Vielleicht kann er Ihnen helfen.»

«Wo finde ich ihn?»

Doch Nora bekam keine Antwort. Ellen York entfernte sich mit zügigen Schritten, umgeben von einer Trauer, die sie den Rest ihres Lebens nie wieder loslassen würde. Verloren in ihren eigenen Gedanken.

Nora ging zurück zum Hotel und in ihr muffiges Zimmer. Der Zimmerservice hatte das Bett so hergerichtet, dass das Laken wieder fest über die Matratze gespannt war. Und Gott sei Dank war auch das Tablett wieder mit Tee, Instantkaffee und kleinen Keksen aufgefüllt worden. Nora schüttete die gesamte Ration von drei Päckchen Kaffee in eine einzige Tasse und goss einen Schluck H-Milch in das dampfende Getränk, bevor sie sich wieder an den Artikel über den Mord an Eileen Webster setzte. Ellen York erwähnte sie dabei mit keinem einzigen Wort, und als Nora die letzte Zeile des Artikels getippt hatte, waren von den Keksen auf dem Tablett keine mehr übrig.

Sie suchte im Internet nach Pater Kavanagh und wurde zunächst an einige Kirchen in Irland verwiesen, bis sie Toppingham in das Suchfeld einfügte und zur Kirche der Heiligen Maria der Unbefleckten Empfängnis weitergeleitet wurde. Laut Karte waren es weniger als zehn Minuten zu Fuß von der St.-Helena-Schule bis zur Kirche. Sie hatte jetzt geschlossen, aber am nächsten Morgen sollte um 9:30 Uhr eine Messe stattfinden, und Nora beschloss, den Priester dort abzufangen.

Es war natürlich möglich, dass das Geheimnis, das Eileen Webster hatte bewahren sollen, nichts mit dem Mord an Crow zu tun hatte, doch Nora fiel es schwer zu glauben, dass beide durch einen Zufall innerhalb so kurzer Zeit und auf solch dramatische Weise ihr Leben verloren hatten.

Sie schickte eine SMS an Millhouse.

Hab ein Geschenk für dich. Können wir uns treffen?

Die Antwort kam nach zehn Minuten.

Er saß auf einem der abgenutzten Sofas in der Lobby. Nora holte das Kaffeepaket, das sie im Einkaufszentrum gekauft hatte, aus ihrer Tasche und reichte es ihm stolz, bevor sie sich in den gegenüberliegenden Sessel fallen ließ.

«Schau mal, für dich. Danke für die Überzieher.»

Millhouse starrte mit gerunzelter Stirn auf das Päckchen.

«Soll das ein Witz sein?»

«Was meinst du? Es ist der beste Kaffee, den ich hier in der Stadt auftreiben konnte. Nichts ist gut genug für den Sohn eines Kaffeehändlers», sagte sie.

Millhouse beäugte das Päckchen skeptisch.

«Das ist brasilianischer Sul des Minas», sagte sie in dem Versuch, ein bisschen Enthusiasmus aus ihm herauszukitzeln.

«Das ist ja schön und gut, Sand. Hast du diesen kleinen blauen Streifen hier gesehen?», fragte und zeigte auf die Packung.

Die diskreten goldenen Buchstaben auf dem blauen Band in der oberen Ecke der Packung erklärten jedem, der die Zeit und die Fähigkeit hatte zu lesen, dass man entkoffeinierten Kaffee in der Hand hielt.

«Ich denke, ich verzichte, danke. Aber die Idee war gut», sagte Millhouse höflich und reichte ihr die Packung zurück.

Nora zog eine Grimasse.

«Diese Stadt, irgendwas stimmt mit der nicht.»

«Das kannst du laut sagen.»

«Millhouse, im Ernst. Verfolgt ihr wirklich diese IS-Spur? Glaubt ihr ernsthaft, die haben Crow und eine Schulleiterin umgebracht?»

Millhouse ließ seinen Blick über die Lobby schweifen, ohne zu antworten, doch dann schüttelte er kaum merklich den Kopf.

«Ich sage dir jetzt, was auch gedruckt werden kann: Wir arbeiten mit Hochdruck daran, den oder die Täter zu finden. Nicht nur im Interesse Toppinghams, sondern im Interesse ganz Großbritanniens müssen wir die Fälle so schnell wie möglich lösen.»

«Weil es sonst echt Probleme geben wird?»

«Das bleibt unter uns: Ja, das Risiko steht unmittelbar bevor, und die Intervention der Innenministerin ist nicht gerade Öl in unserem Getriebe. Sondern eher Öl in einer Pfanne, die bereits in Flammen steht.»

«Habt ihr das unter Kontrolle? Seid ihr schon einen Schritt weitergekommen?»

Millhouse seufzte, stand auf und ging zur Rezeption, um dort um den Schlüssel zu seinem Zimmer eine Etage über Noras zu bitten.

«Seid ihr?»

«Auch das bleibt unter uns, aber ich bin wirklich froh, dass der Chef morgen kommt.»

«Warum kommt Spencer? Wegen des IS?»

«Ich kann leider nicht ins Detail gehen. Aber der Fall hat sein Interesse geweckt.»

«Ich habe heute mit einer Freundin von Eileen Webster gesprochen», tastete Nora sich vor.

Millhouse schaute sie mit erneuertem Interesse an.

«Ich hatte den Eindruck, dass es eine Verbindung zwischen Crow und Webster geben könnte.»

«Und was soll das für eine Verbindung sein?»

Nora zuckte mit den Schultern.

«Das wollte sie mir nicht verraten. Ich habe keine Ahnung, ob sie es selbst genau wusste.»

«Und wie heißt diese Freundin?»

«Du weißt, dass ich dir das nicht sagen kann.»

«Und trotzdem tust du so überrascht, wenn ich dir nicht mehr Informationen über unsere Ermittlungen geben kann», sagte Millhouse mit einem schiefen Grinsen.

«Fair enough. Aber ich glaube nicht, dass Eileen Webster so unglaublich viele Freunde hatte, sie wird also nicht schwer zu finden sein.»

«Hm. Ich werde mich morgen darum kümmern. Je schneller wir diesen Fall lösen, desto besser. Unter uns gesagt, dieser Ort hier macht mir Angst. Es herrscht eine Stimmung in dieser Stadt, die mir nicht zusagt.»

Nora nickte.

«Ich habe das gleiche Gefühl. Es ist, als würde die Stadt sich innerlich gegen sich selbst richten.»

«Hast du dich eigentlich mal nach dem Mädchen aus dem Dönerladen erkundigt?», fragte Millhouse.

«Ja. Laura Bowden. Sie war im Krankenhaus, aber nur für eine Nacht. Dann wurde sie entlassen und zurück ins Jugendheim Marshden geschickt. Ein Heim für Kinder, die offensichtlich hinter einem hohen Zaun weggesperrt werden müssen.»

«Aber es geht ihr gut?»

Nora überlegte.

«Geht es einem jemals richtig gut, wenn man in einem solchen Heim leben muss? Ich habe versucht, sie zum Reden zu bringen, aber gelinde gesagt reagierte sie nicht sehr positiv auf die Tatsache, dass ich Journalistin bin.»

«Kann ich gar nicht verstehen.»

Wieder setzte Millhouse sein schiefes Grinsen auf.

Nora überlegte, ob sie Millhouse davon erzählen sollte, was sie im Einkaufszentrum beobachtet hatte. Doch was konnte er schon unternehmen? Aber da war noch eine andere Sache, bei der er ihr behilflich sein konnte.

«Hast du Zugang zur Datenbank der hiesigen Polizei?»

«Ja, zumindest teilweise. Warum?»

«Könntest du versuchen, nach einer Person namens Mel zu suchen? Das war der Name, den Laura im Dönerladen immer wieder erwähnt hat. Ein Todesfall. Vielleicht Mord? Ich weiß, das klingt ziemlich vage.»

«Hat das irgendwas mit dem Fall zu tun?»

«Das weiß ich noch nicht. Vielleicht. Kommt darauf an, was du über sie herausfindest.»

«Ich kann mich nicht einfach in die Datenbank einloggen und da herumsuchen. Sobald ich mich einlogge, hinterlasse ich elektronische Spuren, ich muss also immer einen guten Grund haben, warum ich nach Informationen suche.»

«Kannst du nicht sagen, du hättest einen anonymen Tipp bekommen, dass die Dame möglicherweise mit dem Mord an Eileen Webster in Zusammenhang steht?»

Millhouse stand auf.

«Ich werd drüber nachdenken. Guten Abend», sagte er und ging zu den Aufzügen.

Bevor er den Fahrstuhl betrat, drehte er sich noch einmal um und zwinkerte Nora zu.

«Und danke noch mal für den Kaffee.»

Kapitel 14

Nora hatte keine Ahnung, wie lange eine katholische Messe dauerte, aber sie sorgte dafür, gegen zehn Uhr vor der schweren dunklen Holztür der überraschend modernen Kirche aus rotem Backstein bereitzustehen. Auf dem asphaltierten Parkplatz standen nicht viele Autos, und Nora vermutete, dass die Dienstagmorgenmesse der Kirche der Heiligen Maria der Unbefleckten Empfängnis nicht gerade das Highlight der Gemeinde war.

Sie schlenderte um die Kirche herum und blickte zu den grünen, roten und blauen Mosaiken auf, die die Jungfrau Maria mit Jesus auf dem Arm in verschiedenen Schattierungen abbildeten. Nach ein paar Runden öffnete sich die Tür, und zwei grauhaarige Frauen traten hinaus auf den Parkplatz. Eine der beiden stützte sich auf einen Stock, während die andere, die beweglicher wirkte, ihre Schritte sorgfältig an das gemächliche Tempo der Freundin anpasste.

Nora nickte ihnen höflich zu und betrat die Kirche, in der ein schwacher Duft von Weihrauch und Kerzen hing. Nach einigen Schritten wurde sie von dem intensiven Geruch der Tigerlilien überwältigt, die in zwei riesigen Vasen zu beiden Seiten des Altars aufgestellt worden waren. Ein Mann stand mit dem Rücken zum Altar und blätterte durch eine schöne, handkolorierte Bibel. Die vielen Sitzreihen waren leer, und der Staub tanzte in einem bläulichen Sonnenstrahl, der durch das große Mosaikfenster in die Kirchenhalle und auf die Schulter des Mannes fiel.

«Pater Kavanagh?», fragte Nora. Ihre Stimme hallte unerwartet laut durch den hohen Kirchensaal.

Der Mann wandte sich gemächlich zu ihr um und sah sie mit einem festen, aber freundlichen Blick an.

«Der Gottesdienst ist vorbei, aber Sie können morgen Nachmittag wiederkommen, mein Kind.»

«Sie sind doch Pater Kavanagh, nicht wahr? Ich muss mit Ihnen sprechen», sagte Nora.

Der Pfarrer nickte.

«Ja. Natürlich. Wie lange ist es her, dass Sie sich zuletzt zu Ihren Sünden bekannt haben?», fragte er und deutete mit einem Kopfnicken auf den Verschlag aus dunklem Holz an einer der Seitenwände.

«Nein, nein, kein solches Gespräch.»

«Worum geht es denn dann?»

Nora blickte in seine blauen Augen und entschloss, sich ihm anzuvertrauen.

«Es geht um Eileen Webster.»

Der Pfarrer wurde kreidebleich.

«Sind Sie von der Polizei?»

Nora schüttelte den Kopf.

«Nein. Ich habe Eileen Webster vor kurzem kennengelernt und habe ein paar Fragen, von denen ich hoffe, dass Sie sie mir beantworten können.»

«Entschuldigen Sie, aber ich brauche mehr Informationen. Wer sind Sie?»

Nora stellte sich vor und erklärte, dass sie für das dänische Magazin *Globalt* schrieb.

«Also sind Sie Journalistin? Und Sie schreiben über den Mord an Eileen? Welchen Nutzen erhoffen Sie sich denn von einem Gespräch mit mir?»

«Ich glaube, es gab eine Verbindung zwischen ihr und Kommissar Crow, der die Polizei aus einem unerfindlichen Grund nicht nachgeht. Vielleicht finde ich mehr heraus, wenn ich mit Menschen spreche, die Eileen kannten.»

Pater Kavanagh überlegte ein paar Sekunden, dann hob er die Arme. «Dann müssen Sie schon auf eine Tasse Tee mit hinüber ins Pfarrhaus kommen.»

Sie überquerten den Parkplatz in Richtung eines bungalowartigen Gebäudes, das wohl aus der Mitte der siebziger Jahre stammte, als rotes Holz, braune Ziegel und große Fenster die neuste Mode waren. Der Garten war gepflegt, nicht einmal der Keim eines Unkrauts lugte aus den großen Beten hervor.

Pater Kavanagh führte Nora in ein Wohnzimmer, das mit einem seegrünen Plüschsofa, einem niedrigen Couchtisch aus dunklem Holz und Teakregalen voller Bücher möbliert war. Über dem Sofa hing Jesus an einem großen Holzkreuz und blickte mit gequältem Gesichtsausdruck über das Wohnzimmer.

Nora setzte sich auf die Couch, damit sie diesen Anblick nicht ertragen musste. Kurz darauf betrat der Pfarrer das Wohnzimmer mit einem Tablett, auf dem zwei Tassen dampfenden Tees, eine ungeöffnete Flasche Milch und eine Zuckerdose mit einem Sprung im Porzellan standen.

Er reichte Nora eine Tasse und sah auf seine Armbanduhr.

«Wir haben etwas weniger als eine Viertelstunde, dann kommt die Gebetsgruppe», erklärte er und nippte an seinem Tee.

«Wie gut kannten Sie Eileen Webster?», fragte Nora.

«Sie war meine Cousine, wir sind unweit voneinander aufgewachsen. Haben uns als Kinder immer auf Familienfesten getroffen. Ich will nicht sagen, dass wir uns besonders nahestanden, aber Familie ist Familie. Ich habe ihr zu einhundert Prozent vertraut.»

«Und Edward Crow, kannten Sie den auch?»

Der Pfarrer konnte sein Unbehagen nicht verbergen.

«Ich glaube, die wenigsten Menschen in Toppingham, die mit der Polizei zu tun hatten, kannten Crow nicht.»

Nora breitete die Arme aus, als wolle sie sowohl das Pfarrhaus als auch die Kirche vor dem Fenster lobpreisen.

«Aber ein katholischer Pfarrer hat ja nicht unbedingt etwas mit der Polizei zu tun, oder?»

«Doch. Selbstverständlich habe auch ich Kontakt zur Polizei.»

«Warum das?»

Er seufzte.

«Sie kennen Toppingham nicht besonders gut, oder?»

«Nicht so gut wie jemand, der seit Jahren hier lebt. Ich bin erst seit ein paar Tagen hier. Aber es reicht aus, um mir das Gefühl zu geben, dass irgendetwas in dieser Stadt völlig falschläuft. Und damit meine ich nicht nur die beiden Morde», sagte Nora.

«Ich weiß nicht recht, wo ich anfangen soll ... Aber Sie haben von unserem Outreach-Programm gehört?»

Nora schüttelte den Kopf.

«Wie Sie vielleicht bemerkt haben, gibt es hier in Toppingham auch einige Kinder und Jugendliche, die es schwer haben. Sie hängen auf der Straße herum, trinken Alkohol oder Schlimmeres, was daran liegt, dass sie entweder keine Eltern haben oder weil ihren Eltern völlig egal ist, was sie treiben. Fairerweise gibt es tatsächlich Eltern, denen das nicht egal ist, die sich aber oft machtlos fühlen.»

«Ja, das ist mir aufgefallen», sagte Nora und nahm sich im Stillen vor, sofort Kontakt zu Laura aufzunehmen, sobald sie die Kirche verlassen hatte.

«Bei diesem Outreach-Programm sind ein paar unserer Freiwilligen abends und nachts, vor allem am Wochenende, auf den Straßen unterwegs, damit die jungen Leute das Gefühl haben, jemanden zu haben, an den sie sich wenden können. Eine Art Schutzraum, wenn Sie so wollen.»

«Bringt das was?»

«Wir glauben schon. Manchmal erhoffen wir uns natürlich mehr, als wir erreichen, das muss ich schon zugeben», sagte Pater Kavanagh mit einem traurigen Lächeln.

«Wie helfen Sie den Jugendlichen?»

«Auf alle möglichen Arten. Manchmal geht es nur darum, präsent zu sein, die Kinder kennenzulernen, ein wenig mit ihnen zu sprechen. In Momenten, in denen sie sich nicht sicher fühlen, wissen sie, dass sie zu uns kommen können.»

«Okay. Und dabei sind Sie nachts auch auf die Polizei gestoßen?»

«Ja. Das auch. Aber ich hatte vor allem mit Crow zu tun, als wir noch unser Nachtcafé hatten. Es lag an der Hauptstraße, nicht weit von der Taxizentrale von Sunshine Cabs entfernt. Von denen haben Sie vielleicht gehört?»

Nora nickte.

«Sie sagten, Sie *hatten* ein Nachtcafé? Gibt es das etwa nicht mehr?»

«Nein. Aus diesem Grund bin ich unter anderem mit Crow in Kontakt gekommen. Die Nutzung der Räumlichkeiten wurde uns von einer Immobilienkette gesponsert, die keine Geschäftsbasis mehr für eine Niederlassung hier in Toppingham hatte, die Räumlichkeiten jedoch nicht verkaufen oder vermieten konnte. Der Regionalleiter ist Teil meiner Gemeinde und wollte uns gern unterstützen», erklärte Kavanagh und nippte an seinem Tee.

Nora goss Milch in ihre Tasse und trank einen Schluck. Der Tee war kalt geworden, aber sie ließ sich nichts anmerken, sondern ließ den Priester weitererzählen.

«Wir waren sehr stolz auf das Café. Wir hatten das Gefühl, den Kindern wirklich etwas Gutes tun zu können. Wir haben die Räumlichkeiten mit Plakaten dekoriert, der Handarbeitsclub hat Kissen genäht, und wir haben alte Tische und Stühle angeschafft, sodass es wirklich wie ein echtes Café aussah. Wir haben Tee, Kaffee und Limonade serviert. Vor allem sollte es aber ein sicherer Ort für Kinder und Jugendliche sein, denen das Wasser bis zum Hals stand oder die mal ihre Ruhe brauchten.»

Nora bemerkte den Ausdruck *sicherer Ort*. Was war es, wovor die Kinder Toppinghams beschützt werden mussten? Zog ein Monster durch die Straßen der Stadt, das nur die Bürger von Toppingham sehen konnten und das sie vor dem Rest der Welt versteckt hielten?

«Das Café war ein voller Erfolg. Drei Tage lang. Dann kam der erste Angriff. Sylvia und Ella hatten in dieser Nacht Dienst und bekamen es richtig mit der Angst zu tun. Drei Männer in Sturmhauben kamen ins Café und warfen die Mädchen raus, die gerade drinnen saßen. Haben unsere Stühle zu Kleinholz getreten und auf dem Weg nach draußen mit dem Wasserkühler die Scheiben eingeworfen.»

«Das muss ja furchtbar gewesen sein.»

«Sylvia kam mit der Situation zurecht. Sie hat als Kind den Blitzkrieg in London miterlebt, also rief sie zuerst die Polizei und später mich an. Ella kam nie wieder zurück. Die Situation hat einen nervlichen Schaden bei ihr hinterlassen, den ich so wirklich niemals hätte vorhersehen können», sagte er traurig.

«Haben diese drei jungen Männer gesagt, weshalb sie das Café überfallen haben?»

Pater Kavanagh schüttelte den Kopf.

«Nein, zumindest nicht gleich. Um Geld ging es jedenfalls nicht, denn natürlich hatten wir keines im Café. Ich bin gleich hinuntergegangen, nachdem Sylvia mich angerufen hatte. Habe beim Aufräumen geholfen, die Versicherung kontaktiert und mit der Polizei gesprochen. Am Tag danach bin ich aufs Präsidium gegangen, um meine Anzeige aufzugeben. Da habe ich Crow das erste Mal getroffen.»

«Sollte er dem Fall nachgehen?»

Das verächtliche Schnauben war kaum zu hören, aber nicht misszuverstehen.

«Fall? Davon war gar nicht die Rede.»

«Warum nicht?»

«Das fragen Sie mich? Das hätten Sie mal Crow fragen sollen. Er meinte, die Sache befände sich unterhalb der Bagatellgrenze.»

«Sie sagten gerade, es wäre der erste Angriff gewesen. Also gab es mehrere?»

«Ja. Wir beschlossen, uns nicht von Vandalismus aufhalten zu lassen, also ließen wir das Fenster reparieren, und der Gebrauchtwarenladen spendete uns ein paar Möbel. Zwei Abende später öffneten wir wieder. Ella kam, wie gesagt, nicht zurück, aber am ersten Geschäftsabend nach diesem Angriff verlief alles zunächst ruhig, ich war selbst dort. Ein paar junge Mädchen kamen herein und holten sich heißen Kakao, und Sylvia unterhielt sich mit ihnen, während ich mich eher im Hintergrund hielt. Sylvia war so gut zu den Mädchen. Wie eine Art Großmutter.»

Nora lächelte.

«Bis Mitternacht lief alles gut. Dann kamen sie wieder. Oder besser gesagt, ich weiß streng genommen nicht, ob es dieselben Kerle waren. Auf jeden Fall waren es wieder drei Männer in Sturmhauben. Sie zertrümmerten ein paar der Tische und stießen Sylvia gegen die Wand. Ich habe versucht einzugreifen, aber sie waren zu groß und zu brutal. Ich rief ihnen zu, dass es kein Geld zu holen gab. Da haben sie mich ausgelacht. Einer von ihnen kam direkt auf mich zu. Er packte mich an den Schultern, als wäre ich eine Stoffpuppe, drückte mich an die Wand und zischte mich an.»

«Was wollte er?»

«*Alter Mann, du hast hier nichts verloren. Versteh das endlich. Hau ab*, hat er gefaucht. Dann hat er mir ins Gesicht gespuckt», sagte Pater Kavanagh und fasste sich unterbewusst an die Wange, wo die Spucke des Angreifers ihn getroffen haben musste.

«Und danach haben Sie den Laden dichtgemacht?»

Pater Kavanagh schüttelte den Kopf.

«Nein, nein. Wir wollten uns in unserer eigenen Stadt nicht verjagen lassen. Ich hatte einige Details beobachtet, anhand deren, davon war ich überzeugt, die drei Übeltäter gefunden werden konnten. Also ging ich wieder zur Polizei.»

«Sie haben sich direkt an Crow gewendet?»

«Ja. Ich dachte fälschlicherweise, dass er uns jetzt ernst nehmen würde, da wir inzwischen zum zweiten Mal überfallen worden waren. Ich konnte den Mann beschreiben, der mich angespuckt hatte. Ich hatte seinen Speichel sogar mit einem Papiertaschentuch abgewischt und mitgenommen. Ganz naiv dachte ich, sie könnten die DNA verwenden, um den Täter zu identifizieren.»

«Aber Crow hat das anders gesehen?»

«Leider. Er nannte es Lausbubenstreiche. Und meinte, ich hätte zu viele amerikanische Fernsehserien gesehen. Dann warf er das Papiertaschentuch vor meinen Augen in den Mülleimer.»

«Die Polizei hat also nichts unternommen?»

«Nein. Als wir zum vierten Mal angegriffen wurden, stand ich wieder auf der Matte und bat um Polizeischutz. Sonst hätten wir schließen müssen. Crow meinte, dass eine Schließung wohl die beste Lösung wäre. Er behauptete, die Betreiber des Dönerladens hätten sich beschwert, da wir ihnen ihrer Meinung nach die Kundschaft stahlen.»

«Aber Sie hatten doch gar kein Essen im Angebot.»

«Das schien für Crow keine Rolle zu spielen.»

«Wie erklären Sie sich, dass die Polizei nichts unternommen hat?»

«Schwer zu sagen. Vielleicht lässt sich das gar nicht so einfach erklären. Es könnte sein, dass ihm die Katholiken ein Dorn im Auge sind, vielleicht denkt er, wir mischen uns zu sehr in das ein, was nachts in Toppingham vor sich geht. Möglicherweise hat es auch ganz andere Gründe. Als ich ihm den Mann beschrieb, der mich gegen die Wand gedrückt hatte, warf er mir vor, ich sei rassistisch, weil ich angab, dass der Mann entweder pakistanischer oder indischer Abstammung sein könnte.»

«Er wollte also nicht helfen, weil er dachte, Sie seien ein Rassist?»

«Das hat er natürlich nie direkt gesagt, aber ich spürte natürlich, dass sein Interesse, uns zu helfen, merkbar zurückging, als ich dieses Detail erwähnte.»

«Ist da denn etwas dran?», fragte Nora.

Der Pfarrer sah sie überrascht an.

«Nein, natürlich nicht. Ich bin in einem christlichen Elternhaus aufgewachsen. Nächstenliebe ist für mich eines der höchsten Gebote.»

«Was ist dann aus dem Café geworden?»

«Wir wurden noch mehrere Male angegriffen. Körperlich gewalttätig wurden sie nie, haben uns nur gedroht und jedes Mal unsere gesamte Einrichtung kurz und klein geschlagen, alles, was sie in die Finger kriegen konnten. Wir haben versucht, die Polizei zu rufen, sobald wir die Kerle kommen sahen, aber aus irgendeinem Grund waren die Beamten nie rechtzeitig da, um sie auf frischer Tat zu ertappen. Schließlich hat uns die Versicherung gekündigt. Sie konnten nicht weiter für neue Fenster und Möbel bezahlen. Also mussten wir schließen», sagte Kavanagh traurig.

«Wissen Sie, was Ihre Cousine Eileen mit Crow zu tun hatte?»

Nach einer kurzen Pause schien er sich entschlossen zu haben, auf Noras Frage zu antworten.

«Sie hatte Angst vor ihm. Er schien irgendetwas gegen sie in der Hand zu haben. Irgendetwas Privates.»

«Woher wissen Sie das?»

«Ich weiß es nicht sicher, das ist nur ein Eindruck, den ich habe.»

«Und wie sind Sie zu diesem Eindruck gekommen?»

«Es ist etwas vorgefallen, mit einigen der Mädchen an der Schule. Etwas, wobei man normalerweise die Polizei einschalten würde.»

«Aber das hat Eileen nicht getan?»

«Nein. Sie ist zu mir gekommen.»

«Wie hätten Sie ihr denn helfen können?»

Er zuckte mit den Schultern.

«Zunächst wollte sie wissen, welche Erfahrungen ich mit der Polizei in Toppingham gemacht hätte. Sie wusste nur zu gut von den Vorfällen im Café und dass ich deshalb mit der Polizei in Kontakt stand.»

«Was haben Sie geantwortet?»

«Ich habe ihr erzählt, was passiert war. Es sah nicht so aus, als hätte sie das sonderlich erleichtert.»

«Worum ging es bei den Vorfällen mit den Mädchen?»

Kavanagh schüttelte den Kopf.

«Das wollte sie nicht sagen. Jedenfalls nicht gleich. Sie erzählte mir nur, dass sie versucht hatte, die Polizei einzuschalten, aber dass niemand sich für den Fall zu interessieren schien. Genau dieselbe Erfahrung, die ich auch gemacht hatte.»

«Und Crow?»

«Nachdem sie den Vorfall auf offiziellen Wegen zur Anzeige gebracht hatte, ging sie zu Crow, in der Hoffnung, er würde die Sache ernst nehmen. Aber er forderte sie dazu auf, den Fall ruhen zu lassen. Dass es den Mädchen nur recht geschehen sei.»

«Was meinte er damit?»

«Da wissen Sie genauso viel wie ich. Aber es war deutlich, dass er nicht helfen wollte.»

«Was ist den Mädchen denn passiert?»

Kavanagh musterte Nora eindringlich und strich sich dann über den Mund.

«Leider darf ich darüber nicht sprechen. Ich habe Eileen mein Wort gegeben, dass ich diese Informationen vertraulich behandle, immerhin war ich auch ihr Pfarrer. Sie verstehen sicher, dass ich mich an mein Versprechen halten werde.»

Nora seufzte.

«Mir ist schon klar, dass Sie sich an Ihre Versprechen halten müssen. Aber Eileen ist tot, Sie können Ihr also nicht schaden. Womöglich hat sie wegen dieser Sache ihr Leben verloren.»

Kavanagh nickte ernst.

«Ja, das mag sein. Lassen Sie mich nachdenken. Eileen war nicht die Einzige, die in diesen Fall verstrickt war, ich muss mich also umhören. Rufen Sie mich in ein paar Stunden wieder an, dann kann ich Ihnen eine endgültige Antwort geben.»

«Sagen Ihnen die Namen Mel oder Laura etwas?»

Er schüttelte den Kopf.

«Was ist mit Omar? Er arbeitet im Kebab King. Haben Sie das Gefühl, dass er irgendetwas wissen könnte?»

Kavanaghs Gesichtsausdruck wirkte plötzlich wachsam, doch bevor er antworten konnte, klingelte es an der Tür.

«Die Gebetsgruppe ist hier», sagte er, stand auf und ging hinaus, um die Teilnehmer willkommen zu heißen.

Nora begrüßte einen gedrungenen Mann in den Fünfzigern, der ihr in der Tür begegnete.

«Friede sei mit dir», entgegnete er auf ihr Guten Tag.

Es sah ganz danach aus, als ob Toppingham jedes einzelne Gebet für den Frieden gut gebrauchen konnte, dachte Nora.

Sie ging ins Stadtzentrum, setzte sich in ein Café und bestellte ein undefinierbares Nudelgericht. Während sie aß, las sie die neuesten Meldungen der Presse auf ihrem Handy.

Es gab keine Neuigkeiten zu den Morden in Toppingham, weder bei der BBC noch in den großen Zeitungen. Alle traten auf der Stelle. Die BBC wusste zu berichten, dass «die Polizei allen verfügbaren Spuren nachgeht». Nora rief die Online-Präsenz von Joes Zeitung auf. Auch hier gab es keine entscheidenden Neuigkeiten, abgesehen von einem Leitartikel, der die regionale Polizei mahnend daran erinnerte, dass alle Augen der Welt auf sie gerichtet waren und nun der richtige Zeitpunkt gekommen war, klug und bestimmt zu handeln.

Sie wählte Joes Nummer, und er beantwortete ihren Anruf leicht außer Atem. Er klang enttäuscht, als er hörte, dass sie es war.

«Mach schnell, ich warte auf den Anruf eines Informanten», sagte er.

«Ja, ich wollte nur wissen, ob du eine Mel kennst oder den Namen schon mal gehört hast. Vielleicht jemand, der vor kurzem ermordet worden ist?»

«Mel? In welchem Zusammenhang?»

«Ich habe keine Ahnung. Irgendein Fall, bei dem etwas schiefgegangen ist. Bei dem die Polizei irgendwie mit drinhängt? Ich dachte, du kennst dich auf dem Gebiet vielleicht besser aus als ich.»

Joe überlegte.

«Auf Anhieb fällt mir nichts ein, aber ich höre mich in der Redaktion mal um. Hast du einen Nachnamen oder andere Infos?»

«Nachnamen habe ich nicht, aber diese Mel hatte Kontakt zu einem Mädchen, das auf die St.-Helena-Mädchenschule geht. Ich weiß, das ist nicht gerade viel», sagte sie.

«Hm. Ich hör mich mal um und rufe dich heute Abend wieder an. Wie lange bleibst du in Toppingham?»

«Noch ein paar Tage», sagte Nora.

Sie beendeten das Gespräch.

Nora bezahlte für ihr Essen und machte sich auf den Weg nach Marshden. Die Schule war wegen des Mordes an Eileen Webster immer noch geschlossen, also hoffte Nora, Laura zu Hause anzutreffen. Vielleicht war sie heute willig, mit Nora zu sprechen. Nicht zuletzt darüber, was gestern im Shoppingcenter passiert war.

■

Der Hof vor dem Gebäude war genauso leer wie bei Noras letztem Besuch, und selbst das Haus sah seltsam verlassen aus, als Nora auf die elektronische Klingel drückte.

«Ja?», antwortete eine Männerstimme.

«Guten Tag. Ich heiße Nora Sand. Ich möchte Laura besuchen.»

Nora hörte am Rascheln in der Leitung, dass der Mann seine Hand vor den Hörer hielt, während er mit jemandem sprach.

«Wer sind Sie? Und in welchem Verhältnis stehen Sie zu Laura?», fragte er schließlich.

«Ich bin schon einmal zu Besuch gewesen. Ist Mrs. Flynn da? Sie kennt mich», erwiderte Nora.

Wieder raschelte es in der Leitung, und Nora wartete. Nach etwa einer Minute hörte sie Mrs. Flynns Stimme.

«Hallo? Mit wem spreche ich?»

«Hier ist Nora Sand. Erinnern Sie sich, dass ich neulich Laura besucht habe?»

«Ja. Sie wollte nicht mit Ihnen sprechen.»

«Nein, letztes Mal wollte sie das nicht. Aber ich möchte ihr etwas erzählen, das sie interessieren könnte.»

«Worum geht es?»

«Das will ich ihr lieber selbst sagen.»

Nach einer kurzen Pause summte die Anlage, und das Tor öffnete sich mit einem leichten Klicken.

Mrs. Flynn wartete an der Tür und führte Nora in den Aufenthaltsraum. Dort saß ein Junge von ungefähr zwölf Jahren allein vor dem Fernseher. Er schaute eines dieser Programme, bei denen Kinder einen Hindernisparcours durchlaufen mussten und zur Freude des Studiopublikums mit leuchtendem Schleim überschüttet wurden. Die Augen des Jungen klebten am Bildschirm, und er verzog keine Miene.

«Darryl, würdest du bitte für einen Augenblick in dein Zimmer gehen?», fragte Mrs. Flynn in einem Ton, der nur eine akzeptable Antwort zuließ.

Ohne ein Wort erhob sich der Junge und schlurfte den Flur hinunter. Mrs. Flynn wartete, bis er die Tür hinter sich geschlossen hatte, bevor sie sich an Nora wandte.

«Er ist gerade erst zu uns gekommen und muss sich noch an alles gewöhnen», erklärte sie.

Ein Mann Anfang vierzig kam aus der Küche, er hatte einen Vollbart, und sein dichtes schwarzes Haar war zu einem langen Pferdeschwanz zusammengebunden, der ihm auf den Rücken fiel. Auf seinem verwaschenen grauen T-Shirt war Leonardo da Vincis Vitruvianischer Mensch abgebildet. Mit verschränkten Armen stand er in der Tür und warf Nora unter seinen schweren Augenlidern einen misstrauischen Blick zu.

«Wo ist Laura?», fragte Nora.

«Was wollen Sie von ihr?», fragte Mrs. Flynn.

«Ich möchte mit ihr über einige Dinge sprechen. Ich denke, es ist besser, wenn ich ihr das alles selbst erkläre. Ist sie in ihrem Zimmer?»

Mrs. Flynn schüttelte den Kopf.

«Wann haben Sie Laura das letzte Mal gesehen?», fragte der Mann.

«Vor ein paar Tagen, als ich mich hier mit ihr unterhalten habe. Und gestern habe ich sie im Shoppingcenter gesehen. Aber sie mich nicht. Unter anderem deshalb wollte ich mit ihr ...»

«Wann genau haben Sie sie im Shoppingcenter gesehen?» Die Stimme des Mannes klang aufgebracht, als wollte er eine widerwillige Zeugin verhören.

Mrs. Flynn legte ihre Hand auf seinen Arm.

«Ben, immer mit der Ruhe. Ich bin mir sicher, dass Nora Sand gerne auf unsere Fragen antwortet, ohne dass wir sie so anherrschen müssen.»

Er sah aus, als wollte er widersprechen, biss sich jedoch auf die Lippen. Nora sah Mrs. Flynn an.

«Am frühen Nachmittag. Aber es war eine merkwürdige Situation.»

«Inwiefern?»

«Sie hat mit ein paar Freundinnen in einem Café gesessen. Sie schienen sich zu amüsieren, aber plötzlich kam ein Mann und hat sie gepackt.»

«Haben Sie ihn erkannt?»

Nora beschloss, den Fakt, dass sie Ahmed gesehen hatte, erst einmal für sich zu behalten.

«Ich glaube, er war Taxifahrer», sagte sie stattdessen.

Mrs. Flynn und Ben warfen sich einen vielsagenden Blick zu, und plötzlich verstand Nora, was Sache war.

«Laura ist weg, oder?», fragte sie.

«Ja», gab Mrs. Flynn zu. «Sie ist direkt nach dem Frühstück verschwunden, gestern schon. Ich bin einen Augenblick draußen bei den Hühnern gewesen, da muss sie die Schlüsselkarte aus meiner Tasche geklaut haben. Sie hatte gemeinsam mit uns anderen gefrühstückt. Sie war mürrisch und unwirsch, aber nicht schlimmer als sonst.»

«Haben Sie die anderen Jugendlichen gefragt, ob sie etwas wissen?»

Ben nickte.

«Ja. Und entweder wissen sie wirklich nichts, oder sie halten dicht.»

«Hat Laura eine beste Freundin oder einen besten Freund?»

«Nein. Sie war eher an ... anderen Menschen interessiert. Sie hat eher außerhalb von Marshden Freundschaften geschlossen.»

«Kennen Sie eine Mel?»

Mrs. Flynn sah Ben fragend an, dann schüttelten beide den Kopf.

«Der Name sagt mir nichts. Aber das muss nichts heißen. Laura war nie der Typ dafür, Persönliches mit uns zu teilen. Da sind wir uns auf jeden Fall einig. Ist Mel ein Mädchen oder ein Junge?»

Nora wurde bewusst, dass sie Mel die ganze Zeit für einen Mädchennamen gehalten hatte, ein Spitzname für Melanie. Aber es konnte auch die Abkürzung für Melvin sein. Oder ein ganz anderer Name.

«Das weiß ich gar nicht», sagte sie und überlegte. «Hat Laura nie Freundinnen mit nach Hause gebracht?»

Mrs. Flynn sah Nora an, als wäre diese schwer von Begriff.

«Ihre Klassenkameradinnen kommen aus reichen Elternhäusern, die es sich leisten können, ihre Kinder auf eine teure, private Mädchenschule zu schicken, und Sie besuchen dieselbe Schule, nachdem Ihnen das Amt den Schulplatz wegen sozialer Benachteiligung zugewiesen hat. Würden Sie Ihre Freunde unter diesen Umständen nach Hause einladen?»

«Nein, aber Sie haben wirklich keine Ahnung, wo Laura heute Nacht geschlafen hat? Ein Freund oder eine Freundin, bei der sie übernachtet haben könnte?»

Sie schüttelten den Kopf.

«Wie alt ist sie eigentlich?»

«Vierzehn.»

«Haben Sie sie bei der Polizei als vermisst gemeldet?»

Ben schnaubte höhnisch, jedoch ohne auf die Frage zu antworten. Mrs. Flynn wählte den pädagogischen Weg.

«Die Polizei nimmt Vermisstenanzeigen leider nie ernst, bevor nicht mindestens drei Tage vergangen sind. Und selbst dann glaube ich kaum, dass sie eine große Suche in die Wege leiten würden.

Es ist einfach schon zu oft passiert. Mit Laura. Mit anderen Mädchen.»

«Aber sie ist noch ein Kind! Es ist Ihre Aufgabe, auf sie aufzupassen!»

«Wir tun, was wir können, aber was erwarten Sie eigentlich? Sollen wir sie am Bett festketten? Dann würden Sie sich aber wundern, wie schnell wir eine Anzeige am Hals haben. Wir tun wirklich alles in unserer Macht Stehende, um sie bei uns zu behalten. Wo sie in Sicherheit ist», fauchte Mrs. Flynn.

«In Sicherheit wovor?»

Mrs. Flynn antwortete nicht, sondern fragte Nora:

«Wissen Sie etwas über die Mädchen, mit denen Laura gestern unterwegs war? Irgendein Anhaltspunkt?»

Nora überlegte.

«Eine von Ihnen trug einen Pullover von St. Helena, also gehe ich davon aus, dass sie eine Klassenkameradin war. Und dann war da noch ein Mädchen, das Amy hieß, das ich auch vorher schon einmal gesehen habe.»

«Noch etwas, das Ihnen aufgefallen ist?»

«Der Typ, mit dem sie mitgegangen ist, ist Taxifahrer bei Sunshine Cabs, da bin ich mir ganz sicher.»

«Danke», sagte Mrs. Flynn aufrichtig. «Wir müssen Laura unbedingt finden. Gerade jetzt.»

«Warum gerade jetzt?»

«Sie hat morgen einen Termin beim Arzt. Es ist sehr wichtig, dass sie diesen Termin einhält.»

«Ist sie krank?»

Mrs. Flynn kniff die Lippen zusammen.

«Darüber kann ich Ihnen nichts sagen. Das sind vertrauliche Informationen. Ich habe Ihnen schon zu viel verraten.»

Plötzlich ging Nora ein Licht auf. Strahlend hell. Sie spulte den Film zurück bis zu dem Moment, in dem das Mädchen mit blutiger Hand auf dem Boden des Dönerladens saß. Hatte sie nicht eine kleine Wölbung am Bauch? Und sich die Hand vor den Mund gehalten?

«Laura ist schwanger, nicht wahr?», fragte sie entsetzt.

«Es ist besser, wenn Sie jetzt gehen», sagte Ben und schob sie in Richtung Tür.

Er schlug sie laut hinter Nora zu, die sich mutterseelenallein auf dem leeren Hof wiederfand. Kurz darauf summte das Tor und machte ihr deutlich, dass sie jetzt gehen konnte. Hinaus in die Realität, in der vierzehnjährige Mädchen schwanger werden, während sie in Kinderheimen wohnen.

Kapitel 15

Sie hatte Marshden noch nicht ganz hinter sich gelassen, als Joe anrief.

«Sehen wir uns in einer halben Stunde auf der Pressekonferenz?»

«Ja», antwortete Nora und sah auf die Uhr. Ihr blieb noch genug Zeit, zu Fuß zum Präsidium zu gehen und auf dem Weg dorthin Krebs darüber zu informieren, dass neue Erkenntnisse bekanntgegeben wurden.

«Weißt du, worum es geht?»

«Angeblich gibt es ein Phantombild vom Täter. Jemand will ihn bei Osbornes Garagenvermietung gesehen haben», sagte Joe.

«Danke.»

«Ich ruf auch an, weil ich vielleicht etwas über diesen Mel habe, nach dem du gefragt hast. Aber darüber können wir gleich sprechen, wenn wir uns sehen, oder? Ich muss jetzt los», sagte Joe und drückte das Gespräch weg.

Nora erreichte Krebs, der irgendwo im Freien unterwegs zu sein schien. Sie berichtete ihm eilig von der Pressekonferenz und dem möglichen Phantombild.

«Okay. Klär das mit der Online-Redaktion.»

«Okay.»

«Aber Sand, da ich dich schon am Apparat habe: Die Fotos, die wir aus Toppingham haben, sind gelinde gesagt ganz schön uninspirierter Müll. Agenturbilder der untersten Schublade und ein paar offizielle Polizeifotos. Wenn wir einen größeren Aufhänger daraus machen, brauchen wir einen ordentlichen Fotografen.»

«Ich bin mir sicher, dass Pete ...»

Krebs unterbrach sie.

«Darüber haben wir doch schon gesprochen. Such dir jemanden vor Ort.»

■

Die Pressekonferenz war erneut auf die gegenüberliegende Straßenseite des Präsidiums verlegt worden, und Nora stellte fest, dass im Vergleich zum letzten Mal mehr Journalisten eingetroffen waren. Obwohl die Konferenz erst in fünf Minuten beginnen würde, waren nur noch wenige Plätze unbesetzt. Sie entdeckte einen freien Stuhl hinter Joe und tippte ihm auf die Schulter, als sie sich setzte. Er drehte sich zu ihr um, und Nora sah, dass er telefonierte. Sie konnte den leisen Klang einer Männerstimme hören, die schnell und beharrlich sprach, und vermutete, dass es sein Chefredakteur sein musste.

Als Joe schließlich auflegte, stand eine Sprecherin der Polizei auf dem kleinen Podium vor der Presse und versuchte, sich unter den angeregt diskutierenden Journalisten und Kameramännern Gehör zu verschaffen.

«Wir möchten Sie bitten, Ihre Mobiltelefone auszuschalten. Die Pressekonferenz wird auf mehreren Kanälen live übertragen.»

Nora holte ihr Handy hervor und schaltete es auf lautlos.

«Du hast etwas über Mel herausgefunden?», flüsterte sie Joe zu, bevor es auf dem Podium richtig losging.

«Ich weiß nicht, ob das eine richtige Spur ist, aber ich habe mit Jules aus der Kriminalredaktion gesprochen. Vor drei Wochen wurde ein Bankräuber namens Melvin Mathiesson gefasst. Er sitzt gerade in Untersuchungshaft.»

Das sah auf den ersten Blick nicht danach aus, als bestünde irgendeine Verbindung zwischen diesem Mann und Laura oder Omar.

«Mehr hast du nicht herausgefunden? Vielleicht ein junges Mädchen, das Mel hieß? Und das eventuell eine Anzeige gemacht hat?», hakte Nora nach und versuchte, ihre Enttäuschung zu verbergen.

Joe schüttelte den Kopf.

«Von Anzeigen erfahren wir oft nichts, bevor jemand festgenommen oder vor Gericht geführt wird. Die erzählen uns ja nicht jedes kleinste Detail, wenn sie Pressemeldungen rausschicken.»

«Fair enough. Danke, dass du dich umgehört hast», sagte Nora und richtete ihren Blick auf das Podium. Hauptkommissarin Veronica Payton nahm soeben Platz auf ihrem Stuhl.

«Warte, eine Sache fällt mir noch ein. Wahrscheinlich ist es nicht relevant, ich glaube, wir haben nicht darüber berichtet, weil es ja kein richtiger Kriminalfall war. Aber vor ungefähr anderthalb Monaten wurde eine Fünfzehnjährige in der Nähe der Sozialwohnungen bei Waterloo Close aus dem Fluss gefischt. Ihre Blutwerte waren angeblich himmelschreiend, Alkohol und Cannabis. Mord war es jedenfalls nicht, die Rechtsmedizin geht von Selbstmord oder einem Unfall aus.»

«Okay. Und wie hieß das Mädchen?»

«Melody Brown», sagte Joe.

Dann ergriff Payton das Wort.

Auf dem Bildschirm hinter ihr erschien das Foto eines Mannes mit dunklem Haar. Seine Gesichtszüge waren merkwürdig unharmonisch und verursachten beim Betrachter ein leicht unbehagliches Gefühl. Als wüsste das Gehirn, dass es kein echtes Gesicht sieht, sondern das Konglomerat eines Computerprogramms, das auf der Grundlage verschiedener Zeugenerinnerungen künstlich erschaffen wurde. Das Haar war kurz, an der Grenze zum Militärschnitt. Ein Paar markanter dunkler Augenbrauen und ein wütendes Stirnrunzeln verliehen dem Mann etwas Bedrohliches. Die Lippen waren voll und das Kinn unauffällig. Die Nase hatte eine normale Größe. Auf diesem Foto war eine Person abgebildet, die jedem und doch niemandem glich.

Payton sah direkt in die Kamera.

«Wie Sie hier sehen, haben wir ein Phantombild der Person erstellt, die in der Nähe der Garage gesehen wurde, aus der wir Kommissar Crows Leiche bergen konnten. Wir wissen noch nicht, ob es eine einfache Erklärung dafür gibt, dass sich dieser Mann auf dem Gelände aufgehalten hat. Sollten Sie sich auf diesem Bild wiedererkennen und einen legitimen Grund gehabt haben, bei den Garagen zu sein, melden Sie sich bitte umgehend bei der Polizei. Kontaktieren Sie uns per E-Mail oder unter der Telefonnummer am unteren Bildschirmrand. Wenn Sie glauben, diesen Mann zu kennen, geben Sie uns bitte Bescheid. Im Zweifelsfall melden Sie sich lieber einmal zu oft als einmal zu wenig. Der Zeuge, der den Mann gesehen hat, konnte keine Angaben zur Augenfarbe machen. Der Mann ist wahrscheinlich Anfang vierzig, muskulös, und er trägt eine Tätowierung am rechten Handgelenk.»

Auf dem Bildschirm erschien jetzt das Standbild aus dem Video, das Nora bereits kannte. Die zwei kleinen Punkte, die aus dem Ärmel herausschauten. Das Bild wurde so vergrößert, dass die Punkte aussahen, als hätte sie ein Tätowierer mit zitternden Händen gestochen. Wieder beschlich Nora das Gefühl, dass das Zeichen sie an irgendetwas erinnerte. Etwas, das ihr partout nicht einfallen wollte.

«Im Moment sind wir damit beschäftigt, uns in Toppinghams Tattoostudios umzuhören, doch falls jemand von Ihnen das Motiv erkennt oder wenn es Sie an eine bestimmte Person erinnert, melden Sie sich bitte bei uns. Wir sind rund um die Uhr für Sie erreichbar», sagte Payton.

«Kann es sich um ein Erkennungstattoo einer organisierten Bande handeln?», fragte ein Journalist, den Nora nicht kannte.

«Wir gehen allen Möglichkeiten nach», antwortete Payton.

Nora entdeckte Millhouse, der sich im Hintergrund hielt. Neben ihm stand ein ernst dreinblickender Spencer. Mit seiner hellbraunen Haut und seinen zwei Meter Körpergröße stach er unter den anderen grauen Beamten hervor wie ein Pfau auf dem Hühnerhof. Sie versuchte, seine Aufmerksamkeit mit einem kleinen Winken auf sich zu ziehen, aber Spencer bemerkte sie nicht. Das tat jedoch Payton, die das Winken missverstand und Nora als nächste aufrief.

«Ja?»

Glücklicherweise hatte Nora eine Frage parat:

«Können Sie uns sagen, wie Sie an das Phantombild gekommen sind? Gab es mehrere Zeugen, die den Verdächtigen gesehen haben?»

«Aus Rücksicht auf die Sicherheit unserer Zeugen kann ich dazu leider keine Angaben machen», sagte Payton streng.

Jetzt hatte auch Spencer Nora entdeckt. Sie versuchte ihm gestikulierend zu verdeutlichen, dass sie nach der Konferenz gern mit ihm sprechen wollte. Er tat so, als hätte er das nicht mitbekommen, doch Nora konnte ihm an dem leichten Zucken im Mundwinkel ansehen, dass er sie sehr wohl verstanden hatte.

Millhouse sah aus, als würde er seine Aufmerksamkeit abwechselnd auf die Anwesenden im Saal und auf Payton richten, die gerade beantwortete, inwieweit das Tattoo eine Verbindung zum IS oder einer anderen islamistischen Gruppe haben könnte.

«Das ist natürlich eine der Möglichkeiten, die wir untersuchen», sagte Payton mit einem angespannten Lächeln, ehe sie die Fragerunde abschloss.

«Wenn Sie mich bitte entschuldigen würden, dann kehre ich zu meinen Ermittlungen zurück und übergebe das Wort an die Bürgermeisterin Alice Harrison.»

Nora sah Payton nach, die von Millhouse und Spencer begleitet wurde. Am liebsten wäre sie aufgestanden und ihnen gefolgt, um zu erfahren, was der hochspezialisierte Analytiker von Scotland Yard über den Fall dachte. Aber es war unmöglich, durch den Saal voller laufender Kameras zu gehen, ohne zu stören. Also blieb sie sitzen und tröstete sich mit dem Gedanken, dass sie Millhouse zumindest im Hotel abfangen und wahrscheinlich ein Update bekommen konnte, wenn sie höflich darum bat.

Sie wandte ihre Aufmerksamkeit Alice Harrison zu, die sich verpflichtet fühlte, den Namen und den guten Ruf der Stadt reinzuwaschen. Eine Aufgabe, die auf Nora ebenso hoffnungslos wirkte wie der Versuch, den Rasen eines Fußballfeldes mit einer Nagelschere zu stutzen. Die Bürgermeisterin fummelte nervös an ihrem Seidenschal herum, den sie zu einem eng anliegenden hellrosa Kostüm um den Hals trug. Sie erinnerte Nora an eine Wurst, die geplatzt war, weil sie zu lange gekocht worden war.

«Toppingham ist die Heimat hart arbeitender Menschen. Eine wunderbare Stadt mit guten Bürgern, die in Ruhe und Frieden leben wollen», sprach Alice Harrison.

Ihre Stimme bebte. Sie schien nicht oft vor einer so großen Journalistenschar zu sprechen.

«Ich hoffe, dass Sie sich alle in unserer Stadt willkommen fühlen und sehen, dass Toppingham auch eine andere Seite hat. Dass diese ... unangenehmen Begebenheiten ... kein wahres Bild darüber abgeben, wofür wir in dieser Stadt wirklich stehen.»

Die meisten Journalisten starrten sie mit ausdruckslosen Mienen an. Nur wenige machten Notizen.

«Ja, und dann möchte ich natürlich auch der South-Yorkshire-Police für ihre herausragenden Bemühungen danken. Ich weiß, dass alle dort Tag und Nacht hart arbeiten, um sicherzustellen, dass diese Kriminellen für ihre Verbrechen zur Rechenschaft gezogen werden», sagte sie in einer Tirade von Floskeln.

«Fühlen Sie sich als Bürgermeisterin mitverantwortlich dafür, dass sich die Mörder ausgerechnet Toppingham ausgesucht haben?», fragte ein Journalist, der drei Plätze von Joe entfernt saß und, wie Nora sehen konnte, für eine Zeitung in Leeds arbeitete.

Alice Harrison sah ihn entsetzt an und blickte nervös in die Kameras von BBC, ITV und CNN.

«Nein, auf keinen Fall. Toppingham ist eine wunderbare Stadt, und ich bin der Überzeugung, dass es sich um einen Zufall handelt, dass ausgerechnet unsere Stadt zum Schauplatz dieser schrecklichen Taten geworden ist.»

«Aber Sie erkennen die Täterschaft des IS an?», hakte der Journalist nach.

«Gott bewahre. Wir pflegen ausgezeichnete Beziehungen zu

den muslimischen Bürgerinnen und Bürgern unserer Stadt, und nichts deutet darauf hin, dass es hier in der Stadt aktive Terrorzellen geben könnte.»

«Wissen Sie das mit Sicherheit, oder handelt es sich dabei um Wunschdenken?», fragte ein glatzköpfiger Journalist von der *Daily Mail*.

Alice Harrison schien es langsam zu dämmern, dass die Pressekonferenz keineswegs so lief, wie sie es sich vorgestellt hatte, also schloss sie ihren Auftritt mit ein paar nichtssagenden Bemerkungen ab, in denen sie darum bat, die Polizei in Ruhe ihre Arbeit machen zu lassen. Die anwesende Schar von Journalisten löste sich langsam auf.

Nora bekam Joe am Ausgang zu fassen.

«Was weißt du noch über Melody Brown?»

Er schüttelte den Kopf.

«Nicht viel. Ich glaube auch nicht, dass an der Sache irgendetwas dran ist. Ein tragisches Unglück, aber nichts, was man nicht schon einmal gesehen hätte. Besoffener Teenager in der Nähe eines Flusses kann schon mal eine fatale Kombi sein. Wir haben höchstens eine kleine Notiz zu dem Tod des Mädchens geschrieben, falls sie im Tagesprotokoll aufgetaucht sein sollte.»

«Okay, danke.»

«Warum interessiert dich das eigentlich so? Hat es irgendetwas mit dem Fall zu tun?», fragte Joe und blickte zu dem nun leeren Podium auf.

«Glaube nicht. Aber da ich schon mal hier bin, werde ich eine Reportage über die Teenager von Toppingham schreiben», erklärte sie.

«Ach ja?» Joe sah sie skeptisch an.

«Kannst du mir ein paar gute Quellen empfehlen? Jemanden,

mit dem ich darüber sprechen kann, wie das Leben von Kindern und Jugendlichen in dieser Stadt aussieht?»

Joe lächelte traurig.

«Ich muss zugeben, dass wir darüber nicht viel schreiben. Aber vielleicht ... Ich weiß nicht, ob das der richtige Ansatzpunkt wäre, aber Vivian Gillespie kann dir bestimmt einiges erzählen», schlug er vor.

«Wo finde ich sie?»

«Ihr Büro liegt hinter dem Hochhausviertel in Waterloo Close.»

«Und wer ist sie?»

«Besuch sie einfach. Dann kann sie dir das selbst erklären», antwortete Joe geheimnisvoll.

«Gibt es denn niemanden in dieser Stadt, der geradeheraus sagt, was Sache ist?», fragte Nora gereizt.

«Offenbar nicht», sagte Joe und zwinkerte ihr zu.

Als sie in der Tür stand, begann ihr Telefon zu vibrieren, doch bevor sie es aus der Tasche ziehen konnte, hatte der Anrufer bereits aufgegeben.

Sie wollte gerade nachsehen, wer sie erreichen wollte, als ein Berg von Fleisch und Muskeln sie von hinten anstieß, sodass ihr das Handy aus der Hand glitt und mit einem Knallen auf den Bürgersteig fiel.

«Ganz ehrlich, passen Sie doch auf!», fauchte sie und drehte sich um.

Der Mann, der in einer kreischend zitronengelben Daunenjacke vor ihr stand, sah nicht so aus, als würde er Anstalten machen, sich zu entschuldigen. Im Gegenteil, er schien den Zusammenstoß gar nicht mitbekommen zu haben, weil er damit beschäftigt war, zu telefonieren und die Person am anderen Ende der Leitung anzuschreien.

«Bezahlen Sie gefälligst Ihre Schulden. Sie haben die Bilder bekommen. Also her mit der Kohle, verdammt», schimpfte er mit einer glühenden Camel im Mundwinkel.

Der Fotograf Keith Snyder hatte offensichtlich keine besseren Manieren entwickelt, seit Nora ihn das letzte Mal gesehen hatte. Sie gab sich keine Mühe zu verbergen, wie angewidert sie war, ihn um seine Dienste zu bitten. Doch ihr blieb nichts anderes übrig, wenn sie einen Fotografen für ihre Reportage wollte. Sie studierte sein graues Haar, das zu Berge stand, als hätte er in eine Steckdose gefasst. Die Schatten unter den Augen und den breiten Mund, der sich anscheinend bestens zum Fluchen eignete. Seine Jacke stand offen, darunter trug er ein kariertes Holzfällerhemd, das ihm vielleicht gepasst hatte, als es vor einigen Jahrzehnten noch in Mode gewesen war.

Nora hob ihr Telefon auf, und ihre Sympathien für den Fotografen wuchsen nicht gerade, als sie den kleinen Sprung im Display entdeckte. Keith Snyder beendete seinen Anruf und sah Nora fragend an. Entweder konnte er sich nicht an ihre letzte Begegnung erinnern, oder er besaß kein Schamempfinden. Nora tendierte zu Letzterem.

«Kann ich Ihnen helfen?», fragte er und zog an seiner Zigarette.

«Nora Sand. Ich arbeite für *Globalt* aus Dänemark.»

«Ja. Habe ich Sie nicht neulich bei Osbornes Garagenvermietung gesehen?»

«Ja. Und dann haben Sie mich verfolgt und mich eine Schlampe genannt, wenn ich Ihre Erinnerung kurz auffrischen darf», sagte Nora scharf.

«Und jetzt stehen Sie hier und unterhalten sich mit mir. Na, sieh mal einer an.»

Nora musste sich zusammenreißen, um nicht mit dem linken

Bein auszuholen und ihm mit einem tiefsitzenden Roundhouse-Kick vors Schienbein zu treten. Stattdessen räusperte sie sich.

«Wenn Sie mit mir zusammenarbeiten wollen, sind Sie leider dazu gezwungen, sich etwas zivilisierter aufzuführen, oder könnte das ein Problem werden?»

«Haben wir das denn vor? Zusammenzuarbeiten?»

«Ich kenne keine anderen Fotografen in der Stadt, also ja. Mir bleibt leider keine andere Wahl.»

«Und wenn ich gar keinen Bock habe?», sagte Snyder und verzog seinen Froschmund zu einem breiten Grinsen.

«Snyder, sparen Sie sich die Show. Sie sind offensichtlich verzweifelt auf der Suche nach Arbeit. Das hier ist ein Job. Nehmen Sie ihn an oder lassen Sie es sein.»

Er zuckte mit den Schultern.

«Okay. Wann soll ich anfangen, was bezahlt ihr?»

Bevor Nora antworten konnte, vibrierte ihr Telefon erneut. Diesmal nahm sie den Anruf rechtzeitig entgegen.

«Hier ist Kavanagh. Ich habe mich umgehört und die Erlaubnis erteilt bekommen, Sie an Matthew Thompson zu verweisen. Er wohnt ungefähr zehn bis zwölf Meilen nördlich von Toppingham. Cherrytree Lane. Es ist ein rotes Steinhaus und der einzige Hof in der Gegend, es gibt also keine Hausnummer.»

«Können Sie mir kurz sagen, inwiefern Matthew Thompson in Zusammenhang mit dem Mord an Eileen Webster und den anderen Dingen, über die wir gesprochen haben, steht?», fragte Nora neugierig.

«Das muss er Ihnen schon selbst erzählen.»

«Und er ist damit einverstanden, sich interviewen zu lassen? Und fotografiert zu werden?», fragte Nora, während sie zu Snyder hinüberschielte.

«Ja, er hat zugesagt. Er hofft, dass endlich jemand etwas unternimmt, anstatt dass alle nur so tun, als wäre nichts.»

«Um was genau geht es?», hakte Nora nach.

«Fragen Sie ihn selbst», sagte Kavanagh und beendete das Gespräch.

Nora drehte sich zu Snyder um.

«Wo steht Ihr Wagen, und sind Sie nüchtern?», fragte sie.

«Ich habe hinterm Rathaus geparkt, und die andere Frage ignoriere ich mal», sagte Snyder.

Autos von Pressefotografen sehen oft aus wie Obdachlosenheime auf Rädern. Fotografen sind lange unterwegs und ernähren sich von Fast Food und Kaffee. Während intensiver Arbeitsphasen leben sie nahezu in ihren Autos, auf dem Weg von einem Job zum nächsten, keine Zeit, mal eben an der nächsten Rastplatzdusche zu halten.

Nora kannte das schon, also war sie auf das Schlimmste vorbereitet. Tatsächlich war Snyders alter dunkelgrauer Vauxhall nicht annähernd so versifft wie Petes Fotomobil. Ja, sie musste ein paar leere Plastikflaschen vom Sitz auf den Boden schieben, und ja, dort lag auch eine zerknitterte McDonald's-Tüte, aber sie bemerkte zu ihrer Freude, dass Snyder zumindest nicht im Auto zu rauchen schien. Stöhnend setzte er sich hinters Lenkrad.

«Okay, wohin soll's gehen?»

Nora weihte ihn in ihre Pläne ein. Snyder sperrte die Augen auf.

«Kennen Sie Matthew Thompson?»

«Wenn es der ist, der ich glaube, dann nur oberflächlich. Züchtet Schafe, soviel ich weiß», brummte Snyder und startete den Wagen.

Sobald er den Zündschlüssel umgedreht hatte, schallte «Angie» von den Rolling Stones aus den Lautsprechern. Snyder schielte zu Nora hinüber, um zu sehen, wie sie reagierte, doch sie nickte nur im Takt. Es war einfacher, den alten Hit aus den Siebzigern mitzusummen, als mit einem Mann zu sprechen, dessen Blütezeit wahrscheinlich ungefähr zur gleichen Zeit stattgefunden hatte, als dieses Lied erschien.

Sobald sie die Stadt verlassen hatten, veränderte sich die Landschaft. Vor ihnen erstreckten sich weite Felder und sanfte Hügel, die im abnehmenden Licht frühlingsgrün leuchteten. Das Auto hatte ein eingebautes GPS, und nach etwas mehr als zwanzig Minuten bogen sie hinter einem Rastplatz mit einem Toilettengebäude in die Cherrytree Lane ein, auf der sie an einem eingezäunten Feld mit Schafen und einer Handvoll blökender Lämmer vorbeifuhren.

Matthew Thompson stand im Hof, flankiert von zwei irischen Wolfshunden, die auf sie zurannten, sobald sie aus dem Wagen stiegen, und gutmütig Noras Hände abschleckten, als sie vor den Tieren in die Hocke ging. Als sie wieder aufstand, hatte sich Thompson direkt vor ihr aufgebaut, und er begrüßte sie und Snyder mit einem festen Händedruck. Er war ein stämmiger Mann, der Nora mit seinem getrimmten grauen Vollbart und seinem intensiven Blick an alte Bilder von Ernest Hemingway erinnerte.

«Kommen Sie doch herein», sagte er.

Snyder kramte im Kofferraum herum und holte seine Kameratasche sowie einige Objektive hervor, bevor er ihnen über den Hofplatz zur Eingangstür folgte, die direkt in eine gemütliche Landhausküche führte.

Ein Service aus geblümtem Porzellan bezeugte, dass hier wahrscheinlich einmal eine Frau gelebt hatte, die bei der Einrichtung der Küche ein Wörtchen mitzureden gehabt hatte.

Thompson folgte Noras Blick.

«Meine Frau hat dieses Geschirr ausgesucht. Ruth ist vor einem halben Jahr gestorben. Knochenkrebs. Es ist vor allem ihretwegen, dass ich noch weitermache. Ich habe es ihr versprochen», sagte er und bat sie, am Küchentisch Platz zu nehmen, auf dem eine abgenutzte Wachstischdecke mit orangen Kürbismotiven lag.

Nora setzte sich und schaute Thompson abwartend an. Sie konnte Snyder hinter sich hören, der schon eifrig drauflosknipste. Zum Glück ließen sich weder Thompson noch seine beiden Hunde davon beirren.

«Pater Kavanagh hat mir gesagt, dass ich mit Ihnen sprechen soll, wenn ich verstehen will, was in Toppingham vor sich geht.»

«So genau kann ich Ihnen das auch nicht sagen. Aber ein bisschen was weiß ich schon», sagte Thompson.

Nora konnte sich wirklich nicht vorstellen, was ein Schafzüchter über eine ermordete Schuldirektorin und die dunklen Geheimnisse Toppinghams wissen konnte.

«In welcher Verbindung standen Sie zu Eileen Webster?»

«Ich kenne ... ich kenne sie nicht persönlich, aber ich habe ab und zu mit einigen ihrer Schülerinnen zu tun.»

«Laura Bowden?», fragte Nora.

Thompson nickte knapp.

«Den Namen Laura habe ich gehört, ja. Und viele andere. Nachnamen bekomme ich selten mit», sagte er.

Nora gab es auf, ihm die Worte einzeln aus der Nase zu ziehen, und versuchte es stattdessen mit einer anderen Taktik.

«Vielleicht können Sie mir einfach alles erzählen, was Sie wissen, von Anfang an.»

Thompson stand auf, trat zum Fensterbrett und zog eine Pfeife hervor. Er hielt sie hoch.

«Ist es in Ordnung, wenn ich rauche?»

«Natürlich», sagte sie und hoffte, dass Snyder nicht auf dumme Gedanken kam.

Thompson ließ sich Zeit damit, die Pfeife zu stopfen und anzuzünden.

«Alles fing vor ungefähr drei Jahren an, glaube ich. Es war ein ziemlich früher Frühlingsmorgen, vielleicht gegen fünf, als ich draußen auf dem Weideland unterwegs war, um nach den Schafen zu sehen. Eines der Muttertiere war kurz vorm Lammen, und ich wollte nachsehen, ob über Nacht schon etwas passiert war.»

Nora nickte, damit Thompson weitersprach.

«Ich hatte Rafe und Russel dabei», sagte er und deutete mit einem Kopfnicken auf die beiden Hunde, die sich ruhig zu seinen Füßen niedergelegt hatten.

«Sie haben es zuerst entdeckt. Haben einen unheimlichen Radau gemacht.»

«Was haben sie entdeckt?»

«Nun, da war so ein junges Ding im Stall hinter den Schafen. Sie trug bloß eine dünne Jacke. Für eine so kalte Nacht viel zu wenig, und sie war völlig durchgefroren. Zitterte am ganzen Körper, und ihre Lippen waren ganz blau.»

«Was hat sie dort gemacht, und wie ist sie dorthin gekommen?»

«Genau das habe ich mich auch gefragt», sagte Thompson. «Aber sie wollte nicht so recht mit der Sprache rausrücken, das arme Ding. Nicht einmal ihren Namen wollte sie mir verraten.»

«Was haben Sie dann gemacht?»

«Na, ich habe sie natürlich erst einmal mit nach Hause zu meiner Ruth genommen, nicht wahr? Rein in die gute Stube, erst einmal ein paar warme Sachen anziehen, und Ruth hat sie dazu überredet, einen heißen Tee und ein Stück Toast runterzukriegen.»

«Und danach wollte sie immer noch nicht mit Ihnen sprechen?», fragte Nora.

«Doch, wir haben ihr immerhin entlocken können, dass sie Stella hieß.»

Thompson starrte vor sich hin, als ließe er den kühlen Frühlingsmorgen in der Küche Revue passieren.

«Ja, die kleine Stella. Wir sollten sie schon bald wiedersehen», sagte er und seufzte.

«Ich verstehe nicht ganz. Wie ist Stella bei Ihnen gelandet, so weit außerhalb der Stadt? War sie von zu Hause abgehauen?»

Thompson seufzte wieder.

«Das habe ich von Stella selbst nie erfahren. Ruth hat mich aus der Küche geschickt, meinte, sie müsste mit Stella mal von Frau zu Frau sprechen. Und das passte mir eigentlich ganz gut, immerhin war da noch mein Mutterschaf, das gelammt hatte.»

«Aber Sie haben später erfahren, was passiert ist?»

Thompson nickte.

«Ja. Als ich zum Mittagessen nach Hause kam, hatten die beiden ein langes Gespräch miteinander geführt. Ruth hatte Stella ins Bett gebracht, im ehemaligen Kinderzimmer unseres Sohnes. Es war sowieso ungenutzt. Jimmy ist Anwalt unten in London. Er hat so viel zu tun, dass er kaum zu Besuch kommt.»

«Und was ist nun mit Stella passiert?»

Thompson kniff die Lippen zusammen, als wollte sein Unterbewusstsein ihn davon abhalten, es zu erzählen.

«Ich bin ziemlich guter Dinge nach Hause gekommen. Mit dem neugeborenen Lamm war alles in schönster Ordnung. Aber Ruth wollte nicht hören, wie gut es die Muttermilch annahm. Sie war so außer sich, wie ich sie nur selten erlebt habe. Polterte mit Töpfen und Pfannen und Topfdeckeln. Ich musste sie in den Arm nehmen, damit sie sich beruhigte.»

Thompsons Pfeife war kurz davor zu erlöschen, also zündete er ein neues Streichholz an und paffte so lange, bis wieder zarte Rauchschwaden aus dem Kopf der Pfeife aufstiegen.

«Sie sind sicher, dass Sie die ganze Geschichte hören wollen?», fragte er und sah Nora mit ernsten Augen an.

Sie nickte.

«Ich bin als Journalistin in Kriegsgebieten gewesen. Und im Moment berichte ich über den Mord an einem Mann, dem der Kopf abgetrennt wurde. Ich bin ganz sicher, dass ich einiges abkann. Egal worum es geht.»

«Okay. Ihre Entscheidung. Ich persönlich hätte am liebsten nie davon erfahren. Aber die Menschen sind nun mal verschieden.»

«Nun erzählen Sie schon», drängelte Nora und spürte, dass sie mit ihrer Geduld für die langen Kunstpausen des Schafzüchters so langsam am Ende angelangt war.

«Also, um's kurzzumachen», sagte er, und Nora musste sich auf die Zunge beißen, um ihm nicht ein lautes «Ja, bitte» zu entgegnen.

«Also, Ruth hatte mit dem Mädchen gesprochen. Stella hatte wirklich nicht den besten Umgang. Ihre Mutter bezog nach einem Arbeitsunfall Invalidenrente, und ihr großer Bruder saß bereits im Gefängnis, es gab also nicht viele Menschen, die sich zu Hause um Stella kümmern konnten. Doch dann hat sie sich offenbar verliebt und ist mit diesem Kerl zusammengekommen. Einem erwachsenen Mann. Er hat sie zum Rauchen und Trinken verführt.»

«Kommt mir irgendwie bekannt vor.»

«Ja, noch, vielleicht. Was ich Ihnen bis eben aber verschwiegen habe, ist, dass Stella damals erst zwölf Jahre alt war. Viel zu jung, um sich nachts draußen herumzutreiben, zu trinken und zu rauchen. Viel zu jung, um zu verstehen, worauf es solche Typen wirklich abgesehen haben.»

«Ja», sagte Nora knapp.

«Sie wollte Ruth nicht erzählen, wie ihr Freund hieß, aber es war Stellas erstes Mal, wenn Sie verstehen, was ich meine. Er hat sie kaputtgemacht», sagte Thompson, und in seiner Stimme schwang Verachtung mit.

Nora spürte, wie Übelkeit in ihr aufkam. Sogar Snyder hatte mit dem Geknipse aufgehört.

Thompson sah sie prüfend an.

«Sind Sie sicher, dass Sie noch mehr hören wollen?»

«Ja», sagte Nora und holte ihren Notizblock aus der Tasche, damit sie wenigstens etwas hatte, an dem sie sich festhalten konnte. Der Stift in ihrer Hand beruhigte sie. Jetzt galt es, alles genauestens zu beobachten. Informationen zu sammeln. Das war die beste Art, die eigenen Gefühle beiseitezuschieben, wenn man es mit einer besonders abartigen Variante menschlicher Bosheit zu tun hatte.

«Ich weiß tatsächlich nicht genau, worum der Typ Stella gebeten hatte. Ruth wollte mir keine Details nennen. Ich glaube, sie hatte Angst davor, was ich tun würde, wenn ich die ganze Wahrheit kannte. Aber offenbar war dieser Freund mit Stella nicht zufrieden. Also gab er ihr etwas auf den Deckel, setzte sie in ein Taxi, das sie aus der Stadt fuhr und mitten in der Nacht wie ein Stück Müll auf dem Rastplatz rausschmiss.»

Nora überschlug, dass es vom Rastplatz bis nach Toppingham mindestens fünfzehn Kilometer sein mussten. Das war weit für eine Zwölfjährige, wenn man bedachte, dass sie die ganze Strecke im Dunkeln wieder zurückzulaufen musste, an einer öden Landstraße entlang, in ständiger Angst, jedes vorbeifahrende Auto könnte das Taxi sein, das sie eben erst rausgeschmissen hatte.

«Und Sie konnten nicht herausfinden, wie dieser Freund hieß? Den hätte man doch bei der Polizei anzeigen müssen.»

«Nein. Sie war immer noch verliebt und sah nicht, wie sie manipuliert wurde. Sie meinte, es wäre ihre eigene Schuld, dass er mit ihr nicht zufrieden war. Dass er ihr zu Hilfe geeilt wäre, hätte er gewusst, dass der Taxifahrer sie am Rastplatz zurückgelassen hatte. Dass das alles nur ein dummer Fehler gewesen sei. Ruth wollte die Mutter des Mädchens anrufen, aber Stella flehte meine Frau an, es nicht zu tun. Sie wollte auch nicht, dass wir zur Polizei gehen.»

«Was haben Sie also unternommen?»

«Als sie wieder aufwachte, hat sie noch bei uns Abendbrot gegessen. Dann haben wir sie nach Hause gefahren. Sie wollte das so. Ruth versuchte bis zum Schluss, sie dazu zu überreden, zur Polizei zu gehen. Wir haben angeboten, sie dorthin zu begleiten. Aber das wollte sie nicht. Sie bestand darauf. Und wenn wir jemandem etwas von dem Vorfall erzählten, würde sie alles abstreiten.»

«Und das haben Sie akzeptiert?»

Thompson zuckte mit den Schultern.

«Vorerst schon.»

«Vorerst schon? Was soll das heißen?»

«Damals bin ich regelmäßig zur Jagd gegangen, und ich war im selben Verein wie Edward Crow», sagte er und nickte, bevor Nora ihre Frage überhaupt stellen konnte.

«Crow war der Chef der Sittenpolizei, und ich dachte, wenn ich den Fall schon nicht zur Anzeige bringen kann, dann führe ich wenigstens ein diskretes Gespräch unter vier Augen mit ihm. Ich wollte ihn darüber in Kenntnis setzen, was passiert war, und ihn bitten, Stella im Auge zu behalten.»

«Wie hat Crow darauf reagiert?»

Thompson errötete vor Wut, die über die Jahre wahrscheinlich an Intensität abgenommen hatte, aber immer noch aufzukommen schien, wenn er sich an das Gespräch mit seinem ehemaligen Jagdkumpanen erinnerte.

«Ich will nicht sagen, dass er mir direkt ins Gesicht gelogen hat. Das entspräche nicht der Wahrheit. Aber ich hatte den Eindruck, dass es ihm beinahe gefiel zu hören, was dem kleinen Mädchen widerfahren ist, und dass ich befürchtete, sie könnte in einer Klemme sitzen, aus der sie allein nicht herauskommt.»

«Das hat ihm gefallen?»

Thompson nickte mit ernster Miene.

«Zunächst hat er aufmerksam zugehört und an den richtigen Stellen *Uh* und *Ah* gesagt. Wir sind ein Stück tiefer in den Wald gegangen, nur wir beide. Nachdem ich ihm den Vorfall mit Stella geschildert hatte, tätschelte er mir die Schulter und lobte mich dafür, das Richtige getan zu haben. Sagte, es sei gut, dass es Leute wie mich gebe, die an das Gute im Menschen glaubten. Und dass es richtig war, ihm davon zu erzählen.»

«Aber das hat er nicht so gemeint?»

Thompson schüttelte den Kopf.

«Keineswegs. Wir gingen noch ein Stück, und als er nichts mehr sagte, habe ich ihn gefragt, was er denn zu tun gedenke. Was er unternehmen werde, um Stella aus den Klauen dieses angeblichen Freundes zu befreien.»

«Vernünftige Frage», stimmte Nora zu.

«Erst wollte er sich rausreden, man könne nicht viel unternehmen, solange man nicht einmal den Namen dieses Freundes kenne. Ich habe ihn darauf hingewiesen, dass das in einer Kleinstadt wie Toppingham ebenso leicht wäre, wie sich einmal an der Nase zu kratzen. Sofern man denn wirklich die Absicht habe zu helfen.»

«Aber diese Absicht hatte Crow offenbar nicht?»

«Nein, wie gesagt, er schien sich zu amüsieren. Und meinte, er könnte nicht viel ausrichten, wenn Stella selbst keine Anzeige erstattete. Dass ein Haftrichter ihm den Fall um die Ohren klatschen würde.»

«Hm. Vielleicht hatte er damit ja recht?», sagte Nora.

«Kann sein, dass er damit recht hatte. Und das war auch nicht der Moment, in dem Crow für mich erledigt war und ich entschlossen habe, nicht mehr mit ihm zur Jagd zu gehen. Der Auslöser dafür war, was er als Nächstes sagte.»

«Nämlich?»

«Dass er Stella und ihre Eskapaden schon kenne. Dass Ruth und ich naiv wären. Dass uns ein kleines verlogenes Balg mit Minderwertigkeitskomplexen an der Nase herumgeführt hätte. Als ich antwortete, dass Stella mir wie ein junges Mädchen vorkam, das für ihr Alter schon zu viel erlebt habe, schüttelte er nur den Kopf und nannte mich einen Idioten.»

Wieder errötete Thompson bis zum Hals in Erinnerung an die Wut, die er an jenem Tag verspürt haben musste.

«Crow sagte, er habe im Laufe seiner Karriere schon Hunderte Mädchen wie Stella getroffen. Sie seien alle kleine Luder. Kein Stil, sie hätten es nicht anders verdient. Und wenn sie dann bekämen, was sie sich selbst eingebrockt hätten, liefen sie in ihren kurzen Röckchen und mit verschmierter Wimperntusche zur Polizei und jammerten herum.»

«Es muss unerträglich gewesen sein, das mit anzuhören.»

Thompson setzte ein bitteres Lächeln auf.

«Ich habe meinen Kram zusammengepackt. Auf der Stelle. Habe die Jagd abgebrochen, später habe ich meine Mitgliedschaft im Verein gekündigt. Seitdem habe ich kein Wort mehr mit Crow gewechselt.»

«Langsam verstehe ich, warum er so unbeliebt war», sagte Nora trocken.

«Ja. Ich habe ihn nicht umgebracht. Aber wenn die Polizei herausfindet, wer es war, könnte ich mir gut vorstellen, dem Täter die Hand zu schütteln. Er hat Toppingham wirklich einen großen Gefallen getan.»

«Gab es niemand anderen bei der Polizei, an den Sie sich hätten wenden können?»

«Zunächst haben wir uns aus der Sache herausgehalten, Ruth und ich. Doch dann kamen die anderen Mädchen. Stella war lediglich die Erste. An die Erste erinnert man sich immer besonders gut, nicht wahr?»

«Es kamen noch andere Mädchen?»

«Ja. Viele. So viele, dass ich mich längst nicht mehr an alle Namen erinnere. Emily. Susan. Charlotte. Diana. Laura. Und noch so viele mehr, das sind nur die Namen, die mir auf Anhieb einfallen. Sie waren sich alle irgendwie ähnlich. Mädchen im Alter von zwölf, dreizehn Jahren. Vielleicht vierzehn. Sie alle wurden auf dem Rastplatz hinterlassen wie ein Stück Müll, das man aus dem Auto wirft.»

«Wer tut so etwas?»

«Tja. So nach und nach konnten wir uns ein Bild davon machen. Die Mädchen haben uns unterschiedlich viel erzählt. Einige von ihnen wollten uns nicht einmal verraten, wie sie hießen. Andere saßen weinend in unserer Küche, als wäre ihnen gerade die Erkenntnis gekommen, dass diese Welt ein grausamer Ort ist. Wieder anderen mussten wir nur einen Tee machen und behutsam nachfragen, da erzählten sie schon alles von sich aus. Ich konnte es kaum ertragen, davon zu hören, aber für Ruth wurde es zu einer regelrechten Obsession. Sie begann ein Tagebuch zu führen und sammelte Hinweise.»

«Haben Sie dieses Tagebuch noch?»

«Ja, aber ich habe es noch nicht fertiggebracht, durch Ruths Sachen zu gehen. Geben Sie mir ein paar Tage, dann werde ich es Ihnen raussuchen.»

«Erinnern Sie sich an irgendwelche Erkenntnisse, die Ihre Frau aus den Aufzeichnungen gezogen hat?»

«Ja, das tue ich. Nicht an alle Details natürlich. Aber wir haben immer und immer wieder von einem Kerl namens Khalil gehört. Er schien ziemlich viele Freundinnen zu haben. Und die Mädchen wurden immer aus einem Taxi geschmissen. Niemals aus einem Privatauto.»

«Wie oft ist das passiert? Wie viele Mädchen sind ungefähr zu Ihrem Hof gekommen?»

Thompson rechnete im Kopf nach.

«Zwischen zwanzig und dreißig, will ich meinen. Ungefähr ein Mädchen pro Monat. Irgendwann haben wir das Licht in der Küche gar nicht mehr ausgemacht, bevor wir ins Bett gegangen sind, und nicht mehr abgesperrt. Dann konnten die Mädchen zügig rein ins Warme, wenn sie hier zurückgelassen wurden. Ruth hat dafür gesorgt, dass das Bett im Kinderzimmer immer frisch bezogen war. Und damit habe ich auch nach ihrem Tod weitergemacht. Einige der Mädchen sind mehrmals bei uns gewesen. Zum Beispiel Stella. Jedes Mal lernten wir sie ein bisschen besser kennen.»

«Wo ist Stella jetzt? Kann ich mit ihr sprechen?»

Thompson lächelte. Es war kein breites Lächeln, eher ein vorsichtiges Schmunzeln, das ausdrückte, dass bei all dem Elend doch etwas Erfreuliches geschehen war.

«Stella hat irgendwann den Absprung geschafft. Ist in eine größere Stadt gezogen. Ich habe ihr versprochen, dass ich ihre neue Adresse niemals verraten werde. Aber es geht ihr gut, und nach den Sommerferien wird sie auf die Oberstufe gehen, ihr Abitur machen. Sie hat ein paar harte Jahre hinter sich. Ein- oder zweimal hat sie Tabletten geschluckt, weil sie dem Ganzen ein Ende bereiten wollte, doch sie wurde zum Glück rechtzeitig gefunden. Jetzt sieht es ganz danach aus, als wäre sie auf dem richtigen Weg.»

«Könnte ich vielleicht ihre Telefonnummer bekommen?»

«Tut mir leid. Ich will das Risiko nicht eingehen, alte Wunden wieder aufzureißen. Auch wenn sie jetzt genug Abstand hat, ist alles sehr schwierig für sie. Sie wird niemals nach Toppingham zurückkommen. Diese Phase ihres Lebens will sie einfach nur hinter sich lassen. Sie ruft schon gar nicht mehr so oft an, und obwohl mich das traurig macht, freue ich mich auch sehr für sie. Denn es bedeutet, dass es ihr gutgeht. Auf Ruths Beerdigung habe ich sie zum letzten Mal gesehen.»

Nora blätterte eine der letzten Seiten in ihrem Notizbuch um, das schon bald vollgeschrieben war.

«Und Pater Kavanagh? Was hat er mit alledem zu tun?»

«Ruth und ich haben uns an die Gemeinde gewandt, es war Ruths Idee, dass wir uns ihm anvertrauen sollten. Er war natürlich entsetzt, als wir ihm von den Mädchen erzählten. Er hat einiges unternommen, um die Polizei dazu zu bringen, die Sache ernst zu nehmen. Aber so wie wir hatte auch er keinen Erfolg damit.»

«Hat Crow das verhindert?»

Thompson zuckte mit den Schultern.

«Das kann ich nicht mit hundertprozentiger Sicherheit sagen. Aber ich denke schon, ja.»

«Warum?»

«Die Frage stelle ich mir auch. Ich muss immer wieder daran denken, wie verächtlich er sich über die Mädchen geäußert hat, als ich ihn darum bat einzugreifen.»

«Haben Sie jemals mehr über diesen Khalil erfahren, den die Mädchen erwähnt hatten?»

«Nein. Es kam mir so zwecklos vor, nach ihm zu suchen. Wenn die Polizei ohnehin nicht einschreiten würde – was konnte ich dann schon ausrichten? Sicherlich war es auch besser, dass ich ihn nicht gefunden habe. Keine Ahnung, was passiert wäre, wenn ich dem Kerl gegenübergestanden hätte.»

Snyder unterbrach das Gespräch mit einem entschuldigenden Kopfnicken.

«Ich müsste jetzt ein paar Bilder machen, solange es noch hell genug ist. Wäre das okay?»

Nora sah ihn überrascht an. So viel Höflichkeit hatte sie von ihm nicht erwartet.

«Ja, selbstverständlich.»

Snyder dirigierte Thompson vor das Küchenfenster und bat ihn, hinaus auf die Ländereien zu schauen, damit er ein paar Profilaufnahmen schießen konnte.

«Haben Sie es auf anderem Wege versucht? Über die Medien? Oder das Jugendamt?», fragte sie, nachdem Snyder Thompson aus drei verschiedenen Winkeln fotografiert hatte.

«Die Medien? Nein, das haben wir nicht getan. Wir hatten ja nicht mehr Informationen über die Mädchen als ihre Namen. Aber ich glaube, dass Ruth tatsächlich zum Rathaus gegangen ist, damit endlich jemand eingreift. Sie wollte nie darüber sprechen, deswegen weiß ich auch nicht, ob sie jemanden zur Rede stellen konnte. Aber anscheinend ist ja nichts passiert.»

«Und Sie haben keine Ahnung, an wen im Rathaus sie sich gewandt hat? Jemand bei der Verwaltung vielleicht?»

Thompson schüttelte den Kopf.

«Sie hat nie einen Namen genannt, aber …»

«Aber?»

«Ruth war mit Alice Harrison verwandt, der Bürgermeisterin. Wir wohnen ja ziemlich weit draußen, sie kam also nicht gerade regelmäßig zum Abendessen zu Besuch. Aber ich könnte mir vorstellen, dass Ruth sich an sie gewandt hat.»

Nora stand auf und packte ihre Sachen zusammen.

«Vielen Dank für Ihre Zeit, Mr. Thompson. Aus Ihren Informationen werde ich eine Reportage schreiben, aber das kann ein bisschen dauern. Vorher muss ich noch ein paar Fakten überprüfen. Es ist eine sehr wichtige Story.»

Thompson nickte ernst.

«In Ordnung. Sagen Sie mir bitte Bescheid, wenn die Reportage in den Druck geht. Ich bin mir nicht sicher, ob ich an diesem Tag zu Hause sein will», sagte er mit einem schiefen Grinsen.

«Ich schreibe ja für ein dänisches Magazin.»

«Ach so. Dann wird es wohl nicht so schlimm sein.»

In der Tür fiel Nora noch eine wichtige Frage ein.

«Sie haben erwähnt, dass Sie eine Laura kennen. Wann haben Sie sie das letzte Mal gesehen?»

Thompson überlegte.

«Das muss ein paar Monate her sein.»

«Wie sieht sie aus?»

Thompson beschrieb ein Mädchen, dass Laura Bowden aufs Haar zu gleichen schien.

«Was ist mit einer Mel?»

Thompson schüttelte den Kopf.

«Tut mir leid, das sagt mir nichts. Aber einige der Mädchen haben sich auch nicht getraut, uns ihre richtigen Namen zu nennen. Sie hatten Angst, wir könnten ihre Eltern kontaktieren.»

Auch Snyder hatte seine Ausrüstung inzwischen zusammengepackt, entschied sich jedoch, noch ein paar Bilder von Thompson zu schießen, der in der Tür stand.

«Dann können sie in der Redaktion zwischen verschiedenen Optionen auswählen», sagte er an Nora gewandt, die sich widerwillig eingestehen musste, dass Snyder, obwohl er ein anstrengender Idiot war, ein guter Fotograf zu sein schien.

Die Sonne hatte sich bereits verabschiedet und war hinter einem dunkelorangen Schleier verschwunden, als sie Thompson zum Abschied die Hand gaben.

Snyder räusperte sich.

«Das klingt jetzt vielleicht ein bisschen zusammenhangslos, aber darf ich fragen, ob jemals ein Mädchen namens Sally bei Ihnen gewesen ist?»

Thompson überlegte einen kurzen Augenblick.

«Schlank. Langes dunkles Haar und ein überraschter Gesichtsausdruck?», fragte Thompson, während er mit den Fingern Betty-Boop-Augenbrauen über seine eigenen buschig-grauen Brauen zeichnete.

Snyder antwortete nicht, sondern nickte bloß.

«Sie ist ein paarmal hier gewesen, ja. Das letzte Mal vor ein paar Wochen», sagte Thompson und sah Snyder fragend an. Aber der Fotograf erklärte nicht, was es mit seiner Frage auf sich hatte.

«Danke», sagte er nur, drehte sich um und schloss den Wagen auf.

Nora setzte sich auf den Beifahrersitz, doch Snyder ließ sich viel Zeit, um seine Ausrüstung im Kofferraum zu verstauen. Dann setzte er sich mit einem schweren Seufzen hinters Steuer und starrte auf das Weideland, über das die Dämmerung hereinbrach. Die Schafe waren längst wieder in ihrem Stall.

Nora beäugte ihn von der Seite. Warum fuhr er nicht los? Stattdessen saß er mit hängendem Kopf da, als ob er sich erst einmal sammeln müsste, bevor er den Wagen startete.

«Alles in Ordnung?»

«Ja», sagte er mit belegter Stimme und rutschte unruhig auf seinem Sitz hin und her.

«Sicher?»

Nora sah ihn nur im Profil und im Halbdunkel, aber der große, grobschlächtige Mann schien zu weinen.

Er antwortete nicht.

«Sind Sie ganz sicher, dass alles in Ordnung ist?»

Snyder räusperte sich.

«Sie haben gehört, dass ich nach einer Sally gefragt habe?»

«Ja?»

«Sie ist meine Tochter», sagte er, und seine Stimme brach.

«Oh Gott, das tut mir leid», sagte Nora.

Snyder schlug mit den Händen aufs Lenkrad.

«Ich hab's gewusst. Ich hab's verdammt noch mal gewusst. Ich bring das Arschloch um.»

Nora versuchte, ihm zur Beruhigung die Hand auf die Schulter zu legen, aber er zitterte vor Trauer und Rachegelüsten.

«Okay, was halten Sie davon, wenn wir irgendwo gemeinsam zu Abend essen? *Globalt* bezahlt», schlug sie vor.

Snyder sah sie verwirrt an, als ob der Gedanke an ein Abendessen in seiner Welt total abwegig wäre. In einer Phantasiewelt, in der er gerade denjenigen erwürgte, der Sally mitten in der Nacht auf einem Rastplatz irgendwo im Nirgendwo ausgesetzt hatte.

«Kennen Sie ein gutes Restaurant in der Nähe?», fuhr sie unbeirrt fort.

«Es gibt dieses amerikanische Diner», sagte er schließlich zögernd.

«Gut. Warum rauchen Sie nicht eine, und ich fahre? Dann können Sie erst mal zu sich kommen.»

Doch das war zu viel des Guten.

«Das mit der Zigarette ist eine gute Idee, aber mein eigenes Auto fahre ich immer noch selbst, Madame», sagte er bestimmt.

Wie sehr ihn die Situation auch mitnahm, hier verlief also die Grenze. Snyder stieg aus dem Auto in die Dunkelheit und zündete sich eine Zigarette an. Er holte tief Luft und blies den Rauch in grau-lila Streifen aus, wie ein wütender Drache, während er etwas vor sich hin murmelte. Nach einer halben Zigarette schien er sich etwas beruhigt zu haben.

Nora checkte währenddessen ihr Handy. Krebs hatte eine E-Mail mit einem Vorschlag geschickt, zu welchem Thema sie nächsten Monat in einer EU-Beilage berichten könnte. Doch das hatte Zeit. Keine E-Mail oder Nachricht von Andreas, und auch Tom verhielt sich ruhig. Aus dem Augenwinkel nahm sie eine Bewegung wahr. Hinter einem der Fenster des Seitenflügels von Thompsons Haus glitt ein Schatten vorbei, aber als sie von ihrem Telefon aufblickte, war er verschwunden.

Ein kühler Windstoß drang in das Auto, als Snyder sich wieder setzte. Man sah ihm an, dass er geweint hatte, aber Nora kommentierte das nicht.

Kapitel 16

Nach einer Viertelstunde Fahrt lenkte Snyder den Wagen auf den Parkplatz eines amerikanischen Restaurants, das mit einem riesigen Plastikburger auf dem Dach warb, der kilometerweit zu sehen war.

Sie setzten sich in eine Nische, und eine Kellnerin, die aussah, als hätte sie ihre türkisfarbene Uniform aus der Kostümabteilung von *Grease* bezogen, präsentierte ihnen die Speisekarte.

Snyder bestellte einen Big Fat Elvis, der zusätzlich zum traditionellen Rindfleischpatty mit einer sehr amerikanischen Mischung aus Erdnussbutter, Banane und Speck belegt war. Dazu gab es eine große Portion Pommes frites und einen XXL-Erdbeermilchshake. Nora schauderte es bei dem Gedanken, wie zielgerichtet Snyder auf einen Herzinfarkt zusteuerte, und begnügte sich mit einem Cheeseburger und einer mittleren Cola.

Snyder schälte das Papier vom Strohhalm, als sein Milchshake kam, und riss es in Konfetti.

«Also, was ist mit Sally passiert?», fragte Nora.

«Ihre Mutter und ich sind seit ein paar Monaten getrennt. Seitdem ist sie vollständig außer Kontrolle geraten.»

«Sallys Mutter?»

«Nein, Nadine kann tun und lassen, was sie will. Aber sie hat Sally überhaupt nicht mehr im Griff. Weiß nicht mehr, wo sie sich abends herumtreibt», sagte Snyder wütend und kehrte die Papierschnipsel auf dem Tisch zu einem kleinen Häufchen zusammen.

«Was glauben Sie, was Ihre Tochter abends macht?»

Snyder knurrte. Die Wut und der Frust brodelten ganz knapp unter dem Siedepunkt. Er erinnerte Nora an einen Bären in Ketten, der auf den richtigen Moment wartete, um mit seiner Pranke zum Schlag auszuholen.

«Sie hat sich in so einen Paki verliebt. Ich habe sie zu etwas Besserem erzogen, als dass sie sich so einen anlacht. Das ist alles die Schuld ihrer Mutter. Sie war schon immer zu nachsichtig. Hat ihr nicht genug Grenzen gesetzt», sagte er verzweifelt.

«Entschuldigung, haben Sie gerade *Paki* gesagt?»

«Ja. Wie soll ich diese Typen denn sonst nennen?»

«Alles andere als *Paki*.»

«Wie denn zum Beispiel? Arschlöcher? Kinderficker?», fauchte Snyder.

Die Kellnerin brachte ihre Burger, und Nora kam glücklicherweise umhin, auf diese rassistischen Bemerkungen einzugehen

«Wo ist Sally jetzt?», fragte sie stattdessen.

«Wahrscheinlich bei ihrer Mutter, aber sie ist ständig unterwegs. Bei mir ist sie jedes zweite Wochenende. Wenn sie überhaupt aufkreuzt. Sie erzählt mir dann, dass sie mit ihren Freundinnen zusammen ist, rückt aber nicht mit der Sprache raus, wo diese Freundinnen wohnen.»

«Wie alt ist sie?»

«Vierzehn. Und treibt sich mit erwachsenen Männern rum. Sie redet einfach nicht mit mir. Genau wie ihre Mutter. Jedes Mal, wenn ich versuche, mit ihr zu sprechen, endet es in einem riesigen Streit, und sie haut ab. Dann bin ich die nächsten fünf Stunden damit beschäftigt, durch die Gegend zu fahren und nach ihr zu suchen.»

«Finden Sie sie dann auch?»

Missmutig schüttelte er den Kopf.

«Nein. Selten. Einmal habe ich sie in ein Taxi steigen sehen. Ich bin ihm eine Weile gefolgt, aber irgendwann sind sie aus der Stadt herausgefahren und haben mich abgeschüttelt.»

«Haben Sie drauf geachtet, welches Taxiunternehmen das war?»

«Ja, Sunshine. Ich habe mir sogar das Kennzeichen notiert und es der Polizei weitergegeben. Aber das hat gar nichts gebracht.»

«Was hat nichts gebracht?»

«Na, dass ich Anzeige erstattet hab, verdammte Scheiße. Das Kind ist zu drei Männern ins Auto gestiegen, die weder ich noch ihre Mutter kennen. Da läuft doch was nicht richtig.»

«Ja, ich würde mir auch Sorgen machen», sagte Nora.

«Die Polizei wollte nichts davon wissen. Ich bin aufs Präsidium gefahren und hab es dem jungen Mann erzählt, der gerade Dienst hatte. Er hat sich alles notiert, das Kennzeichen hatte ich mir ja gemerkt. Er hätte einfach nur eine Streife anfunken können, damit sie nach dem Taxi Ausschau hielten. Aber das wollte er nicht. Er hat es regelrecht verweigert.»

«Mit welcher Begründung?»

«Dass Sally alt genug sei, um selbst zu wissen, was sie da täte. Dass sie nur unterwegs war, um ein bisschen Spaß zu haben, dass ich mich entspannen und nicht die kostbare Zeit der Beamten vergeuden sollte. In ein paar Stunden würde sie doch ohnehin wieder zu Hause sein.»

«Wie haben Sie darauf reagiert?»

«Nicht so gut», sagte Snyder mit einem beschämten Grinsen.

«Hab rumgebrüllt, dass ich einen Vorgesetzten sprechen will, daraufhin haben sie mich rausgeschmissen. Also bin ich in den nächsten Pub gegangen und hab mich volllaufen lassen. Was hätte ich denn tun sollen.»

«Haben Sie Nadine angerufen?»

«Nein, verdammt. Da hätte ich mir aber was anhören können», sagte Snyder entsetzt.

«Und Sally, kam sie irgendwann wieder nach Hause?»

«Ja, am nächsten Nachmittag tauchte sie wieder bei mir auf. Hat sich mit ihrem eigenen Schlüssel aufgesperrt, ist ins Bad gegangen und hat beinahe eine Stunde lang geduscht. Ich habe ein paarmal versucht, durch die Tür mit ihr zu sprechen, aber sie hat nicht geantwortet. Also habe ich sie in Ruhe gelassen. Ich hatte einen gewaltigen Kater, und, na ja ... Leeds spielte gegen Norwich, und ich saß vorm Fernseher», sagte er betreten.

«Und die Polizei? Hatten Sie noch mal Kontakt mit den Beamten?»

«Ja. Als Sally wieder da war, habe ich angerufen und gesagt, dass sie die Anzeige fallenlassen können. An diesem Nachmittag arbeitete ein anderer Kollege, und das Merkwürdige war, dass er keine Akte zu Sally in den Unterlagen finden konnte. Er hat mich gefragt, ob ich eine Aktennummer erhalten hätte, aber ich hatte nicht einmal daran gedacht, danach zu fragen.»

«Haben Sie Sallys Mutter von dem Vorfall erzählt?»

«Nein. Die Stimmung zwischen uns ist ... eher wechselhaft.»

«Glauben Sie, Crow hatte etwas damit zu tun, dass Ihre Anzeige nicht aufgenommen wurde?», fragte Nora.

Snyder überlegte.

«Das kann natürlich sein. Aber ich weiß es ehrlich gesagt nicht. Ich hatte mit dem Mann persönlich nie zu tun.»

«Wissen Sie, ob Sally eine Freundin namens Mel hatte?»

Snyder tunkte ein paar dicke Pommes frites in ein Schüsselchen mit Chilimayonnaise, schob sie sich in den Mund und kaute, ehe er antwortete.

«Nein. Hab noch nie von einer Mel gehört. Doch das muss nichts heißen, Sally erzählt mir nie irgendwas.»

«Aber wissen Sie, was sie eigentlich so treibt, wenn sie unterwegs ist?»

«Sie raucht und trinkt. Das kann ich riechen, wenn sie nach Hause kommt.»

Nora sah Snyder an.

«Wie alt waren Sie selbst, als Sie mit dem Trinken und Rauchen angefangen haben?»

«Dreizehn. Warum?»

«Ach nichts», sagte Nora und schüttelte den Kopf.

«Nein. Darüber mache ich mir noch am wenigsten Sorgen. Diese Scheiß Pa… – diese Typen, mit denen sie unterwegs ist. Erwachsene Männer. So viel konnte ich gerade noch erkennen, bevor sie in dieses Taxi gestiegen ist.»

Nora zahlte die Rechnung, und Snyder rauchte eine letzte Zigarette, bevor sie wieder in den Wagen stiegen.

«Was haben Sie jetzt vor?», fragte Nora.

Snyder zuckte mit den Schultern.

«Sally ist nächstes Wochenende wieder bei mir. Mal sehen, ob ich irgendwas aus ihr herausbekomme.»

«Und Sie haben völlig aufgegeben, die Polizei einzuschalten?»

«Worum genau sollte ich sie denn bitten? Ich habe keine Ahnung, was los ist. Ich weiß nur, dass meine Tochter nachts durch die Straßen zieht.»

Nora überlegte, ob sie Snyder mit Millhouse in Verbindung

bringen sollte, damit dieser ihn vielleicht an einen vernünftigen Ermittler aus der Gegend weitervermitteln konnte, der Snyders Anliegen ernst nahm. Aber wie er selbst schon sagte, lag schließlich gar kein konkretes Problem vor. Nur ein vierzehnjähriges Mädchen, dass sich nachts ein bisschen zu lange draußen herumtrieb.

Stattdessen versprach sie ihm, ihn anzurufen, wenn es einen neuen Auftrag gab. Er setzte sie vor dem Hotel ab und fuhr weiter.

■

In der Hotellobby hatte Millhouse auf dem Velourssofa Platz genommen und nippte an seinem Portwein. Ihm gegenüber saß Spencer, der ein Glas mit dickem Boden in der Hand hielt. Ein Amber Whisky schwappte darin. Dass Scotland Yard sie beide aus der Abteilung für psychologisches Profiling nach Toppingham geschickt hatte, um zwei Morde aufzuklären, sprach dafür, dass es sich nicht zwangsläufig um einen Terrorakt handelte. Spencer war so sehr auf Serienmörder spezialisiert, dass er sich seine Fälle eigentlich selbst auswählen konnte. Und wenn er sogar seine rechte Hand Millhouse mitnahm, war es wirklich unwahrscheinlich, dass dieser Fall irgendetwas mit dem IS zu tun hatte, dachte Nora.

«Miss Sand. Wir haben gerade über Sie gesprochen», sagte Spencer freundlich.

«Worum ging es?», fragte sie und setzte sich in den Sessel neben Spencer, der auf ihre Nachfrage nicht weiter einging.

Eine der jungen Rezeptionistinnen kam mit einer Getränkekarte auf sie zu, doch Nora zeigte nur auf Spencers Glas und bat um das Gleiche.

«Es ist ein Jameson. Habe ich durch meine irische Tante lieben gelernt», sagte er vergnügt.

«Wie laufen die Ermittlungen?», kam Nora nicht umhin zu fragen

«Langsam», gab Millhouse zu.

«Arbeitet ihr immer noch mit der These, es könnte sich um einen Anschlag des IS handeln?»

Millhouse und Spencer tauschten einen Blick aus, bevor Millhouse den Kopf schüttelte.

«Wir sind uns ziemlich sicher, dass es sich nicht um die Aktion einer organisierten Gruppe handelt. Wir nehmen an, dass hinter beiden Morden derselbe Täter steckt, und alles weist darauf hin, dass der- oder diejenige allein agiert.»

«Habt ihr irgendwelche Anhaltspunkte?»

Spencer hielt sein Whiskyglas gegen das Licht und betrachtete das bernsteinfarbene Getränk, bevor er sich einen Schluck gönnte.

«Wir arbeiten daran», antwortete er knapp, obwohl Nora die Frage eigentlich an Millhouse gerichtet hatte.

«Es muss sich doch um einen Racheakt handeln», spekulierte sie.

«Möglich», sagte Spencer und leerte sein Glas in einem Zug.

«Was ich nicht verstehe, ist, warum Eileen Webster auf diese Art sterben musste. Bei Crow ist das weniger verwunderlich. Ich bin zwar erst wenige Tage hier in Toppingham, und trotzdem habe ich den Eindruck, dass nicht besonders viele Menschen über Crows Tod traurig sind. Aber Eileen Webster, die Direktorin einer Mädchenschule? Welche Verbindung besteht zwischen den beiden? Sie war wohl eher ein Opfer von Crow.»

Die beiden Männer sahen sie aufmerksam an.

«Opfer?»

«Ja. Ich bin mir ziemlich sicher, dass Crow sie erpresst hat.»

«Erklären Sie das bitte», befahl Spencer.

«Okay, aber haben Sie auch etwas, womit Sie mir weiterhelfen können?»

Spencer schien zu überlegen.

«Erzählen Sie uns einfach, was Sie wissen, und dann sehen wir weiter», sagte er und gab der Rezeptionistin ein Zeichen, auch ihm einen neuen Drink zu bringen.

Nora fasste zusammen, was sie über Eileen Webster in Erfahrung gebracht hatte und dass sie vermutlich von Crow bedroht worden war.

«Ich verstehe nicht, warum er das hätte tun sollen. Wollte er Geld oder etwas anderes?», fragte Millhouse.

Nora schüttelte den Kopf.

«Nein. Ich glaube, er hat sie dazu gezwungen, den Mund zu halten und … gewisse Dinge nicht zur Anzeige zu bringen, die den Mädchen an ihrer Schule passiert sind.»

«Was für Dinge?»

«Ich habe keine Beweise, aber ich glaube, in dieser Stadt gibt es eine Gruppe erwachsener Männer, die ein bisschen zu großes Interesse an kleinen Mädchen zeigt», sagte Nora.

Wieder tauschten die beiden Männer einen Blick aus.

«Wir haben etwas Ähnliches gehört. Aber es ist schwer, der Sache auf den Grund zu gehen. Bei der Polizei weiß anscheinend niemand etwas. Oder sie bagatellisieren es», sagte Millhouse.

Nora überlegte einen Augenblick, ob sie den beiden den Tipp geben sollte, sich an Matthew Thompson zu wenden, beschloss jedoch, ihn erst um Erlaubnis zu fragen, bevor sie Fremde zum Hof des Schafzüchters schickte.

Nachdem sie von Thompson zurückgekehrt war, beschlich sie das Gefühl, dass sie gerade mal an der Oberfläche gekratzt hatte, was die Mädchen betraf, die mitten in der Nacht auf seinem Hof aufgetaucht waren und um Hilfe gebeten hatten. Was hatten sie da draußen zu suchen? Wer fuhr sie dorthin?

Spencer holte sie aus ihren Gedanken.

«Woher wissen Sie, dass Webster erpresst wurde?», fragte er.

«Ich kann die Identität meiner Informanten ohne deren Erlaubnis leider nicht preisgeben, aber vielleicht wäre es eine gute Idee, diejenigen zu fragen, die Mrs. Webster nahestanden. Sie wissen sicherlich einiges», sagte Nora.

Millhouse nippte an seinem Portwein, Nora trank von ihrem Whisky. Der erste Schluck kratzte im Hals, dann breitete sich eine wohlige Wärme in ihrer Brust aus.

«Sind Sie mit dem Phantombild schon weitergekommen? Irgendwelche Tipps?»

Missmutig schüttelte Spencer den Kopf.

«Viel zu viele Hinweise. Es sind mehr als zweihundert Anrufe aus dem ganzen Land eingegangen. Es ist wie die berühmte Nadel im Heuhaufen. Sie sehen sich alle ähnlich, aber nur einer ist der Mann, den wir suchen.»

«Was ist mit dem Tattoo?»

«Wir glauben, es ist eine Art Logo. Überwiegend blau. Es könnte eine Automarke oder ein Sportverein sein», sagte Millhouse.

«Ist Payton an der Sache dran?»

«Wegen ihr haben wir gerade über Sie gesprochen. Payton erinnert mich an Sie. Verdammt stur.»

Nora lächelte schwach. Das war trotz allem nicht das schlechteste Kompliment.

«Mir kommt es vor, als hätte ich das Motiv schon mal irgendwo gesehen. Aber ich komme einfach nicht drauf. Haben Sie ein Foto?»

Millhouse wischte auf dem Display seines Telefons herum und

reichte es Nora. Das Foto, auf dem ein Stück des mittelblauen Tattoos zu sehen war, schien ein Bildbearbeitungsprogramm durchlaufen zu haben. Es hatte eine deutlich schärfere Auflösung als auf dem Fernsehbildschirm, von dem Nora es abfotografiert hatte.

«Kannst du mir das schicken? Ich will herausfinden, wo ich das schon mal gesehen habe.»

«Gern, das mache ich», sagte Millhouse, und im selben Augenblick, in dem Nora ihm sein Handy zurück über den Tisch reichte, begann es zu klingeln. Nora sah gerade noch, dass *HQ* auf dem Display stand, bevor Millhouse aufstand und sich mit dem Anruf vom Tisch entfernte.

«Was ist mit dem anonymen Anrufer, der Sie zu den Garagen geführt hat? Haben Sie herausgefunden, wer das war?»

Spencer lächelte unergründlich.

«Ja, wir haben ihn. Und die beeindruckende Pornosammlung, die er in der Nachbargarage gehortet hat. Das darf nicht an die Öffentlichkeit gelangen, ist aber der Grund, warum er anonym bleiben wollte. Seine Familie soll nichts davon erfahren.»

«Hatte er andere interessante Informationen?»

Spencer leerte sein zweites Glas und erwiderte Noras Blick. Sein Lächeln war freundlich, aber nicht misszuverstehen.

«Das war's an Infos für heute Abend, Miss Sand. Danke für die angenehme Zusammenarbeit.»

Nora wünschte Spencer eine gute Nacht, winkte Millhouse zu und ging hinauf in ihr Zimmer. Ihr Tagesrhythmus war schon fast wieder der alte, doch besonders abends hatte sie noch Schwierigkeiten wach zu bleiben. Sie setzte sich auf das Hotelbett und studierte das Tattoo von neuem. Es hatte einen blauen Rand und eine blaue Füllung. War es vielleicht ein Buchstabe? Ein A? M oder H? Einer Eingebung folgend suchte sie das Logo von Leeds United bei

Google und verglich es mit dem Tattoo. Selbst wenn sie die Augen zusammenkniff, konnte sie keine Ähnlichkeit erkennen.

Aber in ihrem Hinterkopf spukte etwas. Etwas, das sie an den Geruch von Rasen erinnerte. Das war das Letzte, woran sie dachte, bevor sie einschlief.

Kapitel 17

Krebs rief an, als sie gerade beim Frühstück saß und sich einen Überblick über die aktuellen Nachrichten verschaffte, indem sie in der *Times* und im *Mercury* blätterte. Sie stürzte ihren Kaffee hinunter und ging auf ihr Zimmer, während sie Krebs vom Interview mit Thompson berichtete.

«Ausgezeichnete Arbeit, Sand. Aber mit seinen Behauptungen steht er ziemlich alleine da. Kannst du jemanden auftreiben, der das alles bestätigen kann?»

«Es gibt ja noch den Pfarrer.»

«Schon, aber was sagt die Polizei? Die müssen doch wenigstens dazu Stellung beziehen, dass sie nichts unternommen haben.»

«Das stimmt, aber ich kann sie ja schlecht damit konfrontieren, bevor ich mehr weiß», wandte Nora ein.

«In Ordnung. Wie wirst du also fortfahren?»

«Ich versuche herauszufinden, wo Laura steckt, und dann will ich mehr über dieses Mädchen, Melody Brown, erfahren, die angeblich unter Drogeneinfluss ertrunken ist. Ich habe da so eine Ahnung, dass der Fall der Schlüssel dazu sein könnte, worin Laura und die anderen Mädchen verwickelt sind.»

«Okay, gut. Nutz die Zeit, um Hintergrundinformationen zusammenzutragen, es sei denn, es gibt heute wichtige Entwicklungen in Bezug auf die Mordfälle. Dann besorgen wir uns weitere Infos von den Agenturen. Haben wir Fotos?»

Nora erzählte, dass es Porträtaufnahmen von Thompson gab, die vermutlich im Laufe des Tages auf dem Schreibtisch des Bildredakteurs landen würden. Sie wollte schon auflegen, doch Krebs hatte ein weiteres Anliegen.

«Ich finde, du solltest noch einen, maximal zwei Tage da oben verbringen. Es gibt auf der Welt auch andere Themen, über die berichtet werden muss, und es sieht ganz danach aus, als würde sich diese IS-Sache in Wohlgefallen auflösen. Und es ist nicht gerade kostenlos, dich so viele Tage im Hotel unterzubringen, nicht wahr?»

«Nein, aber das wird eine wichtige Reportage.»

«Ja, ja, aber fahr die Story mal ein, okay?», sagte Krebs und beendete das Gespräch.

Mit einem Seufzer setzte sie sich an den Computer und suchte nach Melody Brown. Ein paar Facebook-Profile tauchten auf. Eines gehörte einem ungefähr zwanzigjährigen Mädchen in Miami, ein anderes einer Friseurin in Wisconsin. Nach einer gezielteren Suche auf ausgewählten Nachrichtenseiten fand sie eine Notiz über Melody Brown, fünfzehn Jahre alt, die laut Polizei sechs Wochen zuvor durch Ertrinken gestorben war. Der Rechtsmediziner konnte nicht feststellen, ob es sich um einen Unfall oder Selbstmord handelte.

Die Beisetzung wird im kleinen Kreis in der St.-Clements-Kirche stattfinden, stand am Ende des Artikels. Mehr nicht. Keine Namen der Eltern.

Sie suchte die Nummer des Jugendheims Marshden heraus und verlangte nach Mrs. Flynn.

«Sie ist heute nicht da. Kann ich Ihnen weiterhelfen?»

Nora blieb nichts anderes übrig, als nach Ben zu fragen. Nach ungefähr einer halben Minute kam er an den Apparat.

«Nein, Laura ist noch nicht wieder da.»

«Haben Sie sie als vermisst gemeldet?»

Einen Moment lang blieb es still in der Leitung, bevor Ben antwortete.

«Nicht, dass es Sie etwas anginge, aber Mrs. Flynn ist gerade auf dem Präsidium. Wir machen uns Sorgen. Laura war noch nie so lange weg.»

«Gut, dass Sie eine Vermisstenanzeige aufgeben.»

«Das haben wir ja noch nicht getan. Mrs. Flynn ist erst einmal nur dort, um zu fragen, ob sie bei der Suche nach Laura helfen können. Aber ob sie das machen ...»

Nun platze Nora der Kragen.

«Entschuldigen Sie bitte, aber was ist denn mit den Leuten in dieser Stadt los?»

«Gute Frage», sagte Ben und legte auf.

Nora kehrte an ihren Computer zurück und suchte bei der Online-Auskunft nach allen Bewohnern Toppinghams mit dem Nachnamen Brown. Es waren siebenundsechzig. Es schien eine unmögliche Aufgabe, sie alle aufzusuchen. Doch dann kam ihr die Idee, sich Toppingham auf Google Maps anzusehen. Wo hatte Joe gesagt, sei das Mädchen gefunden worden? Hinter einer Siedlung mit Sozialwohnungen. Wie hieß das Viertel noch gleich? Der Name hatte irgendwas mit Napoleon zu tun gehabt. Sie fand ihn sofort auf der Karte: Waterloo Close. Und ganz richtig – die Siedlung lag direkt an dem Fluss, der die Stadt in der Mitte teilte. Weniger als zwei Meilen von Waterloo Close entfernt lag die Kirche St. Clements, und Nora beschloss, ihre Suche auf die

Browns zu konzentrieren, die in der Nähe der beiden Standorte lebten.

Nach einer halben Stunde hatte Nora die Liste der möglichen Brown-Familien auf vier reduziert, die alle nur wenige Gehminuten von der Kirche entfernt zu Hause waren. Zwei von ihnen wohnten sogar in Waterloo Close. Einen Versuch war es wert.

Diesmal nahm Nora kein Taxi. Nach Snyders Geschichte, wie er seiner Tochter in einem Auto von Sunshine Cabs gefolgt war, wollte Nora sich auf keinen Fall von diesem Unternehmen chauffieren lassen.

Nach Waterloo Close brauchte sie ungefähr zwanzig Minuten zu Fuß, was ihr mehr als ausreichend Zeit dafür bot, eine Strategie zu entwickeln, wie sie sich den Eltern des Mädchens nähern konnte, die immer noch in tiefer Trauer über den Verlust ihrer Tochter sein mussten. Sie kam zu dem Schluss, dass sie einfach nur ehrlich sein und die Karten offen auf den Tisch legen musste.

Sie bog in die Wohnsiedlung ein und sah sich nach der Hausnummer 35 um, in der ein Jimmy Brown lebte. Das einzige Schild, das einen Überblick über das Wohngebiet zeigte, war mit roter Graffitifarbe besprüht. Vor ihr lagen völlig identische winzige Reihenhäuser mit einer genoppten Betonoberfläche, die es so aussehen ließ, als wären die Außenwände mit altem Popcorn verputzt und in dem bedrückendsten Grau gestrichen, das es auf der Farbskala gab.

Eine Frau stand in einem briefmarkengroßen Hinterhof und hängte Kinderkleidung auf eine Wäscheleine, während sie Nora mit einem misstrauischen Blick ansah.

Nora rief ihr zu.

«Ich suche nach der Nummer 35!»

«Weshalb?»

«Ich will mit Jimmy Brown sprechen.»

«Was wollen Sie von ihm? Sind Sie vom Amt?»

«Nein, nein, bin ich nicht.»

«Sind Sie mit ihm befreundet?»

«Nein. Ich will nur mit ihm sprechen. Können Sie mir einfach sagen, wo ich die Nummer 35 finde, ohne dass ich ein scheiß Verhör über mich ergehen lassen muss?», rief Nora und hoffte, damit den richtigen Ton angeschlagen zu haben.

Das hatte sie anscheinend, denn die Frau grinste und deutete mit einem Kopfnicken nach rechts.

«Folgen Sie dem Weg bis zum Ende, dann gehen Sie nach links. Es ist das fünfte Haus auf der rechten Seite. Rote Tür», sagte sie und zog ein neues Stück Wäsche aus ihrem Beutel.

Es war eine leichte Übertreibung, die Tür als rot zu bezeichnen, denn auch wenn sie vielleicht einmal die Farbe eines Feuerwehrautos gehabt hatte, war so manche Fußballsaison vergangen, seit Jimmy Brown sein Haus zum letzten Mal gestrichen hatte. Die Farbe an den Fensterrahmen blätterte ab, und im Vorgarten, der die Größe eines kleinen Planschbeckens hatte, schienen mehr Zigarettenkippen als Pflanzen aus der Erde zu wachsen.

Nora klingelte und wartete. Nach einer Weile hörte sie ein Kratzen an der Tür. Sie wurde von einem ungefähr fünfunddreißig Kilo schweren Golden Retriever begrüßt, der begeistert seine Pfoten auf Noras Schultern legte und versuchte, ihr Gesicht abzuschlecken.

«Hey, hey, Mister! Runter mit dir, runter! Nun überfall mal nicht die Dame», sagte Jimmy und warf ihr ein entschuldigendes Lächeln aus seinem Rollstuhl entgegen.

«Er verlässt das Haus nicht so oft, da freut er sich über jede Ablenkung.»

Nora gelang es, Mister zurück auf den Boden zu bugsieren, und streichelte ihm flüchtig über den Kopf. Er wedelte mit dem Schwanz und begann daraufhin, eifrig im Vorgarten herumzuschnüffeln.

«Man kann ja einiges über Golden Retriever behaupten, aber sie sind auf jeden Fall leicht abzulenken», sagte Nora lachend.

Jimmy erwiderte das Lachen. Doch dann wurde er plötzlich ernst.

«Geht es um meinen Antrag auf Invalidenzuschuss?», fragte er mit Hoffnung in der Stimme.

«Nein, tut mir leid», sagte Nora eilig.

«Ah. Okay.»

Seine Enttäuschung brachte die Unterhaltung zu einem unmittelbaren Stillstand. Jimmy starrte seinen Hund an, bevor er wieder zu Nora aufsah, mit einem Blick, als würde er sich mit aller Mühe zusammenreißen.

«Wissen Sie, wann ich Bescheid kriegen werde? Mir wurde mitgeteilt, dass es maximal drei Monate dauert, und jetzt sind schon zwei Monate und siebenundzwanzig Tage um.»

«Nein, tut mir wirklich sehr leid, aber ich komme gar nicht vom Amt. Ich habe mit Ihrem Antrag leider nichts zu tun.»

«Wer sind Sie dann, und was wollen Sie hier, verdammt?»

Nora legte ihr Gesicht in ernste Falten und versuchte, so schonend wie möglich nachzufragen.

«Ich komme wegen Melody.»

«Melody?»

Jimmy sah sie fragend an.

«Ja, das Mädchen, das ...»

«Ah! Die Melody. Nein, die gehört nicht zu mir. Ihre Großmutter wohnt oben in der Nummer 185. Grüne Tür», sagte er und zeigte auf eine der anderen Häuserreihen.

Nora entschuldigte sich für die Störung und ging weiter, während Jimmy in der Tür sitzen blieb, um die Frühlingssonne zu genießen. Mister nutzte die Gelegenheit, seinen täglichen Toilettengang zu absolvieren.

Nora folgte dem Pfad und kam an einem Jungen von ungefähr zehn Jahren vorbei, der auf einem ramponierten BMX-Fahrrad im Kreis herumfuhr. Niemand hatte dafür gesorgt, ihn heute zur Schule zu jagen, und es wirkte, als würde er sich ordentlich langweilen. Er sah, wie Nora ihn anstarrte, und rief ihr etwas nach.

Drei Minuten später stand Nora vor der flaschengrünen Tür. Auf einem Messingschild las sie den Namen Mathilda Brown. Vor der Tür ragte eine längst verwelkte Hortensie aus einem gesprungenen Blumentopf. Nora griff nach dem metallenen Türklopfer in Form eines Delfins. Ihr Klopfen hallte durch die relativ leere Nachbarschaft, kurz darauf stand eine ältere Frau an der Tür und blinzelte sie an.

«Ja, meine Liebe?», sagte sie freundlich.

«Ich heiße Nora Sand. Ich komme wegen Melody.»

Mathilda Brown reagierte unmittelbar. Als ob die Schwerkraft der Trauer wie eine Last auf sie hinabfiele und ihre Augen, Wangen und Mundwinkel gen Boden drückte. Ihr Gesicht wurde so schwer, dass sie den Kopf hängen ließ.

«Worum geht es?»

«Ich bin Journalistin. Ich will gerne verstehen, weshalb Melody gestorben ist.»

«Und was soll das bringen?»

«Ich glaube nicht, dass die ganze Wahrheit zu Melodys Tod ans Licht gekommen ist.»

Mathilda Brown nickte und trat einen Schritt zur Seite.

«Dann kommen Sie mal rein.»

Sie führte Nora in eine schmale Küche, in der ein Esstisch mit Platz für zwei Personen an die Wand gedrängt stand. Auf einem Regalbrett stand ein Radio. Es lief die Woman's Hour auf BBC. Auf dem Tisch lag eine zusammengefaltete *Times*, das Kreuzworträtsel obenauf. Mathilda Brown hatte das Rätsel, an dem Nora sich schon mehrmals den Kopf zerbrochen, bisher aber immer aufgegeben hatte, bereits zur Hälfte gelöst.

«Tee?», fragte Mathilda Brown.

«Ja, gern.»

Mathilda setzte Teewasser auf und ging ins Wohnzimmer. Kurz darauf kam sie mit einem dünnen Fotoalbum zurück.

«Ich habe ein paar Erinnerungen gesammelt, mit Bildern von meinem Handy. Sie drucken diese Bücher in dem Fotogeschäft direkt neben dem Supermarkt. Ich habe auch für Vicky und Melodys Vater eines anfertigen lassen. Vicky ist meine Tochter. Melodys Mutter», sagte sie und reichte Nora das Album.

Das Buch war auf Hochglanzpapier gedruckt und enthielt neben den Fotos einige der Psalmen, die auf der Beerdigung gesungen worden waren. Und ein Gedicht. Ein Bild zeigte ein junges Mädchen mit einem großen Lächeln, das das Victory-Zeichen in die Kamera zeigte. Nora fiel das Logo auf ihrem Sporttrikot auf.

Mathilda stellte eine Tasse Tee mit Milch und Zucker vor Nora. Den Teebeutel hatte sie noch nicht herausgenommen.

«Ging Melody auf die Mädchenschule St. Helena?»

Mathilda nickte.

«Sie war so glücklich an dem Tag. Hatte gerade ein Volleyballspiel gewonnen», sagte sie mit trauriger Stimme.

Unter dem Bild stand in verschnörkelten Buchstaben *In Erinnerung an Melody Børger-Brown.*

«Børger? Das ist aber ein ungewöhnlicher Name, oder?», fragte Nora.

«Schon, das ist der Name von Melodys Vater. Er ist Däne, wissen Sie?»

«Wohnt er auch in Toppingham?»

Mathilda schüttelte den Kopf.

«Nein. Vicky und er haben sich in London kennengelernt, als beide siebzehn Jahre alt waren. Vicky ist irgendwann nach Toppingham zurückgekehrt und hat Melody bekommen, Karsten ist wieder nach Dänemark gezogen.»

Ihre Aussprache des dänischen Vornamens war beinahe akzentfrei.

«Und Melody hat seinen Nachnamen behalten?»

«Es stand nie zur Debatte, dass Karsten nichts mit seiner Tochter zu tun haben wollte. Er war einfach nicht alt genug, um Vater zu werden, aber er hat immer Geld geschickt, wenn er welches übrig hatte. Anfangs war das nicht viel, weil er noch studierte. Doch dann ging er zur Armee und bekam ein gutes Gehalt. Seitdem hat er regelmäßig Geld geschickt und für Melody in Dänemark sogar ein Sparkonto angelegt.»

«Standen die beiden sich nah?»

«Nein, ich glaube, da waren er und Vicky sich einig. Es hätte Melody zu sehr verwirrt, wenn er sich in ihr Leben eingemischt hätte. Besonders, nachdem Vicky mit Harry zusammengekommen war und die beiden ihre eigene Familie gründen wollten. Harry hat Melody adoptiert, aber Melody hat den Namen ihres Vaters behalten, und Karsten hat weiterhin Geld überwiesen. Einmal pro Jahr, meistens um Weihnachten, hat Vicky ein Foto von Melody nach Dänemark geschickt, damit Karsten sehen konnte, wie groß seine Tochter geworden war.»

«Also hat Melody ihren biologischen Vater nie kennengelernt?»

«Nein, das war ja das Schlimme. Er ist hergekommen, um sie endlich zu treffen. Ich weiß nicht genau, was der Grund war, aber ich glaube, er hatte vor, sein Leben umzukrempeln. Er wollte sie überraschen.»

Mathildas Stimme brach.

«Er kam zwei Tage, nachdem Melody verschwunden war.»

«Oh nein. Das war sicherlich eine schwierige Situation.»

«Ja. Er hat natürlich angeboten, bei der Suche zu helfen. Hat die Polizei kontaktiert. Aber die schienen nicht besonders daran interessiert zu sein, weder an seiner Hilfe noch daran, Melody zu finden. Und weil sie sich der Sache nicht annehmen wollten, hat er selbst angefangen, die Stadt zu durchkämmen. Hat sich einen Mietwagen genommen und ist Tag und Nacht durch die Gegend gefahren. Ich glaube, bei der Armee ist er Spezialist für Ortung.»

«Aber er hat sie nicht gefunden?»

«Doch, das hat er.»

«Wie soll ich das verstehen?»

«Karsten hat die Gegend um das Flussufer abgesucht. Er hat Blutspuren entdeckt und darauf bestanden, dass die Polizei etwas unternahm.»

«Haben sie das getan?»

«Nicht mit Begeisterung. Es hat drei Stunden gedauert, bis sie aufgetaucht sind, und als sie sich endlich dazu herabgelassen hatten, mussten die Herren Beamten beinahe aus ihrem Streifenwagen geprügelt werden, um das Gebiet abzusuchen. Karsten war außer sich vor Wut. Das hat in dem Moment natürlich nicht geholfen.»

«Aber irgendwann müssen sie doch mal an die Arbeit gegangen sein, oder nicht?»

«Ja. Melody wurde dann doch von ihrem Vater im Fluss gefunden, nur hundert Meter von den Blutspuren entfernt. Sie hatte sich in einem Ast verfangen, der über das Wasser ragte.»

Mathilda war in Tränen ausgebrochen.

«Sie hat die ganze Zeit dort im Wasser gelegen, mein kleiner Schatz.»

«Das tut mir so unendlich leid. Kann eine unglückliche Liebe die Ursache sein? Wissen Sie, ob Melody verliebt war?»

Mathilda saß für einen Augenblick da und starrte ins Leere, bevor sie antwortete.

«Ich hatte so eine Ahnung, dass sie für jemanden schwärmte. Aber sie hat nie jemanden mit nach Hause gebracht. Irgendwann habe ich mal nachgefragt, doch sie ist nicht darauf eingegangen. Ich glaube schon, dass sie einen Freund hatte, aber ich weiß keinen Namen, und bei der Beerdigung ist auch niemand gewesen. Wir kannten die meisten Trauernden.»

«Haben Sie jemals von einem Mann namens Khalil gehört? Ich weiß von einigen Mädchen, die Kontakt zu ihm hatten.»

Niedergeschlagen schüttelte Mathilda den Kopf. Dann holte sie tief Luft und fuhr mit ihrer Schilderung fort.

«Als Karsten sah, dass es sich wirklich um Melody handelte, rief er sofort bei Vicky an, dann lief er hierher und holte mich. Wir sind gemeinsam hinunter zum Fluss gelaufen.»

Nora streckte ihre Hand aus und strich Mathilda über den Arm.

«Inzwischen hatte sich eine kleine Menschenansammlung gebildet, alle wollten sehen, was da los war, aber ich habe mir einen Weg gebahnt, bis zum Absperrband. Ein Krankenwagen war bereits da, um sie abzuholen. Aber es war ja schon längst zu spät. Einer der Sanitäter sah sofort, dass Vicky und ich keine gewöhnlichen Schaulustigen waren. Vicky schrie nach Melody, und er ging hinüber, um sie zu beruhigen. Er war ein riesiger Schrank und sagte immer wieder, dass wir nicht hier sein sollten. Dass wir besser nach Hause gingen und darauf warteten, von der Polizei kontaktiert zu werden. Dass Vicky ihre Tochter so nicht sehen sollte.»

«Aber Sie sind nicht nach Hause gegangen», vermutete Nora.

«Nein. Der Sanitäter war ein netter Mann, und er versuchte, uns mit seinem breiten Kreuz die Sicht zu versperren. Sie haben Melody in so einen Sack gelegt, aber sie haben ihn nicht bis ganz oben geschlossen. Wir konnten ihr Gesicht sehen.»

«Das tut mir so leid», wiederholte Nora und wünschte, sie könnte etwas Sinnvolleres sagen. Doch keine Worte konnten den Schmerz lindern, den Mathilda gerade ein weiteres Mal durchlebte.

Melodys Großmutter putzte sich die Nase mit einem Stofftaschentuch, das sie aus dem Ärmel ihrer Strickjacke zog.

«An dem Tag habe ich nicht nur meine Enkelin, sondern auch meine Tochter verloren. Vicky ist daran kaputtgegangen. Ich weiß, dass sie mit Harry noch ein Kind bekommen wollte, doch es hat nie geklappt. Melody war ihr Ein und Alles.»

«Wo ist Vicky jetzt?»

«Bis zur Beerdigung hat sie noch durchgehalten. Ab dann hatte sie keine Kraft mehr.»

«Was heißt das?»

«Harry und Karsten waren auch in tiefer Trauer. Aber sie wollte nicht mit ihnen sprechen. Nicht einmal mit mir. Hat sich in ihrem Schlafzimmer eingesperrt. Nichts mehr gegessen.»

Mit einem kaum hörbaren Plopp tropfte eine Träne auf das Wachstuch, das auf dem Tisch lag.

«Auf Karsten entwickelte sie einen regelrechten Hass. Weil er

Melody gefunden hatte. Hätte er sie nicht gefunden, könnte Vicky immer noch hoffen, dass ihre Tochter am Leben ist.»

«Was ist mit Karsten? Gibt es die Möglichkeit, mit ihm zu sprechen?», fragte Nora und zog das Fotoalbum näher zu sich heran.

«Er ist nicht lange geblieben. Ein paar Tage nach der Beerdigung ist er schon wieder abgereist. Er hatte ja keinen Grund mehr zu bleiben. Melody gab es nicht mehr, und Vicky wollte ihn nicht sehen.»

Nora studierte das Buch mit den Fotos genauer. Ein Bild zeigte Melody, die bis über beide Ohren lachte. Auf diesem Foto schien sie ungefähr acht Jahre alt zu sein, und ihre Vorderzähne wirkten in dem kleinen Gesicht viel zu groß. Die Arme hatte sie um einen kleinen Hund gelegt.

Nora blätterte weiter zu einem Foto, das vor der Kirche aufgenommen worden war. Darauf folgte eine Reihe von Fotos von dem weißen, mit Blumenkränzen übersäten Sarg. Einer davon war ein großes dunkelrotes Herz aus Rosen. Ein weißes Satinband trug die Aufschrift *Von Mama*. Ein weiteres Foto zeigte einen Tisch voller Karten und Blumensträuße. Das nächste sechs geknickt dreinblickende Männer, die den Sarg aus der Kirche zu einem Bestattungswagen trugen. Drei auf jeder Seite. Nora musterte nacheinander ihre Gesichter.

«Wer sind diese Männer?», fragte Nora.

«Ah. Melodys Onkel Billy und Alistair gehen ganz hinten. Das hier sind meine Brüder Alan und Max. Der Rothaarige hier vorn ist Harry. Und hinter ihm, in dem schwarzen Jackett, das ist Karsten. Vicky wollte eigentlich verhindern, dass er den Sarg trägt, aber ich habe ein gutes Wort für ihn eingelegt. Vicky konnte zu der Zeit einfach keine rationalen Entscheidungen treffen. Was ja auch verständlich ist.»

«Haben Sie noch andere Fotos von Karsten?»

Mathilda nahm Nora das Buch aus der Hand und blätterte auf die letzten drei Seiten. Dort stand er neben Vicky und Harry, die sich fest umklammert hielten, während Melodys Sarg ins Grab hinabgelassen wurde. Vickys Gesicht war völlig in Tränen aufgelöst. Karsten hingegen wirkte komplett versteinert. Er stand allein mit einer einzigen langstieligen Rose da, bereit, sie auf den Sarg zu werfen, bevor die Erde für immer das bedecken würde, was einst seine Tochter gewesen war.

Aber es war nicht so sehr die Rose, die Noras Blick fesselte. Es war der Arm, der die Blume gleich in das schwarze Loch werfen würde. Sein Jackettärmel war nach oben gerutscht, und dort, am Unterarm, konnte man die Konturen eines blauen Tattoos erkennen.

Kapitel 18

Nora holte ihr Handy aus der Tasche und fotografierte das Bild ab.

«Gibt es noch andere Aufnahmen von ihm?»

Mathilda schüttelte den Kopf.

«Wo lebt Karsten?»

Verständnislos blickte Mathilda sie an.

«In Kopenhagen, glaube ich. Wieso ist das wichtig?»

«Er hat Melody gefunden. Vielleicht hat er eine Ahnung, was passiert sein könnte», saugte sich Nora einen Vorwand aus den Fingern. «Hat Vicky seine Adresse?»

«Ich weiß nicht. Als Melody klein war und Karsten im Ausland stationiert war, hat sie die jährlichen Fotos immer nur an ein Postfach geschickt.»

«Könnten Sie mir Vickys Adresse geben? Dann kann ich sie selbst fragen.»

«Ja, schon», sagte Mathilda zögernd. «Aber ich kann mir nicht vorstellen, was das bringen soll. Außerdem ist sie gerade bei einer Freundin in Schottland, um ein bisschen Abstand zu allem zu bekommen. Harry ist zurzeit offshore, auf der Ölplattform.»

«Haben Sie Vickys Handynummer?»

«Ja, aber sie sitzt in einem Cottage in den Highlands. Ich glaube kaum, dass sie dort Empfang hat, außer wenn sie zum Einkaufen runter ins Dorf fahren.»

«Wissen Sie, wann Vicky wieder zurückkommt?»

«Wenn sie so weit ist, schätze ich. Schwer zu sagen, wann das sein wird.»

«Hat sie einen Job, der hier auf sie wartet?»

«Nein. Sie hat im Supermarkt gearbeitet, aber die streichen gerade Stellen.»

Nora trank ihren Tee aus und machte sich bereit zu gehen.

«Überlegen Sie noch mal, Mathilda. Gibt es noch irgendeinen Hinweis darauf, wie ich Karsten finden kann? Irgendetwas? Erinnern Sie sich, wo er stationiert war, bei welcher Einheit er gedient hat? Irgendetwas über seine Familie?»

Aber Mathilda schüttelte wieder nur den Kopf.

«Wir haben hier zu Hause fast nie über Karsten gesprochen. Er hat keine Rolle gespielt. Das Geld kam an, und Melody hatte Harry als Vaterfigur, der jeden Tag für sie da war.»

Nora kritzelte ihre Nummer auf ein Stück Papier, dass sie in ihrer Tasche fand.

«Wenn Ihnen noch irgendetwas einfällt, und sei es nur das kleinste Detail, würde ich mich sehr freuen, wenn Sie mich anrufen.»

«Okay. Ich verstehe nur nicht, warum das mit Karsten so wichtig ist. Er hat Melody ja nicht einmal richtig gekannt.»

«Nein. Aber es gibt da etwas, worüber ich mit ihm sprechen will.»

«Vielleicht kann ich Ihnen damit weiterhelfen?»

«Es ist Folgendes: In dem Artikel stand, dass es sich entweder um Selbstmord oder einen Unfall gehandelt habe und dass Melody wahrscheinlich Alkohol und Drogen im Blut hatte ...»

«Das stimmt. Aber ich glaube keine Sekunde daran, dass es Selbstmord war. Melody war so lebensfroh. Sie hätte niemals Selbstmord begangen. Sie wusste, dass wir sie liebten, und so etwas hätte sie weder mir noch ihrer Mutter angetan.»

Mathildas Stimme war ganz rau von den unterdrückten Tränen. Nora strich ihr sanft über den Arm, ein ungeschickter Versuch, die Untröstliche zu trösten. Mathilda rang einen Augenblick um Fassung, dann sprach Nora wieder:

«Eins verstehe ich noch nicht ganz. Wie auch immer Melody in den Fluss gekommen ist, ob sie nun gefallen oder selbst gesprungen ist, wie kann es sein, dass Karsten am Ufer Blutspuren gefunden hat? Man blutet doch nicht, weil man in einen Fluss stürzt? Oder? Können Sie sich das erklären?»

Mathilda schlug die Hand vor den Mund.

«Wir haben mehrmals bei der Polizei nachgefragt, aber niemand konnte uns etwas dazu sagen.»

«Hat Ihnen niemand schildern können, wie es zum Tod von Melody gekommen ist?»

«Nein. Jedenfalls nicht ausführlich. Vicky hat selbstverständlich mit der Polizei gesprochen, aber sie sind nie besonders ins Detail gegangen. Sie war einfach zu aufgewühlt.»

«Also wissen Sie nicht, ob die Blutspur jemals zur Sprache kam?»

«Ich glaube nicht. Vicky hat mir gegenüber jedenfalls nichts davon erwähnt.»

«Können Sie mich anrufen, wenn Vicky wieder da ist?»

«Ja, aber ich kann wie gesagt nicht abschätzen, wann das sein wird. Vielleicht in ein paar Tagen, vielleicht in einem Monat», sagte Mathilda traurig und begleitete Nora hinaus in den Flur.

Nachdem Nora das Haus verlassen hatte, hörte sie hinter sich das metallische Klicken der Tür, die wieder abgeschlossen wurde.

Sowohl der Junge auf dem Fahrrad als auch die Frau mit der Wäsche waren verschwunden und von einer älteren Dame mit Rollator abgelöst worden. Ihr Rücken war so krumm, dass sie dazu verdammt schien, für immer auf den Boden zu schauen, während sie sich durch Waterloo Close schleppte.

■

Im Hotel war ein Zimmermädchen damit zugange, Noras Raum zu putzen und zu lüften. Nora stellte zufrieden fest, dass das Tablett mit Kaffee und Tee nachgefüllt worden war, und nahm dann, um die Frau in Ruhe ihre Arbeit machen zu lassen, ihren Laptop mit hinunter in die Hotellobby. Dort bestellte sie eine Tasse Tee, an der sie nippte, während sie im Internet nach Karsten Børger suchte. Wenn man Mathilda glaubte, war er immer noch beim dänischen Militär, aber Nora wusste genug über das Verteidigungskommando, um sicher zu sein, dass sie niemals an Informationen kommen würde, die ihr verrieten, ob ein gewisser Karsten Børger gerade im aktiven Dienst war oder nicht, geschweige denn, wie sie ihn kontaktieren könnte.

Auf den Facebook-Seiten anderer Menschen gab es einige Hinweise auf ihn. Es waren vor allem Bilder von Armeeleuten in Uniform oder aber Fotos von Männern, bei denen es sich möglicherweise um Soldaten handelte, die in Zivil Partys feierten. Sie alle waren wie Karsten kurzhaarige, muskulöse Männer, deren Augen unter der beißenden Wüstensonne zu oft zusammengekniffen worden waren. Karsten selbst hatte kein Facebook-Profil.

Nora weitete ihr Suchgebiet auf Militärkreise aus und fand

eine alte Webseite, die von einem Fußballspiel berichtete, bei dem Karsten von seinem Bataillon als Stürmer gegen eine Mannschaft der britischen Armee aufgestellt worden war.

Es gab keine Adresse, keine Informationen darüber, wo er lebte.

In einem weiteren Versuch entfernte sie *Karsten* aus dem Suchfeld und ließ Google alle Børgers in Kopenhagen auflisten. Doch das war eine schlechte Idee. Es wurden ihr unzählige Burger-Läden angezeigt. Außerdem erschienen eine Klempnerfirma und zwölf Privatadressen im Großraum Kopenhagen.

Zuerst rief Nora bei der Klempnerfirma an und erkundigte sich nach Karsten Børger. Der Frau am Telefon war der Name nicht geläufig, sie bot jedoch an, den Klempnermeister selbst zu fragen. Sein Name war Svend, aber auch er konnte nicht weiterhelfen.

Nora kehrte zu Facebook zurück und klickte sich durch ein paar Profile, um zu sehen, ob es einfacher wäre, einen seiner Kollegen beim Militär aufzuspüren. Eines der Profile gehörte einem Ole Albinus, den Nora ohne Probleme in den Gelben Seiten fand. Er wohnte im Stadtteil Amager und ging nach zwei Klingelzeichen ans Telefon.

Nora erklärte, dass sie nach Karsten Børger suchte, und bemerkte sofort eine gewisse Skepsis bei Albinus.

«Was wollen Sie von ihm? Und warum rufen Sie ausgerechnet mich an?»

Nora erklärte, dass sie Journalistin war, weiter kam sie jedoch nicht, bevor Albinus den Hörer aufgeknallt hatte. Nora starrte verblüfft auf ihr Telefon. Dann versuchte sie es erneut.

Albinus klang sehr gereizt, als er den Anruf entgegennahm.

«Hören Sie, ich kenne Sie nicht. Keine Ahnung, wer Sie sind.

Woher soll ich wissen, dass Sie sich nicht einfach nur als Journalistin ausgeben? Nein danke, ich spreche nicht mit Ihnen.»

«Warten Sie kurz», versuchte Nora sich Gehör zu verschaffen.

«Gnädige Frau. Wenn Sie bereit sind, mich zu treffen, und sich dabei ausweisen können, dann können wir miteinander sprechen. Einverstanden?»

«Wo soll ich Sie denn treffen?»

«Am Fußballplatz im Englandsvej. Freitagnachmittag, bevor ich um 17 Uhr die Mannschaft trainiere. Kommen Sie eine halbe Stunde vorher. Ich warte auf niemanden.»

Selbst wenn Nora noch mehr hätte sagen wollen, hätte sie keine Chance gehabt. Ole Albinus hatte den zweiten Anruf bereits beendet.

Sie dachte kurz über ihre Optionen nach. Dann rief sie Krebs an und erklärte ihm, dass Sie übers Wochenende nach Dänemark reisen musste.

«Warum das? Ich dachte, du bist mitten in einer Recherche?»

«Ja, das bin ich auch. Ich bin auf eine Spur gestoßen, die nach Dänemark führt.»

Sie berichtete von Karsten Børger, seiner Verbindung zu Melody und wie das Mädchen überhaupt ins Bild passte.

«Ganz ehrlich, Sand. Ist das nicht ein bisschen dünn? Ein totes Mädchen, das zufällig auf die Schule ging, deren Schulleiterin ermordet wurde? Ich bin der Letzte, der sich zwischen eine Journalistin und eine dänische Perspektive auf ein internationales Geschehen stellen will, aber ist das nicht alles ein bisschen an den Haaren herbeigezogen?»

Nora beschloss, die Information über das Tattoo vorerst für sich zu behalten. Vor allem, weil sie nicht sicher war, ob Børgers Tattoo mit der Beschreibung übereinstimmte, die die Polizei im

Zusammenhang mit dem Mord an Crow veröffentlicht hatte. Ihr blieb nichts anderes übrig, als es genauer unter die Lupe zu nehmen.

«Kann sein, dass das an den Haaren herbeigezogen ist, aber ich muss am Freitag sowieso zum Geburtstag meines Bruders. Da komme ich nicht drum herum, das weißt du», erinnerte sie ihn.

Krebs wusste genau, dass es spezielle Regeln gab, die Nora befolgen musste, wenn es um ihren großen Bruder David ging. Er hatte nie eine offizielle Diagnose erhalten, möglicherweise gab es keine, die ihm gerecht wurde. Tatsache war jedoch, so groß sein Talent für das Jonglieren mit Zahlen und Daten auch war, so sehr hatte er Schwierigkeiten bei sozialen Herausforderungen oder Veränderungen in seinem Alltag. Rituale waren wichtig, und zu den wichtigsten gehörte Davids Geburtstag, der, obwohl David inzwischen weit über dreißig Jahre alt war, wie gewohnt im Kleingarten mit Milchbrötchen und heißem Kakao mit Schlagsahne gefeiert werden musste. Dass Nora einmal in Tansania gewesen war, weil sie die Berichterstattung über den Prozess zum Völkermord in Ruanda übernommen hatte, war immer noch ein wunder Punkt. Nora hatte Krebs lang und breit erklärt, wie ihre Reportagereise nach Arusha eine Familienkrise ausgelöst hatte, und er hatte ihr widerwillig die Hand darauf gegeben, dass an Davids Geburtstag in Zukunft ein Tabu für Pressereisen galt.

«Na gut. Wir werden sehen, ob du anschließend noch mal nach Toppingham fliegst. Wenn es bis zu deiner Rückkehr keine neuen Entwicklungen im Mordfall gibt, dann solltest du deine Reportage in London weiterschreiben, finde ich. Es gibt noch andere Ressorts bei *Globalt*, die Nachschub aus England brauchen», sagte er.

Das Zimmermädchen hatte den Raum bereits wieder verlassen,

als Nora in ihr Zimmer zurückkehrte, wo sie sich an ihren Laptop setzte, um Zug- und Flugtickets zu bestellen. Danach rief sie ihren Vater an und teilte ihm mit, dass sie wie erwartet am Freitagmorgen im Kleingarten auftauchen würde.

«Hast du ein Geschenk besorgt?», fragte Christian Sand.

Nora hatte sich nicht einmal im Ansatz Gedanken darüber gemacht.

«Ähm ... Ich werde am Flughafen ein Buch oder so etwas kaufen», sagte sie vage.

«Er überlegt, Veilchen anzupflanzen, wenn dir also dazu ein Fachbuch in die Hände gerät, wird er sich sicherlich freuen.»

Nora seufzte im Stillen. Sie wusste genau, dass sie ein solches Buch in Heathrow nicht finden würde, also musste sie entweder im großen Waterstones in London vorbeischauen oder eine Kompromisslösung am Flughafen finden.

«Mal sehen, was ich auftreiben kann», sagte sie.

Nachdem sie aufgelegt hatte, packte sie ihre Sachen zusammen. Es dauerte nie mehr als fünf Minuten. Nora war nicht der Typ, der Zeit damit verbrachte, ihre Kleidung auf Kleiderbügel zu hängen und ein Hotelzimmer zu ihrem zweiten Zuhause zu machen. Zu oft musste sie kurzfristig auschecken, und die Erfahrungen nach einem Erdbeben in Istanbul und einem Hotelbrand in Durban hatten sie gelehrt, dass es klug war, ihr Gepäck innerhalb weniger Sekunden mitnehmen zu können.

Zurück an der Rezeption, bezahlte sie die Hotelrechnung, damit sie am nächsten Morgen früh abreisen konnte. Dann ging sie in die Stadt und machte sich auf die Suche nach dem Mann, der ihr seit dem Besuch bei Thompson nicht aus dem Kopf ging: Khalil. Und sie hatte auch schon eine Idee, wo sie mit der Suche beginnen würde.

Lauras Wut auf Omar musste einen triftigen Grund gehabt haben, und Nora hatte im Gespür, dass dieser Grund direkt mit Kebab King zusammenhing und sie vielleicht zu Khalil führte.

Kapitel 19

Nora betrat den Dönerladen und hoffte, Omar würde sie nicht gleich wiedererkennen. Aber sie brauchte sich keine Sorgen zu machen. Am Tresen stand ein junger, kräftiger Mann von ungefähr zwanzig Jahren und nahm die Bestellungen entgegen.

Nora reihte sich in die Schlange ein und bestellte ein Dürüm. Nachdem der Verkäufer ihr das Essen zusammen mit einer Cola über den Tresen gereicht hatte, setzte sie sich in den hinteren Teil des Raums, damit sie sowohl alle Tische im Blick hatte als auch sehen konnte, wer auf der Straße vorbeiging.

Die meisten Kunden holten sich wie am vergangenen Samstag ihr Essen zum Mitnehmen, bis auf drei Männer, die an einem der Tische saßen und den Mann hinter der Theke, den sie Ali nannten, zu kennen schienen. Gelegentlich schnipsten sie nach ihm, dann brachte er ihnen ein neues Tablett mit Pommes oder mehr Hummus. Sie würdigten ihn keines Blickes und bedankten sich auch nicht, wenn er ihnen etwas Neues zum Tisch brachte. Vielleicht war er deshalb so grantig, dachte Nora.

Auf der anderen Seite des Lokals saß ein junges Mädchen, das in einer Portion Fish & Chips mit Currysauce herumstocherte. Mit ihrer Plastikgabel spießte sie die Pommes frites einzeln auf, während sie auf ihr Handy starrte. Als sie aufblickte, erkannte Nora das rothaarige Mädchen aus dem Shoppingcenter. Sie gab vor, sich eine Serviette zu holen, und ging an ihrem Tisch vorbei. Das Mädchen spielte Candy Crush.

«Entschuldige bitte, kennst du diesen Laden gut?», fragte Nora.

Das Mädchen zuckte mit den Schultern. Das konnte sowohl Ja als auch Nein bedeuten.

«Ich suche nach einem Typen, der Khalil heißt. Kennst du ihn?», fragte Nora und setzte sich zu ihr an den Tisch.

Wieder zuckte das Mädchen mit den Achseln, ohne von ihrem Handy aufzusehen. Die drei Männer, die gerade noch über irgendetwas gelacht hatten, waren plötzlich verstummt, ihre Aufmerksamkeit war ganz auf Nora gerichtet.

In der plötzlichen Stille waren ein leises Dudeln von Kylie Minogue, die immer wieder beteuerte, einen bestimmten Mann nicht aus dem Kopf zu kriegen, das wehmütige Quietschen des Dönerspießes und das Klappern des Angestellten, der seinen Kunden den Rücken gekehrt hatte und gerade Zwiebeln hackte, das Einzige, was man hören konnte.

Einer der Männer stand auf und ging zu Nora hinüber. Das rabenschwarze Haar saß perfekt, als hätte er gerade eine romantische Szene für einen Bollywood-Film gedreht. Die braunen Augen, die vollen Lippen und der muskulöse, gut trainierte Körper ließen die Frauen wahrscheinlich reihenweise in Ohnmacht fallen. Wenn da nicht das arrogante Grinsen gewesen wäre. Er trug ein eng anliegendes T-Shirt, das seine eigene Geschichte von unzähligen Stunden Hantelstemmen vor dem Spiegel erzählte.

Nora spannte ihre Muskeln an und verschaffte sich blitzschnell einen Überblick über die Situation. Sie könnte ihn wahrscheinlich relativ schnell zu Fall bringen. Es gab genug Platz für einen nachdrücklichen Roundhouse-Kick, und es war klar, dass er Nora als die Schwache in dieser Konfrontation einschätzte. Daher würde er den Angriff nicht kommen sehen, ehe er auf den hellen Fliesen läge und sich zwischen Salatresten und Knoblauchdressing vor Schmerzen wände. Aber was dann? Wahrscheinlich würden sich seine beiden Gefährten einmischen, und drei gut trainierte Männer waren immer noch mehr, als Nora bewältigen konnte, wenn der Vorteil des Überraschungseffekts erst einmal verpufft war.

«Was willst du von Khalil?», fragte der Kerl mit schleppender Stimme und einem Grinsen, das an einen weißen Hai erinnerte. Viele Zähne und kalte Augen.

Das Mädchen stand eilig auf, steckte ihr Handy weg, ließ ihr Essen stehen und verschwand aus dem Laden. Die Türglocke klingelte, als die Tür hinter ihr ins Schloss fiel.

Jetzt waren nur noch Nora und die vier Männer da, wenn sie den Angestellten hinter dem Tresen mitzählte.

Der Mann baute sich direkt vor Nora auf und blickte auf sie herunter. Er stand so nah, dass sie sein Aftershave riechen konnte. Instinktiv schob sie den Stuhl zurück, bis er gegen die Wand stieß. Sie sah ein, dass es dumm wäre, nicht zu antworten.

«Was willst du von Khalil?», fragte er erneut und trat noch einen Schritt näher.

Sie konnte den Zigarettenrauch an seinen Fingern riechen, den Curryatem aus seinem Mund. Es gab keinen Platz mehr, um weiter nach hinten zu rücken. Sie richtete sich auf und sah ihm in die Augen, um ihn wissen zu lassen, dass sein Verhalten sie nicht einschüchterte.

«Das ist eine Sache zwischen mir und Khalil.»

«Ach ja?», sagte er mit sarkastischem Ton und drehte sich zu seinem Publikum am Nachbartisch um. Der Verkäufer war ins Hinterzimmer des Ladens verschwunden. «Das ist eine Sache zwischen dir und Khalil?», äffte er sie nach.

Nora stand auf, und die plötzliche Bewegung ließ ihn unwillkürlich einen halben Schritt zurückweichen.

«Wenn Sie mich bitte entschuldigen, ich muss dann los», sagte sie und versuchte dabei, so ruhig wie möglich zu klingen.

Aber der Kerl rückte keinen Millimeter zur Seite.

«Und wenn ich dich nicht entschuldige? Was dann?»

Darauf hatte Nora keine Antwort. Sie starrte auf den schmutzigen Boden, während sie ihre Optionen abwog und den Abstand zur Tür schätzte. Sie konnte es sicherlich aus der Tür schaffen, bevor er Zeit hatte zu reagieren. Aber was dann? War sie auf der Straße in Sicherheit? In Gedanken lief sie den Weg zum Hotel ab und überlegte, welche Abkürzungen es gab. Doch sie kannte Toppingham nicht gut genug. Es blieb ihr nichts anderes übrig, als zu improvisieren.

«Ich frage Sie noch einmal. Würden Sie bitte einen Schritt zur Seite treten, damit ich gehen kann?», sagte sie gezwungen ruhig, während sie nach draußen spähte, um zu sehen, ob jemand vorbeikam, den sie notfalls um Hilfe bitten könnte. Doch die Straße war wie leergefegt. Keine hungrigen Dönerkunden, wenn man sie mal brauchte.

«Was willst du von Khalil?», fragte der Kerl zum dritten Mal.

Nora antwortete nicht. Stattdessen konzentrierte sie sich darauf, ihre Körpersprache so unterwürfig wie möglich erscheinen zu lassen. Sie senkte ihre Schultern und den Blick. Versuchte resigniert und eingeschüchtert auszusehen, um ihn in dem Glauben zu lassen, keine Gefahr darzustellen, bevor sie zuschlug.

Plötzlich wurde seine Aufmerksamkeit für eine Sekunde abgelenkt, als sich die Tür zum Hinterzimmer öffnete. Es war Omar, der hereinkam.

«Khalil, mein Bruder!», rief Omar. Der Kerl wandte sich von Nora ab und warf Omar einen Blick über die Schulter zu.

Nora nutzte die Gelegenheit. Mit einem eleganten, tiefsitzenden Tritt schlug sie die Beine unter dem Mann weg. Noch bevor er auf dem Boden aufschlug und im Fallen einen der billigen Plastikstühle mit sich riss, rüttelte sie bereits verzweifelt an der Tür. Sie verlor zwei kostbare Sekunden, bis ihr einfiel, dass sie sich nach innen statt nach außen öffnete. Dann endlich war Nora auf der Straße.

Instinktiv rannte sie in die entgegengesetzte Richtung des Hotels, um den Mann, bei dem es sich anscheinend um Khalil handelte, nicht auf die Fährte ihres Aufenthaltsortes zu locken. Die ersten paar Meter wagte sie es nicht, sich umzudrehen, sondern sprintete im Flug an Häusern und Geschäften vorbei. Dann bog sie in eine Art Fußgängerzone ein, in der sie im Zickzack an Schildern und Caféstühlen vorbeiflitzte und im letzten Moment einem älteren Mann mit Rollator auswich. Der Gedanke, ihn zu bitten, die Polizei zu rufen, ging ihr durch den Kopf, verschwand jedoch ebenso schnell wieder. Nach dem, was Kavanagh und Thompson und einige andere ihr erzählt hatten, war sie sich nicht mehr sicher, dass die Polizei ihr überhaupt helfen würde. Es war auch kein wirklicher Fall für die Polizei, dass ein Idiot in einem Dönerladen ihr etwas zu nah auf die Pelle gerückt war. Der Mann hatte ihr nichts getan. Noch nicht.

Die vielen Stunden unerbittlichen Trainings bei Mon in der schwülen Hitze Thailands hatten Nora zwar in Bestform gebracht, doch in Wahrheit war sie eine schlechte Läuferin. Sie warf einen kurzen Blick über ihre Schulter. Nirgends waren Verfolger zu sehen. In einer langen, schmalen Gasse zwischen einem großen Tesco-Supermarkt und einem Optiker schnappte sie nach Luft. Vorsichtig spähte sie um die Ecke, um zu sehen, ob Khalil sie eingeholt hatte. In der Fußgängerzone schien alles ruhig zu sein. Drei Freundinnen gingen kichernd auf das große Schaufenster des H&M auf der anderen Seite der Gasse zu. Nora atmete tief ein und holte ihr Telefon aus der Tasche, um zu prüfen, wie weit sie vom Hotel entfernt war.

Sie hatte gerade die Karten-App geöffnet, als ein Ruck durch ihren Körper ging. Eine Hand hatte sie am Pferdeschwanz gepackt, und dann spürte sie die kalte, scharfe Klinge eines Messers an ihrem Hals. Ihr Angreifer hatte sich von der anderen Seite der Gasse an sie herangeschlichen.

«Ich dachte, wir wollten uns unterhalten, kleines Fräulein», hauchte Khalil ihr ins Ohr, der plötzlich keine Ähnlichkeit mehr mit einem Bollywood-Star hatte.

Nora handelte intuitiv und routinemäßig. Sie hatte diesen Fall immer und immer wieder geübt. Mit einer schnellen Bewegung packte sie den Arm des Mannes mit beiden Händen, wand sich schräg unter ihm durch und drückte ihm seinen eigenen Arm gegen den Körper, sodass die Messerspitze auf ihn gerichtet war. So hielt sie ihn fest, holte mit einem Bein Schwung und stieß ihm ihr Knie in den Schritt. Sie hörte, wie das Messer klirrend auf das Pflaster fiel, als sie schon aus der Gasse hechtete.

Sobald sie die Fußgängerzone erreichte, erblickte sie die beiden Männer, die mit Khalil am Tisch gesessen hatten. Bevor die beiden sie sahen, rannte sie in den großen Tesco-Markt.

Das Adrenalin pumpte durch ihren Körper, und die Angst holte sie ein wie ein verzögerter Schock. Es kam ihr so surreal vor, eine Nahtoderfahrung zu machen und jetzt, weniger als eine Minute danach, atemlos in einem Supermarkt zu stehen und Leute dabei zu beobachten, wie sie gerade ein Fertiggericht für die Mikrowelle auswählten.

Sie lief durch die Reihen des Supermarktes. Es würde nicht lange dauern, bis Khalil wieder auf den Beinen war, und er und seine Männer würden definitiv hier nach ihr suchen. Sie ging zur Bekleidungsabteilung und ließ den Blick über Regale und Kleiderständer schweifen, bis sie einen großen roten Kapuzenpullover entdeckte, der mit einem Sportlogo bedruckt war, das sie noch nie zuvor gesehen hatte. Vielleicht würde dieser Pullover ausreichen, um nicht erkannt zu werden. Die Männer jagten eine Frau in einer schwarzen Jacke, keine Einheimische in einem roten Pullover. Und sie könnte ihre langen Haare unter der Kapuze verstecken.

Hastig ging sie die Bügel auf der Stange durch und fand eine Größe XL, die über ihre Jacke passte, so musste sie sich nicht umziehen oder etwas im Laden zurücklassen. Von einem Ständer neben ihr griff sie sich die erstbeste Sonnenbrille. Sie hatte große rot getönte Gläser und sah aus wie das Accessoire einer deutschen Schlagersängerin aus den späten Siebzigern. Aber immerhin würde sie den größten Teil ihres Gesichts bedecken.

Ein Schild zeigte ihr den Weg zu den Umkleidekabinen, und Nora eilte in eine kleine Kabine und zog den Vorhang zu. Das perfekte Versteck. Sie holte ihr Telefon heraus und überlegte, wer ihr jetzt am besten helfen konnte. Millhouse war eine Möglichkeit, aber was sollte er schon gegen drei Männer ausrichten, die entschlossen waren, Nora zu bedrohen, wenn nicht Schlimmeres? Es war eines der Grundprinzipien der britischen Polizei, dass es sich um eine echte Ausnahmesituation handeln musste, bevor sie überhaupt mit Waffen ausrückten.

Dann wählte Nora eine Nummer.

Sie klemmte sich das Handy zwischen Kiefer und Schulter und zog den großen roten Pullover über die Jacke. Während sie an der Sonnenbrille herumfummelte, nahm er endlich den Hörer ab.

«Snyder. Was gibt's?»

Nora bat ihn, direkt zum Parkplatz hinter dem Supermarkt zu kommen, um sie abzuholen, und betonte, dass es nicht schnell genug gehen konnte.

Aber Snyder, der so klang, als wäre er gerade geweckt worden, hatte es nicht besonders eilig.

«Entschuldigen Sie, verstehe ich das richtig? Geht es um einen Fotoauftrag? Also ein Job, für den ich bezahlt werde?»

«Ja, jetzt kommen Sie schon. Den Rest erkläre ich Ihnen, wenn Sie hier sind.»

«Was denn erklären? Ich muss noch meine Ausrüstung zusammenpacken.»

«Lassen Sie den Scheiß, Snyder, kommen Sie einfach her», unterbrach sie ihn.

«Sie meinen also, Sie können mich einfach herbestellen wie irgendein Taxi, und dann wollen Sie mir nicht einmal sagen, worum es geht? Sie gehen einfach davon aus, dass ich nichts Besseres zu tun habe, als Ihnen zur Verfügung zu stehen?», hakte Snyder nach und war kurz davor, all die Sympathiepunkte, die er bei Nora gesammelt hatte, zu verspielen.

Sie holte tief Luft.

«Hören Sie. Ich werde von einem Typ mit einem Messer verfolgt. Ich glaube, es ist dieser Khalil, von dem Thompson gesprochen hat. Ich verstecke mich im Tesco, aber ich habe keine Ahnung, wann die mich hier finden werden.»

«Ich bin in drei Minuten da. Nehmen Sie den Ausgang am Kiosk. Ich schicke Ihnen eine SMS, wenn ich da bin.»

«Danke», antwortete Nora und drückte das Gespräch weg.

Sie wagte es kaum, den Kopf aus der Umkleidekabine zu stecken, falls Khalil oder einer seiner Freunde den Laden betreten haben sollte. Doch plötzlich bewegte sich der Vorhang. Nora bereitete sich auf einen Angriff vor und wurde von einer grauhaarigen Frau überrascht, die mit einem Regenmantel im Arm vor ihr stand.

«E-En-Entschuldigung. Ich dachte, hier wäre frei», sagte sie verwirrt.

«Schon okay», sagte Nora und tat so, als würde sie im Spiegel begutachten, wie ihr die Sonnenbrille stand, wenn sie sie ins Haar schob.

Die Frau trat zur Seite,und Nora nutzte die Gelegenheit, am Vorhang vorbeizuspähen, während sie das Preisschild von der Sonnenbrille abriss. Drei Minuten waren eine Ewigkeit. Einhundertachtzig Sekunden. Sie sah erneut auf die Uhr. Noch zwei Minuten. Von Khalil war immer noch keine Spur zu sehen. Sie machte sich bereit, zur Kasse zu sprinten, und hatte gerade die Sicherheit der Umkleidekabine verlassen, als sie einen festen Griff um ihren Arm spürte.

In einer schnellen Bewegung riss sie sich los und starrte einem übergewichtigen Mann mit Schnurrbart und einem schelmischen Ausdruck ins Gesicht, dessen weißes Uniformhemd verkündete, dass er für die Sicherheitsfirma des Supermarkts arbeitete.

«Hatten Sie vor, dafür zu bezahlen?», fragte er und zeigte auf das Preisschild, das Nora in der Hand hielt.

«Ja. Natürlich. Ich würde den Pullover und die Brille nur gern anbehalten, während ich bezahle, deshalb habe ich die Preisschilder entfernt. Dann geht es schneller an der Kasse», erklärte sie.

Ihr Blick suchte den Ausgang. Snyder müsste jeden Moment hier sein.

Doch der Mann vom Sicherheitsdienst interpretierte ihren Blick falsch und packte sie erneut am Arm.

«Ich glaube, wir müssen Sie hierbehalten. Wir haben sehr strenge Bestimmungen, was Ladendiebstahl betrifft. Die Polizei muss informiert werden. Wir machen da keine Ausnahmen.»

Nora starrte ihn ungläubig an.

«Ich habe Ihnen doch gerade gesagt, dass ich auf dem Weg zur Kasse bin. Außerdem habe ich nichts aus dem Geschäft entwendet. Was werfen Sie mir also vor? Und drittens ...», sagte sie und befreite sich aus seinem Griff, dieses Mal so heftig, dass der Security-Mann es auch spüren sollte, «... fassen Sie mich gefälligst nicht an. Ist das klar?»

Der Security-Mann sah sie an, als hätte er es mit einem tollwütigen Hund zu tun. Er trat ein paar Schritte zurück, tastete an seinem Hosenbund entlang und bekam das Walkie-Talkie zu fassen, das an seinem Gürtel hing. Für die wenigen Sekunden, die es dauerte, den richtigen Knopf zu finden, ließ er Nora aus den Augen.

«Gary? Bitte kommen.»

«Ja?», antwortete eine Stimme.

«Gary, kannst du runterkommen? Wir haben hier ein Problem», sagte der Wachmann.

Nora hätte am liebsten den Kopf über den Idioten geschüttelt, der gerade dabei war, aus einer Mücke einen Elefanten zu machen. Doch genau in diesem Moment geschahen zwei Dinge gleichzeitig. Ihr Handy vibrierte, und Nora hoffte von ganzem Herzen, dass es die erwartete SMS von Snyder war. Gleichzeitig stürmte ein wütender Khalil durch den Eingang am anderen Ende des Supermarkts. In wenigen Sekunden würde er sie entdeckt haben.

Nora lief geduckt hinter dem Regal mit Zeitschriften und Glückwunschkarten Richtung Ausgang.

«Hey, Sie! Bleiben Sie gefälligst hier. Sie müssen warten, bis die Polizei eingetroffen ist», sagte der Security-Mann und folgte Nora mit festen Schritten.

Sie warf einen raschen Blick über das Regal. Khalils Handlanger waren ebenfalls eingetroffen, und die drei teilten sich auf. Khalil selbst ging den Gang mit dem Tierfutter hinunter direkt auf Nora zu. Jetzt musste sie wirklich die Beine in die Hand nehmen.

«Tut mir leid. Ich verspreche Ihnen, ich komme später zurück und bezahle», sagte sie mit einem entschuldigenden Lächeln und schoss in Richtung Tür davon.

An der Kasse musste sie sich an einer hochschwangeren Frau vorbeidrängen, die laut protestierte. Doch Nora hatte keine Zeit, sich zu entschuldigen. Sie rannte zum Ausgang neben dem Kiosk und warf sich auf Snyders Beifahrersitz.

«Fahren Sie, los!», rief sie.

Ausnahmsweise hatte der Fotograf kein Bedürfnis, eine größere Diskussion anzuzetteln. Er drückte das Gaspedal so tief durch, dass er mit quietschenden Reifen vom Parkplatz raste und beinahe mit dem Lieferwagen einer Bäckerei zusammengestoßen wäre. Nora sah Khalil im Rückspiegel. Er kam aus dem Tesco gestürmt und schüttelte wütend die Fäuste, als er den Wagen davonrasen sah.

Er würde die Demütigung, von einer Frau entwaffnet worden zu sein, so schnell nicht vergessen, und Nora war erleichtert, dass sie Toppingham bald verlassen würde. Sie kannte Typen wie Khalil in- und auswendig. Hatte sogar schon mit ähnlichen Männern geboxt. Sie gaben keine Ruhe, bis sie sich an der Frau rächen konnten, die sie ihrer Würde beraubt hatte.

Snyder kannte Toppingham wie seine Westentasche und fuhr durch die kleinen Seitenstraßen aus der Stadt hinaus.

«Meine Fresse. Das war krass», sagte er mit einem Grinsen, das verriet, dass ihm diese kleine Portion Drama sichtlich gefiel.

Nora nickte.

«Jepp.»

«Wer war hinter Ihnen her und warum?»

«Tja, da wäre zum einen der Security-Typ von Tesco, der dachte, ich sei eine Ladendiebin. Was ich jetzt ja auch irgendwie bin», sagte Nora und sah an sich hinunter. «Das mit den anderen Typen ist ein bisschen komplizierter.»

«Ich hab Zeit. Haben Sie schon gegessen?», fragte Snyder und bog in Richtung des amerikanischen Diners ab.

Kapitel 20

Es war kurz nach sechs Uhr, als Nora am nächsten Morgen durch die verlassenen Straßen Toppinghams vom Hotel in Richtung Bahnhof ging. Es dauerte nicht länger als zehn Minuten, und es gab keine Anzeichen dafür, dass ihr jemand auflauerte. Am Bahnhofskiosk kaufte sie Zeitungen, Kaffee und einen Bagel, bevor sie mit einer Handvoll anderer Leute, die im Süden etwas zu erledigen hatten, in den Zug stieg.

Snyder hatte versprochen, dass er versuchen würde, seine Tochter nach Khalil zu fragen. Vielleicht kämen sie so dahinter, welche Rolle er in Bezug auf Melodys Tod und Lauras Verschwinden spielte.

Nora widerstrebte es, Toppingham mit so vielen offenen Fragen zu verlassen, hoffte jedoch, dass sie zumindest Karsten Børger in Dänemark finden und mit ihm über den Tod seiner Tochter sprechen konnte. Und nicht zuletzt sein Tattoo genauer unter die Lupe nehmen.

Drei Stunden später schloss sie die Tür zu ihrer Wohnung in Belsize Park auf und öffnete die Fenster sperrangelweit. Der Kühlschrank war leer, und die Luft war stickig und staubig, nachdem sie zuerst nach Thailand und dann direkt weiter gen Norden gereist war.

Schnell blätterte sie durch den Poststapel und stopfte ein paar Briefe zusammen mit ihrem Reisepass in die Handtasche. Sie kippte den größten Teil des Inhalts aus ihrem Koffer in den bereits prallgefüllten Wäschekorb und ersetzte ihn durch einige frische Kleider, T-Shirts und diversen Kleinkram.

Erst als sie in Heathrow saß, wurde ihr klar, dass sie vergessen hatte, in einem Buchladen vorbeizusehen, in dem sie vielleicht ein Buch über Veilchen hätte erstehen können. Als Paniklösung kaufte sie in der W. H. Smith-Buchhandlung am Flughafen einen dicken Wälzer aus der Businessabteilung, von dem sie innerlich wusste, dass David ihn niemals lesen würde. Er hatte keine Lust, den Arbeitsplatz zu wechseln, sondern war mit seiner Position als Sachbearbeiter bei einer Versicherungsgesellschaft sehr zufrieden, wo er komplizierte mathematische Modelle entwickelte, mit denen sich vorhersagen ließ, welche Unfälle die Kunden des Unternehmens am wahrscheinlichsten treffen würden.

Als sie am Gate in der Schlange stand, rief Krebs an.

«Wann landest du?»

«Kurz nach halb drei.»

«Hast du Zeit, in der Redaktion vorbeizukommen?»

Bevor Krebs erklären konnte, worum es ging, musste Nora das Gespräch unterbrechen, um ihre Bordkarte zu zeigen, und obwohl sie eigentlich geplant hatte, während der Reise ein paar E-Mails zu schreiben, schlief sie am Fenster ein. Es war eine lange Nacht gewesen, in der sich ihre Gedanken besonders um Laura gedreht hatten. Nora hoffte, dass sie Toppingham verlassen hatte und in guten Händen war. Doch sie befürchtete das Schlimmste. Laura war viel zu jung, um für sich selbst sorgen zu können.

Sie hatte überlegt, Millhouse oder Spencer auf Khalil anzusetzen, aber sie hatte nicht viel Konkretes gegen ihn in der Hand, was das rechtfertigen würde. Khalil war anscheinend ein Typ, der sich blutjunge Mädchen zur Freundin nahm und sie dann mit seinen Freunden teilte. Dafür hatte Nora allerdings keine festen Beweise, und sie sah das Gespräch schon vor sich, bevor es überhaupt stattgefunden hatte. Wie Spencer nach etwas Konkreterem fragen würde und Namen von Mädchen wissen wollte, die er befragen könnte. Und wie Nora ohne Anhaltspunkte dastand. Sie wollte Thompsons Namen nicht ohne dessen Erlaubnis preisgeben, und außerdem gab es keine Garantie dafür, dass die Experten von Scotland Yard ihm glaubten, wenn sie Nora für unglaubwürdig hielten.

Sie nahm die U-Bahn vom Flughafen nach Nørreport und ging das letzte Stück zur Redaktion zu Fuß, wo Anette wie immer an der Rezeption saß. Doch dieses Mal wurde Nora nicht mit einem Lächeln begrüßt. Im Gegenteil, Anette starrte in die Luft und sah aus, als hätte sie Noras Ankunft kaum bemerkt.

«Hey, ist Krebs im Haus?»

Anette sah sie an, als wäre sie an einem weit entfernten Ort.

«Glaub schon.»

Nora ging an ihr vorbei, drehte sich dann aber noch einmal um und ging ein paar Schritte zurück.

«Alles okay, Anette?»

Anette schüttelte den Kopf, bekam aber kein Wort heraus. Nora wartete. Schließlich fand sie die Sprache wieder.

«Entlassungsrunde morgen.»

Nora spürte, wie sich ihr Magen zusammenzog. Sicher wollte Krebs deshalb mit ihr sprechen.

«Wie viele müssen gehen?»

«Mindestens zehn, glaube ich. Ich habe keine Ahnung, ob ich auf der Abschussliste stehe. Leif und ich haben gerade erst ein Sommerhaus in Odsherred gekauft. Jetzt weiß ich nicht mal, ob ich nächsten Monat überhaupt noch einen Job habe.»

Nora hatte sie noch nie so entmutigt erlebt.

«Die werden doch nicht dich feuern! Du bist unentbehrlich für die Redaktion. Wer soll sich sonst alle Geburtstage merken? Und den Überblick über Krebs' Meetings und Zahnarztbesuche behalten? Und … und …»

Anette schüttelte den Kopf.

«Dafür wird in einer modernen Redaktion niemand mehr gebraucht. Ich weiß schon, dass ich ein Teil des überflüssigen Ballasts bin. Entweder ich oder einer der Journalisten», sagte sie.

Nora wusste nicht, was sie darauf erwidern sollte, und es war Anette, die das ungemütliche Schweigen brach.

«Er ist mit Oliver aus der Buchhaltung in seinem Büro», sagte sie und zeigte auf die Tür.

Nora ging durch die Nachrichtenredaktion und fühlte sich, als wäre sie zu einer Beerdigung erschienen, ohne zu wissen, wer gestorben war. Die Leute saßen in kleinen Gruppen und unterhielten sich mit gedämpften Stimmen. Das übliche Treiben, das Lachen und die Grüße, die sie sonst empfingen, wenn sie Krebs in seinem Büro aufsuchte, blieben völlig aus.

Die Kulturredakteurin Viola Ponte saß der Tür am nächsten, und als sie Nora näher kommen sah, winkte sie sie heran.

«Er ist immer noch im Meeting mit Oliver. Aber es sieht nicht gut aus. Überhaupt nicht.»

Nora setzte sich gegenüber von Pontes Arbeitsplatz auf den Stuhl und rutschte bis an die Stuhlkante vor.

«Wie lange ist Oliver denn schon dadrin?»

«Ein bisschen länger als eine Stunde.»

Nora sah auf die Uhr und überlegte, ob sie Zeit hatte, ihren Vater anzurufen, bevor Krebs sie empfangen würde. Mit dieser Überlegung kam sie nicht weit, als sich auch schon die Tür öffnete und Oliver aus dem Büro trat. Der große schlanke Mann ging mit gebeugtem Nacken und auf den Boden gerichtetem Blick auf die Treppe zu, die zur Buchhaltung im ersten Stock führte. Anscheinend um den fragenden Blicken seiner Kollegen zu entgehen.

Einen Moment später stand Krebs in der Tür. Er entdeckte Nora und nickte kurz. Ihr Chef sah aus wie eine schlechte Kopie seiner selbst. Das Hemd war zerknittert, als hätte er darin geschlafen, und er hatte schwere Ringe unter den Augen. Er räusperte sich, als wollte er für Ruhe sorgen, aber das war völlig unnötig. Im Raum war es so still, dass man jeden Mausklick hörte.

«Tja, es wird ernst. Wir haben den Vorstand einberufen und werden morgen eine Vollversammlung abhalten, wenn wir uns auf alles geeinigt haben», sagte er.

Die Kollegen saßen wie versteinert da.

Krebs wandte sich an Nora.

«Es war nicht mein Plan, dass du es auf diese Weise erfährst.»

«Dass ich was erfahre?», sagte sie, während der Kloß in ihrem Hals immer dicker wurde.

«Du solltest besser in mein Büro kommen.»

Noras Kollegen in der Nachrichtenredaktion begannen allmählich wieder mit ihrem geschäftigen Treiben, und als sie sich noch einmal zu ihnen umdrehte, sah niemand auf, um ihren Blick zu erwidern. Alle waren damit beschäftigt, auf ihre Bildschirme zu starren oder auf den Boden oder in irgendeine andere Richtung. Nora schloss die Tür vorsichtig hinter sich und setzte sich auf den Stuhl gegenüber von Krebs' aufgeräumtem Schreibtisch.

«Was ist denn los?»

Krebs sah einen Moment lang aus dem Fenster, dann überwand er sich.

«Wir haben die Sponsorenbeträge aus dem russischen Kapitalfonds nicht erhalten. Jetzt, wo Bugakov verschwunden ist, steht alles still. Um unsere Finanzen steht es so schlecht, dass wir den Laden in drei Monaten dichtmachen müssen, wenn wir keine drastischen Maßnahmen ergreifen.»

Nora sank in ihrem Stuhl zusammen. Eine Welt ohne *Globalt* war fast undenkbar. Sie hatte natürlich gewusst, dass es nicht gut lief. Weder Zeitschriften noch Magazine konnten gerade mit guten Zahlen prahlen, weder in Bezug auf Leser noch auf Werbeeinnahmen. Fast die gesamte Berichterstattung hatte sich vom Papier ins Internet verlagert, wobei Google und Facebook die größten Gewinne einfuhren.

«Und es gibt keine anderen Optionen?»

Krebs breitete resigniert die Arme aus.

«Bugakov war ohnehin schon unsere letzte Chance. Ich war nicht besonders scharf drauf, diesem Mann unterstellt zu sein und zu seinem Hobbyprojekt zu werden. Aber ich war bereit, meinen Stolz hintanzustellen, wenn man *Globalt* so hätte retten können.»

Nora ließ die Nachricht auf sich wirken.

«Aber Bugakovs Firma hat doch sicher Verständnis dafür? Sie müssen das Geld auch dann zustellen können, wenn er nicht da ist? Er hat schließlich alles unterschrieben und in die Wege geleitet, oder nicht?»

Wieder starrte Krebs aus dem Fenster. Er seufzte tief.

«Ja, schon. Alles war unterschrieben. Die Sache ist die, solange er als vermisst gilt, haben die russischen Behörden seine Konten einfrieren lassen. Und die Firma wird da so schnell nicht rankommen.»

«Aber könntest du nicht mit seiner Bürgschaft einen Kredit bei der Bank aufnehmen?»

Krebs öffnete eine Schreibtischschublade, nahm eine Packung Nikotinkaugummis heraus und warf sich zwei davon in den Mund, bevor er antwortete.

«Das ist eine der Optionen, die ich heute Abend mit dem Vorstand besprechen werde. Aber ich kann mir nicht vorstellen, dass sie einwilligen werden. Falls, und ich betone *falls*, die Bank uns doch noch einen Kredit gewährt, dann nur zu absurden Zinsen. Und ohne konkretes Datum, an dem Bugakov wieder ins Spiel kommt, ist es ziemlich hoffnungslos.»

«Was ist dein Plan?»

«Ich muss vernünftig sein. Um *Globalt* zu retten. Ich werde zehn Mitarbeiter entlassen müssen.»

Plötzlich spürte Nora, wie sich die Stuhllehne in ihren Rücken bohrte und wie sie die Muskeln vor dem anspannte, was jetzt kommen musste.

«Du feuerst mich, oder?»

Krebs sah verzweifelt aus.

«Ich bin eine der zehn. So sieht es aus, oder?»

«Hör mal, Nora. Ich will dich nicht entlassen. Das ist keine Entlassung an sich.»

«Okay. Keine Entlassung. Was ist es dann? Wie nennen sie es beim Dänischen Rundfunk? *Wegrationalisieren?* Willst du mich also wegrationalisieren? Das ist wirklich ein ehrenwerter und cleverer Schachzug», sagte sie, jedes Wort triefte nur so vor Sarkasmus.

Pete hatte sie einmal darauf aufmerksam gemacht, dass es ihr schwerfiel, wie ein normaler Mensch zu reagieren, sobald sie unter Druck gesetzt oder verletzt wurde. Sie hatten sich vor ein paar Jahren auf ein Bier in einer ihrer Lieblingskneipen in Camden getroffen, und er hatte ihr vor Augen geführt, dass sie sich jedes Mal, wenn ihr jemand zu nahekam oder sie verärgerte, hinter einer Mauer aus Ironie und sarkastischen Bemerkungen verschanzte.

«Wow. Bist du darauf wirklich selbst gekommen, Pete?», hatte sie gesagt und einen Schluck von ihrem Bier getrunken, als ihr aufging, dass er sie mit dieser Beobachtung härter getroffen hatte, als ihr lieb war. «Und jetzt habe ich es schon wieder getan, oder?»

Sie hatten zusammen gelacht, Nora hatte die nächste Runde ausgeben müssen und versprochen, den Rest des Abends völlig ironiefrei zu sein. Was Pete sich verbeten hatte, weil er immerhin Australier war.

Krebs räusperte sich und holte Nora zurück in die Gegenwart. Zurück ins Büro, wo sie nicht nur Stunden, sondern ganze Tage damit zugebracht hatte, über Journalismus und Weltpolitik zu diskutieren, zu streiten und zu lachen, und von wo aus sie zu den haarsträubendsten Aufträgen ausgesandt worden war, die sie je als Journalistin erlebt hatte. Krebs hatte etwas in Nora gesehen, seit sie eine frisch ausgebildete Journalistin war, und er hatte sie angetrieben, besser zu werden, als sie sich je hätte träumen lassen, nachdem die Türen der Journalistenschule hinter ihr zugeschlagen waren.

«Hör mal, ich habe wirklich keine Lust, mich mit dir zu streiten, Nora. Ich rationalisiere keine Leute weg. In den mehr als vier Jahrzehnten, die ich in der Branche tätig bin, habe ich niemals jemanden so behandelt, und damit werde ich auch jetzt nicht anfangen, ist das klar?»

Nora nickte und konnte ihren Mund nur unter Kraftanstrengungen halten.

«Was ich sagen will: Ich werde schon morgen fünf Mitarbeiter entlassen müssen, und wenn keine neue und herausragende Lösung auf unserem Tisch landet, was ich mir gerade nicht vorstellen kann, werden weitere Entlassungen folgen. Und ich muss dir leider mitteilen, dass ab heute deine dreimonatige Kündigungsfrist läuft. Danach bist du nicht mehr ...»

«Wusste ich's doch!»

«Lass mich ausreden. Danach bist du nicht mehr festangestellte Korrespondentin. Aber ich will dich gerne behalten. Wenn es *Globalt* denn in drei Monaten noch gibt.»

«Ich verstehe nicht, was du meinst.»

«Ich frage dich, ob du dir vorstellen kannst, vorübergehend als freie Mitarbeiterin zu schreiben. Für mehr haben wir in Anbetracht des neuen Finanzplans, den ich heute Abend mit dem Vorstand durchgehen werde, gerade keine Mittel. Ich kann gut verstehen, wenn du das Angebot ablehnst. Aber das wäre nur vorübergehend. Bis wir wieder Wasser unterm Kiel haben.»

Nora rechnete schnell in ihrem Kopf. Es war klar, dass es für *Globalt* viel billiger wäre, auf eine freiberufliche Korrespondentin zurückzugreifen, als jemanden fest anzustellen. Mit einem Schlag verschwanden Rentenbeitrag, Versicherung und bezahlter Urlaub. Nicht, dass Nora den ihr zustehenden Urlaub immer genommen hätte. Aber trotzdem.

«Vorübergehend?», hakte sie nach und sah Krebs an, der auf seinem Stuhl hin und her rutschte.

«Ja. Ich kann dir kein genaues Datum nennen. Es liegt nicht in meinen Händen, wie es mit den Finanzen des Magazins weitergeht. Ich kann nur sagen, dass ich dich auf jeden Fall wieder im Team haben will, sobald wir es uns leisten können.»

Nora überkam das merkwürdige Gefühl, tief zu fallen. Krebs

war wie eine Art Extravater für sie. Einer, mit dem sie streiten konnte und von dem sie lernen konnte, in dessen Lob sie sich das ein oder andere Mal suhlen konnte. Nun saß er hier und bat sie, von zu Hause auszuziehen. Mit steifen Gliedern erhob sie sich von ihrem Stuhl.

«Ich muss darüber nachdenken», sagte sie.

Krebs setzte eine Miene auf, die sie nur schwer deuten konnte. Beschämt, unterwürfig und bestimmt zugleich. Als hätte er die schrecklichste Aufgabe der Welt auf sich genommen.

«Ich brauche deine Antwort so schnell wie möglich. An der Entlassung kann ich leider nicht rütteln, ob du als freie Mitarbeiterin bei uns bleibst oder nicht», sagte er traurig.

Später konnte sich Nora nicht erinnern, wie sie durch die Nachrichtenredaktion mit den vielen fragenden Gesichtern gekommen und wie sie an der Rezeption vorbeigegangen war, ob sie überhaupt etwas zu Anette gesagt hatte, die auf schlechte Nachrichten bezüglich ihres eigenen Jobs wartete. Aber plötzlich stand sie auf der Straße und verspürte den Drang, etwas Drastisches zu tun.

Auf etwas einzutreten, loszurennen oder laut zu schreien. Wenn sie das nicht tat, würde sie sich in das nächste Café setzen und heulen.

Mit dem Rollkoffer im Schlepptau rannte sie zum Rathausplatz. Von dort aus konnte sie einen Bus zur Gartenkolonie in Amager nehmen. Als sie an der Haltestelle ankam, hatte sie unter ihrer Jacke angefangen zu schwitzen, und es fühlte sich gut an. Als würden all die schrecklichen Worte, die aus Krebs' Mund gekommen waren, all die verängstigten Gesichter ihrer Kollegen einfach verschwinden, je schneller und je weiter sie davonlief.

Eine halbe Stunde später erreichte sie das kleine Gartenhaus und schloss die Tür hinter sich. Es war eine Erleichterung, dass ihr Vater erst am nächsten Tag anreiste. Sie wusste, er würde ihr sofort ansehen, dass etwas nicht stimmte, und sie wollte ihm nicht erklären, vor welche unmögliche Wahl Krebs sie gestellt hatte, bis sie selbst wusste, wie sie sich entschied. Ihr Vater würde nur unnötig wütend sein, dass Krebs sie so behandelte. So lieb gemeint es auch war, es führte es zu keiner Lösung, und sie hatte keine Lust, mit ihrem Vater und seiner neuen Freundin Elvira bei Rotwein am Tisch zu sitzen und Krebs zu verteidigen.

Sie legte sich in das Bett in dem kleinen Schlafzimmer, wo sich alte Ausgaben von *Science Illustrated* auf dem Nachttisch stapelten, seit David das letzte Mal hier übernachtet hatte. Der April war immer noch ein wenig kalt, und Nora zog Großmutters dicke gehäkelte Decke über sich und schlief ein, ohne sich vorher auszuziehen.

■

Als Nora am nächsten Morgen aufwachte, war Christian Sand bereits angekommen und stand nun in der kleinen Küchennische, wo er einen großen Topf mit heißem Kakao anrührte. Die Milchbrötchen vom örtlichen Bäcker lagen in einer Tüte auf dem Tisch. Daneben lag eine zweite Tüte, und Nora wusste, ohne hineinzusehen, dass sie drei Himbeerschnitten enthielt. Davids Lieblingskuchen.

Christian Sand umarmte seine Tochter kurz und teilte ihr sofort eine Aufgabe zu. Er drückte ihr eine Packung Schlagsahne und den Schneebesen in die Hand, der schon seit ihrer Kindheit im alten Gartenhäuschen lag.

«David wird in einer Viertelstunde hier sein. Er hat gerade angerufen. Alles läuft nach Plan», sagte Noras Vater.

Nora putzte sich schnell die Zähne am Waschbecken, setzte sich auf den grün gestrichenen Küchenstuhl, den sie vor ein paar Sommern vom Sperrmüll gerettet hatte, und begann die Sahne zu schlagen. Erleichtert, dass ihr Vater keine Zeit hatte, sie genauer anzusehen und zu fragen, was los war.

Sie versuchte nüchtern über das Angebot von Krebs nachzudenken. Klammerte sich an die Tatsache, dass er sie behalten wollte. Versuchte zu überlegen, wie das Wirtschaftsmodell Freiberuflerin funktionieren könnte und was sie verdienen müsste, um ihr Leben in London stemmen zu können. Aber an jedem einzelnen rationalen Gedanken nagte ein Gefühl in ihrer Brust, das Gefühl von Verrat, das sie bis in alle Ewigkeit mit ihrer Mutter verbinden würde, die mit dem Koffer die Einfahrt hinunterging, in ein Taxi stieg und sie alle verließ. Nora versuchte den Gedanken abzuschütteln. Sie war jetzt erwachsen.

«Kommt Elvira?»

Ihr Vater lächelte. Allein das Erwähnen des Namens seiner neuen Freundin löste diesen Effekt bei ihm aus. Sie hatten zueinandergefunden, nachdem Christian Sand ins Krankenhaus eingeliefert worden war und seine Kollegin ihn mit Blumen besucht und sich liebevoll um ihn gekümmert hatte. Jetzt war sie schon beinahe in seine Wohnung in Bagsværd eingezogen.

«Wir lassen es mit David ein bisschen ruhiger angehen. Sie haben sich jetzt ein paarmal getroffen, und das hat ganz gut funktioniert. Aber du weißt ... der Geburtstag ist heilig.»

Da kam David auch schon zur Tür herein. Sein Blick fiel auf den heißen Kakao, die guten alten Tassen, die schon Schmisse in der Keramik hatten, die Himbeerschnitten, die Nora auf Omas alte Kuchenteller gelegt hatte, und den kleinen Wimpel, mit dem ihr Vater den Tisch geschmückt hatte. Sein Mund verzog sich zu einem seltenen Lächeln. Sogar Noras Last-Minute-Geschenk vom Flughafen fand in seinen Augen Anerkennung.

«Da guck ich sicher mal rein, wenn ich gerade keinen Lesestoff habe», sagte er gnädig und ohne es sarkastisch zu meinen.

Nora nahm einen Schluck von dem heißen Kakao. Sie hatte wie immer die Agatha-Christie-Tasse bekommen, David trank aus seinem schwarzen Barbapapa-Becher, und ihr Vater saß an der anderen Seite des Tisches mit einer abgenutzten Fußball-Tasse, auf der man mit viel Phantasie noch das Logo von Fremad Amager erkennen konnte. Plötzlich zeichneten sich die Konturen so deutlich ab, als hätte jemand eine Taschenlampe darauf gerichtet.

«Papa, darf ich mal eben deine Tasse sehen?»

Überrascht reichte Christian Sand ihr die Tasse. Nora musterte sie genau und öffnete dann die Bilder von Karsten Børger auf ihrem Handy. Sie klickte sich durch das Fotoarchiv und verglich das Logo mit dem Foto, das Millhouse ihr erlaubt hatte abzufotografieren. Sie spürte, wie sich die Härchen in ihrem Nacken aufstellten. Die kleinen blauen Linien, die aus Karsten Børgers Ärmel herauslugten, passten perfekt zum unteren Teil des Buchstabens A für Amager im Logo des alten Fußballclubs.

Langsam fügte sich alles zusammen. Ole Albinus, der sich im Fußballverein am Englandsvej treffen wollte. Karsten Børger musste eine Verbindung zu Amager haben. Sie konnte es nicht recht glauben, aber wenn es sich bei dem Tattoo um das gleiche Logo handelte, war sie einem kaltblütigen Mörder auf den Fersen. Wenn Karsten Børger der Mann war, der in dem grauenvollen Video den Krummsäbel geschwungen hatte, konnte sie den Fall möglicherweise schon heute Nachmittag lösen.

«Was ist denn mit der Tasse?», fragte ihr Vater neugierig.

«Ich habe dieses Vereinslogo neulich irgendwo gesehen.»

«Aha», sagte Christian Sand in einem Ton, der demonstrierte, dass einen Historiker, der sich auf die Königstochter und Schriftstellerin Leonora Christina spezialisiert hatte, nichts weniger interessieren könnte.

David hatte bereits zwei Milchbrötchen und seine Himbeerschnitte gegessen und sah nun sehnsüchtig auf Noras Stück, das unangerührt auf ihrem Teller lag.

«Nimm ruhig. Ich habe keinen Hunger.»

«Danke. Das werde ich mit zur Arbeit nehmen», sagte er.

«Ich dachte, du hast dir an deinem Geburtstag freigenommen?», fragte ihr Vater überrascht.

«Nur den halben Tag. Ich muss mit ein paar wichtigen Berechnungen fertigwerden», erklärte David. Kurz darauf machte er sich auf den Weg zur Bushaltestelle.

Christian Sand half Nora beim Abwasch, bevor auch er aufbrach. Zuerst sprachen sie über David und dass es so aussah, als wäre er bereit, sich nach und nach von dem krampfhaften Geburtstagsritual zu trennen. Es waren ganz neue Töne, dass er an diesem Tag zur Arbeit ging.

Als Nora den großen Topf abtrocknete, war es so weit.

«Nora, du siehst überhaupt nicht glücklich aus. Was ist denn los?»

Sie wusste nicht, wo sie anfangen sollte. Die Situation mit Krebs und *Globalt* war eine Sache. Andreas und die kurzen Anrufe, in denen er sich völlig aufgelöst anhörte, waren eine andere. Eine dritte war die weiß glühende Wut, die sie empfand, wenn sie an Khalil und seine Kumpane dachte, und dann war da noch der immer größer werdende Verdacht, dass sie eine ganze Reihe junger Mädchenleben zerstört hatten, vielleicht für immer.

Obwohl ihr Vater in historischen Dokumenten wahrscheinlich

nicht wenigen blutigen Hinrichtungen begegnet war, zögerte Nora trotzdem, ihm von den Details der beiden Mordfälle zu berichten. Der enthauptete Crow und Eileen Webster, die mit abgeschlagenen Händen von der Decke hing.

«Nur eine Reportage, an der ich gerade arbeite», sagte sie und zog sich so aus der Affäre. Ihr Vater ließ es ihr durchgehen. Jedenfalls fürs Erste.

«Schaffst du es, zum Essen vorbeizukommen, bevor du wieder abreist?», fragte er.

Nora schüttelte den Kopf.

«Leider nicht. Ich fahre morgen schon wieder. Ich muss in London einige Dinge klären. Und dann muss ich wohl noch einmal zurück nach Toppingham und weiter für diese Reportage recherchieren.»

Er drehte sich zu ihr um, und sie sah, dass er, obwohl er beim Abwaschen der Tassen einen gleichgültigen Eindruck gemacht hatte, die kleinen Nuancen ihrer Stimme gehört hatte.

«Mir kommt es vor, als wäre Toppingham ein bisschen gefährlich?»

«Papa, du weißt doch, dass ich schon zurechtkomme. Ich mach das ja nicht zum ersten Mal.»

Christian Sand nickte.

«Ja, du kommst schon zurecht. Aber von diesen Morden habe ich im Internet gelesen. Eine Enthauptung? Grauenvoll.»

«Ach, Papa, du hast doch auch von Leuten gelesen, die gerädert und gesteinigt wurden», erwiderte Nora im Versuch zu scherzen.

«Ja, ja, ich sehe schon. Du willst nicht darüber reden. In Ordnung. Versprich mir nur, vorsichtig zu sein. Da läuft ein Verrückter durch Toppingham und enthauptet Menschen, und niemand ist sicher, bevor die Polizei ihn geschnappt hat. Auch du nicht, Nora.»

«Ich passe auf mich auf», versprach sie ihm.

■

Nachdem Christian Sand gegangen war, rief Nora beim Jugendheim Marshden an und hatte eine resignierte Mrs. Flynn am Apparat. Von Laura gab es noch immer keine Spur.

«Glauben Sie, ihr ist etwas passiert?», fragte Nora verängstigt.

«Definieren Sie *etwas passiert*», sagte Mrs. Flynn mit müder Stimme.

«Kann es sein, dass sie ... tot ist?»

Mrs. Flynn antwortete nicht sofort. Nach einer kurzen Pause sagte sie:

«Das ist möglich. Aber vielleicht ist sie einfach nur weggelaufen. In eine andere Stadt. Oder sie ist auf einer gigantischen Sauftour, die so lange weitergeht, bis wir sie finden. Wer weiß das schon?»

«Was sagt die Polizei? Die müssen sich doch jetzt darum kümmern, oder?»

«Ha! Die haben mit zwei bestialischen Morden zu tun, mit Schlagzeilen in allen großen Boulevardzeitungen und Journalisten, die ihnen in den Schwanz beißen, weil sie immer noch keinen Täter gefasst haben. Und dann ist da noch die Lokalpresse, die immer und immer wieder nachfragt, ob es denn überhaupt noch sicher ist, in Toppingham nach Einbruch der Dunkelheit auf die Straße zu gehen. Und Sie glauben, dass sie sich jetzt darum reißen, nach einer versoffenen Jugendlichen zu suchen, die ihr Schicksal selbst zu verantworten hat?»

«Also nicht?»

«Nein», sagte Mrs. Flynn und legte auf.

Nora saß eine Weile da und schaute hinaus in den Garten, wo kleine violette Bündel von Perlhyazinthen ihre Köpfe aus der Erde reckten. Was würde passieren, wenn sie Millhouse über Karsten Børger informierte? Von Nordengland aus konnte er nicht viel ausrichten, wenn er nicht gerade den gesamten offiziellen Apparat in Bewegung setzen wollte. Und mit einer solch dünnen Beweislage würden sie das niemals durchsetzen können. Nora musste einfach absolut sicher sein, dass es dasselbe Logo auf dem Tattoo war, bevor sie Millhouse anrief.

Die Warnungen ihres Vaters klangen noch nach. Die Frage war, was passieren würde, wenn sie Melodys Vater fände. Wenn er hinter der bestialischen Tötung von Crow steckte, wie weit würde er gehen, um sein Geheimnis zu schützen? Wenn Karsten Børger mitbekam, dass Nora ihn als Mörder entlarvt hatte, könnte er sich sonst was einfallen lassen, um sie mundtot zu machen.

Sie überlegte, ob es klug war, allein zu dem Treffen mit Ole Albinus zu gehen, während sie in der Küche eine Dose Nescafé vom Regal nahm, in der noch exakt genug Pulver für eine einzige Tasse Kaffee war. Sie schaltete den Wasserkocher ein, kratzte das Pulver mit einem Teelöffel aus der Dose und kam zu dem Schluss, dass sie jemanden um Hilfe bitten musste. Die Polizei konnte sie nicht anrufen, aber es gab eine andere Möglichkeit.

Sie hatte keine frische Milch im Haus, entdeckte aber noch einen Schluck Sahne im Kühlschrank und goss ihn in den Kaffee, bevor sie sich auf den kleinen weißen Schaukelstuhl auf der Veranda setzte und seinen Kontakt in ihrem Handy aufrief.

«Hey», sagte er nur. Er hatte auf dem Display gesehen, dass sie es war. Vielleicht begrüßte er sie nicht mit Namen, weil Birgitte in der Nähe war. Nora fragte sich oft, wie Andreas diese ungeheuerliche Kontrolle überhaupt aushielt. Solange sie ihn kannte, war er ein wilder, freier und starker Mensch gewesen, der sich von nichts und niemandem etwas hatte vorschreiben lassen.

«Hey, Andreas. Wie geht's dir?»

«Den Umständen entsprechend», sagte er neutral, und Nora hatte absolut keine Zweifel mehr, dass Birgitte neben ihm saß und die Ohren spitzte.

«Ich weiß, dass ich ziemlich unerwartet anrufe. Aber ich habe keine Ahnung, an wen ich mich sonst wenden soll. Ich bin heute am späten Nachmittag mit einem Mann in Amager verabredet, der eventuell im Zusammenhang mit einem Mordfall steht, über den ich berichte. Ich brauche jemanden, der die Situation im Auge behält, nur für den Fall.»

«Aha», sagte Andreas unbestimmt.

«Du hast sicher viel zu tun mit Viola, und mir würde nicht im Traum einfallen, dich jetzt um einen Gefallen zu bitten. Aber vielleicht kannst du mir einen deiner Kollegen empfehlen, der mich diskret begleiten kann? Nicht um beim Interview dabei zu sein, sondern nur zum Schutz. Und bitte entschuldige, dass ich dich einfach so damit überfalle, während du eigentlich ganz andere Sorgen hast.»

«Ich hole mir nur kurz was zum Schreiben», sagte er.

Es entstand eine kleine Pause, während sie ihn suchen und kramen hörte.

«Ja, ich notiere.»

«Ja, ähm. Kennst du diese Fußballplätze am Englandsvej? Um 16:30 Uhr soll ich ihn treffen. Vielleicht kann dein Kollege zehn Minuten vorher da sein?», schlug Nora vor.

«Ich kümmere mich drum», sagte Andreas knapp.

«Danke. Vielen, vielen Dank», erwiderte Nora. Aber der Anruf war bereits beendet.

Kapitel 21

Nora schaute nervös auf den Eingang zu den Fußballplätzen. Bisher hatte sie noch niemanden entdeckt, der wie einer von Andreas' Kollegen aussah. Sie überlegte, wen er wohl geschickt haben könnte. Da war doch dieser Mikkel, nicht wahr? Nora glaubte, sich an einen großen Crossfit-Typ mit Militärfrisur und ansteckendem Lachen erinnern zu können. Sie hoffte, dass Andreas ihn mit der Aufgabe betraut hatte. Er wirkte wie ein lieber Kerl, als Nora ihm dieses eine Mal begegnet war, an diesem Tag, den sie mit Andreas an den Seen verbracht hatte. Damals waren sie noch ein Paar gewesen. Bevor Birgitte verkündet hatte, mit Viola schwanger zu sein.

Jugendliche mit Sporttaschen, meistens in Begleitung ihrer Väter, strömten zu und von den Sportplätzen. Es herrschte eine heitere Freitagsstimmung, einige Gesprächsfetzen wehten zu Nora herüber:

«Und denk dran, morgen beim Spiel: Sofort in den Strafraum vordringen, ja, Steffen?»

Der Junge nickte und lächelte seinen Vater an.

Sie sah, wie Vater und Sohn in einen grauen Volvo stiegen, als jemand ihr an die Schulter tippte.

Und da stand er. Andreas. Und doch nicht Andreas.

Wie ein Lieblingspullover, der versehentlich mit einem falschen Programm gewaschen wurde. Man erkennt ihn und liebt ihn, und doch ist es nicht mehr der gleiche Pullover. Und man weiß nicht, ob er noch passt.

«Du bist selbst gekommen?», entfuhr es Nora.

«Das hast du dir doch denken können», erwiderte er und brachte so etwas wie ein Lächeln zustande.

Sie studierte sein Gesicht. Die braunen Augen, die so traurig geworden waren. Die blonden Haare, die geschnitten werden mussten, und die Bartstoppeln, die ihm tatsächlich standen. Sie wollte nur die Hand ausstrecken, nur seinen Arm berühren, um zu fühlen, dass er echt war und wirklich hier vor ihr stand, aber er missverstand ihre Geste, und ohne dass sie wirklich erklären konnte, wie es passiert war, fielen sie sich in die Arme. Andreas hielt sie so fest, als wollte er sie nie wieder loslassen, und sie bohrte ihr Gesicht in die kleine Kuhle über dem Schlüsselbein, wo er so unglaublich gut nach Schilfrohr duftete. Der Zauber wurde erst gebrochen, als ein paar feixende Teenager Nora eine Sporttasche auf den Rücken stießen.

«Hey, nehmt euch ein Zimmer», rief einer von ihnen.

Andreas löste sich widerwillig aus der Umarmung und sah sie an.

«Du hast dich kaum verändert», sagte er. Sein Lächeln war so dünn wie Pergamentpapier.

«Wie geht es Viola?», fragte sie vorsichtig.

«Es ist hart. Sie ist so klein und zerbrechlich. Sie musste jetzt schon dreimal ins Krankenhaus, und ich habe aufgehört mitzuzählen, wie oft wir den Bereitschaftsarzt angerufen haben. Mein Leben ist eine einzige Warteschleife von einem Untersuchungsergebnis zum nächsten», sagte er.

Nora schlug sich die Hand vor den Mund.

«Das muss so schrecklich sein für dich … für euch», berichtigte sie sich.

«Es ist nun mal, wie es ist. Sie ist meine Tochter, und ich liebe sie. Ich denke gar nicht daran, wie es mir damit geht, nur daran, wie schlimm das alles für sie sein muss», sagte er, und Nora kannte ihn gut genug, um zu wissen, dass er zusammenbrechen würde, wenn er nur ein Wort mehr sagte.

Sie drückte ihn kurz am Oberarm und zog ihn an den Umkleideräumen vorbei zum nächsten Spielfeld, wo ein stämmiger Mann von etwa fünfundvierzig Jahren mit einer großen Sporttasche über der Schulter sich mit suchendem Blick umsah. Als er sich umdrehte, erkannte Nora Ole Albinus von seinem Profilfoto auf Facebook wieder.

Nora ging auf ihn zu und stellte sich vor.

«Wer ist dieser Bodyguard hier?», war das Erste, was Ole Albinus wissen wollte.

«Ein guter Freund.»

«Ein guter Freund, der zufällig Bulle ist. Das erkenne ich doch zehn Meter gegen den Wind.»

«Glauben Sie, was Sie wollen, aber er ist als mein Freund hier.»

«Und ist Ihr Freund gerade im Dienst?»

«Nein. Er ist gerade in Elternzeit, wenn Sie wirklich meinen, dass Sie das etwas angeht.»

Albinus sah sie überrascht an.

«Okay. Schon gut. Was wollen Sie von mir wissen?»

«Karsten Børger. Ihr Freund.»

«Wir haben zusammen gedient.»

«Haben Sie noch Kontakt?»

Albinus sah weg, und Nora konnte nicht sofort einschätzen, ob er peinlich berührt war oder sich eine Lüge zurechtlegte.

«Wir haben uns ein paarmal getroffen, nachdem wir heimgekehrt sind», sagte er schließlich.

«Wo waren Sie stationiert?»

«Afghanistan.»

«Hartes Pflaster?»

«Was glauben Sie denn, Fräulein? Die Armee ist nicht gerade für ihre Waldspaziergänge bekannt, oder?»

Albinus bückte sich, hob seine Tasche mit Trainingsausrüstung vom Boden und ging die wenigen Schritte auf das Clubhaus zu. Nora erkannte an seinem Gang, dass er ein künstliches Bein hatte, und sie vermutete, dass er es ihr zu Ehren nicht zu verbergen versuchte.

«Sie haben in der Vergangenheit gesprochen – heißt das, Sie haben keinen Kontakt mehr zueinander?»

Albinus schnaubte.

«Nein, auf keinen Fall», sagte er mit Nachdruck.

«Warum nicht?»

«Na, weil wir uns geprügelt haben, verdammt noch mal. Das ist im ganzen Verein bekannt, also kann ich es Ihnen auch gleich erzählen, bevor Sie anfangen, hier herumzuschnüffeln. Aber Sie werden gefälligst nicht darüber schreiben, ist das klar?»

Nora nickte und blinzelte zu Andreas hinüber, der sich still im Hintergrund hielt. Er hatte nicht einmal gefragt, warum sie mit Albinus sprechen wollte und welche Verbindung er zu dem Fall hatte, an dem sie arbeitete. Das war ein deutliches Indiz dafür, dass er gerade nicht er selbst war.

«Okay. Wollen wir uns vielleicht ein Bier bestellen oder so etwas? Ich zahle», schlug Nora vor.

Albinus sah auf die Uhr und sagte, er habe fünfundzwanzig Minuten, bis das Training begann. Sie betraten das Vereinslokal, das gleichzeitig Cafeteria und Restaurant war, in dem sich die Menschen aus dem Viertel zum Essen trafen. Nora bezahlte ein Bier und ein Mineralwasser, dann setzten sie sich an einen Tisch mit Aussicht auf die Trainingsplätze. Andreas wollte nichts trinken. Er saß wie auf glühenden Kohlen.

Sobald Albinus seine Jacke abgestreift hatte, bemerkte Nora, dass auch er ein Fremad-Amager-Tattoo trug. Sie zeigte darauf.

«Karsten Børger hat auch so eins, nicht wahr?»

«Ja. Das hat er sich als junger Kerl stechen lassen. Seine Mutter war stinksauer, hat er mir erzählt. Er hat es sich so weit unten stechen lassen, dass er es kaum mit einem Hemdärmel verdecken konnte. Sie war der Meinung, es würde seine Chancen auf einen hübschen Bürojob ruinieren.»

«Aber beim Militär ist so etwas ja egal, oder?», fragte Nora.

«Genau», sagte Albinus und entschuldigte sich kurz, um auf die Toilette zu gehen.

Während er fort war, wandte sich Nora an Andreas.

«Ich gehe mal davon aus, Birgitte weiß nicht, dass du hier bist?»

«Das stimmt. Es ist gerade nicht einfach, vernünftig mit ihr zu sprechen. Violas Zustand nimmt sie zu sehr mit. Offiziell bin ich im Büro und erledige ein bisschen Papierkram.»

«Klar.»

Sie hielt nicht viel davon, Birgitte anzulügen, aber letzten Endes war es Andreas' Entscheidung, wie er sich in seiner Beziehung verhielt.

«Du kannst auch ruhig wieder gehen. Tut mir leid, dass ich so alarmierend geklungen habe. Ich wusste einfach nicht, was für ein Typ Albinus ist, aber er scheint ja recht vertrauenswürdig zu sein.

Und wir sind an einem öffentlichen Ort. Es ist also völlig in Ordnung, wenn du wieder nach Hause zu Viola gehen willst.»

«Ich bleibe», sagte Andreas in einem Ton, der keine Widerrede duldete.

Nora schob ihre Spekulationen beiseite, als Albinus sich wieder zu ihnen setzte.

«Okay, dann schießen Sie los. Was wollen Sie wissen und warum?»

Nora berichtete kurz, dass sie für *Globalt* arbeitete, und erzählte dann von dem Mordfall in Toppingham.

«Jetzt bin ich also auf der Suche nach Karsten Børger, um seine Geschichte zu hören.»

«In Bezug worauf?»

«Es geht um seine Familienverhältnisse in England. Die sind nämlich ein bisschen kompliziert», sagte Nora ausweichend. Sie hatte keine Ahnung, wie viel Albinus wusste, und dachte, je weniger sie darauf einging, umso besser.

«Ah, Sie meinen seine Tochter? Wie hieß sie noch gleich? Molly? Melanie? Oder irgendwie so?»

«Melody», sagte Nora überrascht.

«Ja, so hieß sie.»

«Wie kommt es, dass Sie von ihr wissen?»

«Man hat viel Zeit in der Wüste. Sand und verdammt viel Zeit. Man wartet und langweilt sich zu Tode. Genug Zeit, um die Geschichten der anderen in- und auswendig zu lernen, während man darauf wartet, dass irgendetwas Spannendes passiert. Und wenn etwas passiert, dann: Boom!», sagte Albinus und griff sich instinktiv ans Bein.

«Was hat Karsten Børger über Melody erzählt?»

Albinus trank etwas mehr von seinem Bier, und aus Höflichkeit nippte Nora an ihrem Mineralwasser. Es schmeckte seltsam schwefelig.

«Er trägt ihr Bild immer mit sich herum, wo er auch geht und steht. Mit den Frauen hatte er nie so richtig Glück, die hat er regelmäßig ausgetauscht. Viele von denen hatten auch keinen Bock, rumzusitzen und auf einen Typ zu warten, der nie zu Hause ist. So ist das immer mit den Weibern», sagte er und warf Andreas einen vielsagenden Blick zu.

Nora drehte sich absichtlich nicht um, um zu sehen, ob dieser Blick erwidert wurde, also fuhr Albinus mit seiner Schilderung fort.

«Mit Melody war das anders. Sie hat ihn auf eine Weise überallhin begleitet. Ein hübsches Kind. Es gab ein Bild von ihr, auf dem sie ein Sporttrikot trug. An Details erinnere ich mich nicht.»

«Okay. Was hat er noch von ihr erzählt?»

«Nicht viel mehr, als dass er sie komischerweise nie kennengelernt hat. Die Abmachung war folgendermaßen: Karsten schickt Geld, die Mutter schickt Fotos. Damit hätte ich mich nicht abgefunden, und das habe ich ihm auch so gesagt.»

«Wie hat er darauf reagiert?»

«Er sagte, dass ich einen Scheiß verstehe und mich nicht in Sachen einmischen soll, die mich nichts angehen.»

«Aber er hat Ihnen nicht erklärt, warum er Melody nicht traf?»

Albinus schüttelte den Kopf.

«Nee, dazu hat er nichts mehr gesagt. Und dann sind wir über diese Landmine gefahren. Da hatten wir erst mal andere Probleme.»

Wieder fasste er sich ans Bein.

«Wurde Karsten Børger von der Mine getroffen?»

«Ja und nein. Also, es war der Wagen vor uns, den es am

schlimmsten erwischt hat. Palle und Torsten. Ich weiß, um ehrlich zu sein, nicht einmal, ob ihre Gliedmaßen den richtigen Särgen zugeordnet worden sind. Es war Karsten, der Hilfe rufen und überprüfen musste, ob wir weitere Männer verloren hatten. Ich konnte mich nicht vom Fleck rühren. Hatte ja plötzlich nur noch ein Bein», sagte er und sah Nora direkt in die Augen.

Es klang, als hätte er die Geschichte so oft erzählt, dass er sie seinen Zuhörern nun mit der richtigen Dosierung Zynismus servieren konnte, seine Art von Überlebensmechanismus.

«Børger war also nicht verletzt?»

«Nein. Ich weiß, dass sie später in dem Bericht erklärten, wie es dazu kam. Anscheinend war sein Feuerzeug im Auto auf den Boden gefallen, und Karsten hat sich im absolut entscheidenden Moment danach gebückt. Zwei Männer wurden zu Heringssalat verarbeitet. Ich bin seit dem Tag Invalide. Und Karsten hat keinen verdammten Kratzer abgekriegt.»

«Da hatte er wohl verdammtes Glück.»

«Wie man's nimmt. Ehrlich gesagt hat ihn das ziemlich abgefuckt.»

«Warum das?»

«Meine Militärkarriere endete an diesem Tag, und es dauerte lange, bis ich Karsten wiedersah. Aber ich habe von einigen anderen gehört, dass er danach nicht mehr er selbst war. Sie schickten ihn nach Hause, zunächst anscheinend nur für eine Nachbesprechung und damit die Dinge sich beruhigten. Aber Karsten beruhigte sich nicht.»

«Dann haben Sie den Kontakt wiederaufgenommen?»

Albinus nickte.

«Ja. Er rief mich an, und wir trafen uns in einem Café. Es war ganz nett, und ich hatte das Gefühl, dass er an sich selbst arbeitete. Er schien wirklich darüber sprechen zu wollen, was an diesem Tag passiert war. Wollte hören, ob ich mich auch schuldig fühlte.»

«War das der Zeitpunkt, an dem Sie handgreiflich geworden sind?»

«Nein, das kam später.»

«Was ist passiert?»

«Ach, das war lächerlich. Wir waren mit einigen der Fremad-Amager-Jungs in Middelgrunden. Einer von ihnen machte eine Bemerkung darüber, wie schlecht der Trainer während eines Spiels gewesen war, und Karsten hat das ziemlich provoziert. Er wollte dem Typen an den Hals gehen. Ich hab ihn nach draußen gezogen und versucht, ihn zu beruhigen.»

«Aber das hat nicht funktioniert?»

«Nein. Dieser Trainer war ihm eigentlich auch scheißegal. Ich glaube, Karsten wusste nicht mal, wie er hieß. Es ging nur darum, sich zu schlagen. Egal mit wem.»

«War er als Soldat auch so?»

Albinus schüttelte den Kopf.

«Nee. Er war eher der ruhige, strategische Typ, der aber immer seinen Willen durchsetzt. Ein echter Fels in der Brandung. Wenn wir anderen nur noch hinschmeißen wollten, hat Karsten uns wieder Mut gemacht. Er kam dann immer mit diesem scheißnervigen Zitat aus irgendeinem Actionfilm. *Failure is not an option*.»

«Karsten Børger ist also der Typ, der immer seinen Willen durchsetzt. Hat er seinen Willen auch an jenem Abend durchgesetzt, als er sich prügeln wollte?»

«Nein. Ich habe mir ein blaues Auge eingefangen. Er hat mich einfach niedergeschlagen. In den alten Zeiten hätte ich ihm mit meinen Fäusten eine Antwort verpassen können, aber mein

Gleichgewichtssinn funktioniert nicht mehr so gut, seit ich mein Bein verloren habe.»

«Und Sie sind Karsten seit diesem Abend nicht mehr begegnet?»

«Doch. Ein paarmal habe ich ihn hier in Amager gesehen, aber immer einen großen Bogen um ihn gemacht. Ich finde, er sollte auf mich zukommen und sich entschuldigen.»

«Wissen Sie, wo er derzeit wohnt?»

«Nein. Aber das müsste seine Schwester wissen.»

«Okay. Haben Sie ihre Nummer?»

«Nein, ich hatte nie einen Grund, Lotte anzurufen. Aber sie wohnt gleich hier im Kongelundsvej, ich glaube in einem der Häuser hinter Chili's Pizza. Gelber Klinker, ungepflegter Vorgarten.»

Nora bedankte sich, Albinus sah wieder auf seine Uhr und trank aus.

«Na, dann geh ich mal raus zu meinen Jungs. Schönes Wochenende Ihnen – und dir auch, Bulle», sagte er an Andreas gewandt, der während des Gesprächs in sein Handy vertieft dagesessen hatte.

Albinus hinkte kaum merklich zu einem der Fußballplätze, Andreas steuerte auf den Parkplatz zu.

«Wir können mein Auto nehmen», sagte er und wirkte irgendwie abwesend.

«Alles in Ordnung?»

«Birgitte hat mir geschrieben. Viola bekommt gerade wieder schlecht Luft, aber sie will einen Arzt anrufen.»

«Willst du nach Hause? Ich glaube, ich komme zurecht. Bei Albinus war ich mir einfach nicht sicher, weil er am Telefon ziemlich ruppig geklungen hat. Mit der Schwester komme ich schon klar.»

«Jetzt bin ich hier. Lass uns einfach zusammen hinfahren», sagte Andreas und schloss das Auto auf.

Es dauerte weniger als fünf Minuten, bis Andreas einen Parkplatz neben der Pizzeria am Kongelundsvej fand. Nora ging langsam an den Häusern vorbei bis zu dem gelben Backsteinhaus, das Albinus beschrieben hatte.

Dass der Vorgarten ungepflegt war, war eine Untertreibung. Der kleine offene Carport war zugewuchert, und der Rasen im Vorgarten war unter einer Decke aus Weinreben und Rosenbüschen begraben.

«Das Haus sieht ziemlich verlassen aus. Glaubst du wirklich, hier wohnt jemand?», fragte Andreas.

Im selben Moment bemerkten beide eine Bewegung hinter dem Wohnzimmerfenster, das auf die Straße hinausging.

«Sieht aus, als wäre jemand zu Hause», sagte sie.

In diesem Moment klingelte Andreas' Telefon. An seinem Tonfall und seinen kurzen Antworten konnte sie hören, dass es ernst war.

Er sah sie an.

«Viola muss wieder ins Krankenhaus. Ein Notarzt ist auf dem Weg. Ich muss los.»

«Na klar», sagte Nora.

Aber Andreas war bereits losgespurtet. Sie wünschte, sie könnte mehr für ihn tun. Sie sah seinem Auto nach, bis es um die Ecke bog. Dann drehte sie sich um, ging die Auffahrt hinauf und klopfte an die Tür, von der die Farbe abblätterte. Nach einigem Rascheln und Poltern konnte Nora eine Gestalt durch die mattgelben Fenster des Windfangs sehen, dann wurde die Tür von einer ungefähr fünfzigjährigen Frau in Jeans und gelbem T-Shirt geöffnet. Sie hatte strahlend blaue Augen und langes blondes Haar, das sie zu einem lockeren Knoten zusammengebunden hatte.

«Zeugen Jehovas?», fragte sie, bevor Nora überhaupt den Mund aufmachen konnte.

Nora schüttelte den Kopf.

«Gut. Wollen Sie Geld?»

«Nein, ich ...»

«Kommen Sie zur Sache, gute Frau!»

«Das versuche ich ja gerade. Sind Sie Lotte Børger?»

«Ja, worum geht's?»

«Ich heiße Nora Sand, und ich arbeite für die Zeitschrift *Globalt*. Ich habe ein paar Fragen an Sie und hoffe, dass Sie mir helfen können.»

«Na, das wurde aber auch Zeit. Kommen Sie rein», sagte die Frau und trat einen Schritt zur Seite.

Sie führte Nora ins Wohnzimmer. Der Raum wurde von einem großen Sofa aus braunem Samt eingenommen. Davor stand ein gefliester Tisch mit einer handgearbeiteten Keramikschale.

In der hinteren Ecke des Raums befand sich ein Esstisch mit einer Nähmaschine. Auf dem Tisch lagen Stoffstücke in schillernden Mustern. Grün, Metallicblau und Lila.

«Entschuldigen Sie das Chaos. Ich nähe gerade Kostüme für das Sommerfest in der Kinderkrippe. Das Motto ist Insekten», erklärte sie und bat Nora, auf dem Sofa Platz zu nehmen.

Die Rüschengardine, die das Wohnzimmer von neugierigen Blicken der Passanten abschirmte, verlieh der Wohnung den Eindruck, dass die Zeit hier drinnen seit einigen Generationen stehengeblieben war.

«Wohnen Sie schon lange hier?», fragte Nora.

«Na ja. Ich bin vor fünf oder sechs Jahren bei meiner Mutter eingezogen. Sie ist vor zwei Jahren gestorben», sagte Lotte und räumte ein paar Stoffreste vom Esstisch.

«Wohnen Sie allein hier?»

«Ja. Aber was hat das mit den Normierungen zu tun?»

«Normierungen?»

«Sie sind doch wegen meines Leserbriefes in der *Politiken* gekommen? Wegen der skandalösen Normierungen in den Kinderkrippen in der Gemeinde Tårnby?»

Nora zögerte.

«Nicht ganz.»

Lotte sah sie schockiert an.

«Was? Sie sind keine Journalistin? Was wollen Sie dann von mir?»

«Doch, ich bin Journalistin. Aber Kinderkrippen gehören nicht zu meinem Metier.»

«Ach so?»

«Ich arbeite gerade an der Berichterstattung zu einem Fall in Großbritannien, und ich bin auf der Suche nach Ihrem Bruder Karsten. Ich wollte mich bei Ihnen erkundigen, ob Sie wissen, wo ich ihn finden kann.»

Lotte nahm eine Schachtel Mentholzigaretten vom Esstisch, fischte eine heraus und zündete sie an.

«Mein Bruder?», fragte sie und blies den ersten Rauchschwaden aus.

«Ja. Ich möchte mich gerne mit ihm unterhalten», sagte Nora.

«Worüber, wenn ich fragen darf?»

«Über einige Dinge, die in Großbritannien vorgefallen sind. Ich berichte über den Fall eines Mädchens namens Melody. Sagt Ihnen das was?»

«Ja, das ist Karstens Tochter. Sie ist gestorben.»

«Genau.»

«Und warum wollen Sie mit Karsten darüber sprechen?»

«Ich bin der Meinung, die Umstände ihres Todes sollten genauer untersucht werden.»

Lotte riss ihre Augen weit auf.

«Davon hat er mir gar nichts erzählt.»

«Vielleicht habe ich ein paar Informationen, die ihn interessieren könnten.»

«Sie können mir diese Informationen geben. Ich werde sie ihm weiterleiten.»

«Ich glaube, es ist besser, wenn ich selbst mit ihm spreche», sagte Nora mit einem entwaffnenden Lächeln.

Lotte nahm einen tiefen Zug von ihrer Zigarette, dann drückte sie sie im Aschenbecher aus.

«Da kann ich Ihnen leider nicht helfen. Keine Ahnung, wo er im Moment ist.»

«Ich habe gerade mit Ole Albinus gesprochen. Er meinte, dass Sie mir helfen könnten.»

Für diese Idee hatte Lotte nichts als höhnisches Gelächter übrig.

«Ole, die alte Pissnelke!»

Nora erhob sich aus dem tiefen Sofa.

«Darf ich Ihre Toilette benutzen?»

«Ja, aber dann müssen Sie gehen. Ich muss bis Montag noch fünf Marienkäfer fertig nähen.»

Die Toilette befand sich am Ende eines dunklen Flurs, und wie der Rest des Hauses zeugte sie davon, dass Lotte Børger nach ihrem Einzug nicht einmal eine Krone oder fünf Minuten für die Modernisierung oder Verschönerung des Hauses geopfert hatte. Das milchige Fenster zeigte zum Garten, der, wenn möglich, noch überwucherter zu sein schien als der Vorgarten. Die Kloschüssel und das Waschbecken waren avocadogrün, die Fliesen in einem dunkleren Farbton. Vielleicht war Lotte Børger genau der Typ, der ausharrte und wartete, bis alles wieder modern wurde. Früher oder später würde dieser Fall wahrscheinlich eintreten, philosophierte Nora.

Als sie sich gerade die Hände wusch, fiel ihr Blick auf den altmodischen Spiegel, der gleichzeitig als Medizinschrank diente. Vorsichtig öffnete sie die Schranktür und fuhr zusammen, als sie knarrte.

Neben einem kleinen Erste-Hilfe-Päckchen mit Mullbinden und anderen Notwendigkeiten stand eine Flasche Eau de Cologne, die völlig unbenutzt aussah. Im unteren Fach befanden sich zwei Tablettendöschen. Nora nahm sie aus dem Schrank. Soweit sie es erkennen konnte, handelte es sich um Antidepressiva. Am interessantesten war jedoch nicht das Medikament. Es war das kleine Etikett, das auf einem der Döschen klebte. Die Pillen waren Karsten Børger verschrieben worden. Und zwar erst vor kurzem. Er war hier gewesen. Vielleicht war er das noch immer.

Bevor sie den Gedanken zu Ende denken konnte, änderte sich das Licht im Badezimmer. Es wurde dunkler, als hätte jemand eine Lampe heruntergedreht oder einen Vorhang zugezogen. Nora drehte sich zum Fenster und sah, wie sich eine dunkle Gestalt direkt vor der Scheibe aufgebaut hatte und sie nun anstarrte. Auf frischer Tat ertappt, wie sie im Medizinschrank eines Fremden herumschnüffelte.

Das milchige Glas machte es unmöglich, die Gesichtszüge deutlich zu erkennen, aber Nora konnte sehen, dass er einen Vollbart trug. Er war groß und muskulös. Und er brüllte mit allem, was seine Lunge hergab:

«Was zur Hölle machen Sie da?»

Mit einer Hand hämmerte er gegen das Badezimmerfenster. In der anderen hielt er eine Axt.

Kapitel 22

Rasch scannte Nora den Raum nach Fluchtmöglichkeiten. Die Tür war ihre einzige Option. Sie suchte im Spiegelschrank nach etwas, das als Waffe dienen konnte. Aber die Nagelschere, die sie fand, war so winzig, dass sie sich eher dazu eignete, die Bewohner eines Puppenhauses zu erschrecken als einen baumlangen Mann. Schnell verbarg sie die Schere in der hohlen Hand und schloss die Toilettentür auf.

Lotte saß im Wohnzimmer, als hätte sie die Rufe aus dem Garten nicht gehört.

«Ist das Ihr Bruder dort draußen im Garten?»

«Nee. Das ist Hampus, mein Gärtner. Warum?»

«Er stand plötzlich am Fenster. Ist das wirklich nicht Ihr Bruder?»

«Nein. Habe ich doch eben schon gesagt – keine Ahnung, wo er steckt. Ich habe meinen Bruder nicht gesehen, seit er nach Toppingham gefahren ist. Seitdem ist er nicht mehr zu Hause gewesen ... Als ich das letzte Mal von ihm gehört habe, hat er aus England angerufen, um mir zu erzählen, dass seine Tochter beerdigt wird, okay? Ich mache mir Sorgen um ihn. Er hat seit einem Monat nicht auf meine Anrufe reagiert. Sind Sie jetzt zufrieden?»

«Entschuldigen Sie. Könnten Sie mich anrufen, wenn Sie wieder von ihm hören?»

«Wie gesagt, er geht nicht an sein Telefon. Aber wenn ich mit ihm sprechen sollte, werde ich erwähnen, dass Sie nach ihm suchen. Mehr kann ich nicht tun. Und jetzt müssen Sie wirklich gehen.»

Lotte Børger begleitete Nora hinaus in den Windfang und knallte die Tür hinter ihr zu. Nora ging wieder die Auffahrt hinauf und versuchte herauszufinden, wie sie in den Garten gelangen konnte, um nachzusehen, ob Karsten Børger sich dort wirklich nicht versteckt hielt.

Der schmale Weg um das Haus führte an der überwucherten Garage vorbei, die den Blick auf Lotte Børgers Garten versperrte. Nora ging ein Stück den Kongelundsvej hinunter zum nächsten Nachbarn. Aber sie sah sofort, dass ein massiver Holzzaun ihr den Einblick in Lotte Børgers Garten verwehrte. Sie wechselte auf die andere Seite des Nachbarhauses. Hier waren die Zaunplanken genauso hoch. Doch die Garage stand leer, und Nora entdeckte eine Leiter. Hektisch sah sie sich um, um sicherzugehen, dass niemand sie beobachtete.

Dann betrat sie die fremde Garage, holte die rostige Leiter heraus, lehnte sie an den Zaun und stieg auf die zweite Sprosse. Die Leiter wankte ein wenig unter ihr, weil der Boden uneben war, doch schließlich konnte sie einen guten Blick in Lotte Børgers Garten erhaschen. In dem wilden Dschungel war keine Menschenseele zu sehen. Aber Nora hörte das Geräusch einer Axt, die wiederholt auf Holz schlug.

Ihre Augen versuchten, dem Geräusch zu folgen. Schließlich fiel ihr Blick auf einen großen Baum, der zitternd mitten in einem Brombeerbusch stand. Jemand war dabei, ihn zu fällen. Sie wartete ungeduldig, während sie die Straße aus dem Augenwinkel im Blick behielt.

Schließlich gab der Baum mit einem lauten Knacken nach, und ein überraschtes Gesicht mit dunklen, wilden Haaren und Bart kam dahinter zum Vorschein.

«Was glotzt du so, du dumme Schlampe?»

Das war ganz sicher nicht Karsten Børger.

Ehe sie antworten konnte, fuhr sie erschrocken zusammen. Ein Mann in einem karierten Anzug stieg aus dem bronzefarbenen Mini Cooper, der einen halben Meter von Nora entfernt gehalten hatte.

«Entschuldigen Sie, was machen Sie in meiner Auffahrt?», fragte er wütend.

Nora stieg von der Leiter, entschuldigte sich tausendmal und erfand eine Katze, auf die sie aufpasste, während ihre ebenfalls erfundene Tante auf Gran Canaria war. Mulle heiße sie und sie sei gestreift. Seit zwei Tagen sei sie nicht mehr zu Hause gewesen, und Nora war auf der Suche nach ihr. Sie war sicher, sie über den Zaun laufen gesehen zu haben.

«Hm. Wie heißt Ihre Tante?», fragte der Mann, nun in etwas milderem Ton.

«Trisse. Tante Trisse. Sie wohnt gleich hier oben im Nebraskavej», plapperte Nora einfach drauflos.

«Okay. Stellen Sie die Leiter wieder ordentlich hin. Vorsichtig. Und richten Sie Ihrer Tante aus, dass ich keine Katzen in meinen Garten scheißen lasse. Wenn ich das Vieh hier irgendwo sehe, bekommt es eine Dusche mit dem Gartenschlauch, ist das klar?»

«Entschuldigen Sie die Störung», sagte Nora und ging, nachdem sie die Leiter wieder weggestellt hatte.

Vielleicht hatte Lotte Børger ihr die Wahrheit über ihren Bruder gesagt. Aber wenn er hinter dem Mord an Crow und vielleicht Eileen Webster steckte, warum sollte er sich dann immer noch in Toppingham aufhalten?

Wie sollte er sich in einer Stadt verstecken, die mit allen Geschützen auf der Jagd nach einem unbekannten Mörder war? Hatte ihm jemand geholfen, oder konnte er sich so gut tarnen, dass niemandem ein hartgesottener dänischer Soldat aufgefallen war, der sich plötzlich in der Stadt niedergelassen hatte?

Sie hätte die Sache gern mit Andreas diskutiert, aber das war unmöglich. Stattdessen schrieb sie ihm eine SMS, obwohl sie wusste, dass sein Handy ausgeschaltet sein würde, wenn er im Krankenhaus saß und mit Birgitte über Viola wachte.

Hoffe, euch geht's gut, schrieb sie.

Da sie ihr Handy schon in der Hand hielt, wählte sie eine andere Nummer.

«Ich fass es nicht, es ist ewig her, dass ich von dir gehört habe», sagte Louise ohne weitere Begrüßung.

«Ich weiß, aber wenn du heute Abend zu Hause bist, komme ich mit einer Flasche Rotwein vorbei», sagte sie hoffnungsvoll.

«Was für ein Riesenglück kann man eigentlich haben? Ich bin vor zwanzig Minuten aus der Fabrik zurückgekommen und habe eine ordentliche Ladung Sushi geholt. Also bring lieber Weißwein mit. Und zwar viel. Ich habe morgen frei.»

«Cool!»

Wenn es jemanden gab, der helfen konnte, ein wenig Ordnung in ihre Gedanken zu bringen, war es die weitsichtige Louise, mit der sie befreundet war, seit sie sich bei der Aufnahmeprüfung an der Journalistenschule begegnet waren.

Jetzt arbeitete Louise beim Dänischen Rundfunk, den sie durchweg als Nachrichtenfabrik bezeichnete, und sie war dafür berüchtigt, starrsinnige Politiker und Geschäftsleute mit ihrem Charme für Interviews auf der großen Leinwand zu gewinnen. Obwohl ihre PR-Agenturen ihnen davon abgeraten hatte.

Nora kaufte drei Flaschen Weißwein im nächsten Netto und bestellte ein Taxi, das sie zu Louises nagelneuer Wohnung an der Islands Brygge fuhr.

Die Freundin öffnete ihr in einem japanischen Seidenkimono und mit einer Gesichtspflegemaske aus weißem Schlamm, der kurz davor war abzubröckeln. Sie schlang beide Arme um Nora und schmierte dabei die Maske an Noras Wange.

«Ja, du musst mich so nehmen, wie ich bin», sagte sie lachend und geleitete Nora in die stromlinienförmige Küche. Sie streckte die Hand nach der Netto-Tüte aus und stellte die Flaschen kalt.

«Perfekter geht's ja wohl kaum. Ich habe für mich und den Teenie Sushi geholt, aber als ich nach Hause kam, habe ich einen Zettel gefunden, dass er bei einem Freund isst. Also ist genug für uns beide da», sagte sie.

Sie gingen ins Wohnzimmer, und Nora bewunderte die Aussicht über das Wasser, während Louise sich die Maske mit einem Küchentuch vom Gesicht wischte. Nora holte Weingläser aus dem Schrank und stellte Soja und Wasabi neben die schwarzen Plastikschalen mit Sushi, die bereits auf dem Esstisch standen.

Sie diskutierten über die Einsparungen beim Dänischen Rundfunk, von denen Louise vermutlich verschont bleiben würde.

«Beziehungsweise, so richtig verschont bleibt man eigentlich nicht, wenn die eigenen Kollegen gefeuert werden. Und die Arbeit muss trotzdem erledigt werden. Also muss alles schneller gehen. Erinnerst du dich noch an Johan?», fragte sie und meinte einen gemeinsamen Freund, der mit ihnen auf die Journalistenschule gegangen war.

«Ja?»

«Burnout. Und er ist nicht allein. Du kannst froh sein, die *Globalt* und einen Chef wie Krebs zu haben. Kann gut sein, dass er an seinen schlechten Tagen super anstrengend ist, aber immerhin hält er dir immer den Rücken frei», sagte Louise und biss in ein Thunfisch-Nigiri.

«Oder auch nicht», sagte Nora leise und trank einen extragroßen Schluck Wein.

«Wie bitte?»

Nora erzählte ihrer Freundin, dass sie im Grunde gefeuert worden war und nun vor einer unmöglichen Wahl stand.

«Scheiße, Nora! Wann ist das passiert?»

«Gestern», sagte sie tonlos.

«Warum hast du nicht angerufen? Da muss man doch etwas machen können. Was sagt euer Betriebsrat?»

«Ich glaube nicht, dass man da was machen kann. Ich habe drei Monate Kündigungsfrist, so wie es sich gehört. Und es gibt einfach kein Geld.»

«Es sieht dir gar nicht ähnlich, widerstandslos aufzugeben.»

«Aber was soll ich denn tun? Wenn nicht bald ein Wunder geschieht, geht *Globalt* demnächst komplett pleite.»

Einen Moment lang saßen sie schweigend da und aßen. Es war dunkel geworden, und die Lichter der Stadt spiegelten sich in den Kanälen. Als die Wohnungen sich nach und nach erhellten, war es, als säße man vor einer großen Wand aus Fernsehbildschirmen, auf denen Menschen kochten, fernsahen, mit ihrem Hund spielten, mit ihren Kindern stritten und sich im Schritt kratzten. Nora schüttelte es bei dem Gedanken, selbst in einem solchen modernen Aquarium leben zu müssen.

«Und was hast du jetzt vor?», fragte Louise.

«Ich weiß noch nicht. Vielleicht komme ich ja als Freiberuflerin über die Runden.»

«Habt ihr schon über Geld gesprochen? Was kann Krebs dir pro Artikel zahlen?»

Nora schüttelte den Kopf.

«Nein, es ging alles so schnell.»

«Ach Mist, Nora. Das tut mir echt leid. Wenn ich könnte, würde ich dir sofort einen Job anbieten, aber es ist leider nicht so, als würden sie bei der Fabrik gerade mit freien Stellen um sich schmeißen.»

«Nein. Ich glaube auch nicht, dass ich London verlassen will. Das kann ich mir im Moment noch nicht vorstellen.»

«Aber für dich und Andreas wäre das doch gut.»

Nora sah sie an.

«Andreas ist mit Birgitte zusammen.»

«Er *wohnt* mit ihr zusammen. Aber sind sie ein Paar? Hast du ihn das jemals gefragt?»

«Natürlich sind sie ein Paar. Sonst wohnt man doch nicht zusammen.»

«Hat Andreas jemals irgendetwas geäußert, das darauf schließen lässt, dass er Birgitte liebt? Oder ist der Fakt, dass sie zusammenleben, nur ein praktisches Arrangement, das sie in die Wege geleitet hat?»

Nora stand auf und ging zum Fenster. Sie wollte sich keinem Verhör unterziehen, in dem all die hässlichen Fragen ans Tageslicht kamen. Fragen, die sie selbst vor langer Zeit hätte stellen sollen, als sie vielleicht noch die Chance gehabt hatte, ihre Beziehung mit Andreas zu retten.

«Das spielt jetzt keine Rolle mehr. Er hat ganz andere Sorgen. Viola ist immerzu krank.»

«Aber hast du mit ihm gesprochen?», hakte Louise mit ihrer nervigen Standhaftigkeit nach, die sie zu so einer effektiven Journalistin gemacht hatte.

«Ja. Ich habe ihn heute Nachmittag getroffen.»

«Oho. Dann scheint er ja doch nicht so beschäftigt zu sein», sagte Louise mit einem neckenden Grinsen, das jedoch sofort wieder verschwand, als sie Noras Gesichtsausdruck bemerkte.

«Oh, meine Süße. Du bist wirklich traurig seinetwegen», sagte sie mit warmer Stimme.

«Ja, aber ... Ich kann gerade nichts ausrichten. Ich muss einfach auf Distanz gehen. Er hat ein krankes Kind und ist total fertig, und ich weiß wirklich nicht, was ich für ihn tun kann. Wenn ich ihn kontaktiere, läuft Birgitte Amok, und er bekommt noch mehr Probleme.»

«Was geht es Birgitte überhaupt an, ob ihr miteinander sprecht oder nicht?»

Nora erzählte ihr von der SMS, in der Birgitte von Nora verlangt hatte, sich fernzuhalten.

«Entschuldige mal, aber das klingt jetzt nicht nach einer harmonischen und funktionierenden Beziehung. Überhaupt nicht», sagte Louise.

Die erste Flasche Wein war wie durch Zauberhand geleert worden, und Nora ging in die Küche, um Nummer zwei aus dem Kühlschrank zu holen, während Louise auf ihrem Handy die beiden Tinder-Kandidaten aufrief, mit denen sie gerade anbandelte.

«Der hier ist ein schwedischer Universitätsprofessor in Lund. Irgendwas mit Mathematik. Ziemlich heiß», sagte sie und zeigte Nora ein Bild von einem ernst dreinblickenden Mann, der, mit ein wenig gutem Willen, der große Bruder des schwedischen Supermodels Marcus Schenkenberg hätte sein können.

«Nicht schlecht.»

«Ja, und er hier», Louise wischte zum nächsten Profil eines muskulösen Manns, der sich mit freiem Oberkörper lässig an einen Baum lehnte, «er ist Zimmermann, aus Næstved. Kommt ab und zu mal vorbei», sagte sie mit einem verschmitzten Grinsen.

«Tja, wenn das für dich in Ordnung ist», sagte Nora und schenkte Weißwein nach.

«Hattest du nicht auch was mit diesem Verleger?»

«Du meinst Tom?»

«Ja! Der klang doch ziemlich lecker.»

Nora zuckte mit den Schultern.

«Vielleicht.»

«Trefft ihr euch nicht mehr?»

«Ich war gerade in Thailand, und danach bin ich direkt nach Toppingham gefahren.»

«Nora, das ist eine Reiseroute, keine Antwort auf meine Frage.»

«Mehr Infos kriegst du nicht», sagte Nora und schenkte die Gläser voll. So voll, dass ihr am nächsten Morgen am Flughafen der Schädel brummte.

■

Als sie im Flieger nach London saß, dachte Nora an das Gespräch mit Krebs. Sie hatte im Taxi auf dem Weg nach Kastrup ihre E-Mails abgerufen, aber es gab keine Neuigkeiten darüber, was bei der Vorstandssitzung entschieden worden war. Vielleicht waren sie sich nicht einig geworden. Vielleicht wollte Krebs bis zum Montag warten, wenn die Leute wieder bei der Arbeit waren, um bekanntzugeben, was mit *Globalt* passieren würde.

Nora beschloss, genau das zu tun: bis Montag einfach nicht daran denken. Ganz entspannt in London landen, vielleicht Pete anrufen und ihn zu einem Lunch beim Inder locken. Ein Bier trinken und zur Besinnung kommen.

Doch daraus sollte nichts werden. Das wurde ihr in dem Moment klar, in dem sie ihr Handy einschaltete, nachdem das Flugzeug gelandet war. Sie hatte sieben verpasste Anrufe, und als sie gerade ihren Anrufbeantworter abhören wollte, klingelte es erneut.

«Bitte schalten Sie Ihr Handy aus. Sie dürfen es erst wieder anschalten, wenn Sie den Flieger verlassen haben», ermahnte die Flugbegleiterin sie.

Nora schob das Handy zurück in ihre Hosentasche. Vorher schaffte sie es noch zu sehen, wer sie so oft versucht hatte zu erreichen.

Es war Keith Snyder.

Sobald sie auf der Gangway stand, rief sie zurück.

«Was ist los?»

Snyder klang außer Atem.

«Haben Sie meine Nachricht auf der Mailbox erhalten?»

«Nein, ich hatte noch keine Zeit, sie abzuhören. Ich dachte, es geht schneller zurückzurufen. Was ist denn los? Haben sie Laura gefunden?»

«Nein. Es gibt schlechte Nachrichten.»

«Was ist passiert?»

«Die Bürgermeisterin wird vermisst.»

«Was meinen Sie damit, vermisst?»

«Es heißt, sie wurde vermutlich von demselben Typ entführt, der auch Crow getötet hat. Ich muss los, bin auf dem Weg zum Präsidium. Vielleicht erfahre ich dort mehr. Rufen Sie mich an, wenn Sie wieder hier sind», sagte er, als wäre es eine Selbstverständlichkeit, ihre Zusammenarbeit fortzusetzen.

Nora legte auf, betrat die Ankunftshalle, um ihren Koffer zu holen, ging von dort aus direkt zum Bahnhof und kaufte sich eine Fahrkarte nach Toppingham.

Sie wusste genau, warum Karsten Børger die Stadt noch nicht verlassen hatte. Seine Mission war noch nicht beendet. Wie Albinus gesagt hatte. Karsten Børger war der Typ, der seinen Willen immer durchsetzte.

Kapitel 23

Vom Zug aus hatte Nora wieder ein Zimmer im Standard gebucht, und als ihr an der Rezeption der Schlüssel für dasselbe Zimmer ausgehändigt wurde, war es fast so, als wäre sie nie fort gewesen.

«Ist Mr. Millhouse immer noch zu Gast?», fragte sie die junge Frau an der Rezeption.

«Wir dürfen über unsere Gäste leider keine Auskunft geben.»

«Ja, das verstehe ich. Mr. Millhouse ist ein Freund von mir. Er hat sicher nichts dagegen, wenn Sie mir verraten, ob er noch hier ist.»

«Wenn er Ihr Freund ist, können Sie ihn doch selbst fragen», sagte die Rezeptionistin besonnen.

Nora gab auf. Die Frau hatte recht.

Oben im Zimmer musste sie sofort wieder lüften. Der muffige Geruch schien sich nur noch verstärkt zu haben. Nora sah aus dem Fenster hinüber zu St. Helena. Es war Samstag, und auf dem Sportplatz war es ruhig. Nora fragte sich, wer nach Eileen Websters Tod den normalen Schulbetrieb wieder in Gang bringen würde. Und wie sie ein paar hundert Mädchen im Teenageralter erklären wollten, dass die Welt kein schlechter Ort war, obwohl ihre Schulleiterin am Kronleuchter im Speisesaal aufgehängt worden war, wo sie jeden Tag saßen und zu Mittag aßen.

Sie ließ sich aufs Bett sinken und rief zuerst Millhouse an. Sie konnte ihren Verdacht auf Karsten Børger nicht länger für sich behalten. Sie erwartete keinen Dank. Millhouse wäre wahrscheinlich eher verärgert, dass sie sich nicht früher an ihn gewandt hatte.

Die Mailbox sprang beim ersten Klingeln an, und Nora teilte ihm mit, dass sie eventuell eine Spur im Fall Crow hatte. Sie probierte es auch unter der Nummer, unter der sie Spencer gespeichert hatte und die sie nur im Notfall anrief. Auch er nahm den Hörer nicht ab.

Danach versuchte sie es bei Snyder. Er antwortete sofort.

«Jepp», sagte er.

«Nora Sand hier. Ich bin jetzt in Toppingham. Wissen Sie inzwischen mehr?»

«Bürgermeisterin Alice Harrison ist verschwunden, aber die Polizei hält alles unter Verschluss. Nichts soll nach außen dringen. Keine Pressekonferenz, keine Mithilfe der Bevölkerung. Alles läuft völlig diskret ab. Ich denke, sie vermuten, dass zu viel Rummel den Täter verscheuchen könnte.»

«Aha. Woher haben Sie diese Informationen? Wenn sie doch so heimlich sind?»

«Ich habe eben gute Kontakte in der Stadt.»

«Wie zum Beispiel?»

«Das werde ich Ihnen nicht verraten.»

«Lassen Sie den Quatsch, Snyder. Sie haben mich zuerst angerufen und von der Sache angefangen. Jetzt will ich auch Details.»

«Heißt das, Sie heuern mich wieder an?»

«Das heißt es wohl», sagte Nora und dachte an Krebs' finanzielle Sorgen.

Snyder unterbrach ihre Gedanken mit derselben Finesse wie ein russischer Hammerwerfer.

«Ich hole Sie in ein paar Minuten ab. Dann erkläre ich Ihnen alles.»

«Okay. Ich warte vor dem Hotel.»

Vorsichtshalber nahm sie ihren Laptop mit, falls sofort etwas an die Online-Redaktion geschickt werden musste. Wenn Snyder recht hatte, war dies ein Artikel, der nicht bis heute Abend warten konnte.

Fünf Minuten später kam Keith Snyder in seinem ramponierten Vauxhall vorgefahren. Er hatte blendend gute Laune, und Nora rümpfte die Nase, als sie an seinem Atem roch, dass er Bier getrunken hatte.

«Entspannen Sie sich, das war ein alkoholfreies Bier», versicherte ihr Synder.

Nora sah ihn skeptisch an.

«Hören Sie, wollen Sie die Story oder nicht?», fragte er, als er ihren Blick registrierte.

«Ja, ich will die Story. Wenn es überhaupt eine Story ist. Bisher haben weder die Nachrichtenagenturen noch die Webseiten der großen Zeitungen etwas veröffentlicht. Sie sind der einzige, der behauptet, Alice Harrison sei verschwunden. Niemand sonst.»

«Ja. Ist das nicht großartig? Sie haben die Sensation ganz exklusiv.»

Nora verschränkte die Arme.

«Vielleicht ist sie so exklusiv, weil diese Sensation nur in Ihrer Phantasie existiert?»

«Jetzt seien Sie schon still und kommen Sie mit, dann erzähle ich Ihnen alles», sagte Snyder und bog auf die Hauptstraße.

Nach einer kurzen Fahrt parkte er das Auto hinter einem Pub

namens *The White Lion*. Es war Nachmittag, und Nora vermutete, dass die einzige Kundschaft, die sie im Moment dort antreffen würden, die wirklich eingefleischten Säufer waren und möglicherweise ein oder zwei Mittagsgäste, die ihr Essen etwas zu sehr in die Länge gezogen hatten.

Ihre Augen mussten sich erst an die Lichtverhältnisse im Pub gewöhnen. Die dunkle Holzverkleidung an den Wänden und die biergetränkten burgunderfarbenen Teppiche schienen das gleißende Frühlingslicht, das durch die vergilbten Spitzenvorhänge hereinfiel, nahezu aufzusaugen und somit die Realität auf Abstand zu halten.

Die einzigen Geräusche kamen von ein paar Spielautomaten, die hinten im Raum standen und blinkten.

Der Barkeeper war dabei, ein Tablett mit frischgewaschenen Gläsern aus der Spülmaschine zu räumen.

«Ist Bill schon gegangen?», fragte Snyder.

Der Barkeeper deutete mit einem Kopfnicken auf einen Tisch links neben der Bar. Dort saß ein Mann von ungefähr fünfzig Jahren vor einem Rest Guinness. Snyder gab dem Barkeeper ein Zeichen, mit dem langwierigen Zapfen eines weiteren Glases des dunklen irischen Bieres zu beginnen.

«Bill. Das hier ist meine gute Freundin Nora», sagte Snyder und zwinkerte Nora zu, die versuchte, ihre Überraschung und ihr Unbehagen zu verbergen, so eng mit Snyder in Verbindung gebracht zu werden.

Bill begrüßte sie, indem er den Arm leicht anhob und gutmütig lächelte.

«Bill, erzähl Nora, was du mir vorhin erzählt hast.»

«Das mach ich doch gern. Aber mein Hals ist ein bisschen trocken, verstehst du?»

«Das Guinness ist unterwegs. Fang doch schon mal an», sagte Snyder und deutete mit einem Kopfnicken in Richtung Tresen.

«Tja, also. Ich bin der Gärtner der Harrisons. Ich arbeite immer samstags bei ihr, der Bürgermeisterin ist es lieber, wenn sie oder ihr Mann zu Hause ist, damit sie sehen können, dass ich für mein Geld auch was schaffe.»

Der Barkeeper kam an den Tisch und ersetzte Bills leeres Glas durch ein gefülltes. Der weiße Schaum lag wie eine Schutzdecke über dem dunklen Bier.

«Also habe ich mich dort heute Morgen um neun Uhr zur Arbeit gemeldet, wie jeden Samstag, und beide Herrschaften waren zu Hause. Mrs. Harrison hat mir erklärt, was heute zu erledigen war. Ich sollte ein Beet umgraben und die Erde düngen. Sie hat dann festgestellt, dass ihnen der Dünger ausgegangen war. Sie wollte nur schnell zum Baumarkt fahren und ein paar Säcke holen. Aber sie kam nie zurück.»

Nora schielte zu Snyder hinüber. War das die große Story, für die er sie nach Toppingham gerufen hatte? Eine Bürgermeisterin, die zum Einkaufen fährt und dann im Stau stecken bleibt oder eine Freundin zum Mittagessen trifft. Oder sich wegen einer Reifenpanne verspätet.

«Okay, wie weit ist der Baumarkt entfernt?», fragte sie.

Bill zuckte mit den Schultern.

«Fünf Minuten mit dem Auto, wenn kein Verkehr ist. Höchstens zehn im Samstagsverkehr.»

«Und es ist mehr Zeit vergangen?»

«Ja, ich habe über eine Stunde gewartet. Plötzlich ist Mr. Harrison wie von der Tarantel gestochen auf sein Rad gesprungen und zum Baumarkt gefahren, als säße ihm der Teufel im Nacken. Zu diesem Zeitpunkt war ich fast fertig mit diesem Beet, und einen anderen Auftrag hatten sie mir ja nicht gegeben. Also habe ich in der Einfahrt gestanden, um zu sehen, ob einer von beiden nach Hause kommt.»

«Was ist dann passiert?»

«Nach ungefähr einer halben Stunde kam Mr. Harrison wieder nach Hause. Völlig außer Atem war er und ganz rot im Gesicht. Er hat gar nicht gemerkt, dass ich noch da war. Dann hat er von seinem Handy aus jemanden angerufen, stand in der Einfahrt und schaute die Straße auf und ab.»

«Konnten Sie hören, was er gesagt hat?», fragte Nora mit wachsendem Interesse. Vielleicht war die Sache nicht so banal, wie sie auf den ersten Blick gewirkt hatte.

«Ja, ich stand ja nur ein paar Meter hinter ihm. Es klang, als hätte er die Polizei angerufen. Er teilte ihnen mit, dass ihr Auto ziemlich merkwürdig geparkt war, in der Bedford Close. Mit offenen Türen. Keine Spur von Mrs. Harrison.»

«Wirkte er besorgt?»

«Ja. Vielleicht eher verwundert. Mrs. Harrison hatte ihr Handy nicht mitgenommen. Es lag noch auf dem Küchentisch, also konnte er sie nicht anrufen.»

«Okay. Ist noch mehr passiert?»

Bill nickte eifrig.

«Das können Sie aber glauben. Es dauerte vielleicht fünf Minuten oder so, dann kam die Polizei. Zuerst ein gewöhnlicher Streifenwagen, aber kurz danach kam diese Payton aus dem Fernsehen an und rannte die Auffahrt regelrecht hinauf. Wahrscheinlich weil Mrs. Harrison Bürgermeisterin ist und so. Da reagieren sie alle sofort. Ich bin sicher, wäre meine Bella verschwunden, hätte es Tage gedauert, bis jemand zugehört hätte.»

«Wie viele Polizisten waren vor Ort?»

«Die ersten beiden Beamten in der Streife sind ziemlich schnell wieder abgedüst, und dann war da noch diese Payton. Sie hatte zwei Typen dabei. Ein großer, dunkler Kerl im Anzug, so ein Londoner Typ eben, und dann ein etwas jüngerer, wahrscheinlich sein Assistent oder so.»

«Trug er eine Brille? Lockige Haare?»

«Jepp, das stimmt.»

Nora war sicher, dass es sich um Spencer und Millhouse handelte, und das wiederum hieß, dass sie eine Verbindung zu den beiden Morden vermuteten.

«Können Sie mir noch etwas erzählen?»

«Nee, nicht wirklich. Mir war irgendwann klar, dass ich an diesem Tag wahrscheinlich nichts mehr zu tun bekommen würde. Ich meine, wer hätte mir noch etwas auftragen sollen? Mrs. Harrison war weg, und der Herr des Hauses saß mit der Polizei zusammen. Hab dann einfach angeklopft, um mir mein Geld abzuholen, damit ich nach Hause gehen konnte.»

«Wer hat Ihnen geöffnet?»

«Dieser Assistent. Er war höflich und alles, das muss man ihm lassen. Aber er wurde ziemlich deutlich, als er erfuhr, wer ich war. Ich sollte Land gewinnen. Aber ich konnte doch nicht ohne mein Geld gehen, nicht wahr?»

«Natürlich nicht», sagte Nora.

«Da zieht er einen Fünfzig-Pfund-Schein aus seinem Portemonnaie und drückt ihn mir in die Hand. Ohne Quittung. Ein Prachtkerl.»

«Eine Sache noch: Könnten Sie mir die Adresse der Bürgermeisterin verraten?»

«Die Nummer 12 in der Dover Road. Großes weißes Haus mit Kirschbäumen im Vorgarten.»

Nora und Snyder ließen Bill mit seinem Guinness zurück und verließen den Pub.

«Was sagen Sie? Ist doch eine tolle Story, oder nicht?», sagte Snyder triumphierend, und Nora fiel wieder ein, wie abstoßend sie ihn eigentlich fand.

«Ich weiß nicht, ob Jubel jetzt angebracht ist, wenn die Bürgermeisterin wirklich verschwunden ist.»

«Klingt doch nach einer normalen Entführung. Das ist verdammt noch mal eine super Story! Und weil die Polizei dichthält, ist sie exklusiv», sagte Snyder unbeirrt.

«Vielleicht haben sie einen guten Grund, warum sie damit noch nicht an die Öffentlichkeit gehen», wandte Nora ein.

Sie blieben vor Snyders Auto stehen, aber er machte keine Anstalten einzusteigen. Nora sah ihn fragend an.

«Wir können auch zu Fuß gehen. Die Adresse ist gleich um die Ecke, und ich kann hier noch ein paar Stunden stehen, ohne zu bezahlen», erklärte er.

Er öffnete den Kofferraum und holte seine Kameratasche heraus, schraubte das normale Objektiv ab und ersetzte es durch das riesige Teleobjektiv, mit dem Nora ihn in dieser Nacht vor der Garage herumlaufen gesehen hatte, als Crows Leiche gefunden worden war.

«Schalten Sie jetzt etwa in den Paparazzi-Modus? Das ist nicht der Stil von *Globalt*», ermahnte sie ihn.

Mit einem Stich ins Herz fiel ihr wieder ein, dass an ihrem Arbeitsplatz bald viele Dinge nicht mehr so sein würden, wie sie mal waren.

Keith Snyder grummelte etwas, das als Übereinstimmung oder Protest interpretiert werden konnte, je nachdem, in welcher Entfernung man zu ihm stand.

Sie bogen um die Ecke und standen bald darauf vor dem Haus, das Bill ihnen beschrieben hatte. Zwei prächtige Kirschbäume, deren Knospen kurz vor der bonbonrosafarbenen Blüte standen, wuchsen im Vorgarten. In der Einfahrt standen zwei Autos. Ein dunkelblauer Jaguar, den Nora als Spencers erkannte, und ein bescheidenerer Renault, der wahrscheinlich Payton gehörte.

Nora drehte sich zu Snyder um.

«Es ist besser, wenn ich alleine anklopfe und mit ihnen rede. Ich würde Sie dann später anrufen, wenn Bedarf besteht. Es ist schon ziemlich aufdringlich, wenn einem plötzlich ein fast zwei Meter großer Mann seine Telelinse vor die Nase hält. Das macht nicht gerade den besten ersten Eindruck», sagte Nora.

Snyder schüttelte den Kopf.

«Wir sind ja nicht hier, um einen guten ersten Eindruck zu machen. Wir sind hier, um die Story einzufahren, und das ist vielleicht unsere einzige Chance auf ein paar gute Schüsse», sagte er schmollend.

«Glauben Sie mir. Diese Bilder werden wir nirgendwo drucken. Das Wichtigste ist, dass wir einen Kommentar zu den Geschehnissen bekommen.»

«Da sind wir uns dann wohl nicht einig», erwiderte er.

Trotzdem schlich er sich auf die andere Straßenseite, wo er unter einer Trauerweide Schutz suchte, deren Äste wie ein Dach über den Bürgersteig fielen.

Nora ging die kleine Treppe hinauf und klingelte. Die Tür wurde so schnell aufgerissen, dass man denken konnte, jemand hätte drinnen gestanden und auf ihren Besuch gewartet.

Millhouse sah sie überrascht an.

«Was machst du denn hier?»

«Stimmt es, dass die Bürgermeisterin verschwunden ist?»

Er wurde blass.

«Bist du allein? Sind noch andere Journalisten hier?»

«Keine anderen Journalisten, nein», sagte Nora wahrheitsgemäß.

«Ich darf keine Angaben zur Situation machen. Du musst dich also damit abfinden, dass du nichts über die Sache schreiben darfst. Die Situation ist heikel.»

«Es wird schwierig, dieser Bitte nachzukommen, Millhouse», entgegnete Nora.

«Ich bitte dich nicht, ich sage dir, dass du keine Wahl hast.»

«Ich will mit Spencer sprechen.»

«Der ist beschäftigt.»

«Es ist wichtig.»

«Ob du es glaubst oder nicht, Spencer ist zurzeit ebenfalls mit etwas Wichtigem beschäftigt. Kannst du nicht genauso gut mit mir sprechen?»

«Ich habe einen Verdacht, wer mit der Sache zu tun haben könnte, und ich glaube, Spencer will es von mir persönlich hören. Es ist wirklich wichtig. Ich weiß noch nicht, inwiefern oder aus welchem Grund er in den Fall verwickelt ist, aber ich glaube, ich weiß, wer der Mann mit dem Tattoo ist. Das wird Spencer doch wohl interessieren, oder?»

Millhouse schien ernsthaft darüber nachzudenken.

«Ist das nur eine Vermutung, oder hast du konkrete Beweise?»

«Ich habe Fotomaterial, und ich glaube, dass der Mann immer noch in Toppingham oder Umgebung ist.»

Nora konnte Millhouse ansehen, dass er kurz davor war, Spencer zu holen. Aber er wurde von einem kleinen roten Auto abgelenkt, das mit relativ hoher Geschwindigkeit auf das große weiße Haus zuschoss und mit einem widerstrebend quietschenden

Bremsen direkt vor der Auffahrt zum Stehen kam. Eine Frau von ungefähr vierzig Jahren mit wildem lockigem Haar, das von Rot langsam in Grau überzugehen schien, stieg aus dem Auto. Sie nahm eine große Handtasche vom Beifahrersitz, schlug die Tür zu und ging mit bestimmten Schritten zum Haus.

«Samantha Jenkins. Verhandlungsführerin bei Geiselnahmen. Gab es schon ein Lebenszeichen abgesehen von dem Zettel im Auto?», sagte sie und reichte sowohl Millhouse als auch Nora die Hand, in der Annahme, dass sie zum Team gehörte.

Entsetzt scheuchte Millhouse sie davon.

«Nora, du musst jetzt gehen. Und wehe, du schreibst etwas über die Sache. Du hast keine Ahnung, wie viel Schaden das anrichten könnte.»

Er schob die Verhandlungsführerin durch die Tür nach drinnen, und als er sie hinter sich schloss, fiel sein Blick auf Keith Snyder, der auf der anderen Straßenseite stand und mit seinem großen Teleobjektiv losknipste. Er warf Nora einen wütenden Blick zu.

«Hast du den etwa mit hergebracht? Raus mit der Sprache!»

Nora wand sich.

«Eher umgekehrt, wenn ich ehrlich sein soll.»

«Diese Bilder können ungemeinen Schaden anrichten. Sorg dafür, dass nichts davon an die Öffentlichkeit gerät. Das kann die Bürgermeisterin das Leben kosten.»

«Du gibst also zu, dass sie entführt wurde?»

«Lass es sein», schnarrte Millhouse und schlug Nora die Tür vor der Nase zu.

Nora hatte ihn noch nie so sehr unter Druck erlebt.

Sie ging zurück zu Snyder.

«Habe ich Sie nicht ausdrücklich darum gebeten, sich nicht wie ein idiotischer Paparazzo aufzuführen? Sie haben einen meiner wichtigsten Informanten vergrault. Sie sollten mal lernen, Rücksicht zu nehmen, wenn Sie weiter mit mir zusammenarbeiten wollen.»

Snyder sah nicht aus, als ob ihn das scherte.

«Die können die Sache ohnehin nicht mehr lange unter Verschluss halten.»

«Möglich, aber wir sind nicht hier, um die Situation schlimmer zu machen, als sie ohnehin schon ist.»

«Die anderen Journalisten sind schon unterwegs. Da können Sie sicher sein.»

«Wo wurde Harrisons Wagen gefunden?», fragte Nora.

«Bedford Close.»

«Ist das in der Nähe?»

«Drei Minuten mit dem Auto. In der Nähe des Baumarkts, zu dem sie fahren wollte. Und ich wohne auch in der Nähe», erklärte Snyder.

Sie stiegen ins Auto und fuhren zur Bedford Close. Die verlassene Sackgasse war nicht zu verfehlen. Der kleine silbergraue Ford war am Ende der Straße seltsam schief vor dem letzten Haus abgestellt worden. Dahinter lag ein Wäldchen. Zwei Beamte sperrten den Bereich mit Plastikband ab. Eine Frau im Joggingoutfit hatte angehalten und die Ohrhörer herausgenommen.

«Ein Unfall?», fragte sie ganz außer Atem.

Einer der Beamten schüttelte den Kopf.

«Nein, keine Sorge, reine Routine. Gehen Sie einfach weiter.»

Die Frau tat wie ihr geheißen und nahm Kurs auf einen kleinen, schmalen Pfad, der vom Ende der Straße in das Waldstück führte.

Entweder war Alice Harrison zu Fuß mit ihrem Entführer im Wald verschwunden, oder ein anderes Auto war an ihrem Verschwinden beteiligt gewesen. Warum hatte sie hier geparkt? War sie von dem Entführer hierhergelockt oder war sie gezwungen worden? Oder steckte etwas ganz anderes hinter ihrem Verschwinden?

Nora sah sich nach potenziellen Zeugen um. Es gab nur vier Häuser entlang der kleinen Straße. Eines der Häuser sah völlig verlassen aus, mit verrammelten Fensterläden, Gerümpel aus altem Holz und alten, kaputten Plastikmöbeln im Vorgarten. Die anderen drei Häuser hingegen schienen bewohnt zu sein.

Einer der Polizisten drehte sich zu ihr um.

«Haben Sie hier Zutrittsrecht?»

«Ja», antwortete Nora und hoffte, damit durchzukommen.

Kam sie natürlich nicht.

«Dann müsste ich bitte mal einen Ausweis sehen, auf dem Ihre Adresse verzeichnet ist. Zu welchem Haus wollen Sie?»

Nora zeigte auf ein braunes Backsteinhaus, vor dem ein Auto in der Garage stand. Vor der Eingangstür lag ein kleiner hellblauer Tretroller, der aussah, als wäre er in aller Eile fallen gelassen worden, vielleicht weil die Mutter das Kind zu Keksen und Milch gerufen hatte.

«Wir wollten wirklich nur ganz schnell zu Jamies Mutter, wie hieß sie gleich ... Sonya, nicht wahr?», sagte sie an Snyder gewandt, der dieses Mal schlau genug war, seine Kamera in der Tasche zu lassen.

«Es geht um eine Spielverabredung am Donnerstag. Wir brauchen wirklich nur fünf Minuten», sagte sie und schenkte dem Polizisten ein Lächeln, das ausgezeichnet zu einer Frau aus einer gut organisierten Muttergruppe passte.

«Sie wohnen also nicht hier?»

«Nein, aber wir sind in fünf Minuten wieder weg. Das würde uns sooo viel bedeuten», sagte Nora und hasste sich selbst dafür, wie leicht es ihr fiel zu lügen.

Der Polizist schüttelte gutmütig den Kopf.

«Und es kann nicht warten?»

«Bestenfalls nicht.»

«Na, dann laufen Sie rein und beeilen Sie sich. Ihr Mann kann in der Zwischenzeit hier draußen warten», sagte er schließlich.

Nora unterdrückte den Drang zu erklären, dass sie in keiner Weise mit Snyder verheiratet war, lief schnell die Auffahrt hinauf und stieg über den Roller.

Kurz nachdem sie geklingelt hatte, öffnete ihr eine Frau, die aussah, als wäre sie gerade aufgewacht. Nora warf einen Blick über die Schulter, um zu sehen, ob die Beamten ein Auge auf sie hatten, aber sie waren gerade damit beschäftigt, einer jungen Mutter mit Kinderwagen zu versichern, dass es in der Bedford Close keinen Verkehrsunfall gegeben hatte. «Reine Routine, gute Frau, hier gibt es nichts zu sehen.»

Nora wandte sich wieder der Frau an der Tür zu.

«Entschuldigen Sie, dass ich mich so aufdränge, und bitte entschuldigen Sie, falls ich störe. Aber wir untersuchen gerade, was da draußen mit dem Wagen passiert ist.»

«Okay?», erwiderte die Frau und hielt sich die Hand vor den Mund, als sie gähnte.

«Sind Sie den ganzen Tag zu Hause gewesen?»

«Ja, warum?»

«Haben Sie etwas Ungewöhnliches bemerkt? Personen oder Autos, die normalerweise nicht hier halten?»

Die Frau gähnte erneut und schüttelte den Kopf.

«Ich habe im Moment Nachtschicht. Ich bin Krankenschwester. Bin heute Morgen um fünf nach Hause gekommen. Da war alles normal. Habe bis eben geschlafen.»

Eine Niete.

«Okay. Entschuldigen Sie bitte die Störung ...»

«Aber fragen Sie mal Beatrice. Sie passt auf George auf, wenn ich schlafe. Einen Moment», sagte sie, lehnte die Tür an und ging zurück ins Haus, um nach der Babysitterin zu rufen.

Kurz darauf kam ein blondes Mädchen von etwa siebzehn Jahren zur Tür. Sie trug einen Jungen auf dem Arm.

«Ja?»

«Hey, Beatrice. Ich wollte nur mal hören, ob du im Laufe des Vormittags etwas Ungewöhnliches beobachtet hast.»

«Etwas Ungewöhnliches?»

«Ja. Sind Menschen hier vorbeigekommen, die du normalerweise nicht siehst? Autos, die hier normalerweise nicht halten?»

Beatrice überlegte, während George ihr zärtlich durch die Haare wuschelte.

«Eigentlich nicht ... nein, nicht wirklich.»

«Das klingt nicht, als wärst du dir hundertprozentig sicher.»

«Nein. Also, da ist dieses ältere Ehepaar von gegenüber ... Sharon und Mike. Sie bekommen samstags manchmal Besuch von ihrer Tochter. Ich glaube nicht, dass ich sie heute gesehen habe. Und selbst wenn sie heute zu Besuch gekommen wäre, hätte mich das nicht gewundert. Aber ich glaube, Sharon und Mike sind sowieso gerade verreist. Teneriffa, wenn ich mich richtig erinnere.»

«Ich denke eher an Sachen, die dich stutzig gemacht haben könnten. Irgendwann heute Vormittag. Verdächtige Personen oder Ähnliches.»

Sie schüttelte den Kopf und befreite mit dieser Bewegung den größten Teil ihrer Haare aus Georges klebrigem Griff. Ein paar Strähnen blieben an seinen Fingern hängen, und er studierte sie erstaunt.

«Weißt du, wem die beiden anderen Häuser gehören?»

«Edward Parry wohnt in dem gelben Haus. Er ist Witwer, und er hat bei der Post gearbeitet, bevor er in Rente gegangen ist.»

«Und das letzte Haus?», fragte Nora verzweifelt.

«Ah, das Haus, das leersteht?»

«Ja, das mit den geschlossenen Fensterläden.»

«Da wohnt schon seit Jahren keiner mehr. Ich glaube, es hat irgendwann mal der Kirche gehört. Vielleicht gehört es ihr auch immer noch. Ich glaube, es war mal ein Gemeindehaus oder so.»

«Danke. Ich muss dann wieder», sagte Nora.

«Sag tschüs zu der lieben Frau, George», sagte Beatrice, und der kleine Junge winkte wohlerzogen und trällerte ein Bye-bye.

Der Polizist sah Nora fragend an.

«Das hat aber lange gedauert.»

«Tut mir leid. Es war etwas kompliziert, aber jetzt haben wir alles geklärt», sagte sie mit einem beschämten Lächeln.

«Das ist in Ordnung, aber ich muss trotzdem unbedingt Ihren Ausweis sehen. Es liegt nicht daran, dass Sie etwas Illegales getan haben. Es ist nur für den Fall, dass wir Ihnen Fragen zu den Ermittlungen stellen müssen», erklärte der Beamte geduldig.

«Was wird denn ermittelt?»

«Darüber darf ich Ihnen leider keine Auskunft geben.»

Nora öffnete ihre Handtasche. Ihre Finger berührten für eine kurze Sekunde den Presseausweis, doch dann entschied sie sich dafür, ihm den Führerschein zu zeigen.

Er prüfte ihn und schrieb ihren Namen in ein kleines Notizbuch. Nora konnte sehen, dass, während sie bei George und seiner Mutter gewesen war, ein Team von Kriminaltechnikern eingetroffen war, die das Auto nun nach Fingerabdrücken durchsuchten.

«Ist hier ein Verbrechen geschehen?»

Doch inzwischen war der Beamte mit seiner Geduld am Ende.

«Es wird Zeit, dass Sie das Gelände verlassen», sagte er und reichte ihr den Führerschein zurück.

«Ja, aber ...»

«Und nehmen Sie Ihren Mann mit.»

Snyder hatte ein bisschen abseits gestanden und an seinem Handy herumgefummelt, ohne sich in das Gespräch einzumischen.

Er sprach kein einziges Wort, bis sie an seinem Auto angekommen waren, das am anderen Ende der Bedford Close stand. Dort zeigte er ihr die Fotos, die er mit seinem Mobiltelefon aufgenommen hatte. Sie waren messerscharf und zeigten nicht nur die Kriminaltechniker, sondern auch zwei Männer, die mit einem Spürhund am Auto der Bürgermeisterin standen.

«Sie scheinen damit zu rechnen, dass etwas Ernstes passiert ist. Die fahren wirklich alle Geschütze auf», sagte er. «Es muss schließlich einen guten Grund haben, warum sie so schnell eine Verhandlungsführerin für Geiselnahmen angefordert haben. Sie hat etwas von einem Zettel gesagt, der im Wagen der Bürgermeisterin gefunden wurde. Wahrscheinlich sind sie sich deshalb so sicher.»

Plötzlich hörten sie einen Hubschrauber über sich. Snyder sah auf.

«Polizeihubschrauber. Wenn die erst mal in der Luft sind, können Sie aber davon ausgehen, dass die Sache gleich Breaking News wird. Egal ob die Polizei das gut findet oder nicht.»

«Sie haben recht. Ich werde meine Online-Redaktion anrufen», sagte Nora.

«Und denken Sie dran: Ich habe die Bilder. Auch wenn Sie mich gewarnt haben, ich hab einiges im Kasten», sagte Snyder triumphierend.

Nora hatte kaum Worte dafür, wie sehr sie Pete vermisste. Man konnte viel über ihn sagen, aber ein unverschämter Angeber war er nicht. Sie wollte Snyder für den Rest des Tages am liebsten einen Laufpass geben. Aber sie musste abwarten, ob die Online-Redaktion noch heute Fotos haben wollte. Vorsichtig nahm Snyder seine Kamera aus der Tasche und machte ein paar zusätzliche Aufnahmen, während die Polizisten ihm den Rücken zukehrten.

Der Hubschrauber flog jetzt so tief über dem Wald, dass er das Klicken der Kamera übertönte.

Nora entfernte sich ein Stück von dem Lärm und rief die Redaktion an.

«Hier spricht Tanja», meldete sich die Kollegin am anderen Ende. Nora war überrascht. Normalerweise hatte Johnhier am Wochenende Dienst.

«Hey, hier ist Nora. Ich dachte, ich hätte bei Johnhier angerufen.»

«Hast du auch, aber heute bin ich John. Was gibt's?»

Nora erzählte ihr vom Verdacht, dass die Bürgermeisterin von Toppingham entführt worden war.

«Wurde das schon von der Polizei bestätigt?»

«Nicht offiziell, aber ich bin bei ihrem Haus gewesen, als die Verhandlungsführerin für Geiselnahmen eingetroffen ist. Wir können jedoch erst einmal nur begrenzt Informationen veröffentlichen. Mein Kontakt bei der Polizei hat mich gebeten, aus Rücksicht auf die Sicherheit der Bürgermeisterin zu warten.»

«Schreib auf, was du hast. Und sorg dafür, dass es bestätigt wird. Wir veröffentlichen in dem Moment, in dem klar ist, dass der Artikel keine Gefahr für die Bürgermeisterin darstellt. Oder wenn die Story sowieso über die Nachrichtenagenturen verbreitet wird.»

Nora beendete das Gespräch und wandte sich an Snyder.

«Gibt es hier in der Nähe ein Café mit WLAN?»

Er schüttelte den Kopf.

«Wir sind hier in einem Wohnviertel. Der einzige Pub in der Gegend ist der, aus dem wir gerade kommen. Und ich bin mir nicht sicher, ob die WLAN haben. Müssen Sie jetzt gleich etwas losschicken?»

«Ziemlich bald.»

«Dann setzen Sie sich ins Auto. Ich wohne zwei Minuten entfernt und hab schnelles Netz.»

Sie überlegte einen kurzen Moment, aber die Deadline hatte immer Vorrang. Das war eines der Gebote, die ihr als Journalistikstudentin ins Gehirn geprügelt worden waren. Deadlines sind heilig. Es spielt keine Rolle, was man aus der Story noch rausholen könnte. Wenn man sie nicht rechtzeitig veröffentlichte, würde niemand sie lesen. Als sie auf dem Beifahrersitz in Snyders Auto saß und sich zu seinem kleinen Reihenhaus kutschieren ließ, dachte sie darüber nach, wie altmodisch diese Denkweise war. Deadline war immer, vor der Deadline war nach der Deadline, und alles war rund um die Uhr aktuell. Egal wie früh sie eine Story abgeliefert hatte, es konnte nie schnell genug gehen.

Kapitel 24

«Hi, ich bin's nur», rief Snyder, noch bevor er die Tür des kleinen Reihenhauses vollständig geöffnet hatte. Nora war überrascht, dass es relativ ordentlich bei Snyder zu Hause war. Sie gingen durch einen kleinen Flur in ein Wohnzimmer, in dem ein Mädchen von ungefähr vierzehn Jahren vor einem großen Bildschirm saß und eine Wiederholung von X Factor anschaute. Ihr pechschwarzes Haar sah gefärbt aus, und sie hatte sich geschminkt, als ob ihr Leben davon abhinge. Einschließlich falscher Wimpern. Snyder war offensichtlich an den Anblick gewöhnt, denn er äußerte sich nicht dazu.

«Hey, Sally, das ist meine Kollegin Nora. Nora, meine Tochter Sally.»

Nora lächelte dem Mädchen zu. Sally sah kurz vom Bildschirm auf, um Noras Gegenwart zur Kenntnis zu nehmen, mehr passierte jedoch nicht. Auf dem Tisch stand eine halbleere Flasche Limonade. Sie hatte ihr Handy in den Schoß gelegt, während sie am Niednagel ihres Daumens knabberte.

«Hi», sagte sie schließlich.

Snyder zeigte auf den Esstisch am anderen Ende des Wohnzimmers.

«Sie können dort sitzen. Ich gehe in mein Arbeitszimmer und bearbeite die Bilder. Das Passwort fürs Internet ist *Snyderpix.*»

«Danke.»

Nora schob einen Stapel Fotozeitschriften beiseite und klappte ihren Laptop auf. Die X-Factor-Sendung war bei den Liveshows angelangt, und das Motto dieser Folge war, soweit Nora hören konnte, *Große Diven*. Nicht alle Teilnehmer konnten in dieser Kategorie glänzen, dachte sie, als sie sich im internen Netzwerk von *Globalt* anmeldete und zu schreiben begann.

Eine knappe halbe Stunde später schien Sally völlig in die nervenaufreibende Stimmenzählung der Fernsehshow versunken, bei der ein im Hintergrund eingespieltes Herzklopfen eine unerträgliche Spannung auslöste. Zur gleichen Zeit verpasste Nora dem Artikel den letzten Schliff. Sie rief die Presseabteilung der Polizei in Toppingham an und wurde zu einer Pressesprecherin weitergeleitet.

«Guten Tag, ich rufe wegen der Umstände um Bürgermeisterin Harrison an. Kommt dazu bald eine Pressemeldung?»

«Es gibt keine Umstände», sagte die Frau kurz angebunden.

«Ach, kommen Sie. Die Bürgermeisterin wird vermisst, es fliegen Helikopter über der Stadt, und eine Verhandlungsführerin für Geiselnahmen ist vor Ort. Sie glauben doch nicht, die Sache einfach unter den Teppich kehren zu können. Warum machen Sie die Sache nicht öffentlich, bevor die Leute sich in irgendwelchen Spekulationen verrennen?»

«Im Laufe der nächsten Stunde werden wir mit einer Pressemeldung an die Öffentlichkeit gehen. Mehr habe ich nicht hinzuzufügen», sagte die Frau tonlos.

«Aber Sie können bestätigen, dass die Bürgermeisterin entführt wurde?»

Eine Antwort erhielt Nora nicht. Das Gespräch war beendet.

«Leider bist du nicht mehr dabei, Shawna. Wir sehen jetzt ein paar Clips von deiner Reise und der großen Verwandlung, die du bei uns mitgemacht hast», sagte der Studiomoderator zu einer Sängerin, die kurz davor war, weinend zusammenzubrechen.

Sally schien es nicht besonders zu interessieren, was auf dem Fernsehbildschirm vor sich ging. Sie war mit ihrem Handy beschäftigt. Es tickerten immer mehr SMS mit einem leisen *Pling* ein, und Sallys Blick wurde zusehends verzweifelter. Sie legte ihr Handy mit dem Display nach unten auf den Couchtisch, doch der SMS-Strom riss nicht ab. Schließlich schob sie das Handy unter ein Sofakissen, damit sie das Geräusch nicht hörte.

Nora checkte, ob bei Twitter irgendwelche Neuigkeiten gemeldet wurden. Doch weder auf dem Account der Polizei noch auf denen der lokalen Medien stand etwas über die Entführung. Sie schüttelte den Kopf und klickte auf Refresh. Endlich, da war die Meldung. Weniger als fünf Minuten nachdem die Polizeisprecherin behauptet hatte, es gäbe nichts zu berichten.

«Die Polizei in Toppingham gibt heute Nachmittag bekannt, dass Bürgermeisterin Alice Harrison am Vormittag ihr Grundstück verlassen hat und seitdem nicht mehr gesehen worden ist. Bisher ist noch unbekannt, was der Grund für das Verschwinden der Bürgermeisterin ist. Bürgerinnen und Bürger, die Alice Harrison heute gesehen haben, insbesondere in der Gegend um Bedford Close, werden gebeten, sich unter folgender Nummer an die Polizei zu wenden ...»

Das genügte Nora, um ihren Artikel zu vervollständigen. Sie rief erneut bei Tanja an und erklärte, dass auch die Bilder des Fotografen Keith Snyder auf dem Weg in die Redaktion waren.

«Okay, kannst du kurz dranbleiben, während ich den Artikel durchsehe?»

«Ja.»

Während Nora wartete, klingelte Sallys Telefon.

«Ich will nicht», rief sie aufgebracht, bevor die Person am anderen Ende der Leitung überhaupt etwas gesagt hatte.

Nora bemerkte, dass es eine Männerstimme war, konnte jedoch nicht verstehen, was sie sagte.

«Nein», sagte Sally. «Das werd ich nicht tun.»

Die Stimme sprach wieder, aber bevor Nora verstehen konnte, was gesagt wurde, war Tanja wieder am Apparat.

«Sieht gut aus. Wann kann ich mit den Bildern rechnen?»

Nora rief Snyder die Frage zu, der ihr versprach, in zehn Minuten fertig zu sein.

«Kannst du mir dann gleich noch ein paar Bildunterschriften durchgeben? Du warst schließlich vor Ort», bat Tanja.

«Okay», sagte Nora.

Als sie aufgelegt hatte, starrte Sally wie versteinert auf den Fernsehbildschirm, auf dem nun Werbung lief.

«Alles in Ordnung?», fragte Nora.

Sally schrak zusammen, als hätte sie vergessen, dass Nora im Raum war.

Sie nickte und wandte ihren Blick wieder dem Fernsehschirm zu, auf dem einer glücklichen Familie Chicken Nuggets serviert wurden. Unter der dicken Schicht Make-up schien Sally blasser geworden zu sein, und ihre Nägel waren blutig gebissen.

«Darf ich fragen, wer dich da gerade angerufen hat?»

Sally sah verschreckt aus, antwortete jedoch nicht.

«Das klang nicht nach einem netten Gespräch.»

Sally holte tief Luft, was wie eine Mischung aus unterdrücktem Weinen und Seufzen klang.

«Das geht Sie gar nichts an.»

«Nein. Natürlich nicht. Aber vielleicht kann ich dir helfen? Es klang, als hätte jemand etwas von dir verlangt, worauf du überhaupt keine Lust hast. Habe ich recht?»

«Sie können mir nicht helfen. Niemand kann mir helfen, verstanden?»

Sally hatte so laut gesprochen, dass Snyder den Kopf zum Wohnzimmer hereinsteckte.

«Was ist denn los?», fragte er und blickte erst seine Tochter, dann Nora fragend an.

«Nichts», erwiderte Nora geradeheraus.

Sally antwortete nicht.

Snyder blieb in der Tür stehen und sah seine Tochter eindringlich an.

«Sally?», sagte er mit sanfter Stimme, und Nora konnte kaum fassen, dass dieser Schrank von einem Mann dazu in der Lage war.

Sally reagierte nicht. Stattdessen ertönte ein weiteres leises Pling von ihrem Handy. Sie warf einen raschen Blick auf das Display und stand auf.

«Ich übernachte bei Nadia.»

«Hey, hey. Wollen wir nicht erst einmal darüber sprechen? Ich bekomme dich gar nicht richtig zu Gesicht, wenn du schon mal bei mir bist. Kannst du nicht ...»

«Und wessen Schuld ist das? Du bist doch die ganze Zeit mit deiner Arbeit beschäftigt, oder nicht?», sagte Sally und zeigte auf Nora.

«Ja, aber Sally – wir könnten ...»

Doch das Mädchen war aufgestanden und in den Flur gegangen, nahm eine rote Daunenjacke vom Haken und zog sie sich über. Ihr Vater folgte ihr.

«Entspann dich, Papa, wir müssen ein Projekt für die Schule machen.»

«Aber kannst du nicht zum Schlafen wieder nach Hause kommen? Und morgen können wir frühstücken gehen ...»

Aber Sally hörte schon nicht mehr, wohin ihr Vater sie zum Frühstück ausführen wollte. Sie war bereits aus der Tür und hatte sie hinter sich zugeschlagen. Die Hände in die Seiten gestemmt, stand er da und seufzte tief.

«Ich gebe wirklich mein Bestes. Aber sie scheint mich zu hassen», sagte er verzweifelt.

Nora sah ihn an.

«Ich glaube nicht, dass sie zu Nadia geht. Da hat eben ein Mann bei ihr angerufen. Er klang wütend, und was immer er auch von Sally wollte, sie hatte keine Lust darauf.»

Snyder ballte die Hände zu Fäusten.

«Haben Sie Nadias Nummer oder die ihrer Eltern? Vielleicht kann Nadia uns sagen, wohin Sally auf dem Weg sein könnte.»

Er schüttelte den Kopf.

«Nadine, meine Exfrau, könnte Nadias Telefonnummer haben. Aber ob sie die rausrückt, ist eine andere Frage.»

«Fragen kostet ja nichts. Immerhin geht es um Ihre gemeinsame Tochter.»

Seufzend ging Snyder in sein Arbeitszimmer und holte sein Handy.

«Ich habe die Bilder übrigens abgeschickt», sagte er, während er die Nummer seiner Exfrau wählte.

Nora fand sie in ihrem Posteingang und verfasste ein paar kurze Bildunterschriften. Über das Auto, das in Bedford Close gefunden worden war, und dass die Polizei Hubschrauber geschickt hatte, um nach der vermissten Bürgermeisterin zu suchen. Dann schickte sie eine kurze interne Nachricht an Tanja.

Währenddessen hörte sie Snyder angespannt, aber relativ

zivilisiert mit seiner Ex sprechen, bis sie schließlich Nadias Telefonnummer herausgab, die Snyder mit seinen großen, ungeschickten Händen am Rand einer Zeitung auf dem Schreibtisch notierte.

Der anschließende Anruf bei Nadia geriet kurz, und sobald die Verbindung beendet war, ließ Snyder sich auf den Schreibtischstuhl sinken, der aus Protest knarrte.

«Und?», fragte Nora besorgt.

«Es ist schlimmer, als ich befürchtet habe. Nadia meint, sie hätte seit Beginn des Schuljahres gar nicht mehr viel mit Sally zu tun. Weil Sally – und ich zitiere – so kalt geworden ist. Und Nadia hat keine Ahnung, wo Sally rumhängt, bei ihr ist sie jedoch auf keinen Fall. Sie ist das ganze Wochenende mit dem Tennisverein unterwegs. Sie sind heute Morgen losgefahren.»

Resolut klappte Nora ihren Laptop zu. Der Knall ließ Snyder aus seiner Trance auffahren, in der er sich vorzustellen schien, was seiner kleinen Tochter zugestoßen sein könnte.

«Kommen Sie. Ziehen Sie sich was über.»

«Was?»

Überrascht sah er Nora an.

«Ziehen Sie sich was über. Wir müssen nach ihr suchen.»

Snyder war immer noch ganz apathisch.

«Aber wo sollen wir denn anfangen?»

«Wenn sie durch die Straßen zieht, werden wir sie mit ihrer roten Daunenjacke ziemlich schnell entdecken, oder? Wenn nicht, dann werden wir uns eben durchfragen.»

«Okay. Ja.»

Nora ging auf Snyder zu und sah ihn an. Er war immer noch ein Idiot, aber sie hatte nicht die Absicht, Sally ihrem Schicksal zu überlassen. Ein Schicksal, das sich gerade vor Snyders innerem

Auge abspielen musste, nachdem er auf Thompsons Farm gewesen war.

«Hey! Wollen Sie Sally helfen oder nicht?»

Snyder nickte.

«Natürlich.»

«Aber Sie haben Angst davor, was wir herausfinden könnten?»

Die Unterlippe des riesigen Kerls vibrierte.

«Scheiße. Los, wir fahren», sagte er und nahm seine Autoschlüssel vom Schreibtisch.

Nora ging hinaus und wartete am Wagen, während Snyder seine Sachen zusammenpackte.

«Nehmen Sie die Fotoausrüstung mit, um nach Ihrer Tochter zu suchen?», fragte Nora ungläubig, als er endlich nach draußen trat.

Snyder zuckte mit den Schultern.

«Man weiß ja nie, was passieren kann.»

Er setzte sich in den Wagen, fuhr im Rückwärtsgang aus der Einfahrt und ließ den Motor im Leerlauf rumpeln, während er Nora ansah.

«Okay, Sie Schlaumeierin. Wo fangen wir an?»

Sie überlegte einen Augenblick.

«Fahren Sie in Richtung Waterloo Close.»

Snyder schaltete in den ersten Gang und lenkte den Wagen in die Stadt. Nora stellte das Radio an, in der Hoffnung, dass etwas über die vermisste Bürgermeisterin gemeldet wurde. Doch der lokale BBC-Sender berichtete lediglich von einem Rugby-Match, und bei den anderen Sendern lief entweder seichter Jazz oder Werbung für Autofensterreparaturen.

Während der Fahrt suchten beide die Bürgersteige nach roten Jacken ab, aber Sally war nirgendwo zu sehen.

Als sie in Waterloo Close ankamen, parkte Snyder seinen Wagen neben einem Autowrack, das aussah, als hätte jemand es vor Jahren dort abgestellt.

Der Ort sah aus wie beim letzten Mal. Geschlossene Türen und misstrauische Blicke von den wenigen Leuten, die draußen unterwegs waren. Auf dem Parkplatz hielt Nora einen Jungen von ungefähr zwölf Jahren an, der die Hände tief in den Taschen seiner Daunenjacke vergraben hatte.

«Ist hier ein Mädchen in einer roten Jacke vorbeigekommen?»

Er ignorierte Nora.

«Hey, du. Wir suchen nach einem Mädchen in einer roten Jacke. Hast du sie gesehen oder nicht?»

«Verpisst euch», sagte er und ging hinunter ans Flussufer. Als er sich noch einmal umdrehte, warf er Nora einen Blick zu, mit dem er fast schon töten konnte.

Für einen kurzen Moment überkam Nora der Drang, ihm ein paar Grundregeln der Höflichkeit gegenüber anderen Menschen zu erklären, aber sie wusste nur zu gut, dass dies zu nichts führen würde. Genau wie ihr Ausflug nach Waterloo Close, der allem Anschein nach umsonst war.

«Haben Sie sonst eine Idee, wo sie sein könnte?», fragte Nora.

Snyder schüttelte den Kopf.

«Nicht seit der Scheidung. Sie erzählt mir nicht viel.»

«Was ist mit dem Shoppingcenter? Hängt sie dort ab und zu rum?»

«Ich glaube schon.»

Nora war genervt von Snyders Passivität.

«Mann, es geht hier um Ihre Tochter. Soll ich jetzt die ganze Arbeit alleine machen? Sie ist ganz offensichtlich irgendwohin unterwegs, um etwas zu tun, worauf sie überhaupt keine Lust hat.

Wollen Sie einfach nur hier herumstehen, oder sollen wir ihr helfen?»

«Ja, doch.»

«In Ordnung. Hören Sie, wir tun jetzt Folgendes: Wir drehen hier in Waterloo Close eine Runde, wenn wir schon einmal hier sind. Vielleicht sollten wir auch am Fluss nachsehen. Und wenn es sich nicht auszahlt, müssen wir es woanders versuchen. Ich schlage vor, Sie rufen Ihre Frau an und fragen sie, an welchen Orten Sally sich aufhalten könnte, vielleicht Freundinnen, die Sie nicht unbedingt kennen.»

Snyder nickte. Er sah aus wie ein geprügelter Köter.

Nora ließ ihn sitzen und mit dem Handy herumspielen, bis er sich zusammenriss und seine Exfrau erneut anrief. In der Zwischenzeit beschloss sie, Melodys Großmutter erneut zu kontaktieren. Sally und Melody waren ungefähr gleich alt, vielleicht hatten sie gemeinsame Freunde, die etwas wussten.

Als sie um die Ecke bog, sah sie eine Frau in der Tür zu Mathilda Browns Wohnung stehen. Sie hatte Nora den Rücken zugekehrt, doch ihr war sofort klar, dass Melodys Großmutter nicht mit der Frau sprechen wollte und versuchte, sie aus dem Flur zu jagen.

Nora erhöhte das Tempo, um Mathilda Brown zu Hilfe zu eilen, doch da war die Frau bereits einen Schritt zurückgewichen, und Mathilda Brown hatte die Tür hinter sich geschlossen. Und verriegelt. Die Frau verschwand um die Ecke. Nora konnte gerade noch einen kurzen Blick auf sie erhaschen. Dann klopfte sie an.

«Lassen Sie mich in Ruhe. Ich entscheide selbst, mit wem ich spreche!»

Mathilda Brown klang wütend. Nora trat ganz nah an die Tür.

«Hi, hier ist Nora Sand. Die dänische Journalistin. Ich brauche Ihre Hilfe.»

Nach einem kurzen Augenblick öffnete sich die Tür wieder. Mathilda Browns Gesichtszüge waren hart und verkniffen.

«Was wollen Sie hier?»

Nora erklärte, dass sie einem verzweifelten Vater bei der Suche nach seiner Tochter half, und sie bemerkte, wie Mathilda sich wieder entspannte.

«Sie trägt eine roten Daunenjacke. Sally heißt sie. Haben Sie sie vielleicht hier draußen gesehen oder von ihr gehört?»

Mathilda Brown schüttelte den Kopf.

«Tut mir leid. Ich würde Ihnen gern helfen. Ich weiß, wie es ist, nach einem Kind zu suchen. Aber ich habe leider nichts gesehen. Ich bin den ganzen Tag drinnen gewesen.»

«Haben Sie eine Idee, wo ... Wo treffen sich die Mädchen von hier, wenn sie Zeit miteinander verbringen? Wo würde es Sinn ergeben, nach ihr zu suchen?»

Wieder schüttelte Mathilda Brown den Kopf. Doch dann überlegte sie.

«Ich würde in leeren Gebäuden suchen. Hier steht immer wieder mal ein Haus leer. Das finden die schnell heraus.»

«Wer?»

«Die Mädchen. Und die, mit denen sie sich treffen.»

«Gibt es in Waterloo Close leerstehende Wohnungen?»

«Nein, im Moment nicht. Aber versuchen Sie es mal bei den anderen Sozialwohnungen. Irgendwas ist immer frei.»

«Danke.»

Nora gab Mathilda Brown die Hand und fragte dann wie nebenbei: «Diese Frau, die eben in der Tür stand, bevor ich gekommen bin ...?»

Mathilda Brown erblasste.

«Das war nichts», sagte sie abweisend.

«Es sah so aus, als würde sie Sie belästigen?»

«Sie wollte mir nur etwas verkaufen. Aber ich hatte kein Interesse. Und jetzt hätte ich gern meine Ruhe», sagte Mathilda Brown leise.

«Ja, natürlich. Und entschuldigen Sie die Störung», sagte Nora, doch die Tür war ihr bereits vor der Nase zugefallen.

Als sie zum Parkplatz zurückkam, saß Snyder mit offener Tür im Auto.

«Beeilen Sie sich. Ich habe gerade mit Nadine gesprochen. Sie hat mehrfach versucht, Sally anzurufen. Es sprang immer sofort die Mailbox an.»

«Okay?»

«Nachdem Sally das letzte Mal zwei Nächte am Stück weg war, hat Nadine diese App aktiviert, mit der sie immer sehen kann, wo sich Sallys Handy befindet, ohne dass Sally etwas davon mitbekommt.»

«Das heißt, wir können sehen, wo sie gerade ist?»

«Sieht aus, als würde sie sich mit hoher Geschwindigkeit in Richtung Sheffield bewegen.»

«Ja, worauf warten wir dann noch?!», rief Nora und schwang sich ins Auto. Noch bevor sie sich angeschnallt hatte, verließ Snyder Waterloo Close mit quietschenden Reifen.

Er warf Nora sein Telefon in den Schoß.

«Halten Sie den Kontakt mit Nadine. Sie verfolgt Sallys Bewegungen auf ihrem iPad.»

Nora nahm das Telefon.

«Hi, Nadine, hier spricht Nora, ich bin eine Kollegin Ihres Exmanns.»

Nadines Stimme wirkte weder freundlich noch unfreundlich, sondern einfach nur ängstlich.

«Sallys Handy ist auf der A 630 Richtung Sheffield.»

«Okay, wir sind auf dem Weg», sagte Nora und schaltete die Freisprechanlage an.

Snyder beschleunigte, verließ Toppingham und fuhr auf eine Umgehungsstraße.

«Beeilt euch. Sieht aus, als würde sie gleich in Sheffield ankommen. Ihre Bewegungen werden langsamer», sagte Nadine.

«Wir fahren, so schnell es geht», versicherte Nora.

Zum Glück herrschte im Moment kein starker Verkehr, und nachdem Snyder einen Pferdetransport überholt hatte, war die Straße frei.

«Sie haben angehalten. Sie sind jetzt mitten in der Stadt.»

«Okay, können Sie die Adresse erkennen?»

«Nein, Moment ... jetzt fahren sie weiter.»

«Vielleicht haben sie nur an einer roten Ampel gehalten?», vermutete Nora

«Kann sein», räumte Nadine ein.

Nora konnte ihr anhören, dass sie den Tränen nahe war.

«Lieber Gott, lass es ihr gutgehen ...», betete Nadine wieder und wieder.

Nora wusste nicht, ob Gott zuhörte, aber Snyder konnte die Gebete seiner Exfrau nicht überhören, und sie schienen ihm sehr nahezugehen. Seine Hände krallten sich am Lenkrad fest.

«Nadine, hören Sie mich?»

«Ja.»

«Wir werden sie finden. Das verspreche ich Ihnen. Wir finden sie, und dann bringen wir sie zu Ihnen nach Hause. In Sicherheit.»

Nun war Nadine offensichtlich in Tränen ausgebrochen.

Sie hatten die Stadtgrenze zu Sheffield erreicht, und Snyder musste die Geschwindigkeit verringern.

«Okay, Nadine, jetzt sind wir in Sheffield. Sehen Sie, wo Sally jetzt ist?»

«Einen Augenblick.»

Im Hintergrund war ein Poltern zuhören, dann sagte Nadine mit verwunderter Stimme:

«Sieht so aus, als hätten sie angehalten. In der Nähe der Universität.»

«Haben Sie eine Adresse?»

«Sallys Telefon bewegt sich immer noch, aber langsamer. Sie scheint zu Fuß unterwegs zu sein. Jetzt ist sie in die Brown Street abgebogen.»

Snyder tippte die Straße in sein GPS ein.

«Hier. Wir sind in fünf Minuten da.»

«Was glaubst du, mit wem sie unterwegs ist, Keith?», fragte Nadine verängstigt.

«Das werden wir gleich sehen», sagte er düster.

Sie schlängelten sich durch den Wochenendverkehr und kamen an der Universität vorbei. Schließlich teilte die metallische Frauenstimme auf Snyders GPS mit, dass sie ihr Ziel in der Brown Street erreicht hatten.

Nora überflog schnell den Bereich. Die Straße war belebt, vor einem Marks & Spencer standen viele Kunden. Jungs auf Fahrrädern. Ein Familienvater mit einem Labrador an der Leine. Aber kein Mädchen in einer roten Daunenjacke.

Snyder fand einen Parkplatz vor dem Supermarkt.

«Können Sie eine Hausnummer erkennen, Nadine? Steht sie gerade still?»

«Nein, die genaue Adresse kann ich leider nicht sehen.»

«Wir können sie nirgends entdecken. Versuchen Sie mal, die Karte ranzuzoomen, vielleicht können Sie dann erkennen, welche Gebäude in der Nähe von ihrem Standort sind.»

«Wie mache ich das?»

Nadine klang inzwischen panisch.

Nora erklärte ihr die Funktion, und kurz darauf schien Nadine die Technik in den Griff bekommen zu haben.

«Okay. Hier ist ein Marks & Spencer. Seht ihr den?»

Nora bejahte.

«Oben auf der anderen Straßenseite. Etwa fünf Häuser weiter auf der linken Seite. Ich sehe nicht, was dort sein soll, aber daneben ist eine Pizzeria oder ein Café. Und im anderen Nachbargebäude scheint es einen Eisenwarenladen zu geben.»

Nora entdeckte das Schild der Pizzeria sofort. Zwei Häuser weiter lag der Eisenwarenladen, der mit den vielen Plastikeimern und Körben in grellen Neonfarben, die auf dem Bürgersteig standen, nicht zu übersehen war. Zwischen den beiden Geschäften lag ein dunkelgraues Gebäude. Ein großes goldenes Schild mit rosa Buchstaben warb für *Hot Girls!* und *Lapdance*.

«Okay, Nadine. Wir gucken uns das an. Ich lege jetzt auf, ja?»

«Ruft mich an, wenn Sally in Sicherheit ist. Könnt ihr sie sehen?»

«Nein. Ich verspreche, dass ich sofort anrufe.»

Snyder hatte die Hände in die Seiten gestemmt und starrte das Schild an.

«Soll sie etwa dort drin sein?», fragte er mit zusammengebissenen Zähnen.

Nora nickte.

Snyder schüttelte den Kopf, sein Gesicht war verzerrt vor Ekel.

«Sie ist vierzehn Jahre alt! Wie bekommt ein vierzehnjähriges Mädchen überhaupt Zutritt zu so einem Lokal?»

«Ich weiß es nicht, Snyder. Aber Sie müssen da jetzt rein und nach ihr suchen. Ich begleite Sie gerne, aber allein kann ich da nicht reingehen. Das wäre zu auffällig.»

Er steckte seine Hände tief in die Manteltaschen, sodass sein ganzer Körper eingefallen aussah. Dann seufzte er.

«Na los, gehen wir.»

Der Eingang befand sich in einer engen Gasse zwischen dem dunkelgrauen Gebäude und dem Eisenwarenladen. Es roch nach altem Urin und Müll aus einem großen grünen Behälter, der im Hinterhof stand. Snyder drückte die Klinke herunter, und die Tür öffnete sich sofort. Die Klänge von Vanity 6's Nachtclub-Klassiker *Nasty Girl* schienen bei Tageslicht etwas fehl am Platz. Aber sobald Nora und Snyder zwei Schritte in die Dunkelheit getreten waren, bildete der Song den perfekten Soundtrack für die Blondine, die unter einer Diskokugel in einem Paar silberfarbener Stilettos und mit nichts weiter als einem minimalistischen Bikiniunterteil auf einer mikroskopischen Bühne herumstolzierte.

Im Halbdunkel saßen, jeweils allein, fünf oder sechs Männer, die die Aufführung ohne jegliches Anzeichen von Begeisterung verfolgten. Sally war nirgends zu sehen. Snyder war zum gleichen Schluss gekommen und sah sich nach einer Tür zu einem Hinterzimmer oder einer Garderobe um.

Die Musik ging in ein rhythmisches Stöhnen über, und das Bikinimädchen versuchte, den Takt zu halten, während es sich auf der Bühne mit leerem Blick um eine Stange wand.

Ein Security-Mann in einem schwarzen T-Shirt und mit Muskeln, die aussahen, als wären sie direkt aus einem Eimer Proteinpulver gegossen und mit Steroiden vermischt worden, ging auf Snyder zu.

«Ihr habt keinen Eintritt bezahlt. Das macht fünfzig Pfund für Sie und die Madame.»

«Ich bin nicht hier, um mir eure Ekel-Show anzusehen. Ich bin hier, um meine Tochter zu holen», sagte Snyder wutentbrannt.

Der Security-Mann verschränkte die Arme und baute sich wie ein Betonklotz vor Snyder auf, der den Security-Mann trotzdem noch um einen Kopf überragte.

«Hier arbeiten nur volljährige Frauen. Jede von ihnen ist freiwillig hier.»

«Was redest du für einen Scheiß? Meine Tochter ist vierzehn Jahre alt, und ich rufe jetzt die Polizei», rief Snyder und trat einen Schritt auf den Security-Mann zu, sodass im Eifer des Gefechts ein paar Tropfen seines Speichels auf dessen Scheitel landeten.

Der Security-Mann bewegte sich nicht von der Stelle. Er sah zu Snyder auf und bedachte ihn mit einem Blick, der zeigte, wie unbeeindruckt er von der Figur des Fotografen war und dass er bereit war, auf Worte Taten folgen zu lassen.

«Hier arbeiten keine Vierzehnjährigen. Sehen Sie sich doch mal um. Das hier ist Anastasia. Sie ist einundzwanzig», sagte er und deutete mit einem Kopfnicken in Richtung der Bühne.

«Ich weiß, dass meine Tochter hier ist. Wir haben ihren Standort ausgemacht. Wo habt ihr sie versteckt?»

Der Security-Mann blieb standhaft.

«Wir verstecken hier niemanden. Und wenn Sie nicht vorhaben, Eintritt zu bezahlen, dann ziehen Sie Leine. Nehmen Sie Ihre Alte mit», sagte er und zeigte auf Nora.

«Ich gehe nicht ohne meine Tochter.»

«Meine Fresse. Schauen Sie sich doch um, Sie Idiot. Ihre Tochter ist nicht hier. Anastasia ist die Einzige, die gerade Schicht hat, in einer halben Stunde wird sie von Selena abgelöst. Und die ist fünfundzwanzig Jahre alt und tanzt ihre letzte Saison bei uns. Wir stellen hier keine Vierzehnjährigen an. Wir sind ja nicht bescheuert. Der Club würde uns nach drei Minuten dichtgemacht.»

Während die Männer lauthals diskutierten, ergriff Nora die Chance, an der Bar nach den Toiletten zu fragen. Eine Frau Mitte vierzig warf ihr einen müden Blick zu und zeigte auf eine Treppe am anderen Ende des Raums.

Schnell durchsuchte Nora die Damen- und Herrentoiletten. Ein dünner Mann sah sie verwirrt an, als sie ihn vor dem Urinal störte, sagte aber nichts.

Ein Stück weiter in dem engen Gang vor den Toiletten, hinter einem Feuerlöschschlauch in einem Glaskasten, befand sich eine weitere Tür. Sie war mit einem Schild gekennzeichnet, auf dem stand, dass es sich um einen privaten Bereich handelte. Nora drückte die Klinke herunter, doch sie war verschlossen. Also klopfte sie an.

«Wer ist da?», fragte eine gedämpfte Frauenstimme hinter der Tür.

«Ich bin Nora Sand.»

«Wer?»

«Ich heiße Nora!», rief sie.

Die Tür wurde ein Stück geöffnet, und eine ungefähr fünfundzwanzigjährige Frau mit platinblondem Pagenschnitt und blauem Glitzer-Lidschatten schaute durch den Spalt.

«Bist du die Neue?»

Nora schüttelte den Kopf.

«Nein, ich suche Sally. Ist sie hier?»

Die Frau schüttelte den Kopf.

«Nee, hier gibt's keine Sally.»

«Vielleicht nennt sie sich hier anders? Sie ist ein bisschen kleiner als ich, schwarze Haare, rote Jacke. Kennen Sie sie?»

Die Frau schüttelte den Kopf.

«Klingt nicht wie eine von unseren Mädels. Mike bevorzugt Blondinen. Wir bringen mehr Kohle.»

«Darf ich mich mal umsehen? Einfach nur um sicher zu sein?»

«Eigentlich nicht.»

«Bitte. Das würde mir wirklich viel bedeuten. Ihr Vater ist vorne, und ich muss ganz sicher sein, wenn ich ihm sage, dass sie nicht hier ist», sagte Nora und lächelte so freundlich wie möglich.

Nun drang Joe Cockers *You Can Leave Your Hat On* von oben zu ihnen herunter, und Nora fragte sich, ob die Playlists aller Stripclubs in den Achtzigern erstellt und seitdem nie wieder aktualisiert worden waren. Oder vielleicht lag es an der Kundschaft, die die Musik ihrer Jugend noch einmal erleben wollte, um sich in eine Zeit zurückzuträumen, in der sie es noch nicht nötig gehabt hatten, solche Etablissements zu besuchen.

«Sie sind nicht von der Polizei?», fragte die Frau nach einem kurzen Zögern.

«Nein, ehrlich nicht. Ich bin nur hier, um Sallys Vater zu helfen.»

Die Frau seufzte.

«Okay. Aber nur kurz.»

Sie öffnete die Tür, und Nora schaute in die kleinste Umkleidekabine der Welt. An einer Seite befand sich ein von Glühbirnen umgebener Spiegel und darunter ein Tisch, an dem praktisch jeder Quadratzentimeter mit Make-up bedeckt war. Bis auf eine kleine Fläche, auf der zwei weiße Pulverstreifen bereitlagen.

Die Frau bemerkte Noras Blick auf die Kokainbahnen, verspürte aber keinen Drang, sich dazu zu äußern.

«Danke für Ihre Zeit, auch im Namen von Sallys Vater. Das war lieb von Ihnen, mich nachsehen zu lassen», sagte Nora.

Nachdem Nora hinter alle Türen im Untergeschoss gesehen hatte, flitzte sie wieder die Treppe hinauf. Die Frau auf der Bühne hatte inzwischen den Teil ihrer Show erreicht, in dem sie vor jedem einzelnen ihrer Gäste tanzte und sich vor ihn hockte, in der Hoffnung, er würde ihr einen Geldschein in den Slip stecken.

Snyder war nirgends zu sehen. Der Security-Mann stand an der Bar, und soweit Nora sehen konnte, hielt er ein Päckchen Eis, das in eine Serviette gewickelt war, gegen seine Knöchel. Verdammter Amateur, dachte sie gerade noch. Wenn es eine Sache gab, die Enzo, ihr Kickbox- und manchmal Selbstverteidigungstrainer, ihr beigebracht hatte, dann war es, dass man sich vor allem selbst verletzte, wenn man Menschen mit bloßen Fäusten ins Gesicht schlug.

Nora ging auf den Security-Mann zu, der sie aggressiv ansah.

«Mein Bekannter, wo ist er?»

«Mit einem gehörigen Arschtritt vor die Tür gesetzt. Ich schlage vor, dass Sie ihm folgen.»

Ein Teil von ihr hoffte, er würde versuchen, sie anzugreifen. Ein Teil, der sich bereits einen genauen Plan zurechtgelegt hatte, wie sie ihn zu Boden bringen und um Gnade winseln lassen würde. Aber sie hatte inzwischen gelernt, diesen Impuls zu unterdrücken. Stattdessen nickte sie und antwortete höflich.

«Vielen Dank. Ich geh mal nachsehen.»

Sie ließ sich viel Zeit, den Club zu verlassen, nur um festzustellen, dass sie keine Angst vor dem mit Steroiden vollgepumpten Idioten zu haben brauchte. Egal wie ohrenbetäubend Snyder getobt hatte oder es vermutlich immer noch tat, hegte Nora keine Zweifel darüber, dass es sein gutes Recht war, hier nach seiner

Tochter zu suchen. Vielleicht müssten sie nur die Polizei rufen und sie bitten, den Laden bei einer Razzia auseinanderzunehmen. Aber Nora bezweifelte, dass die Polizei auf ihre Anfrage reagieren würde.

Plötzlich kam ihr eine Idee, die so offensichtlich war, dass sie sich fast auf die Stirn schlug, weil sie vorher nicht daran gedacht hatte. Schnell zückte sie ihr Handy und schrieb Snyder eine SMS.

Schicken Sie mir Sallys Nummer!

Diesmal zettelte er nicht erst eine lange Diskussion an. Nach nur wenigen Sekunden erhielt sie die Nummer mit einem leisen *Pling*.

Sie wählte die Nummer und sah sich im Club um. Sie hoffte, dass Sally ihr Handy immer noch bei sich trug und dass die Musik das Klingeln nicht übertönte.

Es dauerte ewig, aber endlich erklang das Klingelzeichen. Langsam drehte Nora sich um und suchte nach Anzeichen, dass das Telefon in der Nähe war.

An der Bar saß der Security-Mann und blickte sie finster an. Aus dem Augenwinkel nahm sie plötzlich eine Bewegung wahr. Einer der Männer im Halbdunkel vor der Bühne klopfte seine Taschen ab und zog schließlich ein Handy aus der Jackentasche.

«Hallo?», sagte er zögernd, und dieselbe Stimme drang aus Noras Hörer.

Der Mann, der Sallys Mobiltelefon in der Hand hielt, war Ahmed, der Taxifahrer von Sunshine Cabs. Der Mann, der die Garage neben der gemietet hatte, in der Crows Leiche gefunden worden war. Der Mann, der Laura im Einkaufszentrum davongezerrt hatte.

Kapitel 25

Nora legte sofort wieder auf, ging auf Ahmed zu und stellte sich zwischen ihn und die Bühne. Erst sah er sie genervt an, doch als er erkannte, wer vor ihm stand, riss er die Augen weit auf.

«Wir zwei sollten uns mal unterhalten. Draußen», sagte Nora.

Ahmed war kurz davor zu antworten, schaffte es aber nicht, ehe sich der Security-Mann mit der weißen Stoffserviette um seine Hand neben Nora aufbaute. Von den halb geschmolzenen Eiswürfeln, die seine verletzte Hand gekühlt hatten, fielen Wassertropfen auf den Teppichboden.

«Gibt es ein Problem? Belästigt die Dame dich?», fragte er Ahmed, der Nora wie ein Kaninchen im Scheinwerferlicht anstarrte.

«Nein, ich soll Ahmed etwas von seinem Vater ausrichten. Nur einen Augenblick, dann ist Ahmed wieder bei Ihnen, nicht wahr, Ahmed?»

Nora rechnete damit, dass die halb versteckte Drohung, Ahmeds Vater, dem Chef von Sunshine Cabs, zu erzählen, wo sie ihn getroffen hatte, ausreichte, um sich ein paar Minuten vor der Tür mit dem Taxifahrer zu erkaufen.

Ahmed nickte niedergeschlagen.

«Na, dann raus mit euch beiden», sagte der Security-Mann und tippte Nora auf die Schulter. «Und Sie will ich hier drinnen nicht mehr sehen.»

Ahmed stand auf, und der Security-Mann entfernte seinen bohrenden Zeigefinger gerade noch rechtzeitig, um weiteres Theater zu vermeiden. Er trollte sich, während Joe Cockers Reibeisenstimme von Trompeten begleitet wurde.

Dann standen sie draußen in der Gasse. Dort wartete Snyder, und der rote Bluterguss unter seinem linken Auge ließ keinen Zweifel daran, wie der Security-Mann seine Verletzung erlitten hatte. Morgen würde Snyders Auge gelb und lila leuchten.

«Wer ist das?», fragte er, als er Nora mit Ahmed sah.

«Darf ich Ihnen Ahmed vorstellen? Er arbeitet für Sunshine Cabs in Toppingham. Ahmed, das ist Keith Snyder. Er ist Fotograf und zufällig auch der Vater von Sally, dem Mädchen, dessen Handy Sie in der Tasche haben.»

Bevor Ahmed reagieren konnte, hatte Snyder ihn schon am Kragen gepackt.

«Wo ist sie? Wo ist meine Sally?»

Ahmed schnappte nach Luft und versuchte, sich aus Snyders Griff zu befreien. Aber Snyder schien Ahmeds Anstrengungen nicht zu registrieren.

«Wo ist Sally?», brüllte er.

«Ich ... ich weiß es nicht. Sie ist nicht hier.»

«Wir haben ihr Handy bis hierher geortet, Sie können sich Ihre Ausreden also sparen», sagte Nora.

«Aber sie ... sie ist ... nicht ... hier», keuchte Ahmed, während Snyder ihn schüttelte.

«Sondern? Wo ist sie dann?»

«Ich weiß nicht. In Toppingham. Ich habe sie nicht mit nach Sheffield genommen.»

«Lüg nicht! Wir haben ihr Handy bis hierher geortet», knurrte Snyder.

«Ja, ihr Handy. Sie hat es in meinem Taxi vergessen. Der Kunde nach ihr hat es auf dem Boden gefunden. Es war unter den Fahrersitz gerutscht. Ich habe es mir in die Tasche gesteckt, damit es nicht wegkommt. Habe damit gerechnet, dass sie irgendwann anruft, um zu wissen, wo ihr Handy ist. Deswegen bin ich ja auch gerade rangegangen, ich dachte, sie wäre es.»

Snyder ließ von Ahmed ab und sackte in sich zusammen.

«Ich glaube Ihnen nicht», sagte er wutentbrannt.

Aber Nora sah dem riesigen Kerl an, dass ihm gerade aufging, wie sinnlos die ganze Fahrt nach Sheffield gewesen war.

«Aber so ist es.»

«Wo ist Sally, wo haben Sie sie abgesetzt?», fragte Nora und warf Snyder einen Blick zu, der ihm zu verstehen gab, dass sie nicht hier waren, um Ahmed zu bestrafen. Sondern um Sally zu finden. Und zwar rechtzeitig.

«In der Innenstadt», murmelte Ahmed.

«In Toppingham?»

«Ja.»

«Wo genau?»

«Im Zentrum halt.»

«Ahmed, Sie müssen schon präziser sein. Wir müssen Sally so schnell wie möglich finden, also hören Sie auf, uns die Zeit zu stehlen.»

Snyder ging auf Ahmed zu und packte ihn am Arm.

«Raus mit der Sprache, Mann!»

Der Taxifahrer befreite sich aus seinem Griff.

«Fassen Sie mich nicht an.»

Snyder plusterte sich auf.

«Ich mache, was mir passt. Ich suche nach meiner Tochter, und Sie sagen mir jetzt, wo Sie sie abgesetzt haben. Sonst werde ich dafür sorgen, dass Sie sich wünschen, nie geboren worden zu sein.»

«Bei den Sozialwohnungen hinter der St.-Helena-Schule. Unten in der Elm Avenue.»

Nora sah Snyder fragend an. Ob er wusste, wovon Ahmed sprach?

«Brickford Gardens? Roter Backstein?»

«Ja, ich glaube, so heißt es», sagte Ahmed.

«Haben Sie sie dort abgesetzt?», fragte Nora.

Ahmed nickte.

«Können Sie das noch genauer sagen? Welche Hausnummer?»

«Keine Ahnung.»

Snyder machte eine Bewegung, als wollte er ihn noch einmal schütteln, aber Nora hob die Hand und hielt ihn davon ab.

«Erinnern Sie sich noch an etwas anderes, das uns helfen könnte, Sally zu finden?», hakte sie nach.

Sie spürte, wie Snyder die Luft anhielt. Endlich sah Ahmed auf und erwiderte Snyders Blick.

«Sind Sie sicher, dass Sie sie wirklich finden wollen, Mann?»

«Ja», sagte Snyder mit brüchiger Stimme.

«Wenn Sie sie finden, werden Sie Ihr kleines Mädchen nie wieder zurückbekommen», sagte er und spuckte vor ihnen auf den Boden.

Bevor Nora reagieren konnte, lag Ahmed auf dem Boden, Blut strömte ihm aus der Nase.

Angelockt vom Lärm, kam der eifrige Security-Mann aus dem Club geeilt.

Er verschaffte sich einen schnellen Überblick über die Situation, zog Ahmed am Kragen nach oben und zerrte ihn von Snyder weg. Nora stellte sich zwischen die Männer und hoffte inständig, dass es nicht notwendig sein würde, Snyder niederzustrecken. Er würde sich beim Sturz auf den Boden sehr weh tun und sein Auto in diesem Fall möglicherweise nicht zurück nach Toppingham fahren können.

«Kommen Sie, Snyder. Wir haben hier nichts mehr verloren», appellierte sie an ihn.

Er stemmte sich mit seinem beträchtlichen Körpergewicht gegen Nora, als bliebe ihm keine andere Wahl, als Ahmed zu folgen.

«Beruhigen Sie sich! Wir sind hier, um Sally zu finden, oder nicht? Und das werden wir nicht schaffen, wenn Sie hierbleiben und einen Taxifahrer durchprügeln. Wir fahren zurück nach Toppingham und suchen Sally, okay?»

Absichtlich wiederholte Nora immer wieder Sallys Namen und hoffte, dass Snyder dadurch zur Besinnung kommen würde. Bis zu einem gewissen Grad schien es zu funktionieren.

«Das Handy», knurrte er schließlich.

«Was ist mit dem Handy?»

«Das Schwein hat doch ihr Handy!»

«Ja. Gehen Sie schon mal zum Auto, ich regele das», versprach Nora.

Sie wartete, bis er die Gasse verlassen hatte, dann schob sie sich wieder durch die Tür des Clubs hinein. Sie war immer noch nicht verschlossen.

Ahmed stand mit dem Security-Mann hinter der Tür und drückte gerade eine Serviette gegen seine blutende Nase. Nora machte kurzen Prozess.

«Sallys Handy», sagte sie und streckte ihre Hand aus.

Ahmed zog es aus seiner Tasche und reichte es Nora.

«So ein dummes Schwein. Glauben Sie mir, er sollte seine Tochter besser nicht finden. Niemand will seine Tochter so sehen. Wenn Sie schlau sind, halten Sie ihn davon ab.»

«Warum? Wo ist sie, Ahmed?»

Aber der Security-Mann war mit seiner Geduld am Ende. Er blickte nervös zur Tür und packte Nora am Arm.

«Sie gehen jetzt.»

Nora machte sich los und trat zurück ins helle Tageslicht, wo der Bass der Musik nur noch ein leises Wummern war. Snyder hielt direkt vor der Gasse. Seine Hände umklammerten das Lenkrad, und Nora konnte die Hautabschürfungen sehen, die an seinen Knöcheln rot wurden und anschwollen. Amateurboxer.

Sie stieg ins Auto und zeigte Snyder das Handy, der das Gaspedal durchtrat und mit voller Geschwindigkeit davonfuhr.

«Wenn wir nur herausfinden könnten, wer sie angerufen hat, bevor sie von zu Hause los ist, dann wüssten wir vielleicht, wo wir nach ihr suchen können», sagte sie, als Snyder Kurs auf Toppingham nahm.

«Was haben Sie von dem Telefonat mitbekommen?»

«Keine Namen oder Orte. Nur dass sie etwas tun sollte, was sie nicht wollte. Ich habe bloß die Hälfte des Gesprächs mitbekommen, aber sie hat definitiv versucht, den Anrufer abzuwimmeln.»

Nora versuchte, Sallys Handy zu entsperren, aber es war mit einer PIN geschützt.

«Irgendwelche Ideen? Vielleicht ihr Geburtstag?»

«18. Februar.»

Nora probierte verschiedene Zahlenkombinationen aus, aber jedes Mal vibrierte das Smartphone nur und zeigte einen gesperrten Bildschirm, der ausschließlich Notrufe zuließ.

Sie bogen auf die Hauptstraße ab. Nora dachte erneut an Ahmed und seine Warnung, Snyder sollte Sally besser nicht finden.

«Vielleicht rufen wir besser die Polizei.»

Sein Lachen war höhnisch und verzweifelt zugleich.

«Glauben Sie wirklich, die helfen uns?»

Nora antwortete nicht.

«Wie wäre es, wenn wir Thompson fragen? Wir kommen eh an seinem Hof vorbei, vielleicht kann er uns helfen.»

Snyder sah aus, als würde er über die Idee nachdenken.

«Ich finde, wir sollten nach Toppingham zurückfahren und dort nach Sally suchen. Wir haben mit diesem Ausflug schon genug Zeit verschwendet.»

«Aber vielleicht kann er uns wirklich weiterhelfen. Sally ist bei ihm gewesen. Das wissen Sie.»

Sie waren nun ganz in der Nähe des Hofs, und Nora versuchte erneut, das Telefon zu entsperren.

«Hat sie eine Lieblingsband, ein Haustier? Irgendetwas?»

Snyder wandte den Blick nicht von der Straße ab.

«Ihre Mutter hat eine Katze. Spot.»

Nora rief die Tastatur auf, bei der den Zahlen Buchstaben zugeordnet waren. Die Buchstaben von Spot ergaben 7768. Nora gab die Zahlen ein, und ohne weiteres blinkte der Startbildschirm mit den verschiedenen Apps auf.

«Ich bin drin!»

Schnell öffnete sie das Anrufprotokoll. Es gab zwei Nummern, die mehrmals in der Liste auftauchten. Sie waren nicht in Sallys Kontakten gespeichert, daher waren ihnen keine Namen zugeordnet. Aber Nora sah, dass die letzte Nummer, mit der Sally telefoniert hatte, vor zwei Stunden und drei Minuten angerufen und der Anruf knapp zwei Minuten gedauert hatte.

«Soll ich anrufen, oder wollen Sie?»

Er fuhr langsamer.

«Rufen Sie an. Aber lassen Sie mich erst links ranfahren.»

Der nächste Rastplatz war genau der in der Nähe von Thompsons Farm. Der, an dem Khalil und seine Freunde laut Thompson die Mädchen abgeladen hatten.

«Wollen wir nicht bei Thompson vorbeifahren, jetzt, wo wir schon mal hier sind?», fragte Nora.

Snyder gab nach und fuhr den Kiesweg zur Cherrytree Lane hinauf. Er parkte auf dem Hofplatz. Es war ganz still, nicht einmal die Hunde schlugen Alarm.

«Vielleicht ist er draußen bei seinen Schafen», sagte Nora.

Snyder ließ die Scheibe herunter und zündete sich eine Zigarette an. Nora kommentierte es nicht.

«Okay, ich rufe jetzt diese Nummer an», sagte sie.

Snyder stieg aus dem Auto, anscheinend ertrug er es nicht, während des Gesprächs neben ihr zu sitzen.

Nach zwei Klingelzeichen wurde der Anruf von einer hektischen Männerstimme beantwortet.

«Ja?»

Nora verstellte ihre Stimme und ließ sie jung und einfältig klingen.

«Hi, hier ist Vera. Ich hab Sallys Telefon gefunden», improvisierte sie mit dem erstbesten Namen, der ihr einfiel.

«Ich kenne keine Sally», sagte der Mann und legte auf.

Nora rief erneut an. Diesmal sprang direkt der Anrufbeantworter an. Snyder ließ seinen Blick über die Felder schweifen, als könne er es nicht einmal ertragen, Nora anzusehen, während sie anrief.

Sie versuchte es noch ein weiteres Mal mit dem gleichen Ergebnis. Die unpersönliche metallische Stimme bat sie, nach dem Ton eine Nachricht zu hinterlassen.

«Haben Sie einen Namen?», fragte Snyder.

«Leider nicht.»

«Dann sind wir auch nicht weiter als vorher», seufzte er.

«Ich kann bei der Polizei nachfragen, ob sie den Inhaber der Nummer für uns ermitteln können. Aber die Wahrscheinlichkeit ist hoch, dass es nur ein Prepaid-Handy ist.»

«Und die Chance, dass die sich heute mit etwas anderem beschäftigen, als nach der Bürgermeisterin zu suchen, ist auch eher gering», sagte Snyder und zog noch einmal an seiner Zigarette.

Dann warf er sie auf den Boden und trat sie aus, als wollte er eine Kakerlake zerquetschen.

«Wir müssen sie einfach finden», sagte er.

Nora warf einen Blick auf seine rechte Hand. Die Knöchel schwollen jetzt ernsthaft an, er schien sie sich verstaucht zu haben.

Der Hof wirkte verlassen. Es hatte nicht den Anschein, als wäre Thompson nur auf der Suche nach den Schafen, sondern eher als wäre seine Abwesenheit dauerhafter. Sie wurden nicht einmal von seinen Hunden begrüßt.

«Soll ich mal reingehen und nachsehen, ob er zu Hause ist? Vielleicht hat er zumindest einen Verband für Ihre Hand», schlug Nora vor.

Snyder zögerte.

«Es könnte sein, dass er Informationen hat, die wir verwenden können, oder? Vielleicht hat er etwas gehört, etwas, das die Mädchen ihm erzählt haben. Es wird schwierig, Sally ohne weitere Informationen in einer Wohnsiedlung zu finden.»

«Okay», sagte er schließlich und zündete sich eine weitere Zigarette an.

Nora schritt quer über den Hof. Es war so still, dass ein Vogel auf dem Dach über ihr aufschreckte, als sie den Türklopfer betätigte. Sie klopfte zweimal und wartete. Keine Reaktion. Als sie sich suchend auf dem Hof umsah, beschlich sie das Gefühl, dass jemand sie beobachtete und jede ihrer Bewegungen im Auge behielt. Sie spähte durch die dunklen Fenster, aber alles wirkte ruhig.

Sie räusperte sich.

«Hallo? Ist jemand zu Hause? Mr. Thompson?»

Sie fasste an die Klinke. Die Tür war verschlossen. Snyder schaute sich noch einmal um, dann setzte er sich wieder ins Auto.

«Kommen Sie, lassen Sie uns losfahren. Offensichtlich ist keiner zu Hause.»

Doch Nora schüttelte den Kopf.

«Irgendetwas stimmt hier nicht. Wo sind die Hunde? Warum ist die Tür abgeschlossen? Thompson hat doch erzählt, dass er die Tür immer unverschlossen lässt, falls eines der Mädchen Obdach bei ihm sucht.»

Snyder drehte den Schlüssel im Zündschloss und fing sich einen wutentbrannten Blick von Nora ein.

«Sie können doch jetzt nicht einfach fahren! Wir müssen nachsehen, was hier los ist!»

«Er ist bestimmt nur einkaufen gefahren und hat die Tür abgeschlossen. Geheimnis gelüftet. Ich muss zurück nach Toppingham, um nach meiner Tochter zu suchen. Entweder Sie kommen mit oder nicht, aber ich fahre jetzt.»

«Geben Sie mir zwei Minuten, okay? Dann komme ich mit», bat Nora.

«Zwei Minuten, keine Sekunde länger.»

«Kommen Sie und helfen Sie mir.»

Snyder stöhnte und stieg wieder aus dem Wagen.

«Lassen Sie uns um das Haus herumgehen und durch die Fenster hineinsehen. Sie gehen rechts, ich links herum, und wir treffen uns auf der Rückseite.»

Snyder schüttelte den Kopf, tat aber, worum Nora ihn bat, und ging langsam um die Ecke. Nora überquerte den Hof. Das Geräusch der Schritte auf dem Kies schnitt durch die Stille.

Sie umrundete einen unordentlichen Hinterhof. An der Längsseite des Hauses waren alte Gartengeräte aufgereiht, die schon längst vor dem Regen hätten geschützt werden müssen, jetzt aber verrostet waren. Eine Schubkarre war zur Hälfte mit Unkraut beladen, doch die Blätter waren so gelb und vertrocknet, dass sie schon eine ganze Weile dort stehen musste.

Die kleinen Fenster in der ehemaligen Scheune waren teilweise mit blauen Plastikplanen abgedeckt, sodass es fast unmöglich war hineinzusehen. Was sie erahnen konnte, deutete darauf hin, dass die Schafe manchmal hier drinnen gehalten wurden. Heu und Stallboxen.

Sie ging weiter und kam zum Bauernhaus. Die Fenster waren schmutzig, aber man konnte immer noch hineinschauen. Das erste Fenster war teilweise von einer alten Netzgardine verhängt, die den Blick auf ein Esszimmer mit einem runden Tisch aus dunklem Holz abschirmte. An den Wänden hingen einige Landschaftsbilder. Im Raum war niemand zu sehen. Im Gegenteil, er schien von einer dicken Staubschicht bedeckt zu sein, die zusammen mit den toten Fliegen auf der Fensterbank davon berichtete, dass Thompsons Leben seit dem Tod seiner Frau nicht gerade von Dinnerpartys geprägt war.

Ein Geräusch ließ sie zusammenfahren. Ein kratzendes, knarrendes Geräusch von oben. Sie legte den Kopf in den Nacken und sah hinauf. Von einem der Bäume ragte ein Ast bis zum Haus, und es schien, als sei das Geräusch von dem Fenster über dem Esszimmer gekommen. Vielleicht war es nur sanft geschlossen worden – oder hatte jemand versucht, es zu öffnen? Ein Stück grelloranger Vorhang mit großen gelben Sonnenblumen hing regungslos im Fenster und verdeckte die Sicht. Nora trat ein paar Schritte zurück und betrachtete den Ast. Alles war völlig ruhig. Sie sah sich im Garten um. Vielleicht war das Geräusch von der großen Krähe gekommen, die auf einem Baum saß und sie mit geneigtem Kopf beobachtete?

Dann wurde die Stille durch ein wütendes Bellen unterbrochen, das von der Seite des Gebäudes kam, an der Snyder sich befand.

Nora eilte um die Ecke. Dort stand der große Mann mit hocherhobenen Händen, während die beiden Hütehunde von zwei Seiten auf ihn zurasten. In der offenen Terrassentür stand Thompson und glich mit den herabhängenden Hosenträgern, seinem zerlumpten weißen Unterhemd und der Schrotflinte, die er direkt auf den Fotografen richtete, einer Figur aus einer Westernparodie.

«Rufen Sie Ihre Hunde zurück und legen Sie die Waffe weg», rief Snyder über das Bellen hinweg.

Aber Thompson ließ sich nicht herumkommandieren.

«Erklären Sie mir erst, was Sie hier verloren haben. Was Sie zwei hier verloren haben», wiederholte er, als er Nora entdeckte.

Sie lächelte nervös und hoffte, dass dies einen beruhigenden Effekt hatte.

«Entschuldigen Sie. Wir sind vorbeigekommen, um zu fragen, ob Sie uns helfen können. Wir hatten gehofft, Sie ...»

Thompson schüttelte den Kopf, immer noch wutentbrannt.

«Sie lungern wie zwei paar Einbrecher in meinem Garten herum. Was zum Teufel erwarten Sie? Warum haben Sie nicht einfach an die Tür geklopft?»

«Wir haben angeklopft, mehrmals sogar. Und dann haben wir uns Sorgen gemacht, weil Sie doch meinten, Sie würden nie die Tür abschließen. Wegen der Mädchen», erklärte Nora.

«Hm. Ja, okay», brummte Thompson. «Manchmal schließe ich schon ab. Ich bin die ganze Nacht bei einem lammenden Schaf gewesen und brauche jetzt meinen Schlaf», sagte er und warf Snyder einen scharfen Blick zu. Dann brachte er endlich seine Hunde zum Schweigen.

Snyder sah ein, dass er wahrscheinlich erst einmal nicht erschossen werden würde, und verschränkte die Arme vor der Brust. Bevor er etwas sagen konnte, sprach Nora.

«Erinnern Sie sich an Sally?»

Thompson überlegte.

«Ja, Sie hatten doch bei Ihrem letzten Besuch nach ihr gefragt», sagte er und sah zu Snyder.

«Sie ist seine Tochter, und sie wird vermisst. Wir können es nicht mit Sicherheit sagen, aber sie ist vermutlich mit diesen Typen zusammen, die die Mädchen am Rastplatz absetzen.»

Thompson sah zu Snyder hinüber, sein Blick bestand nun zu gleichen Teilen aus Mitleid und Wachsamkeit.

«Aber warum kommen Sie dann zu mir? Sie ist nicht hier, wenn sie bei den Typen ist. Normalerweise setzen sie die Mädchen erst mitten in der Nacht ab.»

«Ja, das wissen wir», sagte Nora. «Aber wir waren in der Nähe und wollten Sie fragen, ob Sie irgendetwas gehört haben. Wissen Sie, wohin diese Typen die Mädchen bringen?»

Thompson zuckte mit den Schultern.

«Es war ja meistens Ruth, die mit ihnen sprach und ihre Geschichten aufzeichnete. Ich habe nur das Haus und ein Bett zur Verfügung gestellt. Reden ist nicht so meine Stärke. Und es gibt auch viele Mädchen, die überhaupt keine Lust haben, mit einem Mann zu sprechen, wenn sie hierherkommen.»

«Dieses Tagebuch Ihrer Frau, das Sie letztes Mal erwähnt hatten, haben Sie es gefunden?»

Thompson sah verärgert aus.

«Ja. Habe ich tatsächlich. Aber ich kann Sie heute nicht ins Haus bitten. Es ist zu chaotisch. Ruth würde mich töten, wenn ich Fremde das Haus in diesem Zustand betreten ließe. Also, wenn sie noch am Leben wäre.»

«Das ist in Ordnung. Aber könnten Sie es raussuchen und uns zeigen?»

«Okay. Aber dann verschwinden Sie. Ich habe heute Nacht wirklich keinen Schlaf bekommen.»

«Deal», sagte Nora und stellte sich zu Snyder, der offenbar kapiert hatte, dass er besser die Ruhe bewahrte. Zugegeben, Thompson hatte ein geladenes Gewehr auf sie gerichtet, aber er war trotz allem ein Freund. Mit einem Kopfnicken in Richtung der Vorderseite des Hofes schickte er sie los.

«Gehen Sie vorne rum. Ich gehe rein und hole das Tagebuch, wir treffen uns vor der Haustür.»

Nora und Snyder taten wie ihnen geheißen, während Thompson die Hunde zu sich rief und durch die Terrassentür verschwand. Er schloss sie nachdrücklich hinter sich, und das dabei entstehende kratzende Geräusch erinnerte Nora an jenes, das sie aus dem oberen Stockwerk zu hören geglaubt hatte.

Es dauerte ein oder zwei Minuten, bis Thompson die Haustür öffnete und Nora ein Tagebuch mit einem verblassten Seidenbezug und Rosenmuster reichte.

«Sind das Ruths Aufzeichnungen?»

Thompson nickte.

Behutsam nahm Nora das kleine Buch entgegen. Die Seiten waren dicht beschrieben.

«Darf ich die Seiten abfotografieren? Vielleicht könnten wir in die Küche gehen und den Tisch als Unterlage verwenden? Es wird nicht mehr als fünf Minuten dauern», fragte Nora und schielte zu Snyder, der kaum merklich nickte.

«Das geht heute nicht. Es herrscht überall Chaos, und ich will zurück ins Bett. Sie können das Tagebuch gern mitnehmen, aber bringen Sie es morgen wieder zurück.»

Thompson klang eigenartig hartnäckig.

«Sind Sie sicher? Das ist immerhin Ruths Tagebuch.»

«Ich bin mir sicher, sie hätte gewollt, dass es gelesen wird. Passen Sie nur gut darauf auf, und bringen Sie es mir morgen wieder. Auf Wiedersehen», sagte er und zog die Tür hinter sich zu, die mit einem Knall ins Schloss fiel.

«Was den wohl gestochen hat», wunderte sich Nora.

Snyder schnaubte.

«Er hatte Damenbesuch und wollte nicht, dass jemand davon erfährt. Ist doch kristallklar.»

«Wie kommen Sie darauf?»

«Sie konnten es nicht sehen, als wir im Garten waren, weil Sie mit dem Rücken zum Haus standen. Aber es war definitiv jemand am Fenster, der uns beobachtet hat. Hinter dem Ast im oberen Stockwerk. Hinter diesem Blumenvorhang.»

«Glauben Sie wirklich? Könnte es nicht eines der Mädchen sein, das Zuflucht bei ihm gesucht hat?»

Snyder zuckte mit den Schultern.

«Warum sollte er das verheimlichen? Und sich dann die Mühe

machen, uns vom Hof zu jagen? Ich wette mit Ihnen, er hat ein Flittchen zu Besuch», sagte er grinsend, und Nora fiel wieder ein, warum sie Snyder nicht ausstehen konnte.

Snyder ging zum Auto und stieg ein, während Nora etwas zurückblieb. Als der Motor ansprang und Thompson wahrscheinlich vermutete, dass sie den Hof gerade verließen, schlich sie sich vorsichtig an der Seite des Bauernhauses entlang und duckte sich an der Stelle, wo sie das Küchenfenster vermutete.

Rasch richtete sie sich auf, um einen kurzen Blick durch das Fenster zu werfen. Von Thompson war nichts zu sehen. Stattdessen hatte Nora freie Sicht auf die Küche, die blitzeblank aufgeräumt war. Nicht einmal eine Untertasse stand herum.

Kapitel 26

Noch bevor Snyder das Auto zurück auf die Hauptstraße lenkte, hatte Nora das verblasste Tagebuch in ihren Schoß gelegt und blätterte darin.

Jede Seite war in Ruths ordentlicher Handschrift mit einem Datum, einem Namen und einem kleinen Text versehen. Nora hatte zu den Einträgen von vor ungefähr drei Jahren zurückgeblättert, als die Notizen eine unheimliche Wendung nahmen.

3. Januar. Mary Ann. Alter: 13 Jahre. Drei Männer. Möchte nicht, dass wir die Polizei oder die Mutter kontaktieren. Die Mutter arbeitet für einen der Männer in einem Geschäft / Restaurant. Salim? Khalil? Ich bin mir bei den Namen nicht sicher. Übernachtet bei uns bis zum 6. Januar.

17. März. Laura. Alter: Will sie uns nicht verraten, aber ich vermute max. 12–13 Jahre. Mindestens fünf Männer. Verletzungsspuren am Körper. Sie kann nicht sitzen, ich vermute anale Vergewaltigung. Laura selbst sagt, sie erinnert sich an nichts wegen Wodka und Hasch. Hysterisch bei dem Gedanken an die Polizei. Keine Mutter, die man anrufen könnte. Bleibt eine Nacht.

Und darunter:

28. März. Laura ist wieder da. Wieder mindestens fünf Männer. Sie sagt, sie hat aufgehört zu zählen. Dunkler Raum, verlassenes Haus. Möglicherweise in einer anderen Stadt. Mit dem Taxi hingefahren. Ca. 30 Minuten Fahrt, aber aufgrund großer Mengen Wodka unsicher. Danach hier rausgeworfen, weil sie sich weigerte, den Taxifahrer oral zu befriedigen. Besteht darauf: Keine Polizei. Bleibt zwei Nächte.

Nora war sich sicher, auf die Erklärung der Frage gestoßen zu sein, wohin Laura Bowden manchmal verschwunden war, als man sie in Marshden vermisste.

Sie blätterte weiter. Wenn Sally, wie Thompson behauptete, zum Hof gekommen war, musste sie ebenfalls im Buch auftauchen. Zumindest wenn es passiert war, als Ruth noch lebte. Sie schielte zu Snyder, der sich auf den Verkehr konzentrierte, während er das Auto langsam in Richtung Toppingham, in Richtung Sally zurücksteuerte.

Nora verspürte eine Wut, die in ihrem ganzen Körper kribbelte, als sie zu verstehen versuchte, welchen Schrecken die Mädchen ausgesetzt worden waren. Je lakonischer und sachlicher Ruths Beobachtungen wurden, desto stärker spürte Nora den Durst nach Rache in sich aufkommen. Sie würde diese Männer finden und sie bezahlen lassen, für all die Leben, die sie zerstört hatten.

21. März. Melody. Verrät uns ihr Alter nicht. Spricht kaum. Weint die ganze Zeit. Große blaue Flecken an den Armen und an den Handgelenken. Ich darf ihre Mutter nach einer Nacht anrufen. Die Mutter kommt. Wir sprechen kurz. Keine Anzeige bei der Polizei, sie wollen das selbst regeln. Ich versuche, sie von einer Anzeige zu überzeugen, aber die Mutter hat Angst. Vielleicht vor der Polizei? Ich fürchte, dies ist nicht das letzte Mal, dass wir Melody hier gesehen haben.

Das Buch war nicht ganz vollgeschrieben, und gegen Ende wurde die ordentliche Schrift spitzer und eckiger. Schlampiger, als würde Ruth die Zeit davonlaufen.

Ich werde sterben, und es wird nicht mehr lange dauern. Aber ich kann den Mädchen nicht wegsterben, ohne zu versuchen, ihnen zu helfen. Diese verdammte Stadt hat ein perverses falsches Gesicht. Jeder weiß, was los ist. Jeder weiß, wer dahintersteckt. Niemand sagt etwas. Es muss jetzt aufhören. Und ich bin bereit, alles zu tun, was in meiner Macht steht.

Mehr stand dort nicht. Nora blätterte zurück und fing von vorn an, vielleicht hatte sie Sallys Namen übersehen. Snyder unterbrach ihre Suche.

«Wir fahren zu den Sozialbauten in Brickford Gardens», sagte er brüsk.

Nora nickte und las weiter in dem Tagebuch. Zwei Seiten klebten aneinander, und gerade als Nora sie auseinandergezogen hatte und zu lesen begann, wurde das Auto von einem seltsam sphärischen Geräusch erfüllt, das an die Anfangssequenz der alten Kult-TV-Show Akte X erinnerte.

«Gehen Sie ran! Das ist Sallys Telefon!», rief Snyder, und Nora wühlte in ihrer Tasche, in der sie das Handy verstaut hatte.

«Ja, hallo?», sagte sie ganz außer Atem.

Keine Antwort. Sie konnte jemanden im Hintergrund atmen hören. Die Leitung war offen, und es gab auch ein undefinierbares Geräusch, das bei laufendem Motor im Auto schwer zu entschlüsseln war. Sie gab Snyder das Zeichen anzuhalten.

«Hallo?», versuchte sie es erneut.

Snyder trat auf die Bremse und fuhr in eine kleine Haltebucht. In der folgenden Stille hörte sie jemanden schwer atmen. Aus dem Hintergrund drangen gedämpfte Geräusche, wie von Menschen, die sich unterhielten.

«Sally, bist du das?», fragte Nora.

Die Verbindung wurde abrupt unterbrochen.

Snyder schlug frustriert auf das Lenkrad.

«Verdammte Scheiße! Vielleicht war das Sally, und Sie haben sie verschreckt. Wie klang sie?»

Nora versuchte, seinen Blick einzufangen, doch er starrte nur ins Leere.

«Ich weiß nicht, ob es Sally war. Niemand hat etwas gesagt. Nur geatmet.»

«Vielleicht hatte sie Angst, als sie hörte, dass eine fremde Frau am Hörer war? Oh, Sie hätten mich rangehen lassen sollen. Wenn sie gehört hätte, dass es ihr Vater ist und ich nach ihr suche, hätte sie nicht aufgelegt.»

Nora klickte sich durch Sallys Handy.

«Beruhigen Sie sich. Ich versuche herauszufinden, von wo der Anruf kam.»

Snyder schien ein wenig ruhiger zu werden, während Nora sich durch das Handymenü wischte. Auf der Anrufliste fand sie eine Nummer, die nicht in Sallys Kontakten war. Es schien eine Festnetznummer zu sein. Nora zeigte sie Snyder.

«Schauen Sie, hier ist die Nummer, von der aus angerufen wurde. Wir können natürlich nicht sicher sein, dass es Sally war, aber –»

«Natürlich war das Sally», fiel Snyder ihr ins Wort.

«Soll ich zurückrufen?»

«Ja. Geben Sie mir das Telefon. Sofort», sagte Snyder und riss Nora das Handy aus der Hand.

Nora hörte das Klingelzeichen, und bevor jemand am anderen Ende der Leitung sprach, sagte Snyder:

«Sally? Sallyschatz, ich bin's, Papa.»

Sofort wurde die Leitung wieder getrennt.

Snyder versuchte erneut anzurufen, aber niemand nahm ab.

Stattdessen verkündete eine automatische Stimme, dass der Teilnehmer den Anruf im Moment nicht entgegennehmen konnte.

«Scheiße, Scheiße, Scheiße!»

Wütend drosch Snyder auf das Lenkrad ein, und Nora wartete einen Augenblick, bis es wieder danach aussah, dass sie ein halbwegs vernünftiges Gespräch mit ihm führen konnte.

«Nehmen wir doch mal an, dass es nicht Sally war, die da angerufen hat. Sondern jemand, der Sally erreichen will und sich erschrocken hat, dass nicht sie ans Telefon gegangen ist.»

«Ja, und dann?»

«Möglicherweise war es eine Freundin. Vielleicht sogar jemand, der weiß, wo sie sein könnte.»

«Ihre Freundinnen sind doch sicherlich alle eingespeichert», sagte Snyder verstimmt.

«Na, dann rufen wir sie doch alle mal an, oder? Fragen, ob sie wissen, wo Sally ist? Obwohl, vielleicht hat Nadine das schon probiert», sagte Nora. Eigentlich vermutete sie, dass der Anruf von dem Mann kam, der Sally schon vorhin angerufen hatte.

«Ich bin mir sicher, dass Sally dort ist, von wo der Anruf kam. Ich bin ihr Vater. Ich weiß, wie ihre Atemzüge klingen!»

Wie im Wahn rief er die Nummer erneut an, wieder blieb er erfolglos. Der Anrufbeantworter sprang sofort an.

«Hören Sie. Wer auch immer dort am anderen Ende sitzt, kann sehen, dass wir von Sallys Telefon anrufen, und hat sich aus irgendeinem Grund dazu entschieden, nicht ranzugehen.»

Snyder nörgelte, widersprach ihr aber nicht.

«Wir versuchen jetzt Folgendes: Ich rufe von meinem Handy aus an. Diese Nummer kennt der Anrufer nicht, und deswegen geht er oder sie vielleicht dieses Mal ran.»

«Okay. Machen Sie schon.»

Nora zog ihr Handy aus der Tasche.

«Ich denke, wir sollten vielleicht einen Moment warten. Es wäre zu auffällig, wenn wir direkt wieder anrufen. Lassen Sie uns noch ein Stück weiter in Richtung Toppingham fahren und es dann in fünf Minuten versuchen, okay?», schlug sie mit sehr einfühlsamem Ton vor.

Snyder antwortete nicht, startete jedoch den Wagen und lenkte ihn zurück auf die Landstraße.

«Unser Plan ist immer noch, zu Brickford Gardens zu fahren, oder?», erkundigte sich Nora, vor allem, um ihn abzulenken.

Dann wählte sie die Nummer.

Der Anruf wurde sofort entgegengenommen, und diesmal war es Nora, die gleich wieder auflegte. Sie war einfach nicht in der Lage, auf die sechs Wörter zu reagieren, die in der Leitung erklangen, als der Hörer abgenommen wurde.

«Kebab King, Sie sprechen mit Omar», hatte die Stimme gesagt.

Nora versuchte, ihre Gedanken zu sortieren. Snyder schielte zu ihr hinüber, behielt jedoch gleichzeitig den Verkehr im Auge. Sie hatten jetzt die Stadt erreicht, und er musste abbremsen.

«Ist niemand rangegangen?», fragte er hektisch.

Anstatt zu antworten, starrte sie aus dem Fenster auf die Straßen von Toppingham, wo die meisten Geschäfte in den frühen Abendstunden bereits geschlossen hatten.

«War es wieder nur die Mailbox?», fragte Snyder ein wenig lauter, als hätte Nora ihn nicht gehört.

«Nein. Die Nummer gehört zu einem Laden, in dem ich schon gewesen bin», sagte sie abwesend, während sie versuchte, im Kopf die Puzzleteile zusammenzufügen.

Lauras Angriff auf Omar. Sallys Verbindung zum Lokal.

Sie versuchte, sich an den Raum zu erinnern, aber bei ihren Besuchen im Kebab King war alles so chaotisch gewesen. Erst war Laura in den Dönerladen getorkelt, und noch schlimmer war es, als Nora bei ihrem zweiten Besuch mit Khalil und seinen Freunden in eine Schlägerei geriet. Hatte es vor Ort ein Münztelefon gegeben, oder war es Omar selbst, der Sally von seinem Handy aus angerufen hatte?

Sie erinnerte sich an Lauras Worte: *Du hast Mel umgebracht.*

Omar und Khalil. Sie mussten unter einer Decke stecken, was diese Mädchen betraf. Khalil als Köder, für den die Mädchen schwärmten. Tiefe braune Augen, glänzendes dunkles Haar und ein gut trainierter Körper. Ein paar süße Worte in die Ohren von Teenagermädchen gesäuselt, die es gewohnt waren, von frustrierten Eltern beschimpft und von Jungen in ihrem Alter gehänselt zu werden, die allzu gut wussten, wie man die Unsicherheit der Mädchen hervorrief. Weil sie diese Unsicherheit selbst fühlten.

Der ältere und nicht einmal halb so attraktive Döner-Omar mit dem Haar, das ständig nach Frittenfett stank. Er spielte eine Rolle in der ganzen Sache.

«Welcher Laden?»

Snyder unterbrach ihre Gedanken.

«Welcher Laden?», drängte er.

«Kebab King», sagte sie tonlos.

Snyder fluchte, drückte aufs Gas, bog scharf um eine Kurve und lenkte das Auto jetzt in die entgegengesetzte Richtung. Die Dämmerung senkte sich allmählich über die Stadt, und nach und nach wurden die Neonlichter in den Ladenfronten angeschaltet, damit sie weiterhin Kunden anzogen.

Snyder lenkte das Auto um eine weitere Kurve, bremste stark

und brachte es auf halber Höhe des Bordsteins direkt gegenüber von Kebab King zum Stehen. Für einen Moment blieben sie im Auto sitzen und beobachteten den Laden. Drinnen saßen lediglich zwei Gäste. Ein älterer Herr und ein junges Mädchen, das an einer Limonade nippte. Omar stand hinter der Theke und war offenbar dabei, Salat zu schneiden, den er am Ende in große Plastikbehälter mit Deckel füllte.

«Sie ist nicht hier», sagte Nora traurig.

Auch Snyder konnte seine Tochter nicht entdecken.

«Gibt es dort oben noch Wohnungen?»

Nora sah hoch und nahm zum ersten Mal das Gebäude als Ganzes wahr. Über dem Kebab King befanden sich drei Fenster mit zugezogenen Vorhängen. Durch einen Spalt konnte sie ein flackerndes Licht sehen, als säße jemand dort oben und sähe fern.

«Vielleicht ist sie dort?»

«Wie wollen Sie da hochkommen?»

«Es geht um meine Tochter. Ich komme da hoch», sagte Snyder und stieg aus dem Auto.

Nora folgte ihm in den Dönerladen. Omars Blick verriet, dass er sie sehr wohl erkannt hatte. Er hörte auf, Salat zu schneiden, legte das Messer jedoch nicht weg.

Snyder kam direkt zur Sache.

«Jemand hat von hier aus auf dem Handy meiner Tochter angerufen.»

Omar sah aus, als gäbe es nichts, was ihm gleichgültiger wäre. Wenn Snyder darauf bestanden hätte, ihm den Seebericht von gestern vorzulesen, hätte ihn das vermutlich mehr interessiert. Nora blickte sich im Raum um.

«Der Anruf kam aus diesem Laden. Versuchen Sie gar nicht, sich rauszureden, Omar», sagte sie.

Omar antwortete immer noch nicht. Stattdessen nahm er ein Tuch und begann, manisch den Tresen abzuwischen.

«Haben Sie angerufen, Omar, oder gibt es hier ein Münztelefon, das wir nicht sehen können?»

Snyder trat direkt vor den Tresen, sodass Omar einen wirklich guten Eindruck von den mehr als vierzig Zentimetern bekam, um die Snyder ihn überragte.

«Antworten Sie der Frau. Wir reden hier von meiner Tochter, verstanden?»

«Ich weiß nicht, wovon Sie sprechen. Gehen Sie bitte. Jedes Mal, wenn Sie hier auftauchen, gibt es Probleme. Ich will einfach nur in Ruhe meinen Laden führen», sagte er an Nora gewandt.

«Jemand hat Sally aus dem Kebab King angerufen. Wer war das, Omar?», hakte Nora nach und ließ ihren Blick erneut durch den Laden kreisen.

Neben den Tischen gab es eine Tür, die zu den Toiletten führen musste. Nora durchquerte den Raum und öffnete die Tür zu einem kleinen Flur, während Snyder Omar weiterhin anstarrte.

Auf einer Seite des Flurs befanden sich zwei mit Piktogrammen gekennzeichnete Türen, die anzeigten, dass es sich um die Damen- beziehungsweise Herrentoilette handelte. Auf der anderen Seite des Flurs befand sich eine dunkle Teakholztür mit der Aufschrift *Privat*. Nora drückte die Klinke hinunter. Die Tür war nicht verschlossen.

Nora hörte Omar aus dem Laden rufen.

«Verlassen Sie sofort mein Geschäft. Sonst rufe ich die Polizei.»

Nora steckte ihren Kopf durch die Tür und sah Omar an.

«Machen Sie das ruhig. Erzählen Sie bei dieser Gelegenheit doch gleich, dass jemand aus Ihrem Laden das Handy eines vermissten Mädchens angerufen hat.»

«Verschwinden Sie jetzt. Sonst kann ich für nichts garantieren», sagte Omar und gestikulierte wild mit den Armen.

In diesem Moment beugte sich Snyder blitzschnell über die Theke und ergriff das große Messer, das auf dem Schneidebrett lag. Omar sah ihn entsetzt an, und Snyder erwiderte seinen Blick mit einem grimmigen Lächeln.

«Nora und ich gehen jetzt nach oben und sehen uns dort um. Und dann kommen wir wieder runter. Still und leise, und du machst kein Theater», sagte er.

Wie frischer Morgentau perlte der Schweiß von Omars Stirn.

«Nein. Alles klar», sagte er mit zitternder Stimme.

«Gut», sagte Snyder und umklammerte den Griff des Messers.

«Aber ich würde Ihnen nicht raten, da raufzugehen.»

«Deine Meinung interessiert uns nicht», schnarrte Snyder.

Nora fragte sich, ob es inzwischen an der Zeit war, Payton in das Geschehen mit einzubeziehen, aber die Wahrscheinlichkeit, dass sie sich anhören würde, was Nora zu sagen hatte, war eher gering. Sie mussten selbst handeln.

Während Snyder die Tür öffnete, die in den kleinen Flur führte, blickte Nora zurück. Omar hatte bereits sein Handy am Ohr und rief wahrscheinlich Verstärkung. Bestimmt Khalil, dachte sie.

«Beeilen Sie sich, wir haben nicht viel Zeit», sagte sie an Snyder gewandt, der bereits die Treppen hinaufstieg. Die Stufen knarrten unter seinem beträchtlichen Gewicht, dann kamen sie an eine Tür mit einer gelben, matten Scheibe. Sie war verschlossen. Snyder klopfte an. Aus der Wohnung drangen Geräusche, als sähe sich jemand einen Sportwettkampf an. Ein Sprecher und die Stimmen von vielen Männern. Niemand öffnete. Snyder hämmerte gegen das Glas, dass es klirrte.

«Aufmachen, sofort!»

Nora schob ihn beiseite und machte sich bereit, die Tür einzutreten. Es gab eine Stelle direkt über dem Türgriff, an der alte Türen normalerweise ohne große Anstrengungen nachgaben. Sie musste kurz an ihren Trainer, Stehende Welle, denken und hörte ihn mit seiner ruhigen Stimme erklären, dass es bei Muay Thai im Wesentlichen um Respekt und Ausgeglichenheit ging. Er hatte sich sicherlich nie in einer Situation befunden, in der er eine Tür über einem Dönerladen im Norden Englands eintreten musste, dachte Nora. Dann trat sie zu. Doch eine Mikrosekunde, bevor sie die Tür traf, verlor Snyder das Gleichgewicht und brachte sie ein wenig vom Kurs ab, sodass ihr Fuß die Scheibe anstelle des Türrahmens traf. Die klirrenden Scherben rieselten über die Treppenstufen, als Nora ihr Bein wieder einzog.

Snyder verschwendete keine Zeit, steckte seinen Arm durch das Loch im Glas und öffnete die Tür von innen. In dem Moment, als er die Küche betrat, stand ein ungefähr fünfzehnjähriger Junge mit einer halbleeren Schüssel Chips in den Händen vor ihm. Das kohlrabenschwarze Haar fiel über seine braunen Augen, und für einen Moment stand er wie gelähmt da und starrte den großen Mann an. Die Stimme eines Sportkommentators klang wie ein eintöniges Summen aus dem Wohnzimmer.

«Wo ist meine Tochter?», brüllte Snyder.

Wortlos sah der Junge ihn an.

Snyder machte einen kurzen Schritt nach vorn und packte den Jungen am Kragen. Im Wohnzimmer herrschte Stille, als hätte endlich jemand bemerkt, dass es in der Küche Probleme gab. Snyder hielt das Messer vor das Gesicht des Jungen. Nicht so nah, dass er Gefahr lief, ihn zu verletzen, aber nah genug, dass das Messer eine Bedrohung darstellte, die keiner weiteren Erklärung bedurfte.

«Onkel Mustafa! Hilfe», rief der Junge.

Einen Moment später stand ein Mann von ungefähr fünfzig Jahren in der Tür zur Küche. Sein langer Vollbart war gepflegt, und er trug eine Hose, die der unteren Hälfte eines respektablen Anzugs ähnelte.

«Was wollen Sie? Wir haben kein Geld! Lassen Sie meinen Neffen los!», sagte er gebieterisch.

Snyder gestikulierte mit dem Messer. Mit dem anderen Arm hielt er den Jungen im Schwitzkasten.

«Wo ist Sally?», brüllte er.

«Hier ist keine Sally.»

«Sie lügen! Sally? Sally, bist du hier?», rief Snyder in Richtung des Wohnzimmers.

Der Mann bewegte sich so beherrscht wie möglich, um die Situation nicht zu verschlimmern, und trat ein paar Schritte zurück. Snyder ging auf ihn zu, den Jungen immer noch fest im Griff.

«Kommen Sie her und sehen Sie selbst nach. Wir haben hier keine Sally. Wir gucken gerade ein Cricketspiel. Mehr nicht», sagte er mit beruhigender Stimme.

Snyder folgte ihm, das Messer an den Hals des Jungen gelegt. Nora betrat ein großes Wohnzimmer, in dem ein niedriges leuchtend rotes Ecksofa stand, das mit gehäkelten Stoffdeckchen geschmückt war. Fünf Männer saßen vor einer großen Leinwand, auf der ein Cricketspiel zwischen Pakistan und Sri Lanka übertragen wurde. Auf einem niedrigen goldfarbenen Couchtisch stand ein Tablett mit kleinen Teegläsern und einem Aschenbecher, der vor Zigarettenstummeln überquoll.

Fünf Augenpaare richteten sich auf Snyder und den Jungen. Einer der jüngeren Männer wollte aufstehen, doch sein älterer Kumpel legte eine Hand auf seinen Arm. Nora erkannte den unangenehmen Taxifahrer, der sie aus der Moschee zurück in die Stadt gefahren hatte. Der Typ, der ihr Make-up und die Tatsache, dass sie allein in einem Taxi fuhr, nicht unkommentiert lassen konnte.

Der Onkel des Jungen breitete die Arme aus. Langsam und wohlüberlegt.

«Wie Sie sehen, nur eine Gruppe Männer, die friedlich bei einem Tee zusammensitzt. Nichts weiter.»

Snyder war kurz davor, den Mut zu verlieren. Nora konnte sehen, wie er den Griff am Messer unmerklich lockerte. Nur ein wenig.

«Wo ist Sally?», rief er ein weiteres Mal, aber ohne jemanden direkt zu adressieren.

Die Männer saßen ganz still, als hätten sie alle Angst, Snyders Aufmerksamkeit auf sich zu lenken.

Abgesehen von dem vollen Aschenbecher und den Teetassen war das Zimmer seltsam aufgeräumt, als ob niemand dort wohnte. Vielleicht war es nur ein Zimmer, das für solche Treffen genutzt wurde. Eine Art exklusives Hinterzimmer, zu dem gewöhnliche Besucher des Kebab King keinen Zugang hatten.

Nora scannte den Raum. Die Wände waren, bis auf einige gerahmte Koranverse auf farbigem Papier und mit verschnörkelten arabischen Kalligraphiezeichen, kahl. An der gegenüberliegenden Wand stand eine Vitrine aus dunklem Holz, die weit in den Raum hineinragte. Sie war bis an den Rand mit Tellern aus Kupfer gefüllt, die, den Inschriften nach, religiösen Zwecken dienten.

Der Onkel schien Noras Blick bemerkt zu haben, und er sprach direkt zu ihr, als wäre sie die Vernünftige, die Snyder zur Besinnung bringen konnte.

«Hören Sie, wir sind friedliche Männer, die ein paarmal pro Woche zusammenkommen und Zeit miteinander verbringen. Wir belästigen hier oben niemanden. Wir trinken Tee, rauchen, unterhalten uns über alles Mögliche», sagte er und sah Nora eindringlich an.

Snyder knurrte wie ein Bär, der aus seinem Schlaf erwacht und zu schläfrig ist, um zu entscheiden, ob er töten oder weglaufen soll. Der Onkel richtete sich mit einer gewissen Würde auf und hakte die Daumen in seinem Hosenbund ein.

«Mein Name ist Mustafa Khan. Ich bin Mitglied des Stadtrats und stehe diesen Männern zur Seite. Ich verbürge mich für meinen Neffen Hassan, den Ihr Freund gerade mit einem Messer bedroht. Ich möchte die Polizei gern aus der Sache heraushalten. Aber dafür müssen Sie Ihren Freund dazu bringen, meinen Neffen jetzt loszulassen», sagte er mit fester Stimme.

Snyders Hand zitterte leicht.

Der Mann, der sich als Mustafa Khan vorgestellt hatte, stellte sich in Noras Sichtfeld, sodass er ihr den Blick auf den Rest des Raums versperrte und sie zwang, ihn direkt anzusehen. Er ignorierte Snyder und das Messer. Vielleicht war es zu schwer für ihn, mit anzusehen, dass sein Neffe bedroht wurde, dachte Nora.

«Ich kenne diesen Herren und seine Einstellungen, und ich betrachte das hier als einen gewalttätigen rassistischen Angriff. Wenn er eine Anzeige bei der Polizei vermeiden will, die zu einer Gefängnisstrafe führen könnte, dann wäre es klug von Ihnen, meine Wohnung jetzt zu verlassen. Sie befinden sich hier in einem privaten Raum und sind nicht hereingebeten worden. Wir haben Beweise für Ihr gewaltsames Eindringen an der Tür», sagte Khan.

«Sally?», rief Snyder. Doch seine Stimme klang nun eher verzweifelt als zornig.

Khan breitete die Arme aus wie der Moderator einer Fernsehshow. Er wusste, dass er gewonnen hatte. Dass Nora und Snyder nichts gegen ihn in der Hand hatten.

«Wie Sie sehen, sind nur wir hier in dieser Wohnung. Bitte gehen Sie jetzt», wiederholte Khan.

Snyder trat einen Schritt zurück, den Arm immer noch um den Hals des Jungen gelegt.

«Ich nehme ihn mit runter. Damit keiner von euch auf dumme Gedanken kommt», rief er.

«Lassen Sie ihn gehen. Wir werden Ihnen nichts tun, wir wollen nur unsere Ruhe haben», sagte Khan mit ruhiger Stimme.

Sie waren in die Küche zurückgekehrt, und Snyder war mit dem jungen Hassan im Schlepptau die erste Stufe der Treppe hinuntergegangen, als Nora sie sah.

Die kleine rosafarbene Hello-Kitty-Tasche mit einem Pflasterband um den Riemen hing über dem Küchenstuhl.

Kapitel 27

Eilig ging Nora auf Snyder zu.

«Wir müssen die Männer irgendwie hier rauskriegen. Ich bin mir sicher, dass es noch mehr Räume in dieser Wohnung gibt, wir müssen sie durchsuchen.»

Er sah sie mit einer Mischung aus Hoffnung und Verzweiflung an.

«Ist Sally hier?»

«Ich weiß es nicht. Aber ich glaube, sie verstecken ein Mädchen.»

Nora versuchte nicht darüber nachzudenken, dass Snyder ein großes Messer benutzte, um seinen Willen durchzusetzen, sondern besann sich darauf, dass sie zusammenarbeiteten.

Sie kehrten ins Wohnzimmer zurück, wo zwei der Männer ihre Handys in der Hand hielten.

«Ab in die Küche mit Ihnen!», brüllte Snyder.

Khan sah überrascht auf.

«Wir rufen jetzt die Polizei. Wir haben Sie wiederholt sehr höflich gebeten zu gehen. Wir machen das hier nicht mehr mit», sagte er verärgert.

Snyder blieb eiskalt.

«Tun Sie das nur, aber erst kommen Sie alle mit mir in die Küche. Und zwar jetzt.»

Snyder schien es ein wenig zu lange zu dauern, bis die Männer vom niedrigen Ecksofa aufstanden, und er drückte die Messerklinge an Hassans Hals.

«Sofort habe ich gesagt, verdammt!»

Die fünf Männer und Mustafa Khan gehorchten, aber nicht ohne ihm böse Blicke zuzuwerfen und eine Reihe von Flüchen zu murmeln. Sicherheitshalber sammelte Nora die Handys ein. Vielleicht hatte Omar bereits die Verstärkung gerufen, die auch Pater Kavanagh und sein Nachtcafé bedroht hatte. Sie wusste, dass es wahrscheinlich nicht lange dauern würde, bis jemand mit einer Gruppe von Schlägern in die Wohnung stürmte.

Sie nahm eines der Handys und wählte 999. Wenn man sich schon nicht auf die Polizei verlassen konnte, gab es glücklicherweise andere Möglichkeiten.

«Hallo! Ich will einen Brand melden. Aus der Wohnung über Kebab King dringt Rauch nach draußen. Dicker schwarzer Rauch. Ich glaube, da sind noch Menschen in der Wohnung.»

Sie legte auf und ging ins Wohnzimmer. In Kürze würde die Feuerwehr eintreffen, und allein die Anwesenheit einer Mannschaft aus kräftigen Feuerwehrleuten würde ausreichen, um zu verhindern, dass man Snyder und sie zusammenschlug. Hoffte sie zumindest. Vielleicht könnten die Feuerwehrleute sogar die Polizei dazu bringen, hier aufzutauchen.

Das Wohnzimmer, in dem das Cricketmatch unbeirrt weiterlief, war jetzt leer. Nora sah sich um. Eine der Zigarettenkippen war nicht richtig ausgedrückt worden und lag im Aschenbecher. Eine schmale hellgraue Rauchsäule stieg bis zur Decke. Warum hatte Khan ihr die Sicht auf die Vitrine mit dem Kupfergeschirr versperrt? Nora ging auf die Vitrine zu, und erst als sie fast davorstand, entdeckte sie die Tür, vor die Khan sich gestellt hatte. Nora eilte zu der Tür und öffnete sie.

Der Raum lag im Halbdunkeln, das schummrige Licht fiel durch einen Vorhang, der das Fenster nicht ganz verdeckte, und tauchte ihn in ein Dunkelgrün, wie unter dem Meer. Der Gestank, der im Raum hing, war undefinierbar. Säuerlicher Männerschweiß, aber auch ein süßerer, fleischiger Geruch. Darüber der penetrante Gestank von Erbrochenem, gemischt mit Wodka.

In einer Ecke des Zimmers lagen zwei Matratzen übereinander und auf ihnen zwei Menschen. Der Mann war fast nackt, und Nora hatte freie Sicht auf seinen haarigen Rücken und den Hintern, der sich über dem Körper des Mädchens auf und nieder bewegte. Ihre dünnen weißen Beine waren gespreizt wie zwei auseinandergeschobene Stöcke. Ihr Gesicht war der Tür zugewandt. Im Gegensatz zu dem Mann hatte sie registriert, dass sie geöffnet worden war, doch der Blick, den sie Nora zuwarf, war ausdruckslos. Sie nahm zur Kenntnis, dass eine neue Person den Raum betreten hatte. Nicht mehr und nicht weniger. Das lange Haar lag leblos um ihr Gesicht und war verfilzt, als hätte sie tagelang dort gelegen, ohne vom Bett aufzustehen. Sie war nackt bis auf ein Unterhemd, das bis zum Hals nach oben geschoben worden war. Ihre Arme lagen an den Seiten, so als gehörten sie nicht zu ihrem Körper.

Nora trat behutsam einen Schritt näher. Als sie direkt hinter dem Mann stand, packte sie eine Handvoll seiner dicken schwarzen Haare, die von Schweiß und Haargel ganz fettig waren. Sie beugte sich über ihn, zog seinen Kopf zurück und zischte in sein Ohr:

«Sie verschwinden jetzt. Wenn Ihnen Ihr Leben lieb ist, dann sind Sie in drei Sekunden nicht mehr hier. Verstanden?»

Der Mann versuchte, den Kopf zu drehen, um zu sehen, wer da sprach, aber Nora hielt ihn an den Haaren gepackt, als wollte sie sie ihm aus der Kopfhaut reißen, und zog ihn von dem Mädchen auf dem Bett weg. Er fummelte an seiner Hose herum, die er nicht vollständig ausgezogen hatte, und Nora hörte die Gürtelschnalle klirren.

Sie ließ ihn halb auf die Knie kommen, schleifte ihn an den Haaren aus dem Raum und warf ihn im Wohnzimmer auf den Boden. Sie nahm ihre gesamte Willenskraft zusammen, um dem Mann nicht einen gezielten Tritt in die Nieren zu verpassen.

«Sie widerlicher Vergewaltiger», fauchte sie und spuckte vor ihm auf den Boden.

Der Mann hielt sich die Hände vors Gesicht, als erwartete er jeden Augenblick einen Angriff von Nora.

«Ich bin kein Vergewaltiger. Ich habe bezahlt. Ich habe Khan das Geld gegeben», versuchte er gekränkt zu erklären.

Nora würdigte ihn nicht eines Wortes, sondern drehte sich auf dem Absatz um und ging zurück in den Raum. Das Mädchen lag unverändert da, apathisch, zu betrunken oder zu high, um sich zu bewegen, hatte jedoch die Hälfte der Bettdecke über sich gezogen. Sie sah Nora mit ihren großen grauen Augen an und sprach dann zum ersten Mal.

«Ich muss kotzen», sagte sie und drehte sich auf die Seite.

Das Erbrochene strömte in Fontänen aus ihr heraus und landete auf dem zerknitterten, schmutzigen Bettzeug, auf der Matratze und dem mimosengelben Teppich.

Nora hockte sich neben sie und hielt ihr die Stirn, so wie ihre Mutter es getan hatte, wenn sie als kleines Mädchen krank gewesen war.

«Was haben sie dir gegeben, Laura?», fragte sie.

So schnell wie möglich richtete sie Laura auf, damit sie nicht an ihrem eigenen Erbrochenen erstickte. Lauras Teint war so blass, dass er fast schon grünlich aussah. Sie schloss die Augen, und ihr Kopf fiel auf die Schulter.

«Laura?»

Nora gab ihr ein paar sanfte Ohrfeigen.

«Laura, was haben sie dir gegeben? Ist es nur Wodka? Hast du Drogen genommen?»

Aber Laura antwortete nicht.

Nora rief noch einmal die 999 an.

«Der Einsatzwagen ist unterwegs», sagte der Telefonist.

«Gut, aber ich habe ein junges Mädchen an derselben Adresse gefunden. Möglicherweise eine Überdosis.»

«Wovon?»

«Weiß ich nicht. Grünliche Haut. Kaum ansprechbar.»

«Okay. Ich schicke einen Notarzt. Können Sie ihren Puls für mich messen?»

Nora griff um Lauras viel zu dünnes Handgelenk und spürte den Puls.

«Sehr schwach. Sie hat sich gerade übergeben.»

«Okay. Können Sie bei ihr bleiben und sie in die Seitenlage bringen?»

«Sie sitzt gerade.»

«Gut, bringen Sie sie in die stabile Seitenlage. Sorgen Sie dafür, dass alle Luftwege frei sind, damit sie nicht an ihrem Erbrochenen erstickt. Der Krankenwagen ist in sieben Minuten da. Können Sie so lange bei ihr bleiben?»

Sieben Minuten klangen nach einer Ewigkeit, aber Nora versprach, nicht von Lauras Seite zu weichen.

Zehn Sekunden nachdem sie den Anruf beendet hatte, brach in

der Küche ein Tumult aus. Sie sicherte Laura mit Kissen und stieß die Tür auf, um zu sehen, was los war. Dieselbe Vitrine, die die Tür zum Hinterzimmer von der Küche aus unsichtbar gemacht hatte, versperrte Nora die Sicht.

Vorsichtig schaute sie hinter einer Ecke der Vitrine hervor. Die Männer schienen Snyder entwaffnet zu haben.

Nora begriff blitzschnell, dass Snyders Aufmerksamkeit auf jemanden gerichtet war, den sie nicht sehen konnte. Jemand außerhalb von Noras Blickfeld hatte die Küche betreten und die ganze Situation auf einen Schlag verändert. War es Omar? Das bezweifelte Nora. Sie musste sich die vermeintliche Bedrohung genauer ansehen und trat ein paar Schritte näher an die Küche heran, in der Hoffnung, dass es noch einige Sekunden dauern würde, bis den Männer wieder einfiel, dass sie hier war und Laura noch immer in dem Hinterzimmer lag.

Der Fremde trat in ihr Sichtfeld, wandte Nora jedoch den Rücken zu und richtete den Blick auf Snyder.

«Ab hier übernehme ich», sagte die Stimme in Hassans Richtung, und in diesem Moment erkannte Nora, dass es Khalil war, den Omar zu Hilfe gerufen hatte. Und Khalil hatte eine Pistole.

Sie zog sich schnell hinter die Vitrine zurück, doch nicht schnell genug. Khalil musste sie bemerkt haben. Mit einem breiten Grinsen drehte er sich um und richtete die Pistole auf Nora.

«So sehen wir uns wieder. Herrlich. Ich habe mich schon darauf gefreut», sagte er.

Nora erstarrte. Wenn sie wenigstens Laura beschützen könnte.

«Kommen Sie raus in die Küche. Dann können wir uns nett miteinander unterhalten», sagte Khalil ruhig. Seine Pupillen hatten die Größe von Ein-Kronen-Stücken, und seine Bewegungen waren schnell und fahrig.

Nora blieb stehen und ging, ohne darüber nachzudenken, in Angriffsposition. Die Füße gespreizt und schräg nebeneinandergestellt, dem Angreifer die Seite zugewandt, um so wenig Angriffsfläche wie möglich zu bieten. Khalil wedelte mit der Waffe herum.

«Komm raus, du Schlampe! Sofort!»

Nora blieb auf ihrer Position, während Khalil zweien der Männer beinahe unmerklich zunickte. Er war sich zu fein, um sie selbst zu holen. Nora sah die beiden langsam auf sich zukommen. Nicht weil sie etwa ahnten, welchen Schaden Nora ihnen möglicherweise zufügen könnte, sondern weil sie den Moment genossen. Sie genossen den verängstigten Blick einer Frau. Das Problem war nur, dass Nora ihre Erwartungen nicht erfüllte.

Stattdessen berechnete sie die Geschwindigkeit und Distanz der Männer, um den perfekten Augenblick abzupassen. In der Sekunde, in der es den maximalen Schaden anrichtete, kippte sie die Vitrine mit aller Kraft um. Der Lärm der unzähligen Kupferteller war ohrenbetäubend, und eine Kante des Schranks traf einen der beiden Männer an der Schläfe. Unter lautem Gebrüll ging er zu Boden, und eines seiner Beine wurde in einem merkwürdigen Winkel unter dem schweren Schrank eingeklemmt. Der andere Kerl konnte einen halben Schritt zurückweichen, verlor jedoch das Gleichgewicht und fiel über den kleinen runden Couchtisch. Er versuchte noch, danach zu greifen, um sich festzuhalten, doch vergeblich. Der Mann fiel rücklings auf das Sofa.

Der Mann, dessen Bein unter der Vitrine eingeklemmt war, schrie, und zwei seiner Kumpane kamen herangeeilt, um das schwere Möbelstück anzuheben. Khalil hielt Snyder noch immer mit der Waffe in Schach, während er die vier Männer anbrüllte, die inzwischen im Wohnzimmer standen. Der Mann auf der Couch rappelte sich auf und begann Nora zu umkreisen. Sie beobachtete ihn aus dem Augenwinkel und stellte fest, dass sie für einen Tritt nicht gut genug positioniert war. Fast unmerklich drehte sie ihren Körper auf ihn zu, während sie mit einer Hand herumfuchtelte, um vorzutäuschen, sie wolle sich damit verteidigen. Aus der Nähe konnte sie nun deutlich erkennen, dass es sich um Babar Hussein handelte, den Chef von Sunshine Cabs, der ihr so freundlich angeboten hatte, ihr im Regen ein Taxi zu besorgen. Den frommen Gesichtsausdruck aus der Moschee hatte er jetzt abgelegt. Er lachte verächtlich. Sein Blick war auf Noras fuchtelnde Hand gerichtet, die sie hin und her bewegte wie ein Baby mit einer Rassel. Daher sah Babar Hussein den Roundhouse-Kick gar nicht kommen, der ihn wie aus dem Nichts in den Magen traf, dass ihm der Atem stockte.

Er ging zu Boden, krümmte sich zusammen und verstand die Welt nicht mehr. Eine Welt, in der Mädchen zurückschlugen. Und manchmal sogar als Erste zutraten.

Khalil stand jetzt in der Tür. Die Pistole an Snyders Schläfe gepresst.

«Kommen Sie jetzt sofort raus, oder ich erschieße Ihren Freund.»

Nora versuchte verächtlich zu lachen, aber sie war noch ganz außer Atem.

«Er ist nicht mein Freund. Sie können mit ihm tun und lassen, was Sie wollen», sagte sie, um Zeit zu schinden.

Snyder starrte auf den Boden.

Nora wollte mehr sagen, Khalil verspotten, aber plötzlich fiel es ihr schwer zu atmen. Und dann entdeckte sie den Grund. Die kohlschwarze Rauchwolke, dort, wo der glühende Zigarettenstummel die giftige Schaumgummifüllung des Sofas angeschmort hatte.

Bisher waren keine offenen Flammen zu sehen, nur eine rußende tintenschwarze Wolke, die sich im Zimmer ausbreitete.

«Es brennt», hustete sie und hielt sich den Arm vors Gesicht.

In diesem Moment sprang die Tür auf, und Nora hätte den hartgesottenen Feuerwehrmann umarmen können, der ausgestattet mit Axt, Feuerwehrhelm, Sauerstoffmaske und reflektierender Einsatzjacke in der Tür stand.

«Alle raus hier, los!», rief er.

Hinter ihm erschienen drei Kollegen, und ihre erste Priorität war es, alle aus der Wohnung zu evakuieren. Sie packten die Männer an den Schultern und brachten sie die Treppe hinunter. In letzter Minute sah Nora, wie Khalil seine Waffe auf den Boden warf und gegen die Wand trat. Dann war auch er auf dem Weg nach unten.

«Dadrinnen liegt noch ein Mädchen. Sie ist bewusstlos», rief Nora, und einer der Feuerwehrmänner lief in das kleine Zimmer. Sein Kollege eilte mit dem Feuerlöscher zum Sofa.

Ein dritter Feuerwehrmann trat auf Nora zu, während ein anderer die Vitrine anhob, um den Mann mit dem eingeklemmten Bein zu befreien.

«Raus mit Ihnen, JETZT! Sie riskieren eine Rauchvergiftung.»

«Ja, aber das Mädchen ...»

«Wir kümmern uns drum, RAUS. JETZT!»

Auf dem Weg in die Küche und zu der kleinen Treppe, die hinunter in den Dönerladen führte, gab sie vor zu stolpern, als sie ihren Körper um die umgestürzte Vitrine manövrieren musste. Sie fiel so, dass ihre Hand direkt neben der Waffe landete, die Khalil fallen gelassen hatte. Ihr blieb keine Zeit, darüber nachzudenken, warum sie es tat, aber sie hatte eine vage Idee, dass die Waffe als Beweis gegen ihn verwendet werden könnte. Schnell sah sie sich um, doch niemand bemerkte, wie sie die Waffe in ihre Tasche steckte. Sie war überraschend schwer und zog ihre Jacke nach unten.

«RAUS!»

Der Feuerwehrmann und sein Kollege trugen den Mann mit dem vermutlich gebrochenen Bein wie auf einem Thron die Treppe hinunter und schoben Nora vor sich her.

Als sie im Erdgeschoss ankam, erwartete sie ein Durcheinander aus blinkenden Blaulichtern und heulenden Sirenen. Omar stand in seinem Laden und rang die Hände, der Mann mit dem gebrochenen Bein saß laut stöhnend auf einem der Stühle. Seine Freunde hatten ihn verlassen.

Nora ging auf die Straße, um auf den Krankenwagen zu warten. Bevor er eintraf, fuhr ein Streifenwagen vor dem Laden vor. Zwei Beamte stiegen aus und sprachen mit einem älteren Feuerwehrmann, dessen grauer Schnurrbart allein ein Zeichen dafür war, dass es sich um den Einsatzleiter handeln musste, wenn es nicht noch zusätzlich auf seiner Jacke gestanden hätte.

Snyder saß auf einer Bank auf der anderen Straßenseite und beobachtete das Chaos. Nora ging hinüber und setzte sich neben ihn.

«Nicht Ihr Freund? Sie können mit ihm tun und lassen, was Sie wollen? Na, schönen Dank auch», sagte er bitter.

«Halten Sie die Klappe, Snyder. Ich habe nur auf Zeit gespielt.»

«Na klar. Auf Zeit spielen. Haben Sie mal drüber nachgedacht, wie *tun und lassen, was Sie wollen* für jemanden klingt, der eine Pistole an der Schläfe hat?»

«Hey, entspannen Sie sich. Sie haben selbst mehrere Minuten lang mit einem Messer herumgefuchtelt. Und es ist ja nichts passiert, oder? Stellen Sie sich mal nicht so an», sagte sie etwas schroffer als beabsichtigt.

Doch genau das funktionierte bei Snyder, hatte sie bemerkt. Er konnte schlecht mit Sentimentalitäten umgehen, und das war wahrscheinlich an sich schon eine Qualität. Von den wenigen, die er aufbringen konnte.

Er sah sie an.

«Wissen Sie, wie das ist, eine Pistole in die Fresse gedrückt zu kriegen?», sagte er.

«Okay, okay. Aber immerhin wird es nicht noch mal passieren.»

«Was meinen Sie damit?»

«Er wird Sie nicht noch mal mit dieser Pistole bedrohen», sagte Nora und öffnete ihre Jackentasche.

«Ach du Scheiße! Was haben Sie damit vor?»

«Die werde ich der Polizei übergeben. Ich kenne einen Polizisten, dem ich vertrauen kann. Er ist nicht aus dieser Stadt.»

Snyder nickte nachdenklich.

«Tja, einen Versuch ist es wert.»

Er stand auf. Mühsam und etwas außer Atem. Nora sah ihn an.

«Ich kann hier nicht rumsitzen und warten, bis die Polizei irgendeinen lauwarmen Bericht schreibt. Ich habe meine Tochter immer noch nicht gefunden», sagte er.

Nora erhob sich ebenfalls.

«Kommen Sie mit?», fragte Snyder

«Einen Augenblick. Ich will nur nachsehen, ob Laura in Sicherheit ist.»

«Was ist mit ihr? Was hat sie in dieser Wohnung gemacht?», fragte Snyder.

«Das erzähle ich Ihnen später», sagte Nora und ging zurück auf die andere Straßenseite, wo gerade ein Krankenwagen angehalten hatte. Sanitäter liefen in den Dönerladen, Feuerwehrleute kamen ihnen entgegen. Sie unterhielten sich kurz miteinander, holten eine Trage, hoben den Mann mit dem gebrochenen Bein darauf und schoben ihn in den Rettungswagen.

Nora ging auf den Einsatzleiter zu.

«Wie geht es dem Mädchen, das in dem Raum neben dem Wohnzimmer lag? Haben Sie sie rausgeholt? Ist sie auf dem Weg ins Krankenhaus?»

Der Einsatzleiter sah sie nicht unfreundlich an, sondern wie jemand, der es gewohnt war, das Notwendige vom Unnötigen zu trennen und nach Priorität zu sortieren.

«Da war kein Mädchen», sagte er nur.

«Nein! Hören Sie, da ist ein Raum, eine Tür, die vom Wohnzimmer abgeht. Da liegt ein Mädchen auf einem Bett. Ihr geht es wirklich nicht gut.»

Nora versuchte, sich an ihm vorbei- und zurück in den Dönerladen zu schlängeln. Der Einsatzleiter packte sie mit einer solchen natürlichen Autorität an der Schulter, dass Nora kurz stehen blieb. Dann stieß er einen höllisch lauten Pfiff aus, der ihr in den Ohren schmerzte.

Einer der Feuerwehrleute kam herüber und schob das Visier seines Helms nach oben.

«Boyd. Würden Sie dieser jungen Frau bitte die aktuelle Lage erläutern? Sie ist der Meinung, da sei noch jemand in der Wohnung», sagte er.

Boyd nahm seine Sauerstoffmaske ab. Er hatte grüne Augen und ein Lächeln wie das Model eines Feuerwehrkalenders.

«Miss, der Brand ist gelöscht.»

«Da liegt ein krankes junges Mädchen in dem Raum neben dem Wohnzimmer. Es geht ihr sehr schlecht. Sie müssen sie retten», sagte Nora verzweifelt.

Im selben Moment fuhr der Krankenwagen gemächlich und

ohne Blaulicht und Sirene davon. Ein gebrochenes Bein war immerhin kein Notfall.

«Sie heißt Laura. Sie … sie … ich glaube, sie ist schwanger.»

Der Feuerwehrmann machte einen gelassenen Eindruck, und je mehr Nora ihre Stimme hob, desto ruhiger schien er zu werden.

«Miss, es war wirklich niemand mehr in der Wohnung. Das kann ich Ihnen schwören. Wir haben die Wohnung zweimal durchkämmt. Da war kein junges Mädchen.»

«Aber das Zimmer. Sie lag auf einer Matratze.»

«Drei unserer Männer sind in dem Raum gewesen. Das Fenster stand weit offen, und wir mussten es schließen, um die Sauerstoffzufuhr zu unterbinden. Aber es war niemand im Bett. Der Raum war leer.»

Kapitel 28

Snyder hatte den Wagen vorgefahren, und Nora stieg ein.

«Laura hat dort im Zimmer gelegen. Zusammen mit diesem ekligen Schwein. Sie war betäubt. Und jetzt soll sie einfach verschwunden sein?»

Snyder nickte.

«Hoffen wir, dass jemand, der ihr Bestes will, sie zuerst findet.»

«Aber es ging ihr wirklich dreckig. Was, wenn ihr etwas passiert?»

Snyder betrachtete die Situation eher aus einer philosophischen Perspektive.

«Es gibt nicht so viel, was Sie jetzt für sie tun können. Aber Sie können Sally helfen.»

Nora rief von ihrem Handy aus in Marshden an und bekam Mrs. Flynn ans Telefon. Sie fasste das Geschehene kurz zusammen, ohne zu detailliert darauf einzugehen, womit Laura beschäftigt war, als Nora sie gefunden hatte. Das wäre für dieses schnelle Telefonat zu heftig gewesen. Mrs. Flynn versprach, sie würde persönlich in den Straßen in der Nähe des Kebab King nach dem Mädchen suchen.

«Ging es ihr gut?», fragte Mrs. Flynn mit besorgter Stimme.

«Es sah nicht so aus», erwiderte Nora und versprach, ebenfalls die Augen offen zu halten, während sie durch Toppingham fuhr und nach Sally suchte. Nora beendete das Gespräch und sah zu Snyder.

«Brickford Gardens?», fragte sie, und er nickte düster.

Sie fädelten sich wieder in den Verkehr ein, und Nora versuchte Millhouse anzurufen. Doch es sprang nur die Mailbox an. Sie hinterließ eine kryptische Nachricht, dass er sie wegen einer bombengefährlichen Situation so schnell wie möglich zurückrufen sollte. Sie erwähnte lieber nicht, dass sie die Waffe in der Wohnung gesichert hatte, bevor sie ihm von Angesicht zu Angesicht gegenüberstand und alles besser erklären konnte. Sie erwartete kein Verständnis seinerseits dafür, dass sie mit einer Waffe herumlief, egal wie solide ihre Erklärung war.

Ein paar Minuten fuhren sie schweigend durch die Dunkelheit, bis Snyder sich räusperte.

«Dieses kleine Arschloch mit der Pistole?»

«Ja, Khalil. Ein richtiger Charmeur. Es war ja nicht das erste Mal, dass ich mich mit ihm angelegt habe.»

Snyder krümmte sich.

«Ich habe Ihnen nicht die ganze Wahrheit gesagt. Ich bin mir ziemlich sicher, dass ich Sally mit diesem Khalil zusammen gesehen habe», gestand er.

«Okay», sagte Nora neutral.

Es folgte wieder eine längere Pause, in der Snyder sie durch einen Kreisverkehr lenkte. Dann sprach er weiter.

«Ich glaube, Sally ist davon ausgegangen, dass sie und Khalil ein Paar sind.»

«Ein Paar?», entfuhr es Nora.

Snyders verzerrtes Gesicht zeigte, dass ihn das ebenso anwiderte wie Nora.

«Wie kommen Sie darauf, dass die beiden ein Paar sind?», fragte Nora.

Wieder zögerte Snyder, bis er bereit war, sich Nora anzuvertrauen.

«Ein Paar *waren*», sagte er schließlich.

«Okay», sagte Nora nur. Sie wusste, da würde noch mehr kommen.

«Ich bin nicht gerade stolz darauf. Aber ich habe mir eben Sorgen gemacht, ja?»

Nora wartete.

«Also, ich habe manchmal an der Tür gelauscht, wenn sie mit ihren Freundinnen telefoniert hat. Und sie hat immer wieder über einen Khalil geredet. Ich hatte also einen Verdacht, konnte es ihr gegenüber aber nicht ansprechen. Deshalb bin ich ihr gefolgt, um zu sehen, mit wem sie sich trifft, um sicherzugehen, dass alles in Ordnung ist. Das war es nicht.»

«Haben Sie irgendetwas unternommen?»

«Natürlich hab ich das!», sagte Snyder wutentbrannt. «Der Typ ist mindestens dreißig! Sie ist noch nicht einmal mündig. Da können Sie aber einen drauf lassen, dass ich etwas unternommen habe. Zunächst habe ich einen Haufen Bilder von den beiden gemacht, um Beweise zu haben, und dann habe ich mir Sally vorgeknöpft.»

Wieder ließ Nora ihm Zeit, um sich zu sammeln und weiterzusprechen.

«Ich habe ihr verboten, ihn zu treffen. Sie wurde richtig sauer. Das brachte sie regelrecht zur Weißglut. Sie hat mich dafür gehasst. Ich sei das Schlimmste, was ihr je passiert sei. Ich würde ihr Leben zerstören, und ob mir bewusst sei, was ich da kaputt gemacht hätte? Und das war nur der erste Abend, an dem ich ihr Stubenarrest verordnet hatte.»

«Das klingt übel», sagte Nora und konnte sich das Gefecht zwischen der empörten Sally und dem gefühlsmäßig, gelinde gesagt, plumpen Snyder nur zu gut vorstellen.

«Übel? Bei uns zu Hause war der dritte Weltkrieg ausgebrochen. Und es hat nicht gerade geholfen, dass Nadine mir dabei nicht zur Seite stand. Sie fand, es sei aufregend, dass Sally verliebt war. Und dann in so einen tollen Kerl. Sie hat ja keine Ahnung von dieser Art von Typen. Komplett naiv.»

«Hat der Stubenarrest denn geholfen?»

Snyder schüttelte verzweifelt den Kopf.

«Er hat insofern geholfen, als dass es Nadine und mir ziemlich schnell klargemacht hat, dass unsere Ehe gescheitert war, und zwar schon seit langem. Die Streitigkeiten hatten überhandgenommen. Und Sally? Ihr war das alles scheißegal. Sie kam und ging, wie es ihr passte.»

«Sie hat einfach nicht mehr auf Sie gehört?»

«Sie war verliebt, meinte sie, und dass ich einfach nicht verstünde, was das sei. Echte Liebe. Sie meinte, Nadines und meine Ehe sei nur eine schlechte Parodie einer Beziehung gewesen. Und dass sie mit ihren dreizehn Jahren mit Khalil bereits die Liebe ihres Lebens gefunden hätte. Sie warteten nur darauf, bis Sally alt genug war, dann wollten sie eine Familie gründen und bis ans Ende ihrer Tage glücklich zusammenleben. Für immer. Das müsste ich einfach akzeptieren, meinte meine Tochter.»

«Ich nehme an, Sie konnten sie nicht umstimmen?», sagte Nora.

«Ich habe alles versucht. Habe sie eingesperrt. Aber sie ist aus dem Fenster geklettert. Einmal habe ich sie abends im Badezimmer im ersten Stock eingeschlossen. Sie ist trotzdem abgehauen. Total verrückt danach, mit ihm zusammen zu sein, wie's scheint. Er hatte natürlich ihre Handynummer, also habe ich ihr eine neue Sim-Karte gekauft und die alte im Klo runtergespült, damit er sie nicht mehr erreichen konnte. Am nächsten Tag hatte sie ein neues Handy. Ein Geschenk von ihm, vermute ich.»

«Aber irgendwie mussten Sie dem doch Einhalt gebieten?»

Snyder nickte.

«Ja. Irgendwann dachte ich, dass ich endgültig dafür gesorgt hätte, ihn von ihr fernzuhalten.»

«Wie?»

«Ich war für einen Auftrag unterwegs, bei einem Fußballspiel. Und da saß dieses Arschloch mit einen paar Freunden im VIP-Bereich. Natürlich hat er mich nicht gesehen. Wie alle anderen war er damit beschäftigt, das Spiel zu verfolgen. Ich war nur einer von vielen Fotografen, die in einer schwarzen Jacke die Seitenlinie entlangrannten.»

«Und dann sind Sie nach dem Spiel zu ihm gegangen, oder was?»

«Nein. Ich war schlauer. Ich bin ihm gefolgt.»

«Hat das was gebracht?»

«Nicht gleich. Er ist mit seinen Freunden in einen Pub gegangen. Ich habe draußen in meinem Auto gewartet. Wollte nicht reingehen, er hätte mich nur ausgelacht. Nachdem ich ein paar Stunden da rumgehockt hatte, kam die Stunde der Wahrheit.»

«Was ist passiert?»

«Er hat den Pub alleine verlassen und ist nach Hause gegangen. Ich bin ihm zu Fuß gefolgt. Das war ein echtes Geschenk.»

Nora sah ihn skeptisch an.

«Wie meinen Sie das?»

«Sehen Sie, unser Freund Khalil wohnt in einer zweigeschossigen Villa. Mit einem kleinen Kinderfahrrad im Vorgarten und einem Sandkasten, wenn Sie verstehen, worauf ich hinauswill.»

«Das Schwein hat eine Familie?»

«Ja.»

«Was haben Sie dann getan?»

«Ich habe geklingelt. Seine Frau hat aufgemacht. Eine junge, hübsche Frau. Langes dunkles Haar, hübsche braune Augen. Sie hatte ein kleines Mädchen auf dem Arm. Hat mich ganz überrascht angeguckt, als wäre sie es nicht gewohnt, dass jemand bei ihnen klingelt. Ich habe sie gebeten, mit ihrem Mann sprechen zu dürfen.»

«Und, ist er an die Tür gekommen?»

Snyder nickte grimmig.

«Ja, er kam zur Tür. Ist ausgeflippt, als ich erzählt habe, dass ich Sallys Vater bin. Natürlich hat er erst einmal alles abgestritten. Aber allein der Fakt, dass er sich die Schuhe anzog, die Tür hinter sich schloss und mich mit in den Garten hinterm Haus nahm, zeigte doch, dass er ordentlich in der Scheiße steckte. Ich habe ihm mit der Polizei gedroht, aber das schien ihn irgendwie kaltzulassen.»

«Er hatte keine Angst vor der Polizei?»

Snyder schüttelte den Kopf.

«Das kann doch alles nicht wahr sein», entfuhr es Nora.

«Natürlich nicht», schnarrte Snyder und ließ das Fenster herunter, um ein bisschen frische Luft in den Wagen zu lassen. Dann fuhr er fort.

«Tja, ich konnte ihm also ansehen, dass ihm meine Drohung mit der Polizei am Arsch vorbeiging. Also habe ich ihn in meinen anderen Plan eingeweiht.»

«Und der war?»

«Jetzt, da ich wusste, wo er wohnt, würde ich jeden Tag vor seinem Haus stehen und darauf warten, bis seine Frau und seine Kinder herauskamen. Und dann würde ich die Frau fragen, was sie eigentlich davon hält, dass ihr Mann meine dreizehnjährige Tochter ausnutzt. Vielleicht würde sie in den ersten Tagen nicht antworten, aber früher oder später würde sie stehen bleiben und zuhören. Vielleicht lange genug, um auch die Fotos zu sehen, die ich von ihrem Mann und meiner Tochter gemacht hatte.»

«Wie hat er das aufgenommen?»

«Er war furchtbar wütend, aber er kapierte, dass er ein Problem hatte. *Das wagst du nicht*, hat er erst noch gesagt.»

«Aber Sie haben es gewagt?»

Snyder warf ihr einen flüchtigen Blick zu, bevor er den Blinker setzte und in eine weniger befahrene Straße einbog.

«Ich habe es ihm folgendermaßen erklärt: Du hast eine Tochter, oder? Frag dich mal, wie weit du gehen würdest, um sie aus den Händen eines Arschlochs wie dir zu befreien. Lustigerweise hat er das eingesehen.»

«Verdammte Scheiße, Snyder. Das klingt echt heftig. Hat er dann aufgehört, sich mit Sally zu treffen?»

«Ja. Sally war wütend, sie war überzeugt, dass ich irgendetwas damit zu tun hatte. Anscheinend hatte Khalil sie aus der guten Gesellschaft ausgegrenzt. Sie verbrachte immer mehr Abende zu Hause. Einige Monate lang war sie zutiefst deprimiert, aber um die Jahreswende fuhren Nadine und sie gemeinsam nach Mallorca in den Urlaub. Und als sie nach Hause kamen, war Sally wieder so ziemlich die Alte. Bis zu einem gewissen Grad jedenfalls. Nicht ganz die Gleiche wie zuvor, aber doch wiederzuerkennen.»

«Haben Sie nie darüber gesprochen, Khalil anzuzeigen?»

«Doch. Sowohl Nadine als auch ich haben es versucht, nachdem Nadine kapiert hat, wie die Situation wirklich war. Doch Sally wollte nichts davon wissen.»

«Aber als sie heute verschwunden ist, warum sind Sie dann nicht gleich zu Khalil gefahren? Wenn er schon vorher ein Teil des Problems war?», fragte Nora.

Snyder zuckte die Schultern.

«Ich dachte eigentlich, ich hätte ihn schachmatt gesetzt, indem ich vor seinem Haus aufgetaucht war. Dass er sich Sally nicht mehr nähern würde.»

«Warum machen wir das jetzt nicht noch einmal?»

«Was machen?»

«Vor seinem Haus auftauchen. Ich kann mir vorstellen, dass nicht viele Mädchen in Toppingham unterwegs sind, ohne dass Khalil weiß, mit wem sie zusammen sind. Und wo. Das geht doch auch viel schneller, als einmal ganz Brickford Gardens zu durchkämmen.»

Snyder trat auf die Bremse, sodass Nora auf ihrem Sitz nach vorn rutschte und spürte, wie sich der Sicherheitsgurt gegen ihren Körper spannte.

«Verdammt noch mal, das machen wir.»

Snyders Hände klammerten sich erneut fest um das Lenkrad.

Nora gefiel es nicht, wie leicht er sich überreden ließ.

«Es ist ja gar nicht sicher, dass er zu Hause ist», ruderte sie zurück.

«Das werden wir schon sehen», sagte Snyder und wendete das Auto.

Es begann zu regnen, und für eine Weile war das Quietschen der Scheibenwischer das einzige Geräusch im Wagen.

«Wo wohnt er überhaupt?», fragte Nora.

«Lilac Road, in Hillside. Eines der schicksten Viertel der Stadt. Hübsches Haus und ein riesiger Garten.»

Nora musste an den Mann denken, der mit Laura in dem Hinterzimmer gewesen war. *Ich habe bezahlt!*, hatte er sich gerechtfertigt. Das erklärte vermutlich, warum Khalil und seine Freunde immer Geld in der Tasche hatten. Obwohl sie keinen Jobs nachzugehen schienen.

«Sind Sie sicher, dass Sie das hier machen wollen? Ich glaube, Khalil war high. Haben Sie seine Pupillen gesehen, eben in der Küche? Kann sein, dass er unberechenbar ist.»

«Vielleicht ist er unberechenbar. Das ist mir gerade scheißegal, wie es ihm geht. Ich will meine Tochter nach Hause holen. Koste es, was es wolle.»

Die letzten fünf Worte lösten in Nora ein unbehagliches Gefühl aus.

«Hören Sie mal, Snyder. Wenn wir dort ankommen, dann schlage ich vor, dass ich rede, okay? Wir sprechen erst einmal ganz ruhig mit ihm und machen uns ein Bild, ob er gerade bei Sinnen ist.»

Snyder schüttelte den Kopf.

«Nix da. Das ist meine Angelegenheit. Meine Tochter. Meine Sache.»

«Verdammt, Snyder. Ich will ja keine Spielverderberin sein, aber Sie sind ... was ... Ende fünfzig? Und ziemlich schlecht in Form. Das ist Khalil nicht. Falls es zum Äußersten kommen sollte.»

«Ich habe keinen Bock, das jetzt zu diskutieren. Es geht um meine Tochter. Wenn Sie mir mit noch mehr Bullshit kommen, können Sie hier aussteigen.»

Nora sah ihn mit festem Blick an.

«Hören Sie auf mit Ihrem Macho-Gehabe, Snyder. Sie wissen,

dass das keinen Eindruck auf mich macht. Wir haben beide dasselbe Ziel. Ich versuche nur, ein bisschen Hirn zu benutzen, bevor Sie unter Testosteroneinfluss Amok laufen, okay?»

Sie bogen in die Lilac Road ein. Es war unmöglich, die Konturen der Häuser in der regennassen Dunkelheit zu sehen, aber soweit Nora erkennen konnte, waren die Hecken so schnurgerade geschnitten, wie sie es nur sind, wenn man sich einen wirklich guten Gärtner leisten kann.

Sie hielten vor einem weißen zweistöckigen Haus, das ein wenig abseits der Straße lag und von einer riesigen Wiese umgeben war, auf der eine Schaukel stand und ein kleines Polizeiauto aus Plastik umgekippt war. Im Erdgeschoss brannte Licht.

«Es ist gar nicht sicher, ob Khalil überhaupt zu Hause ist», wiederholte Nora.

«Es brennt Licht», erwiderte Snyder.

Just in diesem Moment klingelte ihr Handy. Millhouse. Verdammt schlechtes Timing. Das sah er anscheinend genauso, denn er klang ziemlich genervt.

«Was ist los, Nora? Ich hoffe, es ist wirklich, wirklich wichtig.»

«Das ist es. Können wir uns treffen?»

«Das ist im Moment ausgeschlossen. Wie du weißt, wurde die Bürgermeisterin entführt. Und wir haben bisher kein Wort von den Kidnappern gehört. Hier gibt gerade jeder alles, um zu verhindern, dass sie dasselbe Schicksal erleidet wie Crow. Und das hier ist kein Zitat für die Presse!»

«Verstanden. Aber ich befinde mich gerade wirklich in einer brenzligen Situation und brauche ...»

Weiter kam sie nicht, als Snyder in ihre Tasche griff, sich die Pistole schnappte und auf die Haustür zustürmte.

«Fuck!»

«Beschimpfst du mich gerade?», fragte Millhouse.

Nora antwortete nicht. Sie hatte ihr Telefon neben sich auf den Sitz geworfen und sprintete Snyder hinterher. Doch es war schon zu spät. Die Tür stand bereits offen, und Snyder zielte mit dem auf den Kopf einer Frau in einem weißen Nachthemd. Der Stoff spannte sich um ihren großen Babybauch.

Sie riss die Augen weit auf und fragte mit zitternder Stimme: «Wer sind Sie? Wollen Sie Geld? Schmuck?»

Nora lief auf die beiden zu.

«Ich dachte, wir wären uns einig, dass das nicht die richtige Methode ist.»

Er ignorierte sie und richtete das Wort an die Schwangere.

«Herzlichen Glückwunsch. Das ist wohl euer drittes. Wie schön. Wie heißen Sie denn, Süße?»

Die Frau begann zu weinen. Große Tränen kullerten ihr über die Wangen.

«Lassen Sie uns doch bitte in Frieden. Wir haben Kinder. Mein Mann wird gleich nach Hause kommen.»

«Wie schön. Dann gehen wir doch rein und warten auf ihn», sagte Snyder eiskalt.

Die Frau zitterte vor Angst, und Nora konnte nicht anders, als sich zwischen sie und Snyder zu stellen.

«Jetzt hören Sie auf, sie zu bedrohen. Sie hat doch nichts getan.»

«Nein, aber das hat meine Tochter auch nicht. Trotzdem hat ihr Mann das Leben meiner Tochter ruiniert», sagte Snyder und wandte sich wieder an die Frau.

«Wie heißen Sie? Antworten Sie!»

«Fatima.»

«Okay, Fatima, hören Sie mal zu. Ihnen und Ihren Kindern wird nichts geschehen, vor allem nicht, wenn Sie tun, was ich sage. Was

Ihren Mann, diesen widerlichen Vergewaltiger, angeht, garantiere ich allerdings für nichts!»

Aus dem Wohnzimmer drang das Weinen eines Kindes zu ihnen, und Fatima rang verzweifelt die Hände.

«Meine Tochter. Sie hat niemandem etwas getan. Was wollen Sie? Geld?»

Snyder schüttelte den Kopf.

«Nein. Ich will ein ernstes Wörtchen mit Ihrem Mann reden.»

«Das hier ist wirklich eine schlechte Idee, Snyder», versuchte Nora erneut, ihn von seinem Vorhaben abzubringen.

Doch Snyder war über den Punkt hinaus, an dem er gute Ratschläge annahm. Wenn er überhaupt jemals an diesem Punkt war. Nora bereute bitter, den Besuch bei Khalil vorgeschlagen zu haben, und überlegte verzweifelt, wie sie das wieder geradebiegen konnte.

«Lassen Sie sie wenigstens nach ihrem Kind sehen», sagte Nora.

«Wann kommt Ihr Mann nach Hause?», fragte Snyder.

Fatima schluchzte nun bitterlich.

«Nehmen Sie alles mit, was Sie haben wollen. Lassen Sie mich zu meiner Tochter.»

«Sie können zu Ihrer Tochter gehen, wenn Sie mir erzählt haben, wann Ihr Mann nach Hause kommt», sagte Snyder kalt.

«Ich weiß es nicht», schrie die Frau.

«Wann, habe ich gefragt!»

«Er erzählt mir nicht, wann er kommt und geht. Kann sein, dass er in fünf Minuten kommt oder in drei Stunden, oder erst morgen. Ich weiß es nicht!»

Snyder brüllte laut auf vor Frustration.

Nora trat einen Schritt auf ihn zu und berührte sanft seinen Arm.

«Ich glaube ihr. Sie wissen doch, wie Khalil ist. Warum sollte er seiner Frau erzählen, wo er sich aufhält oder wann er wieder nach Hause kommt? Das ergibt Sinn. Wir können im Wohnzimmer auf ihn warten. Dann kann Fatima ihre Tochter trösten.»

Snyder steckte rasch seinen Kopf durch die Tür zum Wohnzimmer und winkte Nora dann mit der Pistole in der Hand zu sich.

«Gehen Sie rein und ziehen Sie die Gardinen zu. Ich will nicht, dass er etwas ahnt, wenn er nach Hause kommt.»

Nora tat wie ihr geheißen, während sie sich im Stillen verfluchte, das Handy im Wagen gelassen zu haben. Snyder war eindeutig außer Kontrolle.

Auf der Couch saß ein kleines Mädchen in einem Nachthemd mit rosa Einhörnern und machte große Augen, als Nora anfing, die Vorhänge zu schließen. Verdutzt hörte sie für ein paar Sekunden auf zu weinen, begann dann aber wieder aus vollem Hals zu schreien.

«Maaamaaa!»

Snyder betrat das Wohnzimmer mit Fatima im Schlepptau. Sie rannte auf ihre Tochter zu und nahm sie auf den Schoß.

«Wo ist das andere Kind?», fragte Nora.

«Er schläft oben», sagte Fatima und zeigte auf das Babyphone auf dem Wohnzimmertisch.

Die Kindersendung, die sie sich angesehen hatten, bevor es an der Tür klingelte, war vorbei. Der Abspann wurde von einem Banner mit Breaking News und einer ernsthaft dreinblickenden TV-Sprecherin unterbrochen.

«Toppinghams Bürgermeisterin wurde gekidnappt. Wir haben Neuigkeiten zu dem Fall nach der Werbung», versprach sie.

Snyder beachtete den Bildschirm nicht, seine Aufmerksamkeit

richtete sich auf ein Handy, das auf dem Sofatisch lag. Mit der Pistole zeigte er darauf.

«Rufen Sie Ihren Mann an.»

Fatima griff nach dem Handy.

«Was soll ich ihm sagen?»

«Darüber brauchen Sie sich nicht den Kopf zu zerbrechen. Rufen Sie ihn einfach an.»

Mit ihrer Tochter auf dem Schoß gab Fatima das Passwort für ihr Handy ein und wählte Khalils Nummer. Sie warf Nora einen verzweifelten Blick zu.

«Sind Sie sicher?»

«Rufen Sie an!», befahl Snyder.

«Schhh», zischte Nora und drehte die Lautstärke des Fernsehers auf, in dem nun die Eilmeldung verkündet wurden.

«Unser Studio hat gerade exklusives Filmmaterial zu Toppinghams Bürgermeisterin Alice Harrison erhalten, die heute auf ihrem Weg in die Stadt, um verschiedene Besorgungen zu machen, spurlos verschwunden ist. Wir müssen unsere Zuschauer warnen, dass diese Aufnahmen Darstellungen von Gewalt zeigen.»

Sogar Snyder ließ die Pistole für einen kurzen Moment sinken, und Nora warf ihm einen Blick aus dem Augenwinkel zu, um zu überprüfen, ob sie ihn gegebenenfalls überwältigen und entwaffnen könnte. Er bemerkte ihren Blick, festigte den Griff um die Waffe und schüttelte einmal kaum merklich mit dem Kopf. Schlechte Idee.

Die Stimme der Sprecherin verstummte, und die Aufnahme einer deutlich eingeschüchterten Alice Harrison erschien auf dem Bildschirm. Soweit Nora sehen konnte, war sie mit den Händen auf dem Rücken an einen Stuhl gefesselt, und ihre Augen waren nicht direkt auf das Kameraobjektiv gerichtet, sondern blickten ein Stück darüber hinweg. Als würde sie jemanden oder etwas hinter der Kamera anschauen.

Nora studierte den Hintergrund. Die seltsame orangefarbene Beleuchtung des Raumes erweckte den Anschein, als säße sie vor einem Fenster, das nur notdürftig gegen die Sonnenstrahlen geschützt war. Es sah fast so aus, als sei ihr Körper von einer Art verfärbter Aura umgeben.

Die Bürgermeisterin hatte offensichtlich mit Panik zu kämpfen, als sie zu sprechen begann.

«Es tut mir so leid. Ich bin untröstlich wegen der Dinge, die passiert sind, und ich schulde Ihnen allen eine Entschuldigung», sagte sie, und man hörte, dass sie die Worte von einem Manuskript ablas, das sie nicht selbst verfasst hatte.

Es entstand eine Pause, in der sie tief Luft holte. So tief, als wollte sie ihre Tränen und ihre Angst unterdrücken.

«Seit viel zu vielen Jahren war ich eine von vielen, die so getan haben, als wäre in dieser Stadt alles in Ordnung. Aber das ist es nicht. Eine Krankheit hat sich im Laufe der Jahre wie ein Krebsgeschwür ausgebreitet. Ohne dass sich jemand getraut hat, etwas dagegen zu unternehmen. Ohne dass jemand Alarm geschlagen hat. Wir haben viel zu lange geschwiegen. Falsche Gesichter aufgesetzt, weil niemand den Mut hatte, die Dinge beim Namen zu nennen: Toppingham ist von pädophilen Raubtieren infiziert, und seit Jahren vergewaltigen sie ungestört junge, unschuldige Mädchen. Sie haben Tausende von Leben zerstört. Und wir sind alle mitschuldig. Wir haben es geschehen lassen.»

Alice Harrison brach in Tränen aus. Ihr Gesicht war verzerrt, doch unter dem unmittelbaren Entsetzen darüber, was nun mit ihr geschehen würde, lag noch mehr. Schuldgefühle und Scham. Und das Wissen, dass ihr krampfhafter Versuch, Toppinghams

Image zu schützen, in Trümmern lag. Vielleicht war es egal. Vielleicht war das Einzige, was der Bürgermeisterin gerade durch den Kopf ging, der Gedanke daran, was Crow widerfahren war. Der Mann, der an der Spitze der Polizei gestanden hatte, die einfach nie intervenierte.

Aber wer auch immer hinter der Kamera stand, ließ Alice Harrison nicht darum herumkommen, auch den letzten Absatz zu lesen, obwohl sie kurz vor einem Nervenzusammenbruch stand. Die Kamera lief weiter. Schließlich schniefte sie und fuhr mit den letzten Zeilen fort.

«Als Bürgermeisterin möchte ich mich bei jedem einzelnen Mädchen persönlich entschuldigen. Und bei den Familien jedes einzelnen Mädchens, die während unserer Passivität so schrecklich leiden mussten. Ab heute ist es vorbei. Ab heute nehmen wir Sie und euch ernst. Ab heute gehen wir den Tätern nach», sagte sie und atmete tief ein, als wollte sie noch mehr sagen.

Dann endete die Aufnahme.

Die ernste Miene der Fernsehsprecherin erschien auf dem Bildschirm.

«Die Polizei, die eng mit der Familie von Bürgermeisterin Alice Harrison zusammenarbeitet, meldet, dass die Entführer keine formellen Forderungen gestellt haben. Die Bürgermeisterin wurde zuletzt gegen 9:45 Uhr an der Tankstelle in der Landsdown Road gesehen, wo sie ihren Wagen auftankte. Zeugen, die Alice Harrison nach dieser Zeit gesehen haben, werden gebeten, die Polizei sofort unter folgender Telefonnummer zu kontaktieren ...»

Neben dem Aufruf wurde ein Standfoto aus dem Überwachungsvideo der Tankstelle eingeblendet. Und augenblicklich wusste Nora, wo Alice Harrison sich befand.

Kapitel 29

Snyder schaltete den Fernseher aus und wandte sich wieder Fatima zu.

«Stellen Sie Ihr Handy auf Lautsprecher und rufen Sie Ihren Mann an. Sofort.»

Nora versuchte ein letztes Mal, ihn aufzuhalten.

«Ich kann gut verstehen, dass Sie Khalil konfrontieren wollen. Aber das Einzige, was Sie hiermit erreichen, ist, ihm zu verraten, dass Sie hier sind. Glauben Sie, er tanzt nach Ihrer Pfeife und kommt einfach ruhig und friedlich hier an, um sich anzuhören, was Sie ihm zu sagen haben?»

«Ja, das glaube ich. Ich habe seine Frau und sein Kind in meinem Visier. Also, ja.»

Das Freizeichen ertönte, und Khalil nahm den Anruf sofort entgegen.

«Ja?», sagte er genervt.

«Khalil!», schluchzte seine Frau in den Hörer, und diese beiden Silben reichten aus, um die Bereitschaft des Familienvaters zu mobilisieren.

«Fatima, was ist los? Ist den Kindern etwas passiert?»

Snyder riss ihr das Handy aus der Hand und sprach nun selbst.

«Was los ist? Sallys Vater ist auf einen kleinen Besuch vorbeigekommen, um mal ein bisschen mit dir zu plaudern. Ich glaube, es wäre eine hervorragende Idee, so schnell wie möglich nach Hause zu kommen. Man weiß ja nie, was mit den lieben Kleinen so alles passieren kann.»

Sie hörten, wie Khalil tief Luft holte, als wollte er etwas erwidern, doch dann unterbrach er die Verbindung.

Snyder lächelte selbstgefällig.

«Jetzt heißt es nur abwarten.»

«Ist es das wirklich wert? Sie können dafür ins Gefängnis kommen», warnte Nora ihn.

«Ja. Das ist es wert. Es geht um Sally.»

Sie warteten auf Khalil. Jede Minute dauerte eine Ewigkeit. Die Augen des kleinen Mädchens fielen langsam zu, während seine Mutter es hin- und herwiegte.

«Kann ich sie ins Bett bringen?», fragte Fatima leise.

«Nein. Sie soll hier sein, wenn ihr Vater nach Hause kommt», antwortete Snyder.

«Warum sind Sie so wütend auf meinen Mann? Was hat er bloß getan?»

«Das wissen Sie nicht? Wie dumm und naiv kann man eigentlich sein?», fuhr Snyder sie an.

«Mein Mann führt ein Taxiunternehmen, es ist ein Familienbetrieb. Ich verstehe nicht ...»

«Snyder ...», sagte Nora warnend.

Doch der Fotograf konnte seine Wut nicht länger im Zaum halten.

«Ihr Mann ist eines der Raubtiere, von dem die Bürgermeisterin gerade gesprochen hat», rief er und zeigte auf den stummen Bildschirm.

«Ich verstehe nicht?»

«Schön. Dann mal zum Mitschreiben. Ihr Mann hat meine Tochter vergewaltigt. Ja, es ist Vergewaltigung, wenn das Kind erst dreizehn Jahre alt ist. Ihr Leben ist ruiniert. Und sie ist nur eine von vielen, deren Leben Ihr Mann zerstört hat.»

Snyders Stimme brach vor lauter Wut.

«Sie lügen. Mein Mann ist ein guter Familienvater», widersprach Fatima und kniff die Augen zusammen, als könnten ihre Lider sie vor Snyders giftigen Worten beschützen. Das kleine Mädchen war von Snyders Gebrüll aufgewacht und hatte wieder angefangen zu weinen.

Nora hielt es nicht länger aus. Sie musste an ihr Handy kommen und Millhouse anrufen, damit er diesem Wahnsinn Einhalt gebot.

Sie zwang sich dazu, so beiläufig wie möglich zu klingen, und schlug die Beine übereinander, um den Effekt zu steigern.

«Fatima, könnten Sie mir sagen, wo Ihre Toilette ist?»

«Einmal den Gang runter. Dritte Tür links», sagte sie automatisch.

Snyder sah sie mit forschendem Blick an. Nora verzog das Gesicht, als wollte sie sagen, dass auch sie es für unpassend hielt, aber was sollte man tun?

«Okay. Zwei Minuten.»

Langsam ging sie hinaus in den Flur und ließ die Tür einen Spalt offen, um nicht den Eindruck zu erwecken, sie wolle etwas verbergen. Trotzdem war sie so weit geschlossen, dass Snyder nicht sehen konnte, dass sie den falschen Weg nahm.

Sehr vorsichtig öffnete sie die Haustür und legte den Ärmel ihres Pullovers über das Schloss, um das metallische Geräusch zu dämpfen. Dann stand sie draußen auf dem nassen und dunklen Rasen. Sie flitzte zum Auto und sah zu ihrer Erleichterung, dass niemand die Gelegenheit genutzt und ihr Handy gestohlen hatte.

Millhouse hatte fünfmal angerufen. Immerhin war sie ihm nicht völlig egal. Sie rief schnell zurück, und er nahm sofort ab.

«Alles in Ordnung?»

«Nein.»

«Erzähl.»

«Ich bin in der Lilac Road in Hillside vor einem großen weißen Haus. Snyder, der Fotograf, mit dem ich zusammengearbeitet habe, ist im Wohnzimmer und bedroht eine Frau und ein Kind mit einer Pistole. Er wartet auf einen Typen namens Khalil, und ...»

«Ruf 999 an. Die können sofort ausrücken. Wir können jetzt nicht helfen.»

«Doch, ihr müsst kommen, weil ...»

«Nora, du weißt, dass die Bürgermeisterin gekidnappt wurde. Um deinen Fotografen muss sich jetzt jemand anderes kümmern, ich muss jetzt auflegen.»

«Millhouse, stopp! Ich versuche dir, die ganze Zeit zu sagen, dass ich weiß, wer die Bürgermeisterin entführt hat, und ich glaube, ich weiß auch, wo sie ist.»

Es wurde still am anderen Ende der Leitung.

«Ich stelle dich auf Lautsprecher, damit Spencer mithören kann», sagte Millhouse.

Nach einigem Kratzen und dem Geräusch einer sich schließenden Tür hörte sie Spencers vornehmes Oxford-Englisch.

«Wir sind allein. Schießen Sie los.»

Nora erklärte schnell, wie ihr klargeworden war, wo die Bürgermeisterin sich befand. Es war der Clip aus der Tankstelle, der sie auf die richtige Fährte geführt hatte.

«Was haben Sie auf dem Clip gesehen?»

«Ist Ihnen denn nicht aufgefallen, was die Bürgermeisterin anhat?», fragte Nora.

«Ich habe seit sieben Stunden nichts anderes gemacht, als genau zu studieren, was sie anhat. Jeans, eine graumelierte Strickjacke und ein oranges Halstuch mit Sonnenblumen. Wir haben die Beschreibung an die Öffentlichkeit gegeben. Worauf wollen Sie hinaus?»

«Und wenn Sie nun das Video anschauen, in dem sie die Erklärung vorliest. Ist Ihnen da im Hintergrund nichts aufgefallen?»

«Doch, ihr eigenes Halstuch wurde im Hintergrund aufgehängt. Schön, dass Sie das bemerkt haben, aber so weit waren wir auch schon», sagte Spencer mit müder Stimme.

Nora spähte in Richtung Haus. Bald würde Snyder feststellen, dass sie abgehauen war. Aber er würde Fatima und das Kind kaum allein zurücklassen. Sie trat ein Stück zur Seite und versteckte sich zwischen den Zweigen der üppigen Trauerweide im benachbarten Vorgarten. Von hier aus hatte sie freie Sicht auf das Haus, doch Snyder würde sie nicht sehen können, wenn er zwischen den Vorhängen des Wohnzimmers hinausschaute.

«Hören Sie, ich war heute Nachmittag bei diesem Haus mit dem Tuch im Fenster.»

Spencers Tonfall änderte sich augenblicklich.

«Wie können Sie sich da so sicher sein? Diese Tücher gibt es doch wie Sand am Meer.»

«Aber wer hängt sie schon ins Fenster?»

«Und Sie sind sich ganz sicher?»

«Ja, einhundert Prozent», sagte sie und dachte, dass es eine vernünftige Aufrundung ihrer eigentlichen achtzig Prozent war.

«Hm», sagte Spencer.

«Und da ist noch etwas», sagte sie und erzählte ihm in wenigen Worten von Ruths Tagebuch und den Worten, die die Bürgermeisterin in ihrer Rede verwendet hatte: *Falsche Gesichter.*

«Ich bin mir sicher, dass Thompson der Verfasser des Textes ist, den die Bürgermeisterin vorgelesen hat.»

«Wer ist dieser Thompson, und wo befindet sich sein Haus?»

«Kommen Sie und holen Sie mich ab. Dann zeige ich Ihnen den Weg. Aber nehmen Sie ein paar Ihrer Leute mit. Hier ist ein Wahnsinniger, der entwaffnet werden muss.»

Sie gab Khalils Adresse durch, und bevor Millhouse die Freisprechfunktion ausschalten konnte, hörte sie, wie Spencer eine Tür öffnete und rief:

«Zwei Einsatzwagen zur Lilac Road in Hillside. Sofort!»

Und dann murmelte er, entweder zu sich selbst oder an Millhouse gewandt: «Typisch Nora Sand.»

Die Verbindung wurde getrennt.

Nora schob das Telefon zurück in ihre Gesäßtasche und beschloss, sich wieder ins Haus zu schleichen. Sie konnte immerhin versuchen, Snyder davon abzuhalten, weitere Dummheiten zu begehen, bevor die Kavallerie eintraf. Auf dem Weg zum Haus hielt sie sich so weit wie möglich im Schatten der hohen Hecke, doch gerade als sie den letzten Abschnitt des Rasens überqueren wollte, um durch einen Riss in den Vorhängen durch die Wohnzimmerfenster zu spähen, fuhr ein silberfarbener BMW mit hoher Geschwindigkeit in die Einfahrt und bremste abrupt. Khalil war zu Hause.

Nora sah ihn aus dem Auto steigen und bemerkte eine Ausbeulung an seinem Rücken. Vielleicht trug er dort eine Waffe, eine weitere Pistole oder vielleicht ein Messer. Sie musste an ein Interview denken, das sie vor einiger Zeit mit einem Schießlehrer im

Zusammenhang mit einer Reportage über das Militär geführt hatte. Sie hatte sich erkundigt, ob es üblich war, Pistolen in den Hosenbund zu stecken, wie sie es unzählige Male in amerikanischen Filmen gesehen hatte.

Der Ausbilder hatte heiser gelacht.

«Wenn Sie wüssten, wie viele Typen sich jedes Jahr auf diese Weise die Eier abschießen. Das ist das Erbärmlichste, was man sich vorstellen kann. Stecken sich eine Waffe vorne in den Hosenbund, direkt in die Nähe ihrer Kronjuwelen. Andere schieben sie sich hinten in den Hosenbund und denken, dass der Heilige Gral somit außer Schussweite ist. Bis sie sich den Arsch wegschießen. Ich betrachte es als natürliche Auslese. Darwin in Praxis. Wenn man so hirntot ist, mit einer geladenen Pistole auf die eigene Unterhose zu zielen, ist es für die Gesellschaft im Allgemeinen wahrscheinlich am besten, wenn man sich selbst daran hindert, sich fortzupflanzen.»

Nora hatte den Mann gut leiden können. Obwohl sie weit davon entfernt war, sein leidenschaftliches Interesse für Waffen zu teilen, und es am Schießstand selbst wie bei einem gerade ausgebrochenen mittelschweren Bürgerkrieg klang, hatte sein trockener Humor etwas gehabt, das sie während des größten Teils des Interviews zum Lächeln brachte.

Khalil betrat das Haus, um sich seinem Schicksal zu stellen. Seinem Schicksal in Form von Snyder. Nora gab ihm dreißig Sekunden Vorsprung, dann schlich auch sie die Treppen hoch. Sie war überzeugt, dass die beiden Männer so intensiv miteinander beschäftigt sein würden, dass Khalil sich nicht umdrehen und sie entdecken würde. Sie hatte recht mit ihrer Vermutung. Snyder stand hinter Fatima und hatte die Waffe fast nachlässig auf ihren Hinterkopf gerichtet. Khalil hob die Hände in die Luft, aber Nora konnte an seiner angespannten Rückenmuskulatur sehen, dass er nur auf den richtigen Moment wartete, um anzugreifen.

«Lass sie gehen und nimm mich an ihrer Stelle. Sie hat niemandem etwas getan», sagte Khalil.

Aber Snyder war nicht zum Verhandeln aufgelegt.

«Halt die Fresse und sag mir, wo Sally ist.»

«Sally? Ich habe keine Ahnung, von wem du sprichst.»

Snyder entsicherte die Pistole und ging einen Schritt näher auf Fatima zu. Sie wimmerte und umklammerte ihre Tochter.

«Lass mein kleines Mädchen gehen. Dann werde ich dir alles erzählen», sagte Khalil.

Das war das denkbar Schlechteste, was er hatte sagen können.

«Dein kleines Mädchen gehen lassen? Du hast meines auch nicht gehen lassen, du pädophiles Schwein!»

Snyder schäumte vor Wut, die Pistole zitterte in seiner Hand.

«Entschuldige. Tut mir leid, dass du das so siehst», sagte Khalil und breitete die Arme aus wie ein Mann, der nichts zu verbergen hatte.

Nora studierte seine Körpersprache aus ihrem Versteck. Seine Positur ähnelte in keiner Weise jemandem, der bereit war, sich kampflos zu ergeben. Er wartete lediglich auf den richtigen Augenblick.

Die beiden Männer musterten sich schweigend. Dann sprach Fatima.

«Was sind das für Sachen, die dieser Mensch über dich sagt, Khalil? Wie kommt er auf so etwas?»

«Mach dir keine Sorgen, mein Schatz.»

«Wo ist Sally? Wo ist Sally? Wo ist Sally? Wo ist Sally?»

Snyder war noch einen Schritt nach vorn gegangen und brüllte Khalil ins Gesicht.

«WO. IST. SALLY?»

Schließlich wurde es Khalil zu viel.

«Halt die Fresse!»

Snyder schlug Fatima den Lauf der Waffe gegen den Kopf. Nicht so sehr, dass sie blutete, aber man konnte sehen, dass es weh tat.

«Soll ich sie gleich noch einmal schlagen? Oder lieber deine Tochter? Eins sei dir gesagt, und ich wundere mich, dass du das nicht von Anfang an kapiert hast: Ich tue alles, um Sally aus den Klauen von so einem Schwein wie dir zu befreien.»

Khalil erkannte, dass er keine Chance hatte. Snyder stand zu nahe bei seiner Tochter und seiner Frau. Mit der Waffe hatte er die Kontrolle über die Situation und war in der Lage, eine der beiden zu erschießen, bevor Khalil seine Waffe ziehen konnte.

«Sie ist bei meinem kleinen Bruder Karim, okay?»

Snyder riss sich mit allen Kräften zusammen.

«Und wo wohnt Karim?»

Khalil zuckte nonchalant mit den Schultern.

«Ich glaube nicht, dass das eine Rolle spielt.»

«Was soll das heißen?»

«Sie sind nicht bei Karim zu Hause. Ich glaube, er hat sie mit in den Park genommen. Viele Kunden heute Abend. Einsame Männer, die gut für einen Blowjob bezahlen. Schließlich müssen wir sie an den Mann bringen, bevor sie zu alt und abgenutzt ist. Kein Schwein bezahlt mehr, wenn sie erst einmal verbraucht sind.»

Beinahe wäre Khalil damit durchgekommen. Der Plan, Snyder wütend und somit nachlässig zu machen, war genau das, was Nora selbst getan hätte, und sie sah, wie Khalil eine Bewegung in Richtung der Waffe in seinem Hosenbund machte. Sie erkannte gerade noch, dass es sich um ein großes Jagdmesser handelte, bevor sie ihm einen festen Tritt in den Rücken verpasste, sodass er nach vorne fiel. Dann war das Messer in Noras Hand und Khalil auf dem Boden. Nora drückte ihren Fuß in seinen Rücken, während sie das Messer in ihre Hosentasche schob.

Snyder blickte sie überrascht an. Khalil versuchte, sich freizumachen, und Nora kämpfte damit, ihn unter Kontrolle zu halten. Ohne eine Sekunde zu zögern, eilte Snyder ihr zu Hilfe, und zusammen fixierten sie Khalil vorübergehend unter einem Esstischstuhl. Nora hoffte, dass das reichte, um ihn wenigstens so lange festzuhalten, bis Spencer und Millhouse mit Verstärkung anrückten. Sie konnten jeden Moment hier sein.

Erst als Khalil völlig still lag, entdeckte Snyder, welchen fatalen Fehler er im Eifer des Gefechts begangen hatte. Doch es war bereits zu spät. Die Pistole lag in Fatimas Hand, und sie zielte abwechselnd auf Snyder und ihren eigenen Ehemann.

«Khalil. Was bist du für ein Mensch? Wie sprichst du über die Tochter dieses Mannes?»

Khalil versuchte, seiner Frau ein beruhigendes Lächeln zu schenken.

«Schatz, glaub nicht, was dieser Typ sagt. Er ist verzweifelt.»

«Es ist mir egal, was er sagt. Es geht mir darum, was du gerade gesagt hast. Glaubst du etwa, ich weiß nicht, was ein Blowjob ist?»

Fatima weinte, und auch das kleine Mädchen war wieder in Tränen ausgebrochen.

«Schatz, das habe ich doch nur gesagt, um ihn abzulenken. Das stimmt natürlich nicht.»

Aber Fatima reagierte nicht so, wie Khalil es sich vorgestellt hatte.

«Du sagst mir jetzt die Wahrheit», befahl sie und legte ihren Finger an den Abzug, als wäre es das Natürlichste der Welt.

Sie bemerkte Noras überraschten Blick.

«Mein Vater war Offizier im pakistanischen Militär», sagte sie beiläufig, als hätten sie sich zum Kaffeeklatsch verabredet.

Sie nahm ihr Handy und warf es Khalil vor die Nase.

«Ruf Karim an und sag, er soll mit der Tochter dieses Mannes hierherkommen. Sofort. Ist das klar? Ich will ihn nicht in der Nähe meiner Kinder haben, und ich will wissen, was mit dem Mädchen passiert ist. Stell das Gespräch laut.»

Das Gespräch war kurz und unangenehm.

«Ich brauche Sally jetzt. Bei mir zu Hause.»

«Oh, Mann, das kann doch nicht dein Ernst sein. Das Geschäft läuft gerade richtig gut.»

«Keine Diskussion. Bring sie her. Sofort.»

«Okay, okay, Bruder. Ist ja deine Kohle, die dir durch die Lappen geht.»

Snyder machte eine jähe Bewegung, doch Fatima hielt ihn mit der Waffe in Schach.

«Ich weiß, das ist schwer mit anzuhören. Aber jetzt ist Ihre Tochter unterwegs zu Ihnen», sagte Fatima.

Nora hörte ein Poltern vor der Haustür und spürte, wie sich Erleichterung in ihrem Körper breitmachte. Endlich waren Millhouse und Spencer hier, und ihre Beamten umstellten offenbar gerade das Haus. In kurzer Zeit würde dieser Albtraum vorbei sein. Sie ging zur Tür, um ihnen zu öffnen.

Doch es waren nicht Millhouse und Spencer, die draußen standen.

Kapitel 30

«Was machst du denn hier?», entfuhr es Nora.

Wo immer Laura seit ihrer Flucht aus dem Raum über dem Kebab King gewesen war, es schien, als wäre sie wieder fast nüchtern. Sie roch immer noch nach Erbrochenem, aber ihr Blick war klar und konzentriert.

«Ich muss mit Khalil sprechen.»

«Das ist gerade ein schlechter Zeitpunkt», sagte Nora.

«Seh ich so aus, als würde mich das stören?»

«Woher kennst du überhaupt diese Adresse?», fragte Nora, um Zeit zu schinden.

«Ach, ja. Wenn die Frau ihre Familie in Manchester besucht, dann hält Khalil hier gerne Orgien ab. Die Männer bezahlen Eintritt, und dann ist Selbstbedienung angesagt. Wenn Sie verstehen, was ich meine. So viele Mädchen, wie sie nur ficken können. Er denkt immer, er hätte uns so abgefüllt oder zugedröhnt, dass wir uns die Adresse nicht merken können. Aber nicht mit mir. Laura weiß, was abgeht», sagte sie und tippte sich mit dem Zeigefinger an den Kopf, wodurch sie kurz ins Wanken geriet. Nora wurde klar, dass Laura doch nicht so nüchtern war wie angenommen.

Laura schob sich an Nora vorbei ins Wohnzimmer, wo Snyder sich, die Hände hinterm Nacken verschränkt, auf die Couch gesetzt hatte, klassische FBI-Verhörpose. Khalil versuchte sich zu befreien.

Fatima richtete die Waffe auf ihren Ehemann.

«Du bleibst ganz still liegen, bis Karim mit der Tochter von diesem Mann kommt. Und dann haben wir zwei genug Zeit, um uns zu unterhalten. Sehr viel Zeit», sagte sie in einem Ton, der eher an einen Termin beim Scheidungsrichter als an Bettgeflüster erinnerte.

Fatima sah auf und bemerkte Laura.

«Wer bist du?»

«Ich bin eines der Mädchen, die von Ihrem Mann dazu gezwungen wurden, mit so vielen Männern Sex zu haben, wie er für richtig hielt. Zehn, zwölf am Abend. Das spielt für ihn keine Rolle. Wir waren viele Mädchen. Viele, viele Mädchen. Hier auf diesem Sofa. Hier auf dem Boden. Geld ist Geld, und ein Loch ist ein Loch, das sagst du doch immer, nicht wahr, Khalil?», rief Laura.

Fatima zog ihre Tochter zu sich heran, als wollte sie ihr mit einer Hand die Ohren zuhalten.

«Hier in meinem Wohnzimmer? In meinem Wohnzimmer?», schrie sie, während Khalil versuchte, wieder auf die Beine zu kommen. Sie ließ die Waffe sinken, sodass sie schlaff von einer Hand herunterhing, und beinahe ließ sie sie fallen. Laura machte einen Schritt nach vorn und nahm ihr die Pistole fast höflich und ohne großes Drama aus der Hand.

Ohne zu zögern, ging sie auf Khalil zu, der es geschafft hatte, sich auf den Rücken zu drehen, aber immer noch unter dem Esstischstuhl eingeklemmt war. Breitbeinig stellte sie sich über ihn und hielt ihm die Pistole direkt ins Gesicht. Angst nahm in seinen

Gesichtszügen Gestalt an, die sich erst in Gewissheit und dann in Panik verwandelte.

«Nein! Nein, Laura!», wimmerte er.

Nora schlich sich von hinten an, in einem letzten Versuch, ein Blutbad zu verhindern.

«Laura! Bring ihn nicht um. Das ist er nicht wert. Du wirst den Rest deines Lebens hinter Gittern verbringen. Es ist besser, wenn er seine gerechte Strafe bekommt. Er gehört ins Gefängnis, nicht du», sagte sie vorsichtig.

Laura sah Nora kurz an und zwinkerte ihr zu.

«Keine Sorge. Ich bring ihn schon nicht um. Aber das hier hat er verdient.»

Dann drückte sie ab.

Khalils Schrei war ohrenbetäubend, und ein roter See aus Blut breitete sich zwischen seinen Beinen aus.

In diesem Moment traten vier Beamte in voller SEK-Montur die Tür ein, gefolgt von Millhouse' langem, klapprigem Körper, der zur Feier des Tages eine kugelsichere Weste trug. Nach ihm betrat Spencer die Szenerie, in einem Anzug, der seinen Teint besonders gut zur Geltung brachte.

Der Krankenwagen, der Khalil vor dem Verbluten retten sollte, traf zehn Minuten später ein, doch zu diesem Zeitpunkt saß Nora bereits in einem Auto auf dem Weg zur Cherrytree Lane. Einer der Streifenwagen folgte wie ein weißer Schatten. Millhouse fuhr, Spencer und Nora saßen auf der Rückbank.

«Was wird nun mit Snyder passieren?»

Spencer sah sie mit forschem Blick an.

«Er wird eine Anzeige bekommen, denke ich. Er hat jemanden mit einer Waffe bedroht. Außerdem war er im Besitz einer Waffe, für die er keine Erlaubnis hat.»

«Aber er hat nicht geschossen.»

«Nein. Wir müssen dieses Chaos später entwirren. Jetzt geht es zuerst darum, die Bürgermeisterin zu retten. Erzählen Sie mir alles, was Sie über Thompson wissen.»

Nora hatte ihre Tasche aus Snyders Auto geholt und zog jetzt Ruths Tagebuch hervor. Sie blätterte zur letzten Seite, fand die Passage über die falschen Gesichter und las sie ihm im Schein ihres Handylichts vor. Sie erklärte, wie sie fast buchstäblich die Botschaft widerspiegelte, die die Bürgermeisterin hatte vorlesen müssen.

Spencer nickte.

«Rein sprachlich scheint das alles zusammenzupassen. Aber warum sollte Thompson die Bürgermeisterin kidnappen? Was hat er davon?»

Nora sah aus dem Fenster. Die Landschaft lag im Dunkeln, und als sie die Außenbezirke Toppinghams erreichten, wurde der Abstand zwischen den Straßenlaternen immer größer.

«Ich weiß nicht recht. Er ist ein guter Mann, aber ich glaube, die Pferde sind mit ihm durchgegangen, nachdem Ruth gestorben ist. Sie hatten selbst keine Kinder, und ich glaube wirklich, dass sie es sich zur Aufgabe gemacht haben, diesen Mädchen zu helfen. Ruth hatte gehofft, die Stadt wachzurütteln. Aber das hat sie nicht rechtzeitig geschafft.»

«Hm», sagte Spencer und strich sich durch sein kurzes krauses Haar.

«Bei unserem Interview hat er mir erzählt, dass Ruth versucht hat, mit der Bürgermeisterin über dieses Problem zu sprechen. Sie standen in irgendeinem familiären Verhältnis zueinander. Aber anscheinend hatte sie sich umsonst an sie gewandt. Danach hatten beide jede Hoffnung verloren.»

«Das passt alles zusammen», klang Millhouse' Stimme vom Fahrersitz zu ihnen nach hinten.

Nora durchforstete ihr Gedächtnis.

«Bei der letzten Pressekonferenz meinte Harrison, dass diese beiden Morde zwei Einzelfälle wären und dass Toppingham eine phantastische Stadt sei, ein wunderbarer Ort zum Leben. Wenn Thompson das im Fernsehen gesehen hat, war es möglicherweise der Tropfen, der das Fass zum Überlaufen gebracht hat.»

Sie erreichten die Cherrytree Lane, und Spencer packte Noras Arm, während Millhouse die Scheinwerfer ausschaltete und den Wagen im Dunkeln leise nach vorn manövrierte, um Thompson nicht aufzuschrecken.

Zwei Sekunden nachdem Millhouse den Wagen gestoppt hatte, hielt der Streifenwagen hinter ihnen. Es war noch ein Stück Weg bis zu Thompsons Farm. Sie stiegen aus, und Nora sah auf ihre Uhr. Es war kurz vor Mitternacht, und ungünstigerweise fiel ihr jetzt auf, dass sie seit Stunden nichts mehr gegessen hatte.

Millhouse ging zu Nora hinüber und flüsterte ihr ins Ohr, um die dunkle Stille, die über den flachen Feldern hing, nicht zu stören.

«Okay. Wir schicken ein paar unserer Männer auf den Hof, die sich einen Überblick verschaffen und eventuell ermitteln können, wo genau die Bürgermeisterin sich befindet. Du bist in diesem Haus gewesen. Kannst du unseren Jungs eine kurze Beschreibung geben?»

Nora ging zu der Gruppe von Männern und beschrieb ihnen, wie man vom Eingang in die große Landhausküche und von dort aus in zwei angrenzende Wohnzimmer kam. Und sie erklärte, dass der Raum im ersten Stock, in dem sie das orangefarbene Tuch gesehen hatte, zum Hinterhof hinausging. Dann rannte der Trupp auf den Hof, und Nora wurde gebeten, sich mit Spencer auf den Rücksitz zu setzen.

«Wir wollen nicht, dass Sie ins Kreuzfeuer geraten. Jedenfalls nicht mehr, als Sie es sowieso schon sind», sagte er bestimmt.

Zu Noras Erleichterung öffnete er den Kofferraum und holte eine kleine quadratische Ledertasche heraus. Daraus nahm er eine Thermoskanne und zwei Tassen, die er mit heißem, süßem Tee und Milch füllte. Sie trank die ersten Schlucke so schnell, dass sie sich fast die Zunge verbrühte. Als er merkte, dass sie ihren Durst gestillt hatte, bot er ihr eine Packung Zitronenplätzchen an, die so buttrig waren, dass sie auf der Zunge schmolzen.

«Der Plan ist, Thompson zu überwältigen, bevor er Zeit hat herauszufinden, was los ist, und so sicherzustellen, dass die Bürgermeisterin lebend davonkommt. Wenn wir unerwartet in eine Geiselsituation geraten, möchte ich, dass Sie bleiben. Denken Sie nach, Nora. Glauben Sie, Thompson wäre in der Lage, die Bürgermeisterin zu töten? Sie haben ihn vor kurzem getroffen. Wie verzweifelt ist er?»

«Ich glaube nicht, dass er verzweifelt ist. Nicht auf diese Art. Einsam? Ja. Bitter? Bestimmt. Wütend? Ziemlich. Aber ich hatte nicht den Eindruck, dass er bereit war zu töten. Ich kann mir gut vorstellen, wie er die Bürgermeisterin zwingt, sich den Problemen auf diese Weise zu stellen. Auf diese Weise seine Botschaft vermittelt, damit niemand mehr die Klappe hält. Das passt schon alles zusammen. Aber einen Mord traue ich ihm nicht zu», sagte Nora.

«Dann glauben Sie nicht, dass er hinter den beiden Morden steckt?»

«Nein. Dahinter muss jemand anderes stecken. Harrison ist nicht tot, und auf dem Video wirkt es nicht so, als sei ihr körperlich zugesetzt worden. Er hat sie gezwungen, diesen Text vorzulesen, weil es eine Nachricht an ganz Toppingham ist. Im Sinne Ruths.»

«Nein, soweit wir wissen, ist sie nicht tot. Dennoch haben wir es mit einem Mann zu tun, der die Bürgermeisterin entführt hat. Und in dieser Stadt sind in letzter Zeit Menschen auf bestialische Weise ums Leben gekommen, Nora.»

«Ja, aber ich glaube, dass hinter den Morden ein viel persönlicheres Motiv steckt. Die Entführung von Alice Harrison soll nur auf das Schicksal der Mädchen aufmerksam machen. Crow und Eileen Webster sind aus Rache hingerichtet worden. Und ich habe auch schon eine Idee, wer dahintersteckt.»

Spencer hob die Augenbrauen, was seine englische Art war, Nora zu verstehen zu geben, dass sie sein Interesse geweckt hatte.

Sie begann zu erzählen, und als sie sich darauf konzentrierte, die Fakten mehr oder weniger zusammenhängend zu skizzieren, fügte sich die Geschichte automatisch und beinahe lückenlos zusammen.

Sie erzählte von Melody, die anscheinend in eine Beziehung mit einem der Männer verwickelt gewesen war, möglicherweise Khalil. Etwas war schiefgegangen, und sie hatte Hilfe gesucht. Vielleicht zuerst bei Eileen Webster. Später vielleicht bei Crow. Und keiner von ihnen war in der Lage gewesen, Hilfe oder Schutz zu leisten.

«Ich weiß nicht, unter welchen Umständen Melody genau gestorben ist. Sie wurde am Fluss gefunden. Vielleicht war es Mord? Vielleicht war es Selbstmord? Aber es ist nicht zu viel gesagt, dass sie heute wahrscheinlich noch am Leben wäre, wenn sie die Aufmerksamkeit dieser Männerbande, die Toppingham terrorisiert, nicht auf sich gezogen hätte. Oder wenn die Schulleiterin oder die Polizei ihr geholfen hätten.»

Es war dunkel im Auto, doch Nora konnte spüren, wie Spencers Wut bei dem Gedanken, was diese Männer so vielen Mädchen angetan hatten, hochkochte.

«Melody stirbt. Und jetzt kommt ihr Vater, ihr leiblicher Vater, ins Spiel. Er reist aus Dänemark an, um sie zu treffen, und hat keine Ahnung, was eigentlich los ist. Er hilft bei der Suche nach ihr und findet Melodys Leiche unten am Fluss», fasste Nora zusammen.

«Traumatisierend. Ausreichend, um in den meisten Menschen Rachegelüste zu wecken. Aber die wenigsten haben den Willen oder die Mittel, sie auszuleben. Egal wie stark die Emotionen sind», warf Spencer ein.

«Ja, aber unser Mann ist Elitesoldat. Mit posttraumatischer Belastungsstörung in die Heimat zurückgesandt. Er musste mit ansehen, wie seine Kameraden von einer Landmine zerfetzt wurden.»

«Ja. Das könnte einiges erklären. Nicht zuletzt die Mordmethode, die an den IS erinnert. Das muss er aus nächster Nähe miterlebt haben.»

«Das war nicht alles.»

Nora erklärte, was sie über das Tattoo herausgefunden hatte, das unter dem Hemdsärmel zu sehen war, und wie sie einen ähnlichen Umriss auf den Bildern von Melodys Beerdigung an Karsten Børgers Arm wiedererkannt hatte.

«Das klingt nach einem Mann, mit dem wir uns unbedingt einmal unterhalten müssen. Gleich erzählen Sie mir wohl noch, dass Sie auch seine Adresse und Telefonnummer kennen?», sagte Spencer, nur halb im Scherz.

«Nein. Aber ich kann Ihnen helfen, die Mutter seiner Tochter zu finden, dann ...»

Doch bevor sie zu Ende sprechen konnte, ertönte ein lauter Knall, als würde jemand den Wagen rammen.

In einer fließenden Bewegung stieg Spencer aus dem Auto, und soweit Nora erkennen konnte, hatte er eine Waffe gezogen. Eine Konfrontation fand allerdings nicht statt. In der Dunkelheit erahnte Nora die Umrisse eines Mannes, der über das Feld und auf den Waldrand zurannte, wo er zwischen den Bäumen verschwand.

Einige Sekunden später folgten zwei Beamte, ganz außer Atem.

«Er ist dorthin gelaufen ... in den Wald!», rief Spencer, und die beiden Beamten sprinteten in die von ihm angezeigte Richtung.

«Wie geht es der Bürgermeisterin?», rief Nora ihnen nach, bekam jedoch keine Antwort, als die beiden alles gaben, um den Flüchtigen einzuholen.

Dann trat die Bürgermeisterin aus der Haustür. Sie war bleich, wirkte jedoch gefasst und wurde von Millhouse gestützt.

Spencer ging ihnen entgegen, und Nora stieg aus dem Auto, um mitzuhören, was gesagt wurde.

«Wir rufen einen Krankenwagen», schlug er vor.

«Nein, nein. Mir fehlt nichts. Ich habe sowohl Tee als auch Sandwiches bekommen. Jetzt will ich einfach nur nach Hause zu meinem Mann. Ich bin völlig erschöpft.»

«Wir müssen Sie von einer Ärztin untersuchen lassen», sagte Spencer nachdrücklich.

«Wenn das so ist, dann muss sie einen Hausbesuch machen», sagte die Bürgermeisterin bestimmt und wandte sich an Millhouse. «Fahren Sie mich nach Hause.»

Zwei weitere Streifenwagen fuhren vor, um bei der Suche nach dem fliehenden Mann zu helfen, und Nora setzte sich wieder auf die Rückbank von Millhouse' Wagen. Millhouse bugsierte die Bürgermeisterin auf den Platz neben Nora. Alice Harrison riss die Augen auf.

«Wer ist das?»

«Nora Sand. Sie hat herausgefunden, wo Sie versteckt wurden.»

«Ich danke Ihnen von ganzem Herzen», sagte Alice Harrison und legte ihre Hand auf Noras. Sie war bleich und kalt.

«Wenn ich jemals etwas für Sie tun kann, zögern Sie nicht, mich anzusprechen. Was auch immer Sie brauchen», sagte Harrison.

Nora räusperte sich.

«Ich bin Journalistin, also ein Interview wäre ...»

Harrison sah sie entsetzt an.

«Vielleicht lieber morgen?», schlug Nora mit einem beruhigenden Lächeln vor.

Die Bürgermeisterin reagierte nicht. Millhouse legte den ersten Gang ein.

«Willst du zurück in die Stadt, Nora?»

«Nein, ich bleibe noch. Ich will wissen, ob sie Thompson zu fassen kriegen. Das schulde ich ihm irgendwie. Im Grunde ist er ein guter Mann. Das glaube ich wirklich.»

Sie öffnete die Autotür und wollte gerade aussteigen, als Millhouse das Gesicht zu einem Grinsen verzog.

«Thompson haben wir unter Kontrolle. Der sitzt in Handschellen in seiner Küche und wartet nur darauf, mit aufs Präsidium genommen zu werden.»

Nora runzelte die Stirn.

«Aber wer ist dann geflüchtet?»

Millhouse zuckte mit den Schultern.

«Keine Ahnung. Er kam aus der Scheune, also vermutlich ein Komplize, der die Streifenwagen gesehen hat und in Panik geraten ist. Ich gehe mal davon aus, dass sie ihn bald schnappen werden.»

«Thompson sitzt also in der Küche?»

«Jepp. Wir sehen uns später», sagte Millhouse und wendete das Auto.

Nora ging zum Bauernhaus, wo sie Spencer in der Küche fand. Er ragte mit seinen zwei Metern vor Thompson in die Höhe, der vor ihm auf einem Stuhl saß und dessen Hände mit Handschellen auf dem Rücken gefesselt worden waren.

«Was sollte das ganze Theater?», fragte Spencer mit sanfter Stimme und breitete die Arme aus.

«Ich habe dazu nichts zu sagen», lautete die Antwort.

Und sofort war Nora klar, dass es nicht Thompsons Stimme war. Als Spencer zur Seite trat, erkannte Nora den Mann auf dem Küchenstuhl. Es war Karsten Børger.

Kapitel 31

Børger trug khakifarbene Kleidung, als hätte er nicht ganz verstanden, dass er nicht mehr in der Armee war. Auf jede Frage, die Spencer ihm stellte, wiederholte er immer wieder dieselbe Antwort:

«Ich habe dazu nichts zu sagen.»

Nora musterte ihn. Der kurze militärische Haarschnitt, die kühlen grauen Augen und die mächtigen Hände. Hände, die getötet hatten. Zuerst in Afghanistan und später hier in Toppingham.

«Das ist nicht Thompson. Das ist Karsten Børger.»

«Der Däne, von dem Sie eben gesprochen haben?», fragte Spencer überrascht.

Nora nickte.

«Das passt ja, dass er auch hier seine Finger im Spiel hatte», sagte sie.

«Und wo ist Thompson?», fragte Spencer.

Børger sah ihn an, ohne eine Miene zu verziehen.

«Kommen Sie schon, Mann. Sie können es nur besser machen!»

Der ehemalige Soldat starrte direkt in die Luft, als wäre Spencer überhaupt nicht im Raum. Spencer nahm sich ein Glas Leitungswasser und drehte sich dabei um. Als er es in tiefen Schlucken trank, ergriff Nora die Chance und trat dicht vor Børger.

«Sie haben es für Melody getan, nicht wahr? Sie haben sie gerächt, stimmt's?», fragte sie auf Dänisch.

«Wer zur Hölle sind Sie?», entfuhr es ihm. Er war nicht darauf vorbereitet, seine Muttersprache in der Fremde zu hören.

Nora antwortete nicht.

«Crow und Webster. Das war Ihre Rache für Melody. Keiner der beiden wollte Ihrer Tochter helfen. Deswegen haben Sie sie umgebracht, so ist es doch, oder?»

Børger sah auf, und irgendwie wirkte der überraschte Ausdruck in seinem Gesicht echt.

«Wovon reden Sie da? Ich habe niemanden umgebracht», sagte er.

«Erzählen Sie uns von der Entführung. Wie haben Sie die Bürgermeisterin aus ihrem Wagen gelockt?»

Børger lächelte schief.

«Das war ein Leichtes. Wir haben nur gesagt, dass wir ...»

In diesem Moment fuhr der Gefangenentransport vor, und Børger schwieg.

Spencer schloss die Handschellen hinter Børgers Rücken auf, da Børgers Hände während der Fahrt vorne festgemacht werden mussten.

«Aus Sicherheitsgründen. In ein paar Jahren müssen wir unsere Gefangenen sicherlich in Watte packen», grummelte er.

Während er die Handschellen vorne wieder verschloss, begegneten sich Noras und Børgers Blicke.

«Haben Sie etwas dagegen, wenn ich kurz etwas überprüfe?»

Er sah sie müde an, antwortete aber nicht. Sie deutete das als Einwilligung, trat näher zu ihm und schob den Ärmel seines Pullovers hoch. Das Tattoo sah genau so aus, wie sie es sich vorgestellt hatte: Fremad Amagers Logo in Blau. Direkt auf dem Handgelenk.

«Sie sind es gewesen», stellte Nora ruhig fest. Børger reagierte nicht. «Warum Crow?»

«Hören Sie, Crow war ein Arschloch. Ich bin ihm begegnet, als ich ihn nach Melodys Verschwinden um Hilfe gebeten hatte. Aber das hat ihn überhaupt nicht geschert. Es gibt Tausende von Menschen in dieser Stadt, die einen Grund hätten, ihn umzubringen.»

Nora zog ihr Handy aus der Gesäßtasche. Langsam ging der Akku zur Neige. Sie machte ein schnelles Foto von dem Tattoo. Es würde zu ihrem Artikel passen, und sie vermied es, Børgers Gesicht vor seiner Verurteilung zu zeigen.

«Ist das in Ordnung?», fragte sie.

Børger zuckte die Achseln, als wäre ihm alles egal, was jetzt geschah.

Dann zog Spencer ihn von seinem Stuhl, führte ihn aus der geräumigen Landhausküche in den Innenhof und schob ihn in einen Transporter, wo zwei Beamte rechts und links von ihm Platz nahmen.

Spencer blieb im Hof stehen.

«Der Typ scheint eine harte Nuss zu sein. Ich habe schon mal mit solchen Exmilitärs zu tun gehabt», sagte er.

«Aber an den Tatorten wurde doch bestimmt massenweise DNA gefunden?»

«In der Schule? Vergessen Sie's. Auch an Webster konnten keine fremden Spuren festgestellt werden. Der Täter muss Handschuhe benutzt haben.»

«Und bei der Enthauptung Crows?»

«Nora, jetzt schnüffeln Sie herum. Sie wissen ganz genau, dass ich dazu nichts sagen kann», sagte Spencer streng. Und fügte in milderem Ton hinzu:

«Haben Sie vielen Dank für Ihre Mithilfe heute Abend. Und auch für den Tipp zu Børger.»

«Sie schulden mir was», sagte Nora.

Spencer sah sie an.

«Mal sehen.»

Dann knackte es im Funkgerät aus dem Transporter, und der Fahrer stieg aus, um Spencer zu informieren.

«Sie haben ihn. Kommen gerade über die Felder mit ihm zurück.»

Nora bemerkte die Bewegungen am Waldrand, und wenig später nahmen die drei Männer auf dem offene Feld Konturen an. Zwei Beamte mit Thompson in ihrer Mitte, mit festem Griff um beide Arme. Thompson sah aus, als hätte er jeglichen Kampfgeist verloren. Er ging wie ein geschlagener Mann, die Augen auf den Boden gerichtet.

«Versprechen Sie mir, dass er eine milde Strafe bekommt. Er ist kein böser Mensch», bat sie Spencer.

«Das habe ich nicht zu entscheiden, Nora. Das wissen Sie doch. Er hat die Bürgermeisterin entführt.»

Plötzlich hörten sie Børgers Stimme aus dem Transporter.

«Er hatte nichts mit der Sache zu tun. Er hat mir nur seinen Hof zur Verfügung gestellt.»

Der Fahrer sah ihn skeptisch an.

«Warum flieht er dann?»

Børger zuckte mit den Schultern.

«Es ist mitten in der Nacht, du bist von bewaffneten Männern umringt. Die meisten Menschen würden doch in Panik ausbrechen», sagte er.

Irgendetwas an Børger war … merkwürdig, dachte Nora. Sie versuchte zu analysieren, was ihr an seinem Verhalten auffällig erschien. Er war viel zu ruhig.

Vielleicht wurde man so, wenn man ein Kind verloren hatte. Ob man nun sein Leben mit diesem Kind verbracht hatte oder nicht. Vielleicht war es der posttraumatische Stress, der Karsten Børger diese seltsame Ruhe und den grauen Blick verlieh, der keine Sekunde lang zu flackern schien.

Die beiden Beamten und Thompson erreichten die schmale Feldstraße und gingen das letzte Stück bis zum Hof, auf dem der Transporter geparkt hatte. Thompson erblickte Nora und riss die Augen auf. Sie spürte, wie sich das Bild in seinem Kopf zusammenfügte.

«Sie haben sie im Fenster gesehen», stellte er fest.

Nora nickte.

«Wir hätten ihr nichts getan. Wir wollten die Leute nur dazu bringen, uns endlich zuzuhören. Dass sie die Zustände in dieser Stadt dieses eine Mal ernst nehmen. Wir hatten ausgemacht, sie morgen wieder freizulassen», sagte er und sah Nora bittend an.

«Ich glaube Ihnen», erwiderte sie.

Dann wurde Thompson in den Transporter geschoben und Karsten Børger gegenübergesetzt.

Im letzten Moment, bevor sie die Tür schlossen, sah Thompson Nora mit einem weiteren flehenden Blick an.

«Meine Tiere. Können Sie mir helfen, jemanden zu finden, der auf meine Tiere aufpasst? Ich werde natürlich dafür bezahlen. Aber die Lämmer können noch nicht alleine bleiben», sagte er, und Nora sah, dass er den Tränen nahe war.

«Ich versuche, eine Lösung zu finden, Thompson», hörte sie sich selbst sagen.

Dann bog der Transporter auf die Hauptstraße in Richtung Polizeipräsidium.

«Heute Nacht wird es keine Verhöre mehr geben. Die Bürgermeisterin ist in Sicherheit, und morgen ist ein neuer Tag. Ich werde einen der Streifenwagen darum bitten, mich vorm Hotel abzusetzen. Wollen Sie mitfahren?», fragte Spencer.

«Ja, danke.»

Eine halbe Stunde später betrat sie das alte Hotelzimmer und fiel komplett angezogen ins Bett. Zu erschöpft, um das Fenster zu öffnen und den ewigen Schimmelgestank aus dem Raum zu bekommen. Sie rollte sich auf die Seite, um wenigstens ihre Jacke auszuziehen, und spürte etwas Hartes und Langes in ihrer Tasche. Khalils verdammtes Jagdmesser.

Dann fiel sie in einen tiefen Schlaf.

■

Nora fuhr erschrocken aus dem Schlaf hoch. Doch es war nur das leise Klingeln ihres Handys. Sie hatte ganz vergessen, es gestern Abend aufzuladen. Als sie es in die Hand nahm, wurde der Bildschirm schwarz, sodass sie nicht einmal sehen konnte, wer angerufen hatte. Sie wettete auf Krebs. Sie steckte das Telefon ans Ladekabel und schaltete den Fernseher ein, auf dem gerade die Wettervorhersage lief. Die kleine Uhr am unteren Bildschirmrand zeigte an, dass es Viertel nach sieben war. An einem Sonntag rief selbst Krebs nicht so früh an.

In ihrem Gesicht zeichneten sich Streifen vom Kissen ab, also verweilte sie nicht lang vor dem Spiegel. Stattdessen zog sie sich aus und ließ die Klamotten dort, wo sie stand, auf den Boden fallen, bevor sie sich eine lange Dusche gönnte.

Sie zog ihre letzten sauberen Sachen an und nahm das Handy mit in das gähnend leere Hotelrestaurant.

«Sonntags öffnen wir erst um acht», sagte die Rezeptionistin mit entschuldigendem Blick.

Nora sah sich um. Gläser mit Marmelade und Cornflakes standen bereits auf dem Buffet, aber es gab weder frischen Kaffee noch warmes Essen. Nora sah auf die Uhr. Es war zwanzig Minuten vor acht.

«Könnten Sie eine Ausnahme machen? Ich sterbe vor Hunger.»

«Ich frage mal nach», sagte die Rezeptionistin und verschwand durch die Schwingtür in die Küche.

Der Dunst von verbrauchtem Frittierfett schlug ihr entgegen, aber selbst das konnte Noras Appetit nicht mindern.

Kurz darauf kehrte die Rezeptionistin zurück.

«Sie haben Glück, Johnny ist heute früher gekommen. Was darf's denn sein?»

«Gerne ein englisches Frühstück. Mit allem Drum und Dran.»

«Gern», sagte die Rezeptionistin und verschwand wieder in der Küche.

Kurz darauf kehrte sie mit einer Thermoskanne schwarzen Kaffees, einem Kännchen Milch und einem Glas Orangensaft zurück, das Nora in einem Schluck austrank. Während sie auf das Essen wartete, begann sie, ihren Anrufbeantworter abzuhören.

«Nora. Ruf mich an und gib mir ein Status-Update.»

Krebs. Gestern Abend. Er hatte sicher angerufen, als sie in das Drama bei Khalil verwickelt gewesen war.

Die nächste Nachricht war von Joe.

«Nora, die Bürgermeisterin ist wieder frei. Ich habe Gerüchte gehört, dass du irgendwas mit der Sache zu tun hattest? Ruf an! Ruf an! Ruf an!»

Er war es, der sie angerufen und geweckt hatte. Sie beschloss zu warten, bis sie Kaffee getrunken und gegessen und somit eine bessere Chance hatte, sich in sinnvollen Sätzen zu artikulieren.

Die Rezeptionistin kam mit vier Scheiben geröstetem Brot und einem kleinen Päckchen Butter zurück, das so hart war, als wäre es aus dem Grönländischen Eisschild gehackt worden. Nora machte sich über die erste Scheibe Brot her und rief dann Snyder an.

Er ging auch nach mehrfachem Klingeln nicht ran. Das hatte sie eigentlich erwartet. Sie hinterließ eine Nachricht.

«Hey, hier ist Nora. Ich weiß nicht, wo Sie gerade sind, aber ich hoffe, Sie haben Sally gefunden? Vielleicht sind Sie bei der Polizei? Wenn Sie Hilfe brauchen, rufen Sie mich an.»

So viel schuldete sie ihm dann doch. Sie hatte immer noch ein schlechtes Gewissen, dass sie den Besuch bei Khalil vorgeschlagen hatte. Es war fast, als hätte die Kombination aus Khalils perfektem Familienleben und der Tatsache, dass er Sally an andere Männer verkaufte, eine Wut in Snyder entfacht, die er nicht kontrollieren konnte. Sie hoffte, die Polizei würde ein gewisses Verständnis dafür zeigen, dass Snyder im Affekt gehandelt hatte, und wenn ihre Zeugenaussage irgendetwas in dieser Richtung bewirken konnte, half sie gern.

Ihr Essen wurde serviert, und Johnny aus der Küche hatte sich nicht lumpen lassen, als sie mit allem Drum und Dran bestellt hatte. Neben zwei großen Spiegeleiern lagen gebratene Tomaten, Pilze, Speck, leicht angekohlte Würste und zwei Vierecke geriebener Kartoffeln, die in Öl knusprig gebraten worden waren. Nora fügte Ketchup hinzu und aß in aller Ruhe, bis der Teller fast leer war.

Die Rezeptionistin kam zurück und räumte ihren Teller ab.

«Das mit dem Hunger war auf jeden Fall nicht gelogen.»

Nora lachte leise und trank ihren Kaffee. Dann rief sie Krebs an. Der Anrufbeantworter sprang an, und Nora wettete, dass er auf seiner üblichen morgendlichen Radtour unterwegs war.

«Hey. Ich liefere dir heute im Laufe des Nachmittags eine größere Story. Die entführte Bürgermeisterin ist wieder in Sicherheit, und ich habe dabei geholfen, sie zu finden. Wir hören uns später.»

Sie wusste, dass er zurückrufen würde, sobald er die Nachricht abgehört hatte.

Dann rief sie Joe an. Er war gelinde gesagt beleidigt.

«Ganz ehrlich. Ich habe dir wirklich geholfen, und du bist in die größte Sensation des gestrigen Abends involviert, ohne mir Bescheid zu sagen?»

«Tut mir leid, aber es ging alles so schnell.»

«Hm. Okay. Was kannst du mir erzählen?», fragte er.

Nora übersprang die Details mit Thompson und Karsten Børger, erzählte ihm jedoch von dem Tuch der Bürgermeisterin, das in einem Fenster hing und das Nora wiedererkannt hatte.

«Wo denn?», wollte Joe wissen.

«Ich glaube nicht, dass ich das während der laufenden Ermittlungen schon sagen darf», sagte sie ausweichend.

«Komm schon, Nora», drängte Joe, und Nora wusste, dass sie ihm ein oder zwei Gefallen schuldete.

«Hör mal, ich habe vor, heute im Laufe des Tages bei der Bürgermeisterin vorbeizuschauen, und es besteht eine gewisse Chance, dass sie mir ein Exklusivinterview geben wird. Und es spricht nichts dagegen, dass du mich begleitest», sagte sie.

«Aber sie gibt keine Interviews. Ich habe gerade schon mit ihrer Pressestelle gesprochen. Sie meinten, das sei ausgeschlossen.»

«Warte mal ab. Ich kann mir vorstellen, dass sie es sich anders überlegt, wenn ich sie darum bitte. Hol mich um 11:30 Uhr am Hotel ab.»

«Bist du sicher? Ich meine ... ist das etwas, das ich meinem Redakteur versprechen kann?»

«Häng das mal noch nicht an die große Glocke, bevor sie wirklich zugestimmt hat, aber ich glaube, unsere Chancen stehen gut. Sie hat mir gestern einen Gefallen versprochen.»

«Fett! Das wäre wirklich eine Sensation. Ich hol dich ab», sagte Joe und beendete das Gespräch.

Nora saß eine Weile da und fragte sich, wie sie ihr Versprechen an Thompson, sich um die Tiere zu kümmern, halten sollte.

Sie konnte schlecht irgendein Amt für Landwirtschaft anrufen, wenn sie weder Schlüssel für das Grundstück hatte noch wusste, wie groß Thompsons Viehbestand war. Sie hatte keine Ahnung, ob es eine Familie oder Nachbarn gab, die einspringen konnten. Die einzige Verbindung, von der sie wusste, dass Thompson sie in Toppingham hatte, war Pater Kavanagh.

Sie sah auf die Uhr und beschloss, ihn nach dem Morgengottesdienst abzufangen. Er hatte sicher eine gute Lösung parat.

Anderthalb Stunden später setzte ein Taxi Nora vor der Kirche ab. Sie blieb stehen und beobachtete, wie die Gemeindemitglieder langsam aus dem Gotteshaus heraussickerten. Die Kirchgänger sahen Nora neugierig an, aber niemand sprach mit ihr.

Schließlich ließ der Strom der Menschen nach, und Nora betrat die Kirche, gerade als die Orgelmusik verklang.

Pater Kavanagh stand am Altar und drehte sich um, als die Tür hinter Nora zuschlug. Überrascht sah er sie an.

«Was machen Sie denn hier?»

«Ich wollte Sie um etwas bitten», erklärte Nora.

«Religiöse Beratung?», fragte er verwundert.

«Nein, mein Anliegen ist eher praktischer Natur. Und außerdem komme ich mit beunruhigenden Nachrichten zu unserem gemeinsamen Freund.»

Er zog den Ärmel seines Priestergewands hoch und sah auf eine altmodische Uhr mit riesigem Zifferblatt.

«Ich habe anderthalb Stunden bis zum nächsten Gottesdienst. Wollen wir ins Pfarrhaus gehen und uns dort unterhalten?»

«Ja, das ist wohl das Beste», sagte Nora.

«Geben Sie mir nur einen Augenblick, dann können wir gehen», sagte er und verschwand durch eine Tür hinter dem Altar.

Als er wieder herauskam, hatte er sich etwas Kurzärmeliges angezogen, und für Nora, die ihn bisher nur in voller Priestermontur gesehen hatte, war das ein völlig fremder Anblick. Er war viel muskulöser, als sie dachte, dass man vom Lesen der Bibel werden konnte. Er erinnerte sie an einen Seemann.

Unter seinem Arm klemmten eine Kamera und ein kleines Kamerastativ.

«Ich will nur das hier noch mit nach drüben nehmen. Ich war dabei, alle Reliquien in der Kirche zu registrieren. Es dauert unglaublich lange, aber die Versicherungsgesellschaft verlangt es, nachdem wir einen Einbruch hatten und uns ein ganzes Vermögen gestohlen wurde. Die Tragödie ist, dass viele der Dinge wahrscheinlich schon längst verkauft und eingeschmolzen worden sind, ohne Rücksicht auf ihren künstlerischen und historischen Wert. Jetzt hat die Versicherung verlangt, dass wir alles dokumentieren. Also mache ich immer ein paar Fotos, wenn ich gerade Zeit habe, und schleppe die Kamera zwischen meiner Wohnung und der Kirche hin und her», sagte er mit einem müden Lächeln.

Nora erwiderte das Lächeln.

«Ja, es würde gerade noch fehlen, dass Ihnen die Kamera auch gestohlen wird», bemerkte sie.

Sie gingen zum Pfarrhaus und betraten Pater Kavanaghs Wohnzimmer, wo er die Kamera auf die Couch warf. Nora setzte sich unter Jesus' strengen Blick daneben, während der Pfarrer in die Küche ging und einen Krug mit kaltem Wasser und zwei Gläser holte.

«Ohne Ihr Kirchengewand erinnern Sie mich ein bisschen an Popeye», sagte Nora und trank aus ihrem Glas, nachdem er sich gesetzt hatte.

Er lachte kurz auf.

«Sie sind eine gute Beobachterin. Ich war ein paar Jahre in der Marine, bevor ich zu Gott fand. Ein Seemannskaplan aus Hongkong brachte mich auf den rechten Pfad. Vorher war ich ein echter Seemann mit Tätowierungen und allem Drum und Dran.»

«Darf ich mal sehen?»

Er lächelte, zog einen kurzen Ärmel hoch und enthüllte die klassische Konstellation aus einem Kreuz, einem Anker und einem Herz.

«Glaube, Liebe, Hoffnung», sagte er mit einem Lächeln.

«Ha! Ich habe Sie für jemanden gehalten, der *Mama* in einem Herz tätowiert hätte. Gibt es noch andere?»

«Nein. Und jetzt Spaß beiseite. Sie kommen wegen Thompson, vermute ich?»

«Ja. Sie haben die Nachrichten zur Entführung der Bürgermeisterin gesehen?»

Kavanagh schüttelte den Kopf.

«Nein. Normalerweise vermeide ich es, sonntags die Nachrichten zu sehen. Sonntag ist Ruhetag. Für Körper und Seele. An diesem Tag will ich mich nur dem Herrn widmen.»

Nora wusste für einen Moment nicht, was sie darauf antworten sollte. Der Gedanke, nicht zu arbeiten und sich nicht einmal über die Geschehnisse in der Welt zu informieren, war ihr einfach zu fern.

Schnell berichtete sie ihm von der Befreiung der entführten Bürgermeisterin und der Tatsache, dass Thompson wahrscheinlich auf unbestimmte Zeit verhaftet worden war.

«Aber wie soll ich in dieser Situation helfen können?»

«Thompson hat mich gebeten, jemanden zu finden, der sich um seine Tiere kümmert, während er in Haft sitzt. Sie sind der Einzige, der mir eingefallen ist.»

Pater Kavanagh sah ein wenig genervt aus.

«Ich bin kein Schafzüchter. Und wie Ihnen bekannt sein dürfte, arbeite ich nicht an Sonntagen. Außer natürlich um Gottes Worte zu verkünden.»

«Nein. Das verstehe ich. Ich dachte nur, Sie beide wären Freunde … oder … ja, vielleicht kennen Sie einen Nachbarn oder Freunde von Thompson, die man fragen könnte?»

Seine Stimme war kühl.

«Eigentlich nicht. Bis auf die Sache mit den Mädchen hatten wir nichts miteinander zu tun. Und dann war da natürlich Ruth. Aber ich würde jetzt nicht behaupten, dass wir uns gut kennen.»

Nora war verwirrt. Warum war er so abweisend? War es, weil er Angst hatte, mit einem Entführer über einen Kamm geschoren zu werden?

«Nein, schon in Ordnung. Wie gesagt, ich hatte nur gehofft, dass Sie auf irgendeine Weise helfen könnten. Die Tiere haben ja niemandem etwas getan. Das wäre eine gute Tat aus Nächstenliebe», sagte Nora in der Hoffnung, die richtigen Knöpfe bei ihm zu drücken.

«Hm. Lassen Sie mich in meinem Büro ein paar Anrufe tätigen. Es gibt Familien in der Gemeinde, die in Thompsons Gegend wohnen, vielleicht können sie helfen. Warten Sie hier.»

Er ließ Nora im nervigen Geräusch der tickenden Wanduhr sitzen, als er ins Büro ging und die Tür hinter sich schloss, damit sie nicht hören konnte, wie er leise in sein Telefon murmelte.

Nora sah sich im Raum um. Abwesend hob sie die Kamera auf. Sie sah genauso aus wie Snyders Modell, soweit Nora das beurteilen konnte. Mit der Funktion, Videos aufzunehmen. Sie schaltete die Kamera ein, nur um zu sehen, wie scharf das Objektiv im Vergleich zu ihrer eigenen Handykamera war. Auf dem Bildschirm erschien das Bild eines Taufbeckens. Eine runde Schale aus glänzendem Kupfer mit Engelsköpfen an der Seite. Das nächste Foto zeigte das blaue Mosaikfenster in der Kirche, das Nora bei ihrem ersten Besuch bewundert hatte. Danach kam ein Bild von Pater Kavanaghs Hand, die eine kleine Christusfigur am Kreuz vor die Linse hielt. Anstelle der Figur hatte der Autofokus der Kamera Kavanaghs Hand scharfgestellt, die aus dem schwarzen Ärmel des Priestergewandes ragte. Das Handgelenk war von einer großen Herrenuhr mit einem dicken Lederarmband bedeckt, aber darunter konnte man einige blaue Punkte erkennen. Noras Nackenhaare stellten sich auf. Der Grund war nicht die Abbildung des Fisches, das bekannte Symbol der christlichen Religion. Sondern wie das Tattoo platziert war. Nora zog fahrig ihr Handy aus der Tasche und suchte verzweifelt nach den Bildern von Karsten Børgers Fremad-Amager-Tattoo. Und nach der Vergrößerung des Standbilds aus dem Video, das Millhouse ihr gegeben hatte. Es bestand kein Zweifel. Die Hand, die den Krummsäbel führte, der Crow hinrichtete, war nicht die von Karsten Børger. Sie gehörte Pater Kavanagh.

Hastig legte sie die Kamera zurück und stand auf, um sich so schnell wie möglich aus dem Staub zu machen. Doch in diesem Moment öffnete sich die Tür zum Büro.

«Sie gehen schon?», fragte Kavanagh überrascht.

«Ähm, ja. Mein Redakteur hat gerade angerufen, er hat eine Deadline nach vorn geschoben.»

«Aha», sagte Kavanagh und sah auf ihr Handy, das Nora in aller Eile auf dem Sofatisch abgelegt hatte.

Auf dem Display war immer noch das Bild der Hand mit dem Krummsäbel zu erkennen, und als Kavanagh aufblickte, sah Nora ihm an, dass er den wahren Grund für ihren plötzlichen Aufbruch verstanden hatte.

Er machte einen raschen Schritt nach vorn, um ihr den Weg zur Tür zu versperren.

«Ich kann Sie leider nicht gehen lassen. Entschuldigen Sie.»

Nora verschaffte sich einen schnellen Überblick über die Situation. Kavanagh war muskulös und wachsam. Er blockierte den einzigen Ausgang und würde sie nicht kampflos gehen lassen. Anstatt das Offensichtliche zu versuchen, wirbelte sie herum und rannte in die Küche. Von hier führte eine Terrassentür in den Garten, und Nora schaffte es, den Türknauf zu drehen, Sekunden bevor Kavanagh die Küche betrat. Sie schoss in den viktorianischen Hinterhof, der zu ihrer großen Enttäuschung von einer zwei Meter hohen Mauer umgeben war.

«Hilfe! Hilfe!», rief sie, doch es kam keine Antwort, und sie wusste nicht, ob bei den Nachbarn jemand zu Hause war.

Sie sah sich verzweifelt nach einem Tor oder einem anderen Ausweg um, doch der Garten war eine Sackgasse. Zwei große Apfelbäume und eine kleine Terrasse mit einem Cafétisch und zwei Stühlen standen am Fuß einer riesigen Kletterrose, die sich an einem kleinen fensterlosen Gartenhaus in die Höhe rankte.

Sie rannte darauf zu, Kavanagh dicht auf ihren Fersen, der in einer erschreckend guten körperlichen Verfassung zu sein schien. Sie schloss sich im Gartenhäuschen ein, vor allem, um Zeit zu gewinnen, aber es dauerte nur einen Moment, bis er an der Tür rüttelte. Nora klemmte einen Rechen unter die Türklinke und versuchte nachzudenken. Ihr Handy lag auf dem Tisch in Kavanaghs Wohnzimmer, und eine andere Möglichkeit, um Hilfe zu rufen, gab es nicht. Es würde nicht lange dauern, bis er die Tür einschlug, wenn das seine Absicht war. Und er hatte voll und ganz bewiesen, dass er bereit war, für seine Sache zu töten. Was auch immer seine Sache war.

Was hatte er gesagt? Ein neuer Gottesdienst in anderthalb Stunden? Wie viel Zeit blieb ihr noch? Ungefähr eine Stunde? Wenn sie noch eine Stunde durchhalten könnte, bevor er die Tür einschlug, würde er gehen müssen. Andernfalls würde wahrscheinlich jemand nach ihm suchen, wenn er nicht in der Kirche auftauchte.

Kavanagh rüttelte an der Tür.

«Machen Sie auf! Ich will hier keine Szene machen.»

Nora antwortete nicht.

Sie sah sich im Schuppen um. Hier stapelte sich das Brennholz neben einem Sack Blumenerde, einer Unkrauthacke und einer elektrischen Heckenschere. Auf einem Regal standen reihenweise gebrauchte Tontöpfe. Sie griff nach der Heckenschere und stellte fest, dass die Batterie fast leer war. Aber das musste ausreichen, um Kavanagh in Schach zu halten. Sie schaltete die Schere an und hielt sie mit einer Hand vor sich, als wäre sie ein klobiges Schwert. Mit der anderen Hand entfernte sie langsam und so leise wie möglich den Rechen von der Klinke. Dann trat sie die Tür auf, in der Hoffnung, sie ihm direkt ins Gesicht zu schlagen.

Aber Pater Kavanagh stand nicht mehr dort. Der Garten war

menschenleer. Entweder war er zurück ins Haus gegangen, oder er hatte sich versteckt. Sie hielt immer noch die angeschaltete Heckenschere vor sich, als sie sich vorsichtig umsah, um die eine Seite des Schuppens abzusuchen. Dort war er auch nicht. Langsam bewegte sie sich auf die andere Seite zu. So vorsichtig, dass sie den Schlag von oben nicht spürte, bis es zu spät war und es dunkel vor ihren Augen wurde, als hätte jemand eine Kerze ausgepustet.

Kapitel 32

Sie wachte eine Weile später auf und stellte fest, dass sie durstig war und nichts dagegen tun konnte. Sie war allein in einem Raum, an einen Stuhl gefesselt. Es musste ein Gästezimmer sein. Vor dem Fenster waren schwere Veloursvorhänge zugezogen, der Raum lag im Halbdunkel und roch nach Staub und alten Büchern. Kavanagh hatte sie mit direktem Blick auf eine gerahmte Stickerei platziert, die verkündete, dass Jesus alles wusste, was in diesem Haus vor sich ging. Nora fragte sich flüchtig, wie Kavanagh es geschafft hatte, die brutale Enthauptung Crows mit seinem sanften religiösen Idol in Einklang zu bringen, das, soweit Nora wusste, der Urheber der Idee gewesen war, auch die andere Wange hinzuhalten. Behutsam versuchte sie auf dem Stuhl hin und her zu schaukeln und spürte, wie er in den Gelenken etwas nachgab.

Dann hörte sie die Treppe knarren. Sie musste sich im ersten Stock befinden. Und Kavanagh war auf dem Weg zu ihr. Sie spannte alle Muskeln an und fragte sich, ob er geplant hatte, dass auch sie sterben sollte.

Die Tür öffnete sich, und Kavanagh betrat den Raum. In der Hand hielt er ein Glas Wasser. Er reichte es Nora, und sie war so durstig, dass sie nicht anders konnte, als ein paar Schlucke zu trinken. Es hatte keinen Nachgeschmack. Vielleicht war es wirklich nur Wasser.

«Mehr?», fragte er mit freundlicher Stimme.

Sie schüttelte den Kopf und sah ihn an. Er hatte sich eine Jacke übergezogen und wirkte, als wolle er gerade aus der Tür gehen.

«Ich habe nachgedacht», sagte er.

Nora antwortete nicht. Pater Kavanagh setzte sich ihr gegenüber aufs Bett.

«Meine Zeit in Toppingham ist vorbei. Ich kann nicht bleiben und mich von der Polizei schnappen lassen. Ich war eigentlich bereit, für meine Sache zu sterben, aber jetzt hat sich gezeigt, dass dem doch nicht so ist.»

«Und was ist Ihre Sache?», fragte Nora, während sie versuchte, auf dem Stuhl nach vorne zu wippen, ohne dass Kavanagh es bemerkte. Er starrte ins Leere.

«Ich musste sie einfach aufhalten.»

«Wen?»

«Die Leute, die dieser Stadt diesen Schaden zugefügt haben», sagte er und zeigte vage aus dem Fenster.

«Worüber sprechen Sie genau?»

«Die Geschichte, die ich Ihnen über das Café erzählt habe, ist wahr. Aber ich habe Ihnen nicht erzählt, wie wir versucht haben, die Mädchen vor der Prostitution zu retten. Ich habe aufgehört mitzuzählen, wie oft ich tatenlos mit ansehen musste, dass die Mädchen in ein Taxi einstiegen, nur um drei Stunden später mit geschundenen Körpern und Seelen zurückzukommen.»

«Aber warum haben Sie sich an Crow gerächt? Warum nicht an den Männern, die für diese Taten verantwortlich sind?»

Kavanagh warf ihr einen schiefen Blick zu, richtete seine Aufmerksamkeit dann aber auf Jesus an der Wand, als erzählte er ihm die Geschichte und Nora wäre nur eine Art Requisite, eine Stimme in seinem privaten Beichtstuhl.

«Er hätte es besser wissen sollen. Er hat sich als der guter Christ ausgegeben. Ist in die Kirche gegangen. Ich habe viele Male versucht, mit ihm darüber zu sprechen, aber er wollte diesen Mädchen nicht helfen. Er sagte, es handele sich um billige Huren, und mit diesem Gedankengut steckte er die gesamte Polizei an. Dann hörte ich von den Mädchen, dass einer der Gründe, warum er seine Hand über Khalil und dessen Männer hielt, darin bestand, dass er selbst die Waren verkosten durfte. Jedes Mal, wenn sie ein neues Mädchen in ihrem Netz hatten, durfte Crow sich an ihr laben. Ich fand auch heraus, dass die Männer Crow direkt bezahlten, damit die Polizei die Füße stillhielt. Er war wie ein Krebsgeschwür. Toppingham hätte sich nicht erholt, wenn er nicht entfernt worden wäre.»

«Aber warum so grausam und brutal?»

«Wer aber einen dieser Kleinen, die an mich glauben, zum Bösen verführt, für den wäre es besser, dass ein Mühlstein an seinen Hals gehängt und er ersäuft würde im Meer, wo es am tiefsten ist», predigte Kavanagh.

«Aber Sie haben ihn ja nicht ertränkt.»

«Nein. Matthäus spricht in Symbolen. Ich kam auf die Idee, als ich über den vom IS hingerichteten Krisenhelfer gelesen hatte, und ich dachte, wenn ich Crow auf diese Weise töte, wird die Polizei die Männer von Sunshine Cabs verdächtigen und sicherstellen, dass sie ins Gefängnis kommen. Ich dachte, die Polizei würde endlich handeln, wenn Crow diese Männer nicht mehr beschützt.»

Nora versuchte, sich das vorzustellen. Ein Pfarrer, der ein Mitglied seiner Gemeinde enthauptet.

«Wie konnten Sie ...», begann sie.

«Ich habe ihn gebeten, mich an dem Tag zu den Garagen zu begleiten. Ich behauptete, ich hätte einige Papiere aus der Vergangenheit der Kirche gefunden, die uns möglicherweise Probleme in Bezug auf das Gesetz bereiten könnten. Die wollte er nur zu gerne zu Gesicht bekommen. Ihm gefiel die Idee, dass ich ihm zu Dank verpflichtet sein könnte. Wahrscheinlich stellte er sich vor, mich mit diesen Informationen erpressen zu können, damit ich die Klappe hielt und mich nicht mehr um diese Mädchen kümmerte.»

«Aber wie sind Sie an die Garage gekommen? Die wird doch von einem Mann gemietet, der sich in Asien aufhält.»

«Von einem alten Freund aus Seefahrerzeiten. Ich hatte ihm ursprünglich mit dem Mietvertrag geholfen. Der Krummsäbel war ein Souvenir aus der Zeit, als wir durch den Golf von Aden gesegelt sind. Ich habe ihn in den Fluss geworfen.»

«Und Ihre Cousine, Eileen? Waren Sie das auch?»

Zum ersten Mal zeigte Pater Kavanagh einen Hauch von Reue. Er hielt beide Hände vors Gesicht und seufzte tief.

«Eileen. Oh, arme, arme Eileen. Sie wusste, was mit den Mädchen los war, und ich versuchte sie dazu zu bringen, diese Männer von der Schule fernzuhalten. Aber sie war nicht stark genug. Crow hatte herausgefunden, dass sie eine Affäre mit einer Kollegin hatte, und sie befürchtete, er würde sie und ihre Karriere ruinieren, wenn es ans Licht käme. Also zog sie sich zurück. Überließ die Mädchen ihrem eigenen Schicksal, egal wie oft sie sie um Hilfe baten. Sie wurde Crows kleine Helferin. Sie hatte den Überblick, welche Mädchen kurz davor waren, zu einem Problem zu werden, kurz davor waren, auszupacken. Crow gab die Informationen dann an Khalil weiter. Als ich das herausfand, oh, ich war außer mir.»

«Und deshalb musste sie sterben?»

Kavanagh schüttelte den Kopf.

«Nein, nicht deshalb. Sie kam eines Abends zu mir und sagte, sie wisse, dass ich es war, der Crow ermordet hatte. Genau wie Sie hatte sie die Tätowierung an meinem Arm wiedererkannt. Ich trug diese große Uhr, seitdem das Standbild im Fernsehen übertragen worden war, aber Eileen wollte mich anzeigen.»

«Also haben Sie auch sie ermordet?»

«Das war leider meine einzige Möglichkeit», sagte Kavanagh traurig und sah wieder hinauf zu Jesus, als suchte er nach Vergebung für seine Taten.

«Ich versuchte, sie davon zu überzeugen, dass es eine schlechte Idee war, zur Polizei zu gehen. Doch sie wollte nichts davon hören. Fing an, von ihrem Gewissen zu faseln. Ziemlich heuchlerisch, wenn Sie mich fragen. Also habe ich sie erwürgt. Als die Nacht hereinbrach, habe ich ihre Leiche im Speisesaal aufgehängt. Es sollte wie ein Selbstmord aussehen.»

«Ein wenig schwer, es so zu deuten, nachdem Sie ihr noch die Hände abgeschlagen haben, oder?»

«Ja, das ist mir dann hinterher eingefallen. Ich hatte auf irgendeiner Website über den IS gelesen, dass sie solche Bestrafungsmethoden verwenden. Also dachte ich, wenn ich mit dieser Art von Bestrafung einen zusätzlichen Hinweis hinterließe, würde die Polizei endlich verstehen, in welcher Richtung sie nach einem Täter suchen sollte. Talentbefreite Idioten! Sie wären nicht mal in der Lage, einen Bankräuber auf frischer Tat zu ertappen, wenn er ihnen mit einer Million in bar und einer abgesägten Schrotflinte vor der Nase herumwedeln würde. Also habe ich ein bisschen nachgeholfen.»

«Aber sie haben Ihre Hinweise anscheinend nicht ernst genommen?», fragte Nora.

Kavanagh schüttelte den Kopf.

«Nein. Also war der Plan, in die nächste Phase überzugehen: die Bürgermeisterin.»

«War die Entführung von Anfang an geplant?»

«Nein. Ich habe die Pressekonferenz verfolgt, auf der sie so von Toppingham geschwärmt hat, in was für einer phantastischen Stadt wir leben. Das tun wir nicht, und das weiß sie auch. Sie hat seit Jahren von diesen Problemen gewusst. Sie weiß ganz genau, wie viele Mädchen unter fünfzehn Jahren in dieser Stadt schon eine Abtreibung vornehmen lassen mussten, weil sie von diesen Männern ausgenutzt worden sind. Harrison wollte damit nichts zu tun haben. Sie hatte Angst, Wählerstimmen zu verlieren. Angst, eine Rassistin genannt zu werden, weil der überwiegende Teil der Täter Wurzeln in Pakistan hat. Sie sollte einfach nur ein bisschen um ihr Leben bangen.»

«Ich glaube, das ist Ihnen gelungen», sagte Nora trocken.

«Wir beschlossen also, sie zu entführen und sie dazu zu bringen, die echten Probleme unserer Stadt mit der Öffentlichkeit zu teilen.»

«Wir?»

«Ja. Thompson und ich haben die Pressekonferenz zusammen gesehen. Er ist mit Melodys Vater bei mir gewesen. Eigentlich waren sie hier, um geistlichen Beistand zu erhalten. Sie haben sich auf der Beerdigung des Mädchens kennengelernt. Børger brauchte Hilfe, nachdem er seine tote Tochter gefunden hatte. Er hat sich sehr allein gefühlt und konnte nicht mit der Mutter des Mädchens sprechen. Aber wir haben das Beten seinlassen und andere Pläne geschmiedet, als wir die Rede der Bürgermeisterin gehört hatten.»

«Aha?»

«Ich bat Alice Harrison, in Bedford Close vorbeizukommen, um einige Spenden an die Tafel aus unserem Lager abzuholen. Der dänische Soldat hat dort auf sie gewartet. Er hatte sie alleine im Griff, denn wir fürchteten, sie könnte Thompson erkennen, wenn sie ihn sah. Thompson stellte dann sein Haus zur Verfügung und schrieb die Erklärung, die Harrison im Fernsehen vorlas.»

«Sie muss außer sich gewesen sein vor Angst.»

Kavanagh zuckte die Achseln.

«Möglich. Wir hatten nie vor, sie umzubringen. Das hätte keinen Sinn ergeben. Wir wollten sie einen Tag lang festhalten, sie dazu bringen, die Erklärung zu verlesen, und sie dann wieder freilassen ...»

«Wussten Thompson und Børger, dass Sie die beiden anderen ermordet haben?»

«Nein. Sie hatten, genau wie viele andere in dieser Stadt, den Verdacht, dass Crow sich mit dieser Gruppe Männer angelegt hatte. Oder dass ein Heimkehrer aus Syrien dahintersteckte, einer dieser fanatischen Idioten.»

Nora überlegte, wie Pater Kavanagh sich wohl selbst charakterisieren würde, hielt aber den Mund.

«Sie wissen aber schon, dass Sie mit dieser Nummer nicht davonkommen?», sagte sie stattdessen.

«Ich werde es zumindest versuchen», erwiderte er bestimmt.

«Wie?», fragte sie, um Zeit zu gewinnen. Sie wusste nur zu gut, dass sie beim entscheidenden Augenblick angekommen waren, in dem alles passieren konnte. Wieder schaukelte sie den Stuhl unmerklich hin und her und stellte fest, dass sich die Rückenlehne jedes Mal ein wenig weiter lockerte.

Leider hatte Kavanagh es ebenfalls bemerkt.

«Lassen Sie das. Ich werde Ihnen nichts tun. Glauben Sie etwa, ich wäre verrückt?»

Nora wusste keine logische Antwort darauf.

«Verstehen Sie denn nicht? Ich will, dass Sie meine Geschichte aufschreiben, Karsten Børgers Geschichte, Melodys Geschichte und die Geschichten all dieser Mädchen. Sie sollen darüber sprechen. Für sie sprechen. Die Wahrheit muss jetzt ans Licht kommen», erklärte er.

«Okay. Das kann ich tun. Das werde ich tun. Die Wahrheit ist immer am besten.»

Kavanagh stand auf und rang die Hände.

«Es ist nur so, dass mir erst jetzt klarwird, dass es in einem Gefängnis keine wirkliche Zukunft für mich gibt. Die Strafe für den Mord an einem Polizisten ist hart, und im Gefängnis hat man keine Freunde. Niemanden, mit dem man sich gemeinsam vor den brutaleren Insassen schützen könnte. Ich glaube also ehrlich gesagt nicht wirklich, dass ich den Mut dazu habe. Also, hier ist der Plan: Sie werden die nächsten zwei Stunden hier sitzen, ich brauche einen Vorsprung. Wenn ich weg bin, rufe ich meine Putzfrau an und bitte sie, herzukommen und Ihnen zu helfen. Danach können Sie nach Herzenslust schreiben, was Sie wollen.»

Nora spürte, wie sich eine Welle der Erleichterung in ihrem Körper breitmachte. Sie würde billiger davonkommen als Crow und Webster.

«Das ist in Ordnung für mich.»

Pater Kavanagh betrachtete sie.

«Das sollte es auch sein, denn so ist es nun einmal. Amen.»

Dann ging er und zog die Tür sanft hinter sich zu. Nora blieb allein mit Jesus im Zimmer zurück. Er sah aus, als hätte er alle Zeit der Welt, wie er dort an der Wand hing.

Kapitel 33

Wie misst man zwei Stunden ohne Uhr? Nora versuchte, mit dem Stuhl zum Fenster zu rutschen, in der Hoffnung, ein Loch in die Scheibe schlagen und um Hilfe rufen zu können, aber der Weg wurde ihr von einer altmodischen Hosenbügelpresse versperrt, die sie unmöglich umkippen konnte. Sie versuchte erneut, so heftig auf dem Stuhl zu wippen, dass er auseinanderbrach, doch sie verlor das Gleichgewicht, kippte nach vorn und landete im Bett, wo sie frustriert in die staubige Bettdecke brüllte, die nach Urgroßmutter und Old Spice roch. So wurde sie von Joe gefunden.

«Was ist denn los?»

Verdutzt sah Nora ihn an.

«Was machst du hier?»

«Ich wollte mich doch nicht um ein Interview mit der Bürgermeisterin prellen lassen. Also musste ich dich finden. Es ist jetzt fast zwölf.»

Er stellte den Stuhl auf und löste ihre Fesseln.

«Woher wusstest du, dass ich hier bin?»

«Das war nicht so schwierig. Ich habe herausgefunden, mit welchem Taxiunternehmen du gefahren bist, und habe nach demselben Fahrer gefragt, der mir verraten hat, dass du zur Kirche wolltest. Dann bin ich einfach selbst hergefahren. Erst habe ich in der Kirche vorbeigeschaut, aber da saßen nur ein paar ziemlich verwirrte Leute und haben darauf gewartet, dass der Gottesdienst beginnt. Kein Pfarrer war weit und breit zu sehen, und der Organist hat sein Spiel in die Länge gezogen. Also bin ich hierhergekommen. Es war nicht abgeschlossen. Dann hörte ich ein seltsames Geräusch von oben. Es klang nach einem Menschen, der in eine Matratze brüllt.»

«Mit dem Geräusch kennst du dich wohl aus?»

Joe grinste schief.

«Was soll ich sagen. Ich bin immer gut zu den Frauen.»

Nora verdrehte die Augen. Joe tat so, als hätte er das nicht gesehen.

«So, aber wir wollten doch die Bürgermeisterin interviewen. Wollen wir los, oder willst du erst eine Anzeige machen wegen ... Entführung, oder was ist das hier?»

Nora schüttelte den Kopf.

«Nein. Ich rufe von unterwegs an.»

Sie gingen zu Joes Auto, und während er Kurs auf das Haus der Bürgermeisterin nahm, rief sie Millhouse an.

«Können wir uns treffen? Ich habe wichtige Informationen», sagte sie ohne weitere Begrüßungsfloskeln.

«Das ist im Moment ein bisschen schwierig. Wie du dir denken kannst, haben wir viel zu tun, mit Verhören und dergleichen. Du hast Glück, dass du uns gerade in der Mittagspause erwischst.»

«Hör zu, was die beiden Morde betrifft: Karsten Børger ist unschuldig, und das Gleiche gilt für Thompson. Ich bin absolut sicher.»

«Nora, ich weiß, dass du bei Thompson vielleicht auf einem

Auge blind bist und mit seinem Engagement sympathisierst. Glaub mir, das verstehe ich nur zu gut. Aber das nützt uns nicht …»

«Ich weiß, wer hinter den Morden steckt», sagte sie so leise wie möglich, aber sie sah, dass Joe hinterm Steuer die Ohren gespitzt hatte und mithörte.

«Was hast du gesagt? Du musst lauter sprechen, ich kann dich einfach nicht verstehen», sagte Millhouse und hob dabei selbst die Stimme ein wenig.

«Mehr kann ich gerade nicht sagen. Triff mich in einer halben Stunde am Präsidium. Ich würde nicht darum bitten, wenn es nicht wichtig wäre.»

«Worum ging's?», fragte Joe neugierig, nachdem Nora aufgelegt hatte.

Aber Nora antwortete ihm nicht. Sie wusste nicht genau, warum sie nicht die 999 angerufen und Alarm geschlagen oder zumindest Millhouse klargemacht hatte, dass ein Mörder auf freiem Fuß war. Dachte sie tief in ihrem Inneren, dass Pater Kavanagh den zweistündigen Vorsprung verdient hatte? Sie versuchte sich vorzustellen, was er tun würde. Vielleicht wieder auf einem Schiff anheuern. Wäre das überhaupt möglich ohne die richtigen Papiere?

Sie bogen in die ruhige Wohnstraße ein, und Joe blieb vor der Einfahrt stehen. Auf der Treppe stand ein Beamter, der der Bürgermeisterin sicherlich Personenschutz leistete, bis die Polizei sich einen Überblick verschafft hatte. Sowohl Nora als auch Joe zeigten ihre Presseausweise, aber der Beamte versicherte ihnen, dass die Bürgermeisterin in Ruhe gelassen werden wollte. Nora konnte ihn nach ein paar Minuten davon überzeugen, dass Harrison äußerst unglücklich wäre, wenn sie später herausfände, dass ihre Retterin vorbeigekommen und an der Tür abgewiesen worden war.

Schließlich kam die Bürgermeisterin zur Tür. Sie sah Nora an und wusste ganz genau, was ihr Besuch bedeutete. Ein Versprechen war ein Versprechen.

«Und wer ist das?», fragte sie und zeigte auf Joe.

«Das ist Joe Foster vom *Mercury*. Ich möchte, dass Sie ihm ein Exklusivinterview geben. Das ist meine Bitte an Sie.»

Joe starrte Nora mit offenem Mund hinterher, als Nora die Treppe vor dem Haus hinunterstieg.

«Schick mir deine Aufzeichnungen, okay?»

Dann war sie wieder auf der Straße und hielt ein Taxi an.

«Zum Präsidium, bitte.»

Zehn Minuten später saß sie in einem braun gestrichenen Raum und erzählte Millhouse alles, was sie wusste. Weitere fünf Minuten später gab Spencer eine Fahndung raus, die alle Flughäfen, Häfen und wichtigen Zufahrtsstraßen umfasste.

Doch sie konnten ihn nicht finden. Pater Kavanagh war wie vom Erdboden verschluckt.

■

Zwei Wochen später fand Nora das letzte Puzzleteil, als sie die Redaktion von *Globalt* betrat und ihr Postfach routinemäßig leerte. Es waren hauptsächlich Einladungen zu Pressekonferenzen oder Empfängen in verschiedenen Botschaften, die an Korrespondenten und Fachzeitschriften verschickt wurden, zu denen sie in Kopenhagen niemals gehen würde. Unter den weißen Umschlägen befand sich eine bunte Postkarte, die eine Werbung für eine Organisation namens Mumbai Teenage Rescue zu sein schien. Das Cover zeigte zwei ungewöhnlich schöne indische Mädchen von ungefähr zehn Jahren. Sie trugen beide rosa Saris, und ihre

Gesichter waren mit den für den indischen Feiertag Holi typischen Farben bemalt. Ihre lachenden Gesichter strahlten eine Unschuld aus, die nicht zur Botschaft der Rückseite passte:

«MTR rettet junge Mädchen aus Sexsklaverei. Bitte spenden Sie für unsere Mission» stand dort geschrieben. Und in dem kleinen weißen Viereck unter dem Text stand in kleinen, gedrängten Buchstaben: *Hier kann ich etwas Gutes tun. Danke. Pater K.*

Sie drehte die Karte um. Dass die dänische Post ihre Adresse überhaupt gefunden hatte, war ein Wunder. Auf dem Adressfeld stand nur: Nora Sand. Dänische Journalistin. Dänemark. Manchmal konnte die Post doch noch überraschen.

Krebs war außer sich vor Begeisterung über ihre Berichterstattung aus Toppingham. Seiner Meinung nach war das ihr zweiter journalistischer Durchbruch.

«Deine Berichterstattung hat Nerven. Das Interview mit dem trauernden Vater aus Dänemark. Ganz zu schweigen von dem jungen Mädchen ... wie hieß sie noch gleich?»

«Laura.»

«Ja, Laura. Sie wurde wieder nach Marshden geschickt. Nach Hause geschickt als Strafe dafür, auf diesen Khalil geschossen zu haben?»

«Ja. Es ist die einzige Institution im Ort für kriminelle Jugendliche, für sie macht es also keinen großen Unterschied. Ihr Verteidiger will versuchen, das Urteil in eine Bewährungsstrafe wegen Notwehr abzuändern.»

«Wird sie das Kind behalten?»

Nora schüttelte den Kopf.

«Nein, sie hat es abgetrieben. Mrs. Flynn war mit ihr im Krankenhaus. Aber die Polizei hat Gewebeproben entnommen, um Khalil oder einen anderen seiner Komplizen später wegen Vergewaltigung einer Minderjährigen strafrechtlich zu verfolgen. Laura selbst ist überzeugt, dass Khalil der Vater ist. Wenn es eine DNA-Übereinstimmung gibt, haben sie eine starke Beweislage.»

«Und so ein Glücksgriff, dass wir diesen Snyder angeheuert haben. Er war sein Körpergewicht in Gold wert.»

Nora glaubte kaum, dass Krebs wusste, wie schwer der zwei Meter große Snyder mit seinen einhundertfünfzig Kilo wirklich war. Gemessen in Gold war das eine ganze Menge.

«Wie geht's Sally jetzt?», fragte Krebs.

«Den Umständen entsprechend. Sie wird als Zeugin vor Gericht aussagen. Zusammen mit Laura. Khalil und bis zu fünfzehn weitere Männer werden sich nicht nur für den Missbrauch Minderjähriger verantworten müssen, sondern sind auch wegen des Mordes an Mel angeklagt.»

«Sie haben sie also umgebracht?», fragte Krebs.

«Der Staatsanwalt meint, Khalil habe sie mit Pillen betäubt und in den Fluss gestoßen. Laura hat mir erzählt, dass Mel wirklich in Khalil verliebt gewesen ist und er sie geschwängert hat. Er hat versucht, sie zu einer Abtreibung zu zwingen, aber sie ging davon aus, dass er bei ihr bleiben würde, wenn sie das Kind bekäme. Omar hat das Treffen am Fluss, das Mel für ein Date gehalten hatte, eingefädelt. Seitdem ist sie nicht mehr lebend gesehen worden», sagte Nora.

«Es muss schwer sein, gegen die Männer auszusagen, die dein Leben so zerstört haben. Es klingt ja so, als hätten sie die ganze Stadt terrorisiert», meinte Krebs.

«Ja. Ich glaube, Snyder überlegt, nach London zu ziehen und noch mal ganz von vorn anzufangen. Er hat Sally gefragt, ob sie mitkommen will. Sie wird es sich überlegen. Vielleicht ist es auch für sie das Beste, Toppingham den Rücken zu kehren.»

«Hervorragend! Dann kannst du Snyder für andere Aufträge anheuern.»

«Das glaube ich kaum», entfuhr es Nora.

«Ach ja. Darüber wollten wir ja sprechen», lenkte Krebs ein, als ihm wieder einfiel, warum Nora ihm einen Besuch in seinem Büro abstattete.

Sie räusperte sich. Hatte genau vorbereitet, was sie sagen würde. Dass sie es sich einfach nicht leisten konnte, weniger Gehalt zu bekommen. Dass es unter ihrer Würde war. Wenn sie erst einmal ja sagte, konnte sie sich auf eine lange Achterbahnfahrt freuen, die anstatt zu einem wohligen Kribbeln im Magen in mehreren Punkten zu einer Verschlechterung der Bedingungen führen würde.

«Ja. Ich habe über dein Angebot nachgedacht, und die Sache ist die …», begann sie.

«Bevor du weitersprichst und vielleicht etwas sagst, was du bereuen wirst, wollte ich dich darüber in Kenntnis setzen, dass wir von Amnesty International in Russland gehört haben.»

Nora sah ihn verständnislos an. Was hatte das denn mit der Sache zu tun?

«Okay, also, ich habe drüber nachgedacht, und ich muss dir leider …»

«Jetzt hör mir doch mal zu. Wir haben ein Lebenszeichen von Bugakov erhalten. Er sitzt wohl tatsächlich in irgendeinem Gefängnis, aber es klingt schlimmer, als es eigentlich ist. Eine falsche Anschuldigung wegen Steuerhinterziehung, was weiß ich … Die Sache ist jedenfalls die: Wir erwarten, dass er in einem Monat draußen sein wird. Ich habe heute Morgen mit seinem Anwalt gesprochen, und er ist äußerst optimistisch.»

«Okay. Aber …»

«Mensch, Sand. Was ich sagen will, ist, dass wir natürlich deinen Vertrag verlängern. Wir gehen davon aus, *Globalt* wie gehabt weiterführen zu können.»

«Ab jetzt?»

«Ja. Schau mal. Wir wollen dich gerne bei uns behalten.»

«Aber vor kurzem gab es ja nicht einmal Geld für ...»

«Nein. Aber jetzt erwarten wir, dass es wieder bergauf geht. Jetzt sofort. Und deine Reportagen haben uns durch schwierige Zeiten geholfen. Deine Story über Karsten Børger und seine Schwester Lotte war im letzten Monat einer der meistaufgerufenen Artikel.»

«Okay. Wie schön. Ich muss mir den Vertrag natürlich noch ansehen», sagte Nora.

Tief im Inneren war sie froh, sich nicht von ihrer geliebten Zeitschrift trennen zu müssen, aber die Art und Weise, wie Krebs mit ihrer Unsicherheit umging, war vollkommen ohne menschliches Einfühlungsvermögen. Und da war immer noch der komplizierte Fakt, den beide geschickt vermieden hatten zu erwähnen, nämlich dass Nora für Bugakov ein Dorn im Auge war.

«Ein Dreijahresvertrag, wie gehabt?»

Krebs lächelte steif.

«Also, ähm, noch ist er ja nicht aus dem Gefängnis entlassen. Wir wollen uns erst ganz, ganz sicher sein. Sagen wir erst einmal drei Monate?»

Würdevoll stand Nora auf und verließ das Büro, ohne die Tür zuzuschlagen, aber sie schloss sie mit Nachdruck. Das Letzte, was sie hörte, war Krebs' Stimme, die ihr nachrief, er würde die Personalabteilung beauftragen, ihr einen Vertragsentwurf zu schicken.

Dann war sie aus der Tür und nicht sicher, was der nächste Schritt sein sollte.

■

Andreas hatte ihr eine SMS geschickt. Er war wieder im Krankenhaus mit Viola.

Birgitte musste etwas bei der Arbeit klären, also habe ich heute Krankenhausdienst. Ich kann hier nicht weg, aber vielleicht willst du mit mir einen Kaffee in der Krankenhauskantine trinken?

Er sah blass und verhärmt aus. Er hatte mindestens fünf Kilo abgenommen, schätzte Nora. Ränder unter den Augen wie ein Mann, der nie genug Schlaf bekam. Wenn das ein Familienidyll darstellen sollte, dann war Andreas die schlechteste Werbung der Welt, dachte sie.

Er trank den Kaffee in großen Schlucken, wahrscheinlich weil er sich beeilen musste, um wieder an Violas Bett zu wachen.

«Das Schlimme ist, dass es ihr immer schlechter geht, und selbst nach all diesen Untersuchungen tappen die Ärztinnen noch im Dunkeln. Ihre Symptome deuten in alle Richtungen. Es ist, als hätte sie eine Krankheit, die noch gar nicht entdeckt wurde», sagte er verzweifelt.

«Irgendjemand muss doch eine Vorstellung davon haben, was ihr fehlt?», sagte Nora.

Andreas schüttelte den Kopf.

«Sie haben eine Professorin nach der anderen hinzugezogen. Wir haben bald keine Professoren mehr, die wir fragen können. Birgitte ist so tapfer. Aber ich halte das langsam nicht mehr aus», sagte Andreas und rieb sich das Gesicht.

«Es tut mir leid, dass du mich so sehen musst.»

Nora suchte nach Worten, aber es gab nichts Sinnvolles, was sie in dieser Situation sagen konnte.

Andreas sah auf die Uhr.

«Ich muss wieder runter. Sie war jetzt länger als eine Viertelstunde allein. Das geht nicht.»

«Ja, aber sie ist doch in einem Krankenhaus. Ein Krankenpfleger hat sicher ein Auge auf sie.»

«Ich kann es einfach nicht ertragen, dass sie alleine ist, okay?», fuhr er sie an.

«Okay. Soll ich gehen?»

«Nein. Komm doch mit runter. Dann kannst du sie sehen. Sie ist so schön. Auch wenn sie krank ist.»

Viola hatte ein Einzelzimmer und war von einem ganzen Maschinenpark aus piependen Geräten umgeben. Transparente Schläuche ragten aus Beuteln und führten in den winzigen Körper. Der Anblick war herzzerreißend und ließ Noras Mut sinken. Viola schlief, ihre winzigen Augenlider waren lila, und ihre Brust hob und senkte sich so schnell wie die eines kleinen, erschrockenen Vogels.

Plötzlich hörten sie Stimmen im Flur.

«Ich muss sie einfach sehen. Ich kann nicht einen ganzen Tag lang ohne sie sein.»

«Das ist verständlich», erwiderte eine andere Stimme, während sich die Panik in Andreas' Gesicht ausbreitete.

«Birgitte. Sie darf dich hier nicht sehen, sonst läuft sie Amok.»

«Ja, aber sie ist direkt vor der Tür. Wir können es nicht mehr vermeiden, dass ...»

Andreas schob Nora in den großen Schrank, der am anderen Ende des Raumes stand, und schloss die Türen hinter ihr.

«Bleib hier, bis sie wieder geht. Egal was passiert. Bleib einfach hier.»

Dann ging er hinaus in den Flur.

«So eine Überraschung. Sie schläft jetzt. Vielleicht sollten wir sie besser in Ruhe lassen. Sie hatte eine schwierige Nacht», hörte sie Andreas sagen.

«Ach, so ein Quatsch. Ich will sie nur kurz sehen, dann muss ich auch schon wieder los. Ich bin extra vorbeigekommen, ich muss sehen, dass es ihr bessergeht.»

«Ja, aber ...»

«Wenn du dich nützlich machen willst, dann hol bitte den Oberarzt. Ich möchte gerne mit ihm über Violas letzte Blutuntersuchung sprechen», befahl Birgitte.

Andreas verschwand offenbar im Flur, denn Birgitte betrat das Krankenzimmer allein. Nora stand völlig still und wagte kaum zu atmen, während sie durch die Ritze zwischen den beiden Schranktüren beobachtete, wie Birgitte sich über ihre Tochter beugte.

«Mamas kleiner Schatz. Oh, Mamas kleiner Schatz», flüsterte sie.

Dann durchwühlte sie ihre Handtasche. Nora sah, wie Birgitte eine Spritze daraus hervorholte und einen der transparenten Plastikschläuche nahm, die aus dem kleinen Körper herausragten. Dann steckte sie die Nadel in den Schlauch und drückte die Spritze.

Kurz darauf begann Viola laut zu schreien, und Birgitte stürmte in den Flur.

«Wir brauchen eine Ärztin, SOFORT!», schrie sie.

DANKSAGUNG

Danke an meinen wunderbaren Verlag und meine geduldige Redakteurin Dorte, die Nora mit fester Hand und sanftem Verstand anfeuert. Wir, Nora und ich, sind wirklich froh, dich zu haben. Und wir arbeiten ständig daran, besser zu redigieren.

Danke an Hans Petter Hougen, Rechtsmediziner und Autor, mit dem man immer ein vernünftiges Gespräch über Leichen und alles, was sich daraus ergibt, führen kann.

Auf der persönlichen Ebene möchte ich mich noch einmal bei all den wunderbaren Menschen bedanken, die mich lieben, mit mir lachen und weinen, mir zuhören und mich mit ihrer Weisheit überschütten. Ich bin so froh, euch zu haben. Jeden einzelnen von euch.

Ein besonderes Dankeschön an meinen Homie in San Francisco, in dessen Esszimmer ein Großteil dieses Buches geschrieben worden ist.

Vielen Dank an Viv, die immer an Nora glaubt und an deren Weisheit ich teilhaben darf.

Ein besonderer Dank geht auch an Hazel, deren Kampf gegen Menschenhandel eine ständige Inspiration für mich ist. Meine Freundin, du bist so großartig, und ich bin glücklich, dich in meinem Leben zu haben.

Und Alistair, ich wünsche dir ein Leben voller Wimpelketten.

Ein Teil der Handlung in Falsche Gesichter *ist von realen Ereignissen inspiriert, aber alle Personen und Orte sind ein Produkt der Phantasie der Autorin.*

Lone Theils
Die Mädchen von der Englandfähre

432 Seiten

Der Nr.-1-Bestseller aus Dänemark mit einer grandiosen Ermittlerin: Journalistin Nora Sand.
Im Sommer 1985 verschwinden die dänischen Teenager Lulu und Lisbeth auf der Überfahrt nach England spurlos. Eine Suchaktion über Landesgrenzen hinweg verläuft im Nichts. Jahrzehnte später fällt Nora Sand, die in London für eine dänische Zeitung arbeitet, ein Foto der beiden in die Hände: Es zeigt die Mädchen in der Zeit nach ihrem Verschwinden. Nora lässt die Geschichte nicht los. Ihre Recherchen beginnen in Dänemark, wo die Mädchen in einem Heim aufwuchsen. Und führen zu dem englischen Frauenmörder Bill Hix. Der verbüßt im berüchtigten Gefängnis Wolfhall eine lebenslange Haftstrafe.
Nora ahnt nicht, welche Konsequenzen ihre Nachforschungen haben. Die Suche nach der Wahrheit ist gefährlich ...

«Ein wahnsinnig gelungener Thriller.» *Politiken*

Lone Theils
Hexenjunge

304 Seiten

Kein Wagnis ist zu groß.
Auf einem Londoner Friedhof wird die Leiche eines nigerianischen Terrorismus-Experten entdeckt, er wurde brutal ermordet. Kurz zuvor hatte der Professor dort ein geheimes Treffen mit Nora Sand, Korrespondentin der dänischen Zeitung «Globalt». Mit seinem Tod fehlt ihre wichtigste Informationsquelle, daher wird Nora auf etwas anderes angesetzt: die spektakuläre Scheidung eines russischen Oligarchen von einem dänischen Reality-Star. Das Paar streitet öffentlich um das Sorgerecht für seinen Sohn. Als er entführt wird, stößt Nora darauf, dass beide Fälle zusammenhängen könnten. Die Suche nach der Wahrheit führt sie in die dunkelsten Winkel der Stadt.

«Die Figuren überzeugen mit Herz und Charakter. Auf weitere Bände der neuen Serie darf man gespannt sein.» *Focus online*

«Die vielen Wendungen der Story sind von der ersten Seite an eine Achterbahnfahrt und überraschen immer wieder neu.» *Neue Presse*

Weitere Informationen finden Sie unter **rowohlt.de**